拒絕遺忘

“1957年學”研究筆記

拒絕遺忘

"1957年學"研究筆記

錢理群

OXFORD
UNIVERSITY PRESS

Oxford University Press is a department of the University of Oxford. It furthers the University's objective of excellence in research, scholarship, and education by publishing worldwide. Oxford is a registered trade mark of Oxford University Press in the UK and in certain other countries

Published in Hong Kong by

Oxford University Press (China) Limited
39th Floor, One Kowloon, 1 Wang yuen Street, Kowloon Bay,
Hong Kong

First Edition published 2007

ISBN: 978-0-19-549659-8

9 10 8

拒絕遺忘

"1957年學" 研究筆記

錢理群

目　錄

代序：不容抹煞的思想遺產

重讀《北京大學右派份子反動言論匯集》、《校內外右派言論匯集》

北大百周年校慶慶典活動的帷幕已經落下，喧囂過去，一切歸於平靜。

這正是反思的時機。——或許是受了魯迅的影響，我特別喜歡“……以後”這樣的命題：此刻想做的，正是“慶典以後”的反思。

這些日子，我們談了很多——關於北大；也寫了許多——關於北大。但憑着我的直感，我們彷彿又無意地遺漏了，甚至是有意地遺忘了不少——同樣是關於北大。我想起了剛收到的一位老同學的來信，說到校慶那天，“懷了不少舊，但似乎都局限在‘反右’以前，這也難怪，後面的事不好說了……”。我懂得他的意思：在我們這些老校友的北大記憶裏，原是深藏着那一段或難堪，或痛心，因而“不好說”的歷史，誰願意輕易攪動，“避重就輕”本也是人之常情……。如果這僅僅是個人的記憶，不好說就不說，這倒也罷，生活中類似的事太多，那能老是念念不忘呢？

但如果這是一所學校，以至一個民族，一個時代的記憶呢？——我翻遍為北大百年所寫的令人眼花繚亂的各類圖書，竟然發現：關於1957年的這一段，在北大的歷史敍述、記憶中已經消失，變成一片空白，彷彿甚麼也不曾發生，不留半點痕迹！僅有的一本卻仍然把這段歷史描繪成一小撮“右派”學生在“詆巇”、“攻擊”……，讓人彷彿又回到了當年……

我不禁打了一個寒顫。——無論遺忘或堅持，都令人恐怖！

我於是想起了那一本書——那是大批判時，校方發給每一個學生，作為反面教材的《右派言論匯集》。當時我有個收集資料的習慣，朦朧中彷彿意識到這或許將是一個歷史文件，就把它小心地保存了下來(可見我大概從頭就是一個“謬種”)，文革後期退還抄家材料，它又奇迹般地回到了我的手中，卻不料在向周圍的年輕朋友炫耀中不知被誰沒收而後悔莫及——連一本書的命運也會有這般的曲折……

於是我又四處打聽，尋問，終於通過某個途徑找到了，而且還有好幾本，真是喜出望外！

我迫不急待地打開了書……

我首先要尋找的，是因為聚集全校最出名的右派而引人注目的《廣場》的“發刊詞”，那是可以視為這個思想群體的宣言書的——

> “……人與人之間的關係要重新調整，一些過去習以為常的正面和反面的東西要重新進行肯定和否定，對於現代的一些論點與觀點要重新進行估計、評價和探索……。總之，這裏——整風運動為主流的大變革是一次偉大的社會主義思想意識的改造運動，或思想意識的大革命，對一切都要勇敢地再認識。
>
> “大鳴大放成為這次運動的精神實質。毫無顧慮地發言，為真理而作好爭論，以及為證明一些新生的主張、觀點，天才的創造，都將如雨後春笋般地誕生！(注：原文如此)
>
> “中國將到來社會主義時代的春秋諸子百家爭鳴，會到來社會主義時代的以少年事葉(注：原文如此)為風骨的、建設文學的再生，會到來社會主義時代的盛(唐)般的詩的創造，會到來社會主義時代的‘五四’新文化運動！
>
> “偉大的馬列主義的不朽理論會得到進一步更全面更正確的運用、闡明和發揮！黨會因此而更強大更有生命力！人也會因此而返老還童，而具有十分鮮明可愛的社會主義的個性！
>
> “北京大學是五四的故鄉，北大兒女是五四的後裔，我們的

血管裏(流)着五四的血液，在社會主義的五四時代，我們要學會五四先輩們的大膽提問、大膽創造的精神，去爭取真正的社會主義的民主與文化！

“我們的刊物——《廣場》便為此而誕生。‘廣場’的含意在於：北大民主廣場曾是五四舉火的地方，五四的先輩們曾在民主廣場上集會點火與誓師高歌！

“先輩們的廣場已經荒蕪了，我們艱難地把它打掃乾淨，我們願愛講話愛唱歌的人們一起來打掃它，整理它，使它開出一萬朵美麗的花！

“來吧！朋友們！到‘廣場’上來！這裏有自由而新鮮的空氣，它可以震動你的聲帶，唱出你願意唱的個性的歌！

“我們的廣場期待着二十世紀的社會主義文藝復興的到來！”[1]

歷經人世滄桑之後，再來重讀這即使掩沒在歷史的塵埃中也依然熠熠閃光的文字，怎能不令人感慨萬端！正在總結與反思二十世紀歷史的我們，驚喜地發現：這發生在世紀中葉1957年的當事人所說的“社會主義思想意識的改造運動”，與世紀初(1917年開始)的五四新文化運動，以及世紀末(1978年開始)的思想解放運動，從語言到思想，竟是那樣的相似！——同樣是集合在“重新估定價值”的旗幟下，對“習以為常”的既定觀念、習慣，進行大膽地質疑與挑戰；同樣是呼喚人的精神的自由，創造力的發揮，與個性的解放，呼喚社會的民主與民族文化的復興，以及背後的對民族、國家復興的巨大期待，等等，這都是一脈相承的。貫穿其中的是“獨立，自由，批判，創造”的精神，在我看來，這是北大精神的核心所在，它所提供的正是中國現代知識份子的基本範式。而幾乎要溢出字面的理想主義與浪漫主義的精神，更使得這些二十世紀不同時

1　《〈廣場〉發刊詞》，《原上草：記憶中的反右派運動》，19–20頁，經濟日報出版社，1998年出版。

期的思想變革運動的參與者，看起來像是精神兄弟；因此，當年“廣場”的勇士們自稱為“五四的後裔”，北大精神的傳人，這是理所當然，一點也不誇大的。

或許這只是外在的印象，不足為論；那麼，我們就再進一步，來比較、分析下面這些論述吧——

- “我們的制度不健全，民主權利不夠，這都是產生三害(按：中共中央當時發動整風運動，以反對黨內的官僚主義、宗派主義與主觀主義，群眾概稱“三害”)的根源”，[2]“目前除三害都停留在表面上，似乎把三害的根源只歸結到領導者的思想意識，並沒有追究三害的社會根源，我認為這是不對的。……三害的社會根源是社會主義民主遭到壓制和黨團員的盲從成風。……社會主義民主遭到壓制的原因：一、法制問題：憲法的人民權利尚未得到絕對保證。……二、領導與群眾的關係問題：由於尖銳階級鬥爭而形成權力高度集中使領導與群眾絕不是真正的被監督與監督的關係，而是絕對服從的關係。……三、言論自由問題。……在反動帽子滿天飛的時候，在政治的壓力下，更可怕的是在‘對領導不滿，便是反黨’的輿論下，任何的反面意見都遭到毀滅性的圍攻來壓制，任何片言隻語都可以列入肅反材料，將來有無窮後患。在這種情況下，真正民主是不存在的”。[3]
- “主要要從擴大社會主義民主，健全社會主義法制來根除三害”。[4]
- “我們有了一個社會主義工業化，還應有個社會主義民主化”。[5]

---

2 徐克學：《“衛道者”們看》，《原上草：記憶中的反右派運動》，226頁。

3 岑超南：《再論“鏟草要除根”和“黨團員想一想”》，《原上草：記憶中的反右派運動》，210–212頁。

4 張景中：《在中文系一年級與譚天榮辯論會上的講話》，《北京大學右派份子反動言論匯集》，20頁，北京大學社會主義思想教育委員會編印，1957年10月。

5 龍英華：《“世界向何處去，中國向何處去，北大向何處去”》，《原上草：記憶中的反右派運動》，132頁。

- “如果有人問，你們標榜的是哪一種民主，我們答：是從‘五·一九’開始的(按：1957年5月19日，北大部分學生自發貼出要求民主的大字報，當時就稱為‘五·一九民主運動’)，在民主廣場自由講台上出現的，正在繼續形成與發展的這樣一種民主，不是硬搬蘇聯的形式，更不是販賣西歐的形式，而是在今天的中國的社會主義土壤中土生土長的民主制度，我們要把它鞏固下來，並逐步地推廣到全國範圍中去，這就是我們的要求，我們的目的”。[6]
- “我們最感興趣的問題是如何保證公有制名符其實，就是說公有了以後，如何正確的分配。我們反對絕對平均主義，但目前問題不在於此，而是不合理的懸殊的差別。這樣縱然佔有公有，但實際上在分配過程中，無形中一部分佔有了另一部分人的勞動”，“(由於特權的存在)，在分配，社會地位等問題已出現一定矛盾，現在還不甚尖銳，叫內部矛盾也未嘗不可。但必須指出來，如果管理、分配、社會地位等問題不得到更好的完善，矛盾可以向前發展，而且基本上滿足‘階級’關係的定義”。[7]

* “我們過去發生的各種錯誤，固然與某些領導人的思想、作風有關，但是組織制度、工作制度方面的問題更重要。……斯大林嚴重破壞社會主義法制，毛澤東同志就說過，這樣的事件在英、法、美這樣的西方國家不可能發生。他雖然認識到這一點，但是由於沒有在實際上解決領導制度問題以及其他一些原因，仍然導致了‘文化大革命’的十年浩劫。這個教訓是極其深刻的。……如果不堅決改革現行制度中的弊端，過去出現過的一些嚴重問題今後就有可能重新出現”。
* “解放後，我們也沒有自覺地、系統地建立保障人民民主權

6　陳愛文：《關於社會主義制度》，《原上草：記憶中的反右派運動》，101頁。
7　周大覺：《再論“階級”的發展》，《原上草：記憶中的反右派運動》，171頁，172–173頁。

利的各項制度，法制很不完備，也很不受重視，特權現象有時受到限制、批評和打擊，有時又重新滋長"，"不少地方和單位，都有家長式的人物，他們的權力不受限制，別人都要唯命是從，甚至形成對他們的人身依附關係"，"也還有些幹部，不把自己看作是人民的公僕，而把自己看作是人民的主人"。

*"權力過份集中的現象，就是在加强黨的一元化領導的口號下，不適當地、不加分析地把一切權力集中於黨委，黨委的權力又集中於幾個書記，特別是集中於第一書記，……黨的一元化領導，往往因此而變成了個人領導"，"黨成為全國的執政黨，特別是在生產資料私有制的社會主義改造基本完成以後，黨的中心任務已經不同於過去，社會主義建設的任務極為繁重複雜，權力過份集中，越來越不能適應社會主義事業的發展。對這個問題長期沒有足夠的認識，成為發生'文化大革命'的一個重要原因，使我們付出了沉重的代價。現在再也不能不解決了。"[8]

以上凡標以"·"的，都抄引自《言論匯集》，作者分別是徐克學(數學系學生)、岑超南(物理系學生)、張景中(數學系學生)、龍英華(哲學系學生)、陳愛文(中文系學生)、周大覺(北京航空學院教師)；標以"*"的，則摘自人所熟知的《鄧小平文選》中《黨和國家領導制度的改革》一文。今天人們不難發現，1957年青年學生的議論與1980年中國共產黨的領導人對歷史經驗的總結，或有不同之處，但一些重要的觀點，例如，社會主義發展中所出現的問題與"制度的弊端"有關，必須進行制度改革；反對權力過份集中，反對特權，反對領導與群眾關係中的不平等；主張擴大社會主義民主，加強社會主義法制，這些認識都是一致或相似的。但正是這些基本

8 鄧小平：《黨和國家領導制度的改革》，《鄧小平文選》(1975–1982年)，293頁，292頁，290–291頁，292頁，288–289頁，人民出版社，1983年出版。

觀點，在1957年是被視為“反黨反社會主義”的言論的，所有的作者都受到了嚴厲的懲罰；而八十年代以後卻成為了中國的改革的指導思想，像“民主”與“法制”這類概念差不多都成了人們的口頭禪。當然，這也還存在着是否認真實行的問題，但至少再也沒有人斥之以“反動”了。

這或許是反映了時代的進步，但這事實本身卻是應該好好想一想的。

1957年是甚麼時候？正是我們所引述的鄧小平的文章中所說的，“生產資料的社會主義改造完成以後，黨的中心任務已經不同於過去，社會主義建設的任務極為繁重複雜”。[9] 在這樣一個歷史的轉折關頭，這些年輕人提出了反對權力過份集中，反對特權等問題，要求民主與法制，應該說是及時的，表現了可貴的敏感與先見；但也正如前引的他們自己在大字報中所說，儘管“制度上的弊端”已經引發出了各種矛盾，但“現在還不甚尖銳”，還有一個發展的過程，因而更不容易為大多數人所察覺與認識，於是，儘管警告已經發出，國人依然處於盲目與盲從的不覺悟狀態。這樣，這些憂國憂民的“廣場”上的年輕人陷入魯迅筆下的夏瑜那樣的命運，幾乎是不可避免的。他們必要為自己思想的超前而付出血的代價。

但對先覺者的遠見卓識的拒絕，更不用說運用權力對之進行反擊與鎮壓，也是要付出代價的。這就是鄧小平在他的文章中所一再談到的，由於不承認集權、特權等問題的存在，拒絕擴大民主與實行法制，進而將現行制度中的弊端推到極端，終於“導致了‘文化大革命’的十年浩劫”。在這個意義上，有些研究者認為，1957年的反右派打開了“通向‘文化大革命’的道路”[10]，這是符合實際有道理的。歷史確實捉弄人：由於文化大革命的徹底性，相當多的右派的批判者落入了被批判者同樣的命運，人們用他們當年批判右派同樣的(或更為極端)的語言與邏輯批判他們，在自身陷入了同

9　鄧小平：《黨和國家領導制度的改革》，《鄧小平文選》(1975–1982年)，289頁。

10　朱正：《反右派鬥爭始末》，725頁，明報出版社，2004年出版。

樣的絕境以後，才逼出了最後的覺悟。——自然，也有始終不覺悟的，在恢復了原有的地位以後，又重新使用起與權力結合在一起的原有的思想、邏輯與語言。但畢竟還是出現了這樣的歷史現象：先驅者的思想終於在某種程度上被他的批判者所接受，並且在批判者手中得到或一程度的實現。當然，批判者是在自己的利益驅動下去實現的，這已與先驅者無關，而且先驅者的歷史污名也未必因此而得到洗刷，更不用說他們應有的歷史地位的恢復與確認，不繼續整他們就已經夠人道的了。在大多數人的眼裏，甚至在後代人的心目中，他們依然是有罪(至少是曾經有罪)之人。——這樣的結局，無論對先驅者自身，還是當年的批判者、後來的遺囑執行人，都是無情而無奈的。

面對這種無情與無奈，我們所能做的，僅是指明這樣一個事實與這樣一種歷史聯繫：1957年"廣場"上的思考與吶喊，正是八十年代中國思想解放運動的先聲；舉世矚目的中國的改革的思想基石，正是這樣一些中國民間的年輕的先驅者以非法的形式，用自己的生命與鮮血奠定的。而在他們之後，也還有新的犧牲。——但願在這世紀末的狂歡、表演中，至少還有人能夠保留一點清醒的歷史記憶。

關於這些1957年的北大學子，似乎要說的話還很多。人們，甚至是歷史學者，在談論與研究1957年的風波時，往往注目於那些右派頭面人物，特別是政治上的風雲人物，這大概也是一種思維的慣性吧。其實如果仔細研究當時的種種右派言論，就不難發現，那些右派政治家所關注的主要是政治權利的分配——這當然也關係着他們自己的政治理想的實現，並非為了私利，因而自有其不可忽視的意義，需要另作討論；但真正體現了這場風波的思想、文化上的深度與意義的，恐怕還是被稱為"右派學生"(也包括一些右派教師、知識份子)的思考。這是一些尚未涉世的青年，因此他們的探索的熱情，純是(或基本上是)出於對真理的追求——前引《廣場》"發刊詞"就是宣稱他們是"為真理"而"毫無顧慮地發言"的。因此，他們的思考，除了前文已略作分析的現實社會、政治、經濟問題之外，還包含了更為廣泛、更深層次的思想、文化問題：政治學的，經濟學的，法學的，倫理學的，心理學的，哲學的，等等，出現了一批着重於理論探索的長篇論文，以及諸如《自由主義者宣言》、《利己主義者宣言》這樣的有關世界觀與基本立場選擇的宣言書。今天看來，這些討論自然是粗疏的，但確實又是反映了時代思考水平的。——順便說一句，這一時期，專門從事理論研究、創造的那些知識份子，除個別人之外，大都表現出驚人的理論上的沉默；既使是仍然保有獨立思考品格的，關注的也限於現實的政治、社會問題，而鮮有理論的探討；更不用說為現行權力政治作理論闡釋與辯護的。這就迫使這些尚處於準備階段的青年學生遠非成熟的理論習作，充任這個時代理論水準的代表，這實在是中國思想理論界的悲哀，中國知識份子的失職。不過，這已是題外話。

我們還是拉回來說。或許是受着五四傳統的影響，這些北京大學的學子們在觀察與思考中國的問題時，除了前所分析的社會制度方面的弊端之外，更關注這種制度的受動者——中國國民的反應；如前文所引，他們是把"社會主義民主遭到壓制"與"黨團員的盲從成風"看作是互相關聯的"三害"的社會根源的。另一位學生的文章就說得更加尖銳，他指出，"任何時代，權力的高度集中，不論是集中於個人，還是自稱為一貫光榮正確偉大的集團，都是極大的危險"，而"當人民群眾被麻痹被愚昧，就更加百倍的危險"，因為"如果這個集團犯有嚴重錯誤或變質，就沒有任何力量足以克服它！"[11] 對群眾不覺悟狀態的這種焦慮，顯然是五四"改造國民性"思想的繼續，這些"廣場"上的北大學生把他們發動的這場思想運動稱之為"啓蒙運動"，大概就已經自覺地意識到他們與五四時期發動新文化運動的前輩們之間的血肉聯繫。可以說，他們所要揭露、批判的，正是在新的歷史條件下新的國民性的弊病；共和國

11　王書瑤：《從斯大林的錯誤中應得的教訓》，《原上草：記憶中的反右派運動》，207頁。

的敏感的年輕人在考察自己時代的國民精神狀態時，同樣面對着人的奴化與自我的喪失。

他們這樣論述着自己的痛苦的發現：共和國初期在中國共產黨及其領袖領導下所取得的輝煌成就，"中國(所發生的)巨大變化"，使人們"陶醉"，由"陶醉"進而產生"迷信"[12]，以至形成了對"黨，國家，領袖"的"崇拜"與"宗教式信仰"[13]，製造出了種種"神話"，彷彿"黨，國家，領袖"具有天然的，絕對的正確性，真理性，"在任何情況下都是正確的"，並且這種"正確性，真理性"是唯一的，"壟斷"的，只要是"不同意見"，"就一定是錯誤的"，就"不能允許他存在"[14]。而在實際的操作過程中，這種抽象的"黨，國家"的絕對真理性，正確性，就變成了具體的上級領導，以至個人的絕對正確，於是，神話就變成了"上級的一切指示都視為聖經"。[15] 在這樣的絕對理念支配下人們所能做的唯一選擇只能是"跟着走就萬事大吉"[16]。

這種"無條的絕對服從"不僅是盲從，更導致了人的工具化與奴化——一位青年詩人這樣自責："這根無形的鐵鏈沒有絲毫的強力；然而，捫心自問，在過去，我們曾多少次說出違心的話，做了它馴服的奴隸"。[17] 而尤其讓這些覺醒了的年輕人感到痛心的是，這樣的"形而上學思維方法"一旦成為定勢，就形成了"習慣的機械勢力"[18]："對領導不滿就是反黨"，[19]"喜歡思考"或"不按照

12 氣三一群同學：《現實的社會主義並非世外桃園》，《北京大學右派份子反動言論匯集》(內部參考)，101頁，北京大學社會主義思想教育委員會編印，1957年10月。

13 王書瑤：《從斯大林的錯誤中應得的教訓》，《原上草：記憶中的反右派運動》，205–206頁；朱慶圻：《領導的藝術》，《原上草：記憶中的反右派運動》，267頁。

14 譚天榮：《第二株毒草》，《原上草：記憶中的反右派運動》，31–32頁。

15 譚天榮：《我們為了甚麼》，《原上草：記憶中的反右派運動》，61頁。

16 王書瑤：《從斯大林的錯誤中應得的教訓》，《原上草：記憶中的反右派運動》，205頁。

17 杜嘉蓁：《組織性和良心》，《北京大學右派份子反動言論匯集》，155頁，北京大學社會主義思想教育委員會編印，1957年10月。

18 譚天榮：《教條主義產生的歷史必然性》，《我們為了甚麼》，《原上草：記憶中的反右派運動》，50頁，62頁。

19 岑超南：《再論"鏟草要除根"和"黨團員想一想"》，《原上草：記憶中的

規定的方式思考”，就是“落後份子”，“聽説是反動份子就不分皂白地群起而攻之，就這樣不自覺地，機械地，反射式的，每日每時地傷害着別人與自己”，[20]“一旦有人提出新的問題，還沒把問題弄清楚就盲目地加以反對”，[21]以至“造成了對一切不懂的東西的無條件的仇恨”。[22]正像魯迅當年面對着“無物之陣”一樣，今天新中國有思想的年輕人又為這樣的“習慣的機械勢力”所包圍，欲掙扎而不能，陷入了無以擺脱的困境。正是在這“習慣的機械勢力”的支持與擁戴下，對“不合人們胃口的思想施予暴力”，竟成了共和國精神生活中的常規，[23]這樣的實現在歡呼聲中的“群眾專政”(這正是共和國的一個專有名詞)，是真正令人恐懼的。當人們歡天喜地地將自己的有頭腦的兄弟姐妹送上審判台上時，他(她)們自己的心靈也受到了扭曲與損傷，“造成了不堪忍受的知識的貧乏，思想空虛和意志薄弱”，“造成了習以為常的言行不符和自欺欺人，造成猜疑冷酷和相互殘害”。[24]

面對這樣的新的國民性的弱點，一位右派學生領袖這樣寫道：“我看到了這一切，希望改變這一切，而又被那些誠實的人所反對。這件事對於我，更大的痛苦是不可想像(按：原文如此，似應為“不難想像”)的”。[25]這發自內心的深沉的悲嘆，使人不能不想起當年同樣是“哀其不幸，怒其不爭”的魯迅。於是，與1918年“救救孩子”的吶喊相呼應，1957年的中國又響起了“救救心靈”的呼喚。

而人們首先要爭取的，就是人所應有、獨有的精神的自由，獨立思考的權利。他們莊嚴宣告：“世界上沒有甚麼不允許懷疑的問題”，“任何人都有探討一切問題(包括社會主義制度在內)並堅持

反右派運動》，212頁。

20 譚天榮：《第三株毒草》，《原上草：記憶中的反右派運動》，36頁。

21 劉奇弟：《論當前整風——民主運動》，《原上草：記憶中的反右派運動》，116頁。

22 譚天榮：《救救心靈》，《原上草：記憶中的反右派運動》，53頁。

23 譚天榮：《我們為了甚麼》，《原上草：記憶中的反右派運動》，61頁。

24 譚天榮：《救救心靈》，《原上草：記憶中的反右派運動》，53頁。

25 譚天榮：《救救心靈》，《原上草：記憶中的反右派運動》，53頁。

自己見解的權利"，[26]"我們要思考，除了我們自己誰又能禁止我們思考？不讓想嗎？偏要想"，"我們要走自己的路！"。[27]同一篇文章還引用馬克思主義經典論述，宣佈我們"不承認任何種類的外界權威、宗教、自然觀、社會、國家制度——一切都要最無情的批判，一切都要站到理性的審判台面前，或者開始證明其存在的理由，或者放棄其存在權利。思維和理性成了測定一切現存事物唯一的尺度"。這樣的引述，自然有策略的考慮，借此使自己的主張具有某種合法性；但確也表明，這些自稱"強壯而又心懷惡意的小傢伙"，比起他們的批判者，那些自命的"衛道者"，是更懂得、並且真正把握了馬克思主義的徹底批判精神的。[28]

他們因此而不愧為五四新文化運動與北大精神的真正傳人；可以說，他們所發動的，是繼五四以後又一次"新文化運動"：在一個高度集權的社會主義國家裏，爭取思想的自由，精神的解放，進行新一輪的"國民性的改造"。如果說五四新文化運動勝利了，從而開啓了中國思想文化，以至整個民族現代化的歷史新紀元；那麼，1957年的這一次悲壯的努力，卻是以所有參加者的一網打盡而宣告失敗，但他們的思想與精神卻事實上在八十年代以來的思想解放運動與改革運動中得到延申，儘管後者未必自覺意識與承認這一點。更為重要的是，他們當年所提出的問題與任務，仍然是今天的中國的改革者需要繼續解決與完成的，他們當年的思考今天依然保持着新鮮的生命活力，他們思考的成果，以及思考過程中可能有的不足與失誤，對於後來者，都是極其寶貴的啓示，遺忘、不承認、漠視、拒絕這份浸透着鮮血的思想遺產，不僅愚蠢，而且有罪。——其實，那些"廣場"上的犧牲者在光榮地倒下的那一刻是曾經預言過"明天將屬於我們"的，[29]他們毫不懷疑："'五·一九'和'五四'(一樣)將顯明地留在我們弟弟妹妹腦海裏，永遠

26 劉績生：《我要問、問、問???》，《原上草：記憶中的反右派運動》，255頁。
27 譚天榮：《第二株毒草》，《原上草：記憶中的反右派運動》，33頁，34頁。
28 譚天榮：《第二株毒草》，《原上草：記憶中的反右派運動》，33頁。
29 譚天榮：《給沈澤宜》，《北京大學右派份子反動言論匯集》，46頁，北京大學社會主義思想教育委員會編印，1957年10月。

鼓舞着未來的年輕人”，[30]他們甚至直接呼喚：“歷史學家們，重視這樣偉大深刻的社會思想變革吧！”[31]

坦白地說，讀着這些帶血的期待的呼叫，我的心情沉重，羞愧難言。因為我們真的長時間地(甚至直到今天)把這些先驅者、犧牲者遺忘了！我們的歷史學家(也包括我自己)失職、失責了！1957年這段歷史的書寫，如此的蒼白，稀薄，如此的充滿迷誤，致使“未來的年輕人”(這正是先驅者所寄以希望的)無從了解也無法理解，這是我們每一個有良知的過來人、學者的恥辱啊！欠賬總是要償還的，我們應該有勇氣正視歷史的血腥氣，有膽識衝破權勢與習慣製造的種種障礙，以科學的實事求是的精神，重新收集原始材料，認真整理研究先驅者的思想遺產，總結歷史經驗，建立起“1957年學”，作為現代政治史、思想文化史、知識份子心靈史……的重要組成部分，為正在進行的中國人與社會的改造提供思想資源。——現在“是時候了”！

在對1957年“廣場”上的年輕的探索者所發動的這場思想運動，作了以上不免是粗疏的歷史敘述以後，我還想觀照歷史運動的參預者個人的命運，這其實是我在重讀這些《言論匯集》時，特別感到興趣的。——我以為缺少了這樣的關注，我們的歷史敘述將是不完整的。

《言論匯集》中收入了在遭到反右派運動的打擊以後，這些右派學生，特別是他們中骨幹的反應：他們公開貼出的“反批判”的大字報與私下的相互通信，當時是作為“猖狂反撲”的罪證而留下的，卻為後來的研究者保留了一份不可多得的歷史的逆轉對個人心靈的打擊，以及個人所作出的反應與選擇的資料。

種種反應都是因人而異的。前文提到的張景中貼出了宣佈“急流勇退”的大字報，他說：“一個月更好地使我知道了政治是怎麼回事。它比我能想到的要骯髒得多。我必須保衛自己的靈魂不受

30　譚天榮：《救救心靈》，《原上草：記憶中的反右派運動》，57頁。
31　姚仁傑：《黨啊，我們批評你，是真正愛你，信任你》，《原上草：記憶中的反右派運動》，272頁。

玷污"。[32] 另一位右派錢如平(筆名談論)則以《頭可斷，血可流，真理絕不能丟》表明他的"態度"："寧願在尖銳的階級鬥爭中自己給自己人的子彈打死，而不願死在敵人的屠刀之下"。他留下了最後的"告別詞"是："我的母親是人民，我的兄弟是'革命者'，為保衛生產資料公用我願拼命，我不想超現實的好吃好穿，一切事情為人民！真實地為人民！讓千千萬萬的農民兄弟同志冬來有棉衣，夏到有便服，饑餓在中華沃土上絕迹，工農知識份子團結萬歲"。[33]

我特別注意的是，最早提出肅反問題與胡風問題的劉奇弟，在寫了檢討書以後，給譚天榮寫了一封信，說"我是在遵照着我的良心和情感做事"，"任何勉強的分析都將是教條和生硬的，因為情感是永遠不能用事實和理論來代替的"。但他仍然談到了"一些影響我的情感的事實"："若不檢討，家庭要與我斷絕關係，物理念不成了，朋友也不要我了"。他說，正是這些"外界力量""影響我正視現實"："父母兄弟姐妹朋友同學幾乎所有的人統統反對我，而我做的這件事情又不是科學工作而是社會活動，這除了說明我錯了以外，還能有甚麼解釋呢？"他還對譚天榮的某些信念提出質疑："你說群眾同情支持你，現在還不乏其人，這恐怕與事實不符吧"，在"如今我國的情況"下，"工人農民都不但擁護黨，而且擁護黨的現行政策，來甚麼變革？誰要我們的小變革？"[34]

但譚天榮仍然堅持自己的信念，他接連寫了好幾張大字報，一再表明："我將逆流前進，不退一尺一寸"。[35] 他說："(過去)我被無形的鏈子鎖住了，今天我擺脫了這條鏈子，永遠地擺脫了。這——我就滿足了。對於我除了火與劍的搏鬥，在生活中我並不要求甚麼"，"對於得不到的一切，我絕不強求，對於屬於我的一

32 張景中：《急流勇退》，《原上草：記憶中的反右派運動》，74頁。
33 錢如平：《我的態度：頭可斷，血可流，真理決不能丟》，《原上草：記憶中的反右派運動》，180–182頁。
34 劉奇弟：《致譚天榮的信》，〈北京大學右派反動言論匯集〉，90頁。
35 譚天榮：《救救心靈》，《原上草：記憶中的反右派運動》，58頁。

切，我決不放過”。[36]他不無驕傲地宣稱：“我今年才二十二歲還沒有學會害怕，我今年才二十二歲還不懂得恐懼，我今年才二十二歲還不曾有過疲勞”，[37]他顯然堅信時間與未來都屬於自己。

今天重讀這些在特定歷史情境中寫下的文字，我無意在譚天榮對理想主義、英雄主義的堅守，和劉奇弟的“正視現實”與返歸平凡人生之間作出任何價值判斷，我只相信這都是人所有的真實的選擇。而且我懷疑他們所生活其中的(也是我們生活其中的)中國的現實能否允許他們如願以償地實現自己的選擇。因此，我關心，並且想要追尋他們後來的行踪。我要高聲呼喊——譚天榮，劉奇弟，張景中，陳奉孝，錢如平，王書瑤，岑超南，蔣興仁，徐克學，陳愛文，江文，龍英華，姚仁傑，龐卓恒，朱慶圻，杜家蓁……，所有右派兄弟姐妹，你們在哪裏？這幾十年你們是怎樣生活的？北大百周年校慶時，你們回來了麼？作為真正的北大人，你們有甚麼話要說？——北大，以至整個中國，都應該傾聽他們的聲音。

1998年7月1日–8日寫於燕北園

36　譚天榮：《叫我怎麼說呢？——致5402186》，《北京大學右派反動言論匯集》，39頁。

37　譚天榮：《第三株毒草》，《原上草：記憶中的反右派運動》，38頁。

寫在前面

在《不容抹煞的思想遺產——重讀〈北京大學右派反動言論匯集〉〈校外右派言論匯集〉》一文的最後，我曾發出這樣的呼喚："所有'右派'兄弟姐妹，你們在哪裏？這幾十年你們是怎樣生活的？"但我仍然沒有想到，我的呼喚竟引發了如此強烈的回應：很多的右派兄弟姐妹或親自來訪，或寄來書信，那些痛苦而熱情的傾訴，不止一次地讓我熱淚盈眶。這些年更陸續收到了許多手寫的，公開出版的回憶錄，如山般的堆在我的書房裏，更如山般的壓在我的心上，正像魯迅説過的那樣，"真如捏着一團火，常要覺得寢食不安"[1]。

更讓我承受巨大的精神壓力的是，我在《不容抹煞的思想遺產》一文中，還提出了"建立'1957年學'，作為現代政治史、思想文化史、知識份子心靈史……的重要組成部分，為正在進行的中國人與社會的改造提供思想資源"的倡議，並且説"現在'是時候了'！"這無異是給自己加上了一個重負，很多右派兄弟姐妹都這樣對我説："那麼，就從你開始罷"，這幾乎是一個理所當然的要求。更重要的是，這也是我自己內心的要求，一個自我生命的絕對命令：作為一個倖存者，對被毀滅了的生命是有一種義務與責任的，必須承擔鬱積着無量鮮血的生命之重。但真要執行起來卻實在難上加難：且不説有太多的研究任務壓身，難以顧及；就是直面這生命之重，並化作理性思考所必須的凝重的精神氣氛也難以覓得：生活的喧囂使你簡直難以提筆。——於是，從1998年寫下《不容抹

1　魯迅：《白莽作〈孩兒塔〉序》，《魯迅全集》6卷，511頁，人民文學出版社，2005年出版。

煞的思想遺產》到現在，我在"1957年學"研究上，交的是一張白卷；有時半夜醒來，突然思及於此，心裏總是沉甸甸的。

而2003年的春天，卻突然有了一個機會：為躲避瘟疫，我把自己與世隔絕起來，開始償還積壓下來的各種文債，其中就有應幾位右派兄弟姐妹之約，早就該寫出的書序與書評。但當我打開這一本本血寫的書時，竟產生了一個幻覺：彷彿那早已在記憶中淡漠、消失了的時代，突然打破種種隔離，穿窗而入。那個政治瘟疫橫行無阻的年代的赫然再現，使我產生了真正的恐慌，但這一次我已不再躲避，而是把在彼此對視中匆匆產生的種種思緒，一一寫下，就算是我的"1957年學研究"的一個開端吧：在這非常時期，竟有了這樣的非常開端，實在是出乎意料的。

這些書序、書評也自有追求，即把關注的目光始終集聚在反右運動中的人，而且是一些普通的人，他們的命運、心理、精神上，而這正是被我們的許多歷史研究所忽略的：我曾經說過，"在我們的歷史視野裏，(常常)只有歷史事件而無人，或者有歷史偉人(大人物)而無普通人(小人物)，有群體的政治而無個體的心靈世界"[2]。因此，我所做的工作，是補這類一般視為正史的敍述之所遺，也應該自有其意義與價值吧。

以上，算是一個總的交代。以後，就一篇篇地陸續寫來。

2003年5月22日記

2 錢理群：《"遺忘"背後的歷史觀與倫理觀》，〈六十劫語〉，56頁，福建教育出版社，1999年出版。

1956、1957年中國的農村、工廠與學校

本文所要討論的是一個大題目，是研究1957年在中國發生的事情的基礎。也可以說，作為中國社會基層的工廠、農村、學校，生活於其間的工人、農民與青年學生、知識份子的動向，是我們觀察與研究一切中國問題的基礎。因此這一課題不僅意義重大，而且本身就具有方法論的意義。這應該是一個社會學的課題，我作為一個文學研究者，顯然難以對這一問題作深入研究，更缺乏第一手的調查材料；只能就手頭的有限文本，把問題提出來，希望能引起注意與進一步研究的興趣。

(一) 農村

"我國的農民太苦了"

1956年下半年與1957年初，中國有兩位記者分別對當時中國的一個村莊與幾個工廠作了深入的調查，並就調查中的問題上書中國共產黨中央，卻因此而獲罪，成為全國著名的大右派。今天人們談論這段歷史時，卻很少注意他們當年所關注的中國農村、工廠狀況，以及他們的思考，這多少反映了一種時代的隔膜。但他們自己卻沒有忘記，並慎重地寫入了回憶錄。

1956年7月，冒着酷暑，新華社記者戴煌來到了生養他的故土——蘇北阜寧縣城南約三十里外的溝墩鎮。1948年他隨軍採訪曾路過家門而不能久留，七年之後他以"解放戰士"的身份回到故鄉，興奮之中自有許多預期；但他下了長途公共汽車，對童年時代十分熟悉的大街小巷匆匆瀏覽一遍，心就涼了："房屋零落不整，

街道坑坑窪窪。1947年5月我們消滅了盤踞在這裏的國民黨軍隊時所見到的破碉堡和殘銹的鐵絲網，有的竟像'珍貴的歷史文物'，仍原封不動地擺在河邊與橋頭。……這個飽經苦難的小鎮，與我等不及吃家裏一個元宵就匆匆離去時的景象，幾乎沒有說得過去的改觀。中學和師範學校沒有恢復，連一家稍稍像樣的商店、飯店也沒有。""再看看鎮內外鄉親過的日子，就更令人心顫了！對手錶、自行車、收音機等等，他們固然'望洋心嘆'，就是對自己血汗澆灌出來的許多東西，他們似乎也無權享受——養雞者吃不上雞蛋，養豬者吃不上豬肉，種棉花的一年沒有幾尺布票，種花生、大豆的每月也得不到幾小兩油。還有不少人食不足以果腹，衣不足以蔽體，非不治之症而不得治……"。

這是為甚麼？許多鄉親登門喊冤告狀，揭示了問題的癥結所在：原來在解放後短短的幾年內，這裏的部分共產黨員的村鎮幹部已經成了"新惡霸"。統治這個小鎮的就是戴煌當年的一個小學同學：他掌握了汽車站和輪船碼頭，強迫一些過路的老百姓必須搭乘，並和他的弟弟多次把搭乘民船的過客趕上岸，將船主打入水中；1954年他家蓋了三間大堂屋，所有的磚瓦都取之他人不說，還白用了許多小工。一個幫他家代工的農民因為要求吃了午飯再幹，就被他當眾打昏在地；他的老丈人和小舅子也仗勢挾嫌報復毆打無辜；他自己更是借助權力而不斷"尋花問柳"，一些現役軍人的妻子和婦女幹部都在他"尋問"之列而無人敢於揭發……。

戴煌問：在四鄉八鎮這樣的"新惡霸"有多少？回答是："說不清"。人們舉例說，鄰近一個鄉，幹部們兩三年前，還常常東借西貸，窮得叮噹響。自從農業合作化以後，忽然便戲法似的挖開了"金山銀山"，幾乎人人穿上絲綢，吃得流油，高大寬敞的新房子也都砌上了。鄉親們背後小聲罵道：這幫老鼠！他們每月才拿二十來塊錢，這大手大腳的開銷從何而來？還不是從我們老百姓頭上刮去的？……來告狀的鄉親越來越多，有的甚至來自百里外的鄰縣，揭露的事實更加觸目驚心，說明"這些盤根錯節、互為依附的壞幹部各地都有，而且絕非‘個別’”。而且這些作惡者都得到上級的包庇保護，農民說：“小蝦炒豆芽菜，彎子套彎子，解不開了！”於是，怨聲四起：“共產黨上面講民主，中間半民主，下面不民主”，“毛主席是偉大的，就是下層太黑暗了！”“天高皇帝遠，哪天能抬頭？！”“過去在宣統皇帝、北洋軍閥、國民黨、日本強盜和漢奸走狗的掌管下，當牛當馬活了幾十年，如今只當共產黨沒來罷了！”“這些王八蛋哪像共產黨？簡直是國民黨借屍還魂了!!!”……

面對這樣的來自底層農民的呼聲，戴煌的心情是複雜的：可以看出，1956年的中國農民對毛澤東、共產黨還保持着基本的信任，還將希望寄托於共產黨的領導，他們擔心的是“國民黨借屍還魂”；但另一方面，農民與基層幹部之間的矛盾卻已經發展到十分尖銳的地步，儘管由於中國農民固有的對壓迫的忍受性，一時還不會爆發，但其所孕育的危機卻使這位忠誠的共產黨員憂心如焚。

特別是他聽說有些農民在走投無路之中竟走上了自殺的絕路，就更是坐不住了。他火急火燎將情況反映給區委書記和區長，不料他們竟然說：某人自殺，是因為和他老婆吵嘴，某人則是為老鼠咬壞了他的新棉袍而自殺，均與當幹部的無關。但這話說了沒有多久，就又有一個農民自殺了！戴煌只得向縣委與地委反映，縣、地派來了工作組，雖然在大量事實面前，鄉、區兩級作出了開除鎮上那個“新惡霸”黨籍的決定，縣裏卻遲遲不批，一封誣告戴煌“和地富份子一起開會，打擊地方優秀幹部和黨員”的匿名信(後來才得知匿名信是區長指示，由那位“新惡霸”自己起草的)寄到了新華社，社領導也深信不疑，反過來調查戴煌，地委工作組甚至要追查其活動，“新惡霸”立即對揭發他的黨員與積極份子打擊報復，支持群眾的區委委員兼公安特派員也被調離……。家鄉的群眾紛紛寫信給戴煌，憤憤地問：“難道有權有勢的共產黨員真的就比老百姓多一個頭？如果這些罪行發生在老百姓身上，那是要逮捕法辦的，而壞幹部犯了罪就可以逍遙法外，繼續作威作福？”

面對鄉親的質問，戴煌作了更深入的思考，決定直接向毛澤東和黨中央上書，反映前述情況，並犯死直言——

"在這封信裏，我着重要提出的是：'今天有沒有官僚統治和特權階級'這個問題。過去的若干現象使我產生了這樣的疑問。今年夏天，我跑了一些城市和農村，對這個問題驟然明確了：特權階級是存在的，即使它沒有構成全國的統一階級，但是作為這個階級的胚胎，正在全國各地形成和發展中"。

戴煌在信中還提出——

"在提高國家幹部(特別是中級以上的國家幹部)生活水平的同時，也應該考慮考慮農民的生活。因為我國的農民太苦了，太苦了！

"當然提高農民的生活水平的關鍵是發展生產。但是，我們不能在農業生產的發展的基礎上，永遠保持國家人員和工人與農民階級在生活上的這種懸殊的程度。

"馬列主義的政治經濟學，向來慣於精確地分析國民收入的物質分配的情況。就在幾年前，人們還常常講，佔人口百分之幾的地主、富農們，每年霸佔了農業收穫量的百分之幾十；而佔農業人口90%以上無地和少地的貧苦農民，平均每人只得到'幾粒'糧食。可是在今天，就沒有誰敢來分析統計一下：全國每年生產了多少大米、水果、魚肉和雞鴨？佔全國人口5%不到的共產黨員、國家幹部消費了其中的多少？而佔人口80%以上的五萬萬農民又消費了其中的多少？

"今天的現實告訴我們：當我們在啖嚼山珍海味的時候，卻有數以萬千計的災民在啃着樹根草皮呢！

"在建設事業中，有人為了騙取個人榮譽和得到上級的寵愛，竟視人民之血汗如灰土。許多工程明明不能短期做好，他們偏偏要不顧一切地命令力爭提前完工，以致事故百出，不斷返工，完成後卻質量低劣，不知傷害了多少工人的性命，浪費了多少國家的財富！”

他的結論是——

“過去在戰爭時期，我們為了人民的美好的未來，真正做到了自願、愉快地鞠躬盡瘁，死而後已。而今天……人民的不滿卻日益增長而普遍。這只能説明，我們存在着若干嚴重的而有帶有普遍性的缺點，不能不引起我們的警惕”。[1]

戴煌的這一“萬言書”(實際是一個未完成稿，反右運動中戴煌仍將其主動交出)，即使在時隔近五十年的今天讀來，仍然可以強烈地感到這位從農村的茅屋走出來的，為共和國的建立浴血奮戰的老戰士，對自己的信念，對養育自己的人民的一片忠誠；而且他對當時的，以至以後的中國問題的觀察與憂慮(後來在鳴放時期他將其概括為一句話：“全黨全國最嚴重、最危險的隱患，就是‘神化和特權’”)，都是不幸而言中的。但在1957年的中國，卻成了他作為“十惡不赦”的“右派”的鐵證：在一篇《新華社揭發反黨份子戴煌的一系列反黨言行》的電訊裏，宣稱“他所説的‘特權階級’就是對中國共產黨員和國家機關幹部的誣稱”，而他大聲疾呼“我國的農民是太苦了，太苦了！”則被認為是“對黨和國家的惡毒的攻擊”。[2]不久，江蘇《新華日報》又發了一篇《“戴青天”還鄉記》，把溝墩鎮上的“新惡霸”描繪成一個“大好人”：戴煌既已成了“敵人”，那麼，“敵人”所反對的，當然是“好人”了。[3]自然不會有人去關心，自此以後，在這位“大好人”的淫威下，當地農民的命運：中國社會的一切苦難，最終都是由農民默默承受的。

1 以上所引均見戴煌：《九死一生——我的‘右派’歷程》，25頁，28–33頁，38–39頁，45–49頁，中央編譯出版社，1998年版。
2 見新華社1957年8月7日電訊，轉引自戴煌：《九死一生》，63–64頁。
3 轉引自戴煌：《九死一生》，74頁。

今天，尚無具體數據來證實戴煌的判斷：據戴煌在1957年10月所寫的《自我檢查》裏交代，他認為構成"特權階級的胚胎"的"農村中的壞幹部的數目大約佔總數十分之一二，也就是有大約有三十萬到六十萬之多，他們除殺人放火之外，幾乎無惡不作"。[4]

從河北看1956年全面實現合作化以後的農村問題

我這裏所有的還有一個材料：美國學者弗里曼等著《中國鄉村，社會主義國家》(*Chinese Village, Socialist State*, by Edward Friedman, Paul G. Pickowicz, Mark Selden, and Kay Ann Johnson）一書裏，在談到1956、1957年間的河北農村時，也提到這一點：1956年全面實現了集體化以後，"把權力壟斷在農村地方幹部手中的一個可怕後果是，欺侮婦女泛濫成災。饒陽縣的一些村幹部成了無法無天的人。地方文化的消極面中充斥着暴力和父權制，它與秘密的不負責任的國家權力制度化摻和在一起，使得幾乎不可能對強姦犯進行起訴。隨着有關性暴力的傳聞沸沸揚揚，在情況最糟糕地區的農民們擔心，如果內情一公開，那麼所有村裏的姑娘的貞潔和婚姻前景就成了問題。有權者和無權者一樣，在掩蓋真相的方面有着利害關係"。

該書還談到，"在貧困的農村地區，幹部和群眾之間財富和特權上的最大差距出現了。生活最窘迫的婦女們開始不願幹農莊的田間農活，在家養雞的錢比拼命幹活掙來的微薄收入多得多。尋找同伴和男朋友的未婚女青年仍下地幹活。地方幹部享有獲得國家財富的特權，可普通百姓卻由於市場關閉，只能以實物交易取代錢幣，因而身無分文。1957年，河北省副業收入比1949年下降了25%。畜牧業收入幾乎下降了一半。現金就更少了"，"社員們與那些控制財富的人沒有任何關係，無法從指令性經濟中獲得他們所需的東西。從普遍的不滿中迸發出憤怒，矛頭指向那些控制財富並彼此做交易的人"，當時河北農村到處流傳着這樣的民謠："一等人兒，

4 新華社國內部內參組黨支部：《關於戴煌同志被劃為右派份子問題的審改意見》，轉引自戴煌：《九死一生》，410頁。

送上門兒；二等人兒，人托人兒；三等人兒，沒有門兒”。

該書提供的下列信息也很值得注意：“1955年，公安局開始建立人口登記和控制制度，它把農村人口牢牢地束縛在出生地，現在又把他們重新編入集體農莊，而婦女一結婚，就把戶口轉到其丈夫所在的村莊。到1956年，所有農民都被拴在土地上，可他們自己不再擁有土地，工作則由黨任命的村幹部安排”，“五公村(這是由全國勞動模範耿長鎖領導的“模範村”)北面相鄰的王橋村，集體化之前，有三百人在北京、天津、石家莊做工。由於集體化和戶籍限制，大部分人被迫返回老家”，[5]“由於事實上已經斷絕了農村勞力的隨意流動，和外出做臨時工和搞副業，因此，國家大量投資的大都市地區及其郊區與那些封閉而偏遠的農村地區之間的差距變得更大了”。

為響應毛澤東在《全國農業發展綱要》中所發出的號召，“從1955年–1956年冬至1956年5月，河北人民挖了72萬口井，是前六年總數的兩倍，這種投入勞力和資金的巨大冒險，增加了1600萬畝灌溉田。可不久就發現，井挖得太快，有些井毫無用處”。7月，五公村又發生了因國家統購棉花價格過低，憤怒的村民破壞了1500畝棉田的事件，最後以一個“老地主”作為“替罪羊”，卻由此開了民兵嚴刑逼供的先例。

到了7月底和8月，“筋疲力盡”的河北農民又遇到了一場毀滅性的水災，全省4500萬畝莊稼被淹沒，顆粒無收。儘管因地勢高，損失較少，五公村1956年的糧產僅為1954年的一半，1955年的70%(1956年，河北省糧食產量680萬噸，比集體化前1955年的產量低得多，人均384斤，比前四年中任何一年都低)；當新聞媒體歡呼五公村“在抗洪中的英雄事迹”時，村子裏已有人家因無米下鍋而挨餓了。災後，政府與集體農莊都採取了救濟措施，全村有10%的家庭靠救濟

5　該書在注釋中說明：這樣的戶籍管理與限制有一個過程，最初管理不嚴，有些城市與農村內部的移民仍在繼續。從1960年以來，對進入城市的控制就非常嚴厲了。見《中國鄉村，社會主義國家》，297頁，社會科學文獻出版社，2002年版。

活了下來；到1956年底，村子裏增加了副業投資，還創辦了10個小企業。儘管做了這些努力，到1956年年底結算，人均收入仍比前年下降了30%，正好44元，而且只付2元現金。[6]饑餓中的農民迫不得已轉向黑市和半合法的糧食市場，黑市上玉米0.15元一斤，大約是國家統購價的兩倍。

與此同時，廟會和農村集市也消失了。上級決定在饒陽東部建一個小飛機場，他們徵用了周圍村莊的土地，卻沒有給予任何適當的補償。為預防下一次水災所建造的大壩，也同樣無償地徵用了農民的土地：承擔了一切的農民無奈地說："不得不兩人吃一碗飯了"。從1955–1957年，五公的人口從1,912人降到1,711人，除有少量外出，老人和病人去世之外，一個重要原因是"在疲憊不堪、營養不良、自然災害的共同作用下，虛弱的婦女懷孕率降低，流產率上升"，"導致出生率下降"。

情況到了1957年開始好轉，河北在一年之內解散了所有由幾個村組成的集體農莊，縮小到一個村；饒陽作為一個窮縣，1957年稅收負擔相對較輕，還得到了補助金，多少彌補了1956年的部分損失。這年春節五公村就派了一支由年輕人組成的表演隊到鄰村廟會進行表演，有二萬人趕來參加集市，顯示了某種新的活力。但這一年，由於財力的拮据，教育的發展受到影響，300名饒陽初中畢業生只有四分之一升入高中，不滿的學生在黑板上寫道："饒陽初中生，白搭九年功；高中沒考上，師範不招生；出路只一條，回家把地種；宏願何處訴，憤恨怎能平。"這大概又是一個不安定的因素吧。[7]

6 1956年曾有人對中國的富裕地區浙江臨海縣農民的收入作過統計調查，其結論是"農家每人每月收入包括副業在內一般也只要四元多，多數農民的生活仍然是貧困的，對於有關農民的利害的經濟措施，他們是很敏感的"。見《對中央轉發王觀瀾關於江浙農村情況報告的批語稿的修改》注釋3，133頁，《建國以來的毛澤東文稿》第6冊，中央文獻出版社，1992年版。

7 以上材料均引自《中國鄉村，社會主義國家》，263頁，265頁，268頁，271頁，273頁，278–281頁，284頁，289–290頁。

毛澤東如何看中國農村問題

《中國鄉村，社會主義國家》一書所談到的1956年全面合作化，以及以後所帶來的問題，其實是與全國的農業合作化發展，及其引起的社會上與黨內的反響直接相聯繫的。

因此，這裏需要作一點簡要的歷史回顧。我們知道，在建國後農村完成了土地改革以後，中國共產黨於1951年開始，便引導農民走互助合作的道路。到了1953年，由於提出"過渡時期總路綫"，實行糧食統購統銷，便加快了農業合作化的步伐。到1954年，就出現了發展過快的問題，再加上這一年在遭受水災、全國糧食生產計劃沒有完成的情況下，卻比原計劃多徵收了100億斤糧食，這就引起農民特別是中農的不安。各地紛紛反映"鬧糧荒"，許多地方發生大批出賣耕畜，濫宰耕畜、殺羊、砍樹等現象。這種情況自然引起毛澤東的警覺，並作了這樣的判斷："生產關係要適應生產力發展的要求，否則生產力就要起來暴動。當前農民殺豬、宰羊，就是生產力起來暴動。"他還將一位警衛帶回的群眾來信批給河北省委，該信反映河北安平縣的一個村子，在農業合作化中，用"跟共產黨走，還是跟老蔣走"的帽子來壓群眾，毛澤東認為，"這種情況恐怕不止安平縣一個鄉裏有，很值得注意"。[8]

但接着又聽到這樣的反映："農民對糧食統購統銷反映不一，有好有壞，實際上沒有吃的是少數"，對糧食問題"叫苦的絕大多數是單幹的中農"，"而沒有一戶是真正的苦"[9]毛澤東又作出這樣的判斷："所謂缺糧，大部分是虛假的，是地主、富農以及富裕中農的叫囂"，"是資產階級借糧食問題向我們進攻""農村工作部反映部分合作社辦不下去，是'發謠風'"[10]。——對後者，薄一波有一個解釋："恰在這時，在黨外高層人士中，替農民說話的多了，有的還說了類似1953年梁漱溟先生講的'農民苦'一類的

8　以上材料轉引自中央文獻研究室編：《毛澤東傳(1949–1976)(上)》，368頁，381頁，370頁。中央文獻出版社，2003年版。

9　轉引自《毛澤東傳》(上)，381頁，382頁。

10　薄一波：《若干重大決策和事件的回顧(上)》，372頁。

話”，而毛澤東恰是“不大願意聽‘農民苦’之類的話的。當時他得出這麼一個印象：這些講農民苦的人，自以為代表農民，其實他們並不代表農民，只是不願搞工業化和社會主義”。[11]

這裏談到了1953年梁漱溟與毛澤東的衝突。其實梁漱溟只是對用剝奪農民的方式來發展工業化提出不同意見，因而有“工人在九天之上，農民在九天之下”，“工人有工會可靠，農會卻靠不住”，“共產黨丟了農民”這樣的說法，毛澤東卻勃然大怒，說他是“班門弄斧”：“他說他比共產黨更能代表農民，難道還不滑稽嗎？”[12] 農民出身、又以農民運動起家的毛澤東，天然地認為自己是“代表農民”的，這樣的代表權與領導權他是絕不允許他人染指的。但在二十世紀五十年代他又不能不面對農民對他所要引導的“社會主義道路”的反抗，即所謂“自發的資本主義傾向”。

而且有人向他反映：“在縣、區、鄉三級幹部中，有百分之三十的人反映農民要‘自由’的情緒，不願意搞社會主義”，[13] 毛澤東由此得出結論：“農村對社會主義改造是有矛盾的。農民是要‘自由’的，我們要社會主義。”“在縣區鄉幹部中，有一批是反映農民這種情緒的”，這樣的“不願意搞社會主義”的人，“不僅縣區鄉幹部中有，上面也有。 省裏有，中央機關幹部中也有”[14]。在1955年7月召開的省、市、自治區黨委書記會議上，毛澤東發動了對鄧子恢主持的中共中央農村工作部所代表的“右傾”路綫的猛烈批判，指責他們“像一個小腳女人，東搖西擺地在那裏走路，老是埋怨旁人說，走快了，走快了”。[15] 於是，1955年下半年，形勢驟然起了變化，合作社發展迅猛異常，到1956年3月底，入社的農

11 薄一波：《若干重大決策和事件的回顧(上)》，370–373頁。

12 參看毛澤東：《批判梁漱溟的反動思想》，108頁，111頁，《毛澤東選集》第5卷，人民出版社，1997年版。

13 轉引自《毛澤東傳(1949–1976)(上)》，374頁。

14 毛澤東同鄧子恢等談話記錄，1955年5月9日。轉引自《毛澤東傳(1949–1976)(上)》，375頁。

15 毛澤東：《關於農業合作化問題》，168頁，《毛澤東選集》第5卷。毛私下裏還有這樣的批評：“鄧子恢自以為了解農民，又很固執”，可見在毛澤東的心目中，“是誰了解、代表農民”是一個很敏感的問題。這是毛擺脱不了的一個情結。

戶比例已達90%，4月底，中共中央宣佈：“全國基本實現農業合作化”。我們在前文中所說到的1956年農村的情況，所反映的正是基本實現農業合作化以後所出現的問題。

1957年2月，一份《關於河北省涿縣尚莊鄉聯盟農業生產合作社1956年生產情況的調查與整社意見》的報告送到毛澤東手裏。報告說：現在農民的生產情緒低落，社員不願上工，積肥不積極；1956年災情同上年差不多，但減產嚴重，農民收入普遍下降；有的地方出現宰殺耕畜和强行把大車、牲口拉回家的現象。報告認為1956年大量減產是人為的災害，是主觀主義、强迫命令和組織管理不善造成的。報告還反映社領導强迫農民入社、投資，作風不民主，經濟不公開，辦事不公平，關心社員少，幹部之間鬧宗派，黨支部包辦社的工作等，因而社員思想極為混亂，任其下去，合作社有垮台的危險。

4月，毛澤東又看到了新華社發的一條內參，以湖北省為例，分析農村中存在的人民內部矛盾問題，主要是：一、農業合作社內領導不民主，財務不公開，分配不合理，引起群眾不滿。二、一些幹部對民間的迷信活動和宗教問題處理不當，引起農民鬧事。三、在佔有漁場、畜牧場、林場、茶場、小礦山及耕田等問題上，國家與當地群眾發生利益糾紛。四、地方幹部與轉業軍人相處不好，發生糾紛。五、城鎮中學政治空氣薄弱，校風校紀不正，引起廣大師生和學校家長對政府和學校領導嚴重不滿。有些學校領導官僚主義和宗派主義嚴重，引起學生鬧事。六、幹部高高在上、脫離群眾，加深了人民群眾與領導者間的矛盾。應該說，毛澤東對反映上來的這些農村問題是重視的：對河北省的報告，他作了這樣的批示：“此件所說是否屬實，原因何在，請派人去涿縣尚莊鄉切實調查一下，以其結果告我為盼”；他又將新華社的消息發給省、市、自治區的領導，“以為參考”。[16]

但對各地存在的問題所引發的對農業合作社的種種議論，他

16 見《建國以來的毛澤東文稿》第6冊，306–307頁，448頁。

卻保持着高度的警惕。在1957年上半年的多次會議發言中，他都着重提出“思想動向”的問題。在一月召開的省市自治區黨委書記會議上，他就談到了“農業合作化究竟是有希望，還是沒有希望？是合作社好，還是個體經濟好？”的問題。他分析説：“去年這一年(按：指1956年)，豐收的地方沒有問題，重災區也沒有問題，就是那種災而不重、收而不豐的合作社發生了問題。這類合作社，工分所值，原先許的願大了，後頭沒有那麼多，社員收入沒有增加，甚至還有減少。於是議論便來了：合作社好不好，要不要？這種議論也反映到黨內的一些幹部中間。有些幹部説，合作社沒有甚麼優越性。有些部長到鄉下去看了一下，回到北京後，放的空氣不妙，説是農民無精打采，不積極耕種了，似乎合作社大有崩潰滅亡之勢”。他由此而發出警告：“我們的幹部中間刮起這麼一股風，像颱風一樣，特別值得注意。我們的部長、副部長、司局長和省一級的幹部中，相當一部分人，出身於地主、富農和富裕中農家庭，有些人的老太爺是地主，現在還沒有選舉權。這些幹部回到家裏去，家裏人就講那麼一些壞話，無非是合作社不行，長不了。富裕中農是一個動搖的階層，他們的單幹思想現在又在抬頭，有些人想退社。我們幹部中的這股風，反映了這些階級和階層的思想”。他並且重提當年的爭論：“1955年上半年，黨內有相當多的人替農民叫苦，跟梁漱溟之流相呼應，好像只有他們這兩部分人才代表農民，才知道農民的疾苦”，“這些叫苦的人到底代表誰呢？他們不是代表廣大農民群眾，而是代表少數富裕農民”。[17]

這是典型的毛澤東的思路：他總是把社會的問題歸結到黨內的問題，或者説他對黨內的反對派(實際上是在農業合作化的速度問題上持有不同意見者)是有着更大的警戒的；而他所運用的又是他自己所特有的“階級分析法”：正是在他所發動的這場農業合作化運動中，對農村作了新的階級劃分，即將“中農”區分為“下中農”、

17 《在省市自治區黨委書記會議上的講話》，331–332頁，336–337頁，《毛澤東選集》5卷。

"中中農(中農)"與"上中農(又稱'富裕中農')",並把"下中農"與"貧農"一起(連稱為"貧下中農")列為依靠對象,[18]而據說"在富裕中農後面站着地主和富農","在合作社這面站着共產黨",[19]這樣,富裕中農就實際上成了所謂"農村兩條路綫鬥爭"的主要對手。而在毛澤東看來,對農業合作化提出批評或異議的幹部是"富裕中農及其背後的地主、富農在黨內的代表"。[20]這都是具有嚴重意義,並對中國以後的農村發展與政治生活產生了深遠影響的。

1957年2月在最高國務會議第十一次(擴大)會議上的講話中,毛澤東再一次談到"農業合作化問題",並特別反駁了關於"農民苦"、"解放七年以來,農民生活沒有改善,單單改善了工人生活"的意見。他強調:"解放以來,農民免除了地主的剝削,生產逐年發展。以糧食為例,1949年全國產糧只有二千一百幾十億斤,到1956年產糧達到三千六百幾十億斤,增加了將近一千五百億斤。國家徵收的農業稅並不算重,每年只有三百多億斤。每年以正常價格從農民那裏購糧也只有五百多億斤。兩項共八百幾十億斤。這些糧食銷售在農村與農村附近的集鎮的,佔了一半以上。由此看來,不能說農民生活沒有改善"。他還指出:"簡單地拿農民每人每年平均所得和工人每人每年平均所得相比較,說一個低了,一個高了,這是不適當的。工人的勞動生產率比農民高得多,而農民的生活費用比城市工人又省得多,所以不能說工人特別得到國家的優待"。[21]

18　《農業合作化必須依靠黨團員和貧農下中農》,192–194頁,《毛澤東選集》5卷。

19　《誰說鷄毛不能上天》一文的按語,231頁,《毛澤東選集》5卷。

20　對毛澤東這樣的"階級新分析",薄一波後來有一個反思:"經驗證明:土地改革之後,離開剝削關係,單純按照對合作化的態度和富裕程度的差別,在農民中劃分三六九等,誰最窮就把誰當成依靠力量,弊病很大,也不符合我們黨曾經明確宣佈過的農村階級政策"。《若干重大決策與事件的回顧》(上卷),399頁。

21　《關於正確處理人民內部矛盾的問題》,381頁,《毛澤東選集》5卷。據《毛澤東傳(1949–1976)(上)》透露,這一段話是修改過的,"但是所要回答的問題,仍然是原來的那一些:合作社有沒有優越性?能不能鞏固?農民生活有沒有改善?他們的生活是不是很苦?但是論述得更加深入,更加條理化,也更加全面",見該書678頁。

說這番話時，毛澤東是相當理直氣壯的。但一再為"農民苦"的問題進行辯駁，卻反映了毛澤東內心的一種緊張：他深知維護農民利益的重要，但又選擇了一條以犧牲農民利益為代價的工業化道路。這幾乎是他從建國以來就面臨的一個矛盾：1951與1952年為抗美援朝和發展重工業的需要，連續兩年多徵收了農業稅，這就引起了前文所說的梁漱溟關於"農民苦"的呼喊。毛澤東為此提出了一個"兩種仁政"的理論，"一種是為人民的當前利益"，即所謂"小仁政"；"另一種是為人民的長遠利益"，即所謂"大仁政"，"兩者必須兼顧"，"重點應當放在大仁政上"。[22] 毛澤東認為，一旦抗美援朝、工業化這樣的"大仁政"與照顧農民利益的"小仁政"發生衝突，寧願犧牲後者。這多少有些出於無奈，他也因此最忌諱人們談論"農民苦"這類問題，而且談論者均無好下場：1953年如此，1956、1957年同樣如此；因此，上文說到的戴煌在1957年上書毛澤東反映"我國的農民太苦了，太苦了"，其後果自是不難預計。

值得注意的是，毛澤東在1957年上半年，還作出了這樣一個判斷："我們高等學校的學生，據北京市的調查，大多數是地主、富農、資產階級以及富裕中農的子弟，工人階級、貧下中農出身的還不到百分之二十。全國恐怕也差不多。……在一部分大學生中間，哥穆爾卡很吃得開，鐵托、卡德爾也很吃得開。倒是鄉下的地主、富農，城市裏的資本家、民主黨派，多數還比較守規矩，他們在波蘭、匈牙利鬧風潮的時候還沒有鬧亂子，沒有跳出來說要殺幾千幾萬人。對於他們這個守規矩，應當有分析。因為他們沒有本錢了，工人階級、貧下中農不聽他們的，他們腳底下是空的。如果天下有變，一個原子彈把北京、上海打得稀爛，這些人不起變化呀？那就難說了。那時，地主，富農，資產階級、民主黨派，都要分化。他們老於世故，許多人現在隱藏着。他們的子弟，這些學生娃娃們，

22 《抗美援朝的偉大勝利和今後的任務》，104–106頁，《毛澤東選集》5卷。

沒有經驗，把甚麼'要殺幾萬幾千人'、[23]甚麼'社會主義沒有優越性'這些東西都端出來了"。[24]這同樣也是毛式"階級分析"，其內在的"出身論"邏輯，對以後的中國政治生活也產生了深遠的影響。後來，北大在反右運動中，就是這樣對集結在《廣場》中的"右派"作"階級分析"的："從這些人的家庭出身來看，出身於地主、官僚、資本家的在十五人中有十一人，即佔有75%"，"從這些人的直系親屬情況來看，被我判刑處死的佔40%"，據說這就是"這些人反黨反社會主義的社會根源，階級基礎"。[25]——自然，這都是後話，但毛澤東在1957年初埋下的這一伏筆，對我們理解後來的事態發展還是相當重要的。

(二) 工廠

"已經出現了一些值得嚴密注意的迹象"

就在新華社記者戴煌南下自己的安徽家鄉的同一個月，即1956年7月，中國青年報的記者劉賓雁也北上哈爾濱，而且也是舊地重來：這裏曾留下了許多珍貴的童年記憶，1946年他就在這裏積極參與了建國初期的青年工作，直到1948年才離開。這次他是為採訪城市工廠的情況而來，卻沒想到在旅途中就在長春車站餐廳裏遇見了一個乞丐：是安徽的農民，家鄉去年收購糧食過頭，高級合作化又使一些農民生產積極性下降，因而出現糧荒，只得到東北來逃荒。面對建國七年後出現的新生的乞丐，劉賓雁又想起，從這一年夏季起，北京的豬肉價格便開始上漲，雞蛋在國營商場裏也缺貨了。全國各地輕工業品和手工藝品的很多品種都從商店裏消失了。這大概都是農業、

23 據毛澤東在同一報告中所說，這句"要殺幾千幾萬人"的話，是清華大學的一個學生公開提出的；據說鄧小平還專門到清華去講話，宣稱："你要殺幾千幾萬人，我們就要專政"。參看《在省市自治區黨委書記會議上的講話》，332–333頁，《毛澤東選集》5卷。

24 《在省市自治區黨委書記會議上的講話》，333頁，《毛澤東選集》5卷。

25 趙光武：《〈廣場〉群醜》，見北京大學浪淘沙社、北京大學校刊合編：《粉碎"廣場"反動小集團》(內部刊物)。

工商業和手工業的社會主義改造完成以後產生的新問題吧。

而八年後的哈爾濱給他的第一印象，也是"黯淡"的——

> "幾年不見，哈爾濱變了很多，它本來的特色更加黯淡了。保留俄國特色最多的中央大街，原來各色各樣的俄國招牌，幾乎一律塗上了紅色油漆，好像只有這樣才能表示這些商店現在都變成社會主義的了。在夏日陽光下，油漆紅得分外刺眼，也使這種單調令人更難忍耐。
>
> "街上行人的衣着，色彩鮮艷多了。……同八年前我離去時相比，物質生活也明顯地有所改善。飯館和酒店中，每天傍晚都有很多青年聚集在一起豪飲啤酒。
>
> "但是我仍然覺得這個城市缺少點甚麼。或者說，1946年我返回哈爾濱時那個戒嚴時期的某種氣味還繼續保留着。它是過於寧靜和過於秩序井然了。中央大街上牌匾的一片紅，是帶有象徵意義的。政治、經濟、文化、思想生活，全在黨的控制之下。這裏有兩張日報，編輯們自己都討厭它們每天重複着同一個聲音。
>
> "哈爾濱已從只有少許輕工業的商業城市，變成一個擁有龐大重工業的城市，十年間人口從八十萬猛增十倍。但是比工業和人口增長更快的，則是黨委和政府的官員。十六年前(此處疑有錯，似應為八年前——引者注)我離開這裏時，市政府的全部機構只佔據一幢不大的二層樓，官員人數我想不會超過二百人。現在人口增長為那時的四倍，政府人員卻增加到三千七百餘人。加上黨、團、工會等機構，則達五千餘人。如果把各基層組織中的專職幹部也計算在內，數字就會更加驚人。"

當然，劉賓雁更關注的是中國的工廠的狀況。據他的觀察，"全國都把注意力放到工業上，主要又是重工業。1956年是一個高峰，從中央到基層廠礦與建設工地，都照例熱衷於速度，它的標誌就是產值。工人的熱情仍然很高，也仍然很聽話。為了完成計劃，常常必須連續加班加點；有的青年工人甚至不經領導同意，偷偷加班幹活。同時業餘時間還必須參加各種會議，定為制度的文化學習也不能缺課。疲勞，過度疲勞是普遍存在的。這就使工傷事故增多了。”

但這樣的勞動積極性背後，也還隱含着一些矛盾，以至危機：“隨着抗美援朝的結束和階級鬥爭的淡化，對於前些年頗見成效的政治宣傳鼓動，工人們已經開始淡漠了。同時，工人們作為人的各種需要與欲望也上升到更重要的位置，然而物質生活的改善卻很遲緩”，“哈爾濱的物價指數那幾年每年上升將近15%，而工人的工資卻已有幾年沒有提高。拿二、三級工的工資而做四、五級工工作的事，相當普遍。幾年收入不變，甚至臨時工幹了七年仍不能轉正，工人們就只有不斷壓低自己的飲食水準了。有些人只能吃糧而不能吃菜。……哈爾濱的青年女工有些人必須積蓄幾個月才能買一塊花布”。

問題是企業領導還要壓低工人的工資(這裏的特殊情況是，“企業在提高職工工資上權限受到限制，要壓低工資卻是可以自主的”)，因為“企業的工作成效，以上繳國家的利潤多少為定，壓低職工工資，便可降低產品成本，企業領導人就可以上繳更多的利潤，從而博得上司的好評”。得不到基本的物質保證的矛盾在青年工人中尤為嚴重，反映也更為强烈：新住宅要七級以上的工人才能分到，與他們無緣；男青年找配偶很難，很多人必須跑到千里以外的家鄉去找，有了對象又愁沒有住房；於是發生婚前性關係以至女方懷孕的就多了起來，而老工人舊道德意識很强，這些青年就成了嘲諷和譴責的對象。“所有這些現象都很容易地被納入‘資產階級思想’範疇。青年人想轉入條件教好的工廠，甚至想報考中專或大學這一類合理要求……都被看作是‘鬧個人主義’，作為教育和批判的對象。至於對領導人工作中的錯誤的正當不滿和批評，則往往要受到更嚴厲的壓制”。

這樣一種狀況，就不能不影響到工人與幹部、黨和國家的關係。團市委的幹部告訴劉賓雁：“我們成天對青年工人講，他們是國家的主人，應該發揮主人翁精神。但在一些工廠裏，工人根本不把工廠當作自己的。已經出現多起工人盜竊工廠物質的情況。當然，這也是因為他們的生活太困難了”。一位工人對劉賓雁這樣說：“過去出點事，總以為是階級敵人的破壞；現在一聽說出了事，馬上就責怪說：這些領導幹部是怎麼搞的！”

為了更深入地了解情況，劉賓雁來到哈爾濱電機廠，並貼出告示，公開自己的住處，“歡迎青年職工(直接)來談”。“幾天中間，到住處找我反映意見的總共不過二十幾人，而這家工廠有職工近萬人。他們的不滿，用三十年後的眼光看，也都是些小事：工作安排不當，或沒有固定工作；評工資級別不公正；住房分配上厚此薄彼……等等”。

但一位姓梁的工人代表很多人來反映的情況仍使劉賓雁受到了震動。他話說得很慢，也很激動：“我們也是人，可是他們不把我們當人看。從技工學校畢業都兩年了——這種人工廠裏有二百多，可是到今天也沒有正式工作，老是打雜。甚至去做清潔工。我們去找幹部：工廠明明不需要這麼多人，讓我們到遼寧去行不行？那邊工廠缺很多人。不行，寧願讓我們閑得慌。理由是：把你們放走了，萬一明年工廠的任務擴大了，我們到哪兒去找人？可若是不擴大呢？我們這些活人便成了貨物了，長期儲備在倉庫裏。沒有固定工作，提級就沒有我們的份兒，甚麼都耽誤了，比如結婚……”。“將人當作貨物”，這大概是揭示了計劃經濟體制的，甚至工業化的某些本質的。

劉賓雁最後將他的調查結果概括為兩點：“當時(工人)群眾與黨的領導之間的矛盾，並不嚴重”；但“已經出現了一些值得嚴密注意的迹象”。——劉賓雁對1956年中國工廠狀況的這一觀察，對我們理解一年以後所發生的許多事，自然是重要的。[26]

26 以上引文見劉賓雁《劉賓雁自傳》，75–80頁，時報文化出版企業有限公司，1989年版。

1957年的“職工鬧事”

195 7年3月，中共中央下達了《關於處理罷工、罷課問題的通知》，通知說：“在最近半年內，工人罷工、學生罷課、群眾性的游行、請願和其他類似事件，比以前有了顯著的增加，值得我們嚴重地注意”。由中共中央直接發通知及其用詞，都說明了問題的嚴重性。據中共中央文獻研究室編的《毛澤東傳(1949–1976)(上)》所說，“1956年下半年，國內經濟出現了生產資料和生活資料供應緊張的情況，一些社會矛盾表現得比較突出，有些地方甚至發生工人罷工、學生罷課的事件。在半年內，全國各地，大大小小，大約有一萬多工人罷工，一萬多學生罷課。從1956年10月起，廣東、河南、安徽、浙江、江西、山西、河北、遼寧等省，還發生了部分農民要求退社的情況。對政府的批評意見，對現實的不滿的言論，也多起來了”。[27] 王若水在其《新發現的毛澤東》一書中也提到“浙江省農村發生情願、毆打、轟鬧等事件一千一百多起；廣東農村先後退社的有十一二萬戶”，“廣東一個縣的縣政府不顧群眾的反對，硬在那裏蓋了一所麻風病院。結果惱怒的群眾把該麻風病院拆掉，該縣公安局的負責人帶領警察開槍打死五個人，打傷九個人”。[28] 罷工、罷課的具體情況至今仍未公開，不過中共中央的《通知》中還是多少透露了一點信息，其中有兩段話就大可琢磨：一是“由於近年來思想政治工作薄弱，而工人隊伍又增長很快，一部分工人忽視整體利益和長遠利益的傾向有了發展；在學校知識份子中，埋頭業務，不問政治，斤斤計較個人生活、地位和其他不正確的傾向也逐漸抬頭”；另一是“領導人員必須認真注意同群眾同甘共苦，在艱苦奮鬥方面起模範作用”。[29] 聯繫劉賓雁當年所作的前述調查，就不難理解：罷工、罷課所要維護的是個人的被忽視了的物質利益，所要反抗的是幹部的官僚主義與特權。

27 《毛澤東傳(1949–1976)(上)》，611–612頁。

28 王若水：《新發現的毛澤東》(上)，260頁，明報出版社，2002年出版。

29 《對〈中共中央關於處理罷工、罷課問題的指示〉(修正稿)〉的批語和修改》注釋1，371頁，372頁，《建國以來的毛澤東文稿》第6冊。

毛澤東在1957年1月的講話中還這樣談到石家莊一所學校的罷課游行："有一部分畢業生暫時不能就業，學習要延長一年，引起學生不滿。少數反革命份子乘機進行煽動，組織示威游行，說是要奪取石家莊廣播電台，宣佈來一個'匈牙利'。他們貼了好多標語，其中有這樣三個最突出的口號：'打倒法西斯！''要戰爭不要和平！''社會主義沒有優越性！'"——按毛澤東的描述，這樣的罷課顯然具有强烈的政治性，並且是國際上的匈牙利事件在中國的反響。因此，毛澤東又有這樣的分析："照他們講來，共產黨是法西斯，我們這些人都要被打倒。他們提出的口號那樣反動，工人不同情，農民不同情，各方面的群眾都不同情"。[30] 這幾乎已經預示了後來的反右派運動。

但在1956年的下半年與1957年初，毛澤東還同時把罷工與罷課的發生歸結為黨內的官僚主義。在1956年11月召開的中共八屆二中全會的講話中，他甚至說："縣委以上的幹部有幾十萬，國家的命運就掌握在他們手裏。如果搞不好，脱離群眾，不是艱苦奮鬥，那末，工人、農民、學生就有理由不贊成他們。我們一定要警惕，不要滋長官僚主義作風，不要形成一個脱離人民的貴族階層。誰犯了官僚主義，不去解決群眾的問題，罵群眾，壓群眾，總是不改，群眾就有理由把他革掉"。也就是在這次會議上，毛澤東鄭重宣佈："我們準備在明年(即1957年)開展整風運動。整頓三風：一整主觀主義，二整宗派主義，三整官僚主義"。[31]

從這裏可以看出，1957年發生的事情：無論是開始的整風運動，還是後來的反右運動，在某種程度上，都是毛澤東和中共中央對1956年下半年以來中國工人、農民與學生"鬧事"的反應，而這樣的"鬧事"又是與國際共產主義運動中所發生的一系列事件為背景的，也就是說，始終存在着一個"中國會不會出現匈牙利事件"的陰影。

30 《在省市自治區黨委書記會議上的講話》，332頁，《毛澤東選集》第5卷。
31 轉引自《毛澤東傳(1949–1976)(上)》，612–613頁。

而且這樣的“鬧事”到1957年仍在繼續。2月份毛澤東在他的《如何處理人民內部矛盾(講話提綱)》裏，寫下了一個引人注目的數字：“百分之四十、四百萬、八十萬、九萬人不能入學和安排就業問題”。[32] 1956年1月，在對一個文件的批示中，毛澤東透露，當時中國城市裏還有一百多萬的失業人員。[33] 而研究者則指出：“在1957年初，城市失業問題達到了危機的程度。前一年秋季的歉收和合作化帶來的混亂，使更多的農民流入城市；政府機關的精簡運動，比平常多的復員軍人數目，以及減少中學畢業生進入大學的人數的措施，加劇了城市失業問題”。[34] 這樣的失業與失學問題自然是極容易引發“鬧事”的。

這一年5月13日(這正是鳴放達到高潮，毛澤東發出反擊號令的前兩天)《人民日報》以《談職工鬧事》為題發表社論，一開頭就説：“近一個時期，在某些企業裏，發生了一些職工群眾請願以至罷工之類的事件”。正如以後的研究者所注意到的那樣，“社論沒有舉出任何具體事例。某些企業是哪些？最近時期是哪天？請願罷工所為何事？經過如何？一概都沒有説。它只説了這些事件‘發生得極少，範圍也很小’。”[35] 我們現在所能看到的一份新華社5月25日發自重慶的電訊透露：“連日都有復員軍人、市幹部學校被遣散的學生(大都是街道居民、小商販等)情願。有幾個工廠的學徒鬧升級、反對延長學習時間等問題”，“五千多個從1952年登記到現在還未就業的街道居民正在醞釀，如果市幹部學校學生就業問題解決了，他們就要跟上來”，“三百多個等待分發的復員軍人把民政局招待所的桌子、大暖水瓶拿到街上買掉，表示再等一月，沒有滿意的工作，就大鬧。盲目流入城市的三萬多農民和農村轉業軍人提出

32　見《建國以來的毛澤東文稿》第6冊，312頁。

33　《對廖魯言關於全國農業發展綱要説明稿的批語和修改》，21頁，《建國以來的毛澤東文稿》第6冊。

34　參看莫里斯．梅斯納：《毛澤東的中國及其發展——中華人民共和國史》，244頁，社會科學文獻出版社，1992年版。

35　朱正：《1957年的夏季：從百家爭鳴到兩家爭鳴》，86頁，河南人民出版社，1998年版。

口號：'死也不走'，誰趕他們就打誰。街道未升學的學生也有意見，開始準備串連，準備到教育局等單位情願"。結論是："重慶社會在'放'的浪潮中震動很大"，"不少基層幹部惶惶不安"。[36]

劉賓雁的緊急呼籲

正是1957年4月，《中國青年報》編委會上社長張黎群傳達劉少奇的一個指示：上海永大紗廠女工罷工，《人民日報》和《中國青年報》應予報道。於是，劉賓雁被緊急派往上海，與報社駐上海記者陳伯鴻一起進行採訪。由於全國形勢很快就發生了激變，採訪也自然不了了之，但留下的記憶卻歷經風雨而難以忘卻——

"永大紗廠是個只有二百來人的小廠。我和陳伯鴻作了半個多月的調查，和許多工人、各種政治態度的黨員與幹部、群眾、領袖分別談話。我們認為這個工廠黨組織的危機對於喚醒全黨警醒，痛切正視執政黨的危險是極有意義的。

"從1955年全廠工人熱烈擁護公私合營，歡迎共產黨幹部入廠當公方代表，到全廠大多數工人舉行罷工，把黨的幹部軟禁起來作為人質，只經歷了兩年時間。

"這是一次很有趣的試驗：把私有制度變為社會主義公有制(公私合營實即公有)以後，生產下降，由贏利轉為虧損了。工人們對於自己公有制的工廠所享有的管理權利，反倒不如它為資本家所有的時期了。任命的是不能稱職的、工人不喜歡的幹部，'選舉'的是他們不信任的工會主席。黨、團、工會擰成一股繩，一心抓生產，不管工人死活。工人既怕黨支部，又罵黨支部。黨不再是'光榮、偉大、正確的'黨，而變成'拍馬黨'、'拉伕黨'了。這是因為黨只發展兩種人入黨：聽話而不說話的人，並無入黨要求因而也不起作用的、為分享執政黨的利益而巴結幹部鑽進黨內的人。前一種人幫不了黨的忙，而且紛紛退了黨；後一

36 新華社電訊：《重慶社會在'放'的浪潮中震動很大》。

種人則只能害黨。黨員中也有好的，願意為工人的合理要求說話，卻遭到領導的申斥，被認為‘黨性不强’。同時工人又認為黨員應對各種不合理的事情負責，罵他們是‘白鼻頭’，把他們當作工賊。在工資、借款、評級、困難補助、競賽評獎等方面，都厚此薄彼。工人的困難無人過問。甚至有的工人被生活所迫要自殺了，工會仍然不管。一個洗澡用水的問題就不知喊了多久。寫了許多信給黨的區委和報社，一概石沉大海。

“工人們比黨幹部更擔心工廠的倒閉。幹部可以調轉工作，工人卻要失去飯碗。黨員不能代表工人，便有一位非黨員、會計丁喜康成了工人的代表。他被指為罷工的罪魁禍首。資本家當權時，他因主動監督其非法活動和為工人謀利益，被資方稱為‘神經病’。現在共產黨的幹部也因同樣原因罵他‘神經病’。丁喜康本是個孤兒，1949年第一個加入工會，也要求過加入共產黨。他像同資本家鬥爭時不怕恐嚇和危險一樣，現在‘一個人對付一個組織’，‘與黨團組織處於宣戰狀態’了。

“工廠黨總支認為這個廠的問題在哪裏呢？‘由於國際形勢(！)的影響，廠內思想狀態紊亂。對工人的思想政治工作須加强。’‘應在職員中揭發經常散佈謬論、公開轉播反動意識者(只有一個丁喜康)，使之在群眾中孤立’。‘黨團組織必須服從行政、支持行政，搞好生產’。

“在這種態勢下，除了罷工引起高層領導與社會輿論注意這家工廠的危急狀態，還有甚麼辦法呢？”

而且，處於這樣的危急狀態的並不只永大紗廠一個廠，就在劉賓雁在上海採訪期間，“工廠裏的騷動繼續擴大，一周中罷工迭起，達到每天有三、四十起工人去市委請願的規模。公私合營工廠已有五名公方代表被打傷。市委發出緊急指示，限十天之內把工人安定下來，報紙已經停止了關於鳴放的報道。聽說市委書記柯慶施已專程飛往北京向毛澤東報告請示。……”

劉賓雁憑着新聞記者的敏感，眼看形勢有可能逆轉，於5月25日在上海電台的地下室寓所裏寫信，直接向毛澤東進諫——

> "……請您注意：一、黨內高級幹部中，一個特權階層已經形成。他們已完全脱離了黨組織與群眾的監督，成為新的貴族……。二、在多數工礦企業中，黨的組織處於癱瘓狀態。東北的一些工廠中，黨員起好作用的不到四分之一。……在機關中，黨內健康力量不得伸張，佔優勢的仍然是教條主義與宗派主義的思想。有些機關黨員領導幹部政治熱情衰退……者竟達三分之一以上……關於黨與群眾關係的普遍惡化，就無須寫了"。[37]

結論與前引戴煌同時期所寫的"萬言書"基本一致：都對黨內"特權階層"的形成或可能形成表示了擔憂；而如前文所說，毛澤東在半年以前，也曾發出過"不要形成一個脱離人民的貴族階層"的警告。但這類話只能由毛澤東説，而且"此一時也，彼一時也"，此時(1957年5、6月)無論戴煌，劉賓雁，還是青年學生(下文我們就要説到，這正是1957年大學校園的熱門話題)要議論這樣的可能性或現實性，就意味着對黨的"誣衊"，犯了"攻擊"罪。從此，此類話題也就成了中國政治、思想、文化生活中的禁區。

這是劉賓雁後來才知道的：就在寫這封信的前十三天，即1957年5月12日，《中國青年報》發表了他寫的關於上海鳴放情況的報導《上海在沉思中》，毛澤東看到了，就作了批示："看來，有的人不是想把事情搞好，而是想把事情搞亂"。(按：批示時間應是在5月14日或以後) 已經下決心發動反右運動的毛澤東，顯然是把劉賓雁看作是"要在中國煽起匈牙利式的暴亂"的"右派"代表。[38] 但毫不知情的劉賓雁卻還要如此多情地進言，這就真是毛澤東後來嘲笑的"自投羅網"了。[39]——前面所説的戴煌也何嘗不是如此。

37 以上所引見劉賓雁：《劉賓雁自傳》，91–94頁，97–98頁，99–100頁。
38 見劉賓雁：《劉賓雁自傳》，99頁。
39 參看《文匯報的資產階級方向應當批判》，437頁，《毛澤東選集》第5卷。

(三) 學校

毛澤東的憂慮：“現在黨和知識份子關係相當緊張”

1957年4月10日，毛澤東在召集陳伯達、胡喬木、周揚、鄧拓等談論《人民日報》工作時，對當時中國的階級關係作了這樣的估計：“1953年統購統銷時，黨和農民的關係很緊張。現在黨和知識份子的關係相當緊張，知識份子魂魄不安。黨內也緊張。還要繼續緊嗎？我主張鬆，這樣他們就靠攏我們了，有利於改造”。[40]

引人注目的一篇文章和一次講話

在此前後，一篇文章，一個座談會上的講話，引起了人們對中國知識份子的動向，大學裏的事情的廣泛關注：那裏其實正是1956、1957年間，中國問題的一個聚焦點。

“一篇文章”是《人民日報》3月24日發表的中央民族學院教授費孝通寫的《早春天氣》。文章一開頭就說：“去年一月，周總理關於知識份子問題的報告，像春雷般起了驚蟄作用，接着百家爭鳴的和風一吹，知識份子的積極因素應時而動了起來。但是對一般的老知識份子來說，現在好像還是早春天氣。他們的生氣正在冒着，但還有一點靦腆，自信力不那麼强，顧慮似乎不少。早春天氣，未免乍寒乍暖，這原是最難將息的時節。”

“早春天氣”的感覺，相當準確地表達了那個特定的歷史時期中國知識份子的微妙心態。如費孝通所分析，一方面，周恩來在關於知識份子問題的報告裏，宣佈知識份子中的絕大部分“已經

40 轉引《毛澤東傳(1949–1976)(上)》，666頁。在此之前，1956年知識份子問題會議上，曾印發過一個《北京大學典型調查材料》，以與中國共產黨的領導的關係為標準，對北京大學的教師排了一次隊，219名教授、副教授中“積極的”佔42.4%(舉出的代表人物有翦伯贊、湯用彤、周培源、金岳霖、季羨林等)，“中間的”佔40.2%(如葉企孫、賀麟等)，“落後的”佔11.4%(如商鴻逵、王瑤、傅鷹等)，“反動的”佔1.8%(如錢鍾書等)，“反革命或重大反革命嫌疑”佔4.2%；講師177人中“進步的”佔49.2%，“中間的”佔32.2%，“落後的”佔12.4%，“反動的”佔0.6%，“反革命或重大反革命嫌疑”雜、佔5.6%。總體上看，“積極的”與“中間的”佔82%。(見中共中央辦公廳機要室印發《關於知識份子問題的會議參考資料(第二輯)》)。

成為國家工作人員，已經為社會主義服務，已經是工人階級的一部分"，以及"百花齊放，百家爭鳴"方針，"向科學進軍"口號的提出，"知識份子在新社會的地位是肯定了，心跟着落了巢，安了"，"甚至有人用了'再度解放'來形容自己的心情"。而另一方面，知識份子又明顯地感到外在的重重阻力，即所謂"草色遙看近卻無"，更有人"怕是個圈套，搜集些思想情況，等又來個運動時可以好好整一整"，因此，"他們對百家爭鳴還是顧慮重重，不敢鳴，不敢爭；至於和實際政治關係比較密切的問題上，大多更是守口如瓶，有點事不關己，高高掛起的神氣"。費孝通還談到一個他深感困惑的現象："波匈事件發生時，我正在邊區旅行，沒有直接聽到當時高級知識份子的反應，但是去年年底回到城市裏和朋友們談起了這些事，我的印象是這樣大的事情在高級知識份子中引起的波動卻是不大的"，其內在原因是他們"沒有深刻地動過腦筋，古井沒有生波，不很關心"。費孝通深為知識份子這種政治的冷漠感到憂慮："這裏是不是反映着這些知識份子覺得問不問國事對國家對自己都沒有甚麼區別呢？自己有個主張與沒有個主張又有甚麼關係呢？"[41]

中共中央宣傳部"只供領導參考"的黨內刊物《宣教動態》1957年51期(5月12日出版)刊登的北京大學化學系教授傅鷹於4月27日在一次座談會上的講話，更是引起了毛澤東本人的注意。

這位北大著名教授以其特有的坦率，對幾個最敏感的問題都發表了十分尖銳的意見："我最討厭'思想改造'，改造兩字，和勞動改造聯在一起。……現在所謂'改造'，就是要人在甚麼場合，慷慨激昂說一通時髦話，引經據典，馬、恩、列、斯。……化學系就我一個人沒上夜大學，受不了。夜大學把人都當作全無文化。毛主席說一句話，本來清清楚楚，偏要左體會右體會"；"學校裏至今沒有建立起學術風氣，衙門習氣比解放前還濃厚。在教學、做

41 費孝通：《知識份子的早春天氣》，原載《人民日報》1957年3月24日，文收《六月雪：記憶中的反右派運動》，321頁，322頁，329–330頁，經濟日報出版社，1998年版。

研究方面，教授的把握最大，教授應對學校的一切有發言權，應尊重他們的意見。解放以來，教授沒有地位。留哪個畢業生做助教是由人事處決定的，全憑政治水平。入選的機會，黨員比團員大，團員比群眾大。……教授評級，最後也是人事處定的。……現在是長字輩的吃得開，後果何堪設想？”“現在說話雖然已無殺頭的危險，甚至也無失業的危險，但沒有把握不再來個‘三反’。運動來了，給你提意見的……是那些年輕的黨員、團員。他們在大會上大罵你一通，罵你三分混蛋，你承認五分混蛋，這才鼓掌通過。事後說是搞錯了，他只到你一個人面前道歉”，“我對於年輕黨員的看法，就同在重慶對國民黨特務的看法一樣。特別是對正在爭取入黨爭取轉正的人有戒心。他們越多打你幾棍子，入黨轉正的機會就越大”；“學蘇聯要一板一眼的學，這是×××的主張，他集教條主義之大成。如果這樣何必還要師資，開錄音機就行了”。值得注意的是傅鷹教授對知識份子與黨的關係的看法。他認為，說“黨和知識份子的關係最緊張”，“這又不知是底下的黨員如何向上瞎匯報的。我就不信(黨)和知識份子的關係比和農民和資本家的關係還緊張”。他以自己為例：“知識份子就是愛國”，“我一生的希望就是有一天中國翻身，現在這個希望實現了，所以我擁護這個政府。共產主義我不了解，從書本上看的來說，意識形態方面我不見得都同意，但共產黨把國家弄成現在的氣派，我擁護它”。在他看來，現在的問題是：“黨到現在對知識份子的脾氣還沒有摸對。知識份子的要求就是要把我們當自己人，如此而已，並不需要優待”，“我心裏還是有不快，黨還是把我當外人。我十分力氣只使出六分，並不是不願意使出全力，是沒有機會，還沒有和黨做到知己”。[42]——應該說，傅鷹是說出了那個時代許多老知識份子的心裏話的。他對於知識份子與黨的關係的看法也是大體符合實際的。

42 《傅鷹1957年4月27日在座談會上的講話》，轉引自龔育之：《毛澤東與傅鷹》，文載《百年潮》1997年1期。文收《六月雪：記憶中的反右派運動》，457–463頁。

歷史的回顧：1949年以後的清華校園

今天的讀者與研究者面對1957年3、4月間的這篇文章與這個講話，自然會產生追問的興趣：為甚麼當周恩來宣佈知識份子是"工人階級的一部分"時，許多知識份子都有"第二次解放"的感覺？傅鷹説的"黨把我當外人"，這背後是怎樣一段"黨與知識份子的關係史"？費孝通所發現的知識份子的政治冷漠症是怎樣產生的？傅鷹感到强烈不滿的一系列問題："思想改造"問題，"教授在學校中的地位"問題，"學校的政治運動"問題，"老教授與年輕黨員助教的關係"問題，以及"向蘇聯學習中的教條主義"問題……等等，是怎樣產生並逐漸積累，從而使矛盾逐漸加深的？而要弄清楚這些問題，就必須對1949年到1956、1957年中國大學所發生的事情作追根溯源的歷史清理。在當時就已經有人指出："阻礙高級知識份子發展的原因之一，是過去執行政策中的一些錯誤與偏向，如'三反'、'五反'，思想改造等運動傷害了一些高級知識份子，院系調整教學改革也傷害了一批人"[43]。

一位當年就讀於清華大學、並在那裏被打成右派的作家，四十多年以後，回顧1957年那段歷史時也强調，"我們身在史中的人，應畫出一條連續的曲綫，看到來龍去脈"。於是，就有了對1949年以後的清華校園的如下回憶——

> "從我1951年入學後不久，清華園即發生過兩次較大的意外形勢動蕩，第一次是1951年冬開始的思想批判運動，第二次是1952年夏的教育改革和院系調整。
>
> "(在思想批判運動中)在大禮堂聽過校委和黨委的輪番報告，接着是各系分別組織的動員大會之後，那些從來都是養尊處優德高望眾的教授們，初時應之以沉默，繼而退避，再三觀望，終於坐不住了。突然一改常態，紛紛揭下為人師表道貌岸然的面子，

43 陶孟和：《在〈大公報〉召集的小型座談會上的講話》，轉引自《北大右派言論選輯》(內部出版物)。

開始夜以繼日痛心疾首地當眾作長篇檢討，説到緊要關節，有些人甚至痛哭流涕泣不成聲。……從英美留學歸來的先生們重點批判自己如何親美崇美恐美，如何用腐朽的西方教育方式去毒害下一代；教理論科學的則説，因為崇尚天才教育而怎樣狠心地淘汰學生，逼迫他們為了成名成家而勞累過度害了肺癆病……；而教文科的便坦誠交代，自己滿腦子是頑固的封建意識和資產階級惡習，如何明裏暗裏抗拒新事物，反感馬列主義，以致誤人子弟罪責深重。……且不去説先生們是真心誠意還是言不由衷吧，一個明顯的變化就是教師講課時突然謹小慎微起來了，盡可能照本宣科，閉口免談自己的獨特見解。隨之在晚飯後再也不敢輕易出來散步和學生隨便攀談，在形勢緊張時他們的身影在課餘的校園中幾乎消聲匿迹，這種傳統的師生情誼交流方式亦就此迅速淡出。……(從此)一提起教授二字，就會聯想到檢討和舊社會，總之，他們與革命的階層絕不是一路人。須臾之間兩下裏明確分家，這與蘇聯布爾什維克取得勝利後的初期現象何其相似！

“而與此相呼應，對學生的控制也嚴格起來了，由寬鬆自在而加緊思想改造。從1952年初春開始，政治學習和社會活動層層加碼，小組動員並指定發言，逐級匯報思想動態。不久之後給每班配備政治輔導員，開始‘忠誠老實運動’，人人交待從出生後的歷史時間表和每項細節，精確到年月日。(稍有不確，即追查不止)……經過此番周折，大學生初次嘗到滋味，馴服效果顯著，調皮孩童立即老老實實循規蹈矩，練成世故的大人了。

“在1952年的初秋，終於迎來了一次規模空前的大改革，學校體制徹底變樣，老清華不復存在了。根據當時學習蘇聯一邊倒和滿足計劃經濟急需專業幹部的決策，原先的全科性綜合大學幾乎是突然地被肢解了。……等我們暑假返校開學時，清華變成只剩下專業有限的單純的工業大學，其學制完全照抄蘇聯老大哥，將系科分解成多個層次，工程系之下設專業，複設專門化又設專題教研組，基礎課則從傳統的系屬分離出來單獨成立龐大的公共教研組。由此推行用工業化生產流水綫的方式來培訓大量的工匠式的大學生。不論是哪個院校出來的，同科同專業者規格基本一致，千人一面千部一腔。而經典教育學所提倡的因材施教、學術自覺、鼓勵個性優勢和發展創造性思維的原則，有意無意之中已顧不上考慮了。[44]……

"而那次大改革所帶來的影響，並非僅僅是院校調整和學制方面，更主要的是開始左的傾向。新班子到任，隨之轉入以政治教化為宗旨，以層次組織為控導方式的時期，由此埋下了日後發生動蕩的伏筆。這種控導方式不是倚重於通過法治、校規和學習成績考核來管理學生，而是主要借助另外一套超越其上的不成文的體系將人們置於周密的網絡之中，組成層層包辦包管從生活、學習到意識形態的系統工程。簡而言之，就是與革命年代非常時期的思想工作方法極其相似的延續。比如說，我當時任團小組長，派定我'聯繫'五名同學，拿今天的話來說就是全方位的精神承包，觀察他們的日常表現，掌握他們的思想動態，經常談心、動員、幫助，促使進步，即使受到冷落甚至反感，也要耐心地'聯繫'下去。而我的上級又'聯繫'了我和另外幾名團幹部，聽取匯報面授機宜考察我們的動態，當然我們的上級還有上級……。這樣就形成了一個比研讀學業更强勢的金字塔模型。……假如鏈條中某一環節，雜以個人好惡取捨，或教條地以左、中、右的標籤分類，便可能大大走樣而令小人得志君子失色。……因此就有一些唯唯諾諾、溜鬚拍馬、擅作表面功夫的滑頭和馴服工具，走捷徑獲得實利和特權。……最終積累了相當一

44 回憶者也指出了1952年教育改革的另一面："應當公平地説，新體制在當時一定程度上取得過積極意義的短平快效果：急用先學與工業部門業務密切對口，提供了數量較大的中初級技術人員；全部免費包養學生並統一分配工作，極有利於窮苦學生入學，而且攻讀目標和未來歸宿明確；四大學清華、北大、師大、人大的擴充和八大學院的建立，適應並前導教育規模擴大和人口對文化增長的需求；投資清華擴建校舍完善教學設施，有助於學制正規化，培養合格的畢業生；整頓秩序嚴明紀律，清除舊大學散漫自由雜亂無章的惡習，帶來新的風尚"。作者同時强調："為了達到同樣的目的，未必就沒有更好的辦法"。見中英傑：《我和羅蘭在大風潮中》，44–45頁，《記憶》第3輯，中國工人出版社，2002年版。

批專事算計他人踩着墊腳石往上爬的勢利小人和偽君子。

"當年教育改制的另一個可疑誤區，便是簡單粗暴地一刀切，强行倒向蘇聯體制。像清華、北大、復旦、浙大、交大、中山、南開、武大、協和這樣的老大學，經多年艱辛努力摸索積累，已相當穩定地系統地形成了自己的名牌品格和優良學風，有一些並已建立頗具特色的學派。不少教授和學者在國際上也是泰斗級的……但是，一聲令下，這些先生們自著或編譯的教材全部作廢，通通改用蘇聯教材和教學大綱，毫無活動餘地。許多世界性的先進科技成果和有爭議的論述被無情刪除，也不准引證或講授，誰要提及便有崇洋媚外全盤西化之嫌。同時教師也不准參照自己的特長和風格授課，哪怕稍稍偏離按原樣引進的蘇聯教學大綱，也會被看作大逆不道。……

"如此推行'全盤俄化'的後果，是讓愛國的、又主要受西方教育成長的，當時仍佔多數的名優教師相當反感，民族自尊心受到損害。而風吹草動疑神疑鬼，動輒上綱上綫，使學術專長無從發揮，教學積極性被大大壓制。尚須看到，當時足可左右教學方針的還有一些作為政治把關的較左的秘書或助教，配予各系和主講教師，以至一位系主任私下訴説，我很可憐，有職無權，一級教授老頭子要聽娃娃訓話。……這就不難理解，過火的革命，對於那些德高望重思維敏鋭的先生們來説，是頗為難堪的苦境。他們熟悉中國百年史訓，經歷過五四運動，抗爭過專制獨裁，嚮往民主自由，企盼開明公正，也曾目睹聞一多和李公樸的悲壯結局。而此刻，他們在靈魂隱處似乎意識到了另一種新的壓力，令人坐臥不安。這就埋下了日後'清華園裏百餘教授談矛盾'的伏筆"。[45]

對知識份子提出的問題毛澤東的回應

儘管這已經是事後的追憶與分析，但仍能幫助我們接近那個難

45 以上引文見中英傑：《我與羅蘭在大風潮中》，41–49頁，《記憶》第3輯。所謂"清華校園百餘教授談矛盾"是出於鳴放期間《人民日報》的一篇報道，其中有"清華園裏百餘教授開懷暢談，不該用搞運動的方法辦教育"等語。

忘的春天的中國校園，從而理解與體會大學裏的教師和學生所作出的種種反應。這裏，還想提供一個材料，或許也能有助於我們對以後發生的許多事情的理解。這是中共中央宣傳部辦公室1957年3月6日印發的《有關思想工作的一些問題的匯集》，是供全國宣傳工作會議與會者參考的，共編入了三十三個問題，毛澤東在審閱時，對其中二十個問題作了二十二條批注。一方面是當時知識界所提出的問題，另一方面是毛澤東的回應，這個文件就有了一種特殊的意義與研究價值。這裏姑且把提出的問題歸為以下幾個方面。

關於黨對科學工作的領導

"科學家(特別是自然科學家)中認為黨不能領導科學工作的人不少。他們還認為黨的領導對科學的發展沒有好處。'在美國沒有人管科學，科學家很自由，所以有李政道、楊振寧那樣的成就，在我們這裏就做不到'，要求黨'無為而治'。有的科學家想挑比較容易取得個人成就的工作做，不願意切實地為國家需要服務。黨應當怎樣來領導科學工作是值得研究的一個問題"。

毛澤東的批示是："有一半對"。這一時期，毛澤東在多個場合都談到他的這一看法。如3月10日在新聞出版座談會上，他這樣說："說到辦報，共產黨不如黨外人士。辦學，搞出版，科學研究，都是這樣。說共產黨不能領導科學，這話有一半道理。現在我們的外行領導內行，搞的是行政領導、政治領導，至於具體的科學技術，是不懂的。這種行政領導的狀況，將來是要改變的"。3月12日在全國宣傳工作會議上，他又重申了這一點："共產黨是否能夠領導科學？有人說，共產黨能夠領導階級鬥爭，搞政治這一套可以，但是搞科學不行。我說，這種說法講對了一半。在現在這個時期，我看是又能領導又不能領導。在自然科學的這門學科、那門學科的具體內容上不懂，沒有法子領導。在這一點上，他們說得對。但是有一半不對。共產黨能領導階級鬥爭，也就能領導向自然界作鬥爭。如果有這樣一個黨，叫共產黨，他就只能做社會鬥爭，要率領整個社會向自然界作鬥爭就不行，那末這樣一個黨就應該滅亡。”3月17日在天津黨員幹部會上，他又作了更明確的說明：“就具體的業務、具體的技術來說，我們是不能領導；就整個科學的前進這方面，我們能領導，就是用政治去領導，以國家計劃去領導。我們只有一個出路，就是向他們學習。有十年到十五年，就可以學到。不僅在政治上領導他們，而且在業務上、在技術上領導他們”。其實早在前一年(1956年)的中共八大第二次預備會上，毛澤東就提出“我們要造就(自己的)知識份子”的任務，並且預言，在第三個五年計劃完成以後，“中央委員會中應該有許多工程師，許多科學家”，不僅是“政治中央委員會”，還是“一個科學中央委員會”。[46] 在反復的申說中，自不難看出“黨能不能領導科學”對毛澤東來說，是關係到以搞階級鬥爭起家的共產黨在科學技術迅猛發展時代的領導合法性，以至生死存亡的問題，這是他的一個糾纏於心的大情結。面對黨外知識份子的巨大挑戰，儘管此時此刻他一再表示願意向他們學習，但這不過是一種隱忍，是隨時可以向着另一個方向爆發的。

關於百家爭鳴的問題

“關於允許哪一些文章出來爭鳴，不允許哪一些文章出來爭鳴，有各不相同的議論。

有人認為科學界已經有定論的事情就不再允許爭鳴。有人認為不是實事求是研究問題而是狂妄自大誇誇其談的文章不應允許出來爭鳴。有人認為討論問題態度不好的文章不應允許爭鳴。有人把這些問題歸結為‘百家爭鳴’與‘學風’問題。”——毛澤東在一旁批了“戒律太多”四個字。

“有人指出黨校是有特殊性的，即學員都是黨員，因此，這裏的‘爭鳴’，只能限於對馬克思列寧主義的理解不同之爭，不能容許非馬克思列寧主義的理論、思想來爭鳴。有人說：‘黨校中不能

46 以上引文均轉引自《毛澤東傳(1949–1976)(上)》，634頁，639頁，642頁，526頁。

給唯心主義設'講壇'"。——毛澤東批了一句："似乎不很對，何必怕爭鳴？"

"執行百家爭鳴的方針和學習經典著作有無矛盾呢？有人說提倡百家爭鳴和獨立思考，對學習馬克思列寧主義是有妨礙的，因為這樣一來，大家不先去接受經典著作的內容，而是首先去懷疑經典著作了。有人說，'經典著作是不允許懷疑的'。"——毛澤東反問道："不許懷疑嗎？"

這裏所列三條，大體是反映了黨內思想文化界的領導對毛澤東所提出的"百家爭鳴"方針的疑慮的。其實毛澤東心裏有數：他所提出的"百家爭鳴"的方針在黨內的阻力是相當大的。4月4日至4月6日在杭州召開的四省一市思想動態匯報會上，他就坦然承認，反對者的意見，"恐怕代表了黨內大多數，百分之九十。所以我這個報告(指他在最高國務會議上《關於正確處理人民內部矛盾的問題》的報告)毫無物質基礎，與大多數同志的想法抵觸嘛"。[47] 後來這話傳到社會上，自然引起很大震動。北大哲學系學生葉于泩還寫了一篇大字報：《我的憂慮和呼籲》，根據"鳴放方針提出之初，有百分之九十高幹不同意"、"據說有人要毛主席下台"這些"迹象"，"推測黨內重大分歧是可能存在的，若不警惕，有影響團結的可能"，因此呼籲"提高警惕，注意事態的發展"。[48] 時為中共宣傳部長的陸定一立即上報，毛澤東於6月6日批示："尚昆印發在京各中委一閱。完全造謠，但值得注意"。[49] 這正是他決定公開發出反擊右派的號召的前兩天。在隨後的反右運動中，為毛澤東的處境"憂慮"的葉于泩自然被打成右派，而且是"極右份子"。[50]

但當初毛澤東提出"百家爭鳴"，對於他也不是沒有危險的：因為真要將"百家爭鳴"堅持到底，就不會只局限於學術問題，必將涉及政治上是否也可以"百家爭鳴"，這就觸及到黨的領導與馬

47 轉引自《毛澤東傳(1949–1976)(上)》，659頁。
48 參看葉于泩：《"我的憂慮和呼籲"的答辯》、《關於"我的憂慮和呼籲"的說明》，文收《原上草：記憶中的反右派運動》，143–146頁。
49 轉引自《毛澤東傳(1949–1976)(上)》，703頁。
50 見葉于泩1998年11月22日給筆者的信。

克思主義的領導地位這些極為敏感的問題。這份《匯集》中有好幾條正是這樣提出問題的，而更有意思的是毛澤東的回應——

“人們常問：‘百家爭鳴’與‘馬克思列寧主義是國家的指導思想’兩者間的關係怎樣”。——毛澤東批示：“應當弄清這種關係”。

“報刊上是否允許發表和黨不同的主張？就是說黨的政策和黨、政府的工作方針能否在報刊上‘爭鳴’？去年八月，在中央批示《人民日報》改進工作的方案中，有這樣的指示：‘除少數的中央負責同志的文章和少數社論以外，一般地可以不代表黨中央的意見，而且可以允許一些作者在《人民日報》上發表和我們共產黨人的見解相反的文章’。特別自從‘百家爭鳴’的方針提出之後，各地在實際工作中在這個問題上的了解不同，並且有些誤解，遇到難以解決的問題。有些地方的黨委對和黨的政策不相同的意見主張少發表和不發表，要有掌握。而報刊方面受到讀者、作者的衝擊力很大，主張多發表一些。”“同上述問題有關的另一個問題：中央政府各部有些措施不當，在沒有經過中央和地方政府商妥以前，地方報紙能否批評”？“有的編輯說：‘報紙應有權利，不應跟着黨委屁股後面走’；‘心目中一有領導，版面就編不好；心目中有了讀者，報紙就編得好’。還有人主張辦反對派的報紙，說‘在野報’、‘民間報’可以‘大膽敢言，切中時弊，講人民要講的話’。不少黨內辦報的人也提出報紙的‘黨性’和‘人民性’應該如何統一？如何理解？”——對以上這些敏感問題，毛澤東都給以了同樣的回答：“這個問題值得研究”。而對另一個尖銳問題：“黨的政策是否允許懷疑？對黨的政策的懷疑的意見是否允許爭論？”他則反問道：“為甚麼不允許爭論呢？”

在3月1日所起草的《在第十一次最高國務會議作結束語的提綱》裏，他也以提問題的方式這樣寫道：“以工人階級、共產黨、馬列主義(指導思想)為領導，是否不妥？”[51] 這樣的既開放又謹慎的

51 《在第十一次最高國務會議上的講話提綱》，362頁，《建國以來的毛澤東文

猶豫不決的表達方式，很可能是反映了毛澤東的內在矛盾。作為一個思想家，他當然知道"百家爭鳴"的邏輯必然導致國家政治、思想、文化生活的全面民主化，突破"一黨專政"的現行體制，這也正是黨內許多人，甚至是大多數人竭力反對的真正原因所在，這是毛澤東心知肚明的；但他更明白："兩個方法(政策)領導中國，還(是)'放'的方法好……我們將(在)百花齊放、百家爭鳴中發展真理，少犯錯誤，將一個落後的中國變為一個先進的中國"[52]。而另一方面，作為一個政治家，一定利益集團的代表，他更清楚這樣的突破將意味着甚麼，並且是他所不願意的。在某種程度上，1957年毛澤東也正走在歷史選擇的十字路口。但他暫時的猶豫所說出的這些模棱兩可的話，在中國的現實政治生活中，卻造成了許多真誠而天真的人們的巨大災難：當他們聽了毛澤東"值得研究"的一句話，真的"研究"起來，"爭論"起來的時候，毛澤東最終決定要維護既得利益與既定體制，反轉過來，要反擊右派時，他們的這些"研究"與"爭論"就成了"否認報紙的黨性和階級性"、"欣賞資產階級自由主義，反對黨的領導"的鐵證，[53] 在劫難逃了。——自然，這也都是後話。

關於大學的領導體制的問題

"黨章規定，學校黨組織具有領導和監督行政機構和群眾組織的職能以後，黨內黨外都有一些人認為學校的黨員領導幹部對科學和教學都沒有甚麼研究，領導教學和科學研究工作困難較多，部分黨委書記和黨員校(院)長對此也缺乏信心。這個問題應該如何從思想認識上和具體作法上求得解決？"

毛澤東的批示是："此點值得重新研究"。[54] 這也是這一時期毛澤東經常論及的一個話題。在4月4日至6日的座談會上當有人匯

稿》第6冊。

52 《在宣傳會議上的講話(提綱)》，376頁，《建國以來的毛澤東文稿》第6冊。

53 《事情正在起變化》，424頁，《毛澤東選集》第5卷。

54 以上關於毛澤東批注的引文均見《在中宣部印發的〈有關思想工作的一些問題的匯集〉上的批注》，406–411頁，413頁，《建國以來的毛澤東文稿》第6冊。

報"廈門大學校長王亞南批評我們的大學有三個缺點：(一)行政機構太大，工作效率太小；(二)用領導機關工作的辦法來領導學校；(三)黨員幹部水平不高，黨員的優越性在大學裏看不出來"，毛澤東立即回應説："是嘛，在大學裏我們就是沒有優越性嘛。要把接管大學的人調出來……留下有用的部分，主要靠重新配備隊伍，辦法是把教授吸收入黨……不然外行不能領導內行"。[55] 在4月30日召開的最高國務會議第十二次(擴大)會議上，毛澤東更加明確地提出："教授治校恐怕有道理。是否分兩個組織，一個校務委員會管行政，一個教授會議管教學。這些問題要研究。由鄧小平同志負責找黨外人士和民盟、九三學社開座談會，對有職有權和學校黨委制的問題徵求意見"。[56] 毛澤東這裏實際上是點了一把火，而最後的滅火者也是他本人。

(四)"不平常的春天"裏的校園風波

最高國務會議的第二天，也即1957年5月1日，《人民日報》全文發表了中共中央《關於整風運動的指示》。5月8日，中共中央統戰部受中央委托，召開各民主黨派負責人座談會，由此拉開了整風運動的序幕，至6月8日《人民日報》發佈《這是為甚麼》的社論，號召反擊右派，前後一個月，這就是人們所説的"鳴放時期"。鳴放的最初階段主要是在民主黨派與上層知識份子範圍內，從5月19日開始，北大學生開闢"民主牆"，發動"五．一九民主運動"，廣大青年學生的廣泛參與，就使"鳴放"形成了一個自上而下與自下而上相互呼應的格局，也變得更加不好控制。——這一段歷史，特別是北大學生所發動的"五．一九民主運動"，正是我的"1957年學"研究的重點。這裏僅對本文所要討論的問題："1957年的中國工廠、農村、學校"有關的方面作一簡要的敘述。

55 轉引自《毛澤東傳(1949–1976)(上)》，661頁。
56 同上，672頁。

大學管理體制的論爭

在鳴放中，關於大學管理體制問題成了校園與社會議論與爭論的一個焦點。這可以說是建國以來第一次對這一重大問題的集中討論。特別是5月10日出版的《民盟中央工作簡報》第15期刊出了章伯鈞的傳達，說毛澤東提出"大學校的管理工作如何辦？可以找些黨外人士研究一下"，並建議"首先撤消學校黨委制"(這與前引毛澤東在最高國務會議上的講話有出入)，立刻在高校引起熱烈的響應。有的人表示贊成撤消學校裏的黨委制，認為"黨委制與'三害'(按，指整風運動的三大對象：主觀主義、宗派主義與官僚主義)不是兩回事，而是互為因果。黨委會不撤消，'三害'就永遠除不掉"。[57] 有的則主張"將來在學校中有關教學和科學研究工作，教授有決定權"，提出"為了加强黨在高等學校中的領導作用，將來應把兩種類型的工作分開，把行政工作交由行政會議處理；有關教學和科學研究方面的事項由學術委員會處理"，"學術委員會不一定要遵照黨委的意見執行"。[58] 但也有不同意見，北大校長馬寅初就公開表示："學校黨委制有它的好處。以北京大學為例，北大有八千個正規生，這八千個正規生的思想、家庭情況，黨委都知道。如果黨委退出去，我是無法了解的，叫我做校長，我也管不了"。[59] 清華大學校長蔣南翔則認為"在工會領導、黨派聯席會領導、教授治校、校長負責制、黨委領導制五種領導制度中，黨委集體領導的基礎上，加强校務委員會適合清華實際"。[60] 後來民盟還專門成立了臨時工作小組，起草了一個《我們對於高等學校領導制度的建議》(草案初稿)，表示"我們不同意黨和民主黨派退出學

---

57 山東大學教授陸侃如在山東大學和青島醫學院九三學社支部聯合召開的民主辦校座談會上的講話，轉引自朱正：《1957年的夏季：從百家爭鳴到兩家爭鳴》，281頁。

58 北師大教授陶大鏞5月20日在該校民盟支部會上的發言，轉引自朱正：《1957年的夏季：從百家爭鳴到兩家爭鳴》，281頁。

59 馬寅初5月15日在民主黨派與無黨人生座談會上的講話，轉引自朱正：《1957年的夏季：從百家爭鳴到兩家爭鳴》，69頁。

60 見1957年5月7日《光明日報》：《中央統戰部、清華大學黨委會、民盟、九三學社等召開座談會，討論改變高等學校黨委負責制問題》。

校，或在學校內停止黨、團、民主黨派活動和民主黨派成員不以黨派資格在學校內活動的說法”，“我們也不同意‘教授治校’的說法”，“因為大多數教授所關心的是有關教學和學術研究的問題，對於行政事務未必感到興趣，即使少數人有此興趣，那也只能做到少數教授治校，並不是教授治校”，“教授是高等學校的學術中心，但學校是一個整體，如果強調教授治校，則有可能把廣大的講師、助教、職工和學生群眾的利益都忽視了”。據此而提出了四項建議，“總的精神就是在黨的領導下實行民主辦校”。[61]

大學體制的討論也引起了大學生的強烈反應：5月19日晚在北京大學貼出的第一批大字報中，就提出了“取消黨委負責制，成立校務委員會，實行民主辦校”的主張，同時提出的還有“取消秘密檔案制度，實行人事檔案公開”、“取消政治課必修制，改為政治課選修”、“取消留學生內部選派制度，實行考試選拔制度”、“開闢自由論壇，確保言論、集合、出版、結社、游行示威的自由”等主張：這是幾乎概括了1957年相當一部分大學生的制度性訴求的。[62]

師生大字報中的農村與工廠問題

中國農村、農民的問題，在鳴放中也被提了出來，儘管沒有有關學校、知識份子話題那麼熱，但卻很引人注目。其中的中心依然是關於“農民苦”的呼籲。一篇校園裏的大字報這樣寫道：“種田人吃不飽，有餓肚的，吃泥土的，吃蕨包的，耕田插秧站不穩，跌倒在地裏的也不少，割去青苗的也不少。為甚麼？可食之物，逼上交(政府購買)。為甚麼？幹部說：超額完成任務，光榮加光榮”；“養豬人，無肉吃。……區裏幹部碗上肉塊滿桌面”；“小株密法農民不要逼去種，生硬搬來又強種，良田減了產。農民保守落後一

61　《我們對於高等學校領導制度的建議》，黃藥眠起草。文收《六月雪：記憶中的反右派運動》，384–385頁。

62　陳奉孝：《我所知道的北大整風反右運動》，496頁，《沒有情節的故事》，北京十月文藝出版社，2001年出版。

切都封建，過去做法都不行，種田不和農民來商量"；"農民比歷史上任何年代都要辛苦，但是有些汗是白流的，例如，幾十畝田挖成塘，塘剛成，今下填平種上秧，積肥肥堆成山，質不好數量多也光榮，用不完堆起來，更光榮"。[63] 北大西語系教授胡稼胎的發言更是一語驚人："再不整風，中國將非常危險。農民有許多是吃不飽的，如果逼得他們起來，黨員們的性命都有危險，應該猛省"。[64]

而北大的學生和戴煌、劉賓雁一樣，更為關注的，是正在形成的新的社會不公所造成的"特權階層"的問題，一篇題為《論"階級"的發展》的大字報(作者：周大覺)這樣寫道："我出身貧農之家，深惡痛絕階級壓迫，要求平等民主自由的熱望，猶如大火在心中燃燒。……我自小學到初中天天幻想着'總有一天'我有民主自由的權利，'總有一天'我可以不受歧視鄙視……。然而七年的經歷證明了不是那麼美麗的，新的階級壓迫，正在開始形成，慘狀目不忍睹"。他以分配的不平等(普通工人、農民的收入與中央幹部收入的巨大差距)與社會地位的不平等(農民的備受歧視)論證"新的特權階級"產生的危險性，大聲疾呼："反對新的變相的階級壓迫，人們要用自己的眼睛觀察現實世界，要用自己的耳朵去聽聽人民群眾的歡悲哭泣"。[65] 人民大學歷史系學生李雅春則在大字報與演說中指出："國家是全體人民的，任何一個黨當政只能代表一個階級(指工人階級)的利益，而忽視別的階級(主要指農民)的利益，如統購統銷，棉糧分配"。[66] 北大數學系學生錢如平也寫了一篇《論階級的發展》參與討論，被打成右派後，又寫了一篇《我的態度：頭可斷，血可流，真理絕不能丟》的大字報，藉以明志："我是一個貧

63 中共中國人民大學委員會社會主義思想教育委員會編：《高等學校右派言論選編》，649頁，1958年內部出版。轉引自羅平漢：《牆上春秋》，26–27頁，福建人民出版社，2001年版。

64 胡稼胎：《再不整風中國將非常危險》，108頁，《原上草：記憶中的反右派運動》。

65 周大覺：《論"階級"的發展》，166–170頁，《原上草：記憶中的反右派運動》。

66 新華社北京5月3日電訊：《北京各高等院校最近"鳴"、"放"情況》。

農的兒子，深知沒有黨是不可能進大學的，但有同情勞動人民的天性”，“我的母親是人民，我的兄弟是‘革命者’。為保衛生產資料公有我願拼命，我不想超現實的好吃好穿，一切事情為人民！真實地為人民！讓千千萬萬的農民兄弟同志冬來有棉衣，夏到有便服，饑餓在中華沃土上絕迹，工農知識份子團結萬歲！”[67] 這樣的態度與立場在1957年的中國校園是有一定的代表性的，説明毛澤東關於述説“農民苦”是代表“富裕中農及其背後的地主、富農説話”的斷言並無根據。

1957年的鳴放中較少涉及工廠與工人的問題，這可能與劉賓雁所説的“(工廠裏的)群眾與黨的領導之間的矛盾，並不嚴重”的基本狀況有關，也是因為鳴放時期的主要發言人各民主黨派與知識份子(包括青年學生)本身與工人的聯繫相當薄弱，自然不可能轉達出工人的呼聲。但當時的北大學生深受南斯拉夫工人直接管理生產的經驗的影響，也有人提出了“工廠的管理制度”的問題，哲學系學生龍英華在其《“世界往何處去，中國往何處去，北大往何處去”》的著名大字報裏，就提出了“我們有了一個社會主義工業化，還應有一個社會主義民主化”的任務，還提出一個“民主長一分，生產長一寸”的口號。他批評“在工廠、學校中沒有徹底實行民主集中制，階級鬥爭時有利的制度，現在變成了官僚制度。肅反前的工廠一長制，左得厲害。肅反後的黨委領導下的廠長負責制是以黨代政”。他主張工廠實行工人委員會制，要“制定新的選舉法，直接選舉。在工人委員會中，黨可以爭取多數，保證領導”。這張大字報還透露，在激進學生中，曾有過一個爭論，要推進“社會主義民主運動”，是先“搞理論鬥爭，理論弄通了，再自上而下地搞”，還是立即“走出書齋，讓全國學生動起來，工人動起來，農民也動起來，自下而上地搞”。[68] 後來，有一部分學生到天津去“串

67　錢如平：《我的態度：頭可斷，血可流，真理絕不能丢！》，180–182頁，《原上草：記憶中的反右派運動》。

68　龍英華：《“世界往何處去，中國往何處去，北大往何處去”》，《原上草：記憶中的反右派運動》，132頁，131頁，133頁，經濟日報出版社，1998年版。

連"，又發起"民主接力棒運動"，都是"讓全國學生動起來"的努力。據説龍英華本人也曾到北大印刷廠進行過發動工人的活動。[69] 北大中文系學生王國鄉也曾利用實習的機會作過農村調查。[70] 這都是個人行為，並未形成有組織的行動。

這一切都在毛澤東的密切注視中

但這一切都在黨的上層領導，特別是毛澤東本人的密切注視中。考察一下毛澤東在全國範圍正式開展整風運動以後的反應，是很有意思的。開始，毛澤東把主要精力集中在對《關於正確處理人民內部矛盾的問題》報告的整理上：在5月7日"自修稿第一次稿"中，在"關於如何處理罷工、罷課等事件"一節裏，他根據南下講話的內容加了一句："應該把群眾鬧事看作在特殊情況下教育幹部和群眾的一種手段"，並仍然保留了原稿中關於處理鬧事的四條原則(一、努力克服官僚主義，使之不鬧；二、要鬧，就讓他鬧；三、讓他鬧夠；四、對鬧事的頭子不開除)。在5月8日"自修稿第三次稿"中，在論述"長期共存，互相監督"的方針時，他又加上了一句："共產黨的力量很大，怕是沒有人講閑話，不怕天下大亂。這個天下是亂不了的"。這時候，毛澤東還是堅持要"放"，並且對政治形勢的發展的估計是樂觀的，認為中國不會發生匈牙利那樣的嚴重事件，對控制局面充滿了信心。而在以後，形勢發展發生變化，他在最後的定稿中就把這些話全部删去了。[71]

5月14日：微妙而重要的變化

到了5月14日這一天，卻發生了微妙而重要的變化。他先在5月10日上海《解放日報》的一個版面旁邊作了一個批示，這一版以《大膽揭露矛盾，幫助黨內整風》為題整版報道了5月8日召開的上

69 《小資料．龍英華》："他曾鼓動北大印刷廠工人推翻領導，被工人揭發"。載北京大學浪淘沙社編的內部刊物《浪淘沙》第2期。

70 王瑾希、王慶同：《王國鄉的吉林之行》，《紅樓》"反右派鬥爭特刊"第二號。

71 據《毛澤東傳(1949–1976)(上)》，680頁，684頁，

海中小學教師座談會的發言，毛澤東寫道：“這一整版值得過細一看，不整風黨就會毀了”，並轉發給劉少奇、周恩來、陳雲、鄧小平、彭真等最高領導人，要求注意閱讀整風消息，說“這是天下第一大事”。[72]

但在當天晚上九時至次日凌晨一時，毛澤東主持召開了中央政治局常委擴大會議，5月16日又繼續開會，從晚九時開到次日一時二十分。在此以後，就對形勢的發展作出了新的估計。5月14日，中共中央發出了《關於報道黨外人士對黨政各方面工作的批評的指示》，要求“對黨外人士的錯誤的批評，特別是對右傾份子的言論，目前不要反駁，以便使他們暢所欲言。我們各地的報紙應該繼續充分報道黨外人士的言論，特別是對右傾份子、反共份子的言論，必須原樣地、不加粉飾地報道出來，使群眾明瞭他們的面目，這對於教育群眾、教育中間份子，有很大的好處”。[73] 這是在發動整風運動以來，第一次在中共中央的文件裏出現“右傾份子”、“反共份子”這樣的概念，提出了要讓他們充分暴露(即後來所說的“引蛇出洞”)的策略，這至少是發出了一個鬥爭重心轉移、準備反擊的信號，這自然是非同小可的。

但由於這兩次會議都沒有留下記錄(這本身就頗耐尋味)，[74] 我們尚無法說明這一轉變具體是怎樣發生的，但李維漢有一個回憶，多少提供了一些綫索。他是這樣說的：“在民主黨派、無黨派民主人士座談會開始時，毛澤東同志並沒有提出要反右，我也不是為了反右而開這個會，不是‘引蛇出洞’。兩個座談會反映出的意見，我都及時向中央常委匯報。5月中旬，匯報到第三次或第四次時，已經放出一些不好的東西，甚麼‘輪流坐莊’、‘海德公園’等謬論都出來了。毛澤東同志警覺性很高，說他們這樣搞，將來會整到他們自己頭上，決定把會上放出來的言論在《人民日報》上發表，並

72 《關於注意閱讀整風消息的批語》，468頁，《建國以來的毛澤東文稿》第6冊。

73 轉引自《毛澤東傳(1949–1976)(上)》，690–691頁。

74 據《毛澤東傳(1949–1976)(上)》，691頁。

且指示，要硬着頭皮聽，不要反駁，讓他們放。在這次匯報以後，我才開始有了反右的準備。那時，蔣南翔同志對北大、清華有人主張'海德公園'受不住，[75] 毛澤東同志要彭真同志給蔣打招呼，要他硬着頭皮聽。當我匯報到有為高級民主人士説黨外有些人對共產黨的尖鋭批評是'姑嫂吵架'時，毛澤東同志説：不對，這不是姑嫂，是敵我。"[76]

李維漢只是説這次關鍵性的匯報發生在"五月中旬"，沒有點明具體時間；但查座談會上的發言，5月8日、9日、10日、11日，前四天其實比較溫和，大都是建設性的。只有5月10日羅隆基提出"共產黨在工農群眾中發展，而民主黨派就不能在工農群眾中發展，主要在舊知識份子中發展，而他們多是三四十歲以上的人。這個矛盾應該儘快解決，否則就很難共存下去"，這就有了與共產黨爭奪工農群眾與青年人的嫌疑，這是為下一步事態的發展埋下了禍根的；而他又提出希望今後黨內討論重大政策的同時，也交民主黨派去討論，這已經近於後來章伯鈞提出、引來大禍的"政治設計院"的主張了。[77] 但真正會引起强烈反應的，應是5月13日座談會上的發言。一是有人批評"天下是咱家打下的"、因而"一朝權在手，便把令來行"的思想，[78] 一是有人要求民主黨派與共產黨的"事實上的真正平等"，説"現在民主黨派同共產黨只是在政治、法律上的平等，離事實上的真正平等還遙遠得很，因為事實上的平等的條件還不存在，還沒有物質基礎。平等的權利是宣佈了，但民

75 更重要的是，這樣的海德公園式的自由討論的提倡，後來在清華大學得到了實踐：當時有一位電機系(？)的學生趙樹範在大操場一角的宿舍門前設立"自由論壇"，有意安放講台和擴音設備以供人們盡情公開鳴放。這個"自由論壇"大約生存了一周，每日晚飯後開張，持續到深夜散場，仍有醉心者久久不肯離去。除了最主要的肅反主題外，先後涉及的話題還有"取消政治輔導員"、"民主辦校"、"反對畢業設計走形式"、"罷免土包子領導"、"黨委退出教學管理"……等等。錢偉長也曾在講壇上演講。(見中英傑：《我與羅蘭在大風潮中》，《記憶》3輯，62頁，64頁)。真正讓蔣南翔感到不安的應是這海德公園式的"自由論壇"。但時間是5月27日前後。

76 李維漢：《回憶與研究》(下)，833–834頁，中共黨史資料出版社，1986年出版。

77 轉引自朱正：《1957年的夏季：從百家爭鳴到兩家爭鳴》，65頁。

78 轉引自朱正：《1957年的夏季：從百家爭鳴到兩家爭鳴》，68頁。

主黨派卻沒有資格去享受這項權利”。更有人提出“能做主角的，就讓他做主角，否則就讓他跑龍套或者乾脆不要他在台上”，“用不着再把那些小腳放在台上跳加官”。[79] 這些話自然要被理解為是要求“輪流坐莊”，直接向共產黨叫戰了。因此，可以推測，李維漢所說的“五月中旬”的匯報，應是發生在5月14日、16日這兩次政治局常委擴大會議上：據《毛澤東傳(1949–1976)(上)》透露，李維漢是參加了這兩次會議的，參加者還有劉少奇、周恩來、朱德、陳雲、鄧小平、彭真、康生、陸定一。[80] 而前述5月14日所起草的中共中央《關於報道黨外人士對黨政各方面的批評的指示》，其精神又是與李維漢回憶中所說的毛澤東的指示完全吻合的。

在2006年香港《爭鳴》第一期上發表了羅冰的《反右運動解密》一文，透露了一些新的材料：“5月2日至5月12日，全國各地召開二萬八千二百五十多次各類會議，向黨中央、各級黨組織、黨員幹部，提出了三十七萬二千三百四十五條意見、建議”，“毛澤東在《情況匯總》上作了批示：‘一放，各階級就會表現出來，原形也畢露。共產黨執政還不到八年，就有三十多萬條意見、錯誤、罪狀，那共產黨是不是該下台？那我姓毛的不是要重返井崗山！”“5月13日至14日，中央政治局討論局勢，意見分歧，但同意‘要正確引導，要再觀察一個時期”——這裏所說的“5月13日至14日，中央政治局討論局勢”，與《毛澤東傳》所說的5月14日、16日召開中央政治局常委擴大會議，略有出入，但基本事實應是可靠的。

毛澤東準備“反右”

而我們更注意的，是毛澤東於5月15日所寫的《事情正在起變化》與5月16日為中共中央起草的《關於對待當前黨外人士批評的指示》。前一篇原題為《走向反面》(未定稿)，署名是“本報評論

79 轉引自《毛澤東傳(1949–1976)(上)》，688頁。
80 據《毛澤東傳(1949–1976)(上)》，690–691頁。

員"，看來原本準備公開發表，但後又改為此題，並署名"中央政策研究室"，幾經修改，於6月12日(其時反右運動已經開始)才印發黨內，並注明："不登報紙，不讓新聞記者知道，不給黨內不可靠的人。大概要待半年或一年以後，才考慮在中國報紙上發表。"[81]

細看這兩個文件，有幾點頗可琢磨。其一，如人們所注意到的那樣，毛澤東在這裏第一次更加明確地提出了"右派"的概念，並且作了這樣的估計："右派"在黨外知識份子中"大約佔百分之一、百分之三、百分之五到百分之十，依情況而不同"，他事實上已經發出反擊"右派猖狂進攻"的動員令，只是"現在右派的進攻還沒有達到頂點"，"我們還要讓他們猖狂一個時期"，以便"誘敵深入，聚而殲之"。

但值得注意的是，在這兩個文件中，毛澤東還一再強調："自從展開人民內部矛盾的黨內外公開討論以來，異常迅速地揭開了各方面的矛盾。這些矛盾的詳細情況，我們過去幾乎完全不知道。現在如實地揭露出來，這很好。黨外人士對我們的批評，不管如何尖銳，包括北京大學傅鷹化學教授在內，基本上是誠懇的，正確的。這類批評佔百風之九十以上，對於我黨整風，改正缺點錯誤，大有利益。從揭露出來的事實看來，不正確甚至是完全不合理地對黨外人士發號施令，完全不信任和不尊重黨外人士，以致造成深溝、高牆，不講真話，沒有友情，隔閡得很。黨員評級評薪和提拔等事均有特權，黨員高一等，黨外低一等。黨員盛氣淩人，非黨員做小媳婦。學校我黨幹部教員助教講師教授資歷低，不向資歷高學問多的教員教授誠懇學習，反而向他們擺架子。以上情況，雖非全部，但甚普遍。這種錯誤方向，必須完全搬(扳)過來，而且越快越好"。這說明毛澤東對鳴放中所揭示出的黨內的嚴重問題是承認並看到其危害的，這才會有同在5月14日的前引批示中所說的"不整風黨就

81 據《事情正在起變化》注釋1，475–476頁，《建國以來的毛澤東文稿》第6冊。據《爭鳴》2006年1期《反右運動解密》一文透露，毛澤東的《事情正在起變化》在送政治局委員、候補委員參閱時，陳雲、李富春、劉伯承、張聞天四人閱後，沒有在毛澤東文章上批注意見或"已閱"。

會毀了”的這一判斷；因此，在1957年的5月中旬，毛澤東還是準備兩面作戰的：既要堅持繼續整風，同時也要為反右作準備，他是自信有同時駕馭兩個戰場的複雜局面的力量的。對局勢的發展，他還要看一看，因此又有“(對右派)是不是要大‘整’？要看右派先生們今後行為作決定”這樣的話。

其二，毛澤東在文件中還引人注目地提出了“共產黨的右派——修正主義者”的概念，並且說“我黨有一大批的知識份子新黨員(青年團員就更多)，其中有一部分確實具有相當嚴重的修正主義思想”，“他們跟社會上的右翼知識份子互相呼應，聯成一氣，親如兄弟”，因而强調“幾個月以來，人們都在批判教條主義，卻放過了修正主義”，“現在應當開始注意批判修正主義”。[82] 這表明，毛澤東其實對黨內的問題是更為敏感與看重的，他擔心的是“黨內外呼應”。

其三，毛澤東在分析民主黨派與知識份子中的右派的動向時，特別强調“他們又知道許多大學生屬於地主、富農、資產階級的兒女，認為這些人是可以聽右派號召起來的群眾”，“新聞界右派還有號召工農群眾反對政府的迹象”。[83] 這裏所表現的是毛澤東的另一個警覺：民主黨派、上層知識份子的右派與青年學生、工農群眾的“上下呼應”，儘管此時他仍然堅信，右派所能影響的，只是“一部分有右傾思想的學生”，“對大多數學生這樣設想，則是做夢”。[84]

5月19日：北大學生發動民主運動，毛澤東反應强烈

此時，大學裏的青年學生已經開始人心湧動，如《七十個日日夜夜：大學生眼睛裏的1957年之春》一書裏所描述的：“大學生們的心已經從書本，吸引到關心整風運動上。(人民大學)校院裏開

82 在三月所寫的前引在《有關思想工作的一些問題的匯集》的批注中，當有人問道：“目前文藝界一方面‘左’的教條主義、宗派主義傾向仍然很嚴重，另一方面資產階級、小資產階級思想又確實有些抬頭。哪一方面是主要危險”時，毛澤東的回答還是“目前不要去找主要危險，而應按具體問題處理”。《建國以來的毛澤東文稿》第6冊，408頁。

83 以上引文見《事情正在起變化》、《中共中央對待當前黨外人士批評的指示》，470頁，471頁，477頁，475頁，469頁，《建國以來的毛澤東文稿》第6冊。

84 《事情正在發生變化》，471頁，《建國以來的毛澤東文稿》第6冊。

始貼出各種佈告：中國工業化道路問題探討會，歡迎參加。中國農業問題研究會，歡迎發言"，報紙上關於整風中所提出的各種問題(包括大學體制問題)的每一個報道，都在大學生中引起強烈的反響。[85] 從5月19日深夜北大學生貼出第一張大字報開始，[86] 大學生們就從關心轉向直接參與，從而使局勢更加複雜化。

而中南海的反應卻意外地強烈。據《毛澤東傳(1949–1976)(上)》透露："在最緊張的幾天裏，(毛澤東)幾乎天天派人到北京大學、清華大學、北京師範大學、中國人民大學等高校看大字報。他問身邊工作人員：'你看共產黨的江山坐不坐得穩？'那段時間，他很憂慮。後來回憶起來還說：'我這個人就是常常有憂愁。特別是去年五月底右派進攻，我就在床上吃飯，辦公，一天看那些材料，盡是罵我們的。'又說：'右派猖狂進攻時，哪個不着急？我看大家都有點着急。我就是一個着急的，着急才想主意。'幾個月後，他回憶說：'四個大學沒有底之前，天天派人看大字報。匈牙利事件究竟有多大影響。5月20號後摸到底了，才真不怕'。[87] (按：這裏所說"5月20號"時間可能有誤：如前文所說，北大第一張大字報出現在5月19日晚，而清華等校大字報出現的時間更晚。)[88]毛澤東說得很清楚：他所憂慮的是，中國會不會出現"匈牙利事件"。後來，他在決心"組織力量反擊右派份子的猖狂進攻"時，就明確指出："有出'匈牙利事件"的某些危險"。[89] 這與前些時候他對

85 魯丹：《七十個日日夜夜：大學生眼睛裏的1957年春》，48頁及有關章節，光明日報出版社，1996年版。

86 據中英傑回憶，清華大學是在5月24日晨，由電機、土木、機械、建築等系學生組織的庶民社貼出第一張大字報——《庶民報》的。見《我與羅蘭在大風潮中》，《記憶》3輯，60頁。首都各高校也在此前後陸續出現大字報，又迅速波及全國。

87 《毛澤東傳(1949–1976)(上)》，696頁。

88 據《毛澤東傳》透露，"鄧小平在5月23日中央政治局擴大會議上也曾說過：'現在的問題是：這個問題可不可怕？現在我們確實有些擔心，比如我們黨校有相當的高級幹部，都是省委、地委的同志，他們在那裏很擔心。這個擔心是有理由的，你說共產黨看到那個罵娘的事情心裏不着急呀，我看也難設想，我就有點着急。開始幾天，人心裏有點急。後來看到那個反動的東西愈多，心裏就安定了，舒服了。有的人擔心是不是會出亂子。總的估計是出不了問題'。這個估計，代表了政治局常委一致的意見"。696–697頁。

89 《組織力量反擊右派份子的猖狂進攻》，497頁，《建國以來的毛澤東文稿》第

形勢的樂觀估計，認為中國不會發生匈牙利那樣的嚴重事件是明顯有了不同。

值得注意的是，5月25日劉少奇在人大常委會講話中也作了這樣的估計："如果指導得不好，就可能出問題，人民會走上街頭……大學和中學已經在活動中，如果工人群眾行動得慢一些就再好不過了。如果工人中小學的教員和其他群眾組織也開始動員起來，我們將無法堅守陣地……如果我們不能控制事態，那麼很快成百萬的人將會起來，使我們處於無能為力的地步，這對我們將是不利的。"[90]

這也是毛澤東所擔心的：學生的活動會進一步形成"黨內外的呼應"與"上下呼應"，局勢就難以收拾了。他的這一擔心，在6月6日起草的《中央關於加緊進行整風》的指示中，表露得很清楚。他一方面說："黨內團內一部分右傾份子叛變出去，是極好的事，切切不要可惜"，同時一再關照："機關學校出大字報的消息，報紙不應登載，以免影響中等學校及工廠"，"對於工廠和中等學校，目前不要整風，但要主動下樓，改善作風，廣交朋友，深入群眾。不可亂許願，亂答應，又要避免出亂子"，並特別提醒："暑假將屆，京滬及各地大學生將回家，其中有些人將到處活動，你們應爭取主動，並準備適當應付"。[91] 一貫鼓動知識份子與工農相結合的毛澤東，此時真正憂慮的是大學生們到工廠、農村鼓動"鬧事"：他深知，那裏才是真正可能出"大事"的地方。

這一指示還有一點很值得注意。文件一開始就通知："毛澤東同志2月27日在最高國務會議及三月間在宣傳會議的兩次講話，準備於6月15日左右在報上發表。各省市一級機關、高等學校及地市一級機關用大鳴大放的整風，請即加緊進行"。有研究者據此而提出一個推測："照這個指示所表明的意圖，公開轉入反右鬥爭，是

6冊。

90 轉引自胡平《禪機：1957年苦難的祭壇》，280頁，廣東旅遊出版社，2004年。

91 《中央關於加緊進行整風的指示》，491–492頁，《建國以來的毛澤東文稿》第6冊。

6月15日左右後的某一天”。[92]但最後提前到6月8日，研究者認為是6月6日的民盟“六教授會議”所引發。[93]

毛澤東這樣看“六教授會議”：知識份子和青年學生準備到工農中煽風點火

這次會議的中心，是由大學生的動向討論全國形勢。幾位大學教授都談到“今天學生的問題很多，一觸即發。他們上街，市民就結合起來，問題就鬧大了”，“不要看秀才造反三年不成，中國知識份子鬧事是有傳統的，從漢朝的太學生到五四運動都是學生鬧起來的”，“現在的情形是五四以來所沒有的”，“大學生這樣鬧下去，說不定會發生匈牙利那樣的事件”，“當然要收也容易，三百萬軍隊也可以收，但人心是失去了，黨在群眾中的威信就完了”，“現在民主黨派說話是有力量的。學生到處找自己的領袖，希望我們能站出來說話”。更關鍵的是，這一天下午，章伯鈞在農工民主黨的中央執行局的會議上，還提出“民主黨派發展二三百萬，農工民主黨今年就可以發展到二三萬人，將來不僅縣要發展，還要發展到農村去”的計劃。[94]

在毛澤東看來，這顯然是一個信號：上層的民主黨派右派正準備利用學生把事態擴大到社會，煽動工農鬧事，逼自己動用三百萬軍隊用武力解決，那就真正不好收拾了。這是毛澤東的一個底綫，早在1957年1月的講話中他就提出“不要輕易使用武力，不要

92 朱正：《1957年的夏季：從百家爭鳴到兩家爭鳴》，140頁。

93 朱正：《1957年的夏季：從百家爭鳴到兩家爭鳴》，140頁。這次“六教授會”的召開，今天看來，似有可疑之處：據章伯鈞女兒章詒和回憶，“反右中被叫做‘六六六的會議’其實是胡愈之在南河沿大街政協文化俱樂部召開的民盟中央緊急會議。其中曾昭掄、錢偉長、費孝通、陶大鏞、吳景超、黃藥眠六人為教授”，“此會的倡議者、操辦者胡愈之，則在會議開始之際離去”(《往事並不如烟》，54–55頁，人民文學出版社，2003年版)。胡愈之的匆匆離去本身即相當蹊蹺；後來在批判會上，胡愈之又特意點題：“章羅聯盟的陰謀野心，到了這時候(指6月6日會議)才完全暴露”。(7月11日《人民日報》報道)。聯繫胡愈之的特殊身份：他時為民盟中央副主席，又是中共秘密黨員(他的中共黨員身份到文革後才公佈)，那麼，他親自策劃這次會議，就很有可能是執行毛澤東早已制定的對引蛇出洞”、讓其徹底“暴露”策略的一個預謀行為。

94 引自朱正：《1957年的夏季：從百家爭鳴到兩家爭鳴》，141–145頁。

開槍。段祺瑞搞的‘三·一八’慘案，就是用開槍的辦法，結果把自己打倒了。我們不能學段祺瑞的辦法”。[95] 在他的感覺中，這些民主黨派的右派正在逼他走到這一步，這是他絕不能容忍的。

他後來在談起這次會議時仍是怒火難忍：“到處點火可以煽動工農，學生的大字報便於接管學校，大鳴大放，一觸即發，天下頃刻大亂，共產黨馬上完蛋，這就是六月六日章伯鈞向北京六教授所作目前形勢的估計。這不是利令智昏嗎？‘利’者，奪權權力也。”[96] 在某種程度上這也是毛澤東自己對形勢的估計，其實都是過於誇大了的。後來，在反右運動中，反復追查所謂“右派學生”與這些“右派頭面人物”的聯繫，卻找不到有說服力的證據。[97]

毛澤東的戰略部署：發動工人、農民反擊知識份子、青年學生“右派”

毛澤東迅速作出反應：6月8日《人民日報》發表《這是為甚麼》的社論，開始反擊右派，[98] 並於6月8日、10日連續發佈指示，作出具體部署。其反復關照的有兩條：一是重申“一個月後，學校將放暑假，許多學生將回家鄉。你們應當立即通知地縣區鄉四級，預作準備。原則是：一、善意歡迎；二、向回鄉學生解釋合作化的優越性，解釋二類社三類社現在所以沒有辦好的理由，過幾年就會辦好的。回鄉學生可能有許多地富子弟，你們要對地富做好工

95 毛澤東：《在省市自治區黨委書記會議上的講話》，《毛澤東選集》5卷，354頁。

96 《文匯報的資產階級方向應該批判》，437頁，《毛澤東選集》5卷。

97 在萬人批鬥《廣場》“反動小集團”的大會上，曾宣佈《廣場》編委會與“上層“右派份子的聯繫，據說有三條綫索：“有譚惕吾、黃紹竑(通過崔德甫—林希翎)；有章羅聯盟(通過黃繼忠—劉光華)；有章乃器(通過許南亭—許漢三)”(謝自立：《〈廣場〉反動集團的反動本質》，載《粉碎〈廣場〉反動小集團》)。其實都是捕風捉影，如因為許南亭的父親許漢三是章乃器的“親信”，就斷定章乃器插手北大運動，這自然是沒有說服力的。

98 據《爭鳴》2006年1期《反右運動檔案解密》一文透露，毛澤東和中共發動反右運動的決定，遭到了黨外人士的強烈反對：“1957年5月30日，人大副委員長宋慶齡致信毛澤東主席，對全國範圍在黨內、民主黨派內、知識學術界開展反右鬥爭，表示十分憂慮，十分詫異，十分驚奇，要求對沒有行動的‘反黨’的右派、右傾人士，作不同意見的爭論處理”，“1957年6月10日，人大副委員長李濟深、沈鈞儒、黃炎培、陳叔通分別寫信給中共中央政治局、毛澤東、劉少奇、周恩來，信中都對展開反右鬥爭表示很不理解。李濟深在信中寫道：在政治上出爾反爾，營造鬥爭氣氛，製造對立階層，會造成深遠創傷。”

作，要他們善於教育子弟。學生如果煽動農民反對政府，就要批評他們的錯誤，給以堅決的教訓，但不可打人罵人，講理為上，以理服人。"[99] 另一則提醒"反動份子將到本機關本學校以外的工廠學校去活動，要預作佈置，實行擋駕。要召集工廠主要幹部及老工人開會，説明有一些不好的資本家，不好的知識份子及社會上的反動份子正在向工人階級及共產黨猖狂進攻，要推倒工人階級領導的政權，切記不要上他們的當。有人煽動，實行擋駕。街上貼反動標語，動員群眾撕毀。工人要看清大局，不要鬧事情。在此期間，不要提出福利工資等問題，一致對付反對派"。[100]

毛澤東心中完全有數：1957年的中國農村與工廠是存在着許多不安定的因素的，這是他的"軟肋"，因此需要"預作準備"，並要求工人(及農民)"看清大局，不要鬧事情"：在他看來，只要農村、工廠穩了，少數知識份子(更不用説那些年輕娃娃)是鬧不成大事的。

而他又堅信，基層的工人、農民是共產黨的統治基礎與基本群眾，因此，他要動員工人、農民的力量來反擊右派。事實也確實如此：如前所分析，儘管1957年的農民、工人和共產黨領導(特別是基層領導)之間存在着各種矛盾，有的矛盾還相當尖鋭，鬱積着許多不滿，但無論是工人，還是農民，對共產黨的基本信任並沒有動搖，他們對國民黨的黑暗統治記憶猶新，仍然認定共產黨是自己的利益的代表。毛澤東正是看到了這一點，便有意地在向共產黨提意見的所謂"不好的資本家"、"不好的知識份子"與工人、農民之間製造對立(在同一指示中，他自己都承認："在此次浪潮中，資產階級大多數人表現很好，沒有起哄"，[101] 之所以强調資本家顯然是為了激起工人的不滿)，把事情説成是右派是要"向工人階級及共產黨(這裏的先後次

99 《中央關於反擊右派份子鬥爭的步驟、策略問題的指示》，503頁，《建國以來的毛澤東文稿》第6冊。

100 《組織力量反擊右派份子的猖狂進攻》，496頁，《建國以來的毛澤東文稿》第6冊。

101 《中央關於反擊右派份子鬥爭的步驟、策略問題的指示》，《建國以來的毛澤東文稿》第6冊，503頁。

序的安排顯然是經過斟酌的)猖狂進攻”，是要推倒“工人階級領導的政權”，這就自然能够激起工人與農民的憤怒，達到他將右派完全孤立的目的。

應該說毛澤東所採取的這一鬥爭策略是成功的，有效的。6月10日《人民日報》發表社論：《工人說話了》，報道北京、上海、天津、瀋陽、鞍山等地紛紛召開職工座談會(這顯然是具體落實毛澤東的前述指示)，社論說“他們對於一切反對共產黨、誣衊共產黨、反對社會主義、誣衊社會主義的言論，表示了堅定的鬥爭的決心”。就在6月10日這一天，北大學生、《廣場》主編張元勛、副主編沈澤宜到北京第一印刷廠去取《廣場》的校樣，工人們將他們團團圍住，表示《廣場》裏的文章“淨是反對共產黨，反對社會主義的反動言論”，因而拒絕排印，並且說：“我們工人認為，有了共產黨，有了社會主義，我們才有了幸福和自由。今天的社會主義真是太好了，比過去不知要好多少倍！告訴你們吧，共產黨、社會主義就是我們的命根子，誰要反對他，誣衊他，我們工人階級是絕不答應的！”12日，又先後來了四個北大學生，“工人圍着學生，由數十人聚至數百人”，據說“在這個自發形成的大會上，工人們高呼：‘我們和共產黨一條命一條心！’‘反對脫離社會主義的謬論！’”[102]《廣場》編委陳奉孝在幾十年後仍然堅持認為這次工人與學生的衝突，“顯然是當時北大黨委和北京市委搞的”。[103]這當然只是一個猜測，但在當時的許多類似的工農群眾鬥爭右派份子的場面，又確實多少看出某種“組織”的痕迹。如朱正在《1957年的夏季：從百家爭鳴到兩家爭鳴》一書裏所描述的“鬥爭百景”：瀋陽師範學院的學生張百生堅持他對農業合作運動中發生的問題的批評意見，就動員他的家鄉的農民從一百多里以外趕來與他“爭辯”。在上海市人民代表大會上，工人代表怒斥復旦大學教授孫大雨：“人民把你送到十八層樓上去(孫大雨住的十八層高樓的公寓是

102 《第一印刷廠工人給北大同學的信(兩封)》，載《浪淘沙》第2期。
103 陳孝孝：《我所知道的北大整風反右運動》，505頁，《沒有情節的故事》。

政府照顧高級知識份子住的)，你卻要把中國人民踏到十八層地獄裏去，搞反共反社會主義的資本主義復辟陰謀，你完全是忘恩負義之徒"。廣東省為批判右派份子羅翼群，特地安排他到七個縣去"視察"，每到一處，都有成千上萬的工人、農民"自發"地前來與他"講理"，其中興寧縣有五萬人游行示威，源河縣冒雨趕來的有五千人，前後二十餘天，無論他住在哪裏，只要一出門，就有幾百人甚至幾千人圍上來，沒有三四個警察保護，便不能離開宿舍一步，最後羅翼群只得被塞在汽車的麻袋裏狼狽逃回廣州。[104]

中國進入"群眾專政"的時代

這裏所執行的，正是毛澤東的指示："在這次運動中，一定要使反動份子在公眾面前掃臉出醜"，[105]或者如毛澤東所說，"對這些右派，現在我們正在圍剿"。[106]後來毛澤東又有了一個更為形象的"詩意"描述："過去的剝削階級完全陷落在勞動群眾的汪洋大海中，他們不想變也得變。至死不變、願意帶着花崗岩頭腦去見上帝的人，肯定有的，那也無關大局"。[107]——從此，中國進入了一個"群眾專政"的時代。

104 轉引自朱正：《1957年的夏季：從百家爭鳴到兩家爭鳴》，430頁，431–432頁，435–440頁。

105 《中央關於反擊右派份子鬥爭的步驟、策略的指示》，503頁，《建國以來的毛澤東文稿》第6冊。

106 《打退資產階級右派的進攻》，442頁，《毛澤東選集》第5卷。

107 《介紹一個合作社》，177頁，《建國以來的毛澤東文稿》第7冊。

1957年燕園的三個學生刊物

《紅樓》："山雨欲來"前的青春歌唱

1957年的第一個早晨，北京大學大餐廳(今大講堂的原址)前，兩張大餐桌上堆滿了剛剛出版的大型學生文藝刊物《紅樓》的創刊號。參加了通宵狂歡的北大兒女們，晚妝未殘，微有倦意，便圍購如堵。只見一位衣着淡雅、步態輕盈的女大學生和幾位男同學在那裏忙碌着。這位女生就是後來以其壯烈之舉震撼全國、並終將載入北大史冊的林昭，當時她就已經在燕園文壇上頗有詩名，詩友們都親暱地稱她為"林姑娘"。但此時的讀者卻對她並不注意，他們已經被新出的刊物封面所吸引：這是一幅木刻圖案，是一個牧羊人正驅趕着羊群走下山崗，山上草木搖曳，山外濃雲翻滾，題名是："山雨欲來"。[1]——多年以後，人們才意識到這竟是一句"讖語"。[2]

打開刊物，第二頁便刊登着著名的三十年代校園詩人、如今是北大中文系教授的林庚先生的《紅樓》——

"紅樓你響過五四的鐘聲
你啊是新詩搖籃旁的心
為甚麼今天不放聲歌唱
讓青年越過越覺得年輕"

這裏響徹的正是這個新誕生的校園刊物給自己定下的旋律：

1　參看張元勛：《北大往事與林昭之死》，收《沒有情節的故事》，525–526頁。
2　謝冕：《開花和不開花的年代》，收《開花和不開花的年代》，17頁，北京大學出版社，2001年出版。

盡情享受着“年輕”的“青年”的“放聲歌唱”，這是一種典型的時代與個人的“青春歌唱”。在《發刊詞》裏，對此有更具體的闡述——

> “我們的刊物是以紅樓命名的百花園。我們的百花園必將五彩繽紛，萬紫千紅，紅樓的光芒照在花園裏，這紅光告訴我們，要學習五四時代青年的革命精神，要大膽地干預生活，要勇於和善於建設，支持屬於我們時代的，使我們的生活變得更加美好的一切；也勇於和善於揭發、批評阻撓我們前進的陳腐的一切！我們的紅樓要有青年人的特點：不僅主要是青年人寫，還要着重寫青年；不僅主要是學生寫，還要求寫學生。在百花齊放、百家爭鳴的方針指導下，它將發表不同風格的創作。我們的花園歡迎從任何地方寄來的花種，只要它是真的花，有生命，在我們這裏，都有它生長的土地”。

可以看出，這樣的青春歌唱的激情是被時代所喚起的：幾乎所有的年輕大學生都毫不懷疑地相信，無數先驅者為之流血奮鬥的，中國歷史上從未有過的，真正的民主、自由的“百花齊放、百家爭鳴”的新時代已經向他們走來，他們的任務就是發揚五四的革命、批判與創造的精神來迎接這個時代，以時代和國家主人翁的姿態，發出年輕人自己的聲音。

這可以說是當時北大的“校園心境”。或許讀着這期《紅樓》，燕園學子就會回味起剛剛度過的新年聯歡晚會的情景——這幾乎成了晚會參加者終生難忘的校園生活中最後一個美好的記憶：“大餐廳的中心放着一個直徑兩米的大花盆，裏面栽着一株五六米高的針松聖誕樹，樹葉之間燈光明滅……。‘迎接偉大的1957年’金色大字懸掛在主席台上，所有的聚光燈都投射在這十個金色大字上，彷彿它就是即將展現在我們面前的那金色的日子！……午夜十一時三十分，我們敬愛的馬寅初校長、周培源教務長等學校領導來到迎接新年的會堂，登台賀年，舞曲驟停，八千驕子靜立。

當午夜的鐘聲敲響第十二響，餘音未絕，北大沸騰了，如群山在笑！……”，“馬老的習慣用語‘兄弟我！’剛一出口，他的話就被海濤般的掌聲所淹沒”，他出乎意外的朗聲說道：“恭喜諸位新年發‘才’”，看到同學不解的眼光，又不慌不忙地解釋道：“這不是‘財富’之‘財’，而是‘人才’之‘才’：祝福諸位成為國家建設的棟梁之才！”嘩然大笑之後，又響起了經久不息的掌聲……。[3]“成才”，確實是那個年代的北大學子的共同的金色的夢想，似乎也是時代的要求：就在1956年，1月，在中共中央召開的知識份子問題會議上，提出了“向科學進軍”的口號；4月，毛澤東又在最高國務會議上，正式提出了“百花齊放，百家爭鳴”的方針。校園裏的十七、八歲、二十來歲的年青人立刻被這“時代鮮麗而充滿朝氣的口號迷住了”，如時為北大中文系二年級的學生、《紅樓》編委的謝冕所說，“就這樣，我們這些如花的生命便集結在‘向科學進軍’的旗幟下，從此開始了我們的二十世紀五十年代的理想主義的‘進軍’”。[4]

在這樣的時代風氣下，校園裏的文學氣氛十分濃鬱。謝冕的同班同學、也是《紅樓》作者、校園詩人的孫玉石有這樣的回憶：“我們這些不諳世事的年輕人，整天沉醉在喜歡的書本裏，新鮮的文學作品中。為了滿足同學們的創作欲，鄧美萱、李鑫辦起了手抄本牆上小報《小火星》，許多今天看起來也是最先鋒的文學作品，都在那裏發表。為了享受一場人藝名流演員演出的話劇《雷雨》，全班人散場後無車可坐，竟曠野放歌，夜走京城，到學校已經是淩晨四點了。我們宿舍的六個同學，個性和趣味各異，天南海北，無所不談，後來索性弄一張紙，用毛筆寫了‘六味書屋’幾個字，貼在宿舍門口。張時魯用他的內蒙口音，給我們這些從中學來的，經常大講蕭洛霍夫、杰克·倫敦、海明威，他讚不絕口的是：‘真了不起啊，《靜靜的頓河》、《荒野的呼喚》、《老人與

3 張元勛：《北大往事與林昭之死》，收《沒有情節的故事》，524–525頁。關於“發‘才’”這一段話，則是也在會場中的本文作者的回憶。

4 謝冕：《開花和不開花的年代》，收《開花和不開花的年代》，14頁。

海》！……'他像一匹饑餓的狼，吞噬着一些西方的現代名著，總是埋頭寫自己的長篇小說。才華橫溢的孫紹振，讀的書最多，思想也像跑野馬一樣自由無羈，他和才女溫小鈺一起，常常把最先鋒的作品的信息，傳到班上來。'蕭洛霍夫的《一個人的遭遇》，岳野的話劇《同甘共苦》，真是妙極了！'於是，我們班裏很多人搶着看這些作品，為蕭洛霍夫對於戰爭摧殘人道的描寫所震撼，為一些老幹部進城以後的喜新厭舊而憤憤不平。拉甫列湼夫的《第四十一》，從小說到電影，班上看了的人交口稱贊，簡直佩服得五體投地。普希金、萊蒙托夫、聶魯達、希克梅特，艾青的《寶石的紅星》、《在智利的海峽上》……幾乎成為我們幾個喜歡詩歌的人口頭議論的專利。……在宿舍裏，教室裏，孫紹振常常伸出雙臂，尖聲高叫地朗誦着：'伐木者，醒來吧！'……"——這"醒來"的呼喊，就成了那一代人生命中的永恒：孫玉石在四十三年以後，回首往事時，"不能忘卻的，而且要刻骨銘心要牢記於懷的"，依然是這呼喊。[5]

於是，我們發現，1956–1957年的中國校園裏的年輕人，正處在精神的蘇醒之中，內心湧動着對知識、理性、理想的渴求，以及不可扼制的自由創造的衝動。年輕人的創作才情如熔漿般的噴發了。在《紅樓》上經常可以讀到這樣的"北大文藝動態"："中文系三年級同學王磊同學的詩集《寡婦淚》已在二月份由通俗文藝出版社出版"，"本校音樂創作組劉季林同學(中文系二年級)創作的音樂作品《少年鋼琴曲》已被音樂出版社接受出版，這是作者的處女作"[6]；各個外語系紛紛編輯出版學習翻譯的刊物，計有俄語系的《十月》、東語系《翻譯習作》、西語系《橋》等，中文系的班級手抄刊物也如雨後春笋，如語言專業二年級一班的《短笛》、二班的《百花壇》、《小火星》、朝鮮族同學的《長白山》，新聞專業一年級三班的《向日葵》等等[7]。校園文化活動也很活躍，據報

5 孫玉石：《"如歌"的歲月裏》，《開花或不開花的年代》，10–11頁，12頁。
6 見《紅樓》第4期：《北大文藝動態一瞥》。
7 見《紅樓》第2期《北大文藝動態一瞥》。

道，蘇聯作家波列伏依、卡達耶夫，印度作家庫瑪爾，日本作家藤林成吉、青野季吉，奧斯特洛夫斯基(《鋼鐵是怎樣練成的》的作者)夫人，蘇聯電影大師邦達丘克，中國作家、學者李健吾、陸侃如、劉大杰、康濯、吳祖光，電影演員趙丹、白楊、黃宗英、孫道臨等，都曾來校與學生見面、座談。[8]

《紅樓》就是在這樣的土壤中拔地而出。在此之前，已經有了《北大詩刊》(1954年創刊，初為三十二開本，1956年改為十六開本)，聚集了幾乎所有的燕園詩人，後來張元勛作了這樣的描述："當時的社長是現代派詩人趙曙光，社員則有古典派詩人崔道詒，哲理詩人馬嘶、李任，海濱詩人孫克恒，敘事詩人薛雪，抒情詩人張玲、學者詩人謝冕，大漠詩人任彥芳，唯美詩人王克武等"，當然，也還有林昭和張元勛自己。當年，他和林昭一起負責編輯《北大詩刊——1956年新年專號》的情景，是永遠難忘的：那一期的封面用的是粉紅色的膠版紙，印着提着燈籠的女孩的刻紙圖案，有一種樸素的美感，就是出自林昭的匠心。[9] 這一期還刊載了謝冕的一首《一九五六年騎着駿馬飛奔而來》，其中有一句"雖然冰霜封凍着大地，可是我的心卻燃燒得發燙"，與寫在同時的張元勛的詩句："欣喜。冰已消融！春已有了消息！"，都是傳遞着一種心聲，以及對時代變遷的信息的某種直覺的把握與敏感的。因此，由《北大詩刊》到《紅樓》，是一個自然的延續和發展：從純詩刊發展成綜合性文藝刊物，除這些校園詩人之外，就吸引了更多的校園作者：寫小說、散文、評論，以及畫畫，作曲的……都納入其中，儼然形成了同學們所戲稱的"北大文藝界"。據張元勛回憶，任《紅樓》主編的是時為團委宣傳部長的中文系助教樂黛雲，副主編是康式昭、張鐘(中文系四年級學生)，編委有馬嘶、李任、王克武、林昭、張元勛、謝冕、張炯(按年級自高而低排列)等。[10] 從編委會的組成，可以看出，《紅樓》是一個在團委領導下的學生社團刊物。這就表

8 見《紅樓》第2期、第3期：《北大文藝一瞥》。
9 張元勛：《北大往事與林昭之死》，《沒有情節的故事》，521–522頁。
10 同上，523頁。

明，五十年代的中國校園詩歌與文學，它既是五四所開創的校園詩歌與文學的繼續，同時也具有自己時代的特點：和五十年代的中國文學一樣，它的合法性與出版經費、空間都是由黨、團組織和國家、政府(學校行政領導)所給予的，因此，服從黨團組織的領導，是決定其存在與發展的絕對要求。在這一前提下，學生也有一定的自主性和活動空間，如以後我們所要分析的，這中間也會出現一定的縫隙和矛盾。《紅樓》的作者，除前述《北大詩刊》的大部分作者外，還有沈澤宜、孫紹振、蔡根林、劉登翰、張志華、汪浙成、楊路、韓樂群、江楓、陸拂為、孫玉石、楊書案、洪子誠、翟奎曾……等。人們不難發現，這些作者儘管在反右運動以後有着不同的命運，但當二十年後中國開始出現新的復蘇，他們就立即顯示出新的活力，活躍在八、九十年代的中國文學界與學術界：在這個意義上可以說《紅樓》是培育"不垮的一代"人才的搖籃。

《紅樓》就是這樣的意氣風發、才華洋溢、充滿創造活力的一代人的自我塑像。

《紅樓》第2期"封四"的一幅照片配詩這樣寫道："世界是這麼廣大/ 友誼是這麼真誠/ 生活是這麼美好啊/ 我們又這麼年輕"(作者：任鋒即林昭)，於是，就有了這一代人的單純而真誠的歌。他們在看來枯燥的大學日常生活中發現了詩："在這短短的四十五分鐘裏，/ 新鋪的鐵路又伸長多少公里？/ / 多少個燦爛的小生命/ 哇哇落在潔白的產盆裏？/ 多少倍'四十五'的樓房，/ 在祖國的大地上矗立起來？/ 都在轉瞬即逝的四十五分鐘。/ / 也在這短短的四十五分鐘，/ 我們又跨出了堅實的一步，/ 向着光芒四射的科學的高峰"(張志華：《大學抒情·四十五分鐘》，載《紅樓》1957年第二期)：寂靜的小小教室、圖書館聯結着沸騰着的廣大新世界，這是凝結着這那一代人的大學想像的。他們更是低聲吟唱心裏流出的戀歌："你是快樂的春天，/ 我是沉默的冬天。/ 你靠我如此的近，/ 卻又離我那麼的遠"(汪浙成：《戀歌》，載《紅樓》1957年2期)；"我每次都看到你的背影；/ 我們的距離並不太遠！／ 和風會吹融凍結的湖心／ 吹綠沉默的田園。／ ——假如你是冬季，／ 我是春天。”(白薇，即張元勛：《假如——答“戀歌》，載《紅樓》1957年2期)：詩的意象、詩的語言，以及愛情本身，都是這樣明淨、清純，這去盡粉飾的本真狀態，或許也是這一代人心的追求。

也是刊載在《紅樓》1957年第2期的蔡林根的《東陽江》，意蘊就不那樣單純：它或許是顯示了這一代人生命深處更為豐厚的那一面。童年的回憶裏，不僅有“無憂的童心”，更是處處流淌着“憂鬱”：“我喜歡憂鬱地在樹叢穿行，／ 任錯雜的灌木鉤破褲腿，／ 穿過樹叢，在江邊，／ 矚待東邊出現的一片白帆……／ 我羨慕散搭在沙灘上的，／ 像曠野裏長着的蒲公英一樣的帳篷，／ 和那些成年在江上流浪的撐排人”；“東陽江……你啓發我去探索更寬闊的天地，／ 我穿着你的水珠浸濕過的／ 你的沙礫灌滿過的／ 草鞋，未長大就踏上流浪的途程……”。童年記憶裏，更抹不去的，是這條母親河長久沉默後的“兇猛地爆發”，以及這塊土地上的人民的無盡的苦難：“鄉人們把木犁插入泥中，／ 咬住嘴唇重新頑强地生活，／ 只在筋疲力竭的夜，／ 聞到槳腥味時才發出痛楚的嘆息”。“東陽江，南方丘陵中的江啊，／ 你教我像你一樣地去愛人類，愛陽光和雲霞，／ 你教我像你一樣去忍受和沉默，／ 爆發和反抗，發出像你一樣粗獷的吼聲”。這首詩裏所顯示的，與生養自己的土地和耕耘其上的父老鄉親的血肉聯繫，以及從父輩那裏流傳下來的“愛”與“反抗”，“沉默”與“爆發”，或許是這一代人生命中更為內在與根本的東西。而詩中所流露出的心靈的憂鬱，悸動與不安，也同樣傳遞着某種時代的信息，儘管暫時無論是發表這首詩的《紅樓》編輯，以及它的讀者，甚至連詩人本人都未必意識到這一點。但這首詩也就成了那個特定的多少有些微妙的歷史時刻中國青年的心聲。二十世紀末，當一切塵埃落定以後，已經是權威的文學史家的謝冕，把這首刊載在《紅樓》上的年輕大學生的詩選入他主編的《百年中國文學經典》(8卷本，北京大學出版社，1996年版)，作為那個時代的代表作，這正是一種歷史的眼光。

人們還注意到，《紅樓》1957年第2期的《編後記》，據說這是林昭寫的："我們希望在《紅樓》上聽到更加嘹亮的歌聲。希望我們年輕的歌手，不僅歌唱愛情，歌唱祖國，歌唱我們時代的全部豐富多彩的生活，而且也希望我們的歌聲像熾烈的火焰，燒毀一切舊社會的遺毒，以及一切不利於社會主義的東西"。這一期出版於1957年3月，早在1956年文藝界已經出現了"干預生活"的文學浪潮，其代表作《在橋樑工地上》、《本報內部消息》等早已在影響最大的《人民文學》上發表，在孫玉石前述回憶中提到的引起大學生們極大興趣的話劇《同甘共苦》也是這一思潮的產物。在前引《紅樓》發刊詞裏就已經有了"干預生活"的說法，這裏對文學的批判功能的進一步强調，則反映了像林昭這樣的更具反抗性的年輕大學生的內在的懷疑精神與批判激情，他們對"舊社會的遺毒"(後來就被概括為"陽光下的黑暗")的敏感；這或許正是另外一些尚沉浸在陽光下的幸福的年輕詩人所不理解的，這裏，實際上就已經預伏着此後《紅樓》內部的分裂。但眼下卻並不見裂痕：讚歌與情歌仍是《紅樓》的主旋律。僅是發表於第2期的林昭的《姑娘說·調侃"獎章詩"的作者們》，多少顯示點不同：如詩題所示，這是一首諷刺詩，調侃的對象是那些將"勞動"與"愛情"作簡單聯繫的"新情詩"的作者："親愛的作者，你幹嗎非得要/在我胸前綴上各式各樣的獎章？/你那可憐的抒情詩啊，/為甚麼總只能粘在獎章上？//看着你的詩，我不由得悲傷地想，/誰知道吸引你的是我，還是獎章！/假如世界上沒有了獎章這東西，/難道說你就無法把愛情歌唱？"這背後，其實是隱含着詩人對流行的對"詩歌(文學)"、"愛情"、"勞動(政治)"關係的庸俗化理解的質疑，一定程度上也是對時代主潮觀念的質疑，並顯示了一種逆向性的思維方式。同時，也啓示我們：前文所說的《紅樓》創作的"青春歌唱"的特徵，是中國年輕一代處於蘇醒時期的精神現象，不僅包含了巨大的自由創造衝動，也孕育着某種自由批判的激情。

而到了《紅樓》第3期，就有了更為明確地呼喚。這一期的《編後記》裏，這樣寫道：“我們願意和北京大學全體師生一起，學習開闢了五四道路的革命先驅者的榜樣：執着真理，疾惡如仇，把火一樣的愛情獻給祖國、人民、革命，把致命的投槍擲向階級敵人，擲向思想領域的醜惡……揭露現實中的矛盾，批判錯誤，歌頌先進。我們希望：把眼光放遠一點，看得廣些，關心國家政治經濟生活，學術思想界的動態，文壇上的重要現象和問題。”——如果說《紅樓》第1期編者與作者的目光主要是面對校園內部，現在則明顯地轉向更廣闊的外部世界，以年輕人所特有的敏感，感受着此時國家政治、經濟生活，思想、文化、學術界所孕育的新的變動，並表現了以“執着真理，疾惡如仇”的精神投身進去的巨大熱情。於是，就有了這樣的自我反省：“許多讀者指出，在本刊第一、二期上軟綿綿的情歌多了一些，看不到更加富於時代特徵的雄壯的篇章”，並且提出了這樣的質疑：“難道說今天的青年歌聲中的主流，真是小夜曲？”表示要“從前人英勇頑強的鬥爭精神中吸取前進力量”，“大張雙臂歡迎政治熱情昂揚的詩篇”。而最後的召喚則更加意味深長：“作為五四事業的後繼者，作為新時代的青年，‘鳴’起來！”

在這一期，“為了紀念“五四”，就有了一次作為“更加富於時代特徵的雄壯的篇章”的政治抒情詩的噴發。據張元勛回憶，這一次《紅樓》編輯部幾乎是全體動筆，由十三位校園詩人集體高唱一曲《五四之歌》，“真可謂氣勢不凡”！“而這一組組詩尚未排印之先就被北大詩歌朗誦團突擊排練，經過朗誦的藝術處理，成為一出動人的大型詩朗誦表演。於1957年5月4日的晚上，在北大東操場五四營火會上與火炬傳遞同時隆重演出。……整個操場傾刻之間變成一個火炬的海洋、光明的海洋、熾熱的海洋、呼嘯的海洋！而詩朗誦便在高音麥克風裏昂揚響起”[11]：“在五月，我的心情更加明朗／就像我頭頂上的天空一樣。／在火的三十一天裏／我覺得

11 張元勛：《北大往事與林昭之死》，《沒有情節的故事》，527頁。

自己長得更快／就像童話中的人物／不是一年一年地長，而是一天天地長！""我嚮往震撼世界的五四運動／也羨慕流血的一二九／但是，我更愛我們這個時代，／——共青團馳騁的年代。／幾十年後，或是一百年後，／我們將坐在青青的草地上／給二十一世紀的青年／講我們共青團豪邁的故事／那時候，我／也許成了一個老共產黨員／(或者，在共產主義的天氣裏，黨已經消亡)"。啊，"五月，我的心情更加明朗／我真想／和我的每一個同志親吻／合唱我們最喜歡的歌子／從傍晚一直到天亮！"(馬嘶：《給我的共青團》，詩載《紅樓》1957年3期)。——這更是一次浪漫的烏托邦的政治激情的噴發：用的是讚歌的形式。但誰也沒有料到，另一種形態的政治激情的噴發，正悄悄地接近。

這時的《紅樓》的編輯部卻彌漫着一種離情：編委會內與編委會外的一些作者都鄰近畢業了。於是，就有了5月19日這一天的游園活動。十一位《紅樓》文友漫步於頤和園，並由林昭攝影，留下了唯一的、也是最後一張合影，為這段青春歲月留下永恒的紀念。[12] 照片上，每一個人都在微笑。但誰知道，等待他們的將是真正的分離：政治的分離與心靈的分離呢？即使再度相遇，心也都破碎：歷史對這一代人終於露出了嚴酷的一面。

(二) 貼在牆頭上的詩：詩歌參加論戰

就在5月29日這天的晚上，北大出現了第一批大字報：先是歷史系一群同學貼出大字報，責問團委會關於全國第三次團代會北大代表產生的情況；接着哲學系學生龍英華，數學系學生陳奉孝、張景中、楊路等，與歷史系學生許亭南先後貼出大字報，或"要求開闢民主牆"，或主張"取消黨委負責制"、"廢除政治必修課"、"取消秘密檔案制度"、"確保言論、集會、出版、結社、游行示

12 同上，528頁。

威的自由”。[13]當晚，學校就騷動起來，校園的寧靜被打破了。

第二天早晨，同學們到大餐廳(前述發行《紅樓》第1期的地方)就餐，又發現東門左側貼着一張大字報，是一首長詩，作者是《紅樓》的作者沈澤宜和編委張元勛。由於這首詩影響重大，全文抄錄於此——

是時候了

(一)

是時候了
　　年輕人
　　　　放開嗓子唱
把我們的痛苦和愛情
　　一齊都瀉到紙上
不要背地裏不平
　　　　背地裏憤慨
　　　　背地裏憂傷
心中的甜、酸、苦、辣
都抖出來
　　見一見天光
把批評和指責
　　急風般落到頭上
新生的草木
　　從不怕太陽照耀
我的詩
　　是一支火炬

13　關於北大5月19日貼大字報的情況，有各種不同的說法。這裏，所根據的是1957年7月19日、20日召開的有一萬一千人參加的北京大學“批判《廣場》反動集團”大會的發言材料，見北京大學《浪淘沙》編輯部、北大校刊編《粉碎〈廣場〉反動小集團》。

燒毀一切
　　人世的藩籬
它的光無法遮攔
　　因為它的火種
來自——"五四"!!!

(二)

是時候了
　　向着我們的今天
　　　　　　　我發言！
昨天，我還不敢
　　　　彈響沉重的琴弦
我只可用柔和的調子
　　　　歌唱和風與花瓣
今天，我要唱起心裏的歌
　　作為一支巨鞭
　　鞭笞陽光中的一切黑暗！
為甚麼，有人説團體裏沒有溫暖？
為甚麼，有無數牆壁隔在我們中間？
為甚麼，你和我不敢坦率地交談？
為甚麼……
我含着憤怒的淚
　　向我輩呼喚
　　　　歌唱真理的兄弟們
　　　　　　　快將火炬舉起
火葬陽光下的一切黑暗!!![14]

14 《是時候了》一詩，現存資料中，字句略有不同，這裏依據的是第 1 次作為"附錄"公開發表的《紅樓》第4期。

這是典型的“牆頭詩”，在抗日戰爭的烽火中出現過，在四十年代後期的國民黨統治區的學生民主運動中出現過，都發揮了極大的鼓動作用，曾點燃了無數熱血青年的心；現在它第一次出現在共產黨所領導下的新中國，自然不能不引起極大的注意與震動。這是一種被壓抑的聲音(“背地裏的不平、憤慨、憂傷”)急欲公開表達的訴求(“向着我的今天，我發言”)，是以五四為源頭的民主、自由的呼喊，並且旗幟鮮明而又尖銳地把批判的鋒芒指向“陽光下的黑暗”；它所採取的又是馬雅可夫斯基“樓梯式”的形式，形成鼓點般的節奏，一再重複“是時候了”的呼喚，更取得了震撼的效果：它是極能喚起年輕人的內在的批判激情的。如前文所分析，它已經鬱積已久了。

因此，《是時候了》一詩一出，即如一石激起千層浪，在整個校園引起了爆炸式的反響。

很快就在《是時候了》的旁邊，出現了另一張大字報，題目是《我們的歌》，這是中文系新聞專業一年級的學生寫的，領銜者江楓也是《紅樓》的作者。詩一開始就明確表示：“我們/ 不同意/《是時候了》的基調/ 那聲音/ 彷彿是白毛女申冤”，“為甚麼/ 高聲疾呼着/ ‘急雨’/ 為甚麼/ 不能用/ ‘柔和的調子’？/ 真理的力量/ 並不在於/ ‘真理的揭示者’姿態的/ 瘋狂。/ 假使我們愛黨/ 首先想到的/ 就會是/ 效果，/ 而不是/ 醉心於/ 歇斯底里式的/ 手段”；“我們也難於接受/ 你們舉起的/ ‘火炬’，/ 儘管你們自己宣稱/ 它的火種/ ‘來自五四’”。詩人毫不掩蓋自己的維護現存秩序的立場，宣稱“我們的曲調之間/ 不太和諧/ 可也難怪。/ 我們缺乏/ 你們那根/ ‘沉重的琴弦’，/ 我們並不像你們/ 經常‘在背地裏/ 不平/ 憤慨/ 憂傷’。/ 要放火嗎/ 我們/ 也不打算”。[15]

聲音也依然真誠而坦率：那個時代人們還沒有學會掩飾與做戲。於是，就形成了兩軍對壘，旗幟鮮明：依照人們在現存體制中

15 《我們的歌》，收《紅樓》4期。

所處的不同地位，採取了完全針鋒相對的立場，並展開了短兵相接的交鋒，而且依然採取詩的形式。

針對《我們的歌》"那聲音/ 彷彿是白毛女申冤"的指責，物理系四年級學生劉奇弟就公開打出《白毛女申冤》的旗號：他要控訴肅反運動中對無辜學生的無端迫害："啊，天知道/ 白毛女/ '反黨，反人民，反革命'"，"今天/ 白毛女要問/ 逮捕證在哪裏？/ 為甚麼/ 私設公堂/ 私人審訊/ 為甚麼/ 傷害人身心？/ 憲法做甚麼用？/ 這是誰出的主意？"他也寫了一首《是時候了》："為何不是時候？/ 難道誰還苦悶得不够？/ 為何不是時候？/ 我們的嘴還要封多久？/ 為何不是時候？/ 你還想千萬人頭落地？(斯大林殺的忠誠黨員)/ 為何不是時候？/ 你還要等匈牙利事件再起？(拉科西種的根)"

劉奇弟的呼喊引起了許多肅反運動的受害者的共鳴，一位叫作鄧貴介的學生寫了一首《孤獨者的歌》：他所傾訴的，不僅是被"隨隨便便逮捕，隨隨便便定罪，隨隨便便釋放"的折磨與痛苦，更是即使平反以後也依然被孤立、被隔絕的精神痛苦："今年，/ 我再碰不到審問員/ 也沒有被押到很多人面前/ 只遇到很多人，他們與我/ 點點頭/ 瞪瞪眼/ 互不睬理……/ 一個人接着一個人/ 一個領導接着一個領導/ 在我面前/ 過去/ 過去/ 我多難受啊/ ——他們還有甚麼理由讓我孤獨？"他始終弄不明白："他們為甚麼要趕走這顆趕不走的共產主義赤心？"[16]

林昭看了《我們的歌》，憤慨難忍，深夜寫了一首《這是甚麼歌》，坦誠直言："我/ (並且/ 還不止我一個)/ 指責這種凌人的盛氣"，"為甚麼/ 非得搬出/ 嚇得死人的名詞/ '瘋狂，歇斯的里'……/ 幾乎，就差一句/ '反革命份子'"；"如果我們愛同志/ '首先想到的'/ 就會是親切的幫助/ 而不醉心於/ 指手劃腳的/ 滿臉義憤的/ 煞有介事的/ 自鳴得意"。她尖銳地指出，分歧

16 劉奇弟、鄧貴介的詩都因收入《右派言論匯集》而保存下來，此書現存北京大學圖書館。

正是由於對現實有不同的感受，這又是根源於不同的生存境遇，利益關係："是啊，也許/ 你不曾有過/ 那樣的日子——/ 背負着沉重的/ 歧視，冷淡和懷疑/ / 在/ 凝定的孤寂裏/ 惘然徘徊/ 不知道哪兒有/ 不沉的水/ 不眠的長夜/ 一口口/ 獨自吞着苦淚/ / 也許你/ 一直在青雲裏/ 甚麼不平、憤慨/ 憂傷/ 和你全無關係/ 所以你缺乏那根/ '沉重的琴弦'/ 也怪不得你"。詩的最後，她把批判的鋒芒直指"真理"的壟斷者與"代表"："真理的力量/ 決不在於/ 維護真理者/ 姿態的傲慢。/ 因為你/ (即使你當仁不讓/ 捨我其誰)/ 畢竟不能代表真理"。[17] ——林昭所要維護的正是每一個公民都應擁有的探索真理的權利。此後，林昭還寫有《黨，我呼喚……》，用"任鋒"的筆名發表，據説被收入《北大民主牆選輯》(《廣場》)，但已失傳，僅在批判文章中得其殘句："奇怪的譴責像馬刀砍來/ 我年青的心傷痕斑斑"，"日夜在痛苦中徘徊"。[18]

林昭的《這是甚麼歌》發表以後，《我們的歌》的作者即發表聲明，宣佈"休戰"，這場詩的論戰似乎暫告段落，但《是時候了》掀起的心靈的風暴並未停息。於是，又有俄語系的詩人杜嘉蓁寫了同題詩，以示呼應與補充："'是時候了！'——/ 這是響亮的呼聲，/ 縱然/ 寫它的人/ 懷着怨憤；/ 但是/ 這聲音裏/ 有着戰鬥；/ 這聲音/ 能使/ 血液沸騰"；"每個人/ 都皺着眉頭/ 在思索，/ 看吧，/ 群眾的海洋/ 已波蕩到了/ 最底層，/ 我們要/ 再一次/ 刷洗/ 自己的生活"。——這裏所提出的"波蕩最底層"，"再一次刷洗自己的生活"的命題或許是更為深刻與根本的，但卻被更加急切的政治性的話題所淹沒，似乎沒有引起甚麼反應。

不久，林昭又引起了另一場爭論。在5月22日的辯論會上，林昭以她固有的坦誠談到自己內心的矛盾："我感到組織性和良心

17 林昭此詩當時影響很大，但久尋而不得。正以為已經失傳，突接老同學韓樂群君來信，從他當年的日記中抄錄了此詩，大喜過望。韓君又將其保存的《紅樓》、《浪淘沙》雜誌相贈，並寫有題詞："樂群珍藏，隨我四十餘年。贈理群吾弟保存，定可發揮更大作用，寄厚望焉"。

18 參看王南山、杜北原：《分行的詛咒，有韵的誣衊——評〈北大民主位牆選輯〉(〈廣場〉)的反動詩歌》，載《紅樓》"反右派鬥爭特刊"4號。

有矛盾"。此時北大部分"文藝界人士"(其中有《紅樓》的編委、作者張炯、謝冕、任彥芳、江楓、曹念明、王磊、杜文堂等三十餘人)已經開闢了"衛道者論壇"，在宣言書中有這樣的說法："有人說我們畢竟不代表真理，我們願意和所有一切願意追求真理的同志把真理追求"，"有人說要像狼一樣吃掉衛道者。那麼吃吧，如果辦得到！"[19]前者顯然是對林昭《這是甚麼歌》的回應("衛道者論壇"參加者江楓、曹念明都是《我們的歌》的主要作者)，而後者更是針對張元勛的。在林昭作了前述發言後，"衛道者論壇"即發表了一首題為《致林昭同志》的詩。作者接連發出責問："青年團的組織性就是良心，團章那一條要我們為組織性昧去良心？""該怎樣理解你的良心和你的真理？"作者並且聲稱自己"並不感到(組織性與良心的)矛盾"，這正是近於《我們的歌》的立場。"衛道者論壇"的開闢與這首詩的發表，顯然意味着《紅樓》編輯部與作者群思想上的分裂，並且已經公開化。林昭本人對這首詩未作回應，倒是另一位校園詩人杜嘉蓁寫了一首《組織性和良心——致林昭》的詩，對林昭表示了深切的理解："你吐露出了深心的懷疑，/ 我知道你為甚麼說出了這句話，/ 這句話有多少酸辛。/ 而我更知道你的心比他們/ 有着更多的真理，更多的同情"；並這樣尖鋭地批評那些"衛道者"們："他們'快樂地成長，並不覺得矛盾'/ 生活和文章都是那樣四平八穩！/ 他們從沒看見組織上的錯誤，/ 看見了也從不承認；/ 他們從沒看見別人的痛苦，/ 更從不感到自己應負的責任。/ 我痛心，他們為甚麼這樣的麻木不仁/ 我痛心，他們為甚麼/ 有意無意的'為組織性昧去了良心'"。詩人更是無情地揭示了自己的、也是林昭的內心痛苦，把批判的觸角伸向自我靈魂的深處："同志啊，我知道你那/ 欲言而又不敢的苦衷，/ 多少人和你一樣/ 有着這種複雜的心情"，"捫心自問，在過去/ 我們曾多少次說出了違心的話，/ 做了它(組織)馴服的奴隸，/ 多少次壓抑了自己，傷害了別人，/ 如今事過境遷已悔之莫及；/ 有的事使我們

19 參看張炯、謝冕：《遙寄東海》，載《紅樓》4期。

如此羞慚、痛苦，/ 有的事將使我們遺恨終身。”——這樣的對自我奴性的正視與清醒也許是更為重要的：這才構成了真正意義上的反叛。詩人因此而向世人，也向自己，發出這樣的警示：“別讓那‘組織性’掩蓋了/ 你的盲目，虛偽和不正，/ 別讓它隱藏了對權力的畏懼/ 和那些自私自利的目的。/ 即使在執行組織的決議時/ 也要保持你說話的權利”。——這裏，幾乎是一針見血地點破了五十年代中國的時代病症，新的國民劣根性與知識份子的痼疾；但正因為它過於尖銳，為當時的大多數人(包括知識份子)所不能接受，詩人因此而罹難，整個民族也為拒絕忠告而付出了代價：這些病疾至今還在纏繞着我們。可以看出，《是時候了》與《我們的歌》的詩論戰，發展到這裏，已經是相當深入了。

杜嘉蓁還寫了一首《致勇士》，對《是時候了》裏所發出的“鞭笞陽光下的黑暗”的號召，作了更深入的思考，提出了一個“黑暗裏/ 做一個勇士——容易；/ 光明裏/ 做一個勇士——難”的命題。詩人這樣寫道：“在光明裏的/ 黑暗/ 披上了各式各樣的/ 衣衫；/ 有的握着/ 黨的權杖/ 窒息着/ 人性；有的高舉着/ 人道主義的大旗/ 反黨、/ 反人民。/ 勇士啊，/ 信心/ 要百倍堅定。/ 勇士啊，/ 眼睛/ 要格外分明。/ 既不能把/ 光明看成黑暗/ 也不能把/ 黑暗/ 當作光明”。——這又是一個非常重要、也非常及時的提醒：現實生活中經常出現“看似光明，實為黑暗”與“看似黑暗，實為光明”的混雜現象，如何識別“真假(光明與黑暗)”，這正是時代向真正的“勇士”提出的一個新的課題。在詩的結尾，詩人對這些新時代的“勇士”的命運作了這樣的預言——

我相信
　　　黑暗
　　　　　　　會永遠存在，
像大地上
　　　永遠

會有塵埃。
我相信
勇士
會在鬥爭中
倒下，
但勇士的精神
將像松柏般
常青。
我相信
勇士
會被歷史
湮沒，
但勇士會用
生命
鞭笞着社會
前進。[20]

或許這正是對1957年燕園發生的這場由《是時候了》引發的用詩的形式展開的思想交鋒的最好總結。《是時候了》與《致勇士》這兩首政治抒情詩，也許因此而獲得了某種史的意義和價值。

(三)《廣場》：推動"社會主義文藝復興"和"社會主義民主運動"

6月6日，校園裏的一張大字報，又引起了爆炸性的反響。大字報標題是："救救孩子，《廣場》在難產中！"同時公佈了《廣場》第1期的要目、《發刊詞》及一篇題為《北大民主運動紀事》

20 杜嘉蓁的這幾首詩：《是時候了》、《組織性和良心——致林昭》、《致勇士》均收《北京大學右派反動言論匯集》。

的文章，並徵求預訂與捐款。全校的目光頓時集中在這個自稱“難產”的刊物上，並立刻因對《廣場》及其所顯示的傾向的不同看法和態度，而引起激烈的論爭：贊成或同情，還是反對，幾乎成了每一個北大人都不能迴避的選擇；而且在兩天以後即開始的“反右運動”中，當時的不同表態，就幾乎決定了每一個人此後的命運。一個學生刊物竟然與上萬的北大人的命運發生如此密切的關係，這確實是一個罕見的文化現象，卻真實地反映了二十世紀五十年代中國政治、文化的某些特質。

人們自然要問：《廣場》——這是怎樣的一個刊物？它是由誰創辦的？它的宗旨是甚麼？它為甚麼會“難產”，這又預示着怎樣的命運？

《廣場》的發起人是這樣為自己的刊物定位與定性的：“一個面向全國的同人刊物”。[21] 這裏最引人注目的，自然是“同人刊物”的性質。本來，辦同人刊物，是新文化運動的傳統：從五四時期的陳獨秀、胡適、魯迅、周作人等的《新青年》到三、四十年代胡風主持的《七月》、《希望》均是如此。但中華人民共和國成立以後，特別是經過了社會主義改造，取消了私營新聞、出版業，所有的報刊都成了黨或黨所領導下的群眾團體的機關刊，如前文所說，即使是校園裏的《紅樓》這樣的學生文藝刊物，也是置於團委與學生會的領導下的。即使是歷史上存在過的同人刊物，如《七月》、《希望》，也給予了重新評價，在反胡風運動中，辦同人刊物就成了胡風“組織反動小集團(後上升為‘反革命小集團’)，與黨爭奪領導權”的“鐵證”。這樣一種對民間同人刊物的禁令，在鳴放期間開始受到質疑；江蘇的高曉聲、葉至誠、方之等青年作家並已開始行動，籌劃創辦《探索者文學月刊》，明確宣佈“我們是同人刊物，有自己的主張，自己的藝術傾向”，“我們將在雜誌上鮮明地表現出我們自己的藝術風貌”。[22] 但反胡風“反革命小集團”

21 《北大民主運動紀事》，原載《廣場》，收《原上草：記憶中的反右派運動》，26頁。

22 轉引自朱正：《1957年的夏季：從百家爭鳴到兩家爭鳴》，386頁。

的記憶猶新，大多數人還是視同人刊物為"異端"，不敢問津。現在這些不知天高地厚的小青年，竟然想在北大這樣的一舉一動都會影響全國的敏感地帶辦同人刊物，自然會引起許多的疑懼。而且發起者還不諱言，他們要與團委領導下的《紅樓》"對着幹"。《廣場》的起名本身就包含了這樣的意思：其主編張元勛(他剛剛與《紅樓》的大多數編委發生思想上的分裂)這樣解釋說：作為五四運動發源地的北大，有兩個具有歷史意義的建築物，一是紅樓，另一個就是民主廣場，它是民主力量聚集的地方。北大團委、學生會辦了《紅樓》，我們就辦《廣場》。[23] 而在當時的政治氣氛下，這樣的"對着幹"，在許多人看來，其目標自然就不只是對着《紅樓》而已，它的難產從一開始就是注定了的。

首先遇到的就是經費問題。在國家、集體壟斷了一切資源以後，本來就斷了同人刊物的活路，何況這些年輕人幾乎是身無分文。據陳奉孝回憶，他和譚天榮都把自己除書以外的東西都賣了，最後自己只剩下身上穿的一套單衣和一條綫毯子。[24] 這仍然是杯水車薪，只得向師長求助：馬寅初校長本已同意資助，後得到"提醒"而作罷；幾位教授(傅鷹、吳組緗等)因對學生的意見存有懷疑，且經濟並不富裕，也未解囊。萬般無奈，只得直接向全校同學發出"救救孩子"的悲壯呼喊。而且也果真有效：據後來批判者公佈的材料，同學預定了1786份雜誌，共付款357元，個人捐款與借款則有486元，加上後來《廣場》(油印本)售出400本，獲資40元，共計約883元，這在當時也勉强可以支付購買紙張、製版、油印的費用了。[25]

當然，最可疑的，還是《廣場》組織者、發起人：他們全是校園內最激進、也最有爭議的人物，以後都成了大右派。最初，這些校園裏的激進人物是分別聚集在幾個論壇上的，著名的有陳奉

23 陳奉孝：《我所知道的北大整風反右運動》，《沒有情節的故事》，500頁。
24 陳奉孝：《我所知道的北大整風反右運動》，《沒有情節的故事》，504頁。
25 洪成得：《廣大同學與〈廣場〉反動校集團的鬥爭》，收《粉碎〈廣場〉反動小集團》。

孝、張景中、楊路(數學系學生)等人的“自由論壇”，劉奇弟(物理系學生)、崔德甫(中文系學生)的“百花壇”等，還有的是“游兵散勇”，如譚天榮(物理系學生)、王國鄉(中文系學生)、龍英華、葉于泩(哲學系學生)等。由於他們總體上都處在孤立的狀態，於是就有了聯合的要求，並因此於5月29日成立百花學社——這幾乎是建國以後第一個未經請示、批准，自行成立的學生社團，同時決定創辦自己的刊物，後又聯合了因《是時候了》一詩而在全校很有影響的張元勛、沈澤宜，以他們為正副主編：這就是《廣場》的由來。因此，在反右運動中就有了這樣的說法：“它實際上已經成了我校右派的一個大本營”，[26]如果去掉意識形態的評價，應該說這是大體符合事實的。

問題是他們的辦刊宗旨與主張。在由主編張元勛起草的《發刊詞》裏，明確提出要推進“社會主義時代的‘五四’新文化運動”，“爭取真正的社會主義的民主與文化”，宣稱“我們的廣場期待着二十世紀的社會主義文藝復興的到來”。[27]在同樣表達了《廣場》同人意願的《北大民主運動紀事》裏，則聲稱以“五·一九”為開端的運動，是一個“青年人掙脱一切束縛，爭取思想解放的啓蒙運動，是東方文藝復興的序幕”。[28]這裏，要推動“社會主義的思想解放的啓蒙運動”，創造“社會主義新文化”，促進“社會主義文藝復興”的宗旨是十分明確而自覺的。具體地説，則包含了三個方面的基本主張。首先，這是一次“思想意識的大革命”，要以“五四先輩們的大膽提問、大膽創造的精神”，“對一切都要進行勇敢地再認識”：“人與人之間的關係要進行重新調整，一些過去習以為常的東西要重新進行肯定和否定，對於現代的一些論點和觀點都要重新進行估計、評價和探索”；其次，要創造“十分鮮明可愛的社會主義的個性”；其三，要充分發揚社會主義

26 謝自立：《〈廣場〉反動小集團的反動本質》，收《粉碎〈廣場〉反動小集團》。

27 《廣場發刊詞》，19頁，20頁，《原上草：記憶中的反右派運動》。

28 《北大民主運動紀事》，27頁，《原上草：記憶中的反右派運動》。

的民主，實行真正的"百花齊放，百家爭鳴"："我們的'廣場'是真正'廣'的'場'，是一切不脫離社會主義的言論的講壇。只要為了'真善美'，不論甚麼基調的歌都可以到廣場上來對年青人放開嗓子唱！我們的'廣場'為爭鳴而開，我們的'廣場'是百花齊放的地方！"[29]——應該說，"重新估定價值"、"個性"與"民主"，這都是五四新文化運動的基本觀念；如果說張元勛、沈澤宜在《是時候了》裏宣稱"(我們的)火種來自——'五四'"，還多少有些空泛，現在就比較具體，而且是真正抓住了要點，可見這一代人對"五四"的繼承是建築在對這一傳統的深刻認識基礎上的，是一種理性的選擇。問題是他們認為，在五十年代的中國，正急切需要一個"社會主義時代的'五四'新文化運動"，這也是出於他們對中國現實問題的一種深切的把握與理解，而這樣的先驅者的覺醒意識，卻是為許多思想仍被束縛的人們所難以理解的，他們也就無以擺脫孤獨與寂寞：這也是與五四先驅者的命運相同的。

這裏還需要補充一點：《廣場》的主編張元勛作為一個校園詩人，他在參加《廣場》的編輯工作時，也必然要貫徹他的詩歌理想：據說他是竭力要開創一個"廣場詩派"的。但由於當時政治鬥爭的更大迫切性，使他對自己(更準確地說，是他所代表的一部分校園詩人)的詩歌理想未能充分展開，只能從片言隻語中略見其大端。比如，在他所起草的《廣場發刊詞》裏，有這樣的一段話："中國將到來社會主義時代的春秋諸子百家爭鳴，會到來社會主義時代的以少年事業為風骨的、建設文學的再生，會到來社會主義時代的盛唐般的詩的創造"。這裏提出的文學(詩歌)理想，是中國文學(詩)傳統在社會主義時代的集大成，其中的關鍵詞是"爭鳴"、"少年風骨"、"建設"與"創造"。《發刊詞》裏還講了兩點："唱出你願意唱的個性的歌"，"我們的《廣場》矛頭指向陽光下的黑暗"，這裏對"自由的個性表現"與文學(詩歌)的"批判性"的強調，大概都是新的詩歌理想的重要內容，而且是有着明確的現實針

29 《廣場發刊詞》，19頁，20頁，《原上草：記憶中的反右派運動》。

對性的。所以，在《北大民主牆選輯》(《廣場》油印本)的《寫在前面的話》裏，就有這樣的聲明：“我們的《廣場》將着重發表揭露的和‘非正統’的作品”。在反右運動中批判者還揭露，“據說所謂《廣場》詩派的特點是在於赤裸裸地揭露人的內心世界”，[30] 批判者曾經指責《廣場》上選錄的許多詩歌(包括張元勛、沈澤宜所寫的《墓志銘》、《人之歌》、林昭的《黨，我呼喚……》)充滿了“驚駭、迷惑、懷疑”的情調，[31] 其實正是對內心世界的一種展示。文學史家可能因此而注意到，1957年這些處於萌芽狀態，未及充分展開的詩歌觀念與理想，與二十多年以後中國詩壇的“崛起的一代”，是存在着某種內在聯繫的。有意思的是，“崛起的一代”也曾掀起軒然大波，而其最有力的辯護人與理論家謝冕、孫紹振就是當年北大的校園詩人；只不過由於時代的不同，“崛起的一代”終成氣候，而“廣場詩派”剛出生就被扼殺在搖籃裏了。1957年還有一位右派學生寫了一篇《詩人頌》談他心目中的“詩人”，也就是他所“理想的人”：“正如向上帝挑戰的撒旦一樣，詩人是最傲慢最狂妄的叛逆，甚麼習慣、戒律、神聖的威權……全被視為糞土；他的字典，沒有‘謹小慎微’這些字眼，他的豎琴絕不會奏出奴隸的呻吟！……燒毀各色各樣的面具，追求和創造真正的美，是詩人的天性，也是詩人的天職”。他又說：“詩人是最敏感的人，最坦率的人，最真誠的人，最熱情的人，最容易衝動的人，最富於同情心及正義感的人……，然而，詩人首先是一個孩子”，有一顆“赤子之心”。[32] ——集“撒旦”與“赤子”於一身，這或許正是1957年中國校園裏的“廣場詩人”的自我寫照與自覺追求。

不過，當時人們似乎並不熱心於做詩人，即使是詩人也有某種政治家的氣質，政治抒情詩因此而成為主要的詩歌類型(另一重要

30 劉螢：《斥右派份子所謂“思想解放”的謬論，為保衛馬克思列寧主義而鬥爭》，收《粉碎〈廣場〉反動小集團》。

31 王南山、杜北原：《分行的詛咒，有韵的誣衊——評〈北大民主牆選輯(〈廣場〉)的反動詩歌》，收《紅樓》反右派鬥爭特刊4輯。

32 劉績生：《詩人頌(詩人是指我理想的人)》，收《北京大學右派反動言論匯集》。

類型是政治諷刺詩，"廣場詩歌"中就有王國鄉的《一個"積極份子"的自白》、《一個落後份子的自白》，江文的《新樂府四首》[33]等代表作)：這倒是和那個時代詩壇的總體氣氛相一致的，只是政治傾向有所不同。

吸引《廣場》裏的大多數人的，是更加直接的政治參與。《廣場》的發起人坦然宣稱，他們所要推動的，不只是"思想解放的啓蒙運動"，還有"群眾在擁護社會主義的前提下，自下而上地爭取社會主義民主的政治運動"[34]。在私下的談話中就説得更加明確："要把《廣場》辦得像《星火報》一樣"。這是直接從蘇聯共產黨的歷史中得到的啓示：在五十年代的中國，《聯共黨史》是大學的必修課，因此，每一個大學生都知道，《星火報》是當時俄國社會民主黨(蘇聯共產黨的前身)的機關報，在建立和發展黨的組織上起了非常大的作用。現在，《廣場》的年輕人所看重的，正是列寧所説的報刊的"組織者"的功能。於是，就有了後來批判者所説的"《廣場》綱領"(實際上是《廣場》的編委葉于泩提出的"對實際活動的建議")：把"促進法制的建設與改造，促進社會主義民主化"作為《廣場》的總目標，具體的步驟是："充分揭發三害事實"，並"逐步把中心轉移到探討三害的根源，使大家明確認識問題不單是作風，而是牽涉到國家制度"。同時提出的是"輿論自由"、"取消出版的檢查制度"、"確保言者無罪"等要求，以及使"自己的社團成為當前群眾運動的核心"和"成為長久性的組織"，並"通過各種形式擴大影響"，直到"校外"去的設想。[35]前述《廣場》的自我定位："面向全國的綜合性同人刊物"，"面向全國"即體現了這一追求。據批判者調查，《廣場》通過各種方式取得聯繫的大學即有："(北京的)人民大學、地質學院、石油學院、農業機械化學院、清華大學、北京師範大學、北京師範學院、鋼鐵學

33 均收《北京大學右派反動言論匯集》。

34 《北大民主運動紀事》，21頁，《原上草：記憶中的反右派運動》。

35 謝自立：《〈廣場〉》反動小集團的反動本質》，收《粉碎〈廣場〉反動小集團》。

院、航空學院、礦業學院、林業學院、中央戲劇學院、工業學院，以及天津南開大學，天津大學，天津師範學院，更遠及上海、湖南、開封、太原、青島、內蒙、新疆等地”。[36] 這可以說是建國以後第一次由青年學生發動的民間自覺的政治參與，當然為當局所不能容忍，也不被一般民眾所理解。因此，當6月9日(《人民日報》社論《這是為甚麼》發出反擊右派的號令的第二天)《廣場》送到北京印刷一場時，工人即認為“裏面儘是反對共產黨、反對社會主義的反動言論”而拒絕排印，並當面質問前來校稿的張元勛等人。[37]——《廣場》的組織者之一的陳奉孝在40多年後回憶此事時，則堅持“這顯然是當時的北大黨委和北京市委搞的”。[38] 在正式鉛印受阻以後，就決定自己動手油印，以《北大民主牆選輯》為名，印了五百份，散發一空，同時宣佈《廣場》暫時停刊。

但《廣場》的成員卻在有組織、有領導的反右運動中無一例外地遭到了嚴酷的審問與群眾性的批判，7月19日、20日(正是“五·一九”民主運動發動兩個月以後)連續兩天，全校師生員工與部分外校師生一萬一千餘人召開了規模空前的“揭露、批判《廣場》反動小集團大會”，會上宣佈：“《廣場》的反動性已經遠遠超過了刊物本身的範圍”，“《廣場》編輯部是一個具有相當嚴密的組織和一套完整的綱領的徹頭徹尾的反動集團。它實際上已經成了我校右派份子的一個大本營，成了我校右派份子向黨、向社會主義猖狂進攻的司令部，成了社會上右派集團在北京大學的一個縱隊，還力圖使自己成為首都乃至其他地方一些高等學校學生右派分的總指揮部”。[39]《廣場》編委會成員無一不受到嚴厲懲罰、殘酷迫害：張元勛(主編)、陳奉孝(編委)、劉奇弟(編委)等被捕入獄，沈澤宜(副

36 余光清：《〈廣場〉反動小集團在校外的陰謀活動》，收《粉碎〈廣場〉反動小集團》。

37 參看署名“北京市印刷一廠全體職工”與“丁虹遠”等青年工人的《第一印刷廠工人給北大同學的信(兩封)》，載《浪淘沙》第3期。

38 陳奉孝：《我所知道的北大整風反右運動》，505頁，《原上草：記憶中的反右派運動》。

39 謝自立：《〈廣場〉反動小集團的反動本質》，收《粉碎〈廣場〉反動小集團》。

主編)、王國鄉(副主編)、崔德甫(副主編)、張景中(編委)、龍英華(編委)、葉于泩(編委)、李燕生(編委)、張志華(編委)等均被送交勞動教養，長達二十餘年。[40]劉奇弟在勞改農場被折磨至瘋，凍餓而死(在勞改農場被折磨致死的還有西語系助教任大熊)；另外兩位《廣場》的積極支持者林昭(中文系學生)、張錫琨(化學系學生，他曾參與《廣場》油印工作)先後在監獄和勞教農場被槍斃；被槍斃的北大右派學生還有黃宗羲(哲學系學生)、顧文選(西語系學生)；還有一位在萬人批判會上被點名為"《廣場》幕後支持者"的賀永增(西語系學生)，也在獄中因不堪折磨而自殺。[41]《廣場》力圖推動中國的"社會主義文藝復興運動"和"社會主義民主運動"，以失敗告終，並付出了如此沉重的血的代價，但它的歷史功績卻是不可磨滅的。

(四)《紅樓》第4期："左右開弓"的尷尬

1957年7月1日《紅樓》第4期出版，距離第3期的出版時間5月4日，僅有兩個月，時間並不長，卻經歷了歷史的驟變：從5月19日的北大民主牆的開闢，到6月8日《人民日報》社論的發表，不但外在形勢急劇動蕩，每一個北大人思想的起伏，心靈的激蕩更是空前的。校園詩人以其特有的敏感、激情，投入其中，經歷了思想和人與人關係的分分合合。如《紅樓》編委張炯、謝冕在其發表在第4期的《遙寄東海》裏所說，"在這裏，人們的心排着隊走過"。但到編輯這一期，形勢已經明朗，特別是6月16日黨委記、副校長江隆基代表北大黨委作報告，對右派提出警告，標誌北大"有組織的反右鬥爭開始了"[42]以後，《紅樓》自然也必須投入到反右運動中。

於是，就有了這一期《編者的話》——

40 以上《廣場》編委會名單，據趙光武：《〈廣場〉群醜》，名單上的編委還有：袁櫓林、樊啓祥、李亞白、梁次平等。趙文收《粉碎〈廣場〉反動小集團》。

41 陳奉孝：《我所知道的北大整風反右運動》，511–513頁。

42 洪成得：《廣大同學和〈廣場〉反動小集團的鬥爭》，收《粉碎〈廣場〉反動小集團》。

“我們愛護黨，因此，我們要幫助她改掉缺點！

我們愛護黨，因此，我們要保衛她！

可以看到，目前有一些人正打着助黨整風的招牌，高喊：要‘衝破黎明前的黑暗’，要‘改變現有的政治制度’，要組織包括反革命力量在內的‘百萬大軍’，‘紅色的，是火焰！白色的，是劍！’他們要進行‘最後一次戰鬥’。

《紅樓》在這樣的現實面前，無法保持它的平靜！為了真實地反映我校的整風情況；為了幫助黨整風；為了批駁反社會主義的言論，痛擊右派份子，這期特闢‘整風運動特輯’。

我們擁護黨所提出的‘百花齊放、百家爭鳴’的方針！我們主張‘大鳴大放’！我們支持一切善意的助黨整風的意見和批評！我們堅決反對一切反社會主義的思想言論。我們深信，在這兩條路綫的鬥爭中，《紅樓》將更繁榮，將獲得更大的生命力！”

這裏，要投入反右運動，“批駁反社會主義言論”，以“保衛黨”的態度是鮮明的，這不僅是作為團委領導下的學生刊物所必有的立場，而且也是《紅樓》的大部分編委的一個自覺的選擇——如前文所述，他們在此之前已經自發地組織了“衛道者論壇”，因此，這裏的表態應該說是真誠的。而且這也確實構成了這一期刊物的“主旋律”，所發出的是“黨的兒女”的歌聲：“‘共產黨’，我的父親，／我的父親，‘共產黨’／我心裏默念着這奇怪的名字，／卻知道這名字對我的份量”，“黨煉就了我一顆堅强的赤心，／教導我：它每次跳動都要響着人民的聲音。／因為這顆心含過血的仇恨，／它對今天的生活更愛得深沉！”(任彥芳：《命運》)；“我在我母親的身邊，也受過委屈，／但，我知道母親對孩子的心意，／恨鐵不成鋼，是為了讓我成長，／母親打罵錯了，怎能懷有敵意？／／母親的病就是我們自己的病，／剜掉病瘡，只能輕輕地，和風細雨，／讓我們一起清除母親的病菌，／對投向母親的飛刀啊，我們可要警惕！"（任彥芳：《絕不允許！》）；"今天的世紀/是人民的世紀/今天的北大是六萬萬人民的/人民憑着浴血鬥爭的經歷/選擇了共產黨代表自己，/有誰夢想篡奪領導/我們絕不允許！"（吳畏：《年輕人，我們是勞動人民的子孫》）；"光榮的舵手——中國共產黨，是你帶領着我們繞過一切的暗礁走向勝利！跟着你才有幸福！跟着你才有共產主義!! 向左！向左!! 向左!!! 讓馬列主義的大旗在風浪中漫捲！讓社會主義的號角在戰鬥中響徹雲霄！正直的中國公民們，向左！向左!! 向左!!!"（5304014、5304041：《向左進行曲》）

這"向左！向左!! 向左!!!"的呼聲，是格外引人注目的。它正是反映了一個時代的趨向，一股湧動於激進的年輕人中的思潮：在黨的領導下，一路"向左"。在某種程度上這也正是"反右運動"的導向。正是在這一點上，《紅樓》第4期的編者就顯得"跟不上形勢"了。

首先，這一期刊物的編輯指導思想就是不合時宜的。如前引《編者的話》中所說，編者的着眼點是"真實地反映我校的整風情況"；這背後是一個歷史的眼光與學者立場：編者顯然意識到這一段整風鳴放在北大校史、以至中國歷史上都是一個重要的事件，因此，需要"真實地反映"其"情況"，保存原始的資料，以流傳後代。於是，在刊登"正面"文章的同時，也將其所針對的"反面"材料"附錄"：比如，在《我們的歌》之前，"附"上了張元勛、沈澤宜的《是時候了》；在《年輕人，我們是勞動人民的子孫》後，"附"了陳奉孝的《年青人，我們是北大的主人》等等。[43]這樣的編輯指導思想與方法也是有先例可循的：魯迅早就說過，論戰總是雙方的，如果只取"一面的文章"，"無可對比"，"就都好像無的放矢，獨個人向着空中發瘋"，因此主張"以後該有博采種種所謂無價值的別人的文章，作為附錄的集子"[44]。他自己編的雜

43 編輯對這期選登的《貼在牆上的詩》的處理，處處都顯示了一種歷史感。比如大部分詩都保留了寫作或貼出的時間，這就為今天的研究提供了極大的方便。

44 魯迅：《"題未定"草八》，446頁，《魯迅全集》6卷，人民文學出版社，

文集裏就經常附錄論戰對方的文章(參看魯迅《偽自由書》、《準風月談》等)。而且看來《紅樓》第4期這樣的編輯方針也是得到北大許多師生的理解和支持的：這一期《紅樓》的發行量高達一萬份，這是創記錄的：創刊號最初發行一千冊，後來加印也才有二千份；原因就是許多師生都是將其當作歷史資料，特地購來保存，或作為反映北大整風運動情況的“可靠刊物”寄贈自己的親友。[45]但從批判者的眼光看，這就是擴散了右派的影響，客觀上幫了右派的忙。而且儘管編者主觀上也想區分“香花”與“毒草”，就有了前述正面文章與“反面”文章的不同處理；但當時反右運動剛剛開始，甚麼是“香花”、“毒草”，也並不容易區分，這一期《紅樓》就將後來被劃作右派的江文的《新“樂府”詩選》作為“正面”文章刊登出來，也許因為是諷喻詩，又是古體新用，藝術上頗有特色，編輯格外看重，還特地加上了花邊，這就更闖了大禍：因為就在6月14日《人民日報》按照毛澤東的指示，發表了姚文元的《錄以備考——讀報偶感》，以《文匯報》與《解放日報》對毛澤東在5月25日接見共青團代表的講話的不同編排處理為例，強調報紙的“編排也有政治性”，並同時發表了毛澤東起草的按語，進一步提出“報紙又總是階級鬥爭的工具”，並以此斷定《文匯報》的“資產階級方向”。這樣，《紅樓》第4期對右派份子江文的新樂府詩的編排處理，要受到猛烈的批判，就更是必然的了。同時受到尖銳批判的還有一首題為《一個“黨員”的自我禮贊》的詩及其編排處理。這也是一首諷喻詩，其中有這樣的句子：“既然我是個共產黨員，／就說明我是站在群眾之前；／我的旗子，是真理的化身，／是一枝永不熄滅的火焰”，這本是對某些黨員以“特殊材料”自居的思想的一個嘲諷，這在當時自然要被認為是“反黨”言論；據後來編輯部的檢討說明，他們本來是準備將其作為反面文章處理，但匆忙間竟忘記了加上“附錄”二字，就作為正面文章登出

2005年版。

45 本刊編輯部：《我們的檢討》，載《紅樓》5、6期。

來了。但就算是一個技術性差錯，在激烈的階級鬥爭中，自然也就成了一個"政治錯誤"。批判者由此得出一個結論：《紅樓》第4期的編者追求"真實地反映我校的整風運動的情況"，從編輯思想上看，是犯了一個"資產階級客觀主義"的錯誤：編者"將當時學校大字報上的右派言論和批駁右派的文章兼收並蓄，好像他們自己不是戰鬥的一員，而是站在一旁，向讀者指點說：'你們看啦，當時雙方是這樣鬥爭的！'編輯部缺乏鮮明的立場，缺乏鮮明的戰鬥性"[46]；而在激烈的階級鬥爭中，"'客觀主義'其實是更接近右邊的"。[47]

更為傳達着黨的意志，急劇"向左"的批判者所不能容忍的，是《紅樓》第4期編者將這期刊物命名為"整風運動特輯"。後來在批判者的壓力下，《紅樓》編輯部作了這樣的檢討："當右派面目早已暴露無疑的時候，當同學們正和右派堅決戰鬥的時候，還把右派進攻說成是'整風運動'，這不消說是多麼嚴重的敵我不分了"。[48] 其實這背後還包含着編輯部同人對前一段運動，以及當下運動的發展方向的一種理解。這集中反映在這一期作為頭條發表的張炯、謝冕的《遙寄東海》一文中。正如編輯部的檢討中所說，"它所佔的地位和篇幅，顯然就決定了這一期的基本傾向"。[49] 這篇文章最引人注目、也為批判者抓住不放的，主要有兩點。一是該文在觀察、描述鳴放時期的北大運動時，始終認為儘管"有些別有用心的人歸罪於社會制度，實際上是想否定社會主義"，但"在擴大社會主義民主，意見倒是一致的"；他們因此堅持一點："在新的歷史時期中，黨應當領導人民擴大民主。只有在民主的基礎上，

46 翟奎曾：《評〈紅樓〉》，《紅樓》5、6期。

47 張建：《甚麼傾向——評〈遙寄東海〉》，《紅樓》"反右派鬥爭特刊"第4號。

48 本刊編輯部：《我們的檢討》，《紅樓》5、6期。在這份檢討中，還特意說明了一個情況：此期刊物是6月初編輯的，當時《人民日報》《這是為甚麼》的社論儘管已經發表，但反右運動並未全面展開，北大的反右運動如前所說，是6月16日黨委書記作了全校動員報告以後才開始的；因此，當時一切都還不够明朗。但因印刷製版等原因，這期刊物到7月1日才出版，形勢已經大變了。

49 本刊編輯部：《我們的檢討》，《紅樓》5、6期。

黨才能永遠不脫離群眾”。這大概是很能反映這一代青年內心對民主的渴求的，即使是投身於反右運動，也不願意放棄這一基本的，也是根本的要求。因此，他們對當下的運動的理解，也是堅持“左右開弓”，也就是這一期《編者的話》裏所説，要開展“兩條路綫的鬥爭”，即一面進行反右鬥爭，“反對一切反社會主義的思想言論”，一面“支持善意地助黨整風的意見和批評”，也即堅持反對“三害”：黨內的官僚主義，主觀主義與宗派主義。這一期選錄的發表於5月20日的一首《回答》大概是很能反映編者的立場的：“馬列主義/ 是我們的靈魂，/ 教條主義/ 是我們的死敵。/ 我們/ 堅決地/ 清除教條主義，/ 我們/ 更堅定地/ 保衛馬列主義。/ 只有這樣，/ 我們才不愧為/ 真正的/ ‘五四’父兄的/ 子弟”。作為這樣的基本思想與立場的體現，這一期除發表了許多可稱為“反右檄文”的雜文、短論及詩歌、小説以外，還以相當的篇幅刊登了《儒林內史》、《新拍案驚奇》這類“反三害”的文學作品，而作為“貼在牆頭上的詩”專欄首篇的《我的弟兄，我的姐妹》，更是高喊；“思想自由之花在五月的陽光下繽紛/ 真理的聲音像春雷滾過初夏的長空：‘剷滅三害，助黨整風！’”。這樣的聲音出現在反右運動中，自然要被認為是一種干擾，甚至是繼續放毒。那個時代的邏輯是：黨既然已經發出了“反右”的號令，一切都應該統一到黨的這一意志上，而絕不允許有另外的理解與行動。結局只能是這樣：《紅樓》編輯部最後作出檢討，承認自己“迷失了方向，表現了立場的動搖”，[50] 並在組織上進行了改組：先是將編委中的右派張元勛、李任等開除，[51] 以後又徹底換班，另組編輯部。

也許更為重要的是，作為校園裏的學生刊物，由此開始的編輯指導思想、方針與組織原則上的根本變化。在《紅樓》編輯部的檢討中，在追查“犯錯誤”的原因時，談到了兩點。首先是在“編輯方針”上，《紅樓》把自己定位為一個“習作園地”，“以發表作

50 本刊編輯部：《我們的檢討》，《紅樓》5、6期。
51 見《本刊編輯部開除張元勛、李任》，《紅樓》“反右派鬥爭特刊”2號。

品為滿足"，這就完全"忽略了文藝作為階級鬥爭的鋭利武器，作為共產主義事業的一部分，作為黨的事業的一部分，它必須服務於政治，服務於社會鬥爭"，"忽視了文學的目的性，忽視了文學的黨性原則，實際上是削弱共產主義思想對文藝的武裝，實際上是資產階級文藝思想、文藝路綫的反映"。其次，在組織原則上，《紅樓》在《發刊詞》中，"把黨和學校行政、廣大群眾提在一起，只看作是支持和關懷的關係"，"沒有堅決地依靠黨的領導"，這是"犯錯誤的根本原因"。[52] 於是，就有了改組以後的《紅樓》的新的宣言：1958年第1期，為"紀念《紅樓》創刊一周年"，《紅樓》編輯部發表了題為《更高地舉起社會主義的紅旗》的文章，明白宣告："我們公開承認，《紅樓》是黨的宣傳工具，是黨以共產主義精神教育青年的武器之一。它應當為政治服務，為黨的事業服務，而不能脱離當前的政治鬥爭"。這也正是反右運動的目的：它要從政治、思想、組織上確立黨的絕對領導，而且是毫無例外的，即使是校園內的學生刊物也要置於黨的絕對控制之下。這就是當時及以後一再強調的"黨性"原則。

(五)《浪淘沙》：堅持黨的立場、觀點與方法

儘管《紅樓》竭盡全力地"改正錯誤"，連續編輯了《反右派特刊》，"作為對同學的期望的答復"，但畢竟元氣大喪，在同學中的影響逐漸減小。在反右運動中，異軍突起的是《浪淘沙》。前述《紅樓》第4期的重頭文章張炯、謝冕的《遙寄東海》裏寫於6月20日的信中首次談到《浪淘沙》於"昨天下午出版"，並介紹說"這是由《儒林內史》編輯部和求實書會(《清華園奇觀》和《新拍案驚奇》的作者們)合辦的同人刊物"。反右運動中有人寫文章指明《儒林內史》是由中文系研究生二班的"全體黨團員"編寫的。[53]

52 本刊編輯部：《我們的檢討》，《紅樓》5、6期。
53 見譚令仰：《〈儒林內史〉是毒草》，載《紅樓》5、6期。

《浪淘沙》第1期還是一個油印刊物，在編者《後記》裏這樣表明自己的立場："除了淘洗三害的沙之外，我們還要'淘'離開社會主義的泛起的那些沉沙沉滓，不讓他們和許多善良的愛護黨的意見和言論攪在一起，淆亂是非，引起混亂，是以將本刊定名為《浪淘沙》"。這樣，儘管從總體上《浪淘沙》也是堅持"左右開弓"，第1期同時發表了揭露"三害"的《儒林內史》與揭露校內右派的《阿O外傳》(這兩篇也轉載於《紅樓》第4期)；[54] 但其重點卻一開始就放在反擊右派上。它的第一個為全校師生注目的行動，是發了一期《號外》，公開披露了《廣場》主編張元勛、沈澤宜在印刷廠被工人包圍的消息。這樣，也就把自己推向了反右的第一綫。在隨後(6月24日)出版的《浪淘沙》第2期(已改為鉛印)發表的編輯部文章《現實告訴我們甚麼？》，就以更加鮮明的態度，強調"思想戰綫上的階級鬥爭還會有一個相當長的時間，鬥爭形式也是多種多樣的。人們應該在這場鬥爭中認清道路"，"(這)是維護社會主義和推翻社會主義的鬥爭，這種鬥爭是必然激烈，必然緊張，就不會像請客吃飯那樣輕鬆。"而尤其引人注目的，是對"立場，觀點，方法"的強調："不管你願意不願意，每一個人都應該經常給自己劃一個問號：我所站的是甚麼立場，所持的是甚麼觀點，所用的是甚麼方法。它的確是使我們從亂絲般的現實中辨別方向，判明是非，分清敵我的法寶"。可以說《浪淘沙》的最大特色，就是它是自覺地以黨的立場、觀點和方法來投入反右運動，不僅批判右派言論，也批判一些所謂"中間派"的"糊塗觀點"。今天重讀這些文章，卻也能從中多少獲得一些運動發展的信息。例如前述《現實告訴我們甚麼》一文，就透露出"有人說'太緊張了！''過份了！''白熱化了！'搖擺於是非之間，站不穩立場"；另一面又有人以"左"的面目出現，"要求把譚天榮送上斷頭台，也有人提

54 但隨着反右運動的深入，《浪淘沙》及《紅樓》發表的《儒林內史》也受到了嚴厲的批判，被判定為"歪曲和攻擊黨的幹部政策和黨團組織原則，反對或不滿黨團的領導，醜化黨團的領導幹部"的"毒草"。見譚令仰：《〈儒林內史〉是毒草》，載《紅樓》5、6期。

出理髮工人、修鞋工人都拒絕為譚天榮服務等過份的要求"。另一篇中文系教授高名凱先生的文章，則真切地談出了在反右運動中知識份子的困境："我們常常暴露這樣的思想情況，不知道要如何的和右派份子劃清思想界限，我們常常感到'我說的話的確出諸誠意，的確有善良的動機，但卻和右派份子的言論有某些共同之處，我不知道如何和他們思想上劃清界限'"，他的結論是："如果不是工人階級出來說話，如果不是黨報給我們敲響了警鐘，不少的知識份子就可能在所謂'善良'的動機下作出危害人民的事情"，"這事情本身就說明我們知識份子的思想改造沒有徹底成功"。[55]

《紅樓》"反右特刊"與《浪淘沙》都發表了不少教授的文章與來信(《浪淘沙》還專門開闢了"老師的話"這樣的專欄)，其中最引人注目的是《紅樓》"反右特刊"第4號的《馮至教授給本刊的信》。信中談到"《紅樓》的第一期和第二期，我是不大滿意的"，"總起來看，給人一種薄弱無力的感覺，好像跟我們新青年應有的豪邁氣概配不起來。其中甚至有個別的詩歌是晦澀的，帶有消極的、低廻的情緒"，"如今的《紅樓》與過去的不同了，精力飽滿，衝鋒陷陣，成為保衛黨，保衛社會主義的一隊尖兵"。來信最後表示"希望《紅樓》多發表一些歌頌黨，歌頌社會主義事業的文章。讓那些懷着惡意嘲笑我們'歌功頌德'的市儈們滾開吧！歌人民之功，頌無產階級先鋒隊共產黨之德，是我們的天職。我們要讓歌頌的聲音響徹雲霄。讓那些險惡的醜類在我們嘹亮的歌聲中無地自容"。馮至是眾所周知的二十年代北大校園詩人與四十年代西南聯大校園詩人的代表，並且以"低廻"的吟唱而為世人所稱道。或許也正因為如此，他對《紅樓》詩歌裏出現的"低廻"詩風特別敏感；而在他看來，在新時代、新中國出現這樣風格的詩是"消極"的，說不定他還擔心這裏有自己的"不良影響"，這才有了"不大滿意"的表態。而"紅樓"裏的這些詩歌果然在反右運動中受到了嚴厲的批判，如我們在前文所引的《戀歌》、《回答》這一

55 高名凱：《反右派鬥爭與知識份子的思想改造》，載《浪淘沙》4期。

組情歌就被斥為是“男女間十分淺薄庸俗的調情”，而對《東陽江》的作者更是厲聲質問：“為甚麼‘喜歡憂鬱地在樹叢穿行’？為甚麼拼命歌頌江水的‘反抗’和‘礁石的‘驕矜’？為甚麼表露着自己無限的憤慨、悲涼的情調？”[56] 調子顯然比馮至高得多了。但馮至所提出的校園學生刊物應該大唱黨的讚歌，“成為保衛黨，保衛社會的一隊尖兵”的期待，在編輯部改組以後的《紅樓》，特別是《浪淘沙》的編輯工作中，卻得到了相當自覺與完滿的實現。《浪淘沙》曾特地編輯了“媽媽生日好”的專欄：“把我的心，／給你獻上”，“我用生命為你歌唱”，“我們永遠是葵花，／共產黨永遠是太陽。／誰要侵犯太陽，／誰就只有滅亡！”[57] 而對右派的討伐，更是不遺餘力，而且是詩歌、小說、通訊報道、雜文、寓言、諺語、評論……各種文體一起上，確實充分發揮了“尖兵”的作用。

最後要提到的是《浪淘沙》社與北大校刊合編的《粉碎〈廣場〉反動小集團》，裏面匯集了7月19、20日全校批判大會的全部發言，可以說是對以《廣場》為中心的北大右派的一次組織上與思想理論上的總清算。特別值得注意的是批判者所提出的觀點——

1. “知識份子只有接受馬克思主義，與工農大眾相結合，用無產階級思想來改造自己，走社會主義的道路，才能達到救中國的目的。這就是五四的精神和傳統”。[58]

2. “只有共產黨的領導才能解放中國，只有共產黨才能領導中國走向社會主義。反共就是賣國，就是亡國，就是民族的大災難”，“檢驗社會主義的真假的關鍵在於：是否有能實行無產階級專政的黨，真正的馬克思主義的黨的領導”。[59]

---

56 翟奎曾：《評〈紅樓〉》，《紅樓》5、6期。

57 《“七一”，把我的心給你獻上》(據大字報改寫)、莽：《給黨》、狄葵：《太陽頌》，載《浪淘沙》第3期。

58 汪了嵩：《誰是真正五四精神的繼承者？》，載《粉碎〈廣場〉反動小集團》。

59 何鍾秀：《黨的領導是建設社會主義的根本條件》，載《粉碎〈廣場〉反動小集團》。

3. “‘思想解放’這個沒有階級性的口號，在不同的階級那裏，意義是不同的。對於我們，思想解放是從一切反動階級的思想統治下的解放，是馬克思列寧主義的指導地位的確立，而資產階級右派則相反，是要動搖和推翻馬克思列寧主義原則在我們國家生活中的指導地位，代之以資產階級的思想。”

“在我們今天絕不存在所謂爭取‘思想解放’，進行所謂‘思想解放運動’的問題，而只是存在繼續改造思想的問題。”[60]

4. “在我們的社會裏，極大多數人民享受了真正的民主與自由，只有少數反動份子沒有‘民主’，這是完全合理的”；“這一小撮人所要爭取的民主，是為已經死亡的地主階級爭民主，是為正在消滅的資產階級反動派爭民主，是為反革命爭民主，是為帝國主義向我們曾爭民主，是為他們的反動思想、反動言論爭民主”[61]。

以上幾點，就是構成了反右運動以後所進一步確立的主流意識形態觀念的基本點。1957年北大與中國校園裏湧動的思潮，最後收歸於此，是許多人都沒有預料到的。

60 劉螢：《斥右派份子所謂‘思想解放’的謬論，為保衛馬克思主義而鬥爭》，載《粉碎〈廣場〉反動小集團》。
61 汪子嵩：《誰是真正的五四精神的繼承者》，載《粉碎〈廣場〉反動小集團》。

林希翎：永遠的反對派

兼論“五·一九民主運動”的國際背景與主要訴求，以及“右派”精神與性格

林希翎是1957年右派的代表性、標誌性的人物，這不僅是因為她當時影響很大，她在1957年的活動及以後的種種遭遇，涉及黨的上層、民主黨派、文藝界、新聞界與校園裏的大學生——這幾個方面正是鳴放與反右運動的主戰場；而且她是至今未平反的右派，是特意留下來以證明反右運動的正確性與必要性的“標本”，這樣，就把她推到了一個“歷史人物”的地位：她成了中國1957年右派及其精神的一個象徵。但她自己卻一再聲稱，這是一個歷史的大誤會：“我會成為政治人物，新聞焦點，全是歷史的錯誤。我痛恨政治；我只是希望在以後的歲月裏，過一個正當人的生活，搞一些文學創作和學術研究”[1]。這裏所包含的不得不扮演歷史所派定的角色的個人性的悲劇，同樣具有典型性。

因此，我們研究“1957年學”，不能不談到林希翎。

(一) 1957年校園民主運動中的林希翎

她因傳播“赫魯曉夫秘密報告”而禍罪

我們的討論，就從中共中國人民大學委員會1979年7月4日拒絕為林希翎平反的所謂《復查結論》說起。該《結論》給林希翎列舉了三條罪名：第一條是“1957年5月23日至6月13日，林借幫助黨整

1　轉引自《天下第一衝的林希翎》，《林希翎自選集》，292頁，香港順景書局，1985年版。

風之機，先後去北大和在人大作了六次演講、答辯，公開煽動要從根本上改變我國社會制度"；第三條是"反對中央當時的整風方針和部署，煽動鬧事"；最重要的是第二條："公佈、抄寫赫魯曉夫的'秘密報告'，大反斯大林，製造混亂"，這一條確實是最具林希翎"特色"的：她當時影響大，也就是因為她在第一條所說的北大、人大演講中，公開提到了赫魯曉夫"秘密報告"，所謂"煽動改變社會制度"、"反對中央整風方針和部署"，其"依據"都是她由赫魯曉夫秘密報告引出的對中國現實的議論。《結論》還具體舉出了林希翎有關的"罪惡"事實："整風運動初期，林搞到一份赫魯曉夫秘密報告。她明知這個'報告'在國際共產主義運動中已經造成嚴重惡果，她也知道不得外傳，卻在演講、發言中，都大量引證其內容。她攻擊説：'斯大林專橫殘暴，嚴重透頂，歷史皇朝無可比擬'，'阻礙社會發展，倒退了一個時代'。她聲稱'秘密報告是很真實的'，給我'很大啓示'。她用'秘密報告'來影射我們黨的工作，説'我們同志間關係不正常，六親不認，冷若冰霜'。她在6月1日全校大會上宣佈：'現在我主張公開赫魯曉夫的秘密報告……我這裏有一份，可以公開'。6月2日她貼出海報，要在6月3日晚上公佈，由於校領導和廣大師生的反對，她未能得逞。但使學校的整風運動被迫停止了三天。林還把'報告'給校內同學傳閱，又叫人抄寄給北大、西安、南京、武漢等地一些人。當學校讓她交出時，她又抄留了一份。林希翎的這些言論和活動，在校內外造成惡劣影響，嚴重地干擾破壞了學校整風運動，也使外單位、外地的一些青年跟着犯了新的錯誤"。[2] 儘管這裏的價值判斷很難讓人認同，但其所敍述的事實，卻提醒我們注意到，1957年的鳴放運動及其後的反右運動的國際背景：由赫魯曉夫的秘密報告引發的國際共產主義運動內部的變動與論爭。在某種意義上可以説，整風與反右都是對赫魯曉夫的秘密報告的中國反響。而這一反響，又包

2　《中共中國人民大學委員會對林希翎右派問題的復查結論》(1979年7月4日)，《林希翎自選集》，84–86頁。

括兩個層面：中國最高領導層的反響與中國知識份子，特別是青年大學生的反響，正是這兩者之間的相互糾纏，決定了整風與反右運動的發動，走向與結局。

毛澤東的喜與懼：由注重“揭蓋子”轉為“警惕修正主義”

因此，我們的討論還要追溯到中國最高層對赫魯曉夫秘密報告的反應。據時為新華社社長的吳冷西回憶，赫魯曉夫關於斯大林問題的報告是1956年2月24日晚在蘇共二十大最後一次秘密會議上作的，中共代表團沒有參加這次會議，只是會後由一位聯絡員作了通報：把報告宣讀一遍就拿走了。[3] 但是，在蘇共二十大結束不久，西方通訊社就陸續透露這個報告的內容。《紐約時報》在3月10日發表了這個報告的全文，距蘇共二十大結束不到半個月。新華社收到《紐約時報》後馬上組織大量人員翻譯，譯出一部分即印出一部分，全部譯完後再裝訂成本，按照中共中央辦公廳開列的名單，分送各中央負責人。吳冷西清楚地記得，3月17日晚，他突然接到通知，到中南海列席中央書記處會議，議論赫魯曉夫秘密報告。會議參加者有毛澤東、劉少奇、周恩來、朱德、鄧小平、彭真等最高領導人，以及楊尚昆(時為中央辦公廳主任)、胡喬木(中宣部副部長)、王稼祥(中央聯絡部部長)、張聞天(外交部常務副部長)。據他回憶，毛澤東當時還沒有將報告全文看完，但在會上對報告作了兩點評價：“一是他揭了蓋子，一是他捅了漏子。說他揭了蓋子，就是講，他的秘密報告表明，蘇聯、蘇共、斯大林並不是一切都是正確的，這就破除了迷信。說他捅了漏子，就是講，他作的這個秘密報告，無論在內容上或方法上，都有嚴重錯誤”。在吳冷西的感覺中，毛澤東的兩點論儘管沒有展開，卻是對赫魯曉夫的秘密報告作了“破題”。[4] 吳冷西的感覺是有道理的：毛澤東以後的一系列思

3 據薄一波回憶：後來蘇共中央曾派米高揚乘專機送來報告文本；但薄一波未說明具體時間。見《若干重大決策和事件的回顧》(上卷)，472頁。

4 吳冷西：《憶毛主席——我親身經歷的若干重大歷史事件片斷》，1–5頁，新華出版社，1995年版。

考與行動部署其實都是基於這樣兩個基本判斷。據李慎之回憶，原新華社副社長的陳適五當時就跟他說："毛主席此刻的心情是一則以喜，一則以懼"[5]，這也是一個很深刻的觀察。所謂"喜"，是因為"揭了蓋子"，解除了長期壓在毛澤東頭上的"緊箍兒"。毛澤東後來在與南斯拉夫共產主義者聯盟代表團的談話中，就說到他一生寫過三篇歌頌斯大林的文章，都"不是出於內心的意願"，因為自己所要反對的"王明路綫，實際上就是斯大林路綫"，而且斯大林還一直視毛澤東為"半個鐵托或準鐵托"，"不僅蘇聯，就是其他社會主義國家，和非社會主義國家中，都有相當一些人曾經懷疑中國是否真正的革命"，這對中國共產黨與毛澤東本人的壓力是可以想見的。現在，赫魯曉夫將斯大林的"蓋子"揭開了，毛澤東自然有"解放"之感，甚至稱之為"一場'解放戰爭'，大家都敢講話了，使人能想問題了"[6]。最重要的是，從此，毛澤東可以放手按自己的意願行事，走自己多年夢想的中國，以至世界革命的"聖人"之路了。但赫魯曉夫全盤否定斯大林，卻又使毛澤東覺得這是捅了一個"大漏子"。深知毛澤東的胡喬木曾經說過："毛主席在很長的時間認為，他就是中國的斯大林"，其所受的"國際範圍內的集權制加上黨內的集權制"的斯大林模式的影響是非常大的；因此，"二十大批判了斯大林，這對於毛主席的刺激是非常深的"。[7] 而赫魯曉夫對待斯大林的"方法"，即生前處處順從，死後用突然襲擊的方式發難，全盤否定，大概也給毛澤東以極大刺激，由此形成的所謂"赫魯曉夫情結"，是預伏着以後的文化大革命的。

正因為有了這一"喜"一"懼"，就有了毛澤東的一系列反應。大體說來，從1956年4月5日發表《關於無產階級專政的歷史經

5 李慎之：《毛主席是甚麼時候引蛇出洞的》，《六月雪：記憶中的反右派運動》，120頁，經濟日報出版社，1998年版。

6 毛澤東：《吸取歷史教訓，反對大國沙文主義》，126頁，120頁，122頁，127頁，《毛澤東文集》7卷，人民出版社，1999年版。

7 胡喬木：《〈歷史決議〉中對"文化大革命"的幾個論斷》，《胡喬木文集》2卷，147頁，人民出版社，1993年版。

驗》到1956年12月29日《再論無產階級專政的歷史經驗》發表，毛澤東反應的重心有一個微妙的重要的變化。據參與起草這兩個文件的吳冷西回憶，毛澤東對“一論”作了四處修改，“一是明確指出斯大林的主要錯誤，並且指出產生這些錯誤是由於他思想方法上的主觀主義和片面性，脱離實際和脱離群眾，違背群眾路綫和集體領導；二是加强了關於社會主義社會仍然存在矛盾一段；三是在有關中國黨歷史上的路綫錯誤段落，突出了兩次王明路綫和建國後高饒反黨集團；四是强調應以歷史的觀點看待斯大林”。這四點儘管含有為赫魯曉夫補“漏子”的意思，但重心還是支持赫“揭蓋子”。因此，毛澤東在最後作總結時，一再强調重要的是“我們自己從中得到甚麼教益”，他認為最主要的是“要獨立思考，把馬列主義的基本原理同中國革命和建設的具體實際相結合”，並且重申“現在感謝赫魯曉夫揭了蓋子，我們應從各方面考慮如何按照中國的情況辦事，不要再像過去那樣迷信了。……現在更要努力找到中國建設社會主義的具體道路”。[8] 隨後，於4月25日作《論十大關係》的報告，4月28日在中央政治局擴大會議上提出“百花齊放，百家爭鳴”的方針，這都可以看作是毛澤東和中國共產黨人尋找“中國建設社會主義的具體道路”的自覺努力和嘗試。[9] 前引與南斯拉夫代表團的談話，也就是在這樣的背景下作出的。

但從十月以後，先後發生了波蘭事件，匈牙利事件，11月11日鐵托在普拉(南斯拉夫西部沿海城市)的演説，指出斯大林的錯誤“是一種制度的產物”，“不僅僅是一個個人崇拜問題，而是一種使得個人崇拜得以產生的制度問題”，引發了共產主義運動內部的激烈的論爭；而鐵托提出要反對“斯大林主義”，這大概更是給自命“斯大林”的毛澤東以極大的刺激。正是在這樣的背景下，在毛澤

8 吳冷西：《憶毛主席》，8–10頁。

9 當時周揚在文學講習所的一次講話中，就明確指出：“百花齊放，百家爭鳴”的方針的提出，“和蘇共第二十次代表大會提出對斯大林的批評有關。……我們不否認對於斯大林的批評在全世界引起了很大的混亂。但這個混亂現在看來不是主要的，主要的是收穫。我們是在這樣一個狀況下提出‘百花齊放，百家爭鳴’的”。《周揚文集》2卷，405頁，人民文學出版社，1985年版。

東的主持下，又寫了《再論無產階級專政的歷史經驗》。據吳冷西回憶，在文章的醞釀、寫作與修改過程中，毛澤東把重心轉向了"捅了漏子的後果"，即所謂"全世界出現了反蘇反共高潮。帝國主義幸災樂禍，國際共產主義隊伍思想混亂"，並且表示："我們要硬着頭皮頂住，不僅要頂住，而且要反擊"。毛澤東還據此作出了兩個重要的判斷："當前反蘇、反共浪潮是國際範圍的階級鬥爭尖銳化的表現"；"當前的問題是教條主義還沒沒有肅清，又來了修正主義思潮，而且來勢兇猛"，因此，鬥爭的"主要鋒芒是反對修正主義"，要"把斯大林這把刀撿起來，給帝國主義一刀，給修正主義一刀"。毛澤東還指示，《再論》"特別要講清楚斯大林的錯誤不是社會主義制度造成"。[10] 於是，就有了這樣的論述："蘇聯經濟迅速發展的事實證明，蘇聯的經濟制度基本上是適合於生產力的發展的，蘇聯的政治制度也是基本上適合於經濟基礎的需要的。斯大林的錯誤並不是由社會主義制度而來；為了糾正這些錯誤，當然不需要去'糾正'社會主義制度。"文章還針對對國家計劃管理的"官僚主義機構"的批評，强調"蘇聯經濟的巨大高漲正是勞動人民的國家政權有計劃的管理經濟事業的結果，而斯大林所犯的主要錯誤，卻很少同管理經濟的國家機關的缺點有關"。文章同時又提出："在基本制度適合需要的情況下，在生產關係和生產力之間，在上層建築和經濟基礎之間，也依然存在着一定的矛盾。這種矛盾表現為經濟制度和政治制度的某些環節上的缺陷。這種矛盾，雖然不需要用根本性質的變革來解決，仍然需要及時地加以調整"。這都是回應鐵托的，大概就是"給修正主義一刀"吧。《再論》因此發出警告："那些離開無產階級專政而高談民主的'社會主義者'，實際上是站在資產階級方面而反對無產階級，實際上是要求資本主義而反對社會主義"。在分析匈牙利事件發生的原因時，《再論》作了兩點分析，一是匈牙利領導人的官僚主義"導致過去時期的匈牙利，勞動人民的民主權利和革命積極性受到破

10 吳冷西：《憶毛主席》，16頁，22頁，25頁，27頁。

壞”，一是“反革命份子卻沒有受到應有的打擊”，因此，“反革命份子1956年10月間能夠很容易地利用群眾不滿情緒，組織武裝叛亂。這就說明了過去時期的匈牙利還沒有認真建立起無產階級專政”。[11] 這背後所暗含的意思，人們也許要經過以後一系列的事變才能恍然大悟。

因此，《再論》雖然主要討論國際問題，但其國內的背景卻是依稀可見的。同年11月15日，毛澤東在八屆中央委員會二次會議的講話中，就提出了“裏通外國”的問題，並且說這樣的人“高級幹部、中級幹部”中都有。高饒事件又被重新提起[12]——其實毛澤東在斷定“當前反蘇、反共浪潮是國際範圍的階級鬥爭尖銳化的表現”時，大概就想起了高饒事件，因為他早已斷定，高饒反黨聯盟的出現，“是我國現階段激烈階級鬥爭的一種尖銳的表現”，在他看來，國際與國內問題總是有內在聯繫的，他也因此早已發出過要“準備對付(帝國主義發動的)突然事變，準備對付反革命復辟，準備對付高饒事件的重複發生”的警告。[13] 顯然在毛澤東的估計中，這三大危險在1956年的國際、國內形勢中，是更為嚴重的，必須認真對付。他甚至發出了這樣的自我警戒：“像我們這樣的人，可能犯錯誤，結果鬥不贏，被別人推下去，讓哥穆爾卡上台，把饒漱石抬出來”。[14] 這些話看似隨意說出，卻是更真實地道出了毛澤東內心的緊張，某種不安與隱憂，以後的種種舉措是可以從中找到某種心理動因的。因此，當他聽到有“司局長一級的知識份子幹部”提出了“大民主”的概念，就立刻敏感到這是代表了一種“思潮”，[15] 說“他們要搞的‘大民主’，就是採用西方資產階級的國會制度，

11　以上引文見《再論無產階級專政的歷史經驗》，文收《胡喬木文集》1卷，509頁，520頁，520頁，519頁，人民出版社，1992年版。

12　《在中國共產黨全國代表會議上的講話》(1955年3月)，《毛澤東選集》5卷，321頁。

13　毛澤東：《在中國共產黨全國代表會議上的講話》(1955年3月)，《毛澤東選集》5卷，140頁，153頁。

14　毛澤東：《在中國共產黨第八屆中央委員會第二次全體會議上的講話》(1956年11月15日)，《毛澤東選集》5卷，319頁，人民出版社，1977年版。

15　參看李慎之：《大民主和小民主》，《荊棘路：記憶中的反右派運動》，118頁，經濟日報出版社，1998年版。

學西方的'議會民主'、'新聞自由'、'言論自由'那一套"，並且也提出了對付的辦法，即用"無產階級領導下的大民主"去反擊"資產階級大民主"，也就是開展大規模的"轟轟烈烈的群眾運動"大搞階級鬥爭，"狠狠地鬥一下"。[16] 半年以後的反右運動其時已經開始醞釀於心，只不過人們一時未能領悟而已。同時，他也說："大民主也可以用來對付官僚主義者"，[17] 毛澤東一生對"官僚主義者"都無好感，他們也是他達到自己的目的的阻力。他發動整風運動當然也含有借助群眾運動的力量來"整"一下"官僚主義者"的用意。但他區分得很清楚："官僚主義者"是"人民內部矛盾"。毛澤東心裏明白，自己的統治是從根本上離不開這些官僚的；而右派則是"敵我矛盾"，是他必除之而後快的。

到1957年在省市自治區黨委書記會議上的講話就說得更為清楚。因為據說這時國內已經出現了一些"小匈牙利"事件。毛澤東在講話中特意提到了石家莊一所學校，有"少數反革命份子"利用學生對畢業分配的不滿，煽動游行，要奪權電台，並高喊"打倒法西斯！""要戰爭不要和平！"、"社會主義沒有優越性！"的口號；毛澤東因此說："匈牙利事件的一個好處，就是把我們中國的這些螞蟻引出了洞"。"螞蟻"存在在哪裏呢？毛澤東有個分析：除"地主，富農，還有惡霸和反革命"這些"被剝奪的階級"之外，"有些民主人士和教授""跟我們也是對立的"，"學生中跟我們對立的也不少"。對學生的"思想動向"，毛澤東似乎特別注意，並作了這樣的估計與分析："我們高等學校的學生，據北京市的調查，大多數是地主、富農、資產階級以及富裕中農的子弟，工人階級、貧下中農出身的還不到百分之二十。全國恐怕也差不多。這種情況應當改變，但是需要時間。在一部分大學生中間，哥穆爾卡很吃得開，鐵托、卡德爾也很吃得開"。在毛澤東看來，這些

16 毛澤東：《在中國共產黨第八屆中央委員會第二次全體會議上的講話》，《毛澤東選集》5卷，323–324頁。

17 毛澤東：《在中國共產黨第八屆中央委員會第二次會議上的講話》，《毛澤東選集》5卷，324頁。

學生不過是"地主，富農，資產階級，民主黨派"的代言人，"他們老於世故，許多人現在隱藏着。他們的子弟，這些學生娃娃們，沒有經驗，把甚麼'要殺幾千幾萬人'、甚麼'社會主義沒有優越性'這些東西都端出來了"。既然客觀存在，但又"隱藏"着，並且遲早要引爆，不如現在就將其引誘出來，"讓他們唱對台戲"，"他們有屁就讓他們放，放出來有利"，"他們要鬧，就讓他們鬧夠。多行不義必自斃"。毛澤東當時把這稱作"讓它暴露，後發制人"策略，[18] 其實就是後來著名的"引蛇出洞"的"陽謀"。

"偷得天火"：校園青年學子的反應

這就說到了事情的另一面：毛澤東已經對蘇共二十大赫魯曉夫的秘密報告引發的國際共產主義運動的大變動、大爭論，作出自己的國際應對(《再論》)與國內部署，即一方面用"大民主"來對付官僚主義，以緩和群眾的不滿，一方面又隨時準備應對"反黨反社會主義"的"螞蟻"出洞，從兩個方面來杜絕"匈牙利事件"在中國發生的可能。而尚不知就裏的中國知識份子，特別是大學裏的熱血青年，卻按照自己的理解、理想與意願作出了獨立的，以後卻要為之付出巨大代價的反應。

正如李慎之先生所說，"關於蘇共二十大，赫魯曉夫的報告既然是秘密報告，中共當然也不會公開宣傳，但是事實上中國人知道的範圍很廣。因為中央決定把朱德從莫斯科帶回來的譯文印成小三十開的小冊子，封面上題目都沒有，只印有'內部材料．注意保存'八個字，隨《參考資料》發放。《參考資料》雖然只發到高級幹部，但是並不算是機密刊物，也只是刊頭上印有'內部刊物，注意保存'兩行字。因此這個報告的內容實際上傳播極廣。另外外文書店還發售美國的《工人日報》，上面也載有英譯文的全文，北京各大學的學生競相購買，竟致把《工人日報》買光。尤其是毛主席

18 毛澤東：《在省市自治區黨委書記會議上的講話》(1957年1月)，《毛澤東選集》5卷，332頁，338頁，351頁，333頁，355頁。

當時一再發出要打防疫針，種牛痘的主張，《參考消息》由於他的旨意而由2000份擴大發行到40萬份，每個大學生都可以訂閱。看來他並不反對讓這個報告的內容從各個渠道洩漏出去。因此，這個報告已算不得甚麼秘密了。《參考消息》不能登赫魯曉夫報告的內容，但是可以登各國的反應。"[19] 而在北京大學這樣的校園裏，自由、多元的傳統還在無形地發揮作用，如時為生物系的助教姚仁傑先生所回憶："那時的學校對圖書的管制還沒有後來那麼厲害和嚴密"，"好讀書而又想追求甚解"的老師和學生，也還能"偷得天火"[20]。據鳴放時期校園內最活躍的北大百花學社的主要組織者之一的陳奉孝回憶，當時北大數學系的助教任大熊從北大圖書館借出了刊載有秘密報告的《工人日報》，和陳奉孝、陶懋頎一起將報告翻譯了出來，在一部分同學中傳閱(後來他們三人都被打成右派，任大熊被判無期徒刑，在勞改對裏折磨而死)。另一些同學則通過蘇聯和東歐的留學生多少了解了報告的內容。[21] 還應該提到的是，新復刊的《文匯報》連載了安娜·路易斯·斯特朗的回憶錄，對過去竭力隱蔽的"斯大林時代"的社會生活的負面有真切的揭示，也產生了廣泛的影響。她所引述的英國阿克頓勛爵的名言："權力使人腐化，絕對的權力引致絕對的腐化"，在當時引起了震動，以後更是不斷地被人們所引用。根據毛澤東的指示，鐵托1956年11月的演說與各國共產黨的評論，都曾在中國報刊上公開發表；由於《再論》中談到南斯拉夫"在企業和其他社會組織中實行民主管理的試驗"，中國報刊上也有了一些相應的介紹：這些，都打破了蘇聯模式的一統天下，引發了許多獨立的思考。新的思想解放的運動開始在孕育中。

19 李慎之：《毛主席是甚麼時候決定引蛇出洞的？》，《六月雪：記憶中的反右派運動》，117頁。
20 參看本書《做"人"還是為"奴"——讀姚仁傑先生的回憶錄》有關分析。
21 陳奉孝：《我所知道的北大整風反右運動》，《沒有情節的故事》，503頁。

林希翎所受到的思想震動

現在我們終於可以回到本文的主要討論對象林希翎這裏來。林希翎曾因在1955年在《文藝報》上發表長篇文藝論文而引起廣泛關注，後又因為一篇與蘇聯權威雜誌《共產黨人》商榷的文章，遭到無端攻擊，她因而印發了《一個青年公民的控訴書》，得到時為人民大學校長的吳玉章及任團中央書記的胡耀邦的支持而獲平反。胡耀邦及《中國青年報》的主編遂派她作為特約記者到西北地區作調查。這一次調查，以及後來她在法院實習的所聞所見，都讓她看到了中國社會，特別是底層社會的種種弊端，她為之詫異不已：在此之前，她幾乎是生活在"雲端"，輕信人們告訴自己的一切，長久地沉湎在夢幻中：懷疑就這樣產生了。八十年代她在接受採訪時，這樣談到自己的思想蛻變："我原來沒離開過大城市，一下子到農村，到山區到玉門油礦，到甘肅蘭州都跑了一下，就完全感到農村生活，不像《人民日報》吹牛吹的那個樣子——電燈，電話，甚麼農民生活怎麼好怎麼好；有的苦得要死，也沒飯吃，我非常痛苦，我覺得(有話)要說。我們那個時候非常理想主義，想為人民服務，為了解放人民，我們才來革命的。結果呢，人民生活這麼痛苦，我們在北京城裏過不錯的生活，在這樣的一種情況下，我對這些問題，就開始深思：究竟為甚麼？"[22] 就在這個時候，她從自己的戀人(時為胡耀邦的秘書)那裏，看到了赫魯曉夫的秘密報告。鳴放時期，她在人民大學的一次演講中，這樣談到她當時受到的震驚："對於斯大林過去我的印象是很好的，因為蘇聯電影與蘇聯小說我看得很多。當斯大林逝世時，我在部隊裏戴上黑紗哭腫了眼，當最初聽說赫魯曉夫在蘇共二十大上批判斯大林時，我想不通，也很生氣。但當我親眼看到這個'秘密報告'時，我才大為震驚，我感到我過去的眼淚都是白流了。還幸虧斯大林死了，要是再多活幾年，還不知道要害死多少正直善良的蘇聯共產黨人和公民。我感到對他在軍事上、農業上和對外關係方面犯的錯誤，都還可以原諒，只是

22 《林希翎自選集》，219頁。

在肅反擴大化這個問題上所犯下的嚴重錯誤，甚至也可以說對黨和人民所犯下的罪行，在感情上是不可原諒的"。[23]"我感到我過去的眼淚都是白流了"，這上當受騙的屈辱、痛惜、悔恨後的清醒，讓人想起了魯迅《狂人日記》裏那句著名的話："才知道以前的三十多年，全是發昏"。[24]或許就在"不再相信眼淚"的這一瞬間，林希翎和她的同代人中的一部分，開始與幼稚、單純而輕信的"童年"時代告別了。斯大林的(還有中國的)肅反運動受害者的血，將所有的迷信，籠罩在蘇聯、斯大林、領袖、某種絕對理念與體制……頭上的神聖光圈，都顛覆，擊碎了。如姚仁傑先生在他的回憶錄裏所說："不同的思考和看法油然而生，有如翻江倒海，習慣性的信仰和被別人灌輸的一致性轟然動搖，連自己對自己也不那麼迷信了"。

個人記憶中的校園氣氛

這裏，或許可以插敍一段我個人的一些北大校園的親身體驗。我是1956年9月考入北京大學中文系新聞專業的。在初入學時，還沉浸在響應黨的"向科學進軍"、"百花齊放，百家爭鳴"的號召，發奮讀書，準備將來當作家、學者的夢境中，但接着而來的波蘭事件、匈牙利事件……，卻打破了校園的寧靜。我至今還清楚地記得，半夜裏，我們這些共青團員突然被從睡夢中叫醒，集合到大禮堂去看一部反映匈牙利事件的內部紀錄片：那"反革命份子"將共產黨員的頭掛在電綫桿上的鏡頭，讓我們看得膽戰心驚。接着報紙上又發表了鐵托的講話，以及相關的爭論文章，還有關於南斯拉夫民主試驗的介紹……，對於我們，都是聞所未聞，一時，竟有無所適從之感。由此引發了莫名的內心騷亂，隱隱地感到，一個"校園內放不下一張平靜的書桌"的時代似乎正在逼近，但剛剛入學的我，似乎還沒有嘗够泡在圖書館裏的安適、閑寂的樂趣，於是，對

23 《林希翎自選集》，135–136頁。
24 魯迅：《狂人日記》，《魯迅全集》1卷《吶喊》，444頁。

即將到來的一切，既懷着期待，又感到不安。我的這種心境，或許與前述林希翎式的覺醒意識有所不同，但卻也是反映了思想大一統的局面正在發生動搖：連我這樣的並不關心政治，一門心思讀書的普通學生，也感到了變動的氣息。而且不關心政治當時也是不被允許的：《再論無產階級專政的歷史經驗》發表後，班級與團支部都組織我們學習。我記得，當時爭論最激烈的，就是斯大林的錯誤的根源何在？與制度有沒有關係？在《再論》發表之前，這個問題，同學們私下就議論過。當時的權威觀點還是《關於無產階級專政的歷史經驗》的説法，即產生錯誤的原因是斯大林"思想方法上的主觀主義和片面性，脱離實際和脱離群眾，違背群眾路綫和集體領導"。在當時的背景下，自然不會有人公開質疑這一黨報也即黨的觀點，但其缺乏足夠的説服力是許多人心裏都明白的。鐵托的演説直接了當地提出了制度的問題，就使懷疑顯得似乎更有依據了——由於鐵托曾受到斯大林的排擠和迫害，當時許多大學生都對他抱有好感。現在《再論》一方面明確反對鐵托的意見，但又承認"經濟制度和政治制度的某些環節上"存在"缺陷"：這非但沒有解除疑惑，反而更增加了思想的迷亂。在學習時，大家反復討論如何理解所説的"某些環節"上的"缺陷"：是哪些"環節"？甚麼是"根本制度"？這兩者的關係如何？……等等，都是説不清楚的。記得周揚還專門來作過一個報告，談及制度問題，大家聽了依然覺得一頭霧水。

5月23日：林希翎爆炸式的演講

因此，1957年5月19日，北大校園貼出第一批大字報，對於林希翎式的早已破除了迷信，開始獨立思考的先覺者，是蓄之已久的必然爆發：這正是他們期待中的繼五四新文化運動以後的又一次思想解放，並且他們很快就將其命名為"五．一九民主運動"。而對像我這樣的普通學生，是既感到突然，又似乎在預料之中的。而且前述"制度"問題又很快成為校園內的爭論的焦點之一。各種意見或爭鋒相對，互不相讓，或互為補充、發明，突然展現了一個從未有過的自由思考的思想平台，讓人感到振奮；而各級黨組織按照毛澤東的指示保持了可疑的沉默，《人民日報》又拒絕報道"北大民主牆"，這就又增添了許多不安。林希翎就是在這樣的背景與氣氛下，於5月23日登上了北大的講台。她以其特有的明快，一開口就提出"胡風是不是反革命"這個最敏感的問題，並且立即提及赫魯曉夫的秘密報告，點明"我國也是肅反擴大化"。這樣就把赫魯曉夫秘密報告中所談到的斯大林的問題與中國的問題聯繫起來：這正是犯了大忌。於是，她的以後的所有論述都被理所當然地認為是針對中國現實的，這就注定了林希翎成為"不可饒恕的右派"的命運。她是這樣說的："我有很多問題同意南斯拉夫的看法，鐵托演說中很多是好的。我就認為個人崇拜是社會主義制度的產物。馬克思主義告訴我們，所有社會現象都有社會歷史根源，斯大林問題絕不是斯大林個人的問題，斯大林問題只會發生在蘇聯這種國家，因蘇聯過去是封建的帝國主義國家，中國也是一樣，沒有資產階級的民主傳統。我覺得公有制比私有制好，但我認為我們現在的社會主義不是真正的社會主義，如果是的話，也是非典型的社會主義。真正的社會主義應該是很民主的，但我們這裏是不民主的。我管這個社會叫作封建基礎上產生的社會主義，是非典型的社會主義，我們要為一個真正的社會主義而鬥爭"。她還說："我經過研究，認為歷史上所有的統治階級都有一個共同點，他們的民主都有局限性，共產黨的民主也有局限性，在革命大風暴中和人民在一起，當革命勝利了就要鎮壓人民，採取愚民的政策，這是最笨的辦法。……人民群眾不是阿斗，真正要解決問題只有靠歷史創造者人民群眾行動起來"。她最後以這樣一句話來結束自己的演講："我們要建設真正的社會主義，讓每一個人過真正的人一樣的生活！"[25]——可以想見，林希翎的這一番爆炸性的講話，會引起怎樣的反應。記錄稿

25 林希翎：《在北大的第一次發言》，《原上草：記憶中的反右派運動》，151–154頁。

中説，當場有人為她鼓掌，要求她簽名，也有人轟她，甚至遞紙條辱駡她。我當時也在現場，可以證實這都是事實，林希翎的演講確實把北大內部本來就存在的兩大派(反右運動以後就被劃分為“左派”與“右派”)的爭論推向白熱化：我記得聽完演講後，回到寢室，兩派同學還在爭論不休，有的甚至論戰了一個通宵。我清楚地記得，一位後來被打成右派的同學激動地説：“如果中國發生匈牙利事件，我一定上街游行！”另一位原是復員軍人的同學立刻回應説：“你如果上街，我一槍崩了你！”我自己倒沒有捲入爭論，是因為當時年紀尚小，林希翎提出的許多問題是原來沒有想過的，一時也想不清楚，覺得她的某些言詞似乎有些偏激；但同時又確實非常欣賞她的獨立思考，敢想敢説，認為無論她的觀點正確與否，她所提出的問題是應該認真思考的，而她的發言正是打開了一個新的思路，應該允許與鼓勵，而不能壓制，對那些轟她的人我是反感的，覺得這有違北大的民主傳統。——正是這一態度，使我後來被劃為“中右”：這在當時北大學生中也是有一定代表性的吧。

呼喚“真正的社會主義”

今天我們再來看林希翎當年的發言，有幾點是值得注意的。首先，她的演説是立足於一個基本立場的，即是她所説的“真正的社會主義”。這絕不是一種言説的策略、姿態，而是十分嚴肅的自覺追求。林希翎直到八十年代還堅持這一點：“我是把社會主義作為一種理想來對待的”。[26] 另一位五·一九民主運動的代表人物譚天榮當時就明確表示：“社會主義這是我們自己的理想。完全不需要從外面輸入進來。可是現在這些現象，我們反對的那些東西，不是社會主義本身，而是對社會主義的歪曲。用哥穆爾卡的話來説，我們要反對的是那種把威信建立在血、牢獄與欺騙的基礎之上的本國版的貝利亞主義”。[27] 絕不能將五·一九民主運動視為“反社會主

26 《林希翎自選集》，230頁。
27 譚天榮：《我們為了甚麼——再致沈澤宜》，《原上草：記憶中的反右派運動》，63頁。

義的運動"，社會主義是那一代人的理想，這一點是不能含糊的：當年對包括林希翎在內的右派橫加"反社會主義"的罪名，是將斯大林式的、毛澤東式的社會主義模式視為正宗；今天我們也不能因其對斯大林式、毛澤東式的社會主義的批判立場，而將其看作是"反社會主義"。科學的態度應該尊重林希翎們對"社會主義"的獨立理解與闡釋：從林希翎的演說中，可以看出，她所追求的"真正的社會主義"包含兩個基本內容，即"社會主義的公有制"與"社會主義民主制"。這幾乎是當時絕大多數有自覺追求的右派的共同立場。因呼籲為胡風平反而很有影響的劉奇弟，在一篇闡述他對北大民主運動基本精神的理解的大字報裏，以"社會主義公有制萬歲"與"社會主義民主萬歲"作結束，[28] 這恐怕不是偶然的。這樣一種社會主義觀，是帶有濃重的"社會民主主義"的色彩的；而在毛澤東看來，這正是典型的"修正主義"。

批判"封建社會主義"，强調人民主權意識

有意思的是，林希翎們用他們的"真正的社會主義"觀看斯大林式、毛澤東式社會主義，卻發現了"封建主義"，她在演說中，將其稱為"封建基礎上產生的社會主義，是非典型的社會主義"。她後來在北大的第二次演講及《我的思考》等文章中，有更具體的說明：在她看來，當時中國社會所存在的龐大的官僚機構，特權，等級制度，對思想、言論自由的壓制，對公民權利的剝奪，愚民政策，宗派主義，某些領導的"地主惡霸的作風"……，都帶有濃重的封建性，追其原因則是因為蘇聯與中國都是由封建社會直接進入社會主義，"沒有資產階級的民主傳統"。八十年代，林希翎在追述自己當年的思想時說："在1957年的演講中我還講過，為了與世界上的資本主義國家相區別，對外來說我們自稱社會主義國家是可以的，但是從嚴格的科學意義上來說，不僅在中國根本未曾建成真

28 劉奇弟：《論當前整風——民主運動》，《原上草：記憶中的反右派運動》，119頁。

正的社會主義社會，就連蘇聯也未建成真正的社會主義社會。我們和蘇聯的社會制度的性質，還處在向社會主義社會過渡中的過渡時期”。[29] 這一概括大體是符合她當時的思想實際的。

在林希翎1957年的演講中，還表現出強烈的人民主權意識，即她一再強調的人民是“歷史的創造者”，要“人民作主”，“要把真實情況告訴人民，要徹底改革，要發動人民來討論，社會主義是人民的，不只是黨員的，應該讓全民盡情地提意見”。[30] 在她看來，對現有社會主義模式提出質疑，探討甚麼是“真正的社會主義”，都是在履行人民主權，發動民主運動的目的也是在於動員人民的力量來推動建設“真正的社會主義”的實驗與徹底改革，而不是局限於少數人的，上層的，按照既定的旨意進行的“改良”。[31]

應該說，林希翎演說中的以上幾個基本點，也是代表了許多校園內的右派學生的基本立場的。甚至可以說北大校園關於“社會主義制度”問題所展開的討論，是圍繞她所提出的幾個問題展開的。年輕的中國社會主義者、共產主義者[32] 所關注的正是：甚麼是我們理想的社會主義？中國的社會主義現實在實現“社會主義民主”與“社會主義公有制”方面出了哪些問題，又預伏着怎樣的危險？

社會主義民主問題

關於社會主義民主，這是1957年中國校園內最大的熱點話題。百花學社的骨幹、哲學系學生葉于泩當時寫有《我看民主》的大字報，其觀點是有代表性的：“民主是先進的社會理想”，“民主化是社會發展的必然趨勢”，“在現階段民主既是手段又是目的”，“社會主義公有制，按其本性說，要求它的上層建築具有高度的

29　《林希翎自選集》，24–25頁。

30　林希翎：《我的思考》，《原上草：記憶中的反右派運動》，165頁，163頁。1998年版。

31　參看林希翎：《在北大的第一次發言》，《在北大的第二次發言》，《原上草：記憶中的反右派運動》，153頁，155頁。

32　作為百花學社骨幹之一的楊路在反右開始以後的《最後的宣言》裏，表示自己無論在甚麼情況下，都要堅持“作一個正直的人，堅持着作一個共產主義者”。文見《原上草：記憶中的反右派運動》，223頁。

民主性"，"人們在生產資料佔有上的平權地位，是全民性的、新型民主的物質基礎，人們第一次有可能獲得發展個性，自由競賽的平等機會"，"社會主義民主是最高類型的民主"，這是社會主義的本質決定的。[33] 而另一位哲學系學生龍英華，則在他的引起轟動的大字報《世界向何處去、中國向何處去、北大向何處去》裏，明確提出一個綱領性的口號："我們有了一個社會主義工業化，還應有一個社會主義民主化"。[34] 而且論者強調，"五．一九民主運動"就是實現這一目標的具有重大意義的一次試驗，目的是要"形成和發展這樣一種民主，不是硬搬蘇聯的形式，更不是販賣西歐的形式，而是在今天的中國的社會主義土壤中土生土長的民主制度"。[35]

而最讓這些年輕的理想主義者深感困惑與不安的恰恰是，按其理想與本性應是民主化最有力的推動者的社會主義國家，卻在民主化問題上表現出一種"保守傾向"，使社會主義民主的"巨大潛能，迄今遠沒有充分展開"，甚至出現了剝奪人民民主權利的現象。[36] 在他們看來，1957年的中國對社會主義民主制度的破壞與危險，主要表現在兩個方面。一是"法制不健全、不嚴肅，民主權利沒有嚴格可靠的保證"，這正是"官僚主義、主觀主義、宗派主義"這"三害"的"溫床"；[37] 二是"權力的高度集中"，即"共產黨對國家政權的絕對控制"與"對國家一切生活的絕對控制"，以及"國家高度權力的集中"。批評者尖銳地指出："任何時代，權力的高度集中，不論是集於個人，還是自稱為一貫光榮、正確、偉大的集團，都是極大的危險，而當人民群眾被麻痹、被愚昧，就更加百倍的危險！因為如果這個集團犯有嚴重錯誤或變質，就沒有

33 葉于泩：《我看民主》，《原上草：記憶中的反右派運動》，140–142頁。
34 龍英華：《"世界向何處去、中國向何處去、北大向何處去"》，《原上草：記憶中的反右派運動》，132頁。
35 陳愛文：《關於社會主義制度》，《原上草：記憶中的反右派運動》，101頁。
36 葉于泩：《我看民主》，142頁，141頁。
37 葉于泩：《我看民主》，142頁。

任何力量足以克服它”。[38]人們還這樣提出問題：社會發展與國家經濟發展的權力完全集中於國家，這樣的政治經濟體制“是否需要改變？”“將國家所有制形式變為歸生產者大家庭的直接民主管理的所有制”，“自下而上的建立起人民群眾的各種組織直接影響中央政權，並達到使‘社會主義社會制度在它的發展中依靠社會主義的勞動人民的自由行動，而不是依靠國家的力量’”，這樣的體制改革，“是否值得考慮？”[39] 由此而提出的是對民主的如下理解：“民主權利除了它的階級性以外，還有着全民性，即全體未剝奪公民權的人民對政府之約束，後者作為一種暴力機構，很容易傷害人民，人民必須用一種全民平等享有的民主權利來保護自己，來抵制政府可能採取的暴政”。[40]——所有這些問題與思考，都是以民主討論的形式提出的；因此，討論中，有人特意重申了“資本主義上升時期”的“一句話”：“我完全不同意你的意見，但我用生命來保證你說這些話的權利”。[41] 這裏表現出來的，是那一代的年輕人，對民主的渴望，以及對民主理念、精神、制度的探索精神，這是我們時隔四十多年仍能感受到並深受感動的。

特權階級問題

關於“社會主義公有制”的討論，則集中在“特權階級”是否有可能從社會主義體制內部產生，並如何防範這一問題上。問題是這樣提出來的：物理系學生沈迪克化名“談談”，寫了一篇題為《談談無階級社會中人的等級》的大字報，從留學生的選派、生產實習、畢業分配……等“日常生活”中的種種不平等現象，提出

38 王書瑤：《高度集權是危險的》，《原上草：記憶中的反右派運動》，204頁，207頁。

39 應成旺：《爭取社會有九十度轉變——三害根源及防止辦法》，《原上草：記憶中的反右派運動》，237–248頁。

40 楊路：《最後的宣言》，《原上草：記憶中的反右派運動》，222頁。

41 張景中：《在1957年6月26日報告會上的發言》，《原上草：記憶中的反右派運動》，70頁。在鳴放時期產生了很大影響的蕭乾的文章《放心，容忍，人事工作》中也引述了這段話，並且說：這句話“意味着：一個人說的話對不對是一件事，他可不可以說出來是另外一件事。准不准說不對的話，是對任何憲法的嚴重考驗”。文收《荊棘路：記憶中的反右派運動》，103頁。

"在新的時代"是否出現了"高貴等級"、"賤民階級"這樣的新的等級區分的疑問[42]；這個問題十分敏感，自然引起了轟動與激烈爭論。後來又有一位名叫周大覺的北航教師寫了一篇《論"階級"的發展》的文章，進一步提出了"隨着舊階級的消滅，新的階級又起來了"這樣的論斷，並從生產資料的佔有關係、分配、社會地位等方面加以論證，還特別指出"官官相護"的現象表明"已開始自覺地形成一個社會集團，他們互相支持、包庇，有共同的經濟、政治、社會地位等特殊的利益"。[43] 後來，周大覺又寫了一篇《再論"階級"的發展》，特意談到他與一位歷史系三年級的同學黃良元的爭論。周這樣介紹他的論爭對手："中共黨員，有一定教條主義習氣，誠樸，會思考一些問題的好同志"。據說，經過爭辯，雙方一致認為，"公有制比私有制優越得多。但我們最感興趣的問題是如何保證公有制名副其實，就是公有了以後如何正確的分配。我們反對絕對平均主義，但目前的問題……是不合理的懸殊的差別。這樣，縱然佔有公有，但實際上在分配過程中，無形中一部分佔有了另一部分人的勞動"。由此得出的結論是：不能"認為社會發展到公有制就萬事大吉"，還必須"考慮如何更完滿，以及可能產生的新的階級分野"，"考慮如何防止黨、政府工作人員不脫離群眾"，並"要有一定的制度來保證"。另一方面，他們也一致認為，這種政治、經濟、地位上的懸殊、不平等還處在發展中，矛盾"現在還不甚尖銳"，同時"制止它發展的因素也在增長，有自覺地自上而下的解決的可能性"。黃良元因此認為應稱為"人民內部矛盾"，而不必提到"新階級"的高度，周大覺則認為，"如果管理、分配、社會地位等問題不得到更好的完善，矛盾可以向前發展，而且基本上(已經)滿足'階級'關係的定義"。[44] 當時，駁難、

42 沈迪克(談談)：《談談無階級社會中人的等級》，《原上草：記憶中的反右派運動》，174–177頁。

43 周大覺：《論"階級"的發展》，《原上草：記憶中的反右派運動》，167頁，168頁。

44 周大覺：《再論"階級"的發展》，《原上草：記憶中的反右派運動》，171–173頁。

響應者都不少；但由於很快轉入反右，這類現實尖鋭問題的探討，自然就被戴上“反黨、反社會主義”的帽子而被扼殺，歷史也就錯過了一個機會。

可悲的歷史大誤會

今天，我們已經看到了以後的歷史發展的結果，回過頭來看當年的這些充滿憤激、憂慮的發言，不能不有一種沉重之感：因為，當這些敏感的熱血青年憂國憂民，慷慨陳辭時，他們並不知道我們在前文已經説到的事實：毛澤東早在半年以前，就斷定這些大學生“大多數是剝削階級出生的”，“跟我們對立的人也不少”，而且他們背後站着的是那些隨時準備復辟的“隱藏”的階級敵人，“這些學生娃娃沒有經驗，把甚麼……都端出來了”。[45] 這樣，當林希翎説到“不要以為共產黨用整風的方法，採取改良主義的辦法，向人民讓點步就够了”，“匈牙利人民的血沒有白流！我們今天爭到的這一點小小的民主，是和他們分不開的”，[46] 當有的右派在大字報中表明這樣的立場和態度：“對一個人或一個政黨，抱着毫不保留的態度而跟着走是很錯誤的，只要它今天一旦不再能代表人民，違反人民(的意志)了，就應該毫不留情地拋棄掉”[47]，當權者自然要視為“大敵當前”，對毛澤東則意味着，他要“引”的“蛇”與“螞蟻”終於“出洞”了。更為致命的，或許是右派的這些激進的觀點和立場，也是1957年的大多數大學生所不能接受或持有保留的。這裏，不僅有當時大多數大學生還沒有從對黨和毛澤東的迷信中解脱出來這樣一個基本因素，也還因為右派們所敏感到的中國社會矛盾，當時還處在一個萌芽階段，整個共和國還在向上發展，許多問題更是生活與思想都十分單純的一般大學生所難以體會的——其實，我自己當時就處在這樣的一個狀態；因此，我可以讚賞右派

45 毛澤東：《在省市自治區黨委書記會議上的講話》(1957年1月)，《毛澤東選集》5卷，351頁，333頁，人民出版社，1977年版。

46 林希翎：《在北大的第一次發言》，《原上草：記憶中的反右派運動》，153頁，154頁。

47 王書瑤：《高度集權是危險的》，《原上草：記憶中的反右派運動》，206頁。

們的探索精神，但卻無法認同他們的觀點，最多只是承認他們的尖銳批判是一種預警，不加注意，發展下去可能有這樣的危險，卻不是現實的危機。在這種情況下，林希翎們號召要進行徹底的改革，就很難得到大多數大學生的響應，他們那些過於激烈的言詞甚至會引起反感。這都是後來的反右運動能够得到響應的內在原因。魯迅說過，許多問題，敏感的文學家、知識份子"早感到了，社會還沒有感到"，這樣的"思想的感覺"的"相差"常常要"到三四十年"。[48] 這幾乎是一切先覺者的宿命。

可悲的是，右派大學生們非但沒有聽到前引毛澤東在1956年年底和1957年初所發出的那些警告，還聽到了許多鼓勵民主的"激烈"言論。李慎之先生在他的回憶中，曾記錄了毛澤東當時在內部講話中的若干驚人之論，如"中央成立一個體制小組，專門研究如何劃分權力"，"美國發展快，其政治制度必有可學之處"，"蘇聯只有一個黨，到底是一個黨好，還是幾個黨好，看來還是幾個黨好"等等，[49] 這都可以說是典型的"右派言論"，可能是毛澤東的真實想法，也可能只是一種策略，但類似的言論通過不同途徑傳到林希翎們的耳裏，就只能起到鼓勵，甚至是煽風點火的作用。至少是產生了兩個錯覺。一是以為毛澤東發動整風運動，就是給他們這些"新社會主義的主人"[50] 以一個和毛澤東一起探討"中國式的社會主義"和發動民主運動的權利。——其實，不僅是這些涉世不深的大學生，就是李慎之這樣的有經驗的老革命也產生了類似的錯覺：他聽張聞天談到"毛主席說馬克思主義大家都可以發展，不要只靠他一個人發展"，就真的"狂妄地"以為自己也可以為發展馬

48 魯迅：《文藝與政治的歧途》，《魯迅全集》7卷，119頁。

49 李慎之：《毛主席是甚麼時候決定引蛇出洞的》，《六月雪：記憶中的反右派運動》，121頁。李慎之在《大民主和小民主》一文中，還回憶說吳冷西曾對他說："毛主席說我們現在實行的是愚民政策"，"毛主席說我們的問題不止是官僚主義，而且是專制主義"(《荊棘路：記憶中的反右派運動》，117頁)，這自然是在極小範圍內說的，一般不會傳到社會上去。

50 這是北大右派學生中的一位活躍份子錢如平在《論階級的發展》一文中的自稱。文收《原上草：記憶中的反右派運動》，183頁。

克思主義作貢獻了[51]。這是真正地不懂中國政治的遊戲規則："發展"的權利，甚至"批判"的權利，都只屬於領袖，即使是高級幹部，更不用說是知識份子，大學生，也只有魯迅所說的"同意與解釋"、"宣傳與做戲"的義務，[52]若要亂說，就有"僭越"之罪。同樣的話，領袖說了，是偉大的"發展"，小民們說了，就是"反黨反社會主義"。1957年的真誠而天真的林希翎們不懂、甚至要硬闖這條中國的政治遊戲規則，就遭到了滅頂之災。

而且他們還引毛澤東為同道。仔細閱讀1957年校園裏的右派的言論，就會發現幾乎所有的人，都對毛澤東抱有好感，甚至崇拜。即使是鋒芒畢露如林希翎者，談到毛澤東，雖也有批評之意，如說毛澤東在胡風問題上"犯了一點小小的錯誤"，但仍然把毛澤東與斯大林嚴格區別開來，強調"毛主席可貴的一點在於他有辯證的思想，善於發現錯誤，改正錯誤，總結經驗，吸取教訓"，"個人崇拜中國也有，但毛主席很清醒"。[53]龍英華在提出"現在是走誰的路，是斯大林路綫和南斯拉夫的路綫誰勝利的問題"以後，甚至作了這樣的判斷："鐵托、陶里亞蒂、毛澤東、赫魯曉夫是現階段的馬克思主義者的代表"。[54]而且這似乎是當時許多右派學生的共識。譚天榮也是把"五·一九"運動看作是"全國範圍的整風——民主運動在北大的表現"，"而中國的整風——民主運動是蘇共二十大以來國際反教條主義運動的反映"；他說："(我)不懷疑毛主席永遠支持我們"，並且說："我們有責任大力支援自上而下的整風運動，看來我們親愛的毛澤東同志處於十分困難的地位，我們有責任把這次自下而上的民主運動領導起來，把它引向破壞性最小的道路"。[55]在他和他的同志的理解裏，毛澤東發動的"自上而

51 李慎之：《大民主和小民主》，《荊棘路：記憶中的反右派運動》，117頁。
52 參看魯迅：《同意和解釋》，《魯迅全集》5卷；《宣傳與做戲》，《魯迅全集》4卷。
53 林希翎：《在北大的第二次講演》，《原上草：記憶中的反右派運動》，157頁。
54 龍英華：《世界向何處去、中國向何處去、北大向何處去》，《原上草：記憶中的反右派運動》，132頁。
55 譚天榮：《第四株毒草》、《救救心靈》、《第二株毒草》，《原上草：記憶

下”的整風運動與北大學生所發動的“自下而上”的民主運動是相互配合的，並且是“國際反教條主義運動”的有機組成部分；毛澤東本人與年輕的大學生們是心心相印的相互支援的戰友。這真是一個可悲的歷史大誤會：這些一廂情願的熱血青年哪裏知道，毛澤東早已認定，“南斯拉夫的路綫”是一個“修正主義路綫”，鐵托、陶里亞蒂、赫魯曉夫都是修正主義份子，而他本人正準備舉起斯大林這把“刀子”，砍向國際與國內的打着反教條主義旗號的右派，以證明自己絕不是“中國的鐵托”：這正是他發動整風運動的目的所在。不懂得毛式政治的中國年青人終於為自己的輕信與天真而付出血的代價：這正是中華人民共和國歷史上最沉重的一頁。

(二) 圍繞林希翎的中國政治鬥爭

林希翎的高層同情者

1957中國校園發生的這一切，一直處在中國最高領導層的密切注視中。林希翎在北大、人大發表演講以後，《人民日報》立刻以“內參”的形式上報，劉少奇遂即作出批示：“極右份子。請公安部注意”。[56] 可以說，從一開始，“無產階級專政”之劍已懸在林希翎的頭上。

其實早在1956年年底，林希翎就曾上訪中南海，卻因此引發了中南海內部一場不大不小的風波。當時接待她的是中共中央辦公廳秘書室的代表，其中一位王文，是當年的地下黨員，解放初期曾擔任過葉劍英的秘書，時為秘書室的負責人，就因為前後三次接待林希翎，並將她的意見整理上報，而在以後的反右運動中，卻被他的部下、後來在文革時紅極一時的戚本禹陷害而打成右派，並株連到家庭：妻子和一個孩子因不堪忍受屈辱而自殺，可以說是家破人亡。連時為中央辦公廳主任的楊尚昆，也因為在反映林希翎的意見

中的反右派運動》，41頁，57頁，34頁。

56 《林希翎寃案內幕》，《林希翎自選集》143頁。

的材料上簽了一個“閱”字，在反右運動中被迫作檢討。楊尚昆見戚本禹野心太大，想操縱運動，就想整他，戚便求助於毛澤東的秘書田家英，田告之於江青，江報告毛，毛澤東於是親自召集會議說，你們支持左派，還是右派，插紅旗還是黑旗？眾皆禁若寒蟬，僅一來自延安的女處長發言說匯報情況與事實不符，在文革期間，這位老幹部竟被報復，腦部打成重傷。[57]

但中共黨內高層中對林希翎表示讚賞的卻大有人在。如前所說，時為團中央第一書記的胡耀邦在1956年底就過問過林希翎被無端攻擊一事；據胡耀邦1979年在宣傳部長會議上講話中回憶，1957年他曾和林希翎長談四小時，在林被捕時，他也曾表示過反對意見。中共元老、時為人民大學校長的吳玉章，更是對林希翎的才華與獨立思考極為賞識，在她被打成右派以後，還抱病與之長談，並明確表示不同意對林的處分，以至在開學典禮的報告中提到校內右派名字時，有意不提林希翎，引起軒然大波。還有一位元老、時為內務部部長，後來成為最高人民法院院長的謝覺哉，也曾在家中多次接見林希翎，和她作廣泛交談。但卻無力阻止逮捕林希翎，只能借視察監獄之名，看她一眼。[58] 在反右運動中，這些關心過林希翎的中共中央委員們也難逃懲罰：由於他們在黨內的地位與影響，當時尚不敢直接加以迫害，就將他們的部下與親人作替罪羊。胡耀邦的秘書曹志雄因與林希翎有戀愛關係，並犯有將赫魯曉夫秘密報告泄露給她的“罪行”，被打成右派自不待說；吳玉章的外孫蘭其邦與謝覺哉的秘書吉士林，僅因為奉吳、謝之命給林希翎寫過信或帶過口信，也被打成右派，並同樣株連親人：吉士林被趕回老家當農民，老母上吊自殺，妻子被迫離婚，帶走了孩子：又是一個家破人亡。[59]

57 參看林希翎：《我與王文》、《林希翎寃案內幕》，《林希翎自選集》，90頁，93頁；155頁。

58 在《林希翎寃案內幕》一文中，還有這樣的一條材料：“據劉少奇前妻王前說：劉伯承元帥看到林希翎演講後也大叫好樣的”。因無其他旁證，姑錄於此，以備考。見《林希翎自選集》，145頁。

59 林希翎：《給鄧小平的萬言書》，並參看《林希翎寃案內幕》，《林希翎自選

林希翎與文藝界、新聞界人士

林希翎案還株連到民主黨派與文藝界、新聞界的許多人。1958年8月將其定為"反革命份子"的《北京市中級人民法院刑事判決書》裏，曾列有"被告……與譚惕吾、黃紹竑等右派份子相互勾結，繼續進行反革命活動"的"罪名"。譚惕吾和黃紹竑都是當時的民革中央委員和常委，是1957年的著名的大右派。譚惕吾是法律專家，她在中共中央召開的座談會上曾大聲疾呼："中國共產黨必須遵守憲法"，主張應該建立制度使人民監督共產黨；黃紹竑則批評"成績是主要的，偏差錯誤是個別的"這樣的"公式"，強調不能用強調成績來掩蓋錯誤，百分之二十三的錯誤案件，在全國範圍內不知要造成多數人家破人亡。[60] 這在當時都是屬於"惡毒攻擊"的言論，就成了反右運動的主要靶子。但林希翎卻對他們的歷史與現實態度幾乎是一無所知，據1980年她寫給鄧小平的萬言書裏所說，她僅僅在北京東四檢察院實習時，為辦一個案件，與作為全國人民代表來這裏視察這個案件的譚惕吾打過交道，並無其他任何聯繫。但為了說明"校園內的右派與民主黨派中的右派是相互勾結，上下呼應的"，就將她們硬拉在一起了：按當時的"革命邏輯"，只要是出於鬥爭的需要，是否有事實根據是並不重要的。林希翎還談到，到1979年譚惕吾的右派被"改正"，又被任命為全國人大法制委員會委員，但因為林希翎仍是右派，在她的所謂"改正結論"裏，就仍然留了一個尾巴，譚惕吾始終未簽字。[61]

1958年林希翎《判決書》上還有一條："被告與新社會上的部分反動份子，尤其是文藝界的一些反動份子——洪禹平等建立密切聯繫，相互勾結，對黨和國家的領袖及我黨的文藝方針等進行了惡毒的誣衊"。[62] 這又是一個冤案：洪禹平是北京市幻燈製片廠編輯部主任，因同鄉關係與林希翎相識不到半年，整風期間他已調往浙

集》53頁，54頁，145頁，51頁。

60 轉引自朱正：《1957年的夏季：從百家爭鳴到兩家爭鳴》，125頁，75頁。

61 林希翎：《給鄧小平的萬言書》，《林希翎自選集》，47頁。林希翎在《萬言書》中，未談及她與黃紹竑有甚麼關係。

62 《林希翎自選集》，130頁。

江，對林希翎在北大、人大講了甚麼，他根本不知道，卻也成了林案的“要犯”，連同他哥哥、姐姐一家人都打成右派。[63] 但林希翎與文藝界和新聞界的一些知名人士倒確有聯繫。據林希翎回憶，當時文壇的最高權威郭沫若讀了她所寫的《一個青年公民的控訴書》，曾當面表示讚揚與支持，並稱其為“才女”。時為《人民日報》主編的鄧拓，《中國青年報》的主編張藜群都對她十分重視，據說鄧拓還向她談到肅反運動中的一些內部情況。後來在文革初期，鄧拓成了“三家村”的頭目，戚本禹給他羅列的一條罪狀就是“極右份子林希翎最親密的朋友”，這又反過來株連到林希翎：不僅將在獄中的她戴上腳鐐手銬，關入緊閉室、黑牢達半年之久，而且把她的老母親抓來開萬人大會批鬥毒打。[64]

被株連的無辜百姓

更令林希翎感到痛苦，也讓我們大為震驚的是，無數普通百姓也被株連。林希翎在《給鄧小平的萬言書》裏含淚寫道：“單單北京因同我的關係被打成‘右派’的就有一百七十名，而在全國各地則是不計其數。在我這批株連者中既有我相識的，直接接觸過的首長、同志、戰友、作家、老師、同學和朋友，甚至還有大學裏的工友，更多的則是我的根本不相識、從未見過面的北京和全國各地的支持者和同情者”；“在這些株連者面前，我常常感到自己是有罪的，非常內疚和痛苦。尤其因為我在反右運動初期犯過類似小說《牛虻》中亞瑟的錯誤。[65] 當校黨委審查我和社會上與校內外友人的關係時，我是坦然地向組織上交出了我所保存的一切文稿、日記和信件，因為當時我確信我自己以及我的朋友們都是沒有任何政治問題的，我同他們的友誼完全是光明磊落的，我是沒有任何不可告人的秘密。我完全信任黨會查清我和我的同志的問題的。哪裏知

63　王文：《為林希翎冤案呼顲》，原載1979年6月1日《人民日報》內參《情況匯報》。轉引自《林希翎自選集》，152頁。

64　《林希翎自選集》，49頁，155頁，18頁。

65　《牛虻》是英國作家伏尼契的小說，對林希翎這一代人影響極深。亞瑟是小說的主人公，因輕信神父而泄密，使許多青年意大利黨人被捕。

道，正是由於我的這些天真幼稚和對黨的愚忠迷信，使我自己挨整受騙都是微不足道的小事，最最痛心的是因此而牽連了一大批無辜者，凡是從我這裏交出來的信件的寫信者，在反右運動中幾乎很難幸免不當右派的(而其中還有許多來信都是從一些讀過我的文章給報刊編輯部轉來的讀者來信，和聽過我的演講的聽眾來信，幾乎都是素不相識的)。即使有個別的幸運兒在反右運動中得以'瞞天過海'，'蒙混過關'的話，那麼在以後的政治運動中仍是混不過去，還是當了'漏網右派'，還加上其他帽子"。[66] 王文在他的《為林希翎冤案呼籲》一文裏，曾舉了一個例子：她的一個同班同學魏式昭(也是志願軍轉業的)，僅僅因為支部派她幫助和照顧林的生活，就被說成了林希翎的"褓姆"，不僅她自己被錯劃為右派，連她的丈夫和遠在四川工作的弟弟，以及他丈夫的十幾位部隊戰友，也統統被錯劃為右派。[67] 這樣的株連法是可怕的：一切與林希翎有接觸者，更不用説同情者，都是可疑的敵人，都要收入專政的羅網中。林希翎還談到，1965年她患重病在北京市監獄住院期間，一位叫張鳳雲的小護士，出於同情，冒險為她發過一封請郭沫若轉給毛澤東的信和家信，不料當年將林希翎稱為"才女"的郭沫若，竟把信轉退到北京市公安局，這位小護士立即被關押起來，當時她已經是兩個幼子的母親，一年後宣佈開除團籍和公職，並不給任何生活出路。十多年到處上訪喊冤，毫無用處，文革結束後，北京市勞改局仍堅持"不予平反"，理由是林希翎仍是右派，其同情者自然"有問題"。[68] 更有甚者，前引中共中國人民大學委員會對林希翎"不予平反"的《結論》，仍然把"林希翎的這些言論和行動，在校內外造成惡劣影響……使外單位、外地的一些青年跟着犯了錯誤"列為她的"罪名"，作為不予改正的理由：受牽連的"外單位、外地的青年"依然有"錯誤"，其罪魁禍首仍是林希翎，這就意味着，株連有理，甚至有功。這樣的革命邏輯是令人恐怖的。

66 林希翎：《給鄧小平的萬言書》，47頁，50–51頁。
67 《林希翎自選集》，151–152頁。
68 林希翎：《鄧小平的萬言書》，《林希翎自選集》，49頁。

最致命的，是株連家人與子女：丈夫無端地受排擠，精神大受刺激，孩子也受“左派”鄰居的孩子的打罵，回家問母親：“媽媽，為甚麼人家叫你‘大右派’、‘壞人’，又叫我‘小右派’？‘右派’是甚麼東西？”林希翎說：“我這個在各種批鬥和毒刑前從未流過淚的戰士，在聽到我的愛子向我提出這種問題時，忍不住抱着他放聲痛哭了”，“雖然我在政治上從來不吃後悔藥，對我所走過的道路無論是正確的還是錯誤的，我都從來不感到遺憾和悔恨，然而我唯一感到萬分悔恨的憾事(也是不可饒恕的過錯)，便是我悔不該結婚和生育啊！像我這樣當過‘大右派’、‘反革命’的人，乃是這個社會中政治上的‘痲風病人’，不可接觸的‘賤民’，還有甚麼資格成家立業？有甚麼權利當賢妻良母？！這真是作孽啊！”[69] 問題是，這樣的株連，是制服林希翎這樣的不屈的反抗者，維護“專政”的有效性的必要手段[70]：這不僅是體現了一種倫理的殘酷性，更是體現了體制的殘酷性。這裏，還要順便提及一個事實：據林希翎回憶：“我在大陸犯了反革命罪名坐牢，我的父親也在台灣被國民黨以‘通匪’罪名，判刑坐牢，理由是我父親與我通信”。[71]

林希翎的命運與高層政治的關聯

林希翎的特殊性在於，她的命運總是與中國高層政治緊密聯繫在一起。這裏，就說到了對林希翎的“處理”。據林希翎在《給鄧小平的萬言書》裏所説，他與北大譚天榮的處分決定是經毛澤東

69 林希翎：《給鄧小平的萬言書》，《林希翎自選集》，62–63頁。

70 林希翎在給鄧小平的萬言書中，還説了這樣一番極為沉重的話：“老實説，非常慚愧，我的勇敢精神從出獄以來，已經大大削弱了。為甚麼呢？唯一的顧慮就是株連法。株連父母還可忍受，因父母反正年老了，總要死的；株連丈夫，也有辦法解決，可以離婚。最難忍受的是株連我二個年幼的愛子。對於我這種人來説，不能自由地説真話，不能為民請命和繼續探討真理乃是人生最大的痛苦，可是由於我屁股後面拖着這樣二個小蘿蔔頭，就使我失去了戰鬥力和勇氣。每當我在追求真理的道路上想披荊斬棘，突破禁區和向前衝時，就會聽到耳邊響起我二個幼子的哭喊和嘶叫聲：‘媽媽！媽媽！我們不能沒有媽媽！’……”。《林希翎自選集》，78頁。

71 《林希翎自選集》，202頁。

批准的："開除學籍，留校監督勞動，當反面教員"。[72]毛澤東在1957年7月所寫的《1957年夏季的形勢》一文中，也有過這樣的明確指示："右派學生首領應予徹底批判，但一般宜留在原地管教，並當'教員'"。[73]也許就因為有了毛澤東這一指示，周恩來主持召開1957屆大專院校畢業上大會時，還特地讓林希翎參加，在講話中，也只說她是整風中"犯了錯誤"的青年。但據說北京市公安局於1957年11月已經整理好逮捕她的材料送北京市委審批，卻未立刻批准。據王文在《為林希翎冤案呼籲》一文中透露，1958年在中山公園開的一次聯歡會上，劉少奇問起林的情況，人大學生反映她不承認自己是"反黨反社會主義"，沒有"低頭認罪"。劉少奇說："那你們應當對她加强監督嘛"。不久，公安部長羅瑞卿就親臨人大，在黨委召開秘密會議，宣稱"林希翎這樣的大右派，在人大是改造不好的，還是交給我吧，我有辦法對她進行强制改造"。於是在1958年7月21日半夜將林希翎秘密綁架，投入監獄。開始還製造了一個純屬捏造的所謂"毆打監督她的學生宋津生"的口實，宣佈對她只是拘留五天，又以"態度不好"改為十五天，最後以"反革命罪"宣佈逮捕，隨後判處十五年徒刑。[74]至於公安部長羅瑞卿所說的"辦法"，一位半夜審訊林希翎的老情報人員因林表現不馴，在盛怒之下一語道破"天機"："你看着罷！共產黨還對付不了你這個老毛丫頭！我要讓你年青青地進我這監獄，而把你關到白髮蒼蒼，我要關你一輩子，我要讓你斷子絕孫！"[75]但連林希翎也準備"將牢底坐穿"時，毛澤東突然在1973年向時為北京市委書記的吳德問起林"在哪裏工作，好不好"，於是，林希翎又莫名其妙地被宣佈"提前釋放"了。[76]但林希翎也依然逃不脫羅網，特別是1975

72 《給鄧小平的萬言書》，《林希翎自選集》，76頁。

73 毛澤東：《1957年夏季的形勢》，《建國以來的毛澤東文稿》6冊，546頁。

74 《林希翎自選集》，143–144頁。

75 林希翎：《給鄧小平的萬言書》，61頁。

76 《林希翎冤案內幕》說："1973年毛澤東下令釋放林希翎的原因和真相至今尚不清楚，有兩個傳說，一是毛在會見某外國代表團時，客人問到林希翎的情況，毛從下屬口中中才知道林已被捕，並下令放人。另一說法是，不知為何他向吳德打聽林的情況，知道林被捕判刑後表示很氣憤，認為林還年輕，很能年她到北京上訪，又獲得了一個“大右派找鄧小平翻案”的新罪名，被押回浙江，遭到了更殘酷的批鬥。

當文革結束，幾乎所有的右派都得到“改正”時，林希翎的平反卻阻力重重，原因是她無意中又捲入了中共的上層政治鬥爭。一貫關心林希翎的胡耀邦先後作了三次批示，明確表示：“改正有利”，並在林希翎的來信上寫了一段鼓勵的話：“向你致意，愉快地和過去告別，勇敢地創造新生活”。這裏所表現出來的人情味卻不符合中國的政治規則，起到了意想不到的效果：這一點上，胡耀邦與林希翎一樣天真。正如一位人大副校長對林希翎所說：“他的批示對你有害”，“你要不找胡耀邦，問題倒可以解決，你找了他就麻煩了”。當時，黨的高層中所謂“改革派”與“凡是派”的鬥爭正處於白熱化狀態，胡耀邦是一個焦點人物；在這樣的背景下，林希翎的案子變成了一個敏感問題，蜚短流長，不脛而走。[77] 胡耀邦終於不能再過問林希翎的案件，再加上鄧小平仍然堅持反右的“正確性”與“必要性”，這就必然要留下“樣板”：於是，中國的政治鬥爭的需要，再一次選中了林希翎，讓她充當右派典型。

(三) 林希翎身上的右派精神與性格

“讓我當個專職的右派代表”

如林希翎在給鄧小平的萬言書裏所說，選中她做中國1957年的右派的代表與象徵，也與她的思想、信念和性格有關。她自己對這頂“不予改正的右派”帽子的態度，是當仁不讓。就在這萬言書裏，她這樣說：“既然至今還把昔日的‘右派’分為兩類，並且把我劃入了不能改正的‘摘帽右派’中，那麼我不得不莊嚴地聲明：

幹，是有用之才，指示立即釋放，安排工作”。《林希翎自選集》，156頁。

77　據《林希翎寃案內幕》透露：“胡在全國宣傳部長會議上，說五七年同林希翎談過四小時的話，便傳成現在的‘胡耀邦接見大右派林希翎，談話四小時’；因五七年林與胡的秘書有過戀愛關係，便又造謠說胡和她有特殊關係，不然為甚麼向大右派致意，對她如此關心，等等”。《林希翎自選集》，163–164頁。

既然官方認為我的右派不是錯劃的，那麼也就沒有這個必要給我摘甚麼帽子，還是把右派的帽子給我戴回去的好。因為在中央文件中曾指出給右派摘帽的原因是右派們經過了二十多年的思想改造和教育，現在都已改造好了，所以可以摘帽。人家那些'摘帽右派'是否改造好了教育好了都能變成左派了，我不知道。而我必須鄭重聲明，我是根本沒有改造好，二十三年來，我對極左派官僚強加在我頭上的'右派'、'反革命'罪名，我是從來未曾低頭認'罪'過和悔改過的。……1957年我公開發表的那些觀點不僅至今基本不變而且有了新的發展，因此我是一個頑固不化的根本沒有改造教育好的'大右派'。在1958年7月我被捕的前幾天，當年的中央公安部長羅瑞卿……曾誇下這樣的海口：'像林希翎這樣的大右派留在你們學校是改造不好的，還是交給我吧！我有辦法對她進行強制改造……'後來我用自己二十三年的全部言行事實來對抗羅部長的鎮壓萬能論和暴力迷信論，鐵一般的事實證明和宣告了羅部長的預言的徹底破產和失敗。……1957年我當'右派'是不自覺的，也始終不承認自己是'右派'的。可是經過這二十多年殘酷的現實教育和改造，倒是有些弄假成真了。我終於發現那些禍國殃民的官僚、奸臣、民賊原來都是戴着'最最革命'的左派和極左派的桂冠，那麼我要救國救民就應該自覺地心甘情願地當我的'右派'好了。1957年毛澤東代表黨中央親自批示了我和北大的譚天榮二人的處分決定中有這樣一條：'開除學籍，留校勞動，當反面教員'。既然是'反面教員'，那就得請那些左派、極左派官僚來給我當'正面學生'，洗耳恭聽一下我的講課；既然是'極右份子'、'大右派'、'右派代表人物'，那我當然要代表右派和替右派說話了。否則，不是徒背虛名嗎？……我有一個建議，請在政協或人大的代表中，也給我一個席位，就讓我當個專職的右派代表罷！因為這二十多年來在全黨全國培養起來的'左派'、'極左派'及其代表人物已經多如牛毛了，而且大多還享受着高官厚祿，那麼留個把'右派'當代表，有甚麼可怕的呢？何況我們現在對國際上的右派政黨和右派人物不是都很歡迎，很感興趣和常打交道嗎？那麼自己國內的‘右派’為甚麼不能得到一點起碼的尊重呢？既然不給我改正和平反，那我‘右派’、‘極右份子’、‘大右派’、‘反面教員’的角色就只好扮演下去……”。[78]

永遠不滿現實

林希翎甘當“右派”，並要當到底的這番自白，使我們產生了進一步討論的興趣：甚麼是“右派”？除了在中國的現實條件下，形成了某些林希翎始終要堅持的政治觀點之外，還有沒有更加內在的“右派”精神，“右派”立場，“右派”氣質、性格？

我們還要回到1957年林希翎在北大、人大的那些著名的演講那裏去：那是她思想的起點與原點。她在一次演講中，說了這樣一段話——

> “現在在大學裏講課，提到社會主義或共產主義時，總是說這是最好的社會。這個‘最’字，本身就是形而上學。社會主義、共產主義，我看只是一個社會階段。因此，他們的‘最’字，就是以形而上學代替了辯證法。
>
> “我對現實生活是不滿的，即使是五百年後出世的話，我也會不滿。如果對現實滿意的話，如何推動社會向前發展？人們對現實不滿是正常的，應該鼓勵人們對現實不滿”。[79]

她的這番話當時引起軒然大波。於是，她在《我的思考》一文中，重申這一觀點，並說了一句廣為流傳的話——

> “猴子要滿意現實的話，那麼我們現在都不會變成人”。[80]

78 林希翎：《給鄧小平的萬言書》，《林希翎自選集》，75–77頁。
79 林希翎：《在北大的第二次發言》，《原上草：記憶中的反右派運動》，156頁。
80 林希翎：《我的思考》，《原上草：記憶中的反右派運動》，162頁。

1985年，歷經磨難的林希翎，當有記者問她："你覺得知識份子在社會上應該扮演甚麼角色"時，她依然重申她的"不滿"論——

> "不管哪一個國家，真正的知識份子一定是批評政府、反現實的不滿份子。這種不滿應該是正常的現象。知識份子的使命就是要推動社會進步，就是要批評現實。一天到晚歌功頌德，粉飾太平，怎能進步？1957年演講時，我就談到了這一點，但共產黨一聽到你不滿現實，就認為你思想有問題，有反革命嫌疑，立刻給你扣帽子。合理的不滿是進步的，是社會發展的動力"。

於是，記者立刻想起了她的那句關於"猴子"的名言。[81]

永遠説真話

林希翎1957年的講話，還有一個貫穿性的觀點，就是絕不能干預人的言論、通信自由，"使得人相互不敢説真話"，她進而號召青年們，不要學"世故"，不要"讓人家牽着鼻子走"，"我們要説話"，"要把真實情況告訴人民"。[82]——這在1957年以及以後的中國，都屬於"反動言論"。但林希翎卻始終堅守這一點，並以為這正是她自己的人生價值之所在。在八十年代寫給鄧小平的萬言書裏，她總結自己反右後二十多年的苦難人生時，不無自豪地這樣説："我的良心、道德和人性，都還未受到二十多年來，特別是這十年動亂以來，在我們社會生活中普遍滋長起來的爾詐我虞、撒謊成性、損人利己、整人為樂的政治微生物和趨炎附勢、看風使舵、投機營鑽、賣身投靠的歪風邪氣所侵蝕和污染，使我在靈魂深處還能保留一片淨土，並在這片淨土上建築了一個獨立思考和孤芳自賞的獨立王國，因而還能保持了畢生不説假話的一貫記錄。我是用自己的血淚言行去實踐了我的恩師——吳玉章校長生前對我的諄諄教

81 《天下第一衝的林希翎》，《林希翎自選集》，297–298頁。
82 參看林希翎：《在北大的第一次發言》、《我的思考》，《原上草：記憶中的反右派運動》，152頁，154頁，163頁。

導和唯一的遺訓：他希望我能做一個像他那樣從來不說假話，敢講真話的老實人”。[83]

擺脫不了的烏托邦情結和堂吉訶德氣

林希翎同時這樣談到自己的性格、秉性：“我這個人是少年紅色娘子軍出身，是彭老總、陳老總帶出來的兵，我的性格是心直口快，敢想敢說敢作敢當，嫉惡如仇，愛抱不平，剛正不阿，寧折不彎，天真幼稚，有勇無謀”。林希翎還談到自己即使身在監獄裏，也“還是生活在我嚮往的公民享有真正的思想自由和言論自由的夢幻裏”，因而惹出了無數麻煩；“完全缺乏社會生活經驗和根本不懂人情世故”，“我行我素，以誠待人”，“像信任自己一樣信任一切人”，即使因此碰了無數“釘子”，既不悔也從不思改。[84]林希翎永遠記得，在1957年反右以後，一位讀者在來信中說她在整風運動中扮演了安徒生童話中《皇帝的新衣》裏的那個三歲小孩的角色。林希翎坦然承認：“在政治上我恐怕永遠都只是個三歲小孩，這輩子長不大了”，“我被捲入那場政治風暴，作為一個政治人物被推上歷史舞台，恰恰因為我當時不懂政治，尤其是不懂中國的政治，我從來沒有讀過《資治通鑒》這類古書。這也可以說這是‘歷史的誤會’，而且我這種人的氣質和性格也決定了是根本不適宜搞政治的”，[85]但一旦政治風暴來臨，她仍然會身不由己地投身進去。這都是因為她骨子裏的“烏托邦情結”，她與生俱來的“堂吉訶德氣”，決定了她必然要這樣“走火入魔”，這是她的宿命。而歷史的進步，也永遠需要這樣的“長不大”的“三歲孩子”，這樣的歷史的誤會，儘管對個人來說，付出的代價太大太多：這正是顯示了歷史的殘酷。

83 林希翎：《給鄧小平的萬言書》，《林希翎自選集》，38頁。
84 林希翎：《給鄧小平的萬言書》，《林希翎自選集》，38頁，39–40頁。
85 林希翎：《我只有三歲》，《林希翎自選集》，191–192頁。

"精神界戰士"精神譜系的承續

在我的理解裏，林希翎身上表現得極為鮮明與充分的這些特徵：永遠不滿意現實，永遠說真話，永遠擺脱不掉的烏托邦情結與堂吉訶德氣，正是我們所要討論的"右派"精神與性格。[86]

我又想到了魯迅。五四時期，魯迅在《新青年》上，就寫過一篇隨感錄，題目就叫《不滿》，強調"不滿是向上的車輪"。[87]魯迅還有一篇《關於知識階級》的演講，提出了一個"真的知識階級"的概念，並作了這樣的界定——

> "要是發表意見，就要想到甚麼就説甚麼。真的知識階級是不顧利害的，如想到種種利害，就是假的，冒充的知識階級。……
>
> "他們對於社會永不會滿意的，所感受的永遠是痛苦，所看到的永遠是缺點，他們預備着將來的犧牲，社會也會因為有了他們而熱鬧，不過他的本身——心身方面總是苦痛的……"。[88]

顯然，我們這裏討論的"右派"精神，與魯迅所説的"真的知識階級"的精神，是存在着內在的一致，或者説，是有一種精神的承接關係的：可以説，林希翎這樣的右派，正是魯迅所開創的二十世紀中國"精神界戰士"譜系當之無愧的一個成員。[89]——林希翎本人也對魯迅有極高的評價："我認為迄今為止，在中國歷史上，對封建主義的本質及其對中華民族和中國國民的危

86 1957年另一位影響很大的右派劉賓雁，也這樣説到自己："不知為甚麼，我這一生幾乎沒有一個時候對於我的環境或對於我自己完全滿意過，總覺得似乎少了一點我所需要的東西"。他還這樣談到自己的永遠不改的"毛病"："我把我見到的所有人都當作好人予以輕信並傾吐衷腸而無任何戒備的毛病，此後也沒有改"。見《劉賓雁自傳》21頁，32頁。

87 魯迅：《隨感錄．不滿》，《魯迅全集》1卷，376頁。

88 魯迅：《關於知識階級》，《魯迅全集》8卷，227頁。

89 魯迅是在寫於二十世紀初的《摩羅詩力説》中首先提出"精神界戰士"這一概念的；我在《"精神界戰士"譜系的自覺承接》一文中有過具體分析，可參考。文收《拒絕遺忘：錢理群文選》，汕頭大學出版社，1999年版。

害性和劣根性認識得最透徹，剖析得最深刻，抨擊得最尖鋭，鬥爭得最堅決的……是作為革命家、思想家和文學家的魯迅”。[90]

一個永遠的反對派

在我看來，林希翎成為右派精神的一個象徵，更是因為她是把這樣的右派精神堅持到底的一人。也許正是因為她是未獲“改正”的一人，歷史也就造就了她，使她在八十年代初絕大多數右派都被平反，歷史告一段落以後，她幾乎是孤身一人地將右派的精神苦難史繼續譜寫下去，在二十世紀最後二十年中國與國際的複雜形勢下，將1957年所開創的右派精神，繼續堅持了下去。

我這樣説，是有充分根據的。就以本文一再引述的《給鄧小平的萬言書》來説，儘管林希翎寫信的動因是希望借助鄧小平的干預解決她的右派“改正”問題，但卻沒有歌功頌德，不僅對鄧小平的反右“必要論”進行直接了當地批評，而且對鄧小平領導下的中國現實仍然表示不滿，提出了尖鋭的批評和警示。例如她説：“這些年逐漸產生了一種新的官僚資本主義。其特點是在生產資料的‘全民所有制’和‘集體所有制’的形式下，利用官僚的政治權力，對生產資料的實際支配權和分配中享有的各種特權(如高薪鐵飯碗、貪污、受賄和各種形式的免費和低費特供等等)，最大限度的榨取勞動人民的剩餘價值”；她還提醒説：“在中蘇關係惡化後我們同美國等西方資本主義國家改善關係了，這是非常有必要和正確的。但是也須防止對美國又來一個‘一邊倒’。苦難的中國人民吃夠了對任何一個帝國主義‘一邊倒’的錯誤的極端化政策的苦頭。‘一邊倒’就勢必會使中國不知不覺地喪失獨立和主權”。[91]這些話，在當時(1980年)及以後的中國，都是無人敢講的。

1983年，林希翎到了香港，1985年又來到台灣探望離別數十年的父親。人們以為她會對台灣大加讚揚，卻不料她一開口劈頭就拒

90 林希翎：《給鄧小平的萬言書》，《林希翎自選集》，31頁。
91 林希翎：《給鄧小平的萬言書》，《林希翎自選集》，27頁，26頁。

絕了台灣當局强加給她的"反共義士"的頭銜，斷然表示"如果要我發表反共聲明為條件的話，我寧願回大陸去坐牢"，並以她所特有的坦率，直言對台灣的不滿："台灣的生活比大陸高，許多地方的毛病則差不多"，"在這裏聽你們唱一個調子：'反攻大陸'等等反共八股，實在讓我討厭死了！這裏的新聞封鎖，也把我腦袋都憋死了！"她立刻投入到台灣爭取民主運動中去，並且產生了爆炸性的影響，如她自己所說，"我在台灣的這次'民主假期'中的大鳴大放，之所以會在台灣同胞心中激起如此熱烈的反響和這樣的奔走相告，就正如我在1957年在大陸的大鳴大放中的情形完全一樣，並不是在於我有甚麼新發現和新創舉，而完全在於我講那些別人不敢講的真話。在大陸和台灣的國共政治生活中，我始終還是扮演了安徒生童話《皇帝的新衣》中那個三歲小孩子的角色"。後來林希翎臨時去香港，國民黨當局遂借機禁止她再入台灣，林希翎終於成為兩岸都"不受歡迎"的人物。[92]——這裏，還有一個插曲：據林希翎說，她到了台灣以後，"曾有多少人來開導我說，海外有很多學人在兩邊跑，兩邊討好，兩邊都當貴賓，他們來去自由。有人就說：'林希翎，你怎麼弄得兩邊不討好，那麼笨'"；林希翎的回答是："我本來就不想討好(兩邊的)那些官僚"，[93]這也可以說是本性難移吧。

她後來定居法國，沒有安份幾年，當歐盟出兵科索沃，她又站了出來，參加反戰運動，發表了許多激烈的言論，和法國當局與當時的輿論主流相對抗，又成了不合時宜、不受歡迎的人物。以後，台灣民進黨執政，林希翎當年曾支持過他們反對國民黨獨裁的鬥爭，因此被邀參加陳水扁的總統就職典禮，她還是實話直說，公開發表演説，反對"台獨"，又與新任台灣當局不歡而散。——她恐怕與任何當權者都是無法合作的：這是一個永遠的反對派。

92 《林希翎自選集》，203頁，205頁，216頁，288頁。
93 《林希翎自選集》，210頁。

步履蹣跚卻永遠向前的背影

2000年8月4日，當她氣喘吁吁地爬上三樓我的寓所，出現在面前時，我簡直不敢辨認：這就是1957年5月23日那個難忘的夜晚，我站在遠處看見的那個意氣風發的，人民大學法律系四年級學生程海果(林希翎的本名)嗎？此刻，她是多麼的疲憊和衰老啊。但她一開口，還是聲音洪亮，滔滔不絕，眉宇間依然流露出高傲與倔強：林希翎還是林希翎！但在談到1957年的那個夜晚時，她卻說："那次來參加辯論會，本來我只是準備聽聽的，沒想到會議主持者突然宣佈要我講話，我毫無準備，上台就講開了，一上了台，這一輩子就下不來了"。接着她向我介紹了這些年的遭遇，在談到她因為獻身於社會運動，無暇照顧自己的孩子，其中一個患了憂鬱症，終於跳樓自殺時，她流淚了，只是說自己是一個"不稱職的母親"……。最後，她長嘆一聲："我現在真的是家破人亡，無處可去，一切都沒有了"。我無言以對，只在她帶來的留言本上寫下"相濡以沫"四個字；她則以《林希翎自選集》一書相贈。她突然站起來，說要走了；但走了幾步，就走不動了。於是，在我家的長沙發上躺了下來，休息了很久，才恢復過來。我留她吃了一頓便餐，因為有一點家鄉菜(我們都是浙江人)，她吃得很香，我心裏卻有股說不出的味道。她終於走了，那步履蹣跚的背影卻永遠留在我的心上。……

正是這永恒的瞬間記憶驅使我寫下了這些文字。我此刻彷佛還看見那步履蹣跚卻永遠向前的背影；而且想起了因準備此文而看到的毛澤東的一句話："我看頑固不化的右派，一百年以後也是要受整的"。[94] 這正是林希翎的不幸，也是她的光榮：在當代中國，林希翎這樣的人，已經是"稀有品種"，十分難得了。

94 毛澤東：《打退資產階級右派的進攻》，《毛澤東選集》第五卷，455頁。

附錄　一部可歌可泣的歷史

我們所面對的，是這樣一個名叫林希翎的人的歷史：半個世紀以來，不停息的思考、探索，不停息的抗爭，因此而不停息的罹難……，這一切構成了一個永不停息的生命，進而獲得了一種歷史精神的象徵意義。

我們面對的，還有圍繞着林希翎的右派問題所進行的持續將近五十年的奮鬥的歷史：多少人為之奔走，呼號；多少人對她伸出援助之手；又有多少人因此而付出了血的代價！這本身就構成了一個"歷史事件"，它應該作為典型個案，而永存於中國現當代政治、思想史中。

面對這些像飛蛾撲火一樣不計後果地主動投入其中的人們(從底層百姓到高層幹部)，不能不肅然起敬。特別是曾任人民大學黨委常委、組織部長和統戰部長，1927年入黨的老革命李逸三，從1983年到1996年前後十四年三次正式上書中央及有關部門，為林希翎申訴冤情，建議予以平反；如一位作者所說，這成了這位老人晚年難以釋懷的情結。當最後一次上書遭到冷遇時，時已九十的他長嘆一聲，哆嗦着嘴唇，顫顫悠悠地回到家中，不久就得了失語症，無言地度過了最後的歲月，直到今年年初，以九十八歲的高齡懷着永遠的遺憾離開這個世界。——這位老人的執着、痛苦與失望，震撼着我們每一個人的靈魂，也拷問着我們每一個人的良知。人們不能不問：這一切究竟意味着甚麼？

李逸三老人生前多次對周圍的同志表示，這是"自己晚年必須幫助黨組織糾正的一件重大事情"，"這件事情所以重大，因為它關係着中國共產黨的信譽問題，對人民負責的問題，也關係到中國人民大學能不能真正實行'實事求是'校訓的問題"。他說："中國共產黨人不能只是口頭上講實事求是，教育別人實事求是，而自己卻背離實事求是，這將會給黨的事業帶來極大的危害。人民大學大門口臥着一塊大石頭，上面刻着校訓‘實事求是’四個大字。可是對反右鬥爭中曾為全國‘貢獻’過全國許多著名大右派的人民大學卻不能為自己的政治行為負責，這會有損於人民大學的聲譽”。一批人大老幹部曾聯名致書黨委，支持李老“對黨負責，對歷史負責，對林希翎負責”的呼聲，並這樣寫道：“我們過去也曾同意過校黨委對林希翎案的處理。但是經過四十年歷史的檢驗，證明我們對林的處理是弄錯了的時候，我們就應該根據黨的‘有反必肅，有錯必糾’的原則，鼓足勇氣，給林希翎平反昭雪，還其本來的歷史面目”。

我們在這裏所聽到的是真正的共產黨人的聲音。它顯示了黨心所在，更顯示了民心所在，人心所在。或許正因為如此，這些老共產黨員的呼聲遭到冷遇，就特別令人揪心與憂慮，李老的那一聲長嘆，他那渾濁的眼睛裏的失望的眼神，甚至給人以驚心動魄之感。事情就是這些老共產黨員所說的那樣：“現在我們面對林希翎的冤案能不能做到實事求是，是對我們每個共產黨員黨性的一次考驗，對於黨員領導幹部更是如此”。——接受考驗的又豈只是黨員個人的黨性！

這真是可歌可泣的歷史：圍繞林希翎的平反問題所展開的，正是維護中國的民主與法制的鬥爭，這場鬥爭已經堅持了半個世紀。這本身就有力地證明着民主、法制是中國歷史發展的客觀要求，任何力量也阻擋不住。無數人自願地為之奮鬥，不惜付出代價，更有力地證明着人的良知未泯：正是從這裏，人們看到了希望。但林希翎的冤案，至今仍沒有改正，這又無情地揭示了中國走向民主與法制道路的空前艱巨性與複雜性：面對這樣的事實，人們充分感受到了歷史的沉重。人們不禁要問：在中國，甚麼時候才能夠真正實現法律的獨立，不再受個人與集團意志的干擾，不再受政治鬥爭的邏輯的支配？甚麼時候才真正健全法律的糾錯機制，獲得制度上的可靠保證？……林希翎寃案引起的將是對中國民主與法制建設的這些根本問題的持續思考與追問。

以李老為代表的人大的老共產黨員在他們的上書中曾表達過這樣的願望："不要將這個錯案帶到二十一世紀去"。現在已是2004年，我們又看到了"中共黨員、離退休軍人"洪爐、武一曼新的上書。看來爭取為這個世紀寃案平反的鬥爭並沒有結束，人們還需要繼續努力，這是後繼者的無可推卸的歷史責任。

劉奇弟：以身護法的先驅者

兼論“五・一九民主運動”的國內背景與主要訴求

(一) 胡風寃案中一個不應忘記的名字

無法忘卻的紀念

在我的“右派兄弟姐妹，你們在哪裏”的呼喚中，他排在第二位，但卻始終沒有得到回應。後來，我才知道，他早已慘遭折磨而死。聽到這一消息時，我呆住了，一時竟反應不過來。但從此我再也不能將他忘懷，劉奇弟，以及那場運動中的無數犧牲者，成了我生命中不能迴避的存在，時刻提醒着我，作為一個倖存者應負的責任。特別是當我發現，這些年思想界與學術界在回顧、研究共和國歷史上影響深遠的胡風寃案時，竟然忘卻了劉奇弟這樣的主持正義而獻出了生命的先驅者，更有一種負疚感：因為這是歷史的重要的一個方面，將其忽略與遮蔽，作為這段歷史的研究者，是欠了債的。於是我四處搜尋有關劉奇弟的材料，希望恢復歷史的某種真實面貌。但所得到的只是一些歷史的碎片。但我仍要感激提供材料的朋友，尤其是陳奉孝學長寄來了他的《無法忘卻的紀念》一文。作為當年“百花學社”的主要負責人之一，陳奉孝關於劉奇弟的回憶，是最具權威性，也是最為詳盡的。

陳文開頭一段話，就引起了我的強烈共鳴：“(儘管)我本人也像其他倖存的‘右派’一樣，得到了平反、改正，並組成了一個溫暖的小家庭，到如今已經過上了二十幾年的正常人的生活，但心中始終有一塊石頭重重地壓着，使我無法釋懷，有時甚至壓得我喘不過氣來。這就是那些被殺害、被折磨而慘死在勞改隊、勞教隊的同學。在這些死去的同學中，有的已經得到平反、改正，如黃宗熙和林昭。……但劉奇弟、張錫錕、顧文選、賀永增、敖乃松等同學和任大熊老師的死到如今也無人提起，他們是否也得到平反、改正，也不得而知。也許人們已把他們忘記，也許還有人只是在內心裏默默地懷念着他們，但總有一種莫名的悲哀二十多年一直在刺痛着我"。記憶的深處，終於流出了泣血的回憶——

> "劉奇弟，湖南人，鐵路工人子弟，物理系四年級同學，與譚天榮同班，比我高一年，是我的學長。在五五年由反對'胡風反革命集團'而引起的肅反運動中，因為替胡風鳴不平，被打成'反革命'，在北大遭到批鬥關押，並綁在窗户棱上。……
>
> "五七年整風反右運動期間，人大的林希翎來北大演講，曾經公開説，根據當時公佈的關於'胡風反革命集團'的三批材料，從法律上説，胡風構不成反革命，而劉奇弟提出胡風不是反革命，比林希翎還早兩年。
>
> "(後來)劉奇弟摘去了'反革命份子'的帽子，繼續留校讀書。學校調整學生宿舍後，劉奇弟便跟我同住在二十八齋三樓。我住在中間，他住在北邊拐彎處。那時每天晚上我經常聽到有人在拉小提琴，拉的多半是內蒙民歌'塞外組曲'，以及意大利的一些小夜曲，曲調幽怨感傷。我循聲而去，才知道是劉奇弟拉的，從此認識了劉奇弟。他是個多才多藝的人，不僅能拉一手小提琴，還會作曲、指揮，象棋下得也不錯，外國文學名著讀的也不少。因為我也喜歡外國小説，如俄國的托爾斯太、屠格涅夫，法國的巴爾扎克、雨果、左拉、大仲馬、小仲馬，英國的狄更斯等名家著作大都讀過，因此我們談得很投機。但當我問他為甚麼總喜歡拉一些幽怨的曲子時，他卻沉默不語，始終不肯談及他五五年被打成'反革命'的事。不料五七年整風反右初期，他突然貼出了一張大字報：《胡風絕不是反革命》，'為胡風招幡'(因為那時謠傳胡風已死在了天津監

獄裏)，這無異於一顆重磅炸彈，在全校炸開了鍋。

“我立即找到他問：‘你怎麼能貼這樣的大字報？胡風反革命集團的罪名是毛澤東欽定的，你這不是向毛澤東挑戰嗎？你不怕把你打成反革命？’

“他說：‘怕甚麼？我已經被打成過一次反革命了。根據報紙上公佈的材料，胡風根本構不成反革命。四九年建國時，是胡風第一個寫長詩《時間開始了》來熱烈歌頌共產黨領導中國革命取得的成功，這首詩我至今還能背誦，這樣的人能是反革命嗎？絕不可能！胡風已經死了，他是屈死的，每個有良心的人，難道不應該為他鳴冤嗎？’同時他向我詳細談了他在五五年因為替胡風鳴不平被打成反革命的經過。

“我佩服他的勇氣，但我也斷定，這一次他恐怕是在劫難逃了。

“這時我已經與譚天榮、王國鄉、龍英華、楊路、張景中等六人發起組織了‘百花學社’，劉奇弟提出要求參加，但許多人不同意，原因是他提出要求為胡風平反，這個問題對當局的刺激太大了，肯定會招致當局的强烈反彈，而且他還因這個問題被打成過反革命，如果將他吸收進來，‘百花學社’肯定會讓人抓住把柄，遭到‘衛道士’的圍攻，會給‘百花學社’帶來麻煩。大家的分析是對的。我雖然同意他加入，但既然大多數都反對，我當然無權擅自決定吸收他，不過從此我與他成了好朋友。

“他貼出這張大字報以後，立即遭到了全校‘衛道士’們猛烈地圍攻。對他的圍攻跟對其他‘右派’的圍攻不一樣。對其他‘右派’的圍攻，最初階段還比較‘和風細雨’，叫作‘辯論會’，還允許被批鬥的人講話，進行答辯。而對他的圍攻，從一開始就異常猛烈，也不講究甚麼‘和風細雨’，溫、良、恭、儉、讓了。推推搡搡，强迫低頭彎腰不算，並直呼其為‘反革命份子’。劉奇弟的個性又非常倔强，不服氣，當然這就招來更嚴厲的懲罰。他一開始講話，便有人上去摀他的嘴巴。毛主席的話就是金口玉言，即使是説錯了，只要他自己不首先承認，連黨內高層領導都不敢説半個不字，何況你一介孺子劉奇弟呢！豈不是不知天高地厚嗎？

"劉奇弟曾經得過肺結核病，鈣化了，但這次由於遭到連續不斷地批鬥，使他的肺結核病又犯了，不斷地咳血。

"'百花學社'雖然沒有吸收像劉奇弟這樣的'反革命份子'加入，最後仍然逃不過被扣上'反動小集團'、'反革命小集團'的帽子，這在當時是一個天大的罪名，我又是'百花學社'主要的組織者之一，我估計早晚會被捕(在我被捕之前，數學系的錢如平和地質地理系的鄭瑞超已以'反革命'罪被捕，化學系的李燕生也以其他罪名被捕)，我準備外逃。九月中旬，北京的天氣早晚已經很涼了，為了支持出版《廣場》，我的衣物全部賣了，身上只剩下了一套單衣。劉奇弟從身上脱下了一件綫衣給了我，我就是穿上了這件綫衣逃到了塘沽新港，企圖偷上外國船外逃。但孫悟空終究逃不出如來佛手心，我還是被捕了，從此和劉奇弟斷絕了聯繫，再也沒有見過他一面"。

但劉奇弟的那件綫衣卻伴隨着陳奉孝度過了整整十五年的監獄、勞改隊的生涯。直到刑滿出勞改隊，仍被强迫留場，成了"二勞改"時，也依然珍藏着這件補釘摞補釘，彷彿還保留着劉奇弟的體溫的綫衣。不料當陳奉孝因揭發采伐隊會計監守自盜而遭打擊報復，弄到深山老林的帳篷裏被吊起來兩個多月時，一位"難友"以為這件綫衣無人要，就塞進爐子燒了。這唯一的紀念物也終於失去，陳奉孝為之痛心不已。但他依然不放棄一切機會打聽劉奇弟和其他同學的消息。終於從一位名叫孟福武的"歷史反革命"那裏，得知劉奇弟最後的消息——

"劉奇弟被捕後判刑十五年，先在北京的團和農場勞改，六一年又和他一起調到了興凱湖五分場。劉奇弟病得很厲害，整

> 天咳血，由於他不認罪，經常被吊起來毒打，後來他被折磨得瘋了，被塞進了狗洞子一樣的小號裏，最後凍餓而死。我聽後哭了。因為不認罪，頂撞幹部，這樣的小號在四分場我也被塞進去過兩次。小號寬只有八十公分，高一米，長一米五，像我這樣的一米六三的小個子，躺着伸不開腿，坐着勉强能伸直腰，下面鋪着二十公分的稻草，身上還戴着腳鐐手銬，頭頂着一個尿罐子，每天只給三兩八錢的苞米面稀粥喝。在零下三十多度的冬天，最長時我被關過五個月，能從裏面活着出來也真算是‘命大’。當我被放出來時，摘了鐐銬，連十公分的門檻也邁不過去。只有扶着門框，像剛學會走路的幼兒一樣，才能邁過去。不要説經常遭到毒打，即使不遭到毒打，被塞進小號，像劉奇弟這樣的病人，在興凱湖這樣的嚴酷的環境裏，他是活不出來的。……此後直到現在，我仍然經常夢見劉奇弟。有一次，大約是八〇年底，一天夜裏，我夢見他被打得滿臉是血，兩個犯人打手拖着他往小號裏塞，然後又來拖我。我一邊喊，一邊掙扎……”。

陳奉孝的文章還提到另一位化學系的四年級同學張錫錕，他是因為寫了《衛道者邏輯大綱》與《人性的呼喚》而被打成右派。反右開始後，他對陳奉孝説：“對於我們來説，最後的結局很可能是悲劇性的。不過任何政治運動總會要有人作出犧牲，只要我們做到了問心無愧就行了。”——人們很自然地要聯想起戊戌政變失敗後，譚嗣同所説的那句驚天地、泣鬼神的話。據陳奉孝回憶，當時張錫錕還背誦了拜倫的一首詩：“愛我的，我致以嘆息，／恨我的，我報以微笑。／無論頭上有怎樣的天空，／我準備承受任何風暴！”張錫錕後來也被送去勞動教養，文革期間被遣送到川北的一個勞教隊繼續勞改，粉碎四人幫以後的七六年底，他卻以“企圖組織逃跑”的罪名被槍斃，而且至今也沒有平反昭雪。在八十年代初，為右派進行改正時，由於胡風還未平反，劉奇弟的問題也被懸置起來，以後再也沒有人過問。陳奉孝感慨地説：“在我國，個人的命運自己是決定不了的。人死了，一了百了。劉奇弟又不是甚麼知名的'大人物'，在受市場經濟衝擊的今天，人們都在為一個'錢'字拼搏，誰還能去為他的平反呼籲呢？可悲啊，中國人！"……

燕園夜空飄蕩着劉奇弟淒厲的呼喊聲

但劉奇弟、張錫錕們在北京大學的歷史上，在中國人民前仆後繼爭取民主、自由、平等、人權、法制的鬥爭史上，所留下的印記，卻是抹殺不了的。——儘管除了陳奉孝這樣的正面的回憶外，我們還不得不從當年的批判材料中去尋找這樣的印記。比如，在一篇題為《〈廣場〉群醜》的文章[1]裏，這樣"揭露"劉奇弟："家庭出身高級職員，父母都曾參加國民黨"(這一點似乎與陳奉孝的回憶不同)，"於1950年貴州都勻高中讀書期間，曾參加該校反動小集團"，"1955年8月底曾在新華門和中央民族學院門前嚷鬧"，"要見毛主席"，要求"釋放胡風"，"因此，1955年9月30日被北京市公安局逮捕"，"1956年5月，經檢察院決定，免於起訴"。"整風運動開始後……他首先向肅反開槍。於5月20日寫了《為白毛女申寃》的大字報，惡毒地把肅反對象比作白毛女"，"5月21日張貼了《胡風不是反革命，我要求政府釋放他》的大字報，為反革命份子胡風'申寃'"。"反右派鬥爭開始以後……他不僅自己拒不交代，還經常拒絕參加學習，到處興風作浪，破壞會場秩序"。作為其"興風作浪，破壞會場秩序"的"鐵證"，《紅樓》"反右派特刊"第二號特地發表一篇《劉奇弟也成了詩人》的"新聞"，報道了一條"(1957年)7月7日深夜"，"數百名同學將劉奇弟扭送法辦"的消息，其中特別談到劉奇弟在批鬥會上，"大背其拜倫、普希金的詩句，擾亂別人的發言"。"於是，人們聽到了淒厲的聲音劃破燕園的夜空，劉奇弟在嚎誦：'再見吧！自由的原素……'"。

1 趙光武：《"廣場"群醜》，北京大學浪淘沙社、北京大學校刊編：《粉碎"廣場"反動小集團》(內部刊物)，1957年7月27日出版。

歷史留下的劉奇弟的兩張大字報

而且在作為“反面教材”的《右派言論匯集》裏，還保留了劉奇弟的幾張大字報：《胡風絕不是反革命》、《是時候了 · (一) 是時候了；(二) 獻給沈、張二君；(三) 白毛女申寃》、《論當前的整風》、《給譚天榮的一封信》。其中最重要的自然是《胡風絕不是反革命》，文章不長，照錄如下——

> “反胡風運動已過三年了，胡風及其‘集團’被當作反革命份子遭到鎮壓，今天舊案重翻，我要為胡風說話，更精確地說，我要為真理說話。胡風絕不是反革命，我要求政府釋放胡風。
>
> 作為一個公民，我來過問法律，這是正常。我的行動有憲法支持。
>
> 凡是正視事實的人都會清楚，在解放前，胡風是一位進步的作家，是民主戰士。他辛勤地追隨魯迅；在那萬惡的社會裏，他向人們揭露黑暗，指出光明，他為青年所愛戴，尊敬。正因為這樣，正憑着這一點，在解放後他才被選為人民代表。解放後，他更不懈惰，帶頭高齡跑這跑那去鄉下參加土地改革；在朝鮮抗美援朝，勤勤懇懇體驗生活，從事創作。他們(胡風份子)寫的作品有血有肉，最為讀者所喜愛。這類人不是為人民服務，是為甚麼？世上還會找到這樣一種邏輯，把他們說成是反革命。
>
> 看！這種控告和判決到底有沒有理？
>
> 關於控告胡風的內容，不外就是那三次反胡風文件，大家都很熟悉。今天我們再來看一看，它到底有沒有理由？回答是：《關於胡風反革命集團的材料》，完全是一本斷章取義，牽强附會，毫無法律根據的書。反把閑人聊天、侯寶林說相聲的邏輯和推理搬進了法庭。像這樣的辦法，只要他說過話寫過東西，都可以按這種斷章取義牽強附會的辦法，用說相聲的邏輯推演成反革命。
>
> 請問，這能當作控告嗎？

因此，自勉為要作個維護真理的人的我，是不能不大聲疾呼！

胡風不是反革命，我要求(政府釋放)胡風！

同學們，你們認為怎樣？讓我們徹底搞清楚吧，假如你們也認為胡風被寃枉，那麼讓我們一道來要求釋放胡風吧！

要知道救人命不但勝造七級浮屠，而更是為了支持正義，維護真理。”[2]

在《論當前整風——民主運動》一文中，劉奇弟還旗幟鮮明地提出——

“民主運動是黨的恩賜嗎？絕不是。誠然，黨領導着全中國人民爭取民主起到了積極的作用。正因為如此，人民才擁護黨，愛戴黨。要是黨不全(心)為民主而鬥爭，它就沒有這一切。要是它停止為民主而鬥爭，它就會失去這一切。為民主運動而鬥爭，是作為黨的領導的必要條件，是黨的責任。任何人都不能也不配恩賜人民以民主，民主是人民自己的。說民主是黨的恩賜與說生命是上帝的恩賜是同等的愚蠢。所以民主不能是給多少算多少，而必須充分而完整。

“同學們，同志們：整風——民主運動是與我們血肉相關，是我們自己的事情。我們是運動的主人，我們絕不能看誰的臉色，絕不能將就誰的口味。……

“社會主義公有制萬歲！

社會主義民主萬歲！”[3]

可以說，劉奇弟是有着自己的信念，完全自覺地投入到這場民主運動中，並因此而付出了生命的代價的。

2 文收《原上草：記憶中的反右派運動》，113–114頁。
3 同上，118–119頁。

(二) 以身護法的先驅者

這正是我們要進一步討論的：在劉奇弟要求為胡風平反的呼籲背後，有着怎樣的理念與信念？

這在二十世紀後五十年中國歷史上，具有怎樣的意義？

維護憲法的尊嚴

於是，我們注意到了兩個重要的事實：首先是1957年鳴放時期，對"胡風反革命集團"案件提出質疑的，並不只是劉奇弟一人。如陳奉孝文章所説，林希翎在其引起軒然大波的北大演講中，就尖鋭地提出："胡風是對中央遞意見書，怎能説這個意見書就是反革命的綱領呢？為甚麼向黨中央提意見就是反革命呢？這是斯大林主義的方法"。她還説："説他們秘密通信。哪個人的信不是秘密的呢？説他們私人間的友誼是小集團，這就使得人相互之間不敢説真話，難怪有人要説共產黨六親不認了！按照法律只有企圖推翻政權的才能叫反革命，而胡風顯然不是這樣的"。[4] 而鄰近北大的清華大學校園內，還由胡風案件問題引發了一場大辯論，即所謂"羅蘭與S．C文字大案"。[5] 幾乎在同時，遼寧師範學院兩位大學生張百生、黃振旅也在《瀋陽日報》上發表文章，指出胡風"只是就意識形態範圍內的文學藝術問題提出了不同的看法和建議"，"對林默涵、何其芳同志的教條主義的批評，這是公民的起碼權利"，"在言論不自由的情況下對教條主義者發出的暗語，怎麼能説是反黨反革命而興師問罪、大加圍剿、拿入囚牢呢？'偶語者棄世'的做法，仁人志士誰還敢開口"[6]。而由反胡風而引發的肅反運動的擴大化，更是在鳴放期間，受到了廣泛的批評，成為一個焦

4 林希翎：《在北大的第一次發言》，151–152頁，《原上草：記憶中的反右派運動》。

5 關於這個"大案"的詳細材料見中英傑：《我與羅蘭在大風潮中》，文載《記憶》第3輯。以下有關這場"大案"的文字均引自此文。

6 張百生、黃振旅：《社會主義建設的新課題》，載1957年6月10日《瀋陽日報》。轉引自朱正：《1957年的夏季：從百家爭鳴到兩家爭鳴》，162頁。

點問題；以至後來公佈的由中共八屆二中全會通過的《劃分右派份子的標準》中，將"攻擊肅清反革命份子的鬥爭"列為"右派"的一條主要罪名[7]。

從以上所引述的材料，不難看出，鳴放時期對胡風反革命案及肅反運動的質疑都集中在一點上，即缺乏法律的依據，侵犯了公民權利，違反了憲法：這也許是更加值得注意的。劉奇弟在他的大字報裏，一開始就點明，他提出"舊案重翻"，要求"政府釋放胡風"，是憲法賦予他的公民權利："作為一個公民，我來過問法律，這是正常。我的行動有憲法支持"，表現出了十分強烈的"維護憲法"的自覺意識。而在清華大學的辯論中，作為辯論一方的羅蘭，在他的題為《公審胡風》的大字報裏，更是對《關於胡風反革命集團的材料》的《按語》所羅織的"罪名"，是否有憲法與法律的依據，進行了詳盡的辯駁與討論。比如，文章指出，從公佈的材料看，胡風"他們反對的是當時文藝領導和佔統治地位的文藝理論"，而"按語"卻斷定"他們進攻的方向是革命，是人民政權，而反革命的復辟的時期則需要五年"，"這種判斷是欠缺直接的根據的"；材料斷定胡風是"歷史反革命"的依據之一是"胡風曾運動已卸任的北京警察局長，釋放被國民黨捕去的賈植芳"，"這個證據欠充分。難道過去革命者被捕後，由某個與當權者有私人關係的人運動保釋的事還少嗎？"至於因胡風份子之間的群體性活動，就將其判定為"反革命小集團"，更是違反憲法的："憲法規定，人民有結社自由，只要不反革命，有何不可？"而羅蘭另一篇《維護人權》，更是明確地指出："問題的嚴重性不僅在被冤枉的人眾多，而且在其性質惡劣。人權被蹂躪！憲法被踐踏！法制蕩然！正義無存！"他這樣質問："憲法規定：'人權不受侵犯'。肅反期間沒有任何法律手續，被非法監禁，被像賊一般監視的人有甚麼保障？憲法規定：通訊秘密受保護。請問千百萬人的信件被非法檢查，很多人失去了通信自由，有誰來保護？憲法保護我們不受誹

7　轉引自朱正：《1957年的夏季：從百家爭鳴到兩家爭鳴》，500頁。

謗，可是在肅反期間調查人們的歷史時在鄉黨親戚、朋友間被誣指為反革命份子的人有多少?! 法律規定：被逮捕的24小時以內必須送法院，48小時內必須決定是否起訴。但是肅反期間被關的人們，你們有沒有看見逮捕狀？關了48小時還是4800小時？”大字報的作者由此得出結論：問題的實質在於“公民權利還沒有切實保證”，必須‘維護憲法的尊嚴，人權的尊嚴”，這“決不是百分之幾被害者的事，而是每一個公民權利有無保障的事，是我們社會生活的根本問題之一”。——維護憲法、人權、民主的尊嚴，這正是劉奇弟、羅蘭，以及當時許多為胡風與肅反受害者鳴冤背後的基本理念。

1954年憲法

而作為劉奇弟們立論依據的“憲法”是有具體所指的，這就是1954年9月第一屆全國人民代表大會第一次會議通過的《中華人民共和國憲法》。在前文所說的張錫琨和另一位右派陳愛文的大字報裏，就特意提到了1954年憲法，認為這是中國社會主義民主制度建設中的關鍵性的一步，問題是人們“忙於唱讚歌，很少有人嚴肅地考慮，如何實施的問題，所以有1955年肅反中許多地方破壞法制現象的出現”。[8]

為了使我們的討論再深入一步，這裏有必要作一點簡要的歷史的回顧。

我們就從劉少奇代表中華人民共和國憲法起草委員會所做的《關於中華人民共和國憲法草案的報告》説起。在報告中，劉少奇將這一中華人民共和國建國以來的第一部憲法稱之為“人民民主主義和社會主義的憲法”，這也是它的基本性質。劉少奇強調，這部憲法是“我國人民利益和人民意志的產物，是我們國家發生了巨大的變化的產物”，具體地説，就是已經實現了國家的“獨立”，“和平”與“統一”，消滅了“封建主義的剝削制度”，“在極

8 參看陳愛文：《關於社會主義制度》，張錫錕：《三害根源》，《原上草：記憶中的反右派運動》，100頁，121頁。

廣泛的範圍內結束了人民無權的狀況，發揚了高度的人民民主主義"，並且在發展經濟上取得了成就，"從1953年起，我國已經按照社會主義的目標進入有計劃的經濟建設時期"。正是出於對國家形勢的這一基本分析，劉少奇提出："一方面，我們必須更加發揚人民的民主，擴大我們國家民主制度的規模；另一方面，我們必須建立高度統一的國家領導制度"，而憲法正是為實現這樣的目的而制定的。因此，憲法明確規定："中華人民共和國的一切權力屬於人民"，劉少奇報告中也一再確認："最大多數的人民才真正是國家的主人"。如劉少奇所說，憲法"許多條文中，規定了我國公民享有廣泛的自由和權利。憲法草案規定公民有言論、出版、集會、結社、游行、示威的自由，並且規定國家要供給必需的物質上的便利，以保證公民享有這些自由。憲法還規定：'公民的人身自由不受侵犯。任何公民，非經人民法院決定和人民檢察院批准，不受逮捕'，'公民的住宅不受侵犯，通信秘密受法律保護'，'公民有居住和遷徙的自由'。憲法草案又規定公民有勞動的權利和受教育的權利，勞動者有休息的權利和在年老或者喪失勞動能力的時候獲得物質幫助的權利，並且規定國家要逐步擴大現在還不充分的物質條件，以保證公民享有這些權利。此外，憲法還規定了公民有宗教信仰的自由"。另一方面，憲法又規定："人民行使權力的機關是全國人民代表大會和地方各級人民代表大會"，劉少奇報告中也強調"我國的全國人民代表大會完全統一地行使最高國家權力"，"國家行政機關決不能脫離人民代表大會或者違背人民代表大會的意志而進行活動"，並必須接受人民群眾和人民代表的監督，"壓制批評，在我們的國家機關中是犯法的行為"，這樣才能保證建立"高度統一的國家領導制度"。劉少奇在報告中還談到黨在國家的領導地位，"決不應當使黨員在國家生活中享有任何特殊的權利"，"中國共產黨的黨員必須在遵守憲法和一切其他法律中起模範作用"。——近年一些憲法研究專家指出，1954年憲法"較好地反映了人民主權的要求，體現了現代憲法的一般特徵"，這大體是符合事實的[9]，至少是邁出了第一步。我們也因此注意到，前引劉奇弟當年所寫的《論當前的整風——民主運動》一文，強調人民是"主人"，"任何人都不能、也不配恩賜人民以民主，民主是人民自己的"，以至高呼"社會主義公有制萬歲，社會主義民主萬歲"，都是抓住了1954年憲法的要點與精神的。

當然，1954年憲法，也顯然有"革命憲法"的痕迹。[10]除了有明顯的"從法律上確認和鞏固革命成果"的旨意外，也依然強調："在社會上有剝削階級和被剝削階級存在的時候，階級鬥爭總是存在的"，並明確發出警示："反動派的復辟仍然是一個實際的危險"，"全國人民必須經常保持高度的警惕性"。但值得注意的是，劉少奇在報告中，又強調無產階級與資產階級之間的階級鬥爭，不必採取土改那樣的發動"廣大的群眾運動"的方式，而可以用憲法和法律的武器，懲治"一部分資本家"的"違法活動"，"通過國家行政機關的管理、國營經濟的領導和工人群眾的監督，用和平的鬥爭方式來達到目的"。

劉少奇在其報告的最後，發出號召："我們全國各族人民必須按照憲法所規定的道路，在中國共產黨的領導下，加強團結，繼續努力，謙虛謹慎，戒驕戒躁，為保證憲法的完全實施而奮鬥，為把我國建設成為一個偉大的社會主義國家而奮鬥"。這似乎預示着中國將走向一個憲政建國的道路。

1955年高、饒事件，反胡風運動，肅反運動

但在1954年9月通過憲法以後，所發生的一系列事件，卻又使中國的歷史發生了新的轉折。首先是黨內出現了"高(崗)饒(漱石)反黨聯盟"，在1955年3月召開的中國共產黨全國代表會議上，毛澤東將高、饒事件看作是"我國現階段激烈階級鬥爭的一種尖鋭的

9 夏勇：《憲法改革的幾個理論問題》，載2003年7月29日《文匯報．每周講演》。

10 這也是沿用了夏勇教授的觀點：他在《憲法改革的幾個理論問題》中，提出"從世界憲法史看，大致說來，有三種類型的憲法，一是'革命憲法'，一是'改革憲法'，一是'憲政憲法'"。

表現"，並因此提出了要"準備對付突然事變，準備對付反革命復辟，準備對付高饒事件的重複發生"的警告。毛澤東强調："帝國主義勢力還是在包圍着我們"，"今後帝國主義如果發動戰爭，很可能像第二次世界大戰時期那樣，進行突然的襲擊。因此，我們在精神上和物質上都要有所準備"；"另一方面，國內反革命殘餘勢力的活動還很猖獗，我們必須有計劃地、有分析地、實事求是地再給他們幾個打擊，使暗藏的反革命力量更大地削弱下來，藉以保證我國社會主義建設事業的安全"。[11] 兩個月後，也即1955年5月，毛澤東就發動了打擊"胡風反革命集團"的鬥爭。很多人對毛澤東將根據胡風及其朋友的私人通信編寫的三批"材料"，上綱上綫如此之高：由"反黨集團"(第一批材料)到"反革命集團"(第二、三批材料)，感到不可理解；其實只要將前引毛澤東在高饒事件後對國內外階級鬥爭形勢的分析聯繫起來，就不難懂得，胡風的三批材料不過是給毛澤東已經預謀的給"暗藏的反革命勢力"以"幾個打擊"的計劃提供了一個機會而已。因此，就如同他將高饒事件定性為"用陰謀的方法奪取黨和國家的最高權力，而為反革命的復辟開闢道路"[12] 一樣，毛澤東也將所謂胡風集團定性為"一個暗藏在革命陣營的反革命派別，一個地下的獨立王國"，而且是以"推翻中華人民共和國和恢復帝國主義國民黨的統治為任務的"[13]，打擊"高饒反黨集團"與打擊"胡風反革命集團"都是毛澤東"準備對付反革命復辟"的大戰略的有機組成部分。而毛澤東從胡風事件中得到的最大教訓就是："許多反革命份子鑽進我們的隊伍中來了"。在他看來，這是因為"我們過去是處在革命的大風暴時期，我們是勝利者，各種人都向我們靠攏，未免泥沙俱下，魚龍混雜，我們還沒有來得及作一次徹底的清理"[14]。因此，毛澤東又順勢發動了全國

11 毛澤東：《在中國共產黨全國代表會議上的講話》，《毛澤東選集》5卷，140頁，153頁，141頁。

12 同上，140頁。

13 毛澤東：《〈關於胡風反革命集團的材料〉的序言和按語》，《毛澤東選集》5卷，163頁。

14 同上，161頁，162頁。

範圍的肅反運動，如他在內部指示中所說，“主要地是借着這一鬥爭提高廣大群眾(主要是知識份子和幹部)的覺悟，揭露各種暗藏的反革命份子(國民黨特務份子，帝國主義的特務份子，托派份子和其他反動份子)，進一步純潔革命隊伍。”[15]

作了這一番歷史的清理，我們大致可以明白，從反高饒，到反胡風，到肅反，都是有內在的聯繫的；其實反右運動也是毛澤東同一戰略思想、計劃的延續。鳴放期間前述瀋陽師範學院的兩位大學生，在要求或公開審判或開釋胡風的同時，還要求公佈高饒事件的真相，實際上是敏感到了這種內在聯繫的。[16]

高於憲法、法律的“階級鬥爭邏輯”

不難注意到，這一系列的戰略部署是建立在對國內形勢的同一認識與估計、判斷基礎上的。1955年6月，毛澤東在《人民日報》社論《必須從胡風事件吸取教訓》上，特地加了一句：“在為國家的工業化和建成社會主義的偉大運動中，階級鬥爭更加尖銳，反革命份子必然要更加進行破壞活動”[17]。後來，公安部長羅瑞卿在有關肅反運動的報告中，提出“社會主義革命愈深入，階級鬥爭愈尖銳”的論斷，其根據大概就是毛澤東的這一判斷。鳴放期間前引清華大學的學生羅蘭的大字報，就曾指出，肅反運動中所發生的大量違憲行為，其“理論根據”就是這一“階級鬥爭愈加尖銳論”[18]。很顯然，對國內形勢的這一分析、論斷與前述作為立憲的依據的國家已經進入“大規模發展經濟”時代的論斷是不同的，至少說其重心發生了轉移：劉少奇報告中談到的“反革命復辟”已經成為主要的危險，因此，國家所面臨的任務也主要不是按照憲法的規定，

15 毛澤東：《對中央關於揭露胡風反革命集團的指示稿的批語和修改》，《建國以來的毛澤東文稿》5冊，148頁。

16 轉引自朱正：《1957年的夏季：從百家爭鳴到兩家爭鳴》，162頁。

17 毛澤東：《在〈人民日報〉社論〈必須從胡風事件吸取教訓〉稿中加寫的文字》，《建國以來的毛澤東文稿》5冊，165頁。

18 羅蘭：《維護人權》，轉引自申英傑：《我與羅蘭在大風潮中》，中文載《記憶》3輯，76頁。

"更加發揚人民的民主，擴大我們國家民主制度的規模"，並建立以人民代表大會制度為中心的"高度統一的國家領導制度"，而是開展階級鬥爭，而且要用大規模的群眾運動的方式去進行階級鬥爭。而要發動群眾性的階級鬥爭，在某種意義和某種程度上，就需要突破憲法、法律的限制，或者像後來毛澤東自己所說的那樣，要"無法無天"，建立起高於憲法與法律的"階級鬥爭的邏輯"。

這個"階級鬥爭的邏輯"的核心是分清"敵我"(到反右運動中就發展為劃分"左、中、右")。而"敵人"的確定，不是依據憲法和法律，更無需充分的事實根據，而是出於階級鬥爭的發動者的主觀意志與需要，甚至連"敵人"的數目也是可以預先規定的，像肅反運動一開始，毛澤東就將打擊面確定在百分之五，在反右運動中更是層層分配"右派"的指標。而一旦被宣佈為"敵人"，就要對之實行不受憲法、法律制約的群眾專政。用毛澤東在《〈關於胡風反革命集團的材料〉按語》裏的說法，就是"只許他們規規矩矩，不許他們亂說亂動"，並且實行"輿論一律"，讓他們感到"小媳婦一樣，經常的怕挨打"，"咳一聲都有人錄音"，毛澤東的理論是："人民大眾開心之日，就是反革命份子難受之時"。[19] 毛澤東在《按語》中，還針對"胡風份子"關於"今天中國，人還是不尊敬人的"的批評，作了這樣的辯駁："上人指革命的人，下人指反革命的人"，[20] 也即"革命的人"壓迫、侮辱、"不尊敬"反革命的人，是天經地義的。這其實就是當年毛澤東在《湖南農民運動考察報告》中提出的"革命邏輯"的一個延伸與發展，即所謂"革命不是請客吃飯，不是做文章，不是繪畫綉花，不能那樣雅致，那樣從容不迫，文質彬彬，那樣溫良恭儉讓"，"必須建立……絕對權力。必須不准人惡意地批評……。必須把一切……都打倒……甚至用腳踏上"，"必須造成一個短時期的恐怖現象"。[21] 從反胡風，

19 毛澤東：《駁"輿論一律"》，《毛澤東選集》5卷，158頁，159頁。
20 毛澤東：《為〈人民日報〉發表〈關於胡風反革命集團第三批材料〉寫的按語》，《建國以來的毛澤東文稿》5冊，160–161頁。
21 毛澤東：《湖南農民運動考察報告》，《毛澤東選集》17頁。

到肅反，反右，一直到文化大革命，毛澤東的上述語錄，幾乎成了絕對命令，無法無天的群眾專政暢行無阻，1954年的憲法被徹底地拋棄到“歷史的垃圾堆”裏了。

兩種建國邏輯、路綫的鬥爭

但至少在五十年代，仍然是存在着兩種建國邏輯、路綫(指導思想，方針)的，即憲法(民主，法制)的邏輯與階級鬥爭(革命，群眾專政)的邏輯。而且毛澤東本人也曾是憲法邏輯的主要制定者：他在對前引劉少奇《關於中華人民共和國憲法草案的報告》所作的修改中，還特意加上一句：“我們的國家所以能够關心到每一個公民的自由和權利，當然是由我國的國家制度和社會制度來決定的”[22]。而由憲法的建國邏輯轉向階級鬥爭的建國邏輯，其轉折點，就是1955年的“反胡風”運動(在此之前的“反高饒”還限制在黨內，不具有全國規模)；胡風事件在二十世紀後五十年中國歷史上的特殊重要性即在於此。

因此，在1957年的鳴放期間，劉奇弟、林希翎、羅蘭、張百生、黃振旅這些人對“胡風反革命事件”提出質疑，應該説是在憲法邏輯遭到嚴重破壞，並被階級鬥爭邏輯取而代之的情勢下，維護憲法邏輯的一次悲壯的努力。

這在當時的中國，他們所扮演的是“堂吉訶德”的角色。於是，就有了對中國的現實有着更冷峻的觀察和了解的人們，對他們的提醒。這就是我們在前文中已經提及的清華大學的那場“羅蘭與S．C”的論戰。S．C指出，對胡風問題的看法，三種人有不同的邏輯、立場與態度。羅蘭堅守的是“詩人”的理想與人道主義、法制原則，儘管“説出了真相”，卻“未能看透社會發展進程中殘酷和黑暗的另一面”。而執政者是“政治家”，他們奉行的是“黨派和階級鬥爭的超法律性”的邏輯，是“不受法律條文的約束(甚

22 毛澤東：《對劉少奇〈關於中華人民共和國憲法草案的報告(草稿)〉的批語和修改》，《建國以來的毛澤東文稿》4冊，549頁，中央文獻出版社，1990年版。

至憲法)"的，"它排斥人權神聖和人道主義等等空話"。他們必定要"以迅雷不及掩耳的手段，來消滅並鎮壓反對派(包括文學的反對派)，以期保自己的一統天下"，而胡風正是他們所認定的"政敵"或"反對派"，也就必要將其打成"反革命"。S．C還提醒羅蘭們："革命工農群眾的心房，是偏在左胸的，他們對共產黨更多的信任，更少的懷疑"，"民主不能給人飯吃"，"而知識份子卻常常振臂呼喚這種抽象的民主，這便是知識份子與工農大眾的差異，這也是學校裏整風運動特別激烈而外界比較太平的原因"。而S．C本人則聲稱他要採取"記史官"的立場，用"無情的刀筆"，記錄"客觀和事實"。這樣的"客觀"其實也是一種幻想，並且也為階級鬥爭的邏輯所不容，當時就有人指責"羅蘭和S．C，一個唱白臉，一個唱紅臉，聯手反動，殊途同歸"，羅蘭與S．C最後也真的一起落入"右派"的羅網。[23]

這樣，劉奇弟和他的同志，在1957年鳴放時期為胡風寃案的辯護(羅蘭在他的大字報裏，還提到了當年左拉為德雷福斯的辯護，認為這體現了一種"求真理，為正義前仆後繼不惜犧牲的精神"[24])，對憲法尊嚴的維護，對民主、法制原則和人權的維護，不能不以獻出自己的全部青春，以至生命為代價。但歷史將永遠銘記這些"以身護法"的先驅者。

23 S．C：《為歷史辯護》，《再為歷史辯護》，轉引自中英傑：《我與羅蘭在大風潮中》，《記憶》3輯，81頁，83頁。

24 羅蘭：《公審胡風》，轉引自中英傑：《我與羅蘭在大風潮中》，《記憶》3輯，78–79頁。

譚天榮：永在探索真理

兼論“五·一九民主運動”的思想背景與思想特點

譚天榮的名字是與1957年的北大“五·一九”民主運動及以後的反右運動緊密連在一起的。而他本人在四十三年後，卻在一篇題為《一個沒有情節的故事》裏，這樣談到自己：“由於歷史的誤會，我在1957年成了學生中的大右派，毛主席封我為‘學生領袖’，當時的報紙把我描繪成一個政治上的妖魔鬼怪，並為我編了很多神話故事，似乎我能呼風喚雨。實際上，在我這一生中，只有兩個月(1957年的5月中旬到7月中旬)曾經關心政治。就是這兩個月所發生的事情，使得我在別人眼裏成了另一個人。”譚天榮在文章中還談到這樣一件事：在家鄉接受勞動改造時，“有位農民受了委屈時曾這樣提出抗議：‘別跟我來這一套，你當我是譚天榮嗎？告訴你，我不姓‘右’！”在最高統治者的眼裏，“譚天榮”是“右派學生領袖”的代表；在普通民眾的心目中，“譚天榮”更是“姓‘右’的”即所謂“右派”的象徵：“譚天榮”成了一個歷史的“符號”。而作為北京大學物理系四年級學生的譚天榮，他的真實的個體生命卻因此遭到了巨大的磨難，吃盡了苦頭。這是譚天榮終生難忘的記憶：在勞教農場，“最使我痛苦的不是饑餓，不是勞累，而是這一頭銜的重負。‘同學們’一起幹活，管教幹部總朝我喊：‘譚天榮快幹！別磨蹭！’身邊的‘同學’悄悄地對我說：‘你別跟我們一起幹。有了你，隊長老盯着，我們連氣也喘不過來’”；“在我面前，連最孱頭的小癟三也成了勇士。有一次，我不知怎麼冒犯了一位小‘拉茲’，他對我揮着拳頭：‘你是個大右派，打你丫的，打死也白打！’”於是，就有了這樣的人生感慨：

“大右派的名聲對於我就像一根捆人的繩子，隨着時間的流逝，‘譚天榮’這個名字逐漸被人遺忘，捆人的繩子慢慢地鬆了，我深深地感到默默無聞的幸福。”[1]這“歷史的人”與“現實、具體的人”的矛盾所內含的精神苦難，是非親歷者所絕難體會的。

而我們現在在“1957年學”的歷史敍述中來談論譚天榮，卻又不能不將他當作一個“典型”、一個“代表”，這或許是殘酷的，卻似乎也只能如此。

(一) 二十世紀五十年代的中國“狂人”

人們眼中的譚天榮

而且，我們還要追問：他為甚麼被視為“右派學生領袖”？他在甚麼意義上成為“姓‘右’的”的代表與象徵？

還是從一個細節說起吧。譚天榮在北京三余莊勞教農場的難友這樣回憶當年對他的印象：“我在進公安局之前，並不認識他，只是從報紙上的批判文章中讀到過他的一些‘右派言論’，給我的感覺是個驕傲自大不知天高地厚的‘狂人’。到了三余莊之後，才發現他文質彬彬，說話慢條斯理的，頭腦和思路都十分清楚。儘管他好爭辯，但是只要你能夠以理服他，他表現得十分虛心，如果你說不服他，他就認死理兒，絕不輕易投降，並不像報紙上批判的那樣‘無知’又那樣‘狂’”。[2]

“狂人”，這正是譚天榮給人們的第一印象。

當年的《廣場》上發表的一篇《北大民主運動紀事》，這樣記述譚天榮在北大“五．一九”運動中的出場——

“(5月20日)下午，出現了一張署名‘一個强壯而懷有惡意的

1 譚天榮：《一個沒有情節的故事》，《歲月文叢．沒有情節的故事》，564–565頁，北京十月出版社，2001年版。

2 夢波：《勞改紀實》，《我親歷過的政治運動》，80頁，中央編譯出版社，1998年版。

小夥子——譚天榮'所寫的《一株毒草》。作者在這裏吹響了反教條主義的號角，提出了許多令人驚異的觀點，他並建議北大學生自己辦一個綜合性的學術刊物。作者缺乏透徹的說理和謙遜的態度，引起了許多同學的不滿和攻擊。《一株毒草》的爭論又成了人們注意的中心"。[3]

在保存下來的有限的資料中，我們還發現了有關譚天榮的兩個很有意思的材料。一封當時的私人通信這樣談到譚天榮——

"到了晚上，那個自稱為一株毒草的同學，搬了一張桌子放在大飯廳前面的廣場上，站在上面作起演講來了，一大群的人圍着，他講了以後，一個個爬上去和他辯駁，於是他又答辯。人越來越多了，後面的人聽不見，大聲喊着：'聲音大些'。有幾個好事者跑去找了兩個話筒給他們，於是拿着話筒大聲嚷着，開始是從具體的問題談起，後來慢慢轉到邏輯問題上，又轉到哲學上的自由和必然的問題。我本來想擠進去參加辯論，但人太多，拼命擠也擠不進去，衣服都汗透了。每個人都拿着手巾擦汗，我不好意思再擠，只得作罷。"[4]

從這私下的敍述裏，不難看到譚天榮當年的影響：他確實是運動中的校園風雲人物。

而另一封公開發表的通信，則談到對譚天榮的不同印象和評價——

"四月中旬譚(天榮)在醫院針灸室的病床上高談其哲學，張炯驚訝之餘，便決定把真人真事搬入特寫，他在敍述了譚宣佈自己最懂辯證法，列寧主義是馬克思主義的否定等等以後，寫道：'我不能不震驚，面前也許是個不平凡的人。他能獨立思考，不

3 《北大民主運動紀事》，《原上草：記憶中的反右派運動》，22頁。
4 1957年5月20日余敦康(時為北大哲學系助教)給張守正(武漢大學教師)的信，見《北大余敦康給張守正的四封信》(打印稿)。詳情另有專文分析。

墨守陳規，敢於提出自己新穎的見解，敢於觸動權威：這是一個富有創造性的人。如果世界上有天才的話，這或許就是天才的起點。是的，我們祖國需要這樣的人，這樣的學者和科學家。只有這樣的人才能把科學向前推進一步，以至一百步。教條主義者除了學舌的鸚鵡那樣，不問甚麼時候都重複着'八點鐘，八點鐘'以外，還能給人們甚麼呢？我滿懷喜悅注視着這位同學，微黑的臉孔架着眼鏡，眼裏射出桀傲不馴的光芒……'。

"然而現在他卻像吹得氣球那樣大的肥皂泡似的，在我們面前破滅了。他自封為哲學家、黑格爾——恩格斯學派的鼻祖。然而我們發現，他說的不是哲學，而是一堆概念的糊塗賬。他的哲學，連研究卅年哲學的老教授都不懂。他自炫讀過馬、恩的一切著作，其實不過是支離破碎地背誦一些片言隻語。他抓住'否定之否定'到處套，自稱理論前提是：一切現實的是合理的，一切合理的是現實的。據解釋：合理=理性=客觀規律=現實。看吧！連三段論的基本邏輯法則也不懂，卻奇怪地變起概念把戲來。他把一切相對化，有次演講時說：'對的就是不對的，不對的就是對的'，剛好有人給他拍照，他立即說：'我一向反對拍照'。台下有人應道：'按他的理論，他反對，也就是他贊成'。結果全場哄然大笑。總之，這是一個'語不驚人死不休的'的狂妄家。"[5]

這裏顯然存在着對譚天榮的兩種評價：或認為是"能獨立思考，不墨守陳規，敢於觸動權威"的"有創造性的人"，或看作是"狂妄家"、即所謂"狂人"，在當時大概是有代表性的。

自命"毒草"：一個反叛姿態

我們現在就來看他當年引起轟動的大字報。首先引人注目並引發爭論的自然是大字報的題目：《第一株毒草》(以後他又連續寫了

5 張炯、謝冕：《遙寄東海．寫在黎明——澎湃的思潮和狂妄家》，載《紅樓》4期，1957年7月1日出版。

第二、三、四株“毒草”)。所謂“毒草”問題，是毛澤東於1956年4月提出“百家爭鳴，百花齊放”的方針所引發出來的一個話題。據毛澤東自己說，當時黨內就有人提出“只能放香花，不能放毒草”；毛澤東認為“這種看法，表明他們對百花齊放、百家爭鳴的方針很不理解”，於是他解釋說：“一般說來，反革命的言論當然不讓放。但是，它不用反革命的面貌出現，而用革命的面貌出現，那就只好讓它放，這樣才有利於對它進行鑒別和鬥爭”，並且表示：“你草長，我就鋤”，“雜草一萬年還會有，所以我們也要準備鬥爭一萬年”。毛澤東的意思很明確：不過是要引發“毒草”長出來，以便“鋤草”，這與同一講話中所說的“把我們中國的這些螞蟻引出了洞”是同一個意思。[6] 所以他在號召發動反右運動的《事情正在起變化》一文中，頗為自得地說：“毒草共香花同生，牛鬼蛇神與麟鳳龜龍並長，這是我們所料到的，也是我們所希望的。……人們説釣大魚，我們説鋤毒草，事情一樣，説法不同”。[7] 不過，當時毛澤東的這些講話與文章都沒有公開發表，人們並不知道毛的意圖，就圍繞“毒草”問題展開了熱烈的討論。比如，有人針對“鼓勵香花，避免毒草”的説法，指出“其結果，就會鼓勵了教條主義的、公式化、概念化的東西；而排斥了被人埋沒了的但或許是真正好的東西”。[8] 連因“漢奸”的身份而一直慎言的周作人也寫文章反駁“有毒草不許放”論，主張“凡是花都應放，不論毒草與否，不能以這個資格剝奪他的權利”。[9] 人們擔心的是將“真正好的東西”當作“毒草”任意鏟掉。毛澤東自己也説：“正確的東西，好的東西，人們一開始常常不承認它們是香花，反而把它們看作毒草。哥白尼關於太陽系的學説，達爾文的進化論，都曾經被看作錯誤的東西，都曾經經歷艱苦的鬥爭”，“馬

6 毛澤東：《在省市自治區黨委書記會議上的講話》(1957年1月18日)，《毛澤東選集》5卷，338–339頁。
7 毛澤東：《事情正在起變化》(1957年5月15日)，《毛澤東選集》5卷，427頁。
8 若望：《步步設防》，原載1957年4月26日《文匯報》，收《烏晝啼：“鳴放”期間雜文、小品文選》，396頁，中國電影出版社，1998年版。
9 周作人：《談毒草》，載1957年4月25日《人民日報》。

克思主義也是在鬥爭中發展起來的。馬克思主義在開始的時候受過種種打擊，被認為是毒草。"[10]將譚天榮的大字報置於這樣的語境下，就不難理解，他以"一株毒草"自我命名，所引起的驚駭了。譚天榮這樣做，如他自己後來所說，"為了引起人們注意，我有意說了許多偏激的話"[11]；但更主要的是表現了他的一種自信：他是堅信自己的觀點是"正確的東西，好的東西"，是真正的"香花"；但他同時也意識到，自己的觀點所具有的異質性，不被承認是香花，被視為"毒草"是一種必然。他索性以"毒草"自命，就是要表現一種挑戰的姿態。署名"一個'強壯而又懷有惡意的小夥子'"，所要展示給世人的也是一種自信、自傲與挑戰性。

向龐然大物挑戰

在《第一株毒草》裏，他就這樣向佔社會輿論主導地位的報刊與具有引導作用的"三好學生"叫戰："一切報刊(例如《人民日報》、《中國青年》和《物理學報》)的編輯們"——他們"對馬克思主義的絕對無知，對辯證法的一竅不通和他們形而上學的腦袋中，裝着的無限愚蠢，就是一道封鎖真理的萬里長城"；"三好學生"，"或叫白痴，或者優秀生、或者叫'小螺絲釘'反正一樣"——他們的最大特點就是自覺地"禁止自己思維"。這顯然是對既定價值標準的一個顛覆：在譚天榮的"理性"關照下，"真理的傳播者"不過是"封鎖真理的萬里長城"，黨的"螺絲釘"不過是沒有思想的"白痴"。

譚天榮同時面對的是他所說的馬克思主義的危機。在他看來，"1895年以後，馬克思主義按照鐵的必然性轉化為自身的反面(第一次否定)，與此相適應的是國際共產主義運動中形成相互滲透的修正主義與教條主義，六十二年的絕對統治"；還有物理學的危機：在他看來，"充滿了極端盲從迷信的詭辯，謬誤、牽強附會、彌縫

10 毛澤東：《關於正確處理人民內部矛盾問題》(1957年2月27日)，《毛澤東選集》5卷，388–389頁。

11 譚天榮：《救救心靈》，《原上草：記憶中的反右派運動》，56頁。

手段(或者叫作新穎觀念)的物理學已經面臨毀滅”。——這些判斷，在當時的中國是人們聞所未聞，想都不敢(也不會)想的，自然要被看作是“狂人”的“囈語”。但譚天榮藐視這一切，他宣稱：“中國青年還有的是成千上萬的‘才子佳人’，他們堅韌果斷才氣橫溢光芒四射，他們將使國際資產階級吃飯時丟落刀子”。他以希臘哲人赫拉克利特的話：“愛菲索人中的一切成年人都應該死，城——應該交給尚未成人的人去管理”作為題詞，正是以此表明自己(而且他相信自己是代表中國年輕一代發言的)對既定的“成年人”的秩序全面挑戰的立場。他甚至預先就對自己的讀者宣戰：“一切都很好，只是千萬不要發神經病，應該改一改那種聽到一句不習慣的話，就本能地反對那種條件放射或無條件反射，要不我說西郊公園比北大對你更合適。好，再見！”——這簡直就是以“人民公敵”自居，並且要故意地激怒對手。[12]

這一切——他的“橫空出世”，他的“人民公敵”的身份，全面挑戰的自覺意識，他的絕對自信，以至他的“狂言”與“妄想”，他的故意的偏激，等等，都使人想起了“五四”那一代人，人們很容易地就聯想起魯迅的《狂人日記》：在某種意義上可以說，譚天榮就是二十世紀五十年代中國的“狂人”。而且恐怕還不是譚天榮一個人，當時北大校園內還有一位以一篇《自由主義者宣言》聞名、並始終不悔的“極右份子”嚴仲强(也是物理系的學生)，他就是以《“瘋子”的話》為他的大字報命名的。在反右運動高潮中，他還寫了《壓制不了的呼聲》的大字報，在題詞中寫道：“布魯諾在被燒死前說：為真理而鬥爭是人生的最大的幸福”，並且宣稱：“誣衊、謾罵、恐嚇只能引起我鄙視的微笑，即使是最無人道的群眾性孤立，我也滿不在乎，為了真理、人道、民主、自由，我可以犧牲一切”。[13] 這是繼“五四”以後又一代為真理而向龐然大物挑戰、不惜以身相殉的“狂人”。

12 譚天榮：《第一株毒草》，《原上草：記憶中的反右派運動》，28頁，29頁。
13 嚴仲强：《“瘋子”的話》、《壓制不了的呼聲》，《原上草：記憶中的反右派運動》，76頁，82頁。

(二) 他們挑戰甚麼

質疑"黨神話"

我們的討論，還要深入一步：1957年的中國的譚天榮們所要挑戰的究竟是甚麼？

譚天榮在他的《第二株毒草》裏，一開頭就指出："辯證法說：'必須按生活的實在情形來考察生活'。我們看到生活處在不斷的運動中，所以我們要把生活的東西(拿)來考察，並且要問生活走向哪裏？我們看到我們生活是一幅不斷破壞與製造的圖畫，所以我們把生活當作既破壞又製造的過程來考察，並且要問：生活中破壞的是甚麼？製造的是甚麼？"這是一個敢於正視生活中的問題，並且不斷進行追問的"真的勇士"(魯迅語)的態度。那麼，他們對中國二十世紀五十年代的生活的考察，發現了甚麼問題？

譚天榮的考察是從自己的生活經驗、生命體驗為起點的。他首先談到："在肅反時，我在班上被當作'反革命'來鬥爭，起初有人懷疑，班幹部就說他們不相信黨。我有一個好朋友給我保證，我決不是現行反革命，他們就說這是我迷惑了他、欺騙了他，迫使我為自己捏造各種罪行。於是我平常說的任何一句話都是反動言論，任何一個舉動，都是反動行為。總之我的一言一語、一舉一動，都表現了我是一個徹裏徹外的反革命份子"。——這幾乎是經歷了1955年的肅反運動，甚至共產黨所發動的任何一個運動的人，都會有的經驗與感受，人們已經見慣不慣，但譚天榮卻要追問："為甚麼事情竟會這樣呢？"他對此作了一個非常重要的分析："因為群眾相信黨的一切都是對的。黨在任何情況下都是正確的，只有黨才是正確的，非黨群眾要提出不同意見，那就一定是錯誤的，這就不能允許他存在，就應該遭受一切打擊和壓制，一直到他作出了令人滿意的檢討為止"，"黨和團就用這樣的方法壟斷了一切'好'的、'對的'、'正確的'東西，在群眾中黨員們和團員們習慣於歌功頌德，可事實上有多少黨團員習慣於黨一切都好的神話，有多少習慣於奉承阿諛，有多少人因對黨團員有意見而被扣上落後份子的帽子，被當作反革命來處理，有多少工作人員因為向領導提意見而受到各種非難，有多少阿諛奉承的專家青雲直上，這不是八年來的成績嗎？”[14]

這裏所說的“黨在任何時候都是正確的”的“神話”，黨對真理的“壟斷”，發展到極端，成了黨員、團員“永遠正確”的“神話”；以及由此產生的“對黨和黨團員有意見＝落後＝反黨＝反革命”的專政邏輯，正是抓住了當時中國政治生活的要害的。這其實是許多敏感的、善於思考的人都覺察到的。老共產黨員、後來也成了右派的劉賓雁這樣談到他的觀察與感受：在新中國剛成立時，“中國共產黨是以充滿自信，以百年來第一個趕走外國侵略者，和二十世紀以來第一個統一了龐大而複雜的中國的勝利者的姿態出現在人民面前的。這種自信是以全國各階層數億人民對他的絕對信賴與擁護為基礎的。甚至使許多頑敵也望風披靡，心悅誠服”，以至自然地形成了一種普遍接受的觀念：“中國土地上的一切污垢和傷痕，似乎都是國民黨造成的；中國共產黨則一塵不染，兩袖清風；是正義、真理和光明的化身”。在實際生活中，也形成這樣的局面：“黨是領導者又是教育者，而人民是樂於接受它的教育和領導的。聽不到對於決議的異議，差異只是行動上積極性的高低。聽不到有人要求參與決策的呼聲。對於黨的正確性和黨的幹部對人民的忠誠是絕對信賴的”。所謂“黨永遠正確”的神話就是這樣產生的，如劉賓雁所說，那時候在討論黨的各種號召的會議上，“並沒有幾個人說出與中國共產黨不同的意見，但那多半並非由於恐懼(這與反右以後是大不相同的——作者注)，而是認為黨不會錯，因而主動放棄了異議”。“於是，在黨和人民之間就形成一種單向渠道：黨作出一個又一個決策，發出一個又一個號召，掀起一場又一場運動，人民這一邊則是聽取，服從，行動……”，以至“把個人交給黨”、“把一切獻給黨”、“一切聽從黨安排”這些口號“流行

14 譚天榮：《第二株毒草》，《原上草：記憶中的反右派運動》，30頁。

幾十年"，"毫無阻礙地"變成了人們的"道德準則"。"黨的權威是那樣的至高無上，而這種絕對權威卻只能通過代表黨的個人來實現"，於是，黨的神話落實為個人的神話，對黨的絕對忠誠與服從落實為對個人的絕對忠誠與服從：從中央到地方都是如此。[15]一個由上而下的思想的層層控制與人身的層層依附關係的結構，就這樣形成了。就黨自身而言，這其實也是一個逐漸喪失領導資源與基礎的過程，未嘗不是一個危機。但大多數人卻習焉不察，甚至茫然不覺，現在譚天榮們道破"天機"，自然是"胡言亂語"、"罪不可赦"了。

馬克思主義自身的危機

如前所說，譚天榮還發現了馬克思主義自身的危機。而這也是從他自己的切身體會出發的。據譚天榮回憶，他最初的思考是由赫魯曉夫的秘密報告開始的，他關注的是個人崇拜產生的原因。在《人民日報》發表的《再論無產階級專政的歷史經驗》裏，曾作過這樣的解釋："決定的因素是人們的思想情況，斯大林後期被一連串的勝利和歌頌充昏了頭腦，他的思想方法部分地但也是嚴重地離開了辯證唯物主義而陷入了主觀主義"。譚天榮說他自己"雖然對歷史唯物主義所知甚微，但卻認定了一個死理：'社會存在決定社會意識'"，因此，在他看來，把個人迷信問題歸於個人的思想作風，"在思想方法上是形而上學的，因此在觀點上，就不能不是唯心主義的，這說明我們黨沒有真正自覺地掌握唯物辯證法"。他就此寫了一篇《教條主義產生的歷史必然性》，提出了自己的與黨中央不同的分析，並將此文交給了北大黨委：這還是整風鳴放開始之前。[16]

這篇文章最重要之處，在於他對於馬克思主義的歷史命運的考察。文章一開頭就引人注目地引述了黑格爾的話："一切現實的皆

15 參看劉賓雁：《劉賓雁自傳》，37頁，39頁，38頁，43–44頁。
16 參看譚天榮：《一個沒有情節的故事》，567–568頁；譚天榮：《教條主義產生的歷史必然性》，《原上草：記憶中的反右派運動》，47頁。

是合理的，一切合理的皆是現實的”，歌德的話：“存在的一切，都是應該滅亡的”，以及恩格斯的話：“辯證哲學也有它保守的方面，它認為認識和社會關係的每一個發展階段對於相當的時間相當的條件來說，都是正當合理的，不過，這一理解方法的保守方面是相對的，而它的革命性質是絕對的”。這正是譚天榮考察馬克思主義歷史命運的理論出發點：在他看來，馬克思主義作為人類認識的一個特定“發展階段”，“對於相當的時間相當的條件來說，都是正當合理的”；但“在發展的進程中，以前是現實的一切，都會成為不現實的東西，而失掉了自己的必然性，失去自己存在的權利，失去自己的合理性，於是一種新的有生活能力的現實，就代替了衰落的現實”(這是恩格斯在同一篇文章即《路德維希·費爾巴哈和德國古典哲學的終結》裏的一段話，譚天榮在《第二株毒草》裏引述過)。這就是說，譚天榮所要堅守的是恩格斯所概括的“辯證哲學”：它要“推翻一切關於最終的絕對真理和與之相應的人類絕對狀態的想法。在它面前，不存在任何最終的、絕對的、神聖的東西；它指出所有一切事物的暫時性；在它面前，除了發生和消滅、無止境地由低級上升到高級的不斷的過程，甚麼都不存在”。[17]

現在的問題是，這樣的辯證哲學是否實用於馬克思主義自身；當時的中國，以至整個社會主義國家與國際共產主義運動，都是以馬克思主義作為佔統治地位的主流意識形態，並因此將其絕對化、神聖化與終極化的，譚天榮現在要堅持用馬克思的辯證哲學對待馬克思主義自身，就反而成了“異端”。——有意思的是，與譚天榮同樣堅持這樣的“異端”立場的，竟然還有毛澤東。據王若水回憶，早在1954年，鄧拓就向他轉述毛澤東的一個觀點：“毛說他不相信將來永遠是馬克思主義，馬克思主義總有滅亡的一天”。據說，作為馬克思主義宣傳家的鄧拓“對這一點感到困惑”，有點“想不通”。[18] 十年以後，1964年毛澤東在《關於人的認識問題》

17 恩格斯：《路德維希·費爾巴哈和德國古典哲學的終結》，《馬克思恩格斯選集》4卷，213頁，人民出版社，1972年版。
18 王若水：《新發現的毛澤東》，520–521頁，明報出版社，2002年版。

的談話中又重提這個觀點："我説馬克思主義也有它的發生、發展與滅亡。這好像是怪話。但既然馬克思主義説一切發生的東西都有它的滅亡，難道這話對馬克思主義本身就不靈嗎？説它不會滅亡是形而上學。當然馬克思主義的滅亡是有比馬克思主義更高的東西來代替它"。[19] 這與譚天榮在1957年所作的分析竟是驚人的一致；而這時譚天榮早已是被毛澤東親自點名的大右派。這就是中國的政治：連當異端的權利也只屬於領袖；即使是真理，甚麼時候説，怎麼説，由誰來説，都要根據政治的需要：毛澤東在1964年大談馬克思主義的"發生，發展與滅亡"，就是出於他要"發展馬克思主義"的需要。而譚天榮只知道説出他所認準了的真理，早説了八年，就必定要為他的書生氣而付出代價。

而1957年的"狂人"譚天榮還要對馬克思主義的發展過程中的、以及現實的危機，説三道四。譚天榮坦然承認，恩格斯是他心目中的"絕對權威"，他甚至説，"歷史上有過恩格斯，曾經是我能夠活下去的唯一的理由"。[20] 在他看來，恩格斯把馬克思主義的辯證法發展到了極致；在1895年恩格斯逝世以後，"馬克思主義按照鐵的必然性轉化為自身的反面"。[21] 在國際共產主義運動內部，首先出現了考茨基的"修正主義"；以後普列漢諾夫與列寧部分地恢復了辯證法，也"局部地'修正'了馬克思主義"；而斯大林則將教條主義發展到了極端，並且"沒有人對馬克思主義的基本原則，作出比斯大林更多的'修正'"。譚天榮強調，這一切都不是個人的責任；他認為，"作為第二國際的領袖，考茨基可以始終是一個忠誠的士兵"，而"普列漢諾夫和列寧都是卓越的馬克思主義者"，恩格斯之後的修正主義與教條主義的相互滲透的"六十二年的絕對統治"，都是一定社會歷史條件的產物。[22]

我們今天來看，這都是譚天榮個人的一種學術觀點；而且當時

19 毛澤東：《關於人的認識問題》，《毛澤東文集》8卷，391頁。
20 譚天榮：《救救心靈》，《原上草：記憶中的反右派運動》，55–56頁。
21 譚天榮：《第一株毒草》，《原上草：記憶中的反右派運動》，28頁。
22 譚天榮：《教條主義產生的歷史必然性》、《第四株毒草》，《原上草：記憶中的反右派運動》，49–50頁，41頁。

的學術界也有人持類似的看法：著名的歷史學家、時為南開大學歷史系教授的雷海宗先生就曾在天津教授座談會上指出："1895年以後"，馬克思主義"實際上是停止了發展"。[23] 譚天榮後來到南開大學等校演講，還專門拜會了雷海宗教授，雷先生告訴他："在這種哲學界無限混亂的時期，注意(恩格斯的)《自然辯證法》與(列寧的)《唯物論與經驗批判論》兩本書在思想方法上的差別是必要的"，譚天榮大受啓發，認為"雷海宗教授是一個真正的學者，對於我這簡直是奇迹"，因為在譚天榮看來，"教授們總是淵博而謙遜的；淵博，這就是說甚麼也不懂，謙遜，這就是說甚麼也不想懂，這幾乎是一個法則"。[24] 他所要挑戰的，正是這些將馬克思主義"修正主義化"與"教條主義化"，因而從根本上"否定"了馬克思主義的教授與政治家。

譚天榮還在一篇文章中指出："馬克思主義畢竟是客觀真理，而不是宗教呵，自封馬克思主義者之後，禁止別人說話，這種作法本身就是反馬克思主義的"。[25] 在譚天榮看來，這些"自封"的"馬克思主義者"其實是"反馬克思主義"的，他們將馬克思主義"宗教化"，"給邏輯施加暴力"，[26] 甚至試圖"建立異端裁判所"，[27] 不但違反了馬克思主義的基本精神，而且構成了對馬克思主義的根本威脅：他們才是馬克思主義的真正敵人。

譚天榮正是從這些將馬克思主義絕對化、終極化，修正主義化與教條主義化，以及宗教化的傾向中，感到了馬克思主義在發展過程中的危機。作為一個深刻地受到馬克思主義思想滋養的年輕人，他為此而憂心忡忡。

"救救心靈"：挽救民族精神危機

譚天榮更關注的，是這樣一些傾向，對中國年輕一代的成長的

23 見1957年4月22日《人民日報》報道。
24 譚天榮：《第二株毒草》，《原上草：記憶中的反右派運動》，31頁。
25 譚天榮：《再談人性與階級性》，《原上草：記憶中的反右派運動》，45頁。
26 譚天榮：《第二株毒草》，《原上草：記憶中的反右派運動》，33頁。
27 譚天榮：《救救心靈》，《原上草：記憶中的反右派運動》，57頁。

影響。於是，在《救救心靈》這篇文章中，他十分痛切地寫下了這樣一段文字——

> "首先讓我們回憶回憶往事吧。解放前，我們唱：山那邊好地方；解放後，我們唱：解放區的天是明朗的天，這時我們的心裏感到解放快樂。自從開始經濟建設以後，青年工作的組織方式和活動的內容漸漸落後於生活的需要，强迫命令多於說服教育，行政措施多於青年活動。許多幹部僵化了，腦袋對付不了複雜的生活現實，就採取禁止一切思維活動的措施，除了扣帽子以外，他們已經沒有別的本領了。現在'立場'這一術語已經成為理屈詞窮，用來搪塞的萬能方箋，所謂'個人主義'、'集體主義'、'英雄主義'等等都成了人們不去分析他們不懂得的新鮮事物，卻又為說明它們而胡亂搬用的空洞詞語。於是有多少不能說明的現在，便有多少種不同的主義，而生活中的一切變化，一切運動，一切破壞與創造，一切新生和毀滅都被僅僅翻譯成含義模糊的各種術語了。這樣造成的不堪忍受的知識的貧乏，思想空虛和意志薄弱，造成了對一切不懂的東西的無條件的仇恨，造成了習以為常的言行不符和自欺欺人，造成了猜疑冷酷和相互殘害。我看到了這一切，希望改變這一切，而又被那些誠實的人所反對。這件事對於我，更大痛苦是不可(按：似應為"不難")想像的。現在最可怕的偏見是，許多的人以為聽到了一句不習慣的話就發一通神經病就算是站穩了立場，以為只認為誰出身於不光彩的階級就永遠是落後份子或反動份子才是階級分析……"。[28]

應該說，這是一個相當犀利的觀察與感受：將"生活中的一切變化，一切運動，一切創造和破壞，一切新生和毀滅"都"術語"化、"空洞"化的思想的僵硬，"對一切不懂的東西的無條件的仇恨"的愚昧，"習以為常的言行不符和自欺欺人"的表演人格，人

28 譚天榮：《救救心靈》，《原上草：記憶中的反右派運動》，53頁。

與人關係中的“猜疑冷酷和相互殘害”，在某種程度上，已經成了新的“國民性”。譚天榮所面對的，不僅是年輕一代的精神危機，而且是民族的精神危機，說到底，是人的心靈的危機。因此，他發出的“救救心靈”的呼喚，是真正具有震撼力的。

發動“社會主義時代的‘五四’新文化運動”

人們又很容易地聯想起五四時期“救救孩子”的呼喊：這確實是對五四新文化運動的一個並非遙遠的呼應。而且這是譚天榮這樣的1957年的中國“狂人”們的自覺選擇。正是在《救救心靈》這篇文章裏，譚天榮提出了“一切都要(重新)探討”的思想命題，而按照胡適與周作人的說法，“重新估定價值”是五四新文化運動的基本精神；可以說，正是“重新探討一切”這一基本點，將相隔四十年(1917–1957)的北大學生聯結在一起，這校園內的精神傳遞是十分感人的。於是，在1957年的學生刊物《廣場》的《發刊詞》裏，再次響起了五四的聲音——

> “人與人之間的關係要重新調整，一些過去習以為常的正面和反面的東西要重新進行肯定和否定，對於現代的一些論點與觀點要進行重新估計、評價和探索……總之，這裏——整風運動為主流的大變革是一次偉大的社會主義思想意識的改造運動，或思想意識的大革命，對一切都要進行勇敢地再認識。
>
> 中國……(將)會到來社會主義時代的‘五四’新文化運動！”[29]

維護人的獨立思考的權利

說是“社會主義時代的‘五四’新文化運動”，顯然是重視歷史的傳承，又強調新的時代特點。在譚天榮這裏，就是將五四的精神傳統與馬克思主義的精神傳統聯結在一起的。在《救救心靈》一

29 《廣場·發刊詞》，《原上草：記憶中的反右派運動》，19頁。

文裏，譚天榮還特地引述列寧關於馬克思的一段話："凡人類社會所創造的一切，他都用批判的態度來審查過，任何事物也沒有忽略過去；凡人類思想所樹立的一切，他都重新探討過，批判過，並且根據工人運動的實踐一一檢驗過，於是就作出了那些為資產階級狹隘性限制或資產階級偏見束縛住的人所不能得出的結論"。[30]

重新發揚五四的，以及馬克思主義的批判精神，正是要為一次新的思想解放運動注入新的思想活力。這裏最重要的，就是要維護人的獨立思考的權利，維護自己決定自己的道路和命運的權利。譚天榮在他的《第二株毒草》裏，將這樣的歷史要求概括為兩句話——

> "我們要思考，除了我們自己誰又能禁止我們思考？我們要想，不讓想嗎？偏要想！"
>
> "我們要走自己的路。……我們要回答，這一切都是為了甚麼？我們要回答，生活走向哪裏，歷史走向何方？"[31]

這幾乎是可以看作是1957年的覺醒的中國青年的宣言的。這是大學校園裏的許多大字報的共同主題——

> "'凡事理之來，當於疑中求信，其信乃真'，'求實者人道之一大要是也'，'求實之法在懷疑，疑一物斯知一物'(笛卡爾)，疑——信——疑，人類之思維正是通過這一過程的不斷反復取得確定的、可靠的知識。禁止懷疑和理性分析，而僅從建立在感情、偏見和愚昧的基礎上的迷信和盲從來對待知識，這只不過是痴人說夢話，自欺欺人。因此，我認為世界上沒有不允許懷疑的問題。即使這些問題是不可動搖的真理。在我們國內除少數抱有政治陰謀的階級敵人以外，任何人都有探索一切問題(包含社會

30 譚天榮的引文見《救救心靈》，《原上草：記憶中的反右派運動》，54頁。引文沒有採取直接引述的方式，未注明出處，文字也稍有變動。列寧的這段話，出自《青年團的任務》一文，收《列寧選集》4卷，386–387頁，人民出版社，1965年版。

31 譚天榮：《第二株毒草》，《原上草：記憶中的反右派運動》，33頁，32頁。

主義制度問題在內)並堅持自己的見解的權利。遺憾的是，現在的情況並非如此。在某些問題上，發表了不同看法，即使是一個正直的公民，也命定要在動機上遭到最惡意的猜測，在名譽和尊嚴上遭到輿論的殘酷的傷害！這是不是'禁錮思想'？探討問題為甚麼必須在一定的界限內呢？……

"思想大解放萬歲!!

民主、自由和人道主義萬歲!!!

真理和正義萬歲!!

人民之間的愛、信任和相互尊重萬歲!!!"

(劉績生：《我要問、問、問???》)[32]

"中國數千年來，在封建統治下，個性得不到發揮，使經濟落後。解放後，雖然在政治、經濟、文化各方面已得到了解放，但由於缺乏民主傳統，思想統治還很嚴，若有人不問政治，要按自己的喜好去發展個性，是不可能的。中學裏，總是強調集體主義，一切強調集體活動，框子太小，限制了個性的發展。……

"(要)讓青年去獨立思考，大膽懷疑，勇於幻想，甚至對黨的政策、方針也可以懷疑，使青年的'原始思想'得到充分發展。"

(沈以光：《讓青年去獨立思考》)[33]

"有頭腦的人，不要那樣想，以為如今的民主是給你的恩賜，不！不是的，這民主是我們自己爭來的。……

社會主義的靈魂是平等民主自由，沒有這，社會主義就會枯萎，要保衛社會主義就必須給人民權力，讓我們在精神上，正如在經濟上一樣得到平等自由。如果人民的義務只是'服從領導'，體會領導意圖，那麼，'三個主義'(即宗派主義、官僚主

32 文收《原上草：記憶中的反右派運動》，255頁，257頁。
33 文收《原上草：記憶中的反右派運動》，197–198頁。

> 義與主觀主義)在運動中被整掉，還會再起。……
>
> (王國鄉：《有頭腦的人！不要那樣想》)[34]

呼喚精神獨立自由的"新人"

在反右運動開始以後，譚天榮在一封信中，提出了一個反身自問的問題："我們到底是為了甚麼？"他的回答是："我們的要求主要是屬於精神生活方面的"，除了政治與社會發展的要求、理想外，最主要的是要維護"純潔無私的心靈"。[35] 在譚天榮看來，一切的解放，最後都要歸結為人的解放；所有的自由要求，最後都要歸結為人的心靈、精神的自由。於是，人們發現，在譚天榮的文章裏，始終響徹着對全新的人的呼喚：這也是對五四"新人"理想的一個呼應——

> "我們需要個性强烈的人，色彩鮮明的人，我們需要有自我犧牲精神的人，埋頭苦幹的人，我們需要熱情而冷靜的人，心地光明的人……我們沒有權利一分鐘放鬆戰鬥，不要動搖，不要膽怯，不要懷疑，咬緊牙關，在我們選擇的道路上勇往直前。
>
> 為了那些被歪曲的靈魂，為了那些被殘害的心靈，為了那些像樹葉一樣被踐踏的人們，為了我們社會主義的祖國，為了讓人類走向共產主義……"。[36]

"右派份子——人類的傲骨"

在譚天榮看來，"五．一九"民主運動最重要的意義，就在於它為這樣的"新人"提供了一個展示自己的舞台；因此，當"反右運動"開始，意味着"'五．一九'運動結束"的時候，他卻這樣高唱了一曲"右派"的讚歌——

---

34 文收《原上草：記憶中的反右派運動》，149頁，150頁。

35 譚天榮：《我們為了甚麼——再致沈澤宜》，《原上草：記憶中的反右派運動》，60頁，64頁。

36 譚天榮：《第二株毒草》，《原上草：記憶中的反右派運動》，34頁。

"'五·一九'這是一個光輝的日子，在國際反教條主義運動中，中國青年第一次顯示了自己的力量。看來是那麼强大的習慣勢力在他們面前表現了多麼可怕的貧乏和卑劣呵——習慣勢力在他們真理和正義的呼聲面前，難道比老鼠在猫面前更勇敢嗎？他們在理性和法制的呼聲中，難道比魚在空氣中更有生命嗎？他們在民主和自由的呼聲之下，難道比冰雪在太陽照耀之下更堅强嗎？可是看看我們'右派份子'吧！大字報中激動人心的語句、辯論會上鋼鐵般的邏輯力量，實際工作中那種中國式的刻苦耐勞，鬥爭會上，面臨凌辱的從容的風度，以及在他們個人獨處時平靜的心靈，哪來的這樣蓬勃的生氣呀！哪來的這種永不枯竭的精力呀！還有比這無比的靈魂天真，這種隨時隨地創造奇迹的信心，這種對於一切事物——即使它是苦難的——的愛好更美妙的東西嗎？……

呵！'右派份子'——人類的傲骨。"[37]

這樣，譚天榮就為1957年的中國右派樹起了一個紀念碑；他在另外一些文章中，將他們命名為"認識了歷史必然性，為真理而戰的戰士"[38]，"民主自由的勇猛戰士"。[39]如果放在二十世紀的思想史上來考察，他們是屬於魯迅在二十世紀初所呼喚的"精神界戰士"的譜系的。[40]譚天榮即是其中的一個代表。——如果說，林希翎身上，主要體現為一種永遠不滿足現狀、永遠說真話，因而是永遠的批判者的精神；譚天榮則代表了一種不懈的探索，勇敢地捍衛真理與正義，始終堅守思想的獨立，自由，批判與創造的精神。這都構成了我們所說的"右派"精神傳統。

37 譚天榮：《第四株毒草》，《原上草：記憶中的反右派運動》，39–40頁。
38 譚天榮：《第二株毒草》，《原上草：記憶中的反右派運動》，33頁。
39 譚天榮：《我們為了甚麼——再致沈澤宜》，《原上草：記憶中的反右派運動》，63頁。
40 參看錢理群：《'精神界戰士'譜系的自覺承續》，《拒絕遺忘：錢理群文選》。

個人性的存在：桀驁外表下的深情

譚天榮也在為自己畫像，讀他的大字報，就會強烈地感受到他的"個人性"的存在——是如此的堅定與自信："我今年才二十二歲還沒有學會害怕，我今年才二十二歲還不懂得恐懼，我今年才二十二歲還不曾有過疲勞"；[41]"對於我，生死早已置之度外，無論死去還是活着，我都是一個共產主義者。但是，生活會證明，我們的事業是誰也絞殺不了的……'五·一九'和'五四'將顯明地留在我們弟弟妹妹腦海裏，永遠鼓舞着未來的年輕人。為了這一切，我沒有任何恐懼"。[42]

充滿了如許深刻的痛苦："自己人的反對，比面對槍殺還要叫人難過"，[43]"人們似乎忘記了我們也是自尊自重的青年，血氣方剛，現在任何一個人都可以在任何時候，任何地點，任何條件下，把我們抓去質問任何問題，可以用任何罵人的詞語用在我們的任何一個人身上。能夠設想忍受這一切需要多大的耐心和毅力嗎？"[44]

又是這樣地理解一切人(包括自己的對手)、並渴望別人同樣理解自己："如果我們不是為了基本群眾，那麼我們的一切工作就失去了道義的基礎。那些反對我們的人，僅僅是因為缺乏思考的習慣，全部問題就在於使他們的思想活躍起來，不要過多的責難他們"，"難道我們可以痛恨那些為這種思想方法掌握的群眾嗎？""難道我們可以設想對群眾進行報復嗎？""為甚麼當時我不會像你們那樣痛恨'衛道者'們呢？這就是原因"；[45]"真正的共產黨員們！真正的共青團員們！善良的同學們！請原諒我過去的一切無禮，我將逆流前進，不退一尺一寸，我不想向你們解釋甚麼，你們的心是中國式的，用你們的心來理解我吧！"[46]

41 譚天榮：《第三株毒草》，《原上草：記憶中的反右派運動》，38頁。
42 譚天榮：《救救心靈》，《原上草：記憶中的反右派運動》，57頁。
43 譚天榮：《救救心靈》，《原上草：記憶中的反右派運動》，57頁。
44 譚天榮：《我們為了甚麼——再致沈澤宜》，《原上草：記憶中的反右派運動》，59頁。
45 譚天榮：《我們為了甚麼——再致沈澤宜》，《原上草：記憶中的反右派運動》，62頁。
46 譚天榮：《救救心靈》，《原上草：記憶中的反右派運動》，58頁。

而且是如此地迷戀生活，呼喚着“人情”[47]：“只要人們不過份地阻攔我們，就能立刻證明我們這些落後份子同樣懂得生活，我們這些右派份子不僅會戰鬥而且會娛樂”；[48]“自從‘五．一九’以來，我深深地愛上了北大。現在，北大的一切都在向我招手，都在向我微笑，樹葉展開眉眼，窗口凝着眸子，大路在迎着我，友好地向我問好。……在小山上的草坪裏，在未名湖邊，一切都多麼好啊。可是我更愛的是活動着的人流、親切的交談和沉默的支持。我愛北大，這裏有我的朋友，有我的同志，在這裏，我讀過恩格斯的著作，在這裏我學會了生活。我多麼想留在北大啊！”[49]——在“狂妄”、“桀驁不馴”的外表下，竟深藏着如許柔情：這是十分動人的。

(三)“五．一九民主運動”的若干思想特點

復歸馬克思主義的批判精神，革命本質

我們談到了1957年的譚天榮們對五四傳統的自覺繼承，但也非簡單地重複，而是具有自己的時代特色。其中一個重要方面，就是對所要質疑、挑戰的對象的態度的不同。我們知道，五四新文化運動的主要挑戰對象是已經陷入僵化的儒家意識形態，其策略是引入異質文化，以來自西方的“科學”、“民主”觀念，即所謂“德先生”和“塞先生”，與之對抗，甚至是取而代之。而這一次“五．一九”民主運動，儘管是向被絕對化、教條主義化、修正主義化的馬克思主義意識形態提出挑戰，但其基本立場，卻不是要否定馬克思主義本身，而且要重新恢復與激發馬克思主義的革命本質，以發揚其本來具有的批判性，作為打破思想與體制的僵化的精神資源。譚天榮正是這樣鄭重其事地引述了恩格斯的話，作為他的全部批判的基本理論根據與出發點：我們“不承認任何種類外在外界權威、

47　譚天榮有一張大字報，題目就叫《幾句人情話》。
48　譚天榮：《第三株毒草》，《原上草：記憶中的反右派運動》，37頁。
49　譚天榮：《救救心靈》，《原上草：記憶中的反右派運動》，57頁。

宗教、自然觀、社會國家制度——一切都要最無情地的批判，一切都要站在理性的審判台前，或者開始證明其存在理由，或者放棄其存在權利，思維和理性成了測定一切現存事物唯一的尺度"。[50] 因此，在譚天榮看來，"五·一九運動"某種程度上是一個"復歸"運動："私有制向公有制的復歸，教條主義向馬克思主義的復歸，'三害'向民主復歸"。[51] 譚天榮本人直到晚年，還向來訪者戲稱自己是一個"原教旨主義的馬克思主義者"，這是具有一定真實性的：他是信奉馬克思、恩格斯所創建的馬克思主義的；而如前文所說，在他看來，1895年恩格斯去世以後，馬克思主義處於一個"否定"的階段(即他所說的"相互滲透的修正主義與教條主義六十二年的絕對統治")，現在正需要"復歸"馬克思與恩格斯，即所謂"否定之否定"。

復歸社會主義民主

這裏，還有一個復歸民主的問題：如前文所說，這顯然是對五四傳統的一個自覺繼承；但1957年的譚天榮們則遇到一個"社會主義"與"民主"的關係新問題。如一篇大字報裏所說："不少人，大腦裏已形成了這樣一個奇妙的公式：民主＋自由＋人道主義……＝資產階級的(民主＋自由＋人道主義)。似乎這些字眼天然地帶有布爾喬亞的色彩。以至於在別人在提起它們時，總是按照習慣贈以同樣的冠冕。我們要問：'人性'存在嗎？'民主'等等除去其'階級性'以外，還有沒有全民性？這些口號是不是已經過時？'資產階級民主'等等的具體內容是甚麼？"[52] 論者所論證與堅持的是"民主"、"自由"、"人道主義"這些觀念的普適性，而非"西方資產階級"的專利。一篇題為《我看民主》的大字報即是強調"民主化是社會發展的必然趨勢"、"民主是先進的社會理想"、"社會主義民主是最高類型的民主"、"在現階段民主既

50 譚天榮：《第二株毒草》，《原上草：記憶中的反右派運動》，33頁。
51 譚天榮：《第二株毒草》，《原上草：記憶中的反右派運動》，33頁。
52 劉績生：《我要問、問、問???》，《原上草：記憶中的反右派運動》，257頁。

是手段也是目的”等等。[53] 因此，當面對“你們標榜的是哪一種民主？”的質問時，他們的回答是理直氣壯的：我們所要的“是從‘五·一九’開始的，在民主廣場上自由論壇出現的，正在繼續形成和發展的這樣一種民主，不是硬搬蘇聯的形式，更不是販賣西歐的形式，而是在今天的中國的社會主義土壤中土生土長的民主制度”。[54] 譚天榮說：“社會主義是我們的理想”，絕不是、也“完全不需要從外面輸入進來”；[55] 而他們所理解與追求的“社會主義”是與“高度民主”聯繫在一起的。

復歸社會主義公有制，對資本主義的警惕

從另一方面說，1957年中國大學校園裏的右派，既以高度民主的社會主義為自己的追求目標，他們在繼承資產階級民主傳統的同時，也具有反資本主義的傾向。譚天榮在他的《第一株毒草》裏，在向“已經完全不能忍受”的思想專制挑戰的同時，也宣佈了“堅韌果斷才氣洋溢”的“中國青年”將同樣使“國際資產階級吃飯時丟落刀子”。因此，譚天榮的“三個復歸”裏，“教條主義復歸馬克思主義”、“三害復歸民主”之外，還有“私有制復歸公有制”。在中國的現實政治中，他們對被認為是“代表資產階級”的“民主黨派”是一直保持着某種警惕的。林希翎在北大的第二次演講中，即明確表示：“我認為公有制比私有制進了一步，問題是使公有制再前進一步，有人提出了定息二十年(按，這是上海鴻興製造廠董事長、中國鐘錶廠總經理王康年提出的建議；時為民主建國會副主任委員與全國工商聯副主任委員的章乃器還提出了“定息不是剝削”的主張)，我堅決不同意，我贊成馬上取消定息”。[56] 因此，1957年學生們在校園內發動的“五·一九”民主運動與同時期民主黨派的鳴

53 葉于泩：《我看民主》，《原上草：記憶中的反右派運動》，140–141頁。
54 陳愛文：《關於社會主義制度》，《原上草：記憶中的反右派運動》，101頁。
55 譚天榮：《我們為了甚麼——再致沈澤宜》，《原上草：記憶中的反右派運動》，63頁。
56 林希翎：《在北大的第二次發言》，《原上草：記憶中的反右派運動》，156–157頁。

放，並無聯繫，可以說學生是完全自主地獨立地推行自己的民主運動的。值得注意的是，鳴放中民主黨派的頭面人物、後來成了大右派的章伯鈞、羅隆基，以至儲安平等的言論，在大學校園內都沒有引起甚麼反應。這恐怕不是偶然的。

一個歷史的誤會，一個未實現的期待

按譚天榮的分析，實現他所期待的“三個復歸”的力量，在當時的中國，主要是毛澤東所發動的“自上而下的整風運動”與青年學生所發動的“自下而上的民主運動”，而兩者是“相互滲透”，而且應該相互支援的；譚天榮甚至說，“看來我們親愛的毛澤東同志處於十分困難的地位”，“我們有責任大力支援”他。譚天榮同時提出“在這偉大的轉變時期，有三種力量組成的百萬大軍”，即“那些認識了歷史的必然性，為真理而戰的戰士”，“那些無辜的被損害者”，以及“反對社會主義的敵對力量”。譚天榮主張“我們——青年同學應該屬於第一種人”，但甚麼是“反對社會主義的敵對力量”，譚天榮並沒有作分析，只是說“現在要分清這三種人，事實上是不可能的。但是到了一定時期，他們自會分道揚鑣”。[57]

因此，當毛澤東發動反右運動，在報刊上發表了各種似是而非的“反黨反社會主義”的言論，特別是像被歪曲了的葛佩琪所謂要“殺共產黨人”的這類聳人聽聞的言論，似乎共和國正在遭遇到真正的反黨反社會主義勢力的嚴重威脅。這就引起了這些對社會主義、馬克思主義懷有真誠的信仰，對中國共產黨也有着基本信任的年輕人思想上的極大混亂。有的人從確實存在真正的右派進攻這一大前提出發，一定程度上承認了反右的必要性，認為“由於右派完全反對社會主義，要求資本主義，他們代表了資產階級的利益，人民應當反對他們”；同時，又堅持自己的批判立場，表示“我將保持與黨不同的意見，即不應因一小撮反社會主義份子而同時打擊了

57 譚天榮：《第二株毒草》，《原上草：記憶中的反右派運動》，33頁，34頁。

社會主義的民主力量，不應藉口階級鬥爭而打擊了那些為社會主義進一步發展積極掃除障礙的人，同時對那些手段上很不高明的、不公正的、顯然的對民主的壓制表示强烈抗議”。也正是出於這樣的估計，提出了作策略退卻的建議：“黨和民主激進派已由他們各自的片面性而陷於某種對立狀態，雖然這主要應由黨來負責，但我們如果再僵持下去，對黨，對現時還缺乏主見的群眾和對我們都是有百害而無一利的，這種局面只是對三害份子和真正的反社會主義份子有利”，“民主力量應當退卻，這不是向三害份子和保守勢力退卻，而是與黨內進步勢力妥協。這種妥協現在已經成為不可避免的了”。[58] 也有的人在為“我們這些忠心耿耿為黨為國的優秀青年遭到可悲的攻擊”而不平，堅持自己的基本立場的同時，開始反省自己的“過激行動”、“過份不相信黨的情緒”、“無政府主義傾向”，“在客觀上作了社會上右派的政治資本”，並提出要“團結在各國共產黨的進步勢力的周圍，團結在毛澤東、赫路曉夫的周圍，克服我們前進中的一切障礙，奔向共產主義”。[59]

而譚天榮本人，從一開始就對反右運動持根本的否定態度，認為“《人民日報》組織的十字軍，充分表現了沒落階級的情緒，那些有着內在權利的人，用不着炫耀自己的力量。想想看一種相信自己前途的力量會為一封匿名信之類的小事，大興問罪之師嗎？”[60] 在他看來，“整風——民主運動和‘反右派’鬥爭實質上是相互對立的兩個方面，後者是由前者派生的，是前者的反面表現，與此相適應的是：整個過程貫穿着兩種力量，保守和革命的相互鬥爭”，而“這兩種力量通常都稱對方是反黨，反社會主義的”。[61] 因此，他始終拒不檢討，被稱作“死硬份子”。[62] 他在《第四株毒草》

58 參看嚴仲强：《壓制不了的呼聲》，楊路：《最後的宣言》，《原上草：記憶中的反右派運動》，79頁，80頁；221–222頁。

59 黃友劍：《告全校‘右派同學’書》，《原上草：記憶中的反右派運動》，261頁，262頁。

60 譚天榮：《這是為了反三害》，《原上草：記憶中的反右派運動》，67頁。

61 譚天榮：《第四株毒草》，《原上草：記憶中的反右派運動》，42頁，43頁。

62 據“五·一九”民主運動的主要組織者之一的陳奉孝回憶：“當時拒不檢討的只有劉奇弟、譚天榮、嚴仲强和我，後來聽說還有梁世輝，我們這些被稱作裏，宣佈"'五·一九運動結束了"，並引用雪萊的詩句作結："冬天如果到來，春天還會遠嗎？"[63]——他當然沒有料到，由反右而開始的"冬天"竟是如此漫長：這一代人骨子裏始終是一個浪漫主義者與理想主義者。[64]

(四) 反右以後：無法囚禁的思考

一個特殊的勞教犯

譚天榮和他的1957年校園裏的戰友，終於都成了勞改隊裏的難友。但思想無法囚禁，思考仍在繼續。這正是一位難友眼裏的譚天榮："怪的是譚天榮不是在鑽研他物理學，而是天天捧着一部《列寧文選》兩卷集在仔細琢磨"；而且不久就出了問題："那一年，正好印尼共產黨主席艾地轉道從蘇聯來中國訪問。他參觀了北京的菜市場，發表了觀感，盛贊中國的西紅柿便宜，只要四分錢，便能買一斤，而在蘇聯，是要四個盧布才能買到一斤的。當時的貨幣比價，一盧布等於人民幣兩元、美金四元。讀報以後，具有楊修性格的譚天榮發言了，他說：中國人窮就窮在西紅柿太便宜上；如果中國的西紅柿也買四塊錢一斤，中國農民就富了"。此話匯報上去，卻被勞教幹部認定是譚天榮"眼看中國西紅柿便宜有氣"，硬給按

'死硬份子'"。見陳奉孝：《我所知道的北大整風反右運動》，《沒有情節的故事》，507頁。陳奉孝本人在反右運動開始不久，即貼出大字報聲明："我是這次運動的組織者……請你們來找我吧！我知道你們會用捏造和無窮的推論的方法給我製造罪名的，對於這些我都願意承擔，我只是希望你們不必再折磨那麼多無辜的人，同時，我公開要求那些和我接觸過的人，不必再顧甚麼情面，把你們所了解的我的一切言行全部講出來好啦！我絕不會怪誰。我的態度就是這樣：……如果有人要我作甚麼坦白交代，那絕對辦不到！……你們不是掌握權力機關嗎？那麼，你們現在就用吧！不必再用所謂批判會的手段來欺騙群眾了"。見《如此伎倆》，文收《原上草：記憶中的反右派運動》，218頁。

63 譚天榮：《第四株毒草》，《原上草：記憶中的反右派運動》，39頁，43頁。

64 歐洲浪漫主義詩人對右派這一代人的影響，是一個很有意思的課題。楊路在前引《最後的宣言》裏，也是以拜倫的詩句作為自己的"告別詞"的："我沒有愛過這人世，人世也不愛我，/ 它的臭惡氣息，我從沒有贊美過，/ 也未曾向它偶像崇拜的教條下跪，/ 沒有強露歡顏去奉承，應聲吹捧，/ 因此世人無法將我當作同類，/ 我不是他們之中的一個，雖則其中/ 我的思想和他們是全然不同，/ 要是沒有玷污自己的心，屈辱了自身，/ 也許我至今也還在那人海中浮沉"。楊路文收《原上草：記憶中的反右派運動》，223頁。

上一個“右派本質不改”的罪名，組織批判，譚天榮自然不服，還引經據典振振有辭地進行辯解，最後成了“堅持反動立場”、“拒絕改造”的典型，受到了延長教養期一年的處罰。[65] 此事後來被作家尤鳳偉寫進了他的長篇小說《我的1957年》，就真成了一個文學的典型事件。

而據譚天榮本人的回憶，他在長達十一年的勞教中，儘管勞動是第一流的，遵守紀律也堪稱模範，但自己仍是“反改造份子”，其主要表現是“看了不該看的東西，寫了不該寫的東西”。所謂“不該看的東西”，主要是他熟讀了《馬克思恩格斯選集》，特別是其中的《路易·波拿巴政變記》(該文現在譯作《路易·波拿巴的霧月十八日》)，“我甚至把其中的許多段落背得滾瓜爛熟”，“我有了一種‘更上一層樓’的感覺”：“如果說1957年我通過物理學的思考初步掌握了辯證法的一些小技巧，那麼，經過這一階段的學習和反思，我終於初步領悟了歷史唯物主義的某些要點”，並且“情不自禁地”用來分析正在發生的事件，“像馬克思在《路易·波拿巴政變記》中描述波拿巴的政變那樣描述當時的‘文化大革命’，描述從新中國成立到‘文化大革命’中的中國的階級鬥爭，並把文化大革命歸結為這一階級鬥爭進程的必然結果”，並於1968年寫了一本“不該寫”的書：《中國革命和斯大林時代的終結》，“闡述了我對十月革命、斯大林、1949年革命和‘文化大革命’等問題的看法”。此書是用速記寫成的，以後陸陸續續寫成漢字給一兩難友看過，並因此被打成“反革命小集團”，後又不了了之，據說公安部的內部報紙上還刊登過“反革命份子譚天榮已被正法”的消息：不知是誤傳，還是真有此決定，只是不知為甚麼沒有執行，但譚天榮因堅持思考與寫作而再次遇險確是真的。[66] 書稿自然沒有保存下來，但其中的基本觀點卻是牢記在心，後來譚天榮寫了一篇《我所理解的馬克思主義》，其中關於“歷史唯物主義”部分即是對當年

65 夢波：《“勞教紀實”》，《我親歷過的政治運動》，80–82頁。
66 譚天榮：《一個沒有情節的故事》，《沒有情節的故事》，568頁，570–572頁。

思考的回憶性記錄，我們也因此得以大致了解譚天榮在1968年的思考的某些成果。

1968年對1957年提出的問題的繼續思考

這是11年前(1957年)思考的繼續：在某種程度上，可以把1968年的《中國革命和斯大林時代的終結》看作是1957年的《教條主義產生的歷史必然性》的一個續篇，但其中包含了對反右運動以後直至文革的中國現實的思考和反省，就更有了新的深度；讀過原稿的那位難友甚至說："不要小看譚天榮這幾年下的功夫，本來他並沒有甚麼真東西，現在可不一樣了"。[67]

思考之一："個人崇拜"何以產生？

問題的最初出發點依然是"個人崇拜"何以產生？如果說，1957年的譚天榮主要面對的是斯大林的個人崇拜所造成的嚴重後果，1968年則是直面"文化大革命"這樣一種個人崇拜的極端形態；譚天榮引述黑格爾的觀點，强調任何一個重要的歷史事件重複兩次，就有了它的必然性：現在所要討論的，正是個人崇拜在俄國、中國產生的"歷史必然性"。在譚天榮看來，把個人崇拜歸結為個人(斯大林與毛澤東)的"錯誤"，思想、意識、作風、性格、心理問題，也就必然將個人崇拜與文革的發生都看作是偶然的事件，將對歷史經驗教訓的總結轉換為一個個人的歷史功過問題，這都是典型的歷史唯心主義。譚天榮於是從一個新的角度重申了他在1957年所提出的馬克思主義發展過程中的危機問題："在我看來，二十世紀官方的馬克思主義的歷史觀實際上是唯心主義的。人們的任務應該是恢復以經濟的必然性為核心的馬克思主義的原始時代"。因此，譚天榮提出，關於中國出現的個人崇拜及其登峰造極的表現"文化大革命"，"我們要回答的問題，與其說是'為甚麼毛澤東晚年會犯錯誤？'倒不如說是'為甚麼新中國會出皇帝？'"而如

67 譚天榮：《一個沒有情節的故事》，《沒有情節的故事》，571頁。

恩格斯所說，“每當需要有這樣一個人的時候，他就會出現”，“在新中國，只要客觀上需要皇帝，皇帝一定會出現的”。

在譚天榮看來，要對此作出科學的回答，必須堅持馬克思主義的歷史唯物主義的兩條基本原理，即“經濟基礎決定上層建築”、“社會存在決定社會意識”。於是，他對新中國的經濟基礎與其上層建築的關係，及其引發的基本矛盾作出了如下分析：“新中國歷史的起初條件是，一些多少現代化了的城市小島散佈在仍然停留在古代鄉村的汪洋大海之中，當中國社會進一步發展時，停留在古代的鄉村要求建立一個與古代經濟基礎相適應的古代的上層建築；而現代化的城市則要求建設社會主義：這就是新中國的社會的基本矛盾，這是在古今中外無處不在的城鄉矛盾的一種特殊形式。新中國的歷史就是在這一矛盾基礎上展開的。偉人毛澤東是全中國的偉大領袖，他既是城市居民的領袖，也是鄉村居民的領袖。作為城市居民的領袖，他的歷史使命就是按照馬克思的藍圖，在中國建成社會主義；作為鄉村居民的領袖，他的歷史使命是在中國建成一個古代的東方專制帝國，一個‘在暴君統治下的人人平等’的庶民社會。既然中國的城市和鄉村處在相互作用之中，這兩種相互排斥的歷史使命不免相互滲透。於是，新中國社會的基本矛盾就反映在偉人毛澤東身上，表現為他的思想狀況的矛盾：一方面是馬克思主義，另一方面，又是秦始皇式的暴君”。

這裏從“經濟基礎與上層建築的矛盾”入手對中國社會基本矛盾的分析，顯然是1957年關於“社會制度”問題的追問的一個深入；這裏，對毛澤東的評價與分析，在强調與肯定他作為“馬克思主義者”在中國“建設社會主義”的努力這一方面，與1957年的認識仍有一脈相承之處，但對“秦始皇式的暴君”的分析與强調，則顯然是從反右與文革的切身體驗中提升出來的新認識。

思考之二：“皇帝”和“權力貴族”的矛盾

更值得注意的是，譚天榮對“皇帝”與“權力貴族”及其矛盾的分析，這是他受到馬克思的啓發而作出的。馬克思在《路易·波拿巴的霧月十八日》中指出："波拿巴代表一個階級，而且是代表法國社會中人數最多的一個階級——小農"，"波拿巴王朝是農民的王朝，即法國人民群眾的王朝"；"小塊土地所有制按其本性說來是全能的和無數的官僚立足的基地。它造成全國範圍內一切關係和個人的齊一的水平。所以，它也就使得有可能從一個最高的中心對這個劃一的整體的各個部分發生同等的作用。它消滅人民群眾和國家權力之間的貴族中間階梯。所以它也就引起這一國家權力的全面干預和它的直屬機關的到處入侵"。譚天榮用馬克思分析波拿巴王朝的方法與思路來分析中國社會，在他的理解裏，"馬克思所說的小農的王朝要求有無數的全能的官僚，在新中國這一要求很快就使共產黨的幹部們轉化為自我服務的大小官吏"；而小農經濟的地位使他們"不能以自己的名義來保護自己的階級利益，一定要別人來代表他們"，而"他們的代表要同時是他們的主宰，是高高站在他們上面的權威，是不受限制的政府權力，這種權力保護他們不受其他階級侵犯，並從上面賜給他們雨水與陽光"，而毛澤東正是這樣的享有不受限制的權力、代表小農的利益又主宰他們的"皇帝"。譚天榮指出："權力貴族和皇帝，這是1949年革命的種子在中國鄉村社會關係的土壤中長出來的一對並蒂蓮"，"權力貴族本身就是組織力量，而皇帝則擁有武裝力量。它們各有自己的社會基礎：權力貴族依護着城市居民的種種特權，而皇帝則得到鄉村居民道義上的支持"，"不論這一對並蒂蓮怎樣相互依偎，相互纏繞，它們都是天生的一對冤家。新興的權力貴族要求'確立新民主主義秩序'，即要求保持穩定的'貴族—平民'兩極社會；而新登基的天子則要求建立一個正式的'皇帝—臣民'兩極社會，這一要求就意味着砍掉這一'貴族中間階級'：這就是'無產階級專政條件下的繼續革命'、'限制資產階級法權'和消滅三大差別等毛澤東思想的真正含義"。因此，在譚天榮看來，1957年毛澤東"本想借助知識份子和其他平民來整垮權力貴族"，但由於知識份子與青年學生在給共產黨提意見的同時，也把批評矛頭指向了毛澤東，於是，又轉而變成"皇帝"與"權力貴族"聯合打擊知識份子和青年學生的"反右運動"。但權力貴族將成為"無產階級專政"的下一個目標的趨向還是隱約可見的。但毛澤東的"消滅貴族中間階梯"，建立國家"皇權"對"臣民"直接統治的計劃，在1957年略試"牛刀"以後還是中斷了，"推遲了九年"，到文化大革命中才得以"實現"。

思考之三：公民社會和國家政權的對抗

因此，在譚天榮看來，文革的本質是"鄉村起來反對城市，武裝力量起來反對組織力量，皇帝起來鏟除權力貴族"，而"這次運動更深層次的動力，還是公民社會和國家政權之間的對抗"："在新中國，原來的公民社會中最有活力的部分已經被幹部等級制度所吞並"，而所建立起來的新體制，又是以"種姓制度、戶口管理制度和群眾運動"作為其"三大支柱"的："種姓制度使得中國得以種姓迫害冒充階級鬥爭，掩蓋了真實的階級壓迫和剝削；戶口管理制度則保障一部分勞動者對另一部分勞動者的經濟掠奪，從而淡化了不勞動者對勞動者的經濟掠奪；群眾運動則使人民群眾經常處在一種互相殘殺的狀態，並把一切反抗扼殺在萌芽中"，這就同時製造與產生了大量的社會矛盾，這些鬱積已久的矛盾在文革中終於被毛澤東所引爆，成為他能夠成功地發動文化大革命的社會條件與基礎。[68]

譚天榮的堅守和寂寞

這些分析，都可以看作是譚天榮對反右運動的一個"消化"，或者說是由反右運動，以及其後的歷史所激發的對中國社會問題的新的思考。其思考的結論，自然是可以討論的，也一定會有不同的意見；但在被剝奪了發言權、處於被專政的條件下，譚天榮仍在堅

68 以上引文均見譚天榮提供給作者的手稿：《我所理解的馬克思主義》，在公開發表的《一個沒有情節的故事》中，對其中的部分觀點有一個概述，見570–571頁。

持自己的獨立思考，堅持着對中國問題的不懈地探討與追求，這個事實本身就是意義重大的。它表明：譚天榮仍然堅守着他在1957年代表有理想、有志氣的中國青年所發出的對歷史的承諾："我們要思考，除了我們自己誰又能禁止我們思考？""我們要回答：這一切是為了甚麼？我們要回答：生活走向何方？歷史走向何方？"[69] 而我們已經說過，這正是"右派精神"與"右派傳統"的一個核心，其意義是超越時空的。

但譚天榮本人卻一再強調："我其實是一個書呆子，在大學裏，我學的是物理學"，[70] 他終生迷戀的也是物理學。在勞教期間，除了讀馬克思、恩格斯的著作，他主要的精力是在研讀《數理邏輯基礎》、《分析學教程》，推導物理學公式。他思考得最多的也是現代物理學的歷史命運——在譚天榮的思考裏，人類社會發展的命運、哲學的命運，與物理學的命運，這些問題都是緊密聯繫在一起的；因此，在1957年他貼出大字報《第一株毒草》時，就同時向他所認為的僵化了的哲學與僵化了的物理學提出挑戰。他這一挑戰立場也是終生不變，在《我所理解的馬克思主義》一文的最後部分談的就是"物理學的危機"："由於物理學的失敗，唯心主義已經佔領了物理學的主導地位。要在物理學的領域裏恢復唯物主義，必須把物理學重新改寫，而這正是新世紀的馬克思主義的任務"。他為此寫了不少文章，闡述自己的觀點，但寄出的文稿大都"如石沉大海"，"既沒有刊登，也不退稿，因此也沒有退稿意見"。他終於不得不面對別人告訴他的"一個殘酷的現實：即使在小問題上，我與學術界也沒有共同語言"。[71]

譚天榮始終是寂寞的。

69 譚天榮：《第二株毒草》，《原上草：記憶中的反右派運動》，33頁，32頁。
70 見譚天榮：《我所理解的馬克思主義》(手稿)。
71 譚天榮：《一個沒有情節的故事》，《沒有情節的故事》，574頁，573頁。

做“人”還是為“奴”

讀姚仁傑先生的回憶錄，兼論反右運動的一個核心問題

在1998年所寫的《不容抹煞的思想遺產——重讀〈北京大學右派反動言論匯集〉〈校外右派言論匯集〉》一文的結尾，我曾發出過這樣的呼喚：“所有的‘右派’兄弟姐妹，你們在哪裏？”第一個回應我的，就是姚仁傑先生，他在平反後，又回到了北大生物系任教，和我同住在一個院子裏；正是通過他，我陸續結識了許多北大，以至校外的右派兄弟姐妹，聽到了許多我所關心的“這幾十年是怎樣生活的”的泣血的追述。現在，姚仁傑先生又將他個人的遭遇寫成了文字。我相信，所有關心北大右派兄弟姐妹的命運的朋友，所有關注那一段歷史，並進而思考中國的過去，現在與未來的人們，都會來傾聽那一代人中的一員終於發出了的聲音。

幾個歷史細節：“昂首”還是“低頭”的反復較量

我讀姚仁傑先生的回憶錄，印象最深的，甚至可以說，引起了心靈震撼的，卻是幾個細節——

1957年6月中旬的一天，北大生物樓前貼出了“定於下午三點在一教階梯教室召開批判右派份子姚仁傑反動思想大會”。姚仁傑的反應卻是：“小睡片刻。從箱底翻出了一套藍色的西服，一條紅色的領帶。匆匆忙忙到理髮點去整理好頭髮，澡堂裏沐浴淨身，穿戴整齊，昂首挺胸去接受毛澤東時代的政治洗禮。為了記住這歷史的時刻，臨去批判會之前，我特意到海甸的照像部留了一個影，以作紀念。至今四十五年了，躲過了抄家、勞改和文化大革命，我幸運地還珍藏着這張經歷了二十二年煉獄之苦以前的照片”。——這

使我想起了自己珍藏的一張照片：這是在文化大革命中，一次全市性的批鬥會以後，特地到照像館照的。相隔二十年，竟會有如此相近的境遇與反應：這實在令人感慨！

這一年放暑假前，北大舉行了一次久違了的舞會，“慶祝反右鬥爭取得偉大勝利”。姚仁傑居然混進會場，還“坦然大膽”而“愉快”地與應邀出席的香港著名電影演員夏夢跳了一曲輕盈的華爾茲舞。一些左派積極份子氣昏了頭，急忙高喊：“右派份子不准參加我們的慶功會！”還有人關上電閘，燈光驟滅，再亮時，人們相對愕然，客人們頗為尷尬：能跟誰跳，不能跟誰跳？不知怎樣去分辨誰是左派，誰是右派？畢竟右派份子臉上還沒有刺青……

過了不久，這個姚仁傑又陪着一位親戚去看望他的老戰友、時為北大黨委書記的江隆基，並一起在未名湖畔散步，恰好遇見了生物系黨總支的一個幹部，看見姚仁傑“衣着仍如往昔一般的整潔瀟灑，神態坦然”，便立刻向總支匯報；於是，姚仁傑又多了一條“不老老實實改造，好好反省自己的問題，還在群眾面前昂首闊步，東游西逛，沒有一點低頭認罪的樣子”的罪名。

1958年農曆臘月二十七日——再過三天就是中國的傳統節日春節，姚仁傑終以“情節嚴重，態度惡劣”為名被宣佈給予“開除公職，強制勞動教養”的處分。在宣判會上，姚仁傑明知“右派”的社會角色早已被派定：“叫你演小丑，你就得乖乖地去演小丑，叫你演敵人，你就得乖乖地去演敵人，好像我們學的就是這個專業，天生就只能演反派”，卻偏偏拒絕表演，“而是昂首挺胸，冷眼觀看他們究竟要怎樣演好這場戲”。——這又使我想起了魯迅的《野草》裏的《復仇》，也是這樣拒絕演戲，而反過來“賞鑒”那些看客的“無聊”與生命的“乾枯”！而姚仁傑本人在四十多年後，憑着記憶敘述這一時刻時，卻“依稀感到一絲快意”，“因為我當時並沒有被這種精心策劃的虛張聲勢所嚇倒”，沒有“成全他們的虐待狂”！

這自然不過是那個歷史大事件中的幾個細節，但卻極其鮮明地展現了姚仁傑和他的右派夥伴的人的尊嚴，即使是身負莫須有的罪名，也不失尊嚴感；而當時的反右運動的發動者與執行者卻認為這是拒絕改造的表現，這就表明，所謂“改造”，就是要打掉人的尊嚴，使人成為乖乖地扮演被指定的角色的奴才。如果稍有抵制，就要實行專政。因此，姚仁傑和他的改造者、專政者在這裏所展開的“昂首”還是“低頭”的反復較量，其實質就是要“堂堂正正做人”還是“逆來順受甘當奴才”的鬥爭。在我看來，這正是從一個重要的方面揭示了所謂“右派的猖狂進攻”與“反右派運動”的本質。——這才是細節裏的大問題。

人的尊嚴

今天重讀作為姚仁傑先生的主要罪證的那篇《黨啊，我們批評你，是真正愛你！信任你》，[1] 以及同樣作為“右派猖狂進攻”的罪證的各種大小字報、發言，就不難發現，當年的這些右派所追求、所要爭取的，正是人的尊嚴、頭腦與權利。

姚先生根據他在肅反問題座談會上的發言整理發表的這篇文章，一開頭就申說自己在肅反中被無端隔離審查中所受的心靈傷害，最主要的就是“捏造中傷我的私生活和人格”，“連一個人生活的內心支柱也被拆去”，人與人的健康關係被破壞，陷入“自相侮辱”：這都涉及人之為人的尊嚴。這裏實際上是包含了對建國以後大學校園內的各種運動的反思：從“思想改造運動”到“肅反運動”，其中一個重要任務，就是要打掉所謂“資產階級知識份子”的威風，所謂“自(己)相(互)侮辱”，就是要剝奪大學教師作為自由、獨立的人的尊嚴。如英語系講師黃繼忠在一篇題為《大膽向黨和黨員提意見》一文中所說，這樣的運動的結果，就是“叫知識份子有一種做僕從的感覺，似乎自己不是在直接為祖國和人民服務，而是受雇於黨員似的；黨員似乎不相信知識份子有主動為祖國和人民服務的願望，彷彿他們非要共產黨員拿着鞭子在背後監督着才肯好好工作似的”，這樣的“你是主人，我是奴僕”的感覺“使知識

1 文收《原上草：記憶中的反右派運動》。

份子心裏很不痛快"[2]。——人的尊嚴的背後，正是這樣一個有無作掌握自己與國家命運的主人的資格的問題。

人的頭腦

在1957年的中國大學校園裏，還有一個"人"(知識份子)能不能擁有自己的頭腦的問題。姚仁傑先生的回憶錄中，對此有相當詳盡的背景介紹。其中一個重要方面，就是瀰漫校園的蘇聯崇拜及教條主義之風，對學校師生獨立思考權利的嚴重剝奪："模仿蘇聯教育體制和教學模式的教育改革，在中國大陸各省市自治區迅速推廣開來，其中尤以高等教育領域的變化最為顯著。受到衝擊最大的莫過於原來接近英美的教學模式，以及基於此等教育理念的一些學術思想和學科設置。泛政治化的傾向很快就淹沒了學術上的自由思考，政治上的一邊倒，泛化成為意識形態的一邊倒，漸漸滋生出思想壓制的非民主化氛圍"，"始料不及的是知識和觀點源流的一元化壟斷和灌輸，從意識形態擴張到各具體學科的知識領域"，其中一個最典型的表現，就是姚仁傑所在的生物系"借助政治強權所推行的李森科偽科學理論，以及對西方摩爾根遺傳學派的扼殺和壓制"，以至摩爾根的入門弟子李汝祺教授竟被迫宣佈放棄"唯心主義的基因遺傳學"研究，變成了圖畫"小人書"的收藏家。

更為嚴重的是，"蘇聯永遠是我們的老大哥"，"蘇聯的今天就是我們的明天"這一類教條已經深入人心，對蘇聯及斯大林個人的崇拜，人們"信之不疑"，"幾乎沒有了任何逆向的理性思考"。但縫隙仍然存在，特別是北大的自由、多元的傳統還在無形中發生作用，如姚仁傑先生所介紹，"那時學校對圖書的管制還沒有後來的厲害和嚴密"，"好讀書又想追求甚解"的姚仁傑這樣的學生、教師，也就能"偷得天火"，並通過自己的獨立思考而對既定的教條產生懷疑。姚仁傑也確實努力突圍，先是在生物系組織

2 黃繼忠：《大膽向黨和黨員提意見》，《原上草：記憶中的反右派運動》，280頁。

了北大理科第一個學生民間課餘活動的社團：“達爾文主義研究小組”，後來又撰寫了《關於種內鬥爭和互助》的論文，向權威觀點提出了挑戰，並有了一系列戲劇性的遭遇：先是因為“觀點與專家意見不合”而被拒絕發表，後又因毛澤東關於《紅樓夢》研究中“壓制小人物”的批示，被《人民日報》當作科技界被壓制的典型而備受注目，但卻從此被視為“狂妄”的“異類”，在被打成右派時，這篇文章更成了“反蘇”的鐵證。

其實，像姚仁傑這樣的努力獨立思考的教師與學生，在北大各系都有；特別是在通過不同途徑看到了赫魯曉夫在蘇共二十大上揭露斯大林大清洗罪惡的秘密報告以後，首先走出了迷信蘇聯和斯大林個人崇拜的霧障，進而對籠罩中國思想文化、學術、教育界，以及中國政治、經濟生活中的許多曾被宣佈為神聖不可侵犯的教條，產生了懷疑，如姚仁傑所描述：“不同的思考和看法，油然而生，翻江倒海，習慣性的信仰和被別人灌輸的一致性轟然動搖，連自己對自己也不那麼迷信了”，就更加自覺地提出了獨立思考與自由表達的訴求。著名的北大“五．一九”民主運動就是在這樣的思想背景下產生的。在運動中產生了很大影響的譚天榮的《第二株毒草》裏的這段話：“我們要回答，這一切都是為了甚麼？我們要回答，生活走向哪裏，歷史走向何方？”“我們要思考，除了我們自己誰又能禁止我們思考？我們要想，不讓想嗎？偏要想”，是可以視為這一代人的宣言的。——這也可以叫作“還我頭來”的呼號罷。

人的權利

姚仁傑先生在他的回憶錄裏，特地引用了後來也被打成右派的王國鄉的大字報《有頭腦的人！不要那樣想》裏的一段話：“我們要求健全社會主義法制，爭取民主，保障人權和精神人格的獨立——這就是我們鬥爭的目的。我們要作國家和自己的主人”[3]，

3 王國鄉：《有頭腦的人！不要那樣想》，《原上草：記憶中的反右派運動》，150頁。

這正是這一代人獨立思考的重要結論，這裏所提出的人的權利，民主、法制的訴求，與前述維護人的尊嚴與獨立思考、自由表達的訴求，是相輔相成的；而且表明，他們的思考與追求，不僅是思想、理念層面的，同時也包含了制度的層面。

如果仔細讀姚仁傑先生的《黨啊，我們批評你……》，就不難發現，全文的立論基礎是他的社會主義理想：要全面地實行"真正的民主，自由，平等，公正"，他認為新中國的成立，已經"推翻了經濟和政治上的人與人的對立關係"，實現了平等，公正，現在需要"改造社會思想中的人間關係"，實現民主、自由與平等，保護人的心靈，並建立充滿"友愛"、"正氣"的"全新"的人與人之間的關係，這樣，才能使每一個人都真正成為"國家的主人"。這與姚先生所引述的王國鄉文章所要求的不僅是經濟的，更是精神的平等自由，是完全一致的。

"中國共產黨正面臨一次嚴重的考驗"

而姚仁傑在他的文章裏，反復強調"中國共產黨正面臨一次嚴重的考驗"，更是意味深長並別具遠見。正像姚先生在他的回憶錄裏所說，中國共產黨是曾經高舉"民主，自由，平等"的旗幟的，毛澤東還在《陝甘寧邊區參議會的演說》中作過這樣的承諾："全國人民都要有人身自由的權利。參與政治的權利和保護財產的權利。全國人民都要有說話的權利，要有衣穿，有飯吃，有事做，有書讀，總之要各得其所"。應該說，中國共產黨之大得人心，以至最後在很短時間內打敗了遠比自己強大得多的國民黨政權，這是一個最重要、最基本的原因。姚仁傑本人的選擇，就是一個證明：1948年，還是中學生的他，卻和同伴一起，不顧生命危險，試圖從國民黨統治區跑到解放區，就是把共產黨領導的"山那邊的好地方"(當時最流行的一首歌曲就是這麼唱的)視為"民主的聖地"的。魯迅曾經沉重地寫道，"中國人向來就沒有爭到過'人'的資格"，中國的歷史也從來沒有走出"想做奴隸而不得的時代"與"暫時做穩了奴隸的時代"的循環。而現在人們從中國共產黨的所作所為中，似乎看到了走出這樣的循環，創造魯迅及無數仁人志士所期待的"第三樣時代"[4]的某種希望。新中國成立伊始，中國共產黨的威望正是建立在這樣的期待上的。而且客觀地說，在建國初期，中國共產黨也確實部分地實現了自己的諾言，在使剛擺脱戰亂的中國人民做到"有衣穿，有飯吃，有事做，有書讀"方面做了大量工作。因此，包括姚仁傑在內的這些"五．一九"運動的參與者一再强調他們對中國共產黨的支持與擁護，甚至含着熱淚高喊："黨啊，我們批評你，是真正愛你，信任你"，是絕對真誠的。對於他們，這是一種出於自己的信念的自覺選擇，而非盲從，因此，他們並不因為這種總體上的支持態度而忽視問題的存在，他們甚至有一種危機感：因為他們已經敏感到另一種發展的可能性。姚仁傑在他的文章裏，一方面熱切希望黨"在人民面前公開地大公無私地承認自己的錯誤"，另一面又一再表示"懷疑"黨能否做到這一點，就真實地反映了這種矛盾的心情。因此，當他强調"中國共產黨正面臨一次嚴重的考驗"時，是確實懷着深刻的隱憂的。

而現在已經看得很清楚，中國共產黨當時也真的處在一個十字路口：如果堅守自己當初的諾言，聽從人民的意願，切實走向"民主，自由，平等，公正，法制"的"社會主義"道路，儘管也會遇到這樣、那樣的問題與曲折，但中國社會卻會在總體上獲得健康的發展；如果反其道而行之，那無論對中國共產黨自身，還是對中國社會，都是一條走向災難與重重危機的道路。而"反右運動"的發動，正是標誌着在這歷史的關鍵時刻中國共產黨的最高當局作出了一個錯誤的選擇。其後果，正是後來鄧小平所總結的，由於"沒有自覺地、系統地建立保障人民民主權利的各項制度"，"沒有在實際上解決領導制度問題"——這都是"右派"們當年即已提出的任務——而最後"導致了'文化大革命'的十年浩劫"，使整個國家與黨自身都處於崩潰的邊緣[5]。

4 魯迅：《燈下漫筆》，《魯迅全集》1卷，224頁，225頁。
5 鄧小平：《黨和國家領導制度的改革》，《鄧小平文選》，292頁，293頁。

“新政權的政治賤民和新式奴隸”

事情正是這樣向着最壞的方向逆轉了：如姚仁傑所說，一夜之間，他和上百萬“右派”都變成了“新政權的政治賤民和新式農奴”。這使人想起了建國初期流傳一時的《白毛女》的主題詞：“舊社會把人變成鬼，新社會把鬼變成人”；現在“新社會”又把上百萬的“人”(而且是譚天榮驕傲地宣稱的“人類的傲骨！”)變成了“農奴”，這確實觸目驚心。對於這些“新農奴”及其家屬(加起來就有數百萬之巨！)的傷害，是後來人絕難想像，也是我們今天無論用甚麼文字都難以表達的，那是滿溢血污的地獄般的熬煎，即使是當事人(如姚仁傑先生)的控訴，也將其血腥氣減少了許多！這更是一個永遠洗刷不掉的民族恥辱，其對民族精神、社會風氣的損傷，其所帶來的社會結構的變化，恐怕是人們至今還未能清理，甚至是未敢正視的。這個問題十分複雜，需要作專門的研究。這裏只能就姚先生的回憶錄所涉及的方面，作一點粗略的討論。

魯迅曾經對中國傳統社會的結構作了這樣的概括：這是一個“有貴賤，有大小，有上下”的等級結構；魯迅特地引了《左傳》裏的一段描述：“天有十日，人有十等。下所以事大，上所以共神也。故王臣公，公臣大夫，大夫臣士，士臣皁，皁臣輿，輿臣隸，隸臣僚，僚臣僕，僕臣台”，並作了這樣的補充：“但是‘台’沒有臣不是太苦了麼？無須擔心的，有比他更卑的妻在，更弱的子在。而且其子也很有希望，他日長大，升而為‘台’，便又有更卑更弱的妻，供他驅使了。如此連環，各得其所，有敢非議者，其罪名曰不安份！”魯迅更關注的是，在這樣的社會結構中，人所處的地位：身處不同的等級上，“自己被人(上一級的人——作者注)淩虐，但也可以淩虐別人(下一等級的人——作者注)；自己被人吃，但也可以吃別人”；由此造成的人的心理，對這一等級制度的態度：“一級一級地制馭着，不能動彈，也不想動彈了。因為倘一動彈，雖或有利，然而也有弊。”更造成了人與人之間可怕的隔膜、冷漠，以至殘酷：“人們各各分離，遂不能再感到別人的痛苦；並且因為自己各有奴使別人，吃掉別人的希望，便也就忘卻自己同有被奴使被吃掉的將來”。而其後果就是魯迅所說的：“大小無數的吃人肉的筵宴，即從有文明以來一直排到現在，人們就在這會場中吃人，被吃，以兇人的愚妄的歡呼，將悲慘的弱者的呼號遮掩，更不消女人和小兒”。魯迅因此發出了“掀掉這筵席，毀壞這廚房”的呼喚。[6]

本來，中國共產黨所領導的革命應該是對魯迅的呼喚的一個響應，至少說人們期待於它的，就是要摧毀這樣的等級制的社會結構，以實現“平等，自由，民主”的理想。人們對中國共產黨寄以這樣的希望，不是沒有理由的：因為它是以處於傳統社會結構底層的工人、農民為其階級基礎的，是以“爭取被壓迫被奴役的窮人翻身解放”為其宗旨的，而且在建國以後，也確實為此而作出了巨大的努力。但他們以“把被顛倒的歷史顛倒過來”作為革命的指導思想，卻預伏着在消除一種不平等的同時又有可能製造新的不平等的危險。而“打天下者坐天下”的傳統觀念更使中國共產黨人以“解放者”自居，更在“黨員”(“解放者”)與“黨外群眾”(“被解放者”)的關係上，或明或隱地產生了某種新的不平等。這正是1957年的“鳴放”期間，人們最感不滿的。姚仁傑第一次應邀參加知識份子問題座談會，所提的意見：“選拔留蘇學生應在有公民權的全部師生中實行公開的招考，擇優錄取，而不要由黨團組織背着群眾去暗地裏私下遴選”，就已經包含了對人才選拔、培養制度中某種不平等關係的不滿。而一些更為敏感者，則把問題提到了“是否存在產生新的等級制度的危險”的高度。這些大字報同時也強調，目前新的特權階級與新等級制度尚未形成，但確實存在着這樣的“危險”與“可能”。但是，在反右運動以後，當上百萬右派成了“新政權的政治賤民和新式農奴”時，這樣的可能就真的變成現實了。

6 魯迅：《燈下漫筆》，《魯迅全集》1卷，227–228頁，229頁，人民文學出版社，2005年出版。

有形無形的奴隸規則

"反右運動"的另一個嚴重後果是制定了種種有形無形的奴隸規則，由此產生對人的精神的桎梏，心靈的傷害。其實譚天榮在《救救心靈》裏，就已經發出過對"思想僵化"造成的心靈的扭曲的憂慮與警告："不堪忍受的知識的貧乏，思想空虛和意志薄弱，造成了對一切不懂的東西無條件的仇恨，造成了習以為常的言行不符和自欺欺人，造成了猜疑冷酷和相互殘殺"，"最可怕的偏見是，許多人以為聽到了一句不習慣的話就發一頓神經病就算是站穩了立場，以為只認為誰出身不光彩的階級就永遠是落後份子或反動份子才是階級分析"[7]。可悲的是，對這些逆耳之言的拒絕與批判，在思想的謬誤中就越走越遠，以至形成了所謂"衛道者"的邏輯，當時就有敏感的人將其概括為十大點，即："1. 黨的錯誤是個別情況，對它批評就是反對全黨；2. 民主自由是黨的恩賜，再要索取就是煽動鬧事；3. 歌頌逢迎是一等品德，揭發錯誤就是否定一切；4. 萬事保密是警惕性高，揭露神話就是毀謗造謠；5. 盲目服從是思想單純，若加思考就是立場不穩；6，政治必修是制度原則，若加考慮就是反對馬列；7. 國家制度是早已完善，再加指責就是陰謀造反；8. 政治等級是統治杠桿，取消等級就是製造混亂；9. 蘇聯一切是儘管搬用，誰說教條就是挑撥蘇中；10.'三害思想'(按：指官僚主義、宗派、主觀主義)是也合人情，誰若過敏就是別有用心"[8]。這樣的邏輯在今天看來，有的顯然已屬荒謬，但確實是差不多支配了以後十年中國人(包括最應獨立思考的知識份子)的思想；而有的恐怕時至今日也還或隱或顯的在中國的政治生活中發揮作用，足見其影響的深遠。中國人，特別是那一代人要從中真正掙脱出來，實不容易。姚仁傑先生的回憶錄中寫到了一位老同學的臨終反省是十分動人的："還有一個姚仁傑，一個按國際標準，造型、風度、內才外才都像一個大學生的同學，他是班上我崇拜的對

7 譚天榮：《救救心靈》，《原上草：記憶中的反右派運動》，53頁。

8 張錫琨：《衛道者邏輯大綱》，《原上草：記憶中的反右派運動》，125–126頁。

象，但在運動中我因為膽小怕領導認為和他劃不清界綫，硬裝出一付我要革命的姿態，批過他，肯定傷了他的心，幾十年來每念及此我都有一種難言的內疚，因此我要你代我把這種內疚之情向他表達歉意！也算幫我了卻一樁心事”。可以看出，受傷害的不僅是受害者姚仁傑本人，傷害他的人若稍有良知，所承受的精神的煎熬，也同樣驚心動魄。所幸的是，姚仁傑的這位老同學在經歷了持續的心靈拷問以後，終於獲得了“人”的自覺意識和尊嚴：在信的末尾，他這樣寫道：“我們的文憑上的校長馬寅初讓我驕傲，我心中對自己有一個要求，做學問不一定能達到馬老的那樣的高度，但剛直不阿，不向歪理低頭，堅持真理，寧可坐穿牢底也不屈服於惡勢力的馬寅初精神，應是所有北大人的精神。”

不知悔悟的奴才

但也有從不知悔悟的“奴才”。魯迅曾將“奴隸”與“奴才”作了這樣的區分：“一個活人，當然總是想活下去的，就是真正老牌的奴隸，也還在打熬着要活下去。然而自己明知道是奴隸，打熬着，並且不平着，掙扎着，一面‘意圖’掙脱以至實行掙脱的，即使暫時失敗，還是套上了鐐銬罷，他卻不過是單單的奴隸。如果從奴隸生活中尋出‘美’來，贊嘆，撫摩，陶醉，那可簡直是萬劫不復的奴才了”[9]。在姚仁傑及許多“右派”兄弟姐妹的記憶中，最不堪忍受的，常常是這些奴才打手對自己的肉體摧殘與精神折磨。幾十年後，在與當年老同學聚會時，還忍不住要問：他們為甚麼要這樣整我？一位同學一語道破：這叫“業務上搞不倒你，但在政治上可以把你搞臭”，以掃除他們晋升途中的障礙。他們在奴隸制度中所尋出的“贊嘆，撫摩，陶醉”不已的“美”，説穿了就是一己的私利，就是要從吃人的筵席裏分得一羹。

姚仁傑的回憶錄中，曾這樣追述了當年在最後決定給予處分前，他和一位奴才打手的對話：“××：你要充分估計自己問題

9 魯迅：《漫與》，《魯迅全集》4卷，604頁。

的嚴重，作好徹底改造自己的思想準備。但是，我們還是會給你出路的。如果讓你隨下放幹部到農村去監督勞動，你能老老實實接受改造嗎？姚：如果不接受呢？××：(一臉陰陽怪氣，拖長了聲調)你想怎麼樣？姚：中央《關於對右派份子處理問題的決定》中不是說過：如不服從，可以自謀生路嗎？××：如果我們不給你工作呢？……"

這場對話有幾點頗值得注意：儘管這位××打手，不過是一個奴才，但他卻開口閉口"我們"，儼然以掌有一切權力，特別是生殺之權的"主子"的代表自居；並且在整個談話過程中，保持一種"猫捉老鼠"的心態——魯迅對此曾有過十分深刻的描述："總不肯一口咬死，定要盡情玩弄，放走，又捉住，捉住，又放走，直到自己玩厭了，這才吃下去，頗與人們的幸災樂禍，慢慢地折磨弱者的壞脾氣相同"[10]：這樣一種"折磨弱者"的快感，也是奴才們從奴隸制度中尋得的"美"吧；但他卻沒有料到被玩弄的"老鼠"已經落入網中還不馴服，居然想逃出利爪"自謀生路"，其結果是可想而知的：趕緊向主子告狀，經他惡意渲染，姚仁傑終以"態度惡劣"罪加一等，被開除了公職，送往勞動教養。姚仁傑因此發出感慨：集天下"英才"的北京大學，"不僅整人的技巧超水平的發揮，被整的人的遭遇也超水平的離奇。為害就害得人傷筋動骨，貢獻就貢獻到萬民敬仰"，就是"因為北大人中既有一些不求升官，不求發財，以天下興亡為己任的仁人志士，也有一些利欲熏心甘願賣身，錢迷心竅、官迷心竅的鐵桿奴才"。

這裏所揭示的北大傳統的兩個側面是很值得重視和深思的。我曾在《北大百年：光榮和恥辱》裏有過這樣的分析：北大確實湧現了"一批又一批的體現了北大精神的'常為新的改進運動的先鋒'，真正走出了'官的(商的，大眾的)幫忙、幫閑'的歷史的怪圈的，獨立、自由、批判與創造的'真的知識階級'(魯迅語)，從而構成了北大傳統的正面。但同時也存在着大量的屈從於強權政治、思想、文化、教育的奴才、幫忙和幫閑，這樣的'假的知識階

10 魯迅：《狗·猫·鼠》，《魯迅全集》2卷，240頁。

級’的負面傳統，在北大也是代代相傳的。問題的複雜性與尖鋭性還在於，我們以上對真、假知識份子及其傳統的明確劃分，是就北大發展的總體趨向而言的，具體到每一個北大師生的個體，就呈現出某種模糊的狀態：不僅會有昔日的獨立的、自由的知識份子後來變成奴才，或曾經是奴才，以後覺醒了的；而且事實上，幾乎每一個時期，在重大問題上，北大每一個師生都會面臨着‘作馴服的奴才，還是作獨立、自由的人’的選擇的考驗。在某種意義上，這是人性的兩面：獸性(動物化的奴性)與神性(對精神的獨立、尊嚴的追求)之間的搏鬥。這樣，北大傳統的正面和負面，就轉化為每一個北大人的內在精神與心靈的矛盾”。[11] 當對獨立、自由、批判、創造的選擇居於支配性、主導性地位，就形成了北大歷史上的光明面。在我看來，五．一九民主運動就創造了北大歷史上繼五四以後又一個空前的光明。而當邪惡的力量以及奴隸、奴才式的選擇成為主導性傾向(例如，反右運動時期)，北大歷史就進入了自己的黑暗時期。當北大把自己最優秀的兒女送進牢獄時，這樣的黑暗就達到了頂點；因此，今天讀到姚仁傑關於1958年2月15日他和北大一批右派被押送到勞改農場的悲慘的一幕的回憶，我感到了莫名的悲哀：這真是北大歷史上最黑暗的日子之一。正是光明的北大與黑暗的北大，兩者的相互搏鬥，影響與滲透，構成了北大歷史的百年光榮與百年恥辱，忽略或掩飾任何一面，都得不到北大歷史的真實。而北大的光明與黑暗是與北大每一個人的人性選擇、知識份子的道路的選擇緊密聯繫在一起的；因此，對於北大歷史，特別是它的黑暗面的正視與反省，就不能不成為每一個北大人對自己人性的弱點、知識份子自身劣根性的一次痛苦的逼視與反思。——這種自我逼視與反思當然不能代替和取消對製造黑暗的勢力、制度、思想觀念的弊端的批判，但仍是不能含糊的。我想，對1957年北大校園內發生的反右運動的反思是尤應如此的。

11 錢理群：《北大百年：光榮和恥辱》，《學魂重鑄》，48–49頁，文匯出版社，1999年出版。

當年的"學運領袖"變成"反右急先鋒"

姚仁傑先生在他的回憶錄中，還注意到一個現象：許多"反右運動"的急先鋒，竟是"自己年輕時候，爭民主，鬧革命，甚麼過激的言語和行動都敢作的職業革命家"。這些"往年的'民主鬥士'和'學運領袖'，得勢之後，搖身一變，成了'書記''校長'或'部長'，佔據着統治者的高背椅子，就面目全非，變臉變色，鎮壓起學生來毫不心慈手軟，揮刀砍向爭取民主、爭取自由和思想解放的後生們了！當年大學生們把你們擁上寶座，現在你們卻要大學生們做你們刀下的冤魂，你們還有一點良心嗎？""良心"喪失的背後，仍是一個利益的驅動：魯迅早就說過，"政治革命家"(也就是姚仁傑先生所說的中國的"職業革命家")在自己受到壓迫的時候，是"不安於現狀"的，因此，他要求"革命"；但一旦革命成功，他就去掉了"革命"二字，變成統治國家的"政治家"了，這時候他就要"維持現狀"了，這是他的利益所在，於是，就要"把從前所反對那些人用過了老法子重新採用起來"，鎮壓還是不滿現狀，要求變革的人們[12]。這就說明，在中國所發生的所謂"革命"，"不過是爭奪一把舊椅子。去推的時候，好像這椅子很可恨，一奪到手，就又覺得是寶貝了"[13]。這其實就是魯迅寫的"阿Q造反"，而"造反"在中國，就是一場"最有大利的買賣"[14]：當年他們的"革命投資"，到了1957年，就要用年輕人的血來收穫"利息"了。

奴役他人者自身也不自由

但是，在前述中國的新的社會等級結構裏，他們的"寶座"仍然是坐不穩的，放在更大的範圍來看，他們本身也不過是"奴才"，可以說，這些處於不同等級的大大小小的奴才，其實是被中國這塊土地的真正統治者玩弄於股掌之間的，今天授予的"左派"

12 魯迅：《文藝與政治的歧途》，《魯迅全集》7卷，120頁。
13 魯迅：《上海文藝之一瞥》，《魯迅全集》4卷，308頁。
14 魯迅：《學界的三魂》，《魯迅全集》3卷，221頁。

桂冠，為了統治的另一需要，又是隨時可以變換為“右派”帽子的：許多反右時期的大紅人在文革期間和當年右派一樣成為階下囚的，絕非少數，連他們當年造反的光榮歷史也成了罪證。他們中有的人，因此覺悟，由“奴才”變成了“人”，有的人在官復原職之後，又變本加厲地繼續在堅持獨立思考的人中間大抓右派，那就真成了魯迅所說的“萬劫不復的奴才”了。

奴役他人者自身也是不自由的。對於這場運動的發動者、組織者，反右也是自身危機的開始。我們這裏且不討論因為反右失去了對自身的進行糾錯、調整的大好時機，因為“反右”而走向“左”的極端，從而逐漸剝奪了自身的合法性；只想指出一點，即我們前面已經分析，當年的右派，特別是他們中的骨幹，原本是有信仰、有獨立思考能力、有才華的真正的社會主義者、共產主義者，愛國主義者，是新中國這個社會主義國家的真正脊梁與基礎，現在，“為淵驅魚，為叢驅雀”，將他們推到了對立面；同時，又把大多數人改造成失去獨立思考能力的馴服的奴隸，卻依靠那些毫無信仰，諂媚取寵，以謀私利的奴才來維護統治秩序，這都無異於“自毀長城”。——因此，當1958年那個難忘的春天，左派們終於耀武揚威地將姚仁傑這些右派們打入煉獄時，他們是儼然以勝利者自居的，但真正的失敗命運已經在等待着他們了。歷史畢竟是無情的。

奴才有了權比主子更殘酷

姚仁傑先生回憶錄的後半部以他自己的經歷詳盡敘述了右派的煉獄生活，這可能需要有專文來討論與研究；這裏只想提出一點：右派並非天然地就是“人”，前面所說的“做人(更準確地說，是“不馴服的奴隸”)還是奴才”的選擇，仍然是對當年的右派的嚴峻考驗。於是，我又注意到了姚先生回憶中的一個事件與一個細節。一位原為國務院的參事，年過五十的老右派在強迫的高強度的勞動中被折磨而死，虐待他的竟是一個當上小組長的右派。這正是我們前面所說的新等級結構的惡果：自己是奴才，卻因為握有小組長的權力，就可以肆無忌憚地迫害自己管制下的奴隸。奴才有了點權，是比真正的主子更為兇惡、殘酷的；從另一面說，這也是一種心靈的變態與扭曲：專制體制需要，並且也要不斷製造這樣的喪盡天良與人性的奴才。

維護人性和人的尊嚴的不屈鬥爭

於是，就有了維護自己的人性與人的尊嚴的抗爭：在勞改場內的人性與獸性的搏鬥同樣驚心動魄。因此，我們就可以懂得，姚仁傑在勞改農場中，不管條件多麼惡劣，依然努力地盡可能地保持自己儀表的相對整潔的意義了。他還從管理員那裏借來理髮剪，將同為難友的北大數學系的高才生楊路(幾十年後，他成了著名的數學家)的長頭髮和鬍子剪了：不是不把我們當作人嗎？那就看看我們的小夥子的"滿臉英氣"！既然生活在人間地獄，那就趁野外勞動之機，到大自然中去尋找"人"的感覺。這是姚仁傑偷偷吟誦、卻只能留在記憶裏的詩："我仰望藍天，/ 心中卻泛起/ 對春天的/ 幻想"，"一天，/ 我突然/ 失去了理想/ 和工作，/ 失去了/ 賴以為生的大米/ 和尊嚴。/ 但我，/ 並沒有後悔，/ 因為我/ 保持了人格的天真，/ 又擁有了另一種形式的/ 自由/ ——不做精神奴隸/ 的自由，/ 還可以自由地/ 想。/ 人不能沒有饅頭，/ 但也不能/ 犧牲做人的/ 底綫，/ 淪為牲口，/ 保住饅頭。"——寫到這裏，我的眼睛濕潤了，我對自己這樣說——

永遠記住吧：在我們這塊土地上，曾有過這樣的將"人"變成"奴隸"的時代；也從未停止過維護"人"的尊嚴、頭腦與權利的抗爭。

校園通信

1957年的中國春夏之際，存在着兩個社會運動：一是自上而下的“整風運動”，一是以5月19日北大民主牆的開闢而引發的自下而上的“五·一九民主運動”。前者是由毛澤東發動的，自然是一種自覺的行為；後者表面上是自發的，但其中的骨幹份子(像北大的陳奉孝、譚天榮，人大的林希翎等人)卻是有自覺意識、自覺追求的。但對大多數校園裏的大學生，民主牆的出現，“五·一九民主運動”的發展，以至後來反右運動的發動，都是突發事件。他們事前並無任何思想準備，但事件一旦發生，卻也都本能地——按照他們的現實處境，不同的信念、理想、追求，不同的社會、歷史、家庭背景，對中國問題的不同感受、理解……，作出了自己的反應，半是被動、半是主動地捲入了運動的潮流，並因此而改變了自己的命運。

我們這裏所要討論的，正是大多數普通學生、教師的反應。這也許是更能顯示1957年中國大學校園運動的真實風貌的。作為討論依據的是倖存下來的兩份“校園通信”文本。

1957年的民間文本，除了大字報、學生刊物上的文章之外，還有大量的私人通信。北大民主牆開闢以後，官方報刊一直保持沉默，不予報道。這本身也成了當時的一個鬥爭焦點：學生領袖陳奉孝就曾組織人到北京市委情願，質問《人民日報》為甚麼不登北大整風運動的消息？當時北京市委第二書記劉仁態度非常强硬，説《人民日報》是我們共產黨的報紙，登甚麼我們説了算，你們想讓我們的報紙宣傳你們的錯誤言論，那是妄想。並且威脅説，如果你們要上街，那你們自便，但後果你們自負！另一位學生運動的骨幹張元勛也帶領一些人到《人民日報》貼大字報，遭到了圍攻。[1]為了打破新聞封鎖，也為了擴大北大五．一九民主運動的影響，譚天榮等人曾到天津各大學演講，並因此在反右運動中被橫加“進行反革命串連”的罪名。——有意思的是，在十年以後，毛澤東為了發動文化大革命的需要，又鼓勵北京學生到全國各地“煽風點火”，卻稱之為“革命大串連”。然而1957年的學生卻沒有宣傳自己的觀點的權利與相應的物質保證，就只有借助於暫時還是自由的私人通信。許多學生都自發地寫信給自己在外地求學的同學、朋友，介紹北大民主牆的情況，傾訴自己的感受。而這些私人通信卻產生了寫信者意想不到的效果：收信人往往受到了靈魂的震撼：“你的每一句話，直到最後一句話，都像雨點般的打在我的心坎上，是的，我所感到的是雨點，大顆大顆的雨點，因為我的心靈是乾枯的”；“你的每一句話都充滿了詩意，它傳播了時代的風暴，它像閃電似的放射着時代的光亮，它使我感受到一陣轟轟的雷鳴”，“這風暴是個性解放的風暴，這閃電也是思想自由的閃電，這雷鳴是千百萬人的怒吼分來(原文如此，疑是“出來”之誤)的人性尊嚴的呼聲”，[2]激動之下，就顧不得徵求寫信者的同意，將私人通信用大字報的形式公佈，並往往“一石激起千層浪”，甚至成為所在學校民主運動的導火綫。

以後這樣的自發行為就逐漸變成一種自覺的傳播方式，當時就稱之為“民主接力棒”，北大民主運動就這樣向全國許多高等院校擴散，形成某種全國性的學生民主運動的趨勢。這也是後來當局必要發動反右運動來“撲火”的原因之一。而這些通信的寫信者與收信人(傳播者)大都成了右派，他們的通信自然是最重要的“罪證”，也就因此得以保存下來。本文所要討論的《北大余敦康給張守正的四封信》與張守正《給北大余敦康的信》就是其中的倖存者。余敦康當時是北大哲學系的助教，張守正則是武漢大學哲學系的老師。

1 陳奉孝：《我所知道的北大整風反右運動》，《沒有情節的故事》，502頁。
2 張守正：《給北大余敦康的信》(鉛印稿)。

本文討論的另一個文本《遙寄東海》則有些特別：它公開發表在1957年7月1日出版的北大學生刊物《紅樓》第4期上，當時反右運動已經開始；據作者之一的謝冕先生(他與張炯當時都是北大中文系三年級的學生)回憶，它有一定的文學創作的成份，擬想的收信人是一位仍堅守在海防第一綫的戰友、年輕軍官“路屏”；但寫信人對北大民主運動的態度、反應、思想、情感則是如實的記錄。

兩個文本的作者：余敦康先生和張炯、謝冕先生，都是活躍在當今學術界的著名哲學家與文學評論家；對他們年青時代的思想回顧本身，也是很有意思的。

(一) “忽如一夜春風來”

兩個通信文本的第一封信都寫於1957年5月20日夜晚。這正是“風乍起”，“五·一九”民主運動剛剛在燕園響起第一聲雷鳴的時候。

張炯、謝冕以詩人的筆觸，用“梨花開了”描述這個開端——

> “又是五月，北京的五月多麼迷人！槐花飄香，柳絮輕揚，藍的天，沉靜的雲，未名湖垂柳碧波，‘凡是能開的花，全在開放；凡是能唱的鳥，全在歌唱’。在這樣的春天，到處談論着整風。我們也不例外，前天黨內進行了動員，先整領導，後整一般黨員，我們懷着興奮的心情，期待着……。然而運動沒有按兩步走的計劃進行……
>
> “昨天出現了第一張質問出席團三大的代表由誰選出的大字報，隨後出現了用大字報助黨整風的建議。年青人的心中有多少話要說啊！黨應當支持這個建議。但是晚上全體黨員大會上黨委副書局崔雄昆卻說：‘不提倡也不禁止，因為它不是最好的形式’。同學們議論紛紛。夜裏，大飯廳前出現了更多的大字報。今天副校長兼黨委第一書記江隆基同志在全校同學大會上宣佈：‘黨委歡迎用各種形式提意見，黨委全力支持大字報’。同志們

掌聲雷動，大字報更多了。圍繞大小飯廳的宿舍區的牆壁上琳瑯滿目：有詩，有詞，大的小的，五顏六色。對黨委、校、系行政提出許多尖鋭的意見，批評官僚主義、宗派主義作風，以及教學上的嚴重的教條主義。林昭同志見到我們説：'這可真是'忽如一夜春風來，千樹萬樹梨花開'了'。"

信裏所引的"凡是能開的花，全在開放；凡是能唱的鳥，全在歌唱"詩句，出自詩人嚴陣寫於1956年、發表在1957年《詩刊》第1期的詩作。四十年後，已是著名的詩歌評論家與文學史家的謝冕在編選《百年中國文學經典》時，仍選了這首詩。在他看來，這兩句詩真切地表達了他和部分同代人在1956、1957年對生活的真實感受、心境，以及他們的生活理想：這幾乎構成了謝冕先生刻骨銘心的生命體驗和青春記憶。也正是這樣的感受決定了下文將要詳加討論的謝冕、張炯及他們所代表的那一部分北大學生對五．一九運動與以後的反右運動的種種反應。

有意思的是，未來的哲學家余敦康的眼裏，北大民主牆的開闢，意味着"一個大的群眾風暴"的到來——

"整個北大都沸騰起來了，各種各樣的心情，各種各樣的語言，各種各樣的看法，像揭開了蒸籠蓋一樣，一下子全都冒出來了。……

"這真是一個大的群眾風暴，其勢如暴風驟雨。有的人也寫了詩表示自己的興奮和贊美，説這才是真的北大，這才是真的當家作主。

"一天的時間裏，整個北大都攪動起來了，和平寧靜的氣氛再也找不到了。每個北大人都是懷着興奮和激動的心情，注視着勢態的發展，這種情況是空前的。……也有點像解放前鬧學潮的情形，但那是在向反動派爭民主，而這次是向三害份子，爭民主。……"

可以說，北大大多數學生的第一反應都是積極、肯定的：興奮而激動，也有許多期待。和平寧靜的氣氛被打破了，校園裏各種力量、各種思想……都被攪動，人人懷着不同的心情，不同的動機，捲入了運動。余敦康感覺到這“有點像當年鬧學潮”，而“大的群眾風暴，其勢如暴風驟雨”，又不免使人想起大革命時期的湖南農民運動。而當年以發動學生運動與農民運動起家的共產黨，能不能允許在自己的統治下，出現這樣的並非自己組織與控制的、自發的“大的群眾風暴”呢？

於是，歷史上曾經有過的問題，現在再度提了出來，這就是余敦康在他的信中所說的：“事態這樣發展下去，是好得很還是糟得很呢？”余敦康接着說道：“我自己隱約聽到一些小聲的喊喊……說天下將大亂了，自由主義將泛濫成災了。但是絕大多數的人都是贊成這個運動的發展的，它是健康的，有力的，沒有這樣一個群眾風暴，絕不可能打倒三害份子”。

但一致背後從一開始便存在着分歧。

張炯、謝冕在情不自禁地歌頌“梨花開了”的同時，也不迴避自己的隱憂：“大字報上出現了一些不健康的東西”。據說譚天榮的《一株毒草》貼出以後就“招來了公憤。四周貼滿了抗議，質問和批評。有副對聯：‘牆上蘆葦，頭重腳輕根底淺；山間竹筍，嘴尖皮厚腹中空’，有幅漫畫題上了‘辱罵並非戰鬥，狂言豈是勇士？錯誤何惜丟棄，真理必須堅持’”，張炯、謝冕對此大加讚賞，以為“妙極了。”談到沈澤宜、張元勛的《是時候了》時，他們頗為不解地說：“詩，永遠是心的歌，作者的心為甚麼這樣沉重？而且為甚麼會引起某些人的共鳴？這是今天生活中值得思索的問題。生活是複雜的，看簡單了，只是自己幼稚、天真而已。但是，我們都不欣賞《是時候了》，不喜歡它的基調。我們的時代應該有它的基調，對嗎？”

而余敦康則有完全不同的感受。他說：“一種真正的幸福感在激勵着自己”，並作了這樣的分析：“過去我們常說到幸福。我覺得我們過去是有過幸福的。但是，說實在話，那是一種理智上的幸福，是一種必須經過思索才能理解的幸福。在感情上，如果不是麻木就是沉重，無論如何，不能產生一種使自己整個身心都能沉浸進去的幸福感"。——這裏，關於"理智"的"幸福"感(那是意識形態的灌輸，以及公開宣佈的理想與理論的許諾的邏輯推演的結果)和"感情"的"麻木"與"沉重"的實際感受(這是必須時時面對的具體的生活經驗、生命體驗)之間的矛盾，在那個時代許多敏感的青年中大概是有一定的代表性的。而這樣一種矛盾與精神的"麻木"和"沉重"感，與張炯、謝冕們——同時代的另一部分青年是不同的：在一首題為《我們的歌》的詩裏，作者就公開宣稱："我們缺乏你們那根'沉重的琴弦'，我們不像你們經常'在背地裏不平、憤慨和憂傷'"。

而這背後或許還隱藏着更深層次的人生理想與追求。余敦康即進一步提出了對一個"新的歷史領域"與時代的期待："我覺得我們走進了一個全新的歷史領域，過着一種全新的生活。真正的民主，真正的自由，真正的有了人的個性的發展。人只要是中國人，生活在這個時代裏，不必壓制甚麼，不必不自主地接受外來的干涉，相反而是自由地發展自己，自由地願意做自己願做的事，自己就是自己，人的本質得到充分而完整的實現。愛甚麼就愛甚麼，做甚麼就做甚麼，人的尊嚴，人的獨創性得到承認、鼓勵和法律的保護。這種生活在任何國際裏都不會有。在人類歷史上，在中國是第一次有了，所以這是一種從理智到情感都能確實感到的真正的幸福。百家爭鳴和處理人民內部矛盾問題提出以後，我聞到了一點風聲，只有在今天，我才真正感受到"。

這裏，有兩點頗值得注意：首先是"真正的民主，真正的自由，真正的人的個性的全面發展"、"人的本質得到充分而完善的實現"的理念、理想的明確提出，就賦予正在發生的這場"五·一九民主運動"以濃厚的人本主義的色彩：這也表明，像余敦康這樣的被捲入者，也在用自己的理解與追求，對運動本身增添更為豐富的內容。

而余敦康這段話中的民族自豪感也是相當引入注目的，這也是當時許多這場民主運動的積極參與者與同情者共有的：他們由於所受到的教育，對西方“資產階級民主”懷有天然的警惕性，而斯大林問題的揭露又使他們對蘇聯式的民主產生疑慮；現在，毛澤東所顯示的民主姿態：百家爭鳴方針、人民內部矛盾理論的提出，就自然使他們對之寄以了無限的希望，以為真正實現自己的理想(這理想本身也帶有某種烏托邦的性質和無政府主義的色彩)的時代已經到來。於是，這位北京大學的哲學助教宣佈：“我實在抑制不住我的興奮和激動，我真想寫詩，寫一首我內心湧出來的詩”。哲學與詩終於相遇，但這在那個時代是要付出代價的。

(二)“夜裏，我們都失眠了”

張炯、謝冕在5月23日、25日、27日、28日，6月7日，余敦康於5月27日、29日，連續給他們的朋友寫信。寫得如此密集，正說明運動正日趨白熱化，人們的思考也日漸深入；同時，分歧也日見顯露，幾乎到了短兵相接的地步。

如余敦康在5月29日的信中所說——

> “這幾天事態正在繼續發展，一天比一天緊張、熱鬧，問題之多，牽涉面之廣，群眾情緒的激昂，是從來沒見過的。大字報到處皆是，已經到了沒有地方可貼的地步。每天都有幾百人參加的辯論會，一直開到深夜十一二點鐘”。

在張炯、謝冕的信中也有這樣的描述——

> “這三天我們忙極了。大字報像狂風驟雨，攪得滿天的星斗都蕩動了。
>
> “群眾行動起來，到處是貼大字報和看大字報的人，大家都

無心復習功課。……到處是一團團的人群，有的邊拿飯碗邊聽演說；演說者針鋒相對，慷慨激昂，暢所欲言。聽眾多則數千，少則數人。……

"幾天來，成百千個座談會在各班、各系、各部門舉行着……同學們空前熱烈，許多尖鋭、甚至憤激的意見最後提了出來，不能不令人激昂……"。

於是，"夜裏，我們都失眠了"。張炯、謝冕失眠了，余敦康失眠了，整個北大，從領導，到教職員工、學生，都失眠了。

幾乎現實中國所有的問題，未來中國的所有問題，都以空前尖鋭的形式，放在中國的年輕一代、中國校園知識份子的面前，逼迫每一個人思考，回答，不容迴避。平時被遮蔽的分歧也以同樣尖鋭的形式呈現出來，思想的交鋒從來沒有像這次這樣激烈，而同樣無法迴避。

張炯與謝冕在5月23日的信中這樣描述校園裏的這場短兵相接的論戰——

"在五光十色的意見中，我們嗅到了一股陰霉的氣息：沒落階級的觀點，對新制度的仇恨，對共產黨人的痛恨，在某些字裏行間露臉了。他們企圖混水摸魚。當然，戰士的眼睛應該鷹一樣的犀鋭，我們永遠不會忘記荷槍屹立海岸的那些日子……

(張炯參加辯論會，謝冕接着寫：)

"有人反對謾罵和惡意攻擊和煽動，主張整風要説理要提出實質性問題來；有人便説他們是'衛道者'，張元勛甚至在廣場上公開叫喊：'我真想像狼一樣吃掉衛道者！'

"有人説'現在是等級社會，像古印度，人們被分為高低貴賤的四個等級……'。張元勛竟稱贊説：'這是真正的歌。'

“還有人攻擊共產黨人‘殺人，强姦婦女……’，是‘便衣警察’、‘特務’……

“在他們氣焰囂張、把黨描繪成‘納粹’的時刻，辯論會上有人高聲說：‘我鄭重宣佈：我是衛道者；為了保衛馬列主義，我不怕一切！’‘我現在還不是共產黨員，但我相信，有一天我一定能够加入這光榮的行列！’這些激動的話語博得熱烈的掌聲。

“今天，牆上出現了這樣的標語：‘堅持愛黨整黨原則，反對惡意煽動誹謗！’‘馬列主義衛道者萬歲！’‘中國共產黨萬歲！’

“是的，正直的人都不能忍受對黨的惡意的誣衊。許多同學來找我們，我們和江楓、王磊、任彥芳、杜文堂、曹念明、劉登翰、李鑫等三十多北大一部分‘文藝界人士’出版了《衛道者論壇》，我們宣稱——

‘有人說我們是衛道者。

是的，我們是衛道者，我們捍衛社會主義、捍衛馬列主義之道。

正因為我們是捍衛者 ，我們擁護黨的整風，堅決要把官僚主義、主觀主義、宗派主義反掉。

正因為我們是衛道者，我們堅持真理，反對空洞的叫喊，顛倒黑白的叫囂。

有人說我們畢竟不代表真理，我們願意和所有一切願意追求真理的同志，把真理探討。

有人說我們是宗派。

我們的宗派之門向一切人開放，只要他也是從愛護黨出發，要把整風搞好。

有人說要像狼一樣吃掉衛道者。

那麼吃吧，只要辦得到！’

“總之，一切複雜起來了，我們要進行兩條戰綫上的鬥爭。要反對對社會主義的攻擊，又要向三風不正現象發起進攻。……”

和張炯、謝冕這樣的戰士的眼光、立場不同，同在校園裏的余敦康卻有另外的觀察、感受、分析、思考與描述。在5月27日的信中，他這樣寫道——

“我們這裏差不多每天都有新的情況，每個新的情況都使人們的思想向前躍進一步、‘防民之口，甚於防川’，現在，那個擋住人們自由思想的大堤已經被沖潰了，自由思想像洪水一樣，以歡快急促的步伐，奔騰着，泛濫着，非常有趣。在這個場面下，過去的積極份子、進步份子一變而為落後份子，落後份子則變成今天的積極份子了，剛好倒了一個頭。

“(這裏發生的)事件本身是激烈的，有尖銳衝突的，有的是拿整個的生命對三害份子作控訴，有的是對現有的某些制度的大膽懷疑，有的是對某些偽善的衛道者的辛辣的諷刺。一切的權威，一切束縛人們自由思想的羅網在這裏都沒有它的地位，在這裏奉行的原則是理性。……

“社會主義公有制當然好，我舉雙手擁護這種制度。如果有人破壞公有制，企圖恢復過去的人剝削人的制度，我將用我的生命來保衛它，這是不成問題的。另一方面，不得不承認，社會主義的分配有許多極不合理的地方，社會主義民主，只看得見一點影子，社會主義法制極不健全，人們被人為地分成若干等級，少數特選人物享有封建性的特權，這就使得廣大人民處在一種窒息的狀態中。雖然我説的這些在憲法和公開發佈的文件上看不到，卻的的確確是生活的真實。這不是一個純理論的問題，在今天如果對這個問題作學究性的爭論是可笑的。這是每一個正直的公民從他全部的情感和理智所痛切感受到的問題。

“在過去，我們只能説同樣的話，唱同樣的調子，人們的性靈被禁錮起來，不敢自由地思想，自由地感受，這對一個知識份子來說，是比肉體上的重刑還要難受。更可悲的是，我們甚至不敢正視現實，不敢去感受我們所受到的痛苦。每當我們在現實中碰了壁，總是反求諸己，拿一頂不合適的帽子來自己壓自己，一天天地變麻木了，遲鈍了。我們現在應該起來爭取思想言論的自由，那些用大腦思想的人是值得尊重的，即令他想錯了也是值得尊重的。相反，用鼻子來代替思想的人應該受到鄙棄，他們像狗一樣到處嗅，嗅領導的風聲，嗅權威的片言隻語。思想言論自由在憲法上明文規定，但是實際生活中卻沒有，這不是一個值得深思的問題嗎？

"人的尊嚴和人權在過去可以隨便受到侮辱和損害，人們生活着，但是隨時都有被批判被鬥爭的可能。有一種人專門做抓小辮子的工作，抓住了就記在小本子上，在適當的場合，成為批判鬥爭的材料，而自己卻沒有任何憑藉來保衛自己。作為一個人，有獨立的人格，有獨立的思想，他有權利和別人站在平等的地位上互相辯駁，盡可以不同意，盡可以爭得面紅耳赤，但是，他決沒有做別人的箭靶子的義務，而別人也沒有批判鬥爭他的任何權利。在過去，這種不合理的情況卻被視為當然，學生可以指着老師的鼻子破口大罵，同學也可以對同學這麼做，在這麼做的時候，有自覺的，有昧着良心的，有糊塗的，但不管怎樣，背後有一個强有力的指使者。試問，這種做法和我們這個社會制度的本質相符合的嗎？

"在現在，光喊共產黨萬歲、中華人民共和國萬歲是不够的。還要喊：理性的原則萬歲！民主和自由萬歲！社會主義的法制萬歲！"

兩天以後，他在另一封信中，又這樣談到了他參加幾次辯論會的觀察與感受——

"辯論的氣氛基本上是正常的。但時而有人在下面喊口號，扣帽子，想訴之於群眾壓力，但在群眾的噓聲下被壓住了。看樣子這是一場鬥爭。有人提到是要社會主義還是不要社會主義的高度來估計，我看不盡然，如果真是這樣，這一場運動又將風消雲散，其實這是民主與反民主的鬥爭。胡風的問題以及其他一切問題都可重新提出來，作新的估價。把思想束縛在一根繩子上或只許唱一個調子的時代是永遠過去了。實在的，這次提出了許多大膽的問題。有人要求把人事檔案公開，有人要求對肅反運動作新的估計，有的要求停課整風，有的要求取消新聞封鎖，要求是多種多樣的。凡是你從最徹底的角度想到的，這裏都有。……在這裏面，也夾雜了某些復仇主義的傾向，有人罵黨團是判官，老爺，有人罵黨團是特務，有人喊着'還我青春，還我健康'。有人罵黨團員是衛道者等等。但這種情形不算主流，對三害份子的憤慨卻是最主要的。

"寫到這裏，又去參加了一個辯論會。會上很多的人把問題提到革命和反革命的高度，發言說胡風不是反革命的人在這種情況下似乎染上了為反革命辯護的嫌疑。上面講，下面喊口號，甚至有人把台上講話的人拖下來。這使我不由得想起匈牙利的街頭流血的事件，儼然一場革命反革命的政治鬥爭。其實，這很無聊。真是這樣，誰還敢講話。這表現了有些衛道者很膽怯，害怕群眾的偏激之論，還想回復到過去的粉飾太平的局面。

"應該維護理性，一切都在理性的原則下來檢驗，以暴力來解決人民內部矛盾問題是不行的。理性的原則萬歲！"

將張炯、謝冕與余敦康的信相對照，是不難看出校園裏兩種思潮的對立，而且雙方的立場都很鮮明。但在堅定姿態背後卻掩蓋不住內心的矛盾與焦慮：這或許是我們更應該注意和探討的。

5月25日的信中，張炯與謝冕談到在辯論中，有人"對鎮反、肅反發出一連串的懷疑和攻擊。仇視我們的人罵共產黨殘忍、沒人性。‘人道主義’者喊道：‘講人道啊！豈可殺人！’”面對這樣的責難，這兩位前解放軍戰士所受到的內心的衝擊是可以想見的，張炯因此而回想起自己當年“扣動扳機”、親手槍斃“惡霸份子”的情景。於是，就有了這樣的辯護詞——

> “難道我失卻了人性？不，我看到革命的風暴怎樣掠過歷史的長河，人類為了從充滿不平、黑暗和醜陋的社會走向一個嶄新而美好的世界，正經歷着多麼痛苦而充滿血淚的蛻變啊。過去讀到太平天國革命中死了二千五百萬人，覺得震驚；然而從1851—–1951這動亂的一世紀中又有多少人死去。這將是中國民族走向永不相互殘殺的最後一刻。在這一刻中，誰要堅決阻擋生活的車輪，誰便將被送上歷史的祭壇。我們應當是最後看到血的一代人。……
>
> “我們的生活中並非人人都了解共產黨人，了解革命。‘革命是痛苦，其中也必然混有污穢和血，決不是詩人想像的那般有趣，那般完美’(魯迅)。有的人有一顆人類美好而仁慈的心，但卻不懂歷史的嚴酷，不懂馬克思主義，不懂立場，觀點和方法！
>
> “在驚心動魄的鬥爭年代，對敵人仁慈，就是對自己的殘忍。當然，我們不僅鎮壓了敵人，甚至也冤屈了自己的一些同志，但這是可以理解的。歷史的激流，有浪花，有旋渦，也有回流，然而，終究奔騰着前進了。我很同意美國記者斯特朗的看法：‘人類的一切進步都是用極大的代價去換取的，不僅要有英雄們死於疆場，也要有人受冤而死去’”。

這不僅是在辯駁，更是一種自我說服。一切懷着人道主義的理想投身革命的知識份子，都會遇到這樣的“(暴力)革命”與“人道”的兩難選擇。問題是，現在這些自命是、也希望是“最後看到血的一代人”，又面臨着要不要“鎮壓”新的“敵人”而再度流血的問題。如果“必須”如此，那麼，這樣的“最後”究竟甚麼時候才能結束呢？更為困惑的是，"鞭打一個將要覆亡的階級，消滅公開活動的敵人，畢竟是容易的事情啊。然而這裏……是同志，是朋友，還是甚麼？一時很難分。"於是，張炯、謝冕們只能祈禱："但願都是我們的朋友"，矛盾也就自然迴避。——但迴避得了嗎？

5月28日的信中，又談到了一個更為沉重的話題：作為忠誠的年輕的共產黨員，儘管懷着保衛黨的一腔熱情，卻不能迴避黨脱離了群眾的事實；於是，"夜裏，我們都失眠了"。

"甚麼時候我們曾想到同學們對自己'敬而遠之'，作為共產黨員，生活在群眾中，而人們卻避着你，這是何等的可悲啊！"——謝冕寫到這裏，被人叫出去了，張炯繼續寫下去："我想得很多：臨解放那年，在特務的追踪下，我好容易逃出中學校時，一位大學生極其巧妙地把我掩藏在他家裏，每天送飯給我，從大學圖書館裏借《資本論》給我讀，直到我轉移到游擊區為止。他不是共產主義者，為甚麼冒着性命掩護一個共產黨員？因為我是他的朋友，他們中的一個，而且因為他們把希望寄托在共產黨人身上。而今天，黨執政了。我們卻自以為是，盛氣淩人，漠視群眾的呼聲，盲目地相信黨在群眾中的威望，逐漸脱離了人民。如果不整風，不整好風，難道我們不正沿着歷史上無數可悲的軌轍前進嗎？昨晚，我睡不着，謝冕也睡不着，睜着眼，窗外風聲颯颯。我們思索着，為甚麼會這樣？我們的黨在新的歷史條件下，將怎樣重新呼吸着人民的一切，她將沿着怎樣的道路前進？整風，是的，我們要整風，但是，我不知道我的同志們，在共產主義的旗幟下和我並肩前進的千百萬同志，是不是都這樣想，想黨的命運，人民的命運。……"——寫到這裏，謝冕回來了，看了張炯寫的這一段，認為"調子太沉重了"，於是，這一話題就沒有再深入下去……。但我們仍然觸摸到了這些忠實於當年理想的年輕的共產黨人的內心矛盾：既要維護黨(在他們看來，有一股勢力在反對、質疑黨的領導權，這是絕不能接受與容忍的)，但又確實感受到黨的現實危機("逐漸脱離了人民”)，並對黨的發展(“她將沿着怎樣的道路前進”)懷有隱憂，更對“我的同志們”是否和自己一樣仍然關心着“黨的命運，人民的命運”產生了懷疑：這不堪承受的“沉重”，即使不再談論，恐怕是難以擺脱的了。

在6月7日的信中，有對前一封信的回應：收信人批評前述“對於黨群關係的議論太低沉”，認為“應當把某些黨員的脱離群眾和全黨的基本情況區分開來”：這是一個長期以來、也是此後一直佔主導地位的邏輯，張炯與謝冕自然無法否定，只能表示“這是對的”，並且半是認真、半是自嘲地檢討自己：“大概，這也是小資產階級的片面性和誇大狂吧”：不斷地反省“小資產階級”病，這也是那個時代的一個支配性的“改造”邏輯。

但思考仍在繼續。這回主要討論的是民主與社會平等問題：這都是1957年校園論爭的中心話題。一方面強調“關於擴大社會主義民主，意見是一致的”，主張“在新的歷史條件下，黨應當領導人民擴大民主、只有在民主的基礎上，黨才能永遠不脱離群眾”；另一方面又認為出現了一股“無政府主義”的思潮，應該予以批判，並這樣闡釋自己的民主觀：“民主按其本質是對人的尊重，是少數人對多數人的尊重，是限制少數人的自由服從多數人的自由。絕對的自由，即使到共產主義社會也不會有”。針對關於“階級復活”的問題的爭論，又強調“共產主義的第一階段，還不會有甚麼公平和平等，富足程度的差別依然存在，而這種差別是不公平的，但是人剝削人的事情已經是不可能了，因為那時已無法把生產資料——工廠，機器，土地——據為私有”，據説這是馬克思的觀點，這其實是為自己既要保衛現有的社會主義體制，又不能也不願迴避生活中的不平等的現象的立場，尋找一種理論上的依據：依然是在自我説服。如信的開頭所加的標題所示，張炯與謝冕經過痛苦的思考，正在準備或已經投入“戰鬥”，但他們選擇的是“左右開弓”的姿態。——中國的現實政治允許他們這樣做嗎？

余敦康的觀點(包括他對中國社會的民主、平等問題的看法，以及他對這場校園民主運動與形勢的分析)顯然不同於張炯與謝冕，他的內心更充滿了另一種隱憂。在5月27日的信中，他就說自己從各報拒絕報道北大民主運動這件事裏，"懂得了一點秘密：自下而上的、自發性的，群眾的爭取民主的大風暴畢竟是一件不十分受歡迎的東西，也許是一件可怕的東西。自上而下的發揚民主和自下而上的爭取民主在理論上是一致的，實際上不盡然。北大的情況可以說是全中國的一個縮影，它說明了現行的政策是用一種逐步的緩和的方法沖淡一下積累已久的矛盾，並不是用大刀闊斧的方法造成一種群眾性的民主高潮。但是，如果沒有這種群眾性的民主高潮，如果群眾沒有直接起來大膽地干預政治，那麼，要從根本上消除三害，無異於緣木求魚。因此，我對於這次整風運動的估計是不大樂觀的"。余敦康顯然贊同"自上而下的發揚民主與自下而上的爭取民主"相結合，以此推動中國社會主義民主化進程的思路，這正是這場"五·一九民主運動"的發動者們的追求；但也許是因為處在旁觀者的地位，他已經覺察到了在中國現行政治體制下，不允許、也不可能實現真正的群眾政治參與，因此幾乎看不到"根本上消除三害"的任何前景，由此而產生的深刻的懷疑與焦慮，也是他難以擺脱的。但他仍然給這場運動以積極的評價：在5月29日所寫的信中，還談到長期以來"自己思想上壓着一頂小資產階級自由主義和絕對平均主義的大帽子，分不清是非黑白，從內心裏不敢肯定所要肯定的，否定所要否定的，思想被一根繩子緊緊束縛住了"，"只是在這次北大的群眾大風暴中，人們才暢所欲言"，"這是我第一次感到或享受到真正的民主和自由"。但他在信的結尾，卻着意強調"應該維護理性，一切都在理性的原則下來檢驗，以暴力來解決人民內部矛盾問題是不行的"，看來他已經有某種不祥的預感了。

(三)"一切人都得在嚴肅的現實面前表示態度了"

1957年6月8日，《人民日報》在毛澤東的指示下，以《這是為甚麼》為題，發表社論，宣稱“在‘幫助共產黨整風’的名義之下，少數的右派份子正在向共產黨和工人階級的領導權挑戰，甚至公然叫囂要共產黨‘下台’。他們企圖趁此時機把共產黨和工人階級打翻，把社會主義事業打翻……這一切豈不是太過份了嗎？物極必反，他們難道不懂這個真理嗎？”

這自然是一個信號。就在同一天，下達了毛澤東親自起草的中共中央黨內指示《組織力量反擊右派份子的猖狂進攻》，對前一段的省市機關與高等學校“大鳴大放”的形勢作了這樣的描述與分析：“反動份子猖狂進攻。黨團員中的動搖份子或者叛變出去，或者動搖思叛。廣大黨團員中的積極份子及中間群眾起而對抗。以大字報為戰鬥武器，雙方在戰鬥中取得經驗，鍛煉人才。反動份子人數不過百分之幾，最積極瘋狂份子不過百分之一，故不足怕。不要為一時好像天昏地黑而被嚇倒”。[3] 這一不公開發表的黨內文件不僅發出了“反擊右派份子”的號令，而且對反擊的策略、步驟進行了極其周詳的部署：天羅地網已經布下，只等人們如何表態了。

校園裏的張炯、謝冕、余敦康們對這樣的急轉直下，不免有些吃驚，但也並非毫無思想準備。張炯、謝冕在6月11日的信中這樣寫道：“水既落，石既出，一切人都得在嚴肅的現實面前表示態度了”。

對於他們，表態並不困難。因為早在6月7日(也就是《人民日報》社論發表的前一天)的信中，已經引述了列寧的名言來表達自己的基本信念：“無產階級手中除了黨便沒有旁的武器，取消黨就等於解除無產階級手中的武器”，黨與黨的權力在他們心目中是不可動搖的；現在黨已經發出“反擊”動員令，作為黨的“戰士”除了積極投入戰鬥，不可能有其他選擇。於是，他們自覺地用社論的、也即黨的精神來調整自己的認識，指導自己的行動：“《人民日報》的社論是正確的：‘國內大規模的階級鬥爭雖然已經過去了，但是階級鬥爭並沒有熄滅，在思想上尤其如此’。二十天來北京大學的大字報正是全國已經消滅和正在消滅的各階級思想的檢閱台，

3　毛澤東：《組織力量反擊右派份子的猖狂進攻》，《毛澤東選集》5卷，431頁。

'在這裏，人們的心排着隊走過'"。這是用明確的階級鬥爭的觀點來重新審視校園裏的運動；於是，就有了對校園裏的轉向——由爭取民主的運動轉向反右運動——的讚揚："今天，牆上出現了'堅決與譚天榮劃清界限'、'堅決站在無產階級的立場'等標語，出現了《社會主義者宣言》；出現了無數篇反擊自由主義者的文章。牆上頓然又萬紫千紅了。在這浩大澎湃的浪潮下，那些可憐蟲們無力的反社會主義'呼聲'完全被淹沒了"。這裏，再也沒有了個人的猶豫、懷疑的思考，完全融入在"浩大澎湃"的時代"浪潮"之中；再也不提"左右開攻"，唯一的選擇是投入"反右運動"。這自然是大勢所趨，據說"偏激的同志發現自己的熱情，自己對黑暗和醜惡的憎恨，以及對於美好的社會生活的追求竟然差點被人引入歧途，都清醒過來了"，說這些話或許還有自責的意思。但信的結尾還是於無意中冒出了一句話："我們還是希望譚天榮冷靜下來，謙虛點，實事求是點，如果他想成為真正的哲學家的話"。這顯然與"反右運動是敵我之間你死我活的階級鬥爭"的論斷相違背：要完全跟上黨的思想、意志與部署也並不容易。

因此，在6月20日所寫的最後一封信裏，出現這樣的自我批判就是必然的了："我們像書呆子一樣把校內的各種反動思潮學術化了"；而且自覺地將知識份子的"書生氣"與工人階級的堅定立場相對比："工人畢竟是工人，憑着階級的直覺，他們懂得甚麼是幫助黨整風，甚麼又不是"。張炯與謝冕們就這樣作出了"在風浪中要站得穩"的選擇，走上了"堅決地給這些右派份子以迎頭痛擊，直到他們真正領教了人民和社會主義的力量為止"，並在階級鬥爭的"風浪"中改造自己的道路。但在結束這場前後持續一個月(1957年5月20日–6月20日)的通信時，兩位詩人突然抒起情來："我們要和你做長夜之談，那時候，一杯濃茶，幾點螢火，我們在南國夏夜的星空輝映下，在濃密的龍眼樹下，談祖國、談愛情、談這場動人心弦的風浪，談怎樣更好地做一個共產黨員……"。在如此嚴峻的鬥爭時刻，還要大談螢火蟲和濃茶，真個是本性難移了。校園裏的“左派”與“右派”大概都是很難接受的。

像余敦康，就有完全不同的感受。他在6月9日所寫的信中，是這樣看待校園形勢的急轉直下的：“既然談到要不要社會主義，有甚麼更多的話可說呢？難道過去還談少了麼？這次運動中，確實出現了一些不要社會主義的言論，也出現了一些似乎是不要社會主義的言論，也出現了一些要社會主義但也可以作為不要社會主義來理解的言論。但是，在要不要社會主義的爭論聲中，一切複雜的問題被簡單地分為兩類，百家爭鳴變成了兩家爭鳴。於是，一場偉大的具有世界歷史意義的發揚民主和爭取民主的運動，轉化成了早已解決了的革命和反革命的鬥爭。談起這種情況來是並不愉快的。過去流行的各種奇妙的邏輯出現了，而且顯然佔了壓倒的優勢。如果真把反社會主義壓倒了也還可説，問題不在這裏，那些奇妙的邏輯不僅沒有壓倒反社會主義，反而把真正擁護社會主義的也壓倒了。理性的聲音是微弱的，他們大多數都沉默下來了”。

在這要求人人“表示態度”的時刻，余敦康這樣表述自己的基本立場：“我一向就厭惡聽兩種調子，一種是帶着階級仇恨的反社會主義的調子，一種是為現存的一切(包括缺點在內)作辯護士的衛道者的調子。前一種把人民用生命和鮮血爭取來的優點説成是缺點，後一種人把人民深惡痛絕的缺點説成是優點。在運動開始的時候，我聽到了一種和這兩種不同的健康的理性的聲音，我興奮激動，為它歡呼。但同時，我也預感到那兩種調子是會來擾亂它的。因為，在運動開始的時候，這兩股噪音就已經顯示出了。在一定的時機，他們是會把健康的理性的聲音壓倒的，現在果然是壓倒了。”

並且有了這樣的自我反省：“我有信仰嗎？有。我有理性嗎？有。但是，在我的生活史上，我的信仰和理性曾幾次三番地欺騙過我。受欺騙是痛苦的，但更痛苦的是我因此而懷疑起我的信仰和理性，以至懷疑起我整個的人。在這一次，我是竭力信仰黨中央是有決心把運動搞徹底的。但我也懷疑，在目前社會主義和反社會主義的爭論之中，會給三害份子安排一個溫暖的安全的庇身所。群眾起來直接干預政治生活，這是根除三害，保證民主的唯一途徑。可是在黨中央看來，群眾的行動顯然是越出軌道了。如果規定群眾在劃定的軌道上行動，那麼，同樣是顯然的，整風運動一定會被庸俗化為一場生活檢討會。由上而下的發動民主，實際上等於恩賜民主，這在知識份子來說，是得用巧妙的方式來爭取，但廣大的農民群眾呢？農民是善良的，能容忍的，沒有受過近代民主生活的訓練，恩賜的民主難免不打幾層折扣，實際上還是和從前一樣。我的思想很混亂，而且有着表現了我的懦弱性的憂慮，我不想對你們隱瞞這一點"。

余敦康最後這樣談到了自己的選擇：一方面仍然堅持"在喊共產黨萬歲和中華人民共和國萬歲的前提下，再喊三個萬歲：理性的原則萬歲，民主自由萬歲，社會主義的法制萬歲。我反復的考慮過，我究竟要甚麼？我覺得，我所要的東西都包括在這幾個萬歲中"；同時又表示："要有兩種要法，一種是積極的爭取，一種是消極的等待。現在，我走的是消極等待的路綫。因此，我很不滿意我自己，我覺得我的青春和熱情似乎不存在了……"。但在結束通信時，他仍然鄭重地對那些"積極爭取"的、此刻被視為"極右份子"的運動的發動者與骨幹，表示自己的尊敬："這些人有缺點，特別是思想方法有些不哲學，但是他們的那種精神和他們的正義感都是我所佩服的。我比不上他們，但同時我還根本沒有想要去比上他們，因此我是更不滿意自己了"。

(四)"'客觀主義'其實是更接近右邊的"

通信到6月20日就結束了。因為緊接着鳴放期間的私人通信也成為審查的對象：余敦康的信被揭發出來，成為他被打成"右派"的鐵證。他因此而付出了到邊地勞教二十年的代價。

張炯、謝冕將他們的《遙寄東海》公開發表，原本是以此來參加戰鬥，卻不想正好提供了一個批判的靶子：7月24日出版的《紅樓》“反右派特輯”第4號發表評論文章，題為《甚麼傾向》，對八封通信逐一提出嚴厲的指責。第一封信：“我們北大，在最初幾天，大字報裏就夾雜着向黨射來的槍聲。……可是作者的評價卻是：‘……也出現了一些不健康的東西’，‘我們不欣賞’《是時候了》。另一個已腐爛的世界發出的狼嚎，我們只是‘不欣賞’嗎？”第二封信：“作者說：‘……當有一些人對‘百家爭鳴’吞吞吐吐的時候，我們大學生都大膽地把一切說出來了。’說實話，北大這次‘整風運動’，是沒有甚麼可自豪的。現在我們打擊右派份子的進攻，這才是我們集體的榮譽”；“作者說‘但願都是我們的朋友’，這正是作者的思想關鍵所在。可是事實上譚天榮、林希翎之流不可能是共產黨員的‘朋友’的，作者自己不是說過他們對新制度仇視，對共產黨痛恨嗎？‘痛恨’我們的人，我們又怎能想像他是我們的朋友呢？”第三封信：“革命，要革一個時代的命，勢必要革那舊時代代表者的命。……劉奇弟曾掉着淚，為胡風喊冤，有人掛出了‘招魂幡’，叫嚷甚麼‘講人道啊，豈可殺人’。當我們稍稍想一下過去的牛馬生活，想一下雨花台下的屍骨……我們就會說：‘殺得好！’對於反革命，你不鎮壓他，他必‘鎮壓’你”；“在信末還有一句‘你的她……’，這太不協調了。現在不是談情說愛的時候，敵人在向我們開槍，這裏是火與血的鬥爭”。第五封信：“兩位黨員都失眠了。他們覺得黨在‘沿着歷史上無數可悲的軌轍前進’，他們擔心其他的黨員是不是都能像他們那樣想。其實黨並不是‘沿着可悲的道路’前進，共產黨員也不應該這樣‘心情沉重’。……我們都堅信，我們的路是正確的，我們的事業是不可動搖的”；“修正主義在任何時候都比教條主義惡毒，但不少人都很欣賞修正主義，認為這是‘獨立思考’！”；“作者在這裏對於要懷疑否定我們黨的‘百花學社’，只是感到‘新奇’，這不能不說是客觀主義”。第六封信：“我不同意作者對民主的看法。……民主畢竟是手段，所以它不是無產階級專政的‘實質’。……沒有集中，就不可能有真正的民主”；“資產階級右派，打起了一面最容易迷惑一些知識份子的旗幟，這就是‘民主、自由’。他們口口聲聲叫嚷‘民主’，其實是要資產階級的‘民主’。如果真要來了，不但我們得不到民主，而且是千百萬人頭落地的問題”；“到十一號還說‘我們希望譚天榮冷靜下來，謙虛點，實事求是點。如果他想成為真正的哲學家的話’。我不能不感到作者的客觀主義是多麼的嚴重，看到這些句子，我心中是多麼的不舒服！有些人把不自覺說成是右派的悲劇，敵人失敗了，怎麼說是悲劇呢？”第七、八封信：“我們不少青年不能對右派份子痛恨，還因為自己身上存在一些舊社會的東西，特別是像感情、良心和他們有共同之處。少談些螢火蟲，少喝杯濃茶，投入生活中吧，把身心靠緊戰鬥的、澎湃前進的生活的土壤！”文章最後總結說：“黨在甚麼地方？作品中沒有。這是一個很重大的錯誤”；“現在反右鬥爭還在勇猛地前進着，這是我國歷史上一次偉大的戰役，是和資產階級的也是和剝削階級的最後決戰。我們多少同志英勇的戰鬥着，我們應該高聲歌唱千千萬萬共和國的戰士，‘客觀主義’其實是更接近於右邊的”。

這實際上是在中共中央有了明確的態度、判斷與結論以後，對北大的“五．一九運動”所作的另一種描述與評價，與前述張炯、謝冕和余敦康在運動過程中一切尚不明朗、處於混沌狀態時自發作出的反應對照起來看，是很有意思的。[4] 而這篇批判文章中所貫穿

4 四十三年以後，謝冕在一篇題為《開花和不開花的年代》的回憶文章中，對自己當年的思想、心態、表現又作了這樣的描述：“在那些時日，我讀着那些充滿獨立思想的大字報，內中那些堪為時代前驅的思考，令我內心既感到興奮又感到驚恐。正統的教育和由此形成的思維受到了質問和挑戰，這給我以大廈塌陷的感覺；從中學時代開始接觸到的那些西方近代文明和基督教文化的理想，又誘使我接近並欣賞那些‘異端思想’。一方面，我既無力背叛我當日所服膺的信念和理想，另一方面，我又無法擺脫我所憧憬的西方那些民主、自由、平等、博愛思想影響對我的誘惑。我響應號召違心地批判那些‘右派份子’——他們是我私心傾慕的同學和朋友，為他們的才華、智慧和抗爭的勇氣；與此同時，我所批判的也正是我靈魂深處所感到接近的，我正是在這樣充滿內心苦悶和極度矛盾中，並不情願卻又不由自己地被推進了那個鬥爭的大旋渦。出於自我保護或為了表明‘堅定’，我‘自覺’地、更確切地說是違心地作了我當日所要求我做的和我能做的。以我當時的狀態和心情，可以想見我的這些言行肯定是無力甚而讓人失望的，而我卻必須這麼做下去。眼看周圍那些善於思考而才華橫溢的師友，一個個被打成了‘另類’，我夜難成寐，內心經受着羞愧交

與顯示的的反右運動的邏輯、觀念與言說方式，以後就成了中國主流意識形態話語，這或許正是其特殊價值所在。

加的煎熬”。將這今天的回憶與反思和當年的文章兩種文本對照起來看，也是很有意思的。文收《開花和不開花的年代》，17–18頁。

地獄裏的歌聲

讀和鳳鳴《經歷》，兼論反右運動以後建立的社會秩序

(一) 必須直面的“革命地獄”

……把書放下，我不禁顫慄起來：真好像在地獄裏走了一遭。

我想起了魯迅的《寫於深夜裏》。面對國民黨政權將革命者秘密處死的空前的大黑暗，魯迅這樣寫道：“我先前讀但丁的《神曲》，到《地獄》篇，就驚異於這作者設想的殘酷，但到現在，閱歷加多，才知道他還是仁厚的了：他還沒有想出一個現在已極平常的慘苦到誰也看不見的地獄來”。

記得每讀到這裏，我都會感到莫名的恐懼。而現在，卻突然發現：人們都説他有一雙“毒眼”的魯迅，還是太仁厚了：連他也沒有想到，中國還會出現罩着“革命”的神聖之光的地獄，“慘苦”到不僅“看不見”，而且還要强迫“遺忘”。——我因此有大恐懼。

魯迅《寫於深夜裏》這篇文章，除了“論暗暗的死”之外，還寫了“一個童話”、“又是一個童話”、“一封真實的信”幾節，講一個十八歲的青年(木刻家曹白)，因為同情革命，參加了具有左翼傾向的木刻研究會，因為在給朋友的信中，寫了一句“世界是一台吃人的筵席”，而被捕入獄，並因此“遊歷了三處殘殺人民的屠場”。[1]

《經歷》的作者和鳳鳴和她的丈夫王景超應該是曹白的同代人，都是嚮往革命的熱血青年，在1949年就參加了革命隊伍。但到

1　魯迅：《寫於深夜裏》，《魯迅全集》6卷，520–521頁，522頁，527頁。

了1957年，就是這個他們無限信任，對之表現了無限忠誠的"革命大家庭"，以"革命"的名義，將他們打入了地獄。這是一個更加離奇，更不可思議的"童話"——"童話"這一詞也顯得過於輕飄，這裏充滿了層層叠叠的血污，這又是一個新的，更具中國特色的"吃人的筵席"。

我們必須直面這"革命地獄"，看它如何將真正的"革命者"打成"反革命"，看它怎樣把真正的"人"變成"非人"。

命　名

這是一個後人無法理解，卻令當事人至今仍不寒而慄的細節："'右派右派，妖魔鬼怪！'這流行一時的歌曲，常常在街頭巷尾，鬥爭會上由群眾高歌，在廣播和擴音器裏響亮地播放，時不時地撞擊撕扯着我們流血的心。曾幾何時，我們都成了'妖魔鬼怪'。在公眾場所，在鬥爭會上，右派份子們還得做屏息凝神靜聽默思狀，以表示自己真是'妖魔鬼怪'，這個玩笑真是開得太大了。在1957年的中國，我們對自己被歌為'妖魔鬼怪'，只能表示衷心悅服，個中的辛酸痛苦，真是一言難盡"[2]。

還有這樣一個細節："在反右鬥爭進行得如火如荼轟轟烈烈熱鬧紅火不亦樂乎之時，有關美術編輯發生奇想，把全報社的右派份子集中在一幅大漫畫裏，用妖魔鬼怪的諸神形象醜化一番，標出在黑社頭子王景超指揮下，群魔亂舞，正在興高采烈地進行反共大合唱；其中的'牛頭'自然是牛華生了；杜紹宇因為身材短粗平日裏大家對他就有'狗熊'的戲稱，在漫畫裏就變成了一頭醜陋的狗熊；杜博智被醜化成挺着大肚子蹦跳着的大青蛙，旁邊寫上'蛙將杜博智'。像這等大漫畫，當時我只掃了一眼心裏就痛楚不已"[3]。

問題是在共和國的歷史大事件中，這樣的細節卻一再地出現。

2　和鳳鳴：《經歷——我的1957年》，18–19頁，敦煌文藝出版社，2001年出版。
3　《經歷——我的1957年》，92頁。(以下只註頁碼的均出自此書)

和鳳鳴的回憶中，就提到文革一開始，《人民日報》的那篇題為《橫掃一切牛鬼蛇神》的社論，於是，就有了"牛棚"，有了强迫每一個受害者高唱"我是牛鬼蛇神……"的"嚎歌"……

這是為甚麼？這樣的"命名"有着怎樣的歷史功能？

最容易想到的，這是對受害者的人身侮辱，不僅是對其"革命者"的資格、身份，更是對其"人"的資格、身份的剝奪，正是要通過這樣的命名儀式，使其在輿論眼裏，更在其自我心理上"非人化"。我至今還不能忘懷大劇作家曹禺對文革中的心理迷亂的自述："他們整天逼你念叨着：我是'反動文人''反動學術權威'……一直搞得你神志不清……不但別人相信，甚至你自己也相信，覺得自己是個大壞蛋，不能生存於這個世界……我也許是瘋了，我老岳母剝下的白薯皮，我都吃……"[4]。在我看來，"曹禺吃'剝下的白薯皮'這一細節是特別驚心動魄的；它讓人想起了老舍《駱駝祥子》的結尾：祥子'看着一條瘦得出了棱的狗在白薯挑子旁邊等着吃點皮和鬚子。他明白了，他自己就跟這條狗一樣，一天的動作只為撿些白薯皮和鬚子吃，將就活下去就是一切，甚麼也無須多想了'"[5]。——"人"就是這樣在自我幻覺中變成了"狗"。

而"牛鬼蛇神"的命名，更是所謂"革命狂歡節"中必不可少的"節目"。不但在將迫害無辜的罪行戲謔化的過程中洗滌血污，而且減輕了民眾參與時的心理負擔，使這樣的反右運動或文化大革命在狂歡氣氛中成為全民性的迫害運動。和鳳鳴對那幅"革命群眾"自發、主動創作的漫畫"痛楚不已"原因即在於此。

這樣的命名法也非這些新式革命家所獨創。魯迅早已指出，"中國究竟是文明最古的地方，也是素重人道的國度，對於人，是一向非常重視的。至於偶有凌辱誅戮，那是因為這些東西並不是

4 曹禺和田本相的談話(1986年10月18日)，轉引自田本相：《曹禺傳》，420、421頁，北京十月文藝出版社，1988年出版。

5 錢理群：《大小舞台之間——曹禺戲劇新論》，308頁，北京大學出版社，2007年出版。

人的緣故。皇帝所誅者，'逆'也，官軍所剿者，'匪'也，劊子手所殺者，'犯'也。滿洲人'入主中夏'，不久也就染了這樣的淳風，雍正皇帝要除掉他的弟兄，就先行禦賜改稱為'阿其那'與'塞思黑'，我不懂滿洲話，譯不明白，大約是'豬'和'狗'罷。黃巢造反，以人為糧，但若說他吃人，是不對的，他所吃的物事，叫作'兩腳羊'"[6]。——我們現在終於明白，命名法的老譜襲用，目的就是要通過將受迫害者非人化，來磨合其口頭的"革命人道主義"與實際行為的"反人道"之間的矛盾，使迫害合法化，合道德化。有了這樣的遮眼法，就可以心安理得地，甚至天趣盎然地實施各種暴行了！

隔　離

在和鳳鳴的記憶中，最難以忍受的是，當被宣佈為右派，頃刻之間，所有的人都像逃避瘟疫一樣，遠離而去；"在原來十分熟悉，非常友好的同志們面前，自己忽然成為敵人置於被審判的地位，垂手恭立，接受鬥爭批判"(21頁)，這來自朋友、同志，有時更有親人的陌生的，冷漠的，甚至仇恨的眼光，是真正令人恐懼的。——這正是當年"狂人"的感受：這死魚般的"白而且硬"的眼睛，"真教我怕，教我納罕而且傷心"，"從頭直冷到腳跟"！[7]正像當年以"瘋子"的罪名將反叛者逐出社會之外一樣，現在又以"右派"的罪名將革命者逐出了。

處在社會隔離中的自我，只能躲避到小家庭裏：和鳳鳴和他的丈夫就是這樣回到家裏，"悄悄地述說外面的世界不允許說的話，傾吐冤屈，互訴衷腸"(24頁)。讀到下面這段文字，人們無法不為之動容："他用雙臂圍住了我，悲傷地柔聲說：'他們為甚麼要鬥我的小嬌嬌啊？為甚麼？'悲傷使他聲音喑啞，我的心顫慄了"(21頁)。但應該說，和鳳鳴和王景超還是幸運的，因為他們仍

6　魯迅：《"抄靶子"》，《魯迅全集》5卷，215頁。
7　魯迅：《狂人日記》，《魯迅全集》1卷，447頁，445頁。

心心相印，相依為命；更可怕的是，有的家庭卻或因社會壓力太大，或因精神的迷亂，竟出現了夫妻之間的不信任，甚至揭發私房話以示“劃清界限”，這就最後地堵塞了人賴以躲避外在風浪的精神退路，在歷次運動中，很多人就是在這最後的絕望中走向絕路的。因此，我說過，把革命引入家庭，將精神控制伸向床笫，強迫或誘使夫妻與骨肉相互劃清界限，這是最無人道的，因為它逼迫人越過人之為人的最後底綫。

對於和鳳鳴與王景超這樣的死命相守的夫妻則要強制他們分離。“兩個在大災大難中融合在一起的靈魂又生生被撕扯得鮮血淋漓，各自東西”(33頁)，這更是一種殘酷。人們似乎還有一點退路：可以通過通信來慰藉兩顆孤寂的靈魂。但這也是“革命”所不允許的。在經過了“萬種柔腸焦急等待”以後，和鳳鳴終於收到了心上人的來信：“這是一個小小的、揉得皺巴巴的信封，奇怪的是信封開着口，沒粘，裏面裝着一張薄薄的信紙，字寫得歪歪斜斜，沒有了他的來信中慣常對我的愛稱，只是簡單地說到他現在新添墩站，已開始勞動，主要是挖水渠，隊裏管伙食，每月發兩三元零花錢。……”和鳳鳴“反復讀着這封被檢查過的來信，想從字裏行間捕捉到甚麼，卻甚麼也捕捉不到，乾巴巴的字句，意思明確，連引起聯想的可能都沒有”。她突然明白：唯一溝通和撫慰兩個受難的靈魂的渠道已被堵死，“我們在苦難中想要互訴衷腸、溝通心曲已無法做到，這種殘忍的剝奪使我心顫不已”(64, 67, 65頁)。

於是，人只能回到自我傾訴：王景超正是這樣堅持記日記，作為自己最後的精神防綫。如今這已成了和鳳鳴永遠的記憶：“每天晚上，景超還用工整的筆迹寫日記，寫每天挨鬥的情形，寫他的委屈，他的痛苦，也寫出那可悲的世相”(24頁)；到了勞改農場，他也還在寫，並且勸難友記，說這些日記會很有意義，不僅是為了現實的精神的堅守，而且也是他的一個夢：總有一天，將這一切寫出來，留給後人。可以說，記日記幾乎成了王景超們身陷地獄以後，唯一能夠證明自己“人”的存在、思想的存在，證明自我生命的意義的最後手段。但正如一位遠比王景超現實、冷峻的難友所說，這是"在為自己準備繩索"，他也因此遭到了殘酷的批鬥與訓斥："王景超思想反動，現在還在記日記，你記日記想要幹甚麼，你老實交代！"(509頁)而聽了他的勸告也在記日記的難友，更是被同在罹難的右派"無限上綱"："你記日記想幹甚麼，是不是要給台灣的蔣介石送情報？"(145頁)儘管王景超冒着危險，奇迹般的寫下了兩本日記，作為生命的最後遺物留給了自己的妻子，但在十年浩劫中，知道在劫難逃的和鳳鳴，仍將這些日記連同他寫的小說底稿、信件，以及自己"守着孤獨和心靈對話所記的日記"，全部付之一炬，所有的文字，都"烟飛灰滅，全部消失"(450頁)。——這也正是發動反右運動與文化大革命的目的：一切作為獨立個體存在的思想、生命，連同它的文字表達，都應該"全部消失"。人也終於失去了自我傾訴的權利。

很多人在研究法西斯集中營時，都談到了單獨監禁的可怕：那是將人置於和外界嚴密隔絕的空間裏，杜絕了一切交流的可能，陷入了絕對孤獨的狀態。著名的奧地利作家茨威格說，人們無法想像，"這種辦法是多麼惡毒，對人的心理打擊是多麼致命"；他這樣描寫一個親歷者所受的精神磨難："我真是形影相吊，成天孤零零地、一籌莫展地守着我自己的身體，以及四五件不會說話的東西，如桌子、床、窗户、洗臉盆；我就像潛水員一樣，置身於寂靜無聲的漆黑大海裏，甚至於模糊地意識到，通向外界的救生纜繩已經扯斷，再也不會被人從這無聲的深處拉回水面了。……我的身邊是一片虛無，一個沒有時間、沒有空間的虛無之境，處處如此，一直如此。……即使看上去無實無形的思想，也需要一個支撐點，不然它們就開始毫無意義地圍着自己轉圈子，便是思想也忍受不了這空無一物的虛無之境。……你仍然是獨自一人。獨自一人。獨自一人"[8]。

8 茨威格：《象棋的故事》，《斯蒂芬·茨威格小說四篇》，人民文學出版社，1997年出版。

中國的監獄自然少不了這樣的被茨威格稱為“陰險”的單獨囚禁，但我們也有自己的特色的創造，即精神的隔絕：從表面看，你還是生活在群體之中，甚至是在一個相當擁擠的生存空間裏，你和你的管教者，和你的難友朝夕相處，經常有身體的摩擦，但彼此精神上卻是絕對隔離的。和鳳鳴曾一度被安排在場部財務科協助工作，財務科是一個人來人往的場所，場部的人有事無事都會到這裏來轉一圈，或者隨意閑聊；但所有的人，眼見和鳳鳴這樣一個“大活人”坐在那裏，卻都視而不見，沒有一個和她打招呼，閑聊時也絕不涉及她，彷佛她並不存在(246頁)。這樣的被周圍的人絕對孤立與空洞化的境遇，是可怕的。和鳳鳴這樣描述她內心的感受：“如果我獨自一個人待在封閉的古墓裏，面對那死去了的世界，我會焦灼不安，着急無望……而在這活人的世界，我自己就是一個大活人，卻不能張嘴和他們之中任何人搭上一句半句話，在他們的眼裏，我是一個‘異類’。這種壓抑，這無言的壓迫，是我未嘗經歷過的，它沉重地壓在我的心上，使我感到窒息般的痛苦”(255頁)。

與同一處境的難友之間的交流，也無可能；甚至，這樣的交流是危險的，會受到嚴厲的懲罰。和鳳鳴就是因為給一個正在受批判的朋友送了一張小紙條，對方反戈一擊，才橫加“訂攻守同盟”的罪名而被打成右派，最後家破人亡的。而當她忍受不住被周圍的人空洞化的痛苦，極其謹慎地向同屋的女伴作了有限的宣泄時，竟立刻被打了“小報告”，又獲得了“不安心改造”的罪名(256頁)。受害者之間的這類相互傷害，我們在下文還要再作討論，這裏只想強調一點：這與籠罩着整個社會的恐怖氣氛是直接相關的，所有的人都感覺到自己處於無所不在的監視網的控制之下，彷佛你不揭發檢舉，就會被檢舉揭發，這樣的人人自危，極大的毒化了社會風氣，很容易越過道德的底綫：保護自己成了唯一的欲求，即使因此而傷害了他人，也似乎顧不上了，人與人的關係成了狼與狼的關係。這樣，儘管仍處於人群之中，但所有的他者，都成了具有顯在或潛在危險的不可交流的對象，這是另一種形態的“空洞”的存在，“你仍然是獨自一人。獨自一人。獨自一人"，這樣的人群中的絕對隔絕與絕對孤獨感，是真正令人恐懼的。

這是和鳳鳴的回憶裏，最不忍卒讀的一頁：當被派去"醫院"燒炕時，她看見的是：所有的人"一個個蓬首垢面，面黃肌瘦，目光呆滯。他們立即全都看見了我，但全像沒有看見一樣，面部無任何表情，沒有人同我打招呼。他們相互間也不作任何議論，沒有一句話。作為病號，他們沒有呻吟聲，只是不知是誰，發出了幾聲沉悶的嘆氣聲。這就是囚犯生活在他們身上形成的一切"(342頁)。

人本是社會的存在，如馬克思所說，人是社會關係的產物；而現在卻用"革命"的名義，將右派從整個血緣關係、社會關係中隔離出來，成為一無依傍的絕對的孤獨的存在，而且被剝奪了情感傾訴、思想交流、言語自由表達的一切對象，一切手段，一切渠道，一切希望與可能。長期的絕望，最後連自身也彷彿失去這樣的欲望，這就是我們這裏所看到的人的精神、人的生命的虛無化與空洞化，這樣的非人化是具有一種內在的殘酷性的。

革命緊箍咒

但"革命"似乎還要顯示自己的仁慈，宣佈要給右派以"出路"，據說這就體現了"革命的人道主義"精神。和鳳鳴和她的丈夫是曾經對此深信不疑的："為了摘掉右派的帽子，從困境中走出，重新回到黨和人民的懷抱，我們天真地認為，只要具有百折不撓的毅力，靠自己非同尋常的努力，就能達到目的。……我們在虛幻的夢境中游來蕩去，沉湎於自己編織的夢境，只是由於我們一無所有……"(32, 33頁)。

但這真是右派"通向外界的救生纜索"嗎？

血的教訓終於使和鳳鳴們有了這樣的覺醒：所謂"右派帽子"不過是戴在頭上的"緊箍咒"，"四百年前的吳承恩讓面目仁慈不明善惡的唐僧念動緊箍咒，驅使孫悟空在時不時抱頭喊疼中仍忠心耿耿地保唐僧的駕赴西天取經，是因為孫悟空在要命的頭疼的折磨中也還有個想頭，他想的是保唐僧從西天取經回來，自己才能成正果，取得自由之身……(我)心中卻十分淒楚，為甚麼歷史中的神話故事，竟同現實生活如此相似乃爾？這驚人的重複究竟説明了甚麼？我們扮演孫悟空去西天取經路上的角色，竟是那樣地有聲有色而更其增添了許多悲壯許多慘烈。唐僧和孫悟空是一對一，而我們是幾十萬人，況且我們的隊伍還在不斷膨脹擴充”(204頁)。

這正是我們要討論的：“革命的緊箍咒”為甚麼能夠對當年的右派發生作用？它又在實際上起了甚麼作用？

和鳳鳴這樣寫到她拼命改造的心境與動力：“我拼命，是因為我承受着雙重的苦難，我的和他的。我拼命，是為了爭取早日改變目前的處境，好進一步幫他脱離苦海。然後，我們的倆孩子也才能得救，我們才能跟孩子在一起。可憐的孩子，他們原應該跟別的孩子們一樣，有一個無憂無慮歡快活潑的童年，但他們小小年紀長久地連父母的面也見不到，讓孩子們也苦熬苦度歲月，這雖也是我盡量不去想的，卻又時刻在心上。我痴痴呆呆地，一心只想着改造，改造，拼命，拼命！真是到了可笑而痴迷的地步。而在當時，這一切就是如此真實，沉重酷烈的苦難使我別無選擇”(156頁)。

這“別無選擇”四個字實在令人心酸。“革命”對這些不馴服的右派的懲罰，最致命之處，不在懲罰落在他們自身——右派中並不乏能夠承受苦難的硬漢，而且“一人做事一人擔當”本也做人的一個基本準則；而現在卻要把懲罰加之於孩子，特別是和鳳鳴、王景超這樣夫妻雙雙被打成右派，孩子更是無家可歸，只能由年老病重的父母來承擔本屬於自己的扶養的責任，而且按當時的血統論的“革命邏輯”，孩子也將和右派父母一樣，成為被社會歧視、排斥的對象，葬送了一切前途：這樣的懲罰才是真正不堪承受的。特別是因自己而讓無辜的孩子受苦，這更會引起無止盡的心靈的自責：“孩子啊，孩子，你們受苦完全是由於我們的過錯，在你們面前，我們是真正的罪人，我們罪不可恕”(352頁)。親子血緣之情，這是人的本性，人的底綫，也是人的情感中最神聖、最敏感，也最脆弱之處，可以說是人的精神的一個軟肋；而現在反右運動的發動者卻正是從這裏插刀，揮舞其"革命的懲罰之劍"，再硬的漢子也得屈服，並且承受永遠除不去的罪惡感，真正"別無選擇"。而對人的基本情感的這種踩躪與利用，是殘酷的。

和鳳鳴還留下了這樣一個可怕的記憶：一個右派，在極度的饑餓中知道自己的日子已經不多，但他仍擔心着妻子和兒女還要繼續為自己"背黑鍋，遭罵名"，於是，就在生命的最後一刻，寫了一首頌歌，表示在即將餓死時，仍然忠於黨，忠於毛主席，希望留下一個"正面的形象"，對妻子和孩子們或許會好一些，這幾乎是他唯一能為家人做的事了。和鳳鳴說："這看似滑稽、矛盾之極的一幕，卻包含了多少淒慘而令人痛斷肝腸的內涵"(387頁)，使人感到對人的親情的踩躪與利用，不僅殘酷，借用茨威格的說法，更是"惡毒"與"陰險"的。

說到茨威格，我們又記起了前面討論過的精神隔離問題。我們已經說過，精神隔離的嚴重後果，就是對人的自由思考、言說、交流的權利的剝奪，欲望的壓制，造成人的虛無化與空洞化；而這樣的虛無與空洞，正可以使"革命的絕對權威"趁虛而入。和鳳鳴對這些被虛無化、空洞化的右派的精神狀態與選擇的描述，同樣令人心酸："我們一個個不明不白地因'反黨反社會主義'而獲罪，在受苦受難中連做夢都想着如何爭取早日回到人民的懷抱，對於中國共產黨提出的'總路綫'、'大躍進'的號召，在內心深處誰也沒有想過可以打個問號，絕對地只是響應號召，絕對地只是跟着黨走。這樣，我們在勞動改造期間又成為'總路綫'、'大躍進'的熱情宣傳者。功歟？過歟？背着沉重的十字架，埋頭勞動改造的人，是根本不去考慮的。……反右鬥爭期間對'獨立思考'大加撻伐，凡是曾經主張獨立思考或有過此等表現的人先後都遭了難。我們當了右派後的處事原則只能是進一步唯命是從，'但求無過'，誰還有興致對這些國家大事用自己的腦瓜兒再去思考一番？"(100–101頁)

這裏所說的“絕對”響應與“絕對”服從，正是說明，當人陷入停止思考的虛無、空洞狀態，就必然通向對專制強權的絕對順從。這是另一種形態的對人的本性或基本弱點的利用：人是有一種“皈依”的內在欲求的，人對父母、故鄉、大地……的迷戀，都是這一欲求的外在表現。而當人處於一種非常狀態，如右派所處的這種絕對孤獨的，幾乎是絕緣(一切聯繫，一切緣份)的狀態，這樣的皈依的本能就會以一種畸形的，又是極其強烈的方式表現出來：只要誰顯得強大，有權威有權勢，以不容質疑的充滿自信的語言說話，就聽命、依附於誰；而當時的“革命權威”正扮演了這樣的角色，“絕對”響應，“絕對”服從，就不可避免。剛剛被“革命權威”打入地獄，就以空前的熱情，投入到“革命權威”所發動的將給自己與整個民族帶來新的災難的新運動中去：後來者會覺得不可思議的“奇迹”，就這樣在二十世紀五十年代的中國，確確實實地發生了。

這不僅是對人的本性、本能的利用，更有對革命者精神品格與氣質的利用。

我們在前面已經說過，像和鳳鳴、王景超這樣的右派都是真誠的革命者。因此，當突然被自己以生命相許的革命打成反革命，他們就陷入了極度的困惑之中：一方面，他們相信自己即使燒成灰也不會反對革命；另一方面，他們又絕對難以想像，革命會犯根本性的錯誤，但他們又必須尋找某些說得過去的邏輯，來彌合這二者似乎是不可解的矛盾，勉强說服自己。和鳳鳴在她的回憶中，這樣談到他們終於找到的邏輯：“當時無論他和我對中國共產黨領導的這場運動還沒有發生根本性的懷疑，我們仍崇拜中國共產黨……作為新聞工作者的我們，對於通過新聞渠道傳播的整個運動的進展情況都深信不疑，絕對沒有想到其中有甚麼虛假。諸如《人民日報》的報道，中國人民大學講師葛佩琦，原國民黨上將，在鳴放中說，‘群眾是要推翻共產黨，殺共產黨人’，云云，我們絕對相信都是真的。我們想，北京出了‘章羅聯盟’，像葛佩琦這樣‘反動透頂’的人物都跳了出來，中國共產黨和全國人民不反擊能行嗎？"(17頁)。在為反右運動找到了合理性以後，自己犯了錯誤，也就順理成章：至少是"客觀上"幫了"葛佩琦之流"的忙了吧？

但他們絕對沒有料到，這竟是一個精心炮製的謊言：經過胡耀邦的親自過問，現在已經查明，葛佩琦是一名老共產黨員，受地下黨的派遣，打入國民黨內部，這才成了"國民黨上將"；而1957年的鳴放會上，他說的原話是："現在共產黨工作做得好沒話說，做得不好，群眾就可能打共產黨，殺共產黨的頭，可能推翻它"，但到了《人民日報》的報道中，就變成了"群眾是要推翻共產黨，殺共產黨"，儘管葛佩琦立即去信指出這與事實不符，並聲明自己的意思是"在這次整風中，如果黨內同志不積極改正缺點，繼續爭取群眾的信任，那不僅可以自趨滅亡，而且發展下去，可以危及黨的生存"，但《人民日報》卻不加理會，反而變本加厲，連續發表工農兵及各界人士的文章，"痛斥葛佩琦的'殺共產黨'，'要共產黨下台'"[9]。問題是，《人民日報》這樣做，是有理論根據的，即所謂"黨性高於真實性"，為了"黨的全局利益"，只要便於發動群眾進行反右鬥爭，甚麼樣的手段都可以採用，至於葛佩琦本人是否受了冤屈，是否形成了對讀者、群眾的欺騙，都不在考慮之列。這背後，隱含着兩個十分可怕的邏輯，一是"為了達到所謂'崇高'的目的，可以採取一切卑劣的手段"，一是"為了所謂整體的、全局的利益，個人應作無條件的犧牲"。和鳳鳴、王景超和無數天真、善良的革命者、普通百姓，在1957年就是這樣落入了按上述"革命邏輯"編織的鋪天蓋地的輿論宣傳的騙局中，和鳳鳴、王景超這些右派還成了所謂"革命全局"祭壇上的犧牲品。

和鳳鳴對當年接受改造的心理的描述、分析，還有一個方面也很值得注意："由於整個社會輿論的強大作用，我和我的難友們有時也覺得自己靈魂深處有不少污垢，遇到大風大浪未能站穩立場，所以才陷入了右派的泥坑，而勞動人民才是我們學習的榜樣。

9 戴煌：《胡耀邦與平反冤假錯案》，233頁，235頁，236頁，中國工人出版社，2004年。

確實也想誠心誠意地通過艱苦的勞動把自己改造成新人，改造成中國共產黨所需要的人”(85頁)；“阿·托爾斯泰在《苦難的歷程》第二部的開篇語，此刻又撞擊着我的心。這段話説：‘在清水裏泡三次，在血水裏浴三次，在碱水裏煮三次，我們就會純淨得不能再純淨了。’……我自己已被饑餓折磨得難以支撑，想的還是浸泡、蒸煮本身，讓靈魂無比純淨的事。當時我崇拜偉大的作家，一種使自己的靈魂更為純淨的强烈願望使我仍真誠地相信阿·托爾斯泰的這些話，在這種自我寬慰的夢幻裏浮沉，精神上似乎獲得了一些寧靜”(343, 344頁)。

這樣的心理今天的年輕人恐怕已經很難理解，但這正是那一代革命者或嚮往革命的青年共同的精神特徵：將勞動和勞動人民理想化、聖潔化，知識者天然有罪的民粹主義的信念，將苦難神聖化，在苦難中純淨靈魂，成為“新人”的“聖徒”情結，這裏顯然存在着俄羅斯文學與文化對這一代人的深刻影響。這樣的信念與情結的道德自律的純潔性，是無可懷疑的；但魯迅早就警告過，“陀思妥夫斯基思式的忍從”是有可能導致“對於橫逆之來的真正的忍從”的[10]。現在，在和鳳鳴、王景超這樣的右派身上所發生的，正是對自我道德完善的追求，卻導致對專制的迫害的忍從的悲劇。從另一面説，那些“在勞動改造中求出路”的説教，就是對這些虔誠而幼稚的革命者的理想追求的蓄意踐踏與利用，這是更令人憎惡的。

和鳳鳴關於1959年國慶十周年給右派“摘帽”的回憶，讓人覺得既荒誕又悲涼：消息公佈時，人們當作“最大的喜訊”相互轉告；接着是“為思慮這次‘摘帽’自己是否有份”而“心慌意亂，坐臥不寧”——正如和鳳鳴所説，“我們這些劃為階級敵人已經兩年的人，真是活得太可憐了，我們一個個都如墮入黑暗深淵奄奄一息又無法掌握自己命運的人，哪怕明明看見是一根稻草，也要搶先抓到手裏爭先活命”；在急切等待中終於到來的國慶“盛典”上，卻宣佈只給兩人“摘帽”，而且依然在農場勞動，一切並無變化。

10 魯迅：《陀思妥夫斯基的事》，《魯迅全集》6卷，426頁。

同時，又將一位寫了一首"祁連山戴帽，勞教人員睡覺；苦難的日子何時了，問誰誰也不知道"的打油詩的年輕右派就地槍斃，以"殺一儆百"(123–128頁)：這又是一次精心策劃的"彷彿要放開，趕緊又抓住"的猫捉老鼠式的戲弄！

這絕不只是人性的殘酷，這更是體制使然，或者說這是維護"革命地獄"的秩序的需要。和鳳鳴有這樣的痛苦的自省："地獄裏出現的人與人之間的冷漠無情，對自己同類大批死亡的無動於衷，竟於不知不覺間也影響了我，改變了我。……被改造的人只要管住自己就行，其他與'我'無關的事，不聞不問不管不顧，才是我們的行為準則。我在'醫院'為那些奄奄一息的病號燒炕時，油光滿面的'職工'炊事員阻攔我為病號代發信件，我不是順從地拒絕了為他們發信嗎？現在讓我感到萬分羞愧內疚不已的事，當時竟認為理所當然。當時稱之為'改造'的東西，其造成的直接結果是人的異化，人的精神的可恥墮落、改造愈甚，要求愈嚴，異化愈甚，墮落愈甚"(423頁)。

本來，將一群異己者聚集在一起，儘管嚴加管制，對統治者也有不安全的方面：如果他們由於境遇與利益的相同聯合反抗，就將破壞地獄秩序的穩定。而現在卻用"改造好了可以摘帽"的誘惑，將這些右派分割成單獨地為自己"早日摘帽"這一虛幻目標奮鬥的個體，形不成共同利益與意志，自然也就無法產生群體的抗爭；所形成的卻是和鳳鳴所說的"只要管住自己就行，其他的與'我'無關的事，不聞不問不管不顧"的"行為準則"。而當每一個右派對同伴的苦難無動於衷，實際上採取了容忍的態度，也就在一定程度上參與了對同伴的迫害：這才是真正可怕的。

而且這樣的參與，還會表現為主動的相互監督與告密。我們前面的分析中，談到在勞改農場中普遍存在的右派間相互傷害，是無所不在的恐怖氣氛所致；而"摘帽"的"革命緊箍咒"則將這樣的相互傷害注入利益的動機：對他人的傷害正是自己"贖罪"的表現，更是"立功受獎"的機會。如上文所說，所謂"摘帽"不過是一個大騙局，但它卻成功地在右派中灌輸了一個理性的觀念：“為了自己活着，有一天能夠摘帽，成為自由的公民，就必須不管他人死活，甚至要以他人的罪與死作為自己摘帽的籌碼”，正如一位作者所說：“正是理性地保護自己的生存的要求使得人對於他人的毀滅無動於衷，理性讓受害者喪失了人性和道德，讓他們相互仇恨而不是仇恨迫害者，理性使得他們爭着想成為旁觀者，把人的生活降到自我保全的生存綫上”[11]。這樣，這些受害者(當然不是受害者全體，反抗者仍大有人在)既是被迫地，又是自覺地(出於解脱自己的理性考慮)參與了迫害，成為無所不在的控制網的有機組成部分。因此，我們可以說，“革命地獄”的最大特點就在於受害者理性地合作，這樣的包括受害者自身在內的全民迫害，是它的“力量”之所在，也是它的罪惡之所在。

人身依附

和鳳鳴在談到“革命的緊箍咒”時，還説了這樣一番引人深思的話：“為了摘去那道可恨的‘金箍’，我也得像孫悟空那樣，事事順着唐僧。而我面前的‘唐僧’就多了，包括那個要用繩子捆我來場部的×場長——後來我才得知他是個副場長，還有楊振英、張振英、王會計，以及來到財務科閑謅的所有的股長們，我都得在他們面前低眉順眼，顯出一副恭順的樣子”。和鳳鳴在書中說：“在九十年代的今天，我動手寫這段文字的時候，為當時我人格和靈魂的扭曲，還真想大哭一場”(245頁)。

而我們想追問的是，為甚麼會形成這樣的“人格和靈魂的扭曲”？“我面前的‘唐僧’就多了”這一事實意味着甚麼？

和鳳鳴所說的×副場長，恐怕是她以及農場所有的難友終生難忘的人物。直到今天想起那一幕依然心驚肉跳：他威風凛凛地騎在高大的馬上，舉起長槍，對着一位對他的無端指責稍作辯解的

11 于闓梅：《理性之下的殺與被殺——讀〈現代性與大屠殺〉》，載《隨筆》2003年3期。

右派的胸口，用槍探條狠狠地戳刺，殷紅的鮮血從襯衣裏涔涔滲出……。儘管這位無辜的受害者曾是八路軍、志願軍的戰士，是當年戰場上的英雄，但此時已是一個"被解除了武裝的右派"，面對這個"改造他的人"施加的暴虐的傷害，卻只能默默忍受，"若略有不恭或說出甚麼話來，狂怒的×場長會毫不手軟地將他打倒在地，然後再逮捕他，給他判重刑。沒有人會為他說話，替他辯護，只要場裏出一紙公文，先抓了他再說"(267–269頁)。右派們背地裏都稱他為"魔鬼"，"從春種到秋收，他喜歡巡視於田間地頭，腰裏別着手槍，或背着長槍，耍够了威風。他決不允許他所管轄的農場裏的'職工'及右派們勞動上有怠慢，對大小的'長'們發佈的各種大小命令有任何違抗"(338頁)，儼然山大王，農場主。

這是具有一種象徵意義的；而且說是"山大王"與"農場主"，也絕非形容，而是一個現實。和鳳鳴根據她的親身經驗，這樣寫道："我深深地感到，經過反右派鬥爭以後，基層黨的書記具有了絕對的權威。得罪了書記，他要給你扣個反黨帽子置你於死地，易如反掌"(336頁)。這是一個極其深刻的觀察。本來，一黨專政的體制就已經賦予黨以絕對的權威性；而二十世紀五十年代開始建立、到六十年代日趨完善的單位制度則最大限度地把每一個中國人都組織到某個單位中，從而對所屬單位形成了一個依附關係。而1957年的反右運動，不僅把黨的絕對權威與絕對權力擴展到前所未有的地步，而且將這樣的絕對權威與絕對權力落實到每一個基層黨組織的領導，特別是第一把手的身上。不無條件地服從基層黨組織的領導，對某個具體領導人有不同意見，就是反對黨的領導，就是反社會主義：這就是反右運動的鐵的邏輯。和鳳鳴、王景超，以及千千萬善良的人們，就是因為對某個單位領導，甚至是某個黨員、某個黨的積極份子提了意見，而被打成右派的。因此，反右以後所建立起來的一元化領導體制，其最大特點，就是賦予從中央到每一個基層單位的黨的各級領導，特別是第一把手，以一種不受法律限制，不受監督的絕對權威與絕對權力。魯迅當年在批判專制者時曾憤慨地說：“他們的嘴就是法律”[12]，又說有一種罪叫“可惡罪”，即被某一種人認為“可惡”就有“罪”[13]。而現在，這一切都有了體制的保證：×場長可以任意給他人定罪，在無論資歷、人品、知識、智力……都遠在他之上的右派們面前大耍威風，而所有的人都不敢稍示不滿，原因就在於他處在領導位置上，他代表黨，他有權，而這些受他管轄的下級及右派，和他之間存在着人身依附關係：他是操有生殺之權的“革命農奴主”，右派都是他的農奴。

而“山大王”的統治，是建立在一個層層控制的嚴密的等級制結構上的：從和鳳鳴的描述中，即可看到，在她所在的勞改農場這個單位的範圍內，第一把手居於最高位置，黨組織和行政其他領導成員處於第二等級，下面各級管教幹部處於第三等級，一般職工處在第四等級，“右派小領導”處於第五等級，一般右派則處在最下層。每一個等級的人，對待上一等級，所有的人對待第一把手，都“陪着笑臉”，“小心翼翼地”說話，不敢有半點得罪(336頁)；但對下一等級的人，則又可以施行不同程度的淫威。於是，就有了這樣的同樣令人震驚的回憶：一個勞改隊的隊長怎樣破口謾罵一個右派，稍有頂撞就扣克口糧，將其打入嚴管隊，最後這位右派只能忍氣吞聲地低頭認罪；而那些“手中有了一點小權的右派小領導”，“對同派難友也拳腳相加。挨了拳腳的難友也只能將憤怒埋在心底，敢怒而不敢言”(269–270, 305頁)。我們也因此明白，和鳳鳴說她面前的“唐僧”太多，所傾訴的正是壓在等級結構最底層的弱者的悲哀與痛苦，讓她事後如此痛心疾首的“人格和靈魂的扭曲”，責任並不在她自身，這是等級制壓迫的結果。

但在整個社會結構中，單位的領導也是處在某一等級上，雖然在本單位範圍內，他可以不受制約，但他的上級卻有權制服他。於是，×場長，這位不可一世的“山大王”，也終於遇到了危機：因為出言不慎，觸犯了忌諱，而被送到縣裏接受批鬥，但又因為縣

12 《致曹靖華》，1935年1月6日，《魯迅全集》13卷，335頁。
13 魯迅：《可惡罪》，《魯迅全集》3卷，516頁。

委書記的赦免，有驚無險地又回來繼續當"山大王"，其兇殘暴虐卻沒有半點收斂(338–340頁)：因為他的權力完全來自上級，只要以對上級的無限忠誠贏得信任，就可以在下級及底層百姓面前任意逞威，這樣的"對上為奴才，對下為主子"的為官之道，是深諳等級體制的奧妙的。於是，天下永是太平，而處在底層的和鳳鳴們的弱者的呼號卻一再地被遮掩了。

饑餓懲罰

早就有過這樣的名言：知識份子如不接受改造，就"不給飯吃"。這不僅是恐嚇，更是現實。

在二十世紀六十年代中國的大饑荒中，被勞改和勞教的右派自是首當其衝；所謂"夾邊溝事件"即是其中的一個典型：夾邊溝農場原是犯人勞改農場，1957年後半年反右以後，改為右派的勞動教養農場，"收容"有甘肅省各類右派二千四百餘人(官方數字)，1960年9月，除了瘦弱不堪者外，又全部遷移到高台縣明水鄉開荒。1960年12月，因死亡人數太多，經中央干預，而遣返勞教人員，此時，夾邊溝農場尚存苟延殘喘者僅一千一百人。也就是說，有一半以上的無辜者都"鑽沙包"了。——這是當時的俗語：因每天都出現大批死亡，只能用他自己的被子裹住，拋在戈壁深處的荒沙包裏。而據官方自己透露，六十年代，"甘肅因缺糧餓死上百萬人"，而當時全省總人口才一千二三百萬(406頁)。

這都是血的數字，其背後更是無數血的記憶。

一個右派，因為饑餓，趁麥收時，吃了過量的生麥子，又盡飽喝了些開水，到了夜裏，胃腸裏的深麥子發酵膨脹，劇烈的疼痛使他在鋪上翻滾不已，喊叫了一夜，終於在痛苦的掙扎中死去。

> "第二天，割麥前，就在站裏的一塊空地上，召集全體右派及家屬開現場會。死難者隆起大肚皮的屍首就擺在一旁的地上，讓參加會的每個人一眼就能瞥見。站上的王智禮隊長鐵青着

臉，大聲訓斥：‘你們有些人不是叫喊肚子吃不飽嗎？右派份子徐××吃生麥子脹死了。現在大家都看見了，這種人硬是不服改造，同黨頑固對抗，直到自取滅亡。你們都好好把這人看看，你們自己願意走這條路也行，死就在眼前！’王智禮冷酷無情的訓話，重重地敲擊在每個難友的心上。他們眼睜睜地看見躺在地上的死難者頭髮散亂，臉色蠟黃，肚子高高隆起，肚皮泛起青白色，肚皮上的血管因為綳得太緊，甚或已經綳斷了，顏色五抹六道的。這副慘狀，使他們一個個瞥了一眼之後，便立即轉過了頭，不忍再看下去。

“(死者的妻子)唐迪鳳哭腫了眼睛聳動着肩膀啜泣不已。……她本該號啕大哭，吐盡幾年來心中的苦水，傾訴幾年來她和丈夫積郁的憤怒和委屈，而她不能。作為右派的遺孀，她連放聲大哭的權利都沒有，她只能噎着氣啜泣不已”(282–283頁)。

這裏所描述的饑餓與死亡，是可怖的；而這位隊長所宣示的“革命邏輯”卻更其可怖：明明是因為饑餓而吃了過量的生麥子而暴死，為甚麼反倒是“自取滅亡”，而且因此背上“同黨頑固對抗”的罪名？究竟誰有罪？

這裏且不從全國大範圍內來討論六十年代中國的大饑荒、大死亡產生的原因與責任，單就這位暴死者所在的農場而言，導致大規模死亡的一個重要原因，就是按勞改系統的傳統習慣即自己定的土政策，每月的口糧都沒有發足，要“節約”幾斤；因此，儘管死人與日俱增，倉庫裏卻儲滿了一萬多斤的糧食，但上級領導仍三令五申，不准動用這些從犯人口裏硬摳出來的糧食，來搶救瀕臨餓死的人，理由是不能違反“黨的糧食政策”，並把是否堅持口糧標準(即不增加本可以增加的糧食供應)，提到“政治立場”的嚇人高度。一方面是人的生命，另一方面是所謂“黨的政策”，當時的領導，幾乎是毫不猶豫的選擇了後者。寧可死人，也要“模範地執行黨的糧食政策”：這就是六十年代的中國的“政治”(336–337頁)。在這個“政治”裏，人的個體生命，特別是普通人的生命，是沒有任何位置的，更何況右派，既已被宣佈為敵人，就根本沒有生命的價值可言。而且還振振有辭地自有“革命理論”的依據：夾邊溝農場遷到高台縣明水河不久，即大量死人，匯報到地委，地委書記的回答是：“搞社會主義死幾個人就屄子松了嗎？”(391頁)。不可小看這句話，這裏暗含着一套嚴密的“革命邏輯”：搞社會主義，也是搞革命，總是要死人的；因此，為了社會主義的整體利益的需要，個人，包括個人的生命，應該作出無條件的犧牲；而黨的政策正是這樣的社會主義整體利益的具體體現；因此，黨的政策是高於個人生命的，當二者發生矛盾，個人生命應無條件地服從黨的政策；因此，即使死了人，我們也應該堅持黨的政策，因為這就是搞社會主義的需要。

這一套“革命邏輯”看起來很玄妙，不加思考，就很容易被繞了進去，事實上，它曾經長時期地迷惑過許多的中國人，也包括許多本應該最具獨立思考能力的知識份子。要破這樣的精神迷魂陣，除了指出其邏輯上的狡辯術之外，最主要的方法，是看這套“革命邏輯”在現實生活中實際所起的作用。就以和鳳鳴所在的農場而言，按照這樣的“革命邏輯”，當時處於極度饑餓狀態的右派，只能有一個選擇，就是遵守黨的糧食政策，老老實實地吃規定的定量，無論餓到甚麼程度，都絕不設法去增加自己的進食，如果因此而餓死，也是對黨的社會主義事業的“貢獻”。現在這位暴死的右派，不能心甘情願地忍受饑餓，卻要趁收割之機，偷吃生麥子，自己活活撐死不説，還造成了不好的影響，這就自然是“自取滅亡”，“與黨頑固對抗”了。因此，這位隊長的訓斥，看起來兇狠，粗暴，不近情理，卻是以無恥的坦率道破了玄妙的“革命邏輯”的實質：這樣的完全抹煞個體生命價值的整體性思維與邏輯，是誘人落入愚忠的陷阱，逼人活活送死的邏輯，這是暴殄生命的吃人者的邏輯，用魯迅的話來説，這是“黑暗的裝飾，是人肉醬缸上的金蓋，是鬼臉上的雪花膏”[14]，是應該將其送回到地獄裏去的。

14 魯迅：《夜頌》，《魯迅全集》5卷，204頁。

問題還在於，這是一種蓄意的欺騙，是鼓吹者自己也不準備實行的，或者說，他們實際奉行的是另一種邏輯。就拿和鳳鳴所在的農場領導來說，他們忠實地、模範地執行黨的糧食政策，拒不用倉庫的糧食搶救瀕死者的生命，也並非出於所謂“黨性”，而完全是為了保住自己的“烏沙帽”，因為按當時的體制，因饑餓而死人，他們可以不負責任，如違反上級“不改糧食定量”的死命令，那就得罪了上級，犯了“政治錯誤”，在頃刻之間，就會失去了現在所擁有的一切。這裏實際起作用的還是“保官，保命”的邏輯。他們一面嚴令禁止“小偷小摸”，宣稱這是“階級鬥爭在糧食問題上的尖鋭表現”，一面卻“大搖大擺地走進機磨坊，明目張膽地把農場的麵粉裝進面袋裏拿走”(366, 340頁)，可見“為黨和社會主義的整體利益，忍饑挨餓，犧牲生命”之類，是針對被統治者的，他們自己並不相信，而且是不受其制約的。

但他們卻懂得如何利用饑餓：居然在死屍面前舉行“現場會”，居然以如此悲慘的饑餓導致的死亡來威脅活着的人：如不馴服，“死就在眼前！”——這都不可思議，難以想像，卻是曾經發生過的事實；以饑餓與死亡作為維護統治的手段，這實在令人髮指。

和鳳鳴的這本《經歷——我的1957年》與楊顯惠的《告別夾邊溝》，最震撼人心的文字，是他們關於饑餓與死亡對人的肉體與精神的摧殘的真實描述。

和鳳鳴至今也不能忘記那件“小事”：一個管教幹部不許一勞教人員吃午飯，説他拉肚子，不能吃菜團子，饑餓的勞教人員立即哭了起來。和鳳鳴卻因此受到了心靈的顫慄，幾乎流下淚來：在她看來，一個成年人因為不許吃苜蓿菜團子而哀哀哭泣，這是慘無人道的(288, 289頁)。——這樣的“幾乎無事的悲劇”在那個年頭幾乎是每天都在發生，人們已經見慣不怪了。

楊顯惠也講了這樣一個真實的故事：一個年輕的右派被派去拉洋芋種子，因此得以飽餐一頓，卻不想吃得太多而上吐下瀉，隊上派一個五十多歲的，原來是省建工局的工程師的老右派來照顧他。

第二天他從昏睡中醒來，卻意外地發現，那位老工程師在從他的排泄物裏，揀着小小的像指頭蛋蛋大的洋芋疙瘩往嘴裏塞⋯⋯，在震驚之下，他連踢二三腳將這些粘稠物踢飛，而這位老工程師卻作出了異乎尋常的激烈反應——

"他的嗓子裏發出了一聲撕心裂肺的尖厲的嘯叫聲：啊——

隨着這聲尖叫，他以從來沒有過的矯健動作一躍而起向我撲來。

⋯⋯那一聲慘叫，是我從來沒有聽到過的，我的心靈震顫了一下。⋯⋯我沒有想到那麼老實、善良的老人會像頭獅子一樣發怒，撲人。⋯⋯他沖到我跟前⋯⋯劇烈地搖晃着我的兩隻胳膊說：

'小高呀，我把你當作親兄弟，我以為你是好人，每想到你竟這麼壞！⋯⋯小高啊，你太可惡了⋯⋯'

我說：'老牛，那東西能吃嗎？'

他嚴厲地大聲說：'怎麼不能吃，那東西怎麼就不能吃！'

我說：'不能吃，那東西就是不能吃！'

⋯⋯我們爭執了幾句，我突然心裏一陣悲哀：一個文質彬彬的上了年紀的令人尊敬的老工程師，竟然吃起別人的嘔吐物和排泄物，人怎麼能這樣作踐自己呀。同時，我也感到委屈：我是為了維護他的尊嚴，可他竟然認為我是個壞人，奪去了他的口中食⋯⋯我眼睛裏湧出淚水來了，我哽咽着說：'老牛呀，我們不要吵了。你是大學生，是知識份子，你懂，你心裏非常清楚，那東西能吃不能吃⋯⋯'

聽我這麼說，他怔住了，慢慢鬆開了雙手，但他又猛地把我抱在懷裏，哇哇地哭了起來：'小高呀，小高呀，我的小高呀，哇哇哇⋯⋯'

⋯⋯我不由自主地大哭起來：'老牛，老牛，你不要哭⋯⋯啊啊啊⋯⋯'"[15]

15 楊顯惠：《飽食一頓》，《告別夾邊溝》，159–161頁，上海文藝出版社，2003年出版。

這是不能不放聲一哭的：為人的尊嚴的喪失，為人的被迫作踐自己。這本就是設置“革命地獄”的目的，饑餓幫助加速了這一過程，或者說，饑餓以一種赤裸裸的形態將一切美麗的裝飾物也剝落乾淨，就露出了背後的真相。當在精神上被剝奪了一切，在物質(生理)上也被逼到絕境，這雙重的徹底剝奪，就使人只能按求生的本能行事，這是人的徹底的“動物化”，一切人世間不可想像的事，在這裏都會發生：幾個犯人奉命將一個死去的右派拉去埋葬，突然發現他還活着，卻不將他拉回去，仍草草埋葬了事；原因卻簡單得令人恐怖：農場規定，埋一個死人給兩個饃，如把活人在拉回去，就得不到這兩個饃。為了兩個可以救自己命的饃，就本能地將未咽氣的同類留在荒野裏(454頁)。“人食人”的現象就這樣不可避免地出現了；但人們仍感到震驚：端來一大盆血淋淋的死人的心肝的，竟是一位文學的愛好者，平時總在讀小說，還頗有學者風度。後來他自己也為這樣的癲狂行為嚇壞了，兩天後就在恐懼中死去(391–392頁)。

這就是革命地獄的改造功能：使人不成為人，使人異化為非人——這異化的背後，滿溢着淋漓的鮮血！

(二) 地獄裏仍然有歌聲

然而，人還是人——地獄裏仍然有歌聲。

……放下書，這歌聲還響徹在耳邊——

草原大無邊，
路途遙又遠，
有個馬車夫，
將死在路邊。
……
愛情我帶走，

> 請她莫傷懷，
> 找個知心人，
> 結婚永相愛。

這首俄羅斯民歌，在和鳳鳴的書中一再出現：一次是在她思念遠方受難的親人時，一次是她終於失去了親人後的木然的痛苦中(415–416頁)。而在我的感覺裏，這首歌的愛的執着與悲涼的旋律，一直流瀉在她的帶血的記憶與敍述中，構成了對前述非人的境遇，驚人的黑暗的抗衡力量，這正是人們所說的"人類的暗部"裏的"光明"。

日常生活中的堅韌力量

我正是從下面這些細節裏，感到了擋不住的人間暖意——

> "一中隊全隊六十人……在我來之前純屬男性王國。當我第一次出現在全隊人面前時，我的第一感覺是大家全都親切地注目看着我，眼睛裏漾着笑意，嘴角掛着笑，有些人乾脆張開了笑口。大家似乎很高興我的到來。我笑眯眯地站在旁邊，用微笑向大家致意"(179–180頁)。

一次來到了開荒隊的難友的住處，"令人驚異的是他們的住房都非常整潔，地掃得乾乾淨淨，通鋪收拾得整整齊齊，只是有些人大約是怕弄髒床鋪，把褥子一古腦兒地卷起在疊起的被子上，空下來的地方只鋪着灰色的棉毯或報紙，躺下或坐着休息不會弄髒衣服"(86頁)。

在艱難地挖窑洞、修地窩子時，"有的人在地窩子的土壁上挖了整整齊齊的壁龕，以便把日常用的碗盆洗漱用具之類擺得整齊有序些。有的人別出心裁在土壁上挖了小小的凹進去的圓形土台，恰足以放進一個用墨水瓶製作的小煤油燈。還有的人在土壁上挖了長長的月牙形的龕，下面的土台上放些零星的日用品。……他們還想在這艱苦的環境裏，把生活裝點得好一點”(292頁)。

還有，《告別夾邊溝》裏的那個在勞教農場出生的“夾農”，成了“大家的孩子”，每個人抱着他，就像抱着自己留在母親那兒的孩子一樣，止不住流淚。像是“一道陽光射進我們冰冷的房子，照亮了我們的心，溫暖了我們孤寂痛苦的靈魂”[16]。

正像和鳳鳴自己所說：“人的生命意識竟是如此強大，強大到只要活着就行，只要活着有個既定目標就行。我就這樣活着，我身邊的難友大都也這樣活着”(201–202頁)。只要人活着，生活就要照樣進行；有生活，就會有愛，有美的追求，有歌聲，也有笑，那怕是帶淚的笑。這普通人的日常生活，有一種無聲而堅韌的生命力量，是能够穿透地獄的厚壁的陽光，任何邪惡的勢力，無論看起來多麼強大，也不能消滅它，在綿綿無盡的較量中，它是最後的勝利者。

對女人的關愛的力量

這裏最偉大的，是愛的力量，即使是在最後的絕望中，它也要顯示出來。我讀和鳳鳴的回憶，正是在這一處忍不住流下了眼淚：又一個病人死了！“我”默默地從病房走出來，突然“聽到有人喊了我一聲：‘和同志！’我吃了一驚……循聲望去，喊我的是一個三十幾歲、面容蒼白消瘦的病號。他不同於旁人，着幾乎全新的深藍色咔嘰布中山服，顯得比別人整潔，整潔得多，説普通話，從眉宇間透出幾分儒雅。他頭頂後牆腳朝炕外面睡着，見我已聽到他的喊聲，又沖口説：‘和同志，保重，保重啊！’……我不知他的姓名，也不知他是何許人，甚麼案犯，但我得回答他，便説：‘你也保重，咱們都保重！’……人啊，人，人對自己的同類並不都是冷酷無情、干戈相加的。在這生存危機正在威脅着每個人的地方，愛，依然在人與人之間生發，即使一個身陷困境絕望已極的病號，也在試圖溫暖一顆被認為是弱者的心，在急切地關照一個存在着生

16 楊顯惠：《夾農》，《告別夾邊溝》，413頁。

存危機的女人"(358–359頁)。

這裏，對女人的關愛，是特別感人的。在和鳳鳴關於革命的地獄的回憶裏，"女人"是處於一個特殊的地位的，這恐怕不僅因為和鳳鳴本人的女性身份。這本書的讀者大概都很難忘記，當她聽到男難友説起"現在我們嘛，一個個都成了童男子，真正的童男子"以後，所引發的一番感慨："男子漢都在思念妻子，思念兒女，對'童男子'的生活發出了怨聲，可見思念之苦也在折磨着這裏的每一個男子漢。……生離死別，天各一方，這種對數十萬右派份子感情和心靈上的撻伐，往往比政治上的沉重打擊更難適應更為撕心裂肺。因為政治上的沉重打擊……經過歲月的流逝，會逐漸習慣性地承受下來。哪怕是麻木不仁，也會逐漸地習慣下來。但是夫妻情，親子愛，對於身處逆境的難友們來説，卻是須臾隔離不得的，快刀可以斬亂麻，同家人的縷縷情愛之絲，愈是相距千里之遙，愈是時日不斷延續，其韌性與强烈只能與日俱增，誰也無法將其淡化扯斷。男子漢們每個人的心都在流血呢！"(192頁)。但也正是這樣的對女性——妻子、母親與兒女的思念與愛，成為被剝奪了一切以後，唯一奪不走的東西，成為這些一無所有的受難者保持人性的自覺的最後的支撐，成為他們與非人化的罪惡相對抗的最强有力的精神力量。可以説，有女性存在，哪怕是思念、夢幻中的女性存在，這些男子漢就不會被革命地獄所壓垮。我理解，那位難友要在自己生命瀕危的時刻，把他最後的鼓勵、祝福給予一位並不相識的女性，原因就在於此。這真是地獄裏的生命的最强音。

丈夫死了，妻子還活着

何況還有和鳳鳴這樣的現實的女性，和他們一起在地獄裏熬煎，抗爭。記得曾有朋友感嘆中國沒有"追隨丈夫流放到西伯利亞去的婦女"；但我讀和鳳鳴的回憶，特別是《地獄之行》那一章，讀楊顯惠的《上海女人》，卻默默地對自己説：哦，我們有，我們中國有這樣的女人！寫到這裏，我的耳旁突然響起撕心裂肺的一聲呼喊：(201頁) “我還是一個女人！天哪，天哪！”這是在那個月夜，和鳳鳴向着“深邃寥廓的夜空”從心底發出的泣血的悲鳴。世上有誰知道，有誰想過，中國的女人，中國的右派的妻子，中國的無辜孩子的母親，中國的女右派，背着怎樣的重負，活得有多麼的艱難？而她們又是以怎樣的力量，承受着“由四面八方包圍而來”的“無盡”的重壓，挺住了一切！(200頁)

請看看這位“上海的女人”，她風塵僕僕數千里奔夫而來，丈夫卻“沒了”。她哭，淚水噴湧；她要見丈夫的屍身，但丈夫屍身上的肉已被饑餓的難友切割吃完了，人們不忍心帶她去看。她坐着，不吃不喝，一夜，又一夜；第三天早晨，她移動着樹葉般飄浮的身子，自己去找，直到深夜；第四天黎明，她終於見到了自己的丈夫：“整個身體像是剝去了樹皮的樹幹”，沒有一點肉，“皮膚黑乎乎的，如同被烟火熏過的牛皮紙貼在骨頭架子上”，她撲上去，卻沒有聲息，從嗓子裏發出奇怪的吱吱吱的響聲，很費力地轉化為一聲淒厲的哭喊；哭了半個多小時，她站起來，宣佈要將丈夫的屍身火化，“帶回上海去”。她抹下綠色的緞子頭巾，將骨頭一根不剩地全部包起來，又用毛衣、毯子裹成大背包，壓在瘦小的肩膀上，徒步走向車站；戈壁灘刮着凜冽的寒風，她的身影漸漸消失在茫茫沙漠裏，卻永遠定格在每一個善良的人們的心上，扣問着我們的良知[17]。

沙漠裏就有了一條通往地獄的“寡婦之路”。兩個月以後，和鳳鳴又開始了她的“地獄之行”：“啊，我來了。我從茫茫雪原中走來，從漆黑的夜幕下走來，從漫長死寂孤另另的小路上走來，從苦難重重的另一處走來。我疾步如飛地走向你。我的親人，你如今在哪裏？啊，親人，我哭你喊你尋覓你，你可聽見我肝腸寸斷的呼喚？你究竟在哪裏？你失去的我尚擁有，可它的價值和意義又在哪裏？你還在等我嗎？我的親人！”但寡婦的悲哭，卻沒有引起任何反響，周圍的人“無動於衷，一聲不吭。他們之中沒有一個人對

17 楊顯惠：《上海的女人》，《告別夾邊溝》，13–35頁。

我說一句勸慰的話，也沒有一個人對我的親人的故世做任何說明性的介紹。我的親人只不過是死了，餓死了，僅此而已。我坐在一個條凳上哭。他們沉默了一陣以後，繼續做他們的事，說他們的話，也聽我哭。痛哭的我彷彿同他們毫無幹係。我也未向他們做任何發問，我敢向他們問明一切，讓他們說個清楚嗎？我不敢。”(412–413頁)

人的死亡因司空見慣而被冷漠待之，人的死因更是諱莫如深，這近乎麻木的沉默，正是六十年代中國政治生活最典型的表徵。和鳳鳴說，這“冰冷”了她“悲傷的心”(415頁)，因此，她真正放聲一哭，卻要等到三十年後，1991年8月她再次來到這裏時，“幾十年來，為活活餓死的親人痛哭，會認為是跟黨記仇而不被允許，為極右份子的丈夫死去的痛哭，更被認為是嚴重的階級立場的問題，會影響到我的生存，孩子們的生存。悲痛有罪！生離死別的痛楚，我一直苦苦地壓抑着強忍着。在自己家人面前，我還要忍耐還要沉默地咽下這一切嗎？不要阻止我的慟哭，不要阻止！”(467–468頁)

“不要阻止我的慟哭”，這一聲呼號是驚心動魄的；在我看來，天下罪惡之大，莫過於禁止女人為自己蒙冤餓死的丈夫而哭泣。儘管本文中，一再使用“殘酷”、“恐懼”這樣的詞語，——這是我讀和鳳鳴、楊顯惠的著作最基本的感受，也是包括我自己在內的那幾代人最基本的生命體驗；現在，我仍然忍不住要說，宣佈“悲痛有罪”，連哭泣的權利也要剝奪，因為表示一點對親人慘死的哀痛，就要危及自己的，以及孩子的生存，這都是把人性的殘酷發揮到了極致，是真正令人恐懼的。但同時，這也正是一種極度虛弱的表現，反過來證明了中國女人的力量，她們的痛哭也會動搖革命地獄的根基，那“孟姜女哭倒長城”的傳說與寓言，使一切新老地獄的統治者永遠不得安寧！

倖存者的責任

丈夫死了，妻子卻活着。——我總覺得女人的生命力比男人更為堅韌。於是，中國的女人又有了“倖存者”的責任。和鳳鳴的回憶中，多次使用“倖存者”這個詞(424, 458, 488, 524頁)，她是深知“倖存者”這三個字的份量與責任的：犧牲者的生命及未及實現的生命理想，已經延伸到她的生命之中。但她更知道，不是所有的倖存者都能聽見並記住犧牲者和他們的親人的“地獄裏的哭聲”的(424–425頁)，他們在自以為的“天堂”裏活得如此的自在，已經覺得如果現在還要哭泣，就會破壞了他們的好心情，成為新的罪孽了。也正因為有了這些健忘者，強迫遺忘者，和鳳鳴這樣的不肯、也不敢忘卻的倖存者，就更感到了一種生命的重壓。儘管丈夫的離去，“沒能扶我一把”，她生活得十分的艱難，多少次發出“我好苦、好累喲”的呻吟(463頁)，儘管她甚至感到多年來的掙扎，“重新鑄造”了自己的性格，早已是“鐵石心腸”，很少動感情，很少流淚了(465頁)，但她卻永遠不能把丈夫從她的生命中除去。她的景超留下了三樣東西：“兩套疊得平平整整的深灰色咔嘰布中山服，還有兩件漂亮的帶條的府綢襯衣”——他至死也期待着有一天“穿得體體面面，人模人樣地重新出現在人們面前”(449頁)；兩本用他所特有的工整的筆迹寫成的厚厚的日記——這是他生命的掙扎的忠實記錄；還有他的對朋友，也是對妻子的最後囑咐：“我出不去了”，“你是生活的强者，你一定能出去。你出去後，一定要寫一本書，把這裏的一切都統統寫出來”，不僅“要寫我們的苦難”，還要寫我們的“愛情”(514頁)。——這幾乎是一個無法拒絕的生命的，也是歷史的命令。在“生死兩茫茫”中，和鳳鳴一刻也沒有忘記，他的丈夫，所有的死難者，“在冥冥之中的召喚”。整整十年，三千六百多個日日夜夜，她被夢魘般的記憶驅趕着，不停地寫，“清淚如注，筆尖上流着滴滴鮮血”。

她說，她要“把這一切如實的描述奉獻給讀者，是為了以我特殊的經歷，讓讀者對這段沉重的歷史有個較為深刻真切的感受。警示後人，使這樣的歷史永遠不再重演，是我的最大願望”(518頁)。

現在，這本血寫的書，就放在我們面前。這位偉大的中國女人，用她那雙黑色的眼睛凝視着我們每一個人，她的後面站着無數在那場民族災難中倒下的受害者和挺過來的倖存者。我們再也不能迴避，如果我們尚存良知和勇氣；我們再也不能遺忘，如果我們還有信念與追求。我們必須和他們——死者和生者一起直面這沉重的歷史，並思考一切，作出我們自己的結論。

一個人的命運及其背後的社會體制的整體運動

對張先痴《格拉古軼聞》的一種解讀

我們所要面對的不只是一個人，而是一個時代，一個時代的體制運動。那個時代對於我這樣的年齡的人，是與我們自身的生命血肉相連的，因此，很容易就讀出本書的敘述背後的種種或顯或隱的意味；但今天的年輕人，如果不是太敏感，就自然將其視為絕對的“過去式”的存在，不但陌生，而且荒誕，不可理解。這就需要作某種解讀，甚至作詞語的社會學解釋——作者自己也一再談到，他有一種“咬文嚼字”的“惡習”，喜歡作詞語背後的探尋與揭示。

現在，我們就來作這樣的嘗試：解讀作者的命運，並對可能涉及的某些時代詞語作某種考釋。

原罪、另冊

作者的人生故事的開端，和所有初參加革命的共和國初期的年輕人一樣，是單純而充滿夢幻的——這裏還有一個細節：本來，“在稍有教養的群體裏，長虱子將被認為是一種羞恥”，但在革命隊伍裏，虱子卻成了“光榮蟲”，在當時人們(包括作者本人)的認識裏，虱子的地位的“置換”，是“證明着社會的進步”的；這樣的夢幻式的感覺到後來作者成了牢獄裏的罪犯，與虱子結下了不解之緣，就自然破滅：再也無法從中尋找“詩情”了[1]。但真正將作者從雲端拉到地面的，卻是1955年的一紙文件：這是縣委書記向全

1　參看張先痴：《我和幾群虱子的分分合合》。

體幹部正式傳達的中共中央肅反運動十人小組的文件[2]，其中規定凡有海外關係，或直系親屬被殺者一律不能在要害部門工作。——肅反運動本身就反映了執政者對"敵情"的嚴重估計，如毛澤東所說，"許多反革命份子'深入到'我們的'肝臟裏面'來了"，"我們的機關、部隊、企業或團體裏是有人偷竊機密的。這種人就是混入這些機關、部隊、企業或團體內的反革命份子"，[3]當時甚至規定這樣的暗藏的"反革命"數要"掌握在百分之五左右"，實際卻遠遠超過此數，毛澤東親自推薦的一個典型洛陽拖拉機廠，48名科技人員中，肅反對象就達13人，高達四分之一以上[4]，這就直接導致了肅反運動的擴大化，並成了後來的鳴放時期人們意見最多的一個問題，許多人都是因此而被打成右派的。毛澤東在當時的一個內部指示中，曾規定對"有反革命的歷史問題和現實問題的人"，即使不逮捕，也要在單位內處於"領導控制與群眾監督之下"[5]，而這裏卻將"控制"與"監督"擴大到"有海外關係者"與"直系親屬有被殺者"，將他們置於"准專政"的地位，其背後的理念則是因為社會關係與血緣關係而具有某種"原罪"。而剝奪其在所謂"要害部門"工作的權利，則顯然是一個制度性歧視。這是一個開端："血統論"從此越演越烈，並逐漸形成了所謂用人制度上的"階級路綫"，一個建立在血緣關係與社會關係上的新的等級制度也在開始孕育。

2 據毛澤東：《中央轉發五人小組辦公室關於中央一級機關肅清暗藏的反革命份子的鬥爭情況簡報批語》一文的注釋，1955年5月中共中央成立了處理胡風反革命案五人小組，同年7月擴大為十人小組，以後實際上成為全國肅清暗藏的反革命份子運動(簡稱"肅反運動")的領導小組。見《建國以來的毛澤東文稿》5冊，196頁。

3 毛澤東：《為〈人民日報〉發表〈關於胡風反革命集團的第三批材料〉寫的按語》，154頁，158頁，《建國以來的毛澤東文稿》5冊。

4 參看毛澤東：《中央轉發河北省委關於肅反鬥爭的兩個文件的批語》注釋2，207頁，《建國以來的毛澤東文稿》5冊；《中央轉發洛陽拖拉機廠肅反鬥爭情況報告的批語》，282頁。《建國以來的毛澤東文稿》5冊，中央文獻出版社，1991年版。特別值得注意的是毛澤東親自批轉的《建工部關於在設計部門發動設計人員開展肅反鬥爭》的報告裏，還特地談到"技術幹部多從海外歸來，與海外聯繫廣，歷史不大清楚"，274頁，《建國以來的毛澤東文稿》5冊。

5 毛澤東：《中央轉發洛陽拖拉機廠肅反鬥爭情況的報告批語》，282頁，《建國以來的毛澤東文稿》5冊。

這是直接改變了千千萬萬人在新中國的社會結構中的地位和他們的命運的。本書的作者即是因此而被迫從軍隊的要害部門“轉業”到了地方——直到多年以後，他才明白，這裏的“轉業”不過是“清洗”的漂亮說法，一個典型的詞語遊戲。它的深層意義就是“打入另冊”：“另冊”也是毛澤東從二十年代的湖南農民運動中發掘出來的一個“革命語匯”，其含義是：放逐於社會結構的邊緣，甚至逐出“門外”，置於“無家可歸”的境地[6]，這正是“為若干年後當右派份子奠定了基礎”的[7]。作者當時因為年輕，當然無法預計以後會發生的一切，也就相對平靜地接受了這一命運的逆轉。但同命運的好友卻因為比他更有社會經驗而陷於絕望，最後自殺身亡，“用果斷的方式了斷他在未來的苟活中將要領教的那生不如死的感覺”(這自然是作者寫作本書時痛定思痛的認識)，卻也因此揭示了“另冊”背後的血腥[8]。

或許為了掩蓋，又有了“出身不由己，道路可選擇”的“諄諄教導”。但這不過是再一次地製造幻想。事實是，本書的作者早已與他的“反革命”的父親“劃清了界限”，“選擇”了自己的道路，以至親眼看見父親綁赴殺場，也毫不動心，還主動向組織匯報，表示“忠心不變”——這樣的“劃清界限”其實是逼迫人們背棄血緣之愛，從而越過做人的底綫，是最無人道的。但即使如此，也不可能獲得信任，因為在革命的邏輯裏，出生在被鎮壓的反革命的家庭，就必然有“刻骨的階級仇恨”，也就天生地可疑，甚至有罪。這就是我們前面所說的“原罪”。

而本書的作者還是一個知識份子，這就又多了一層原罪，“書讀得越多越蠢”、“書讀得越多越反動”，這也是那個時代的革命邏輯。因此，本書的作者即使在監獄裏，也是最不被信任，視為最具危險性的，在《頂頭上司們的是是非非》裏寫到的那位識字不多的分隊長就認定他的勞改中隊裏一切問題，從逃跑到偷吃生紅薯的“反改

6　毛澤東：《湖南農民運動考察報告》，《毛澤東選集》，14–15頁。
7　參看張先痴：《恩恩愛愛與淒淒慘慘》。
8　參看張先痴：《三個自殺者的悲悲戚戚》。

造"，無不根源於這個"有文化"的張某人，於是，"黑手"、"搖鵝毛扇的"、"坐山雕"這樣的惡名，就幾乎成了張先痴和那個時代知識份子的代名詞。這位囚犯中的"文化人"，也就因此承受更多的"階級仇恨"，那位"政府"(這是勞改犯人對管教者的稱呼)將"堆砌如山的貶義詞"噴灑在他身上，以"蹂躪認識方塊字的人為樂"，當然不僅是個人的品質問題：他執行的是一個體制的命令。

組　織

如本書的作者所說，"組織"，這是五十年代(實際一直延伸到以後)"使用頻率極高的詞匯"。其背後的理念是：一切歸於組織，一切交給組織，一切聽從組織的安排。這裏所說的"一切"並非誇大之詞，而是確乎如此，並且有實質性的內容與制度性保證：就連最具個人性的性愛與婚姻，也要由組織安排。

於是，張先痴的命運又出現了第二個逆轉：當他與自己的心上人胡君"確定了關係"(這也是那個時代的詞語)，卻不能自行辦理結婚的法律手續，而必須向所在的單位的組織領導呈交"申請結婚"的"報告"；而命運卻偏偏捉弄他：領導經過政治審查，由人事科派人到胡君的組織，說明張某人的家庭與本人都有歷史問題，然後由組織出面，要求胡君"慎重考慮"。但胡君卻毫不動搖，在她不計後果的堅持下，儘管組織最後勉強批准，但卻着意降低婚禮規格——那個時代，連婚禮由甚麼級別的領導出席講話，都是有等級性的規定的；這一次張、胡之婚，沒有一位副科長以上的領導光臨，就是表示了組織上的一種態度，一個警示，"這個結婚儀式的氣氛只是在婚禮和喪禮之間的檔次"，正是預示着以後的一切。

在本書中，還記載了一個聽從組織安排婚姻的悲劇：作者所在某軍政大學裏一位區隊長和他當年的大學同學正在談戀愛，準備結婚，不料，軍部的一位老領導看中了他的未婚妻，經過組織審查，得到批准，再由組織出面，要求這位女大學生聽從安排；當她説明自己已有意中人時，組織表示："這些情況我們早已知道，你放心，我們會給他作工作"，並且指出，這是是否願意"為革命犧牲個人利益"的一個"考驗"。——這樣，對於個人婚姻的強行干預，既有了"革命"的神聖名義，又有了不可抗拒的組織安排，在這樣的體制下，人只有兩種選擇：或聽從而苟活，如那位女大學生一樣；或拒絕而死亡，還要背上"背叛革命"的罪名：那位區隊長就是這樣走上了引爆自殺之路。這是作者參加革命後所看到的第一次流血。[9]

當然，最重要的是政治上的組織安排，這更是必須絕對地無條件地聽從的。看起來，這似乎十分簡單：組織上叫怎麼説就怎麼説，就行了，這是最省事的，是大多數"奴隸"的選擇，但卻未必安全，因為組織上如果為了某種需要有意要起"陽謀"(如作者所説，這也是最具有創造性的時代新詞語)來，也是要聽話者付出代價的。作者在勞改農場最好的朋友朱老弟，一位窮苦出身的農民子弟，就是組織上找他談話，安排他在全縣擴大幹部會上"帶頭作一個大鳴大放的典型發言"，並特意佈置："內容不妨尖鋭一些，反正組織上知道"。天真幼稚而忠誠的朱老弟，聽從組織的安排，作了"內容尖鋭"的發言，結果成了"面目猙獰，靈魂醜惡，充滿狼子野心，忘本變質"的"反面教員"——組織也正需要這樣的"反面教員"，至於他個人及其家庭因此會受到怎樣的磨難，則是組織不予考慮的：這也是"為革命"而"犧牲個人利益"。在某種程度上，可以説1957年相當多的右派都是組織安排的。本書的作者就是因為響應黨的號召，在一次座談會上作了一個並不激烈的發言，卻被記者按照當時組織的需要將發言內容進行了"拔高"(即"拔"到鳴放時期組織的意志的"高度")，最後又在組織安排的"封閉學習"中，被同樣響應號召(這時的號召，已不是鳴放，而是反擊右派了)的積極份子揭發出來的：在張先痴"墮落"成右派的整個過程中，其中每一個環節，其實都可以看到組織的作用：數百萬的右派就是這樣被"網"進去的。

9 參看張先痴：《三個自殺者的悲悲淒淒》。

領 袖

"組織"如何影響本書作者及中國人的命運，這是一個大題目，需要作多方面、多角度的研究。除以上的討論外，這裏，再試換一個角度："組織"是需要實體來體現的。首先是"領袖"，他是組織的代表、化身，他集中了組織的意志與權力，這既是具體的，實質性的，同時又是象徵性的。他的操作性的實際影響主要體現在上層，對於底層的普通民眾，他是可望、可聽而不可及的，因此，就更具有一種象徵的意味，可以說是組織的"神體"。貴州流亡詩人黃翔有一首詩，寫到現實生活中領袖不斷發出的"指示"對自己的影響：彷彿是"從上蒼降下的指令"，"那個無形的人的臉上固執地傳出來的看不見的鈴聲"："它彷彿隨時在不可知的遠處傳訊我。我總想抗拒它的牽制，竭力避免對它作出可悲的機械的條件反射，但我像一頭匍匐在主人面前的馴獸，不斷地接受着它發出的信號。日復一日，我竟然慢慢地習慣了宇宙鈴聲的撫弄了。它已經變成了我每日不可少的樂趣，一種古怪的畸形的嗜好。每時每日我都像守着一闋美妙的音樂似的守着這該死的鈴聲。只要有一時刻聽不到它的聲音，我渾身就癱軟下來，落入無可名狀的空虛"[10]。這樣的一種幾乎是無可抗拒的精神的控制力，在普通民眾的感覺中，是具有某種神秘性的；而體制的統治利益也需要竭力製造與維護這樣的"領袖"的神靈式的神聖光圈，稍有褻瀆，就必加嚴懲。

本書的作者的幾個難友，本來，無論就其出身，還是文化程度，都不具有前面所說的"原罪"，但也被"網"進了革命監獄。他們的"故事"說起來都是超出了人們的想像力的：一個舊社會的殺豬匠，新社會的屠宰工，看見牆上掛着的馬、恩、列、斯的領袖像，好奇地問："那個大鬍子的洋人是哪個？"得知此人名叫馬克思以後，就開了一個玩笑，對着畫像吼了一聲："你下來，看老子

10 黃翔：《臉上的鈴聲》，收《黃翔：狂飲不醉的獸形》，天下華人出版社，1998年版。

啄(四川方言，意為踢)你兩腳”，卻不料飛來橫禍：鬥了三天三夜之後，即鋃鐺入獄。還有一位小學教員，就因為一時興起，高舉鳥槍，在學校操場作射擊狀，偏偏前方正懸掛着一張“偉大領袖”的肖像，於是，就以“現行反革命”的罪名，成了大牢裏的“二十九號”，最後被判十年徒刑[11]。——這是在那個時代隨時都會發生的荒誕劇與悲劇，其所造成全社會的精神緊張與恐怖，正是維護精神控制的“神力”所必須的。

與其説這是“個人崇拜”，不如説是“組織崇拜”，從根底上是為了加強體制統治的合法性與神聖性，文化大革命期間所盛行的“早請示，晚匯報”、“背誦語錄”等儀式，就將這樣的神聖統治推到了“準宗教”的極端。但這對於普通的老百姓，特別是已經落入“地獄”的囚犯，卻是意味着一場空前的精神迫害和磨難。本書《頂頭上司的是是非非》裏敘述的那位我們已經熟悉的分隊長對犯人的精神蹂躪是令人髮指的：“在大背毛主席語錄的日子裏，他每每會指定些和他文化程度相當的半文盲站出來當眾背誦。如果背錯一字一句，將會被認為是篡改或者故意歪曲的政治錯誤，這壓力壓得背誦者戰戰兢兢，聲音顫抖，頭上冒汗。此時這位隊長會按亮手電筒，其光柱直射在背誦者的臉上，以便在這股強光的幫助下，讓他那雙瞎湊合的眼睛，欣賞到背誦者那張因驚恐而變形的臉，而這位隊長的臉上，也會泛出一絲心滿意足的獰笑”。悲劇也終於發生：一位農民出身，精通農事，卻自稱“文蟒(‘文盲’)”的犯人，因為背錯了語錄，慘遭毒打，過度緊張，睡夢中從床上翻滾下來，跌斷了腿，還嚇成了瘋子，不停地“用他那難聽無比的歌喉高唱語錄歌：‘下定決心，不怕犧牲……’”，最後悲慘地死去[12]。——這領袖的聖光與無辜者的血，是互為表裏的。

11　參看張先痴：《我在看守所裏的日日夜夜》。
12　參看張先痴：《關於三個瘋子的生生死死》。

領 導

如果說"領袖"是組織的"神體"，那麼，各級組織的"領導"，即是組織的"肉身"。這正是反右運動中，所要反復強調的：組織不是虛的，必須落實到每一個單位的具體領導，特別是"第一把手"；因此，聽從組織的安排，也要落實到聽從單位領導的安排。這裏，還有一個層層聽從的問題：每一個等級上的領導，都要聽從上一層領導的指示與安排，即所謂"下級服從上級，地方服從中央"，這又是與等級授權制相一致的：各級領導的權力來自上級組織領導的任命，自然有服從的責任。這樣，個人與組織的關係，最後就落實為個人與某個具體的領導的關係，並且極容易形成或一程度的人身依附關係。本書寫到的那位朱老弟與張部長的關係中，就明顯地蒙上了這樣的陰影。是這位"張同志"對他這個山區的的窮孩子進行革命的啓蒙教育，後來又接受他作自己的通訊員，算是改變了農民身份，參加了革命。因此，朱老弟一直視張部長為恩人，他的命運也就隨着張部長的態度而變化：當張部長欣賞他時，他被推薦到縣委宣傳部當上了幹事，還在張部長的主持下，與縣婦聯的一位美女喜結良緣；後來，張部長需要他帶頭鳴放，如上文所說，他就作了一次奉命發言；但不料形勢變化，張部長又需要他當"反面教員"，就把他抛了出來；這一回，他不再馴服，居然在反省書上揭發了張部長的作風問題，張部長也就毫不猶豫地將他投進了監獄：張部長作為組織的代表、化身，掌握着生殺大權，處置一個不聽話、也沒有用了的"工具"，真是易如反掌！

朱老弟後來在獄中對本書作者說了一句一針見血的話，他說張部長是"公報私仇"。事實上，每一個組織發動的"革命運動"，不管有着多麼神聖的理由，一落實到基層，就必然為無數的掌握了權力的張部長們提供公報私仇的機會。革命口號下的個人恩怨的糾纏，幾乎是中國的運動的一個帶有本質性的特色。前面說及的那位小學教員的偶然的"作射擊狀"的動作，之所以會成為"現行反革命”的鐵證，就是因為他的校長早已看中了他的戀人，不過是想借機奪妻。不能把這些都視為個人的惡行，從根本上說，所有這些人為製造出來的“運動”(“運動”這一詞就含有“運作而使動之”的“操縱”的意思)，都是通過對人的私欲，人的本性中惡的因子的誘發，煽動人與人之間的殘殺，特別是社會結構中的權勢者對弱勢者或不馴者的迫害，以維護統治的合法秩序。

身份：右派、勞教份子

在某種程度上，包括本書作者在內的右派就是這樣的“大義”與“私欲”相結合製造出來的。但這卻是古今中外歷史上從未有過的“壯舉”：數百萬人因響應號召，發表言論而獲罪。因此，對這些用“陽謀”製造出來的“反革命”，如何確定其身份，如何使對他們的懲罰獲得某種合法性，運動的發動者還是費了一番周折的。右派這個命名就不是一開始就確定下來的，就我們現在看到的材料，最初是叫“右傾份子”[13]，顯然是從思想傾向的角度來命名；正式提出要給有些人戴“右派”這頂“帽子”，是毛澤東在1957年5月15日寫的在黨內傳閱的《事情正在其變化》一文，同文中又有“右翼知識份子”的提法，因此，在隨後(5月16日)所寫的《中央關於對待當前黨外人士的批評指示》裏，又有“右翼份子”這樣的命名，並為《中共中央關於加强對當前運動的領導的指示》(1957年5月20日)所沿用[14]。而在社會上公開“右派”這一命名，則是通過何香凝這位國民黨左派元老，於1957年6月1日在中共中央主持的民主黨派座談會的書面發言提出來的；何從孫中山的國民黨存在左派與右派的分野說起，說到社會主義時代也有左、中、右，“大凡忠心耿耿願意在共產黨領導下，誠誠懇懇地幫助領導黨，我想這就是左派”，“對社會主義口是心非，心裏嚮往的其實是資本主義，

13 見《中共中央關於報導黨外人士對黨政各方面的工作的批評的指示》(1957年5月14日)，轉引自薄一波：《若干重大決策和事件的回顧》(下冊)，613頁。
14 轉引自薄一波：《若干重大決策和事件的回顧》(下冊)，613–614頁，615頁。

腦子裏憧憬的是歐美式的政治，這些人我認為顯然是右派了"[15]。這裏談的也是政治傾向。因此，從一開始，對"右派"的劃分(即"甚麼是右派")，就着眼於思想、政治的傾向，以至態度，具有很大的模糊性與主觀隨意性。毛澤東在前述《事情正在起變化》這一綱領性文件中，就提出鑒別"政治上的真假善惡"的兩大標準："主要看人們是否真正要社會主義和真正接受共產黨的領導"，後來中共中央八屆三中全會通過的《劃分右派份子的標準》中最主要的就是這兩條區分"真假善惡"的標準，而非法律的標準。在同一文中，毛澤東又說："右派的批評也有一些是對的"，那麼，意見正確與否似乎又不是標準；還說："甚麼擁護人民民主專政，擁護人民政府，擁護社會主義，擁護共產黨的領導，對於右派說來都是假的，切記不要相信"，那麼，說甚麼也不可信。劃分依據究竟是甚麼呢？毛澤東說：一是"右派的特徵是他們的政治態度右"，二是"右派的批評往往是惡意的"，"善意，惡意，不是猜想的，是可以看得出來的"[16]。而政治態度是否右，善意還是惡意，就完全取決於各級領導(他們中有無數的"張部長")怎麼"看"了。而怎麼"看"，又是與他們的利益直接相關的。這一點，在後來公佈的前述《劃分右派份子的標準》得到了"準法律"的確認(這一標準是作為中共中央全會的文件正式規定的，具有法律的效用)。這一《標準》，實際上有兩個部分，一是根據前述區分"真假善惡"的標準而戴上的"大帽子"，如"反對社會主義制度"、"反對無產階級專政、反對民主集中制"、"反對中國共產黨在國家政治生活中的地位"、"分裂人民的團結"等等；一是具有可操作性的實質性的具體標準：除了反對(實際是批評)黨和政府的政策和制度(如統購統銷政策，人事制度和幹部政策等等)，否認成就，攻擊各項運動(實際是提出批評意見)外，最重要的，就是"以反對社會主義和共產黨領導為目的而惡意地攻擊共產黨和人民政府的領導機關和領導成員，誣衊工

15 轉引自朱正：《1957年的夏季：從百家爭鳴到兩家爭鳴》，112–113頁。
16 毛澤東：《事情正在起變化》，《毛澤東選集》5卷，428頁，426頁，427頁。

農幹部和革命積極份子”，“蓄謀推翻某一部門或者某一基層單位的共產黨的領導”[17]。這裏規定得再明白不過：凡反對(批評)各級領導機關和領導成員，反對(批評)工農幹部和革命積極份子者，皆為右派——從表面看，似乎有一個是否“以……為目的”的限制，但這類屬於動機的標準是完全可以由掌權者的主觀意志來認定的，即說你有這樣的“目的”，你就有這樣的“目的”。這樣，包括本書作者在內的數十萬、上百萬的人們落入“右派’的陷阱，就是不可避免的，可以說是“在劫難逃”。

而這樣的右派標準的準法律的確認，對中國的社會政治生活的影響卻是難以估量的。它首先確立的是“組織”的不受限制、不受監督的絕對權力：不僅它所制定的政策、制度，它所做的一切事情(發動的運動，開展的建設等等)都不可批評，而且它的各級組織及領導成員，也不可批評，這是一種不可質疑的，超越法律的絕對的豁免權。而規定“工農幹部”與“革命積極份子”同樣享有不可批評、不受監督的權力，則是與在群眾中劃分“左、中、右”相聯繫的：毛澤東在《事情正在起變化》一文中，即已提出“凡有人群的地方，都有左、中、右”的論斷[18]，以後又明確指示各級組織“在運動中，按左中右標準，排一下隊”[19]，並一再強調要組織“工廠主要幹部和老幹部”以及“黨團員中的積極份子”，“反擊右派份子的猖狂進攻”[20]。而“左，中，右”的劃分，除了政治態度以外，一個重要方面，就是其歷史，階級成份與出身。毛澤東在一個內部指示中，即指出：“在此次運動中鬧得最兇”的是“民主黨派、大學教授、大學生”中的“右派和反動份子”，“他們歷史複雜，或是叛徒，或是過去三反肅反中被整的人，或是地富資本家子

17 轉引自朱正：《1957年的夏季：從百家爭鳴到兩家爭鳴》，500–501頁。

18 毛澤東：《事情正在起變化》，《毛澤東選集》5卷，428頁。

19 毛澤東：《中央關於加緊進行整風的指示》(1957年6月6日)，轉引自薄一波：《若干重大決策和事件的回顧》(下卷)，615–616頁。

20 毛澤東：《組織力量反擊右派份子的猖狂進攻》(1957年6月8日)，《毛澤東選集》5卷，431頁。

弟，或是有家屬和親戚被鎮壓的"[21]，這其實是與本文一開始談到的1955年肅反運動十人領導小組的文件精神一脈相承的，是一種血統論的"階級分析"。反過來，所謂"左派"就必然是"工農幹部"，以及後來所說的"根正苗紅"的出身好、政治態度鮮明(絕對聽從各級組織領導)的"革命積極份子"。

這樣，按照家庭出身與政治態度在群眾中劃分左、中、右，實際上是一次重新劃分"階級"，同時又賦予"左派"(工農幹部與革命積極份子)以與各級組織的領導同樣的不可批評的絕對權力，又將"右派"列為專政對象，事實上剝奪其一切權力，這就建立起了一個新的上下有序的社會結構。在這樣的結構中，是存在着幾層等級關係的：一方面，如上文所分析，在各級領導之間是一個對上逐級依附、服從，對下逐級控制與發號司令的關係；而在每一個基層組織中，單位領導處於最高層，左派則處於雙重地位：一方面，他的左派位置是領導賜予又隨時可以收回的，因此，對於領導就先天地有一種依附性；另一方面，他又享有不受領導之外的任何人的監督、批評的特權，以及按照領導旨意任意監督、迫害右派的特權。處於最底層的右派則要承受領導與左派積極份子的的雙重管制。

但要真正給右派定性、定罪也不那麼容易。第一次公開給右派定性是毛澤東為1957年7月1日《人民日報》寫的社論《文匯報的資產階級方向應當批判》，在那裏明確提出："資產階級右派"就是"反共反人民反社會主義的資產階級反動派"[22]。而在沒有公開發表的文章裏就說得更清楚："在我國社會主義革命時期，反共反人民反社會主義的資產階級右派和人民的矛盾是敵我矛盾，是對抗性的不可調和的你死我活的矛盾。向工人階級和共產黨舉行猖狂進攻的資產階級右派是反動派、反革命派"[23]。儘管話說得如此斬釘截鐵，但仍有一個事實難以迴避：右派都是因言論而獲罪；據本

21 毛澤東：《中央關於反擊右派份子鬥爭的步驟、策略問題的指示》(1957年6月10日)，轉引自薄一波：《若干重大決策與事件的回顧》，617頁。
22 毛澤東：《文匯報的資產階級方向應當批判》，《毛澤東選集》5卷，438頁。
23 毛澤東：《1957年的夏季的形勢》(1957年7月)，《毛澤東選集》5卷，456頁。

書作者回憶，當他被宣佈為右派以後，他的善良的妻子曾這樣安慰他："領導説過，右派只是思想問題"[24]，可見當時即使是地方領導也不能否認這一事實。毛澤東對此的解説與應對卻頗耐尋味。他一方面斷言："這種人不但有言論，而且有行動，他們是有罪的，'言者無罪'對他們不適用。他們不但是言者，而且是行者"。所以後來定《劃分右派份子的標準》，就特意加上一條"組織和積極參加反對社會主義、反對共產黨的小集團；蓄意推翻某一部門、某一基層單位的共產黨的領導；煽動反對共產黨、反對人民政府的騷亂"[25]，以説明右派確有反革命行動。但"推翻基層單位的領導"，還有"煽動……"云云，都是隨意上綱的分析，無法證實；只有"組織……小集團"似乎可以落實，因此，許多當年右派的罪名中都有這一條，本書的作者也是被宣佈為"南充市文聯的反黨集團"的首領的，儘管他當時只是一個業餘作者，曾被推舉為詩歌組組長，僅憑這一點，也可以當作"行者"而治罪了。但毛澤東又説："可以寬大為懷，不予辦罪"，而且"仍然允許有言論自由"，"只在一種情況下除外，就是累戒不改，繼續進行破壞活動，觸犯刑律，那就要辦罪"[26]，可見毛澤東自己心裏也很明白：右派實際上並沒有"觸犯刑律"，要將其辦罪，並無法律依據。所以他後來又有"右派，形式上還在人民內部，但實際上是敵人"[27]這樣的説法。

但對右派不進行懲罰與管制，是不可能的；法律依據不足，就可以另定法律法規，反正權力在自己手裏。於是，在毛澤東的倡導下，1957年8月3日國務院發佈了《關於勞動教養問題的決定》，規定對於下列四類人將"加以收容，實行勞動教養"："1. 不務正業，有流氓行為或者有盜竊、詐騙等行為，不追究刑事責任的，違反治安管理、屢教不改的；2. 罪行輕微，不追究刑事責任的反革命

24 參看張先痴書《恩恩愛愛與淒淒慘慘》。
25 轉引自朱正：《1957年的夏季：從百家爭鳴到兩家爭鳴》，501頁。
26 毛澤東：《文匯報的資產階級方向應當批判》，《毛澤東選集》5卷，438–439頁。
27 毛澤東：《做革命的促進派》(1957年10月9日)，《毛澤東選集》5卷，478頁。

份子、反社會主義的反動份子，受到機關、團體、企業、學校等單位的開除處分，無生活出路的；3. 機關、團體、企業、學校等單位內，有勞動力，但長期拒絕參加勞動和破壞紀律、妨礙公共秩序，受到開除處分，無生活出路的；4. 不服從工作的分配和就業轉業的安置，或者不接受從事勞動生活的勸導，不斷地無理取鬧，妨害公務，屢教不改的"[28]。雖然讀不到"右派份子"的詞語，但其為懲罰右派提供法規依據的目的是一看即明的。[29] 8月4日《人民日報》社論《為甚麼要實行勞動教養》中，也說得很清楚："對於這些壞份子，一般地說用說服教育的辦法是無效的；採取簡單的懲罰辦法也不行；在機關、團體、企業內部也決不能繼續留用；讓他們另行就業又沒有人願意收容他們。因此，對於這些人，就需要有一個既能改造他們，又能保障其生活出路的妥善辦法"。社論儘管强調"勞動教養與勞動改造罪犯是有區別的"，但同時又說："勞動教養管理機關必須制定一套帶有强制性的行政制度和紀律，不能允許被勞動教養的人破壞這些制度和紀律。例如不准他們隨便離開農場和工廠而自由行動，不准破壞公共秩序，不准破壞生產，否則就要受到處分，情節嚴重的還要受到法律制裁"，在完全被剝奪了人身自由的情況下强制勞動改造，與勞改犯並無實質性的區別。區別僅在勞動教養者每月有二十元左右的"工資"，需交伙食費，勞改犯僅有零花錢一元五角，囚糧、囚服則不計價。而另一個區別則更帶實質性：勞改犯有明確的刑期，而勞教卻無具體期限，僅有"表現良好"者可"酌情批准"解除的籠統規定，這漫漫無期的勞教給受害者帶來的精神磨難與肉體痛苦，恐怕是更令人恐怖的。

這樣，本書的作者和1957年的無數受難者一起，獲得了兩個"身份"："右派"與"勞教份子"。中國古代對於犯人要在其面

28 《國務院關於勞動教養問題的決定》，1957年8月1日全國人民代表大會常委委員會第七十八次會議批准，1957年8月3日國務院公佈。

29 1955年8月25日，中共中央《關於徹底肅清暗藏反革命份子的指示》裏，第一次提出了"勞動教養"的設想，而在反右高潮中正式形成條文，並立即施行，許多右派都成為第一批勞教對象，這顯然是反右運動以後的一個重要的制度安排。

部烙上罪惡的印記，而這右派與勞教的“身份”也就是這樣的印記，是永遠擺脱不了的。如本書作者所回憶，在他所在勞教農場及以後的監獄，管教幹部經常發出的警告，就是“不要忘掉身份”，“這意味着不認罪，而不認罪是犯人的萬惡之源”。而認罪的表現，也是“改造”好了的標誌，就是“靠攏組織”。而所謂“靠攏組織”，一要會拍領導的馬屁，二要能够檢舉同類，“立功贖罪”，也就是要放棄人的尊嚴與良知。這就是所謂“勞動改造”的實質：通過懲罰性的勞動，將“人”變成“非人”，這正是肉體與精神的雙重摧殘。我們説右派的苦難，其實是包括這兩個方面的。如本書作者所説，右派中也是有左、中、右之分的。所謂“右派中的左派”，就是從這樣的雙重摧殘與奴役中尋出美來，並從中獲利，其實就是魯迅説的“奴才”。而“右派中的右派”，就是不承認自己的“身份”，以各種方式進行抗爭者，在勞教所、勞改隊裏有一個命名，叫作“反改造份子”，對他們就要“大力挽救”——“在勞改隊，這是一個使用頻率很高的詞匯”，“大力二字用得尤其貼切”，所謂“大力”就是“往死裏整”。於是就有了本書作者所説的“挨繩子”的滋味，“其功能主要是緊緊捆住受刑者的手腕以阻止血液循環，讓疼痛來促使他改惡從善，進而落實‘我們對敵人從來不施仁政’這一基本政策”。而這樣的刑法還不必由主子(領導)自己動手，自會有“右派中的左派”主動而積極(甚至是創造性的)效勞。在本書作者的感覺中，這和“古代羅馬貴族在角鬥場觀看奴隸角鬥士相互厮殺”是有着“血緣關係”的。

單位證明，檔案

本書的作者在“挨”了一次這樣的“繩子”以後，決定要從勞教隊裏逃跑。這是他反抗體制給他安排的命運的一次悲壯的努力和掙扎。

但要掙脱體制的控制，可真不容易。遇到的第一個難關，就是沒有"單位證明"。在那個時代，人的一切行動，外出乘車購票，在旅館投宿，以至在報刊上發表文章，都需要單位證明：證明你的身份，政治的可靠程度。這就說到了中國的一個基本制度，即所謂"單位體制"。如一位研究者所說，"單位體制的成型與確立，是中國對這一超大型社會進行有效調控的制度化成果"。這一單位體制有兩個重要特點："單位被認為是強有力的黨和國家的代理者，扮演着政治(或國家)和經濟(或社會)雙重角色"，"從單位和個人的關係來看，它充當了個人安身立命的公共空間這一特殊角色，任何一個中國人必須依靠單位賦予的身份才能獲得行動的合法性基礎"[30]。這裏自不可能對單位體制問題展開全面的討論，只能就本文的討論所涉及的方面，指出一點，即單位組織實際上是代表黨和國家對其成員實行從思想到行動的全面控制，由於每一個人都是納入某一單位的(農民也是納入生產隊的)，因此，各類各級單位就構成了一個巨大的網，所有的中國人都被網絡其中，受到嚴密的控制。前面所說的《勞動教養條例》，除了為懲罰右派提供合法性，一個重要的目的與功能就是要加強單位體制對其成員的控制：如不服從單位的分配，安置與調動，即所謂"無理取鬧，妨害公務，屢教不改"，或被單位開除，就要被送去勞教，甚至勞改，對之實行專政。這樣，全體中國人，只能有一個選擇：安心於單位的控制，老老實實地做好組織分配給自己的工作，無條件服從組織的任何調動與安排，就可以獲得基本的生活和發展的條件；一旦被單位除名，就只有被勞教甚至勞改的唯一出路。即使要逃跑，僅沒有單位證明這一點，就在諾大的中國，找不到一處立身之地。像本書的作者這樣鋌而走險，製造假證明，也很容易被警惕性極高的專政機關、人民群眾所發現，隨時捉拿歸案，收入網中。

單位控制的另一重要手段，就是單位組織對每個成員所制定的"檔案"。本書多處談到"檔案"，並且毫不諱言："有我類似背景的人，可能都不喜歡檔案袋"，甚至提起檔案，都會頭皮

30 劉建軍：《單位中國》，3頁，2頁，天津人民出版社，2000年版。

發麻。檔案讓人恐怖之處有二，一是“檔案中都有社會關係這個重要欄目，凡有親人在歷次運動中被殺、被關、被管者，(還有所有的‘海外關係’)，都要老老實實填入其中，如有隱瞞，等於欺騙組織，也就等於自毀前程”；二是個人歷史與歷次運動中的政治表現，以及各個時期的政治鑒定。——這裏還要插述一點：在反右運動以後的“制度建設”中，除頒布《勞動教養條例》以外，1957年7月17日，國務院還通過了一個《高等學校畢業分配工作的幾項原則規定》，要求對每一個畢業生進行政治審查，並作為制度固定下來，而且這樣的政治審查的結論是要裝入檔案的。當時的北大的領導這樣解釋政治審查的必要與作用：“我們決不能讓一個在政治上有嚴重問題的人，在工作崗位上擔任他所不應該擔任的工作”[31]。這裏說得很清楚：凡是在檔案上有“不良記錄”，無論是個人政治表現，還是家庭關係與社會關係的，都將打入“另冊”，控制使用。——這也有一個專用名詞，叫作“內控”，經歷過那段歷史的人，今天提起這個詞語，都會引起無盡的痛苦的回憶。本書的作者就提供了一個例子：一位農村中的高中生，在建國初期，滿懷“保家衛國”的豪情參加了志願軍，後被美軍俘虜，他拒絕策反，毅然回到祖國。但因為他的檔案裏有曾經被俘的記錄，就在政治上判了死刑，沒有一個單位願意接受他，只能在農村過着“二等公民”的生活。

盲流，“泡起”，收容所

也有在“單位”(包括容納農民的公社，大、小隊)與“勞教所，勞改所”之間游蕩的人群，這就是所謂“盲流”。本書的作者在成功地逃出了勞教所之後，就加入了這個“盲流”大軍。中國的“盲

31　轉引自(英)納拉納拉揚．達斯：《中國的反右運動》，201–202頁，華岳文藝出版社，1989年版。在該書127頁，還談到反右以後的另一個重要的體制建設，即1957年6月25日，根據毛澤東主席的命令，成立了一支新型警察部隊，即“人民警察”。除“鎮壓反革命；防備、阻止其他犯罪份子的破壞”外，還有一項特殊任務：“對於破壞公共秩序、危害公共安定的公民，儘管他們沒有犯罪，也可以制止，或給予行政處分”。

流”的主要構成是由於種種原因，特別是饑荒，所造成的從農村向城市流動的農民。而中國政府是嚴加禁止的。在發動反右運動的1957年12月18日，中共中央、國務院還聯合發出《關於制止農村人口盲目外流的指示》，要求通過嚴格的戶口管理，做好制止農村人口盲目外流的工作。在此之前，即1957年12月13日國務院《關於各單位從農村招用臨時工的暫行規定》還明確規定：城市“各單位一律不得私自到農村招工和私自錄用盲目流入城市的農民”。這樣，實際上，就是要推行“城鄉隔離的二元對立”的社會結構，建立“非農業戶口”與“農業戶口”的等級身份制，將農民強制留在農村，一面承受國家工業化的代價，一面卻不能享受城市居民的許多權利，置於近乎二等公民的境地[32]。這也是一種按“出身”劃分(農民，還是非農民)的制度性歧視，與我們在前文所談到的以“家庭出身”(反動家庭，還是革命家庭)劃分的制度性歧視，是等級制社會結構的兩大支柱，它們都是在1957年以後得到强化並最後成型，這恐怕不是偶然的。在這樣的結構中，“盲流”的存在自然是非法的，是一個破壞性的因素；但在二十世紀五十年代後期與六十年代初期的大災荒年代，這樣的盲流大軍卻一度發展到相當的規模，離鄉逃荒的農民之外，還有城市的貧民、游民，以及本書作者這樣的逃亡的勞教犯，以及勞改犯。本書的有關敍述提供了一幅相當真切的那個時代的“盲流”圖——這也是我們有關那個時代的歷史敍述中有意無意地遮蔽的。

於是，就有了盲流們聞之色變的“收容所”。作者介紹，當時的游民中是有自己的一套特殊用語的，相當於今天所說的“黑話”，其中最具威脅性的詞語，就是“泡起”。所謂“泡起”，就是把你送到游民收容所去關押。從表面上看，收容所是屬於“社會救濟”的範疇，由民政局主管，但為甚麼竟使“盲流”如此恐懼呢？除了會遣送回原籍(這自然是盲流們所不願意的)外，看看作者的

32 參看何家棟、喻希來：《城鄉二元社會是怎樣形成的？》，《書屋》2003年5期。

描述，就可以知道“泡起”的滋味了：“我被泡在二樓上，樓口有‘可靠游民’把守，除幹部帶領任何游民不得上下樓梯，上樓的時候，首先看到的是十多個躺在扶欄背後的水腫病患者，游民稱這類人為‘泡脹了的’，他們或躺在地板上呻吟，或靠在牆壁上嘆息，他們現在唯一能做的事就是迎接死亡”，收容所完全無異於失去人身自由的監獄，而且幾乎成了“停屍房”，難怪在盲流們的眼裏，“‘泡’幾乎成為死刑的代名詞，是不用子彈的槍斃”。收容所之外，還有游民改造農場，那就更是變相的勞教農場，本書的作者很快就決定要再次逃亡，這是很自然的。——收容所的問題直到2003年才得以暴露與初步解決，其實是應該追溯到幾十年前本書所描述的那個時代的。

陷阱，檢舉揭發，群眾專政

本書的作者儘管成功地逃出了游民改造農場，但最後仍被緝捕歸案。其中的關鍵是他所投奔的勞教隊的好友的哥哥的舉報。而且仔細考察本書作者的命運，幾乎他的所有的不幸，都來自舉報：1957年，使他成為右派的“鋼鞭材料”就來自他的一個好友的揭發與誣陷；1966年，又是他的親弟弟的檢舉，使他的本已改名換姓在新疆落腳的妻子被“清理”出來，並最終造成了家庭的悲劇。可以說，叫作張先痴的這個人在他的人生道路的每一道關口，都有一個“陷阱”在等着他，而陷阱的製造者往往是他所最信任的朋友和親人，他也終於落入深淵，幾乎永世不得翻身。本書一再地使用“陷阱”這一詞，其中是包含了無盡的痛苦，無奈與困惑的。

但在反右運動的發動者那裏，卻另有說法。毛澤東在反右運動大功告成以後，寫有一篇文章，“意氣風發”地宣佈：“過去的剝削階級(按反右運動的邏輯，右派不是‘過去的剝削階級’，就是‘剝削階級的孝子賢孫’，或者是他們在革命隊伍中的代理人——作者注)完全陷落在勞動群眾的汪洋大海中，他們不想變也得變。至死不變、願意帶着花崗岩頭腦去見上帝的人，肯定有的，那也無關大局"[33]。毛澤東將張先痴與數十萬、數百萬的右派命運中的"陷阱"，稱之為"勞動群眾的汪洋大海"，絕不是詩人的形容，而是體現了他的一種政治追求的，即所謂"群眾專政"。這也是"中國特色"：它以空前的思想控制力與社會政治動員力，煽動起全民族的仇恨與鬥爭狂熱(當時叫"革命激情"，毛澤東的用語是"鬥志昂揚")，用群眾運動的方式來進行階級鬥爭，參加者以千人、萬人、數十萬人、數百萬人計的群眾鬥爭大會遍佈中國每一個角落，真正做到了普天之下，無一處不是鬥爭的場所。批鬥會也開到了勞教農場，勞改監獄：在犯人之間也要展開階級鬥爭，當時有個說法，叫作"狗咬狗"。其實這樣的全民性的鬥爭會，就是要把全民訓練成只會撕咬同類的嗜血的動物。

這也是一種"政治動物"，其革命警惕性之高，達到了不可思議的地步。本書中寫到了一個細節：一位政治覺悟極高的"革命群眾"畫了一幅漫畫，質問張先痴："為甚麼要裝一台礦石收音機？"這是懷疑他要和"敵台"取得聯繫。還有一件事發生在勞改農場：張先痴因工受傷，在胳膊上纏了塊破布，在收工的路上，被管教股長看見，立刻厲聲問道："你這是甚麼聯絡符號？"這些"革命聯想"當然不只是荒誕，而是反映了一種社會心理，社會氛圍：凡是"敵人"，他的一舉一動，都無不暗藏"反革命"的陰謀；再進一步，所有的人，都可能是敵人，所有的小事，都可能反映了"階級鬥爭的新動向"(這也是那個時代使用頻率最高的詞語之一)。而這樣的心理、氛圍的背後，卻隱藏着一種普遍的恐懼心理和不安全感：既然可以懷疑別人是"反革命"，當然也就不能避免自己被別人懷疑，這樣的人人自危，就逼得每一個人更加革命地去揭發別人，以示忠誠而自保，我們前面所說的舉報，在某種程度上，正是在這樣的恐懼氛圍中產生的。

33 毛澤東：《介紹一個合作社》，177頁，《建國以來的毛澤東文稿》7冊。下文所說"鬥志昂揚"一語，也來自此文。

而張先痴的舉報者，大都是親密者，則更反映了“群眾專政”創造者更深的用心：只有將“專政”深入到、落實到被專政者的家庭、親屬、朋友內部，才能真正制敵於死命。因此，必要動用體制的強大力量，或進行“劃清界限，大義滅親”的思想灌輸，或施行“反戈一擊，立功贖罪”的誘惑，或利用人的私欲，朋友之間、家庭內部的矛盾，或發動“坦白從寬，抗拒從嚴”的恩威並舉的政策攻勢……，由此布下由親人親手製造的“陷阱”，從而將“敵人”置於孤立無援，走投無路的絕境，“不想變也得變”，如死硬到底，就真的只能如毛澤東所說，“戴着花崗岩腦袋去見上帝”了。很顯然，張先痴及他的右派同伴命運中佈滿的“陷阱”，正是這樣的“群眾專政”的體制造成的；不僅被迫害者受盡精神磨難與皮肉之苦，參與者自身也為之付出了代價：本書即提到那位提供“鋼鞭材料”的右派“朋友”，後來在平反時，曾向領導表示，他曾誣陷過一個叫張先痴的人，在張未出獄以前，他不願出獄。可以想見，這幾十年來，他的內心經歷了怎樣的精神的煎熬。

網

在我們的討論，以及本書作者的敍述中，都一再提到了“網”這個詞。毛澤東在他的反右檄文《文匯報的資產階級方向應當批判》裏，也說右派是“自投羅網”[34]。“自投”云云，恐怕只在特定的含義下，適用於右派中的少數先覺者。他們對體制的弊端看得比較透，在提出批判時，即作好了犧牲的準備。但絕大多數的右派，則是被精心佈置的“羅網”網進去的，本書的作者即是其中的一個。

而且經過了反右運動的編織，這個“網”就日趨完善，成型：它網絡一切，全中國，每一個人，每一個家庭，每一個地方，全在控制之下，無一漏網；它極其嚴密，甚至達到了精緻的地步，用高

34 毛澤東：《文匯報的資產階級方向應當批判》，437頁，《毛澤東選集》5卷。

度集中的權力，動員了一切政治、經濟、文化、教育、法律、法規、政策、道德、觀念、輿論……的力量，將社會每一個成員的物質生活、精神生活，以至最隱蔽的私生活，都控制得嚴絲密縫，少有疏漏；而且有嚴厲的監控、懲治機制，不僅有監獄、勞教所、收容所這樣的專政或準專政的國家機器，還有群眾專政的系統，將"鑽網"的一切努力消滅於萌芽狀態之中，如有試圖"破網"者更是嚴懲不殆。這是真正的"天羅地網"，使一切掙扎、抗爭都顯得無用與無效，所需要的只是"絕對服從"。

在文革(那是一個"大收網"的時代，"全民專政"與"全民被專政"的時代)剛結束時，曾有一位詩人寫了首"一字詩"，用一個"網"字概括他的時代感受，引起了無數人的強烈共鳴。但也有人對其大加討伐，其實還是在顯示"網"的神威。魯迅早就為人與人之間的"不相通"而感慨不已：不同的人在"網"中所處的地位不同，自有不同的感受。但也有深受其苦的人，卻沉湎其間，彷彿離開了"網"就不知怎麼活了，於是，仍然為"網"大唱讚歌：這也是頗能顯示"網"的精神控制的神威的。

網不住的：思想與人性

但網的神威又是有限的。

本書特地引述了法國大思想家伏爾泰的一段話，是大有深意的："中國的皇帝，印度的大莫臥兒，土耳其的帕迪夏，也不能向最下等的人說，我禁止你消化，禁止你上廁所，禁止你思想！"

思想是禁止不了的，這正是想控制一切的"帝王"與"聖人"所最感懊惱與無奈的。人生活在"網"的籠罩下，自然不免要受其精神的控制，但卻出於本能地要想"網"外的東西，這樣的"想"是怎麼也網不住的；而且"網"本身的邏輯、行為也會起一種"反面教育"的作用，即促使人們從另一面去想，懷疑一旦產生，"網"的精神神威就會露出破綻，發生動搖。我們已經說過，右派中的大多數開始都是沒有覺悟的，是嚴酷的現實使他們中越來越多的人打破種種精神幻覺，開始了獨立思考。本書在這一方面涉及不多，但也談到了自己在勞教過程中思想的某些變化，以至他在逃跑以後，自以為可以自由說話的時候，就在那位勞教隊的好友的哥哥面前，“為彭德懷元帥大鳴不平，認為他才是真正關心人民疾苦的忠臣，又說所謂的‘自然災害’純屬政策失誤的藉口，情緒激動之中，甚至把大救星比作焚書坑儒的秦始皇”。儘管他沒有想到這位哥哥是奉命套他的話，這些“反動言論”後來都成了他的鐵的罪證；但這樣的對中國現實與社會的認識，卻是不經過反右及以後的種種批判鬥爭，年輕單純的張先痴所絕不會有的；也就是說，正是勞動教養將他從一個糊糊塗塗的右派，改造成了一個有自覺意識的真正的右派。這大概是改造者所未曾料及的。至於本書提及的勞教隊裏成立的“列寧共產主義聯盟”的數十個參加者，更是“網”自身培育出來的“沖決羅網”的戰士：這是足以使“網”的製造者膽戰心驚的。

還有，人要消化，要上廁所，這也是禁止不住的。人要活着，這種人的日常生活的力量，生命的力量，比一切體制的力量都要強大。本書中有一章，叫作《難以忘懷的吃吃喝喝》，詳盡地敘述了在勞改農場中，圍繞着“吃吃喝喝”所展開的生死決鬥：一方面，體制的力量要這些犯人死，饑餓也是一種懲罰；另一方面，犯人們用自己的全部智慧和勇氣，千方百計尋找各種吃食，以維持生命，而且這是一個完全自覺的努力：“一個人為了自己的生存(僅限於吃飽肚子)，他採取的一切手段都是合理的，因為生存是他不可褫奪的最基本的權利”。作者說得很好：活着，維護人的生存權，而且“在活的那個瞬間，活得像個人的樣子”，“這既是最低標準，在某些特殊背景下，還可能是最高境界”。因此，作者說那些在饑餓的年代，為了尋食而不惜冒險的犯人身上，有一種“勞改英雄主義”，儘管不無調侃之意，卻也有相當的真實。

仔細考察本書作者的個人命運，還有一個頗耐尋味的現象：

在他命運的每一轉折點上，不僅如前文所說，處處充滿陷阱，而且總有人暗中相助：在他和妻子雙雙被打成右派的時候，一對老紅軍夫婦自願免費為他們帶孩子，還為他們的秘密相會打掩護；在他從勞教隊、收容所逃出以後，又得到了一對青年農民夫婦、"可愛的農民伯伯"、"重慶的'表嫂'"、"成都的'大姐'"這些並不相識的好人的幫助，那位重慶的"表嫂"還因此付出了五年有期徒刑的代價；在他天津因舉報而被捕時，公安分局的張副局長竟含蓄地對他表示同情、理解並特意給予關照，那"深情的目光"給他以極大的慰藉並終生難忘；在作為"要犯"獨自關在黑牢裏時，也有兩位看守兵冒着絕大的風險和他秘密交談，並主動提出要幫助他逃跑；在勞改農場裏，他更是得到了彝族分隊長一家的多方照顧，才得以熬過那些最艱難的歲月。這些暗中相助者，並不是民間傳說中的"貴人"，而是普通的老百姓，其中也有不少體制中人；他們的相助，多數不是由於意識形態的共鳴，而是出於人的善良天性，出於同情落難者的民族傳統。如作者所說："支撐受難者活下去的一個重要因素，就是好人的存在。在他們的身上閃耀着人性的善良光芒，其魅力無窮無盡"，"這些好心人可能早已忘掉了他們所做的善事，他們本着自己的良心生活着。這些良心構成了我們這個古老民族的美德——那是一座美德的萬里長城，它頑強而又不露聲色的抵禦着邪惡的入侵"。

這人的天性，人的良知，是任何力量與體制也"網"不住的。於是，就有了本書中最為動人、最震撼人心的篇章：兩位"一網打入法網的網友"，兩個獨居犯人之間的長達七個月的秘密通信。作者說他們是"內心深處的難友"：這內在心靈的力量比任何外在的強制力量要強大得多。極權暴力可以奏效於一時，甚至可以奪去人的生命，但人對自由與獨立的渴望和追求卻是永遠壓制不住的，並且是代代相傳的；在這場自由的人與專制體制的持續搏鬥中，無數的先驅者與無辜者已經付出巨大的血的代價，這是我們這些"倖存者"的內心永遠也無法安寧的，於是，就有了這本血寫的書，以及我的這些泣血的文字，這將是一個證明：爭取自由與獨立的信念沒有喪失，因為人還在，而人將是最後的勝利者。

"殉道者"林昭

假如上帝需要我成為一個自覺的殉道者，我也會發自衷心地感激施賜於我這樣一份光榮。

——林昭：《致〈人民日報〉編輯部的信》

1968年4月29日和5月1日，四十年前的這兩個日子，是應該永遠刻記在中國現當代歷史和每一個中國人心上的：4月29日，是我們民族的"聖女"林昭受難的日子；而在5月1日這一天，劊子手來到林昭家中，向她的母親索取五分錢的子彈費，同時也就將自己釘上了歷史的恥辱柱——永遠地！

林昭早就說過："民間本在傳說死刑犯受槍彈費由自己出錢，而一顆子彈的價值一毛幾分，我就自費購買了也沒關係"。可見這樣的結局她是有精神準備的：她比我們任何人都懂得這個體制。但她仍然關心"死法"問題。她說："能把血流在光天化日之下，眾人眼目之下亦云不幸之幸矣"，而"林昭的血都是一點點一滴滴灑在無人看見的陰暗角落裏的"，要求"光天化日之下"的"死"，"而竟不可得！"[1]

同樣是民族的良知的魯迅(他是給林昭以精神影響的前驅者之一，林昭曾用自己的血將魯迅的詩句"我以我血薦軒轅"寫在監獄的牆壁上)，在三十年前(1936年4月7日)的"深夜裏"，也寫過這樣的文字："我每當朋友或學生的死，倘不知時日，不知地點，不知死法，總比知道的更悲哀和不安；由此推想那一邊，在暗室中畢命於

1　《致〈人民日報〉編輯部的信》(手稿複印件)，以下引文不另注出處者，均引自此稿。

幾個屠夫的手裏，也一定比當眾而死的更寂寞”。魯迅同時指出，“‘成功的帝王’是不秘密殺人的”，這是“自信還有力量的證據，所以他有膽放死囚開口”，“大家也明白他的收場”；“到得要失敗了”，這才“秘密的殺人”。[2]

但這卻是魯迅所絕對想不到的：還要將這樣的“暗暗的死”向死者的母親明示，並索取“報酬”。因此，林昭的妹妹在日記裏所記下的母親的反應，是真正驚心動魄的：“當我哥哥在‘四一二’事變罹難後，我一直將實情瞞過你外婆，對她説你大舅舅去蘇聯學習，她有些懷疑，但一直盼望着。他們這些兇手也沒有上門來向她要子彈費呀！子彈費，哈，哈，哈，這是最大的諷刺，這個政權竟向我要子彈費，讓子彈穿過我親愛的大女兒的胸膛，上帝懲罰我也未免太過份了，世界難道真的沒有天理、人道和律法了嗎？”“是誰殺了她？不是敵人殺了她，而是我幾十年緊緊追隨的理想的化身，是我害了她，我真是後悔莫及呀，我為甚麼從小灌輸給她那麼多的正義感，那麼多的自由、民主、真理獻身的信念？罪魁禍首是我，我害死了自己的親身女兒……”[3]

這是一段不能迴避的歷史：懷着“自由、民主、真理獻身的信念”和“正義感”，“舅舅”走上了革命的道路，卻被國民黨政府殺害；“母親”將舅舅的信念和遺志傳給了“女兒”，女兒也走上了革命的道路，但卻在革命勝利以後，因為堅持舅舅的，母親的，也是自己的信念，而被“新政權”以更加殘酷的方式所殺害。

這一切，是怎麼發生的？這裏包含了怎樣的歷史教訓？

(一) 林昭的道路

奇特的革命親情

林昭在獄中回憶自己的人生道路時，首先強調的是“母系的長

2 魯迅：《寫於深夜裏》，《魯迅全集》6卷，520–521頁。
3 彭令範：《日記一頁》，《走近林昭》，56頁，55頁；許覺民編，明報出版社，2006年出版。

親”對自己的影響，稱他們為“愛國心熱，正義感强，拯民願切的熱血青年”，“慨然獻身以為先導”。這當然首先是她的舅舅許金元，大革命時期為中國共產黨蘇州黨組織的負責人，“四·一二”事變後，犧牲於南京，屍體被裝在麻袋裏沉入長江中。她的另一位堂舅許覺民也於1938年加入中國共產黨，長期從事文化、出版工作。而林昭的母親許憲民，在中學讀書時就追隨其兄參加革命，並獲得“紅衣女郎”的稱號。抗戰時期，她又任國民黨專員，在蘇州從事地下秘密工作，不幸被捕，受盡折磨而堅貞不屈，被譽為“蘇州巾幗英雄”。以後，又積極支持共產黨地下工作，為其提供電台和收發場所。如回憶者所說，林昭從小在大舅父的召喚和母親的感染下，就對革命和革命政黨有着“奇特的親情”[4]。她後來在中學讀書期間，就參與籌組共產黨的地下外圍組織，並一度參加了蘇州地下黨中學生支部，因此而被列入國民黨的黑名單[5]；在1949年以後，立刻參加革命工作，這都不是偶然的。

宗教的浸潤

林昭的獄中回憶，還談到她在教會學校景海中學讀書時，曾在美國傳教士帶領下，“受洗進教”，並說到自己“在教會學校形養成了做事喜歡講究效率，諸事喜歡痛快的習慣”。這也同樣構成了林昭的一個重要的成長背景。而有意思的是，對於林昭，“進教”與參加“革命”是並行不悖，而且是十分自然的。在她的理解中，“革命”與“宗教”(基督教)在觀念和信仰上存在着根本的相通：都是追求人性的完善——林昭說過，“後人他年研究林昭”時，最應該注意的是她“靈魂深處的那份人性”，這一份人性“正就是造成林昭本身之悲劇的根本原因”——，都是追求愛，特別是同情弱者的博愛，追求思想的自由、獨立，人的解放，人與人的平等，並

4 陳偉斯：《應共寃魂語，投書寄靈岩——林昭三十年祭》，《走近林昭》，211頁。

5 《林昭年表》，《走近林昭》，243頁。

且都具有為追求真理而獻身的精神。在某種意義上，對於少年、青年林昭和她那一代人，"革命"就是他們的"宗教"。

北大精神傳統

值得注意的是，後來，林昭考入北京大學，她理解的"北大精神"，也首先是這樣的革命傳統。在1957年春所寫的刊載在《紅樓》第三期的《種籽——革命先烈李大釗殉難二十周年祭》一文裏，她有過一段深情的闡述，很能説明她的革命觀，此文未見於有關林昭的文集中，不妨將其主要部分抄錄如下——

> "在圖書館，在資料室，當我從那些紙張已經變黃的報刊中找尋着閱讀着李先生的遺作，我感到和解放前開始接觸魯迅雜文時同樣的心情。我分明看見了一雙目光四射的鬥士的眼睛，和一顆沉毅、勇猛的鬥士的心。
>
> 儘管是今天，在明朗的陽光下，在寧靜的屋子裏讀它們，還使我的心激動地撞擊着胸膛：
>
> '禁止思想是絕對不可能的，因為思想有超越一切的力量。監獄，刑罰，苦痛，貧困，乃至死殺，這些東西都不能鉗制思想，束縛思想，禁止思想。你要禁止他，他的力量便跟着你的禁止越發强大，你怎麼禁止他，制抑他，絕滅他，摧殘他，他便怎樣生存，發展，傳播，滋長……。
>
> '真正的解放，不是央求人家，'網開三面'地把我們解放出來，是要靠自己的力量，抗拒沖決，使他們不得不任我們自己解放自己。不是仰賴那權威的恩典，給我們把身上的鐵鎖解開；是要靠自己的努力，把他打破，從那黑暗的牢獄中，打出一道光明來！"
>
> '那第一個遵着遙遠的火光，走進沒有路的地方，直到倒下，還以自己的鮮血為後來者劃出一條道路的人，將永遠、永遠為我們所崇敬。只要這條路存在一日，走在路上的後來者將不會忘記他們的姓名！"

這裏，還要補充一個事實：影響林昭對北大傳統的理解和感悟的，還有時為北大校長的馬寅初。據回憶者說，林昭讀過馬寅初先生於1927年所寫的《北大之精神》的演講，並特別欣賞這樣一段話——

> "回憶母校自蔡先生執掌校務以來，力圖改革，五四運動，打倒賣國賊，作人民思想之先導。此種雖斧鉞加身毫無顧忌之精神，國家可滅亡，而此精神當永遠不死。既有精神，必有主義，所謂北大主義者，即犧牲主義也。服務於國家，不顧一己之私利，勇敢直前，以達其至高之鵠的"。[6]

爭取思想的自由和解放的鬥士和獻身者，殉道者：這就是林昭心目中的革命先驅者的形象；為追求真理而犧牲，"雖釜鉞加身毫無顧忌"：這就是林昭所理解的北大精神。而且她是自命為"後來者"的，她很快就以自己的行動，加入了這樣的永遠為後人所崇敬的先驅者的行列。

應該永遠為今天的北大人所懷想的，還有後來馬寅初校長和林昭，都把自己對北大精神的理解，化作了實踐：1959年，當遭到有組織、有計劃的圍攻，馬寅初坦然發表聲明："我雖年近八十，明知寡不敵眾，自當單槍匹馬，出來應戰，直至戰死為止，決不向專以力壓服不以理說服的那些批判者投降"。我們今天已無法知道林昭是否看到她的老校長的大義凝然之言，但她自己也在獄中發出錚錚誓言："不論是處在看來如何優劣懸殊寡不敵眾，乃至幾同束手的局面之下"，也絕不放棄鬥爭！

年青的反抗者

因此，儘管以後殘酷的現實的教訓，使她對自己青少年時期的選擇有了許多反省和反思(這是我們在下文所要詳盡討論的)，但她從未有過任何的懺悔。她在獄中回顧這段道路時，這樣寫道："這

6 馬嘶：《林昭的人性光輝》，文收《走近林昭》，220–221頁。

個年青人開始追隨共產黨的時候，'共產黨'三字還只意味着迫害，逮捕，監禁，槍殺等等，而並不意味着甚麼'信任'，'可靠'，'提拔'乃至如'五·一九'戰友當年所指斥的'米飯與肉湯的香味'！故這丹心一點就是青年的激情而非政客的理性！"而"當時據着全國執政地位的國民黨"則是"安撫無術而只鎮壓有方"，"當初這個青年——這個少年便也是上過城防指揮部黑名單的學生之一"。林昭顯然對自己的"丹心一點"，那樣的青年的反抗精神和激情，那樣的"丹心為國，肝膽相照"，熱血沸騰的年青時代，是一直心存懷想的。她之所以一再將自己稱為"年青的反抗者"，不僅是因為她這時的年齡只有三十多歲，更是表明了對青少年時代的反抗精神和激情的一種堅守。而她在獄中仍不忘"三十七年前"舅父犧牲的日子："死者已矣，後人作家祭，但此一腔血淚"，"我知道您——在國際歌的旋律裏，教我的是媽，而教媽的是您！"[7] 林昭對從舅父那裏傳下的精神傳統，是十分珍惜的。

心靈的陰影

當然，林昭和革命，特別是和革命的中國現實形態之間的矛盾，衝突，以至最後的決裂，更是不可忽略和否認的。

如林昭的妹妹所說，林昭"有強烈的正義感，鬥爭心，熾烈的愛和或許過份的恨。這是革命者和英雄人物的個性"，林昭還是"革命極端主義者，沒有中間道路，沒有妥協，沒有調和"，同時又是一個"浪漫主義者"[8]，因此，她和革命是應該有天然的親和力的。但她又柔弱而多愁善感，泛愛而有潔癖：這都是革命者之大忌，在中國是被稱為"小資產階級情調"的。像她那樣，一面參加革命工作，寫着《走社會主義光明大道》這樣的革命文章，一面卻在私人通信中寫着"今宵歸夢何處，故園芳草青青。秋風深巷裏，

7 《家祭》，1964年4月12日作，收胡杰編：《林昭詩集》(打印本)。
8 彭令範：《我的姊姊林昭》，《走近林昭》，31頁。

寂寞起三更"這樣的詩句[9]，自會有格格不入之處。於是，要遭到批評，"幫助"，乃是必然的；卻又激起了更大的煩惱和痛苦，有詩云："惡名素著，壞事齊歸，百身莫贖，百口何辯。誰知清夜流血，衷心更比黃蓮苦"[10]，敏感的她顯然把自己的痛苦誇大了。而這樣的誇大本身，大概也是"小資產階級情調"吧。

林昭在獄中回憶中談到的三大創傷或許是更為嚴重的：一是"在農村工作時期所受到的惡意報復，無理打擊"，二是"在民報工作時期負病未得公費治療"，三是"肅反當年由於所謂'人生觀消極，戀愛觀不正確'這莫名其妙的罪名而被加於莫名其妙的組織處分"。這都是從個人的境遇中接觸到革命的陰暗面。因為肅反中的實際感受，而開始對中國革命問題的反思，則有一定的代表性：我們在研究許多"右派"(例如林希翎、譚天榮、劉奇弟等)的經歷時都有類似的發現。而對林昭來說，最讓她羞愧難言的記憶，卻是她在"大義滅親"的號召下，曾以不實之詞檢舉過母親，據說她後來在給母親的信中表示了懺悔，並發誓說："今後寧可到河裏、井裏去死，決不再說違心話！"[11]這裏所說的"大義滅親"涉及到所謂"革命倫理"的一個重要方面，強制和家庭"劃清界限"曾是我們那個時代許多人都經歷過的精神苦痛[12]，這或許正是林昭對中國革命的反思的一個重要契因。

《紅樓》詩作中的青春激情

儘管有着這些心靈的陰影，但1957年"五．一九民主運動"以前，林昭就其總體的精神狀態而言，仍然沉浸在革命所帶來的歡樂中。這集中體現在她發表在《紅樓》1957年第2期署名"任鋒"的那首短詩："世界是這麼廣大/ 友情是這麼真誠/ 生活是這麼美好

9 《給倪競雄的信》，1952年10月2日，收《林昭詩集》。

10 《給倪競雄的信》，1952年3月13日，收《林昭詩集》，

11 陳偉斯：《應共寃魂語，投書寄靈岩——林昭三十年祭》，《走近林昭》，212頁。

12 參看錢理群：《"遺忘"背後的歷史觀與倫理觀》，文收《六十劫語》，福建教育出版社，1999年出版。

呵/ 我們又這麼年青！"而且還有這樣的詩句："你看歡樂的隊伍狂潮般從身邊湧過，/ 對脫下鐐銬的自由人民睜着笑眼。/ 啊，我的祖國，亞東威嚴的醒獅，/ 她不也正睜着自豪的笑眼看世界！"[13]當然，這並不意味着林昭對她已經感受到的社會主義中國的陰暗面的迴避和遮蔽；恰恰相反，在據說是林昭起草的《紅樓》第2期《編後記》裏，這樣寫道："我們希望在《紅樓》上聽到更加嘹亮的歌聲。希望我們年輕的歌手，不僅歌唱愛情，歌唱祖國，歌唱我們時代的全部豐富多彩的生活，而且也希望我們的歌聲像熾烈的火焰，燒毀一切舊社會的遺毒，燒毀一切不利於社會主義的東西"。對文學批判功能的強調和呼籲，顯然表現了林昭和她的朋友內在的懷疑精神和批判激情。同一期發表的林昭的《姑娘說——調侃"獎章詩"的作者》，正是對流行的對詩歌、文學、愛情與勞動、政治關係的庸俗化理解的質疑和調侃，在一定程度上可以看作是林昭對時代主流觀念的質疑，這對她以後思想的發展，自然是至關重要的。

誰也不能"代表真理"

但林昭對5月19日北大出現了第一批大字報，由此引發的"五．一九民主運動"，和大多數北大學生一樣，應該說是沒有充分思想準備的。她對運動一開始就提出的"取消黨委負責制"、"廢除政治必修課"、"取消秘密檔案制度"、"確保言論、出版、結社、游行示威的自由"等激進的政治要求可能不甚了然，但對她的友人沈澤宜、張元勛在《是時候了》一詩中所提出的"歌唱真理的兄弟們/ 快將火炬舉起/ 火葬陽光下的一切黑暗"，"燒毀一切/ 人世的藩籬"，"它的火種/ 來自——'五四'!!!"的召喚，卻是會引起共鳴的，其基本思想正是林昭在前引《紅樓》第二期《編後記》裏所已經提出的。因此，當有人在《我們的歌》裏，指責《是時候了》的作者"彷彿是白毛女伸冤"，以教訓的口吻說："真理的力量/並不在於/ '真理揭示者'姿態的/瘋狂"，

13 《石獅》，收《林昭詩集》。

並且表示“我們缺乏/ 你們那根/ ‘沉重的琴弦’ / 我們並不像你們/ 經常‘在背地裏/ 不平/ 憤慨/ 憂傷’。/ 要放火嗎/ 我們/ 也不打算”，林昭就以她特有的正義感，拍案而起，於5月20日夜，寫了《這是甚麼歌》一詩。這首詩因為被新聞專業的一位同學抄錄在日記裏，而被保存下來；但《我們的歌》的執筆者卻至今還在撰文否認這首詩，因此，有必要將其全文抄錄如下——

這是甚麼歌
這是甚麼調子
“我們的歌”唱者
請原諒

我
　(並且
　　　還不只我一人
　　指責這種凌人的盛氣
　他們是不是
　　你的夥伴，你的同志
　　　“為甚麼
　　　　　　不能用
　　　　　　　　　柔和的調子”
為甚麼
　　　非得搬出
這麼一大堆
　　　嚇得壞人的名詞
　　　　　瘋狂、歇斯底里……
　　　　　　幾乎，就差一句
　　　　　　　“反革命份子”

是啊，也許
　你不曾有過——
　　　那樣的日子——
　　　　　背負着沉重的
　　　　　　歧視、冷淡和懷疑

在
　凝定的孤寂裏
　　　惘然徘徊
　不知道哪兒有
　　　不沉的水
　不眠的長夜
　　　一口口
　獨自吞着苦淚
也許你
　一直在青雲裏
　甚麼是不平、憤慨
　　　　　　　　憂傷
　和你全無關係
所以你缺乏那根
　"沉重的琴弦"
　也怪不得你

教育關懷我成長的
　也是
　　　共產黨
我可從來沒聽說過
　黨只教我唱道
　　　　"咕咕咕，嘰嘰嘰

你真光明，真美麗”

如果，他真受過委屈
就讓那基調
“彷彿是白毛女申冤”
又有甚麼不可以？
為甚麼我們一定要去
“和昨天對比”
難道說
只要比昨天好一點
就完全合理
對黨的
缺點
要不要“高聲疾呼”急雨
我沒有考慮
但是，同志，對於你
如果有一陣急雨
當作你的清涼劑
我倒覺得那是
再好不過的事體

是時候了！
“要嚴肅地想一想”
應該怎樣正確地
幫助同志
如果我們愛同志
“首先想到的”
就會是親切的幫助
而不醉心於

指手劃腳的
滿臉義憤的
煞有介事的
　自鳴得意

真理的力量
　決不在於
　　維護真理者
　　　姿態的傲慢
因為你
　　(即使你當仁不讓
　　　　　　捨我其誰)
畢竟不能代表真理

可以看出，此時的林昭，還是站在"黨"的立場上的；但她和那些"左派"不同之處在於，她不認為中國共產黨領導下的中國，只是一片"光明"：她有着自己的"陽光下的陰影"的記憶(詩中的有關抒發，是很容易讓我們想起前引從林昭給朋友信中摘出的詩句的)，因此，她也絕不充當"你真光明，你真美麗"的黨的歌手。更重要的是，她不承認黨就是"真理的代表，化身"，更不用說自命的"真理的維護者"的先天的"傲慢"。在她心目中，真理是高於一切的；而在真理面前，是人人平等的，因而對一切真理的探索者都應該給予"同志的愛"。這是她的基本立場和原則，也就是她在這一時期反復說到的"良心"所在。

"組織性與良心的矛盾"

但作為共產主義青年團的團員的林昭，當然知道，黨團的組織性要求每一個成員將黨當作真理一樣無條件地維護，任何對黨的懷疑都是有罪的，更勿庸說公開的批判。於是，就產生了"組織性和良心”的矛盾。這其實是我們那個時代每一個要求進步的青年，都曾面臨的矛盾。和林昭同為《紅樓》詩友的謝冕在幾十年後，還這樣回憶：“我承認我當日的思想充滿了矛盾。天真，輕信，不敢懷疑，而又不能不懷疑，懷疑之後是來自內心深處的痛苦。我有一種破滅感，又有更多的驚恐”[14]。但林昭的不同之處，就是她的坦誠和無忌無懼；十年以後她在獄中還這樣陳述她一生堅守的説話、做事的原則：“我倒並不怕被別人罵幾句該死，只經常心懷惴惴地惟恐到了甚麼時候會弄得自己要罵自己該死。存在着這樣一份惴惴之心很有好處，它促令我隨時隨地——即使是在最艱難困苦的鬥爭條件之下——(都做到)應該做的事情一定要做，應該説的話一定要説！”“成敗利鈍在所不計，任多少人罵我該死也得，只要我在上帝的真理和人類的道德面前，保有一顆經得起審判的堅而不淄，磨而不磷的良心！”當年林昭正是堅守“應該説的話一定要説”的原則，於1957年5月22日的夜晚，在“民主論壇”上，公開説出她所感到的“組織性和良心的矛盾”，以及由此產生的痛苦。據在場者回憶，當有人氣勢洶洶地問：“你是誰”時，林昭慨然回答：“我是林昭！‘雙木三十六’之‘林’，‘刀在口上’之‘昭’！告訴你：刀在口上也好，刀在頭上也好，今天既然來了，也就沒有那麼多的功夫去考慮那麼多的事！”[15]——這就是林昭！這是她第一次顯示她“敢説敢擔”的本色。

林昭這句話，一夜之間就傳遍全校。立刻有人反駁：“青年團的組織性就是良心”，有人支持：“你吐露出了真心的懷疑”，並引發了更深刻的反省：“同志啊，我知道你那欲言又不敢的苦衷，多少人和你一樣，有着這種複雜的心情。捫心自問，在過去，我們曾多少次説出了違心的話，做了它(組織)馴服的奴隸。多少次壓抑了自己，傷害了別人。如今事過境遷已悔之莫及；有的事使我們如此羞慚、痛苦，有的事將使我們遺恨終身”。[16]——可以説，正是

14 謝冕：《懷念林昭》，《走近林昭》，206頁。
15 張元勛：《北大往事與林昭之死》，《走近林昭》，82頁。
16 杜嘉蓁：《組織性和良心——致林昭》，作者在“注”中説明，此詩系針對有

林昭的直言，喚起了北大學子對自身奴隸狀態，內在的奴性，以及在這背後的"對權力的畏懼"和"自私自利"之心的反省。這是一個從內心深處，擺脱精神奴役的枷鎖，追求思想的獨立與自由，恢復人的"良心"與本性的開始。

在激烈的論爭中，北大的學生迅速發生分化。林昭《紅樓》裏的詩友，就分裂為兩大派，並且分別開闢了"民主牆"和"衛道者論壇"，形成兩軍對立。而林昭卻以獨立的姿態出現：她既主動幫助主辦"民主牆"的沈澤宜、張元勛貼大字報，以示公開支持，又在"衛道者論壇"上的某些文章上簽名，表示贊同，一切以自己的獨立判斷為依據[17]。她大概是期待通過這樣的不同意見的自由論爭，走上真正的思想和言論自由之路。這也是許多人的願望；但她和他們都太天真了。

"我們真的受騙了！"

以1957年6月8日《人民日報》社論《這是為甚麼》為信號，毛澤東和中國共產黨發動了所謂"反右運動"，這是完全出於林昭和很多善良的人們意料之外的。一開始她幾乎被打懵了。於是，她出現在開除"右派份子"張元勛、李任《紅樓》編委職務的會上，並且作了批判發言，説："我有受騙的感覺！"——張元勛在四十多年後對此有一個解釋："'受騙'，這內容包括的甚廣，似乎不僅僅是'右派言論'，也包括以往的交往，似乎我終於在這十天內畢露原形，證明了昔日的假相"[18]。當時的林昭儘管感覺到了"組織性與良心"的矛盾，但還保持着對"組織"的某種信任，因此，當以"組織"的名義，宣佈她所信任的朋友是"反黨反社會主義的右派份子"，並且編排了她所不知道的許多"罪惡事實"，使她不得不信，特別是還揭發了許多私人生活的"不良言行"(這是歷來的所

人寫詩稱"青年團員的組織性就是良心"一語而寫的。詩收《北京大學右派份子反動言論匯集》，154–156頁，北京大學社會主義思想教育委員會1957年10月編印。

17 沈澤宜：《我和林昭》，《走近林昭》，139頁，149頁。

18 張元勛：《北大往事與林昭之死》，《走近林昭》，79–80頁。

謂“群眾運動”和“階級鬥爭”的慣技)，這更是有着道德潔癖的林昭所難以容忍的，於是就有了“受騙的感覺”。這其實是又一次的上當受騙，因此，八年後(1965年)林昭在獄中和張元勛相見時，就有了那痛心疾首的一聲高喊：“不要忘了告訴活着的人們：有一個林昭因為太愛他們而被他們殺掉！我最恨的是欺騙，後來終於明白，我們是真的受騙了！幾十萬人受騙了！”[19]——這呼喊，是驚心動魄的。

決裂“就從那一時開始”

而且，林昭自己也難逃羅網，連同她的批判發言，都被宣佈為“企圖蒙混過關”的新的罪行。[20]這樣的飛來橫禍，猛然一擊，反倒震醒了林昭，使她重新審視、思考一切，在人生道路上作出了新的抉擇，並且義不反顧地走上了反抗的不歸路。後來她在獄中這樣回憶道——

> “反右——那腥風血雨、慘厲倍常的1957年，在許多人，也在這個年青人的生命史上，深深地刻下了一道烙印，劃出了一道鴻溝！……
>
> “每當想起那慘烈的1957年，我就會痛徹心肺而不由自主地痙攣起來！真的，甚至只要一提到、看到或聽到這個年份，都會立即使我條件反射似地感到劇痛！這是一個染滿着中國知識界與青年群之血淚的慘淡悲涼的年份。假如説在這之前處於暴政之下的中國知識界還或多或少有一點正氣流露，那麼在這以後則確實是幾乎已經被摧殘殆盡的了！……
>
> “林昭在政治思想上與共產黨的決裂，就從那一時開始，而我也沒有任何可責備之處！‘偉大、正確、英明’或者諸如此類的先生們，梁山是給你們逼上的。這個青年曾懷着善良的希望等

19 張元勛：《北大往事與林昭之死》，走近林昭》，104頁。

20 《紅樓》“反右派鬥爭特刊”第二號曾在《幕，拉開來》的大標題下發表兩封“讀者來信”，指控“林昭是《廣場》的幕後謀士”，與張元勛、沈澤宜同是“廣場詩派”的“主要負責人”，並質問：“林昭，甚麼時候搖身一變而成了左派人物？”

待着你們——找尋你們的那怕是一點點明智的流露，直到最後一刻。但在完全絕望之後，我當然不得不毅然抉擇反抗的道路！我可以懷抱着善良的希望，卻無法懷抱空虛的幻想！生活在現實之中怎麼可能靠幻想來過日子呢？而當時先生們的貴黨又造成了何其悖謬何其慘痛的鮮血淋漓的現實呵！面對着那樣沉痛的政治現實，面對着那些慘痛的家國之苦難，面對着那樣汪洋巨涯的師長輩和同代人的血淚，作為一個被未死滅的良知與如焚如熾的激情折磨得悲慟欲狂的年青人，除了義無反顧地立下一息尚存除死方休的和反抗者的誓言，並竭盡一己之所能，將這誓言化為行動而外，還有甚麼是她更應該做的事情呢？！這其間應該受到嚴厲責備的，究竟是年青人還是執政者呢？！這又到底是林昭負了共產黨，還是中國共產黨負了林昭呢？

“真的，無論在何時何地何種情況下，我攻擊反右那回臭名遠揚的醜劇，都從不强調甚麼個人的委屈之類。個人縱有天大地大無大不大的委屈，總不過是中國大陸知識界與青年群那寃恨滔天的血淚汪洋之中一滴水罷！這場醜劇並不是專對林昭個人的。在我說來，倒更習慣於把自己這一滴水放在那個滔天的汪洋以內，不管怎麼地吧，事態的發展總是已經到了逼得人們不能不在根本的政治態度上有所抉擇的地步。……既然我不能容許自己墮落到甘為暴政奴才的地步而跟着共產黨去反右，則只好做定了所謂的右派了！問題就是這麼尖銳而更嚴峻得絲毫不容迴避，因為已經絲毫不存在迴避的餘地！

“……先生們，林昭早已準備好了負責而且不惜負責到底！我很知道——毫不含糊地知道，反抗者在我們的制度下意味着甚麼。而走反抗者的道路，在我們的制度下，又將遇到甚麼。”

當我們屈服時，林昭反抗了！

就這樣，當大多數人(包括我自己)屈服於反右運動的淫威時，林昭反抗了！當我們低頭接受改造時，林昭昂首拒絕了！當我們沉默時，林昭發出了生命的絕唱！當我們放棄了對自由、民主、人權的追求時，林昭在中國更高地舉起了自由、民主、人權的旗幟！當我們屈辱為奴時，林昭成了頂天立地的大寫的“人”！

反右運動結束以後，林昭對“五．一九運動”的骨幹之一的譚天榮說：“當我加冕成為‘右派’以後，我媽媽用驚奇和欣賞的眼睛端詳我，好像說，‘甚麼時候你變得這樣成熟了’。我現在才真正知道，‘右派’這桂冠的份量。無論如何，這一回合我是輸了，但這不算完。‘他日若遂凌雲志，敢笑黃巢不丈夫！’”[21]

反右運動培育了自己的“掘墓人”與“審判者”

1964年，《上海市靜安區人民檢察院起訴書》裏，對林昭強加“1957年因反黨反社會主義而淪為右派”的罪名，林昭凝然駁斥，指出：“這是極權統治者所慣用的偽善語言，其顛倒黑白而混淆視聽可謂至矣！這句話正確地說，應該是：1957年在青春熱血與未死之良知的激勵和驅使之下，成為北大‘五．一九’民主抗暴運動的積極份子”。她昂然宣稱：“‘五．一九’的旗幟絕不容其顛倒！‘五．一九’的傳統絕不容其中傷！‘五．一九’的火種絕不容其熄滅！只要有一個人，戰鬥就將繼續下去，而且繼續到他最後一息！”

我在《面對血寫的文字》一文裏說：“這段反駁詞寫在1964年，也即為‘右派’平反的1979年的十五年前，在那樣的時刻，林昭對‘五．一九’民主運動的旗幟和傳統的堅守，不僅表現了非凡的勇氣，更表現了一種堅定的信念。我們說，北京大學的‘五．一九’民主運動是五四精神的繼承和發揚，在現代中國民主運動史上具有重要意義；那麼，林昭以‘年青的反抗者’的姿態，自覺地將‘五．一九’開創的事業繼續下去，並因此而獻出了自己的生命，她也就當之無愧地成為‘五．一九’民主運動的杰出代表，

21 譚天榮：《一個沒有情節的故事——回憶林昭》，《走近林昭》，173頁。

'五·一九'精神的繼承和發展者"。[22]

在某種意義上可以說，正是1957年的反右運動成就了林昭。或者說，反右運動本身就培育了自己的"掘墓人"和"審判者"，這大概是其發動者所不曾料及的。

林昭早就有言："在歷史的法庭上，我們將是原告"。

(二) 林昭的思想

林昭在獄中所寫的前引家祭舅父的詩中，還有這樣的沉痛傾訴："舅舅啊——甥女在紅色的牢獄中哭您！""假如您知道，您為之犧牲的億萬同胞，而今卻只是不自由的罪人和饑餓的奴隸！"

這是一個歷史的追問：為甚麼以摧毀"白色監獄"為使命的"革命"在勝利以後，又建立起了"紅色的牢獄"？——這使我們想起了魯迅的《失掉了的好地獄》。為甚麼革命先烈為億萬同胞的解放而犧牲，在"解放後"所建立的新政權的統治下，億萬同胞又重新淪為"不自由的罪人和饑餓的奴隸"？為甚麼為爭取民主、自由而走進革命的大門，卻又落入了專制的陷阱，失去了自由？

這同時是對每一個曾經參加或追隨革命的人們的良知的逼問：你敢於正視這樣的"革命發生異化，走到了自己的反面"的現實嗎？在這樣的現實面前，是麻木，默認，屈從，同化，自覺、不自覺地加入既得利益集團以求分得一杯羹；還是堅持原初追求民主、自由、真理、人性的美好的理想與信念，一方面，對異化了的革命進行新的批判和新的反抗，另一方面，又認真總結歷史經驗教訓，對革命本身進行科學的反思和自我反省，不惜因此而再度犧牲一切，以至生命？

歷史的無情檢驗表明：大多數人或被迫或自覺或半被迫半自覺地選擇了前者；只有少數人走上了後一條荊棘路，而林昭就是其中

22 錢理群：《面對血寫的文字——初讀〈給《人民日報》編輯部的信〉》，《走近林昭》，203–204頁。

覺悟最早、最堅定、最無私無畏的一位先行者。她的思想也主要體現在兩個方面。

“還我人權與自由”

在前文已經提到的《失掉的好地獄》裏，魯迅這樣寫道——

> “我夢見自己躺在床上，在荒寒的野外，地獄的旁邊。一切鬼魂們的叫喚無不低微，然有秩序，與火焰的怒吼，油的沸騰，鋼叉的震顫相和鳴，造成醉心的大樂，佈告三界：地下太平”。

這是“人類”帶領鬼魂戰勝“魔鬼”以後，重新整飭的地獄——

> “當鬼魂們又發出一聲反獄的絕叫時，即已成為人類的叛徒，得到永劫沉淪的罰……”[23]

林昭就是這樣的因反叛而得到“永劫沉淪的罰”的獄中鬼魂：魯迅的夢在林昭這裏繼續延申。

她還另有這樣的夢——

> “一個變戲法的魔術家跳上跳下，不斷對我揮舞着魔棍，並指着一個木框子叫道：‘進去，進去！變成我的一張牌！——我正缺一張黑桃皇后！’但我叫得比他更響：‘我是個人，知道吧？不是誰手裏的一張牌！黑桃皇后！你讓我當金花菜老K，我也不幹！’”

這樣的夢，自是意味深長。可以說，它揭示了壓在林昭心靈深處的兩個夢魘：新的奴役和新的精神欺騙、誘惑與控制的夢魘。

這當然是林昭的現實境遇，她所面對的社會現實的一個折射。這也是林昭在獄中反復思考的。

23 魯迅：《失掉的好地獄》，《魯迅全集》2卷，204頁，205頁。

於是，她提出了“極權社會”的概念。

她指出，這是一個“極權統治的警察國家”，“首先以秘密特務系統監視、控制，從而統治全黨。然後進一步‘以黨治國’，而將這特務化了的黨來監視、控制，從而統治全國”。也就是說，社會、國家的極權，不僅體現為“以黨治國”，更是以在“集中統一領導”即所謂“民主集中制”旗號下的“黨內生活的極端專制”，層層監視和控制為基礎的。林昭說：“我所在的並非書齋，我既不需要一般地討論歷史，甚至也不需要一般地議論現實”，她正是生活在這樣的“非刑殘害”的極端“暴行”，而又嚴密有效的“恐怖制度”中，這裏“不談法律，不談人權，不談公義，甚至不談‘盜德’”，如林昭所説，是把專制的邏輯，推行到了“乾淨，徹底，全部”的極端，而這樣的秘密特務的“恐怖制度”正是極權統治的“物質基礎，或組織基礎”。

林昭又指出，極權體制是“以血與仇恨來維持統治權力”的。這就是作為治國之道的“階級鬥爭”的實質。林昭把這樣的階級鬥爭稱之為“在樓梯上打架”，它並不是以客觀存在的利益分野為基礎——恰恰相反是要掩飾這樣的分化與衝突；它是按照統治的意志，人為製造的。其要害就是要煽動人與人之間的“仇恨”，誘發人性之惡，動物式的嗜殺性。這正是以追求人性的真、善、美為鵠的的林昭最感痛心的，她不惜以最激烈的言詞批判這樣的煽動“血和仇恨”的階級鬥爭邏輯，是包含着一種隱憂的：她已經敏感到新的空前的大殺戮的逼近和來臨，她自己也最後犧牲於這歷史上從未有過的“血與仇恨”之中。

林昭還提出了一個“極權寡頭”的概念，矛頭直指“個人迷信，偶像崇拜”。林昭指出，這是“在二十世紀時代條件與中國大陸社會條件下”所形成的，而且她明確地意識到，“認識這一點，對於認識今日中國大陸的政治現實之本質具有頗為重要的意義”。其時(六十年代初，文化大革命的前夕)，在毛澤東的支持鼓勵下，“個人迷信，偶像崇拜”甚囂塵上，一個全民性的狂熱正在形成中。林昭在這樣的情勢下，提出她的批判，不僅表明了她少有的清醒，更顯示了一種罕見的勇氣。這也同樣包含着隱憂：她向沉迷其中的中共發出警告："難道不是由於你們的曲意放任，才使獨夫習慣於不對自己的行為負責，甚至不考慮行為之後果嗎？"而且必然導致"旨在排除異己的傾軋鬥爭"，對少數"僥幸尚能比較正直善良比較開明通達比較能以民疾為念的一部分人士"實行"肅清"，以"高度統一"於毛一人，這就必然使"多少依然曾有過幾頁英勇鬥爭歷史的中國共產黨幾乎完全喪失了正義性，更喪失了生命力"。——這篇完稿於1965年的獄中書信，顯然已經預感到一年以後爆發的文化大革命了。

林昭還把批判鋒芒指向個人迷信、偶像崇拜的哲學基礎："唯我主義的世界觀"。一方面是完全"不尊重客觀存在"，"以主觀想望代替客觀世界"的主觀意志決定論，一方面是"極端妄悖的唯我獨尊"，"'欲與天公試比高'的精神狀態"。而這樣的極端唯我主義和不受限制與監督的權力(林昭指出："在極權制度之下，越是權力中心乃至權力中樞越是蠻橫放肆")相結合，對一個國家民族所帶來的災難性後果，是可以想見的。林昭說，當一個體制容忍最高的權力執掌者"一貫地不尊重客觀，不把人當人"，"我懷疑它還會有任何的人情與人性的存在"。

但要維護這樣的極權體制，就必然實行"愚民政策"，培育"奴性"，實行精神欺騙與控制。這就是極權體制下，極為發達的另一套組織機構，即宣傳、輿論部門。其受重視程度及重要性，恐怕也是歷史上空前未有的。也許因為林昭是學新聞出身的，因此，她對中國的新聞、報紙的實質有更多的關注、思考，更為尖銳的批判。她指出，中國的報紙是"整套特務恐怖統治機構的組成部分"，就其功能而言，除了"裝飾門面"，不斷向國人散發"那些空虛、偽善、廉價而更為無聊的'萬歲'呼號和愚民叫囂"之外，還是"御用的情況中心"，通過所謂"內部(參考)資料"而提供國內情報，以"供捉風捕影"的內部整肅和發動"階級鬥爭"之需要。

儘管林昭在書信中一再表示她的藐視：“你們的招牌甚至都不能獲得你們黨內秘密特務之下情上達的那麼一點最起碼的尊重，還怎麼能指望獲得廣大國人民眾的尊重呢？”但如前引她的獄中之夢所揭示的那樣，那體制的“變戲法”的精神“魔術家”對她的心靈投下的陰影，時時給她以巨大的壓抑感。那“進去，進去”的高喊，是一種誘惑，更是精神的控制，它是嚴峻的迫害以至肉體消滅的另一手，二者是相輔相成的。並不是所有的知識份子都能够擺脱、超然於這樣的誘惑及背後的威脅。林昭曾這樣描述在軟、硬兩手控制下的許多知識份子的卑瑣的生存狀態：或為“低首下心，奴顏婢膝，唯求分得半杯殘羹一口冷飯的‘民主人士’”，或為“悵吟式微，潛歌暴離，但望神兵一朝自天而降的‘社會賢達’”，或為“平時毅士橫議，恣談志孝，一到考驗來臨，便噤如寒蟬，惟顧苟全性命的‘學界先彥’”，或為“上焉潔身自好，求其獨善，下焉寄人籬下，求食高門，而根本態度同為管自己在雲端裏看廝殺卻全不意識到作為一個中國人之民族責任的‘海外名流’”：表現形式不一，卻盡入極權體制之彀中，充當順民，以至幫忙幫閑幫兇。林昭仰天長嘆：“彼蒼昊天！始祖軒轅！哀哀我中華民族寂寞在極權高壓統治之下的正氣，如今是只不過維持在這一輩於慘重苦難滔天血淚中，以無比凌厲的殺身成仁的勇略毅力為還我人權、自由而作殊死決鬥的青春代身上呀！”——林昭顯然是意識到了自己的歷史責任而毅然承擔，但她並不想掩飾自己內心的寂寞。

她更感痛恨與痛心的，是極權體制對年青人的欺騙和利用。這裏也有着她自身的隱痛。她這樣寫道：用“所謂‘國家’、‘社會’、‘人民’等諸般崇高概念”，“迷惑“青年，“鼓舞”他們“慷慨無私地，‘毫不利己，專門利人’地將自己最最珍貴的青春歲月擲出”，“利用着我們的天真，幼稚，正直，利用着我們善良單純的心地與熱烈激昂的氣質，予以煽惑，加以驅使”，“而當我們比較成長了一些，開始警覺到現實的荒謬殘酷，開始要求着我們的民主權利時，就遭到空前未有的慘毒無已的迫害、折磨與鎮壓”，這樣的對年青人的利用和鎮壓，都是最能顯示極權體制的非人道的本質的。

不難看出，林昭在這裏幾乎是在回顧自己的成長歷史。於是，就產生了一種刻骨銘心的自我反省：為甚麼會被利用？這樣，林昭在反抗外在迫害的同時，更以同樣非凡的勇氣反省自己“政治上的幼稚”和應負的歷史責任。她說：“在嚴肅而沉痛的自我審判中林昭對自己的責備那是比別人之別有用心的提問更要尖鋭而嚴厲得不知幾多”。這就意味着，林昭對極權體制的批判，最終引向了自我批判：這是標誌着她的批判的真正深入和她自身的成熟的。我正是在這個意義上，在《面對血寫的文字》一文中，稱林昭為“一位已經清醒、覺悟了的不被利用的‘青春戰士’”，並且說：“在這一點上，林昭具有一定的超前性：因為在她同時代以及以後，就發生了紅衛兵的青春激情被利用的悲劇”。[24] 在文化大革命中紅衛兵的命運，同樣是先被利用，後被鎮壓。這有力地揭示了中國極權體制的本性並沒有變，也不會變，只要這樣的體制存在，就會不斷重演這樣的歷史。問題是，年青人必須從歷史中吸取教訓，對青春激情被利用的危險保持必要的警惕：林昭在她的獄中書信中一再談及，就是為了警戒後人。[25]

我們已經多處談到了林昭對文化大革命的某種預感和事前警告。這裏還可以再舉一例：當她看到上海《解放日報》關於“風景區也要破舊立新”的論述以後，敏感到在“破舊立新”的革命口號下，“祖國文物古迹”被破壞的危險，立刻發出了“搶救文化”的呼籲，並且說，這是一個“正被非刑殘害的青年反抗者，北京大學中國文學系學生，在桎梏下以自己鮮潔的熱血向人們發出的迫切的呼籲”，這樣一種拼着一腔熱血來保護文化的精神，確實令人敬佩而感慨，因為在隨後的文化浩劫中，已經沒有多少人挺身而出了。

24 錢理群：《面對血寫的文字——初讀〈給〈人民日報〉編輯部的信〉》，《走近林昭》，204頁。

25 參看錢理群：《青春是可怕的》，《壓在心上的墳》，四川人民出版社，1997年出版。

林昭當然不可能具體預示文化大革命的到來，她所做的，無非是對後來導致文化大革命的觀念，思維，以及極權體制的意識形態，組織基礎的銳利批判；她的這些認識，在中國的六十年代初的中國，不但被官方視為“反革命言論”，而慘遭監禁，而且恐怕也難以被一般人所接受，一定要通過文化大革命的血的教訓，才會被人們所體認。這大概也是一切先驅者的命運。

而我們更關注的，是林昭由此提出的思想命題和歷史任務。這就是前文已經引述的“還我自由與人權”的口號與目標。這是從她對中國式的極權體制的前述分析與批判中必然引出的結論，也就是說，這是建立在對體制的理性認識基礎上的，而非情感的衝動。我在《面對血寫的文字》一文裏，曾經指出：“如果說‘五·一九’運動中的主要口號是‘民主’和‘法制’，林昭則在堅持‘民主化’，特別是‘政治民主化’的同時，更進一步提出了‘人權’和‘自由’的概念”，這一點，“在1949年以後的中國歷史上自然是有着重要意義的”。[26]

這裏，我還要補充的是，在1964年、1965年，毛澤東正在準備發動文化大革命，實際上就是試圖將他的階級鬥爭的治國邏輯和路綫推行到領袖獨裁與群眾專政相結合的“無產階級全面專政”的極端，來解決中國黨內與社會的矛盾；林昭對“人權”與“自由”的呼籲，就是在這樣的背景下提出的。而在此之前的1962年，林昭和她的《中國自由青年戰鬥同盟》的戰友，就已經提出了“八項政治主張”，即“一、國家應實行地方自治聯邦制；二、國家應實行總統負責制；三、國家應實行軍隊國家化；四、國家政治生活實行民主化；五、國家實行耕者有其田制度；六、國家允許私人開業，個體經營工商業；七、國家應對負有民憤者實行懲治；八、應當爭取和接受一切友好國家援助”[27]。這都形成了對毛澤東路綫的“反動”，可以說是提出了另一個治國路綫與目標。在正常的政治環境

26 錢理群：《面對血寫的文字——初讀〈給《人民日報》編輯部的信〉》，《走近林昭》，204頁。

27 引自黃政：《林昭第二次被捕前後的一段往事》，《走近林昭》，122頁。

下，至少是應該允許發表和討論的。但在中國，卻始終沒有這樣的環境和條件，相反，在極權體制下，只能有一個聲音，一種主張，一條路綫。最後，不但將林昭這樣的異見者監禁、殺害，而且在槍殺她的時候，還在她的口中塞上橡皮塞子，以扼殺她最後的聲音。這當然是徒勞的，追求真理的聲音是壓不住的，林昭對“自由”與“人權”的呼喚，不是早已穿越時空，至今還在震撼和昭示着我們嗎？

“民族意識和基督教精神”

最後，還要說到的是，林昭儘管在和極權體制的對抗中，滿懷義憤，始終堅持決絕的態度——她一再表示：“不怕你們把林昭磨成粉，我的每一粒骨頭碴兒都還只是一顆反抗的種子”；但她又是充分理性的。她說她“一直認為，該否定的事物必須否定，然而不好簡單地否定”，“對一切(應)保持更好的理解的態度”。她還談到自身的矛盾，說她“對統治者”既“不抱幻想”，又“略存希望”，“而這希望的由來，說到頭，仍不過是基於自己作為一個中國人之國家觀念的立場”。她說“我總認為，東亞病夫之老大積弱的病根，歸根到一點，無非是：人們——各式各樣的人們，在長時期的封建統治專制壓迫之束縛與影響下，大都缺乏國家觀念。因為首先就缺乏天下為公，興之有責的政治自覺性”。這正是提醒我們：林昭首先是一個愛國主義者，這對理解林昭和她那一代人是至關重要的。林昭曾明確地把自己的“思想原則”概括為“祖國至上，自由萬歲”，“公義永存，青春必勝”，她的奮起反抗，正是源於她的為國家盡責、獻身的信念。同時，她在反抗時，又不能不時時考慮最大限度減少破壞，避免國家的動蕩，她說：“我們總算都是中國人！而也只因為從這樣一種客觀事實出發，在林昭個人來說，除了在某些時候當作合法鬥爭的策略之外，確實也不能不從祖國的根本利益來深思而評慮許多問題”：既義不反顧地走上反抗之路，又多有顧忌、思慮，這樣一個林昭或許是更為真實與感人的。

而且還有林昭的悲憫：“我哭那些被你們作下之可怕的罪惡所糟踐，所逼迫，所誘惑與所殘害的不幸的靈魂”，“(我)不全忽略你們身上偶然有機會現露出來的人性的閃光，從而察見在你們心靈深處還保有着未盡滅絕的人性！在那個時候，我更加悲痛地哭了！我哭你們之擺脱不了罪惡，而乃被它那可怕的重量拖着愈來愈深地沉入滅亡之泥沼的血污的靈魂！你們看到這裏想來是無動於衷的，但我寫到這裏時眼眶裏已經又湧上了灼熱的淚水！先生們呵，奴役他人者必不得自由，這特別對於你們來説，是一條如何無情的確實的真理呵！”

林昭把她的這樣一種感情，歸結為“天父所賦與的惻隱、悲憫與良知”，她還把自己的道路和路綫，稱為“上帝僕人的路綫，基督政治的路綫”，把自己的思想概括為“民族意識和基督教精神”，這都表明了獄中的林昭對基督教的皈依。這當然不是偶然的。本文一開始就提到林昭曾在教會中學進教，基督教文化無疑是她的重要的精神資源；而據有關回憶，林昭於1961年5月曾與基督徒俞以勒同居一室，這也是一位偉大的女性，被稱為“入魔的基督徒”，當局只要她承認“沒有上帝”就可以立即釋放，但她為了堅守自己的信仰而寧願戴上反革命的帽子，出獄以後還被判處監督勞動十八年。這位殉道者無疑給林昭以巨大的影響，她告訴林昭的妹妹：遍體鱗傷的林昭在獄中又在上帝這裏找到了自己的歸宿。[28]

林昭把自己稱作“奉着十字架作戰的自由戰士”。

不做“另一種形式的奴隸主”

獄中的林昭還有更深的思考——

> “這個青年既懷着由於愛文學所培養起來的靈魂深處那一份人性，又由於受到時代、家庭、師長、知識、職業等等種種方面

28 彭令範：《在思想的煉獄中永生》，《走近林昭》，20頁。

的影響，從少年時期甚或從童年時期起思想就一直比較複雜；於是，在義不反顧地毅然走上反抗道路的同時，不免對有許多問題想得更多或者說更深了一些，而這些所想的內容——這些思索，這些考慮，又全都圍繞着一個中心，即我們鬥爭之目的及意義。

“我們反對甚麼是很清楚的，可是我們到底要建立甚麼呢？要把自由的概念化為藍圖而具體地按着它去建設生活，可不是一件簡單輕易的事情。特別是要在這樣一個廣大分散，痼疾深沉的國家裏來建設它，就更其複雜艱巨！誠然，我們不惜犧牲，甚至不避流血，可是像這樣一種生活到底能不能以血洗的辦法使它在血泊之中建立起來呢？中國人的血歷來已經不是流得太少而是太多，面臨着二十世紀六十年代的世界風雲局面，即使在中國這麼一片深厚的中世紀遺址之上，政治鬥爭是不是也有可能以較為文明的形式去進行而不必定要訴諸流血呢？

“自由，誠如一位偉大的美國人[29]所說：它是一個完整而不可分割的整體，只要還有人被奴役，生活中就不可能有真實而完滿的自由！何況——這一點不知那位偉大的美國人可也有些體會及之，反正事實就是：只要生活中還有人被奴役，則除了被奴役者不得自由，那奴役他人者同樣不得自由！然則身受着暴政奴役切膚之痛再也不願意作奴隸了的我們，是不是還要無視如此悲慘的教訓，而把自己鬥爭的目的貶低到只是企望去作另一種奴隸主呢？

“奴役，這是可以有時甚至還必需以暴力去摧毀的，但自由的性質決定了它不能夠以暴力去建立，甚至都不能以權力去建立。——權力，可以作為一種輔佐，特別是在一定的社會條件之下，可是不能當作決定的因素；怎麼能夠想像：只要憑藉着政權的力量，就可以在生活中建立並確立我們所嚮往，所追求的東西呢？

“早在被捕以前許久，我就和自己的一些‘親密戰友’們討論過了。我認為，對於我們——中國青春代自由志士的鬥爭來說，的確是一個‘路漫漫其修遠兮’的局面。極權暴政必敗，這

29 這裏指的是美國總統肯尼迪，林昭在獄中曾寫有發不出的給肯尼迪的信。

是毫無懷疑之餘地的，然而作為我們來講，去考慮政權問題還太早；從我們自身的主觀條件和所處的客觀形勢綜合考察，更必須對這問題持一種清醒，冷靜，通達而更明智的態度，否則就會迷失方向而喪失或至少降低了我們之艱苦戰鬥的意義。而且政權的歸屬誠然相當重要，特別是在中國的具體情況之下，可是，說到頭，我們所從事這場戰鬥之崇高的整體目的決定了我們不能泛泛地着眼於政權！——我們的戰鬥目的不應該，更不可能單單是一個政權轉移問題。即使來日可以指望的最好的大環境裏，對於我們來說，首要的問題恐怕也只是應該考慮做事，而不是應該考慮作官！"

林昭在這裏所思考，所提出的問題，在某種程度上，正是後來顧準所關注的"娜拉走後怎樣"的問題。或者說是對她自己早年追隨的"革命"的一種反思。它是集中在兩個層面的。

首先是"自由的性質決定了它不能夠以暴力去建立"，"即使是在中國這樣一片深厚的中世紀的遺址上，政治鬥爭是不是也有可能以較為文明的形式去進行而不必要訴諸流血呢？"這就是要打破在中國根深蒂固的"革命就是暴力"的傳統觀念，提出了如何"走出'以暴易暴'的怪圈"的問題。

林昭的第二個問題也同樣發人深思："身受暴政奴役切膚之痛再也不願作奴隸的我們，是不是還要無視如此悲慘的教訓，而把自己的鬥爭目的貶低到只是企望作另一種形式的奴隸主呢？"她所要質疑的，正是一直支配中國革命的主導觀念，即"革命就是把顛倒的歷史再顛倒過來"，給壓迫者以壓迫，對他們實行專政，被壓迫者則要"翻身"成為新的統治者，壓迫者。而隨即發生的文化大革命，就是以"財產與權力的再分配"為其目標的。許多因受壓迫而奮起反抗的年輕"造反者"，在掌握了權力以後，都紛紛成為新的"奴隸主"。這同樣是一個怪圈，我們在前面一再提及的"搗毀舊地獄，又建立了新地獄"，"從追求自由的門進去，卻落入新的奴役”的革命悲劇，就是這樣產生的。林昭的可貴就在於她終於走出了這樣的怪圈，建立了全新的“完整而不可分隔的整體自由觀”：“只要還有人被奴役，生活中就不可能有真實而完整的自由”，不僅“被奴役者不自由，那奴役他人者同樣不得自由”。由此而確立的是一個全新的目標：反抗的目的不是為了“作官”，使自己成為“另一種形式的奴隸主”，而是為了“給一切人以自由”，不僅使被奴役者從不自由狀態下解放出來，而且也使奴役者從另一種形態的不自由狀態中解放出來，而自身在“不奴役他人”的狀態下，也就獲得了真正的自由。這就最終消滅了一切人壓迫人，人奴役人的現象，林昭也就最終堅守了自己年輕時候的理想。

這樣的理想無疑具有某種烏托邦的色彩。最讓人感動和深思的是，林昭是在身受空前的暴力迫害，並以自己的柔弱之軀進行拼死反抗的情況下，提出這樣的反對“以暴易暴”，絕不做“另一種形式的奴隸主”的思想和信念的。這一方面，確實表明林昭已經超越了一己的苦難(而這樣的苦難竟是如此深重，慘烈)，而具有“聖女”般的崇高情懷；但這同時也顯示了她面對登峰造極的，漫無止境的暴力統治的無奈，在看不到實現自己的理念、追求、理想的任何現實可能性和希望的情況下，她只有用一己的不屈反抗和犧牲，來證明自己，以及自己的理想、追求的價值，於是，她成了真正的“殉道者”。

但林昭還是把希望寄托於未來。她深信總有一天人們會來“研究林昭”，研究她和她的同代人的思想和命運。她說，之所以在獄中要蘸着自己的鮮血寫下這些思考，就是為“後人他年”的研究“提供某些旁證”。

在留給我們的四百行的長詩《普羅米修士受難的一日》裏，她這樣寫道——

> 人啊，眾神將要毀滅而你們
> 大地的主人，卻將驕傲地永生。

那一天，當奧林比斯在你們
的千丈怒火中崩倒，我身上的
鎖鏈也將同時消失，像日光
下的寒冰。
那時候，人啊，我將歡欣地起立，
我將以自己受難的創痕，
向你們證明我兄弟的感情：
我和你們一起，為着那
奧林比斯的覆滅而凱歌歡慶……
在澎湃如潮的灼熱的激情裏，
普羅米修士翹望着黎明，
他徹夜在粗礪的岩石上輾轉。[30]

這"黎明"還沒有到來，也許永遠也不會來。還要長久地"翹望"和"輾轉"。儘管無望，卻是表明，我們並不滿足和屈服於"眾神"(他們不斷變換各種面具)統治的現狀，還在堅守我們的"人"的理想和信念。我們作絕望的反抗和新的思考、探索時，林昭將永遠和我們同在。

30 詩收《林昭詩集》。

1956—1960年間顧準的思考

(一) 1956：“一切問題都要重新估價”

一切都從那時開始。

1956年2月26日，顧準日記裏出現了這樣的記載：“五點起床，昨晚極其興奮的談論最近的事變，一直談到二點鐘。”[1] 3月18日日記裏，又有如下記錄：“春天終於已經完全到了。昨晚與七弟漫談到晚二時，也是海闊天空，無所不談”。(60頁)

這樣的興奮對於顧準已經久違了。如他在3月13日的日記裏所說，自從1952年在黨內的無情鬥爭中，被無端地撤消黨內外本兼各職以後，他就一直生活在“痛苦”中。1955年他來中央黨校學習，“入學初期情緒是受壓抑的，但以謹慎處世的想法佔支配地位”。就在1月25日的日記裏，他還談到自己“有些寂寞之感”，“實在來說，也已沒有了雄心。所剩下的不過是微有感觸而已”。(42頁)但現在他卻覺得“自己的情緒解放了”，甚至在理論上也有了“許多奇想”。(59頁)

原因就在於日記裏所說的“最近的事變”，即蘇聯共產黨二十次代表大會上赫魯曉夫的“秘密報告”，揭開了斯大林問題的蓋子，由此而引發了激烈的爭論和許多的思考。

在顧準日記裏，第一次談到“蘇共第二十次大會”的“召開”，是2月19日，顧準只是表示要對大會公開發表的文件“統通研究一下”，但到了22日的日記，就特意寫到“今天報上發表了

1 《顧準日記》，47頁，中國青年出版社，2002年出版，下同。(本章只註頁碼者均出自本書)

米高揚在二十次代表大會的發言"，因為發言中"指出了(斯大林)《社會主義經濟問題》一書的錯誤"，在黨校的許多人中，"形成了較大的震動"。在23日的日記裏，就寫到一位叫鄭鈞的"老頭子"在討論課中反對米高揚的意見，"還有一些同志聲稱不解"，"引起了注意則是普遍現象"，而顧準則當場和鄭鈞"爭論了一番"。2月25日的日記裏，又這樣寫道："震動還在繼續中"。(44, 45, 47頁)"幾天以後，同學們中就有人傳說赫魯曉夫還有秘密報告，傳說這份報告在東歐和西方各國引起了很大震動。再過幾天，學校正式傳達了這個秘密報告。我現在還清楚記得那時的景象——那是一個晚上，傳達人是黨校的一個不重要的工作人員，他只是照本念這份報告，念完就散會。念報告不加按語，念完後對學員不提任何討論或批判這個報告的要求，聽完就算完事，念報告時會場上十分沉寂，散會時大家都沉默無言。"[2]

顧準在第二天的日記裏，這樣寫道："昨晚沒有激動，睡得十分香甜"，但又說："可是確實也情不自禁的想起以往的一些事情……內心的激動實在非常厲害"。(70頁)大概是百感交集吧。

百感交集的背後，是深遠的思考。作為一位思想家、理論家，顧準立即抓住了問題的要害："二十次代表大會又何曾僅止批評了斯大林。只要是打開大門，放進清新空氣來，一切問題都要重新估價"。(51頁)而且他立刻聯想起了中國的五四新文化運動。這也就是前述他和七弟"海闊天空，無所不談"的夜談的中心話題："五四前後，中國人多麼大膽勇敢的拋棄一個又一個的陳舊渣滓，在思想上接受新東西的本領又是多麼熱心，理論思考的能力，自從掀掉了孔家店這一座大山以後，又是多麼洶湧澎湃的發展起來，這些都會預決我們今後的路，會走得更快的"。(60頁)他顯然期待着一次新的思想的解放，他說，五四以來的人幾乎全在大陸，"如果善於珍重這些遺產，認真來一個百家爭鳴，是可以補過去啓蒙運動單純之不足的"(93頁)，也可以說，他是在呼喚一次比五四新文化

2 《顧準自述》，230頁，中國青年出版社，2002年出版。

運動更為廣闊、深刻的新的啓蒙運動，而其中心旗幟就是“重新估價一切”。

顧準在日記中所呼喚的思想啓蒙運動，一年以後，就在以北京大學為中心的中國大學校園裏，得到了一次光輝的實踐。顧準在文革的檢查中說自己對1957年校園裏的林希翎、譚天榮的言論抱有“同情”態度，[3] 也是很自然的。“重新估定價值”，這是一個時代提出的任務；在以後的反右運動中雖遭挫折，但到了八十年代又重新提出，到九十年代，當年“右派”的思考，顧準的思考，重新引起注意，這都是對這一任務的歷史回應，儘管它遲來了幾十年。

而在1956年最初提出這一任務時，顧準的思考，是格外深廣的：這本也是理論家的本職。但當時的歷史條件不允許他充分研究，只是在日記中留下了他思考的片斷，或者說，只是提出了一些題目，而未及展開。大體有以下幾個方面。

如何看待當代資本主義

作為一個經濟學家，顧準首先關注的，自然是經濟問題，而且是世界經濟問題，或者說，他是從世界經濟發展的全局，來看中國的經濟問題的。因此，他要重新估定的第一個問題，就是：“資本主義克服危機的生命力何在的問題”，也就是如何看待“當代資本主義”的問題。他說：“我曾有錯覺，以為資本主義就是靠殖民地來克服危機”，(49頁)“這就是說，資本主義本身就沒有生命力了，只靠殖民地來維持了”。“這不是事實。最強大的美國，殖民地的利潤佔其‘收入’的份額是不大的。這樣說，並不排除殖民地體系之作為帝國主義最有力的後備軍，但因此而說資本主義就依殖民地而生，這是把近代帝國主義與羅馬帝國等同起來。因此，研究並從這些母國內部原因去找是根本的”。他由此提出要研究當代資本主義發展的新的現象。比如“應該研究凱恩斯理論，應該把這個理論看作資本主義治病的治標辦法來加以研究，並且要承認資

3 《顧準自述》，246頁。

本主義在每一次大事變中都在學習，也有在根據經驗教訓改正他們自己的工作"。又如"自從世界進入原子時代以來，英德法這些國家也都在大量進行更新，以擴大生產力，並為了兼顧軍備，不惜減少工資，這也是一個新現象。新的技術革命，能不能與發展生產力的競爭結合在一起，出現一個多少是新的時代？這對資本主義又將發生甚麼影響？"(61, 62頁)。還有在殖民統治"不復行得通"，以及蘇聯的競爭下，美國將轉向落後地區"援助開發""來保持並盡可能增加生產力"，並"與軍備競賽合在一起做"，這樣的趨勢將會產生甚麼後果？(64頁)"歐洲資本主義國家經濟中，國家的作用加大了"，這個事實帶來了甚麼？"還有一個根本問題，一百五十年來資本主義的發展，所造成的文化的普及，生活的提高，個人的覺醒，與資本主義經歷了初期的殘酷野蠻的統治，在民主政治，國家調節經濟生活(這算不算社會民主黨的理論？)的長期發展，與兩次大戰的慘痛教訓之後"，應該如何對待當代資本主義，採取甚麼方針？(75頁)"面對目前資本主義國內的實踐和理論，怎能以一個不變的教條：列寧關於國家是專政的工具，與馬克思關於資本主義的競爭和無政府狀態，而對這些大量存在的事實，閉目不看，充耳不聞，深閉固拒呢？"(73頁)顧準的結論是："八十年以來，資本主義已經出現了許多新的現象了呀！我們的問題是科學地論證這些新現象，而不是深閉固拒地不加理睬"。(64–65頁)

社會主義經濟發展問題

在思考社會主義經濟問題時，顧準的注意力集中在對斯大林所構建的"社會主義經濟理論體系"的質疑。他尖銳地指出："社會主義經濟問題目前那一套規律是獨斷的，缺乏繼承性的，沒有邏輯上嚴整性的"。(50頁)"這個思想體系"，"以道德規範式的規律吹噓，粉飾太平的理論來描寫社會主義經濟"，"是獨斷主義式的唯心主義"，(73頁)是"反馬克思"的。(71頁)更重要的是，這些理論脫離中國實際，並且有可能束縛中國經濟的發展。這正是顧準深為憂慮的。其實在此之前，1955年的日記裏，顧準就多次談到："我們的計劃，我們的建設是輸入的，不是在中國土地上生長出來的東西"，"如果僅僅依靠輸入的計劃工作，輸入的工業化方案，這還只是經濟建設上的教條主義"。(29, 28頁) 現在，在基本理論體系上進行重新審視，顧準確有解放之感。儘管在這一段日記中這一方面的討論並不多，但已經提出了一些重大問題。如價值規律問題。他認為對既定社會主義經濟理論的反思，必然要牽涉兩個問題，都涉及價值規律："(一) 資本主義經濟規律，馬克思的論證被丟掉了，大概是因為那裏過於強調了價值規律，跟社會主義劃不清界限，而馬克思則是強調殘迹，毋斑的；(二)'基本經濟規律'和'有計劃按比例發展的規律'，是離開社會主義經濟再生產理論(那實在是不折不扣的規律)，與價值規律(這實在還是多方面起作用，而基本方面則是勞動報酬方面)的空東西，道德規範"。(71–72頁) 他因此進而提出了"社會主義價值論"的研究課題，認為這是一個重大的"理論問題"，需要"費極大的勁"：(97頁) 這顯然是為他以後的長期深入研究奠定了一個方向的。

他始終關心的，還有中國經濟發展的道路和速度的問題。顧準在日記裏多次談到，在蘇共二十大引發的"破除迷信"的思想解放運動影響下，中國提出了處理"輕重(工業)，沿海與內地(工業)之間，軍政費與建設費之間的關係等(經濟發展)問題"的新思路(這實際上是毛澤東在1956年4月25日所作的《論十大關係》報告裏提出的；顧準當時聽到了其基本精神的傳聞，未見正式傳達，就提出了自己的理解)，這將在"短期內迅速變化中國的面貌"，"我們就能快步前進"。他預言或者說期待："中國的建設速度在今後二十年內如果能保持每年百分之二十 (工業)，百分之五至七(農業)的速度，二十年後我們將成為世界第一等強國了"。(86–89, 85–86頁)

順便說一點，這樣的"強國夢"，對顧準(或許還有他那一代人)是帶有根本性的，是深刻影響他對中國問題的觀察與思考的，無論是我們這裏討論的1956年至1960年間，還是在文化大革命期間，也都是如此。以後顧準對毛澤東的經濟、政治思想有許多懷疑和批判，但在這一基本點上，卻和毛澤東有一個基本的認同。有意思的是，據顧準日記的記錄，當時傳達的《毛澤東同志關於二十次代表大會》的報告，也是充分肯定"二十次代表大會對斯大林的批評，揭穿了蓋子"，"積極意義大於消極，打破了迷信"。(80頁)毛澤東本人也正是在蘇共二十大以後，放開手腳，尋找一條他自己的治國之路，以實現他的理想和抱負。我們這裏所提到的《論十大關係》即是他的第一個獨立探索的成果，而且是得到顧準這樣的經濟學家、知識份子的支持的。但在以後，在"擺脫了蘇聯影響以後的中國，應該走一條甚麼道路"的問題上，他們之間卻發生了越來越尖銳的矛盾與衝突，從而決定了此後顧準的坎坷命運。我們因此注意到，顧準在1956年3月29日的日記裏，滿懷激情地寫道："需要多活幾年呀！這個極端落後的中國已被喚醒了。"他說自己"不能滿足"於"用野蠻辦法在一個野蠻國家裏實現文明"——這大概是他理解的蘇聯的，也是現實中國的發展道路；而期待"在高漲的經濟和文化建設中實現高度的文明，真正實現了人民群眾對歷史的決定作用"——這大概就是他所理想的發展道路，他迫切地希望能夠"親自看到"中國走上這樣的道路，"這一生也就不算虛度了"。(67頁)——這期待自有感人的力量，卻是過於樂觀的：顧準將為自己的期待和樂觀付出代價。

第二國際和社會民主黨的評價問題

這裏有一個很值得注意的現象：顧準在這一時期思考一些問題時，如前文提到的"當代資本主義經濟發展中的國家作用"問題，他總會提出一個自我警戒："這算不算社會民主黨的理論"？而且這樣的問題頻頻出現在他的日記中："我曾經想到，有研究1870年以來工人工資水平變化的必要，可是最近看到，正是第二國際主張，1875年以後馬克思的學說已經陳舊了。我曾經想到並且說過，資本主義國家生產力飛速提高的結果，資本家為了推銷製品，有必要提高工人生活，因而絕對貧困化，在若干情況下恐怕值得考慮，現在知道這也是第二國際的理論”。(62頁) 可見對第二國際和社會民主黨的評價，對於顧準是一個繞不開的問題。但作為一個自覺承接布爾什維克傳統的中國共產黨員的老黨員，對第二國際和社會民主黨的“修正主義”的批判、拒絕與警惕，幾乎成了本能的反應，現在要進行重新評價，自是十分困難的。但顧準卻有足夠的科學勇氣直面問題，他這樣寫下了自己的思考——

> “關於第二國際的整個歷史評價，1939年近代史教程，是根據列寧和斯大林的‘教訓’，可是從馬克思和恩格斯對哥達綱領與愛爾福特的批評，從恩格斯1895年給法蘭西階級鬥爭所作的序來看，前後不完全是一致的。倍倍爾對這些問題更是另一種看法。如果考慮到馬恩對六十年代後德國實際生活接觸較少，而六十年代至二十世紀初德國社會民主黨在所謂‘和平發展年代’中所起的世界作用，考慮到普列漢諾夫和列寧的初期活動，起碼是反對民粹主義的活動不僅從馬恩的理論得到了力量，也從德國社會民主黨的實際活動得到了力量(參閱《左派幼稚病》)，那麼第二國際，以及倍倍爾考茨基等人的功過，其估價也應該有歷史的，公允的結論。歷史的發展自然已經毫無可疑的證實了列寧的偉大功績，但只要我們承認‘歷史的繼承性’這一原則，承認相對真理到達絕對真理無論如何不是一個天才獨立完成的，承認歷史上許多人投了一些‘小粒子’到寶庫中來。對‘成功’的人，做絕對肯定的估價，與對‘不成功’的人作絕對否定的估價是同樣不正確的，那只對於小學生才是有價值的，因為這簡單，好記。”(51–52頁)

可以看出，對顧準來說，如何看待社會民主黨和第二國際，不僅是一個歷史評價的問題，而是引發了他對許多對共產黨人來說是不容質疑的“定論”的質疑，從而開始了新的思考與探索。比如，他在3月22日的日記中寫道："一個有趣的現象"："除了德捷兩國而外，社會主義世界其他各國都是落後國家，其中自國革命運動獲得勝利的中蘇兩國，都是民主革命緊跟着社會主義革命，也就是說勝利以前沒有一個資本主義化的時期。反過來，一切資本主義獲得了勝利的國家，還沒有一個自力獲得了勝利的"，絕不能認為"這是第二國際機會主義的領袖的叛變所造成的，這是非歷史唯物主義的說法，應該從經濟基礎去解決它"。(61頁) 在4月17日的日記中他又這樣問道："對西歐來說，議會穩定的多數是否意味着對列寧主義的背棄，而變成走到列寧再三批評的機會主義泥坑裏去了？"(75頁)——這自然只是提出疑問，還沒有結論。這是一個開始，對顧準以後思想的發展卻是至關重要的。

對"偶像主義"和"絕對主義"的批判

反對"個人崇拜"是蘇共二十大的主題之一。作為一個理論家、思想家，顧準更關注的，是個人崇拜背後的精神問題，因而對彌漫社會、政治生活和思想、文化、學術界的"偶像主義"、"絕對主義"進行了深入的批判性思考。

他指出："長期以來，在個人崇拜氣氛下宣傳的結果，造成了一種偶像觀念。猶憶曾讀國際哲學會議的一個記錄，西歐哲學家，包括社會民主黨哲學家在內，評述我們為信仰主義者"。他還提到"孔孟之書，幾千年來在中國實在是隨各家注釋，許多學說以釋經，經注名義發表，這是一種畸形現象"，而"我們，辯證唯物主義者反對陳腐教條，但實際則在提倡以讀經態度來讀馬列主義著作。發展到'社會主義經濟問題'的階段，則一切對當前經濟的研究，都被'欽定'的大批規律所淹沒，所謂理論工作，就是這個規律那個規律如何應用，學風至於如此，再不改變，將與僧侶主義何異！"

"但是偶像主義對於懶漢來說是十分適宜的。要獲得對一個問題的系統了解——從歷史的以至邏輯的，是要花力氣的，而無條件遵循一種教條則是省事的"。

而在顧準看來，“絕對主義代替了辯證法”，看不到“正確之中有自己的界限，錯誤之中有一定的道理”，是會從根本上堵塞“創造性精神”的；而且也把“絕對者”自身逼上了絕路。他尖鋭地指出：“看來一件事，一個人，被公認為不可超越的之後，必將成為歷史發展的障礙”，“正確的東西，發展到頂點”，也就“僵化”了。他這樣提出問題：“現在絕對主義推翻了。這個絕對主義的推翻，對於西歐革命，無疑是取消了一大障礙，在中國呢？”

他因此要追問，為甚麼在中國，偶像主義和絕對主義會如此盛行？

他談到了“文化基礎”問題：“為甚麼封建主義總是表現為‘經典主義’？因為文化不普及，知識是教會與僧侶的專利品。我們現在文化基礎實在還是不深不厚的，因此偶像主義自然是有市場的。”

他談到了中國黨對知識份子的估價問題，委婉地提出：“如果對知識份子的估價，也從階級的觀點去估量本階級知識份子的作用，也從人類智慧的繼承者去估量其價值，則事情總會一步一步走向必然應該走去的方向的也”。

他還談到了“組織性與紀律性”的問題：“四十年來，賴有高度的組織性、紀律性才取得了勝利。這種組織性與紀律性，從1903年反對馬爾托夫、馬爾丁諾夫之類起，到時而容納八月聯盟的托洛斯基，到1920年黨的統一的決議，到清黨，哲學聯盟，以至到處以‘狂妄自大’的森嚴鐵罩，把一切即屬於學術性的，然而不合‘欽定規律’的意見格殺勿論為止，實在也是經歷了他自己的發生發展的歷史”。而在顧準看來，歷史發展的“自身邏輯”，是必然要突破這樣的束縛思想發展的“組織性與紀律性”的。[4] 但他當然也清楚，這樣的突破，在中國的現實境遇下，會有怎樣的遭遇和命運，對此他是有充分思想準備的。

4　本節引文見《顧準日記》，45–47頁，66–67頁，92頁，45頁。

關於"階級鬥爭"問題

顧準在聽到關於斯大林統治下發生的許多暴行的傳聞時，第一個反應，就是想到斯大林的"反階級鬥爭熄滅論"，一針見血地指出，這是"殺戮異己"的"理論根據"。(68頁)

在4月29日的日記裏，顧準記下了時為公安部長的羅瑞卿《肅反問題》的內部報告的要點："羅的報告着重説'緩和'這二個字，並且説1955年的肅反是反革命份子逼得我們幹的。'逼'比較鮮明地指出來的是統購統銷中的騷動，沒有説明胡風事件是不是算逼迫。關於目前的緩和，其原因主要是社會主義改造的勝利，反革命內部的動搖與瓦解"。值得注意的是顧準的反應："看來，國內政治形勢的變化是因素之一，而'隨着階級的消滅，階級鬥爭更為尖鋭'的理論的破產，同是'緩和'的原因之一。羅説，毛主席對羅説的'反革命份子愈挖愈少'這一點，是一大發現。如果這算是科學發現的話，過去我們的肅反工作曾否受到'尖鋭説'的影響呢？當然，無論是城市還是農村，不鎮壓反革命份子，'舊秩序'不能徹底打垮，但我們的做法，曾否多少起過'使人鋌而走險'的結果呢？"顧準還特別注意羅瑞卿的報告中關於"無產階級專政有其陰暗面'的提法，並且有這樣的發揮：如果"聽令陰暗面發展到官僚主義化，絕對主義化的程度"，"無產階級專政僵死的發展下去"，又會導致甚麼結果呢？(83–85頁)——這都不僅是理論問題，更是實踐問題，是關係着中國的治國路綫，發展道路的。顧準是主張"經濟建設為中心"的，自然對"階級鬥爭為中心"的路綫充滿疑慮。而中國的現實發展卻是，在1956年的"緩和"以後，1957年的反右運動又重新提出"階級鬥爭尖鋭論"，並將"無產階級專政僵死的發展下去"，直到發動文化大革命，顧準的擔憂變成了現實，他自己也成了其中的犧牲品：這都是我們必須正視的歷史。

關於"民主社會主義"的思考

顧準在思考"無產階級專政的陰暗面"的問題時，還提出了一個重要思想，即“切實的民主制度的保障”問題。(85頁) 在他看來，“個人崇拜這個問題好解決，法制問題不好解決。帝俄和中國一樣，是一個極端野蠻落後的國家，斯大林統治的三十年，是國家鼎盛發展的三十年。發展，不能歸功於斯大林，但發展卻助長了粗暴的統治。形成了一系列的生活方式與準則，這些方式與準則，提供了一個發展斯大林式統治的沃壤”。(66頁) 這裏隱含着一個重要思想：不能一般地討論經濟、社會“發展”問題，還要追問“發展”的結果，是“助長了粗暴的統治”，建成專制極權國家，還是引向真正的社會民主、自由和平等？正是出於這樣的思慮，顧準開始醞釀“民主社會主義”的理念和理想。可以説，“經濟”與“民主”是1956年的顧準思考的兩個中心點。後來，顧準在文化大革命中的“交代”材料中對自己在蘇共二十大以後的思想，有過這樣的概述：“由於當時三大改造已將次完成，我認為經濟戰綫上的社會主義革命完成以後，社會生活和黨內生活就應該按照‘階級鬥爭熄滅論’和黨內和平論辦事，於是醞釀了所謂‘民主社會主義’這一極端反動的見解”。[5] 顧準還談到，“按照我的想法，民主社會主義是社會主義經濟達到相當高度發展以後，盛行民主個人主義的社會”，“民主社會主義是我的理想，但是它的實現，要以高度發達的經濟為前提，它的逐步實現，要在二三十年之後”，在此之前，“無產階級專政即使是一個痛苦的過程，也是不可避免的歷史階段(所謂‘歷史必然性’)”。[6] 那麼，在顧準的思想中，經濟發展還是佔優先地位的。如前文所引述的話，他的理想是“在高漲的經濟與文化建設中實現高度的文明”。(67頁)

“要找一條路走”

讀1956年的顧準日記，有一個很強烈的印象：他的情緒一直處在大起大伏之中，常常是在為紛至沓來的新的思考和奇想興奮不

5 《顧準自述》，231頁。
6 《顧準自述》，330頁，327頁。

已的同時，又為自己的戴罪之身，現實處境而沮喪。他一再反省自己："現在我熱烈地反對教條主義，1949年以後在上海的一些主張，又何曾沒有教條主義的成份？我這樣一個人，何嘗能夠是大智大慧的？"(59頁) 又一再追問自己：我究竟能做甚麼？"要找一條路走"，這將是怎樣一條路？他想起了馬克思："馬克思的經濟學說的根本與主要之點是在1845年左右即已形成了的，但他的完整的大作，直到二十年後才出了第一版，而在這個期間內，他又研究了多少問題呀！""他所考察的材料，是努力做到完整的"，"他所要考察的事物的變化，是把理論的、數學的變化，全部列舉，並與事實、與歷史相對照的"。於是，就有了這樣的決心："如果有機會的話，必須死心踏地地鑽研下去，並且決心窮畢生之力來做這件事。這裏不僅是理論的、歷史的研究，並且必須以充分的時間與嚴肅態度來對待實際經濟問題"，"一切問題的根本之點，在於以嚴肅的科學態度對付實際"。——這樣，一個真正以科學的態度面對中國的實際經濟問題，並上升到理論歷史的高度，進行研究的學者就在1956年的歷史大變動中孕育、誕生了。

但顧準說，他要"怡然自處，把野心燒成槁木死灰"，"韜晦十年，十年中好好讀書再說"。(62–63, 60頁)

(二) 1959：堅持獨立的"探索"

1957年，顧準仍然被打成了右派：這正是"在劫難逃"。

但顧準並沒有停止他的思考。在文化大革命的交代材料中，他這樣寫道："我對於我的右派立場和反動世界觀沒有痛悔之感，還在堅持'探索'"。[7] 我們現在所看到的是《1959年二三月間日記》裏的思考。可以看出，這是1956年的"重新估定價值"的繼續，主要集中在兩個方面。

7 《顧準自述》，269—270頁。

社會主義和資本主義的對立與相互吸取

顧準將他在1956年思考的“當代資本主義”和“社會主義經濟發展”問題連接起來，開始思考“社會主義和資本主義兩大體系的對立”問題。他對這兩大對立是持肯定態度的，而其理由則很值得注意。他這樣寫道：“只有二個體系的對立，才能促成一切殖民地的解放，沒有這一點，地球的統一是無從談起的。只有二個體系的對立，才能使資本主義違反它的本意，作出一些有利於落後地區經濟發展的措施。同樣，也只有這個因素，才能促使資本主義的和平轉變”。這裏，其實包含了一個思想，即對立的雙方，既相互制約，又相互吸取，在和平競爭中得到更為健全的發展，避免走向極端。

當然，作為一個社會主義者，顧準是相信社會主義的最終勝利的，儘管他並不迴避社會主義發展中的曲折，但依然預言：“二十世紀將是在物質上社會主義超過資本主義的世紀，在精神生活上也將如此”。因為在他看來，“資本主義的自由主義，即就其最好的方面來說也是不完全的。物質利益的自由主義必然走向世紀末的肉欲與頹廢”，“要促進人類的進步，唯一可用的力量，只是這個社會主義的體系，無論其中有多麼大的黑暗面，只有這個體系能建設，能建設就能解決人類過人類的生活”。(101頁)

這正是顧準的困惑：一方面，他堅持社會主義的理想；另一方面，他又十分清醒於社會主義的現實形態的根本性缺陷與問題。他毫不含糊地承認：“產業軍與軍事奴役現象暫時確實存在”，“絕對主義的統治，確實存在過。自由主義曾經是資本主義的聖經，對比下來，反而社會主義是獨斷、黑暗的了”。他甚至提出了一個“社會主義的羅伯斯比爾主義”的概念；他說：“社會主義要求經濟發展太迅速，羅伯斯比爾式的恐怖主義是夭折了的，社會主義的羅伯斯比爾並沒有夭折”。他又說：“法蘭西大革命造成了一個拿破侖，社會主義造成了斯大林與毛澤東。拿破侖也做過歷史的進步事業，拿破侖的法國，出不了二十次代表大會”。(101, 102頁) 就是說，社會主義能夠自己糾正自己的錯誤——這其實只是顧準的一個期待。

如前文所談到的，顧準在觀察當代資本主義的新發展時，他發現了“資本主義在每一次大事變中，都在學習，也有在根據經驗教訓改正他們自己的工作”，(62頁) 現在，他又指出，資本主義是在社會主義的壓力下改變自己的，同時又對社會主義的因素有所吸取，就是在這自我的糾正、調節中獲得了新的發展的生命活力。本來，按顧準對社會主義的理解和期待，這樣的自我糾正與調節功能是社會主義的本質所決定而固有、應有的，現在資本主義做到了，就自然對社會主義形成了巨大的挑戰。在顧準看來，現存的社會主義體系能否接受這樣的挑戰，進行自我糾正與調節，是兩大體系的和平競爭中，社會主義能否最終戰勝資本主義的關鍵。或者說，社會主義和資本主義，誰能在對方的壓力下，成功地進行自我糾正與調節，包括向對方吸取，誰就能取得勝利。

正是出於這樣的思慮，顧準在這一時期，更加自覺地進行“社會主義民主主義”的思考和探索，據他的日記透露，他已經寫了一個論述“社會主義民主主義”的初稿。(100頁) 可以看出，這個“社會主義民主主義”的概念和前述“社會主義的羅伯斯比爾主義”的概念，是對立的，而且顯然對資本主義的民主觀念、體制有所吸取(他後來還提出了“社會主義多黨制”的民主制度來解決黨的官僚化與特權問題[8])，是他後來概括的“東西方滲透論”的一個實踐。(212頁) 儘管此時的顧準仍然認為，實行“社會主義的羅伯斯比爾主義”在一定的歷史時期，有它的必要性，或曰“歷史必然性”，他的“社會主義民主主義”還是一個理想；但他又顯然期待社會主義體系能夠從“社會主義的羅伯斯比爾主義”的歷史、現實形態轉化為“社會主義民主主義”的理想形態，在他看來，這應該是社會主義能否最終戰勝資本主義的關鍵，他說：“社會主義者，無一高度發展的民主機構，怎能勝過資本主義而令人嚮往？”(112頁)

如前文所說，顧準是這樣一位學者：他始終密切地關注着現實問題，社會、政治、經濟的實際，並以此出發來進行理論思考。因

8 《顧準日記》，261頁，參見《顧準自述》，291頁，297頁。

此，他在思考社會主義與資本主義兩大體系的關係時，又從1958年開始的毛澤東所發動的大躍進、人民公社運動中，敏銳地發現了一個建立“地上天國的社會主義”的意圖。顧準毫不猶豫地拒絕了這樣的將彼岸理想此岸化的空想社會主義的試驗。他說：“我信任人類的不斷進步，我注目現世，不相信有甚麼地上天國”，“我注意經驗的歸納，不信從經驗方面無根據的對未來的預言”。他指出，這樣的“地上天國的社會主義觀，會是天主教的聖者托馬斯所首創，這是並不奇怪的事”。(120頁) 這自然懷着一種隱憂：這樣的本質上的僧侶主義、信仰主義今天它在中國大地重現，並且和“社會主義的羅伯斯比爾主義”相結合，究竟會給中國和整個社會主義體系帶來甚麼呢？

“我接受馬克思人本主義—自然主義”

在1959年2月27日的日記裏，顧準談到了他的一個根本性的困惑：“理論問題並未獲得解決，到底是非跟馬克思主義的基調分手？還是仍然可以服從這個基調？敬重馬克思、恩格斯是沒有問題的，他們是近代思想界和科學界的偉人，一點不能懷疑。問題是他們的預言與實際距離太遠了，雖然他們的理論給人們以巨大的勇氣”。(106頁)

這正是歷史提出的新任務：對馬克思主義進行科學的反思。面對這樣一個極具挑戰性的歷史任務，有的人竭力迴避，掩飾，遮蔽，在所謂“保衛馬克思主義”的旗號下，拒絕進行任何反思，其背後又顯然隱藏着對既得利益的維護；有的人又走向簡單地“全盤否定”，固然十分明快，卻遠非科學態度，也不能解決問題。顧準是能夠進行真正的“科學的反思”的學者，在當時中國的思想、學術界，他幾乎是孤身一人獨立擔負起了這一歷史任務。而他自己卻不能不陷入深刻的困惑之中。這是因為他是經歷了千辛萬苦的艱難探索，才找到馬克思主義這樣的科學學說的，這是支撐他的基本信念、理想和人生選擇的理論依據，可以說是他的安身立命的根基所在；因此，這樣的反思更是指向自身的。這其間的猶豫，彷徨，反復，巨大的難以排解的精神痛苦，都是不可避免的。這需要"巨大的勇氣"，而有意思的是，這樣的科學勇氣如顧準說，恰恰是馬克思主義所固有並賦予他的。一個真正的馬克思主義者，最重要的品格就是對事實的尊重，一切從客觀實際出發。

因此，顧準對馬克思主義的反思，正是從這樣的事實開始的：馬克思、恩格斯的許多"預言與實際距離太遠了"。在這一時期的日記裏，顧準反復談到這一點，這是縈繞其心的一個"結"——

> "不能對資本主義用預料的大變動期望它迅速滅亡，馬克思的預言第一個失敗是在英國，第二個失敗是在德國，伯恩斯坦原是道出了真相的。資本主義的轉變，將是和平的轉變，二十次大會道出了消息，康斯坦丁的辯證唯物主義都予以承認。歷史違反了馬克思的預言。但是馬克思預見了的資本主義的不治之症依然存在"，"馬克思道出了問題的癥結所在，進程的預期卻沒有實現"。(100–101頁)
>
> "馬克思對英國有過期望，恩格斯對德國有過期望。然而英德既然現代化了，否定現代化了的資本主義就不是1848年的綱領所能做成的了。1848年的綱領是反對野蠻化的資本主義的綱領，他們只能在野蠻化的資本主義上升早期實現。馬恩形成他們的思想體系的時間太早，來不及看見——後來雖然看見了，對暮年的馬恩而言，已來不及改變他們的思想體系了。他們指出了問題的癥結所在，卻看錯了歷史的進程。結果，學說是在落後國家開了花，結了果。因為混合了經濟發展規律的自覺掌握與羅伯斯比爾的恐怖主義二個因素的馬克思主義，只在落後國家才產生了巨大的生命力，並且收到了'畢其功於一役'的效果。"(102頁)

由此引發的，是對馬克思的辯證法和歷史唯物主義的反思——

“否定的辯證法作為一個普遍命題是不對的，否定辯證法用以解剖資本主義是真正鋭利的武器。馬克思對這個武器若用過了頭，最多不過在解釋人類過去的歷史方面，對社會主義的預言有出入，這是不能責怪他的。恩格斯把這個命題更為普遍化，這不是馬克思的本意。馬克思這個命題，不過是實踐中的武器而已。他不想做人類與自然界的全宇宙的創世主。列寧在哲學上沒有懂得這一點，他在唯物主義方面作出了貢獻，在辯證法方面實在是無知的。他的哲學筆記只是追隨黑格爾，不是批判黑格爾”。(101頁)

“無論如何，辯證法作為認識過程的描繪與認識規律則可，作為世界圖式則不可。恩格斯的自然辯證法的公佈對恩格斯本人説來是一件遺憾的事，那裏充滿了黑格爾的圖式向自然界頭上套下去的片斷。八十年代前恩格斯曾有此企圖，無論如何，費爾巴哈論以後，他是一直沒有理睬那些片斷舊稿，而那些片斷舊稿的觀點，與費爾巴哈論也是不符合的。”(118頁)

“歷史唯物主義公式不足以解釋全部歷史”，“歷史唯物主義隱含着一個黑格爾歷史哲學的前提——存在一個必然規律，這個必然規律向着共產主義的完成”，“黑格爾式的圖式實際是未脱離宗教氣味，不是以發現自然界與社會歷史的奥秘，不斷增加認識程度為其全過程，而要求一個世界圖式，由此以建立目的論，建立必然與自由等等這一套倫理觀念的東西。所以辯證唯物主義前門拒絕形而上學，卻從後門把形而上學的範疇一一偷運進來”。(119頁)

“辯證唯物主義不能脱離神界。恩格斯、列寧都諱言此事，耿慈根老老實實亦就在説神界”，“絕對真理不外是神界或神界的化身。絕對主義——專制主義，原是與辯證唯物主義有血緣關係的東西。這是不可以忍受的東西”。(120頁)

顧準所要質疑和拒絕的，是馬克思主義中的黑格爾式的絕對主義的印記。這樣的絕對主義，將會使馬克思主義宗教化，神學化，導致“信仰論”；在社會實踐中，則將導致專制主義，這都是顧準這樣的獨立知識份子所“不可以忍受”的，而且是違背馬克思“本意”的。因此，他不但對斯大林主義，而且對列寧主義都提出嚴厲的批判，他說：“列寧因為是一個實踐家，所以堅持恐怖主義——專政這個方面，他對馬恩學說的推崇超過接近馬恩的人，其實各方面是列寧主義，非復馬克思主義了”。(103頁) 這和前文所提到的1956年他對列寧的貢獻的評價是有很大的不同的。

在顧準看來，“馬克思是人本主義者，所以如說他有信仰，至多不過是信仰人類。信仰人類可以允許建立學派。宗教史式的信仰，就要建立異教裁判所了”。由此決定了顧準的選擇，他一再表示：“我的社會觀只能是人本主義的”，“我是不能從黑格爾那裏找到哲學的解答的。我看到那個絕對就頭痛。我接受馬克思主義人本主義＝自然主義這個方面，羅素説這個方面是與工具主義符合的，我就接受工具主義”。他強調：“人本主義＝自然主義，以及工具主義的社會主義才是真的社會主義”。(119, 120頁)

(三) 1959—1960：對“大饑荒”的政治經濟學批判

早在《1959年二三月日記》裏，顧準已經確定：“批判必須繼續”，並且説：“身在掌權的勢力圈內，不有貳心是容易的。處身群眾之中，不在勢力圈內，既批判，而又保持堅定不移的立場，這是不容易的。”(103頁) 他確實渴望走出“勢力圈”，“處身群眾之中”。因此，當決定要隨中國科學院的下放幹部隊伍，在河南信陽的商城縣勞動鍛煉時，他這樣寫道：“這個時候下去是好極了的”。(128頁) 這是他自下而上地來觀察和思考中國的現實的一個機會。

那麼，他看見了甚麼呢？請看他的日記——

“徐家斷炊”。“村裏的紅薯吃光了”。“劉引之的父親死了。腫病——勞動過度，營養不足。縫紉室張的哥嫂幾乎同時死亡，也是腫病。1959年的旱災，1960的春夏，該還有多少人死呢？”(1959年6月4日日記)(139, 140頁)

“死人續志：柳學家母弟同時死了。楊柔遠母親死了。夏伯卿家死了人。張保修家死了人。”(6月30日日記)(156頁)

“昨晚，附近路倒屍二起，一起由綜合隊埋了……死者‘羅店’人，工地民工，才來，未上工，身上有人民幣四元餘”。

“八組黃渤家中，老婆、父親、哥哥、二個小孩，在一個半月中相繼死亡。這個家庭也特別大，未死人前連黃渤本人共十五人，小孩七人。十五人中死五個，則死亡比例也不小了”。

“現在的問題已不在死不死人，而在死些甚麼人，黃渤說，父親死了，死了沒啥。孩子，死了也沒啥。哥哥死了，是糟糕事，誠哉斯言。農村中死掉一些孩子與老人，達到了馬爾薩斯主義的目的，若死强勞力過多，則是大大的紕漏了。”(7月16日日記)(177, 179頁)

“除民間大批腫、死而外，商城發生人相食的事二起……一是丈夫殺妻子，一是姑母吃侄女。”(7月22日日記)(183頁)

顧準滿懷悲憤地這樣寫道——

“一鼓作氣，58年我見之矣。年初大辯論，春秋大治水，夏季慶豐收，秋季則鋼鐵與人民公社齊來。

再而衰，1959我見之矣。意圖調整而騎虎難下，旱災說成豐收，水利和豬場齊舉，惜寒冬未屆，路旁已見凍死之骨。赫魯曉夫說，中國國慶的慶典是盛大的，則大會堂北京飯店朱門之內，當不免朱門酒肉臭也。

吳芝圃(時河南省委第一書記)要在二年苦戰基礎上再苦戰三年。是再衰三竭之後，尚有四五次鼓，殊不知四鼓五鼓，曹劌又將如何論法耳”。(179頁)

> "歷史要重寫的。謊話連篇，哀鴻遍野，這一段歷史如何能不重寫？"(199頁)

顧準用"一鼓作氣"、"再而衰"、"三而竭"，卻還在"四鼓五鼓"來概括從1958年到1960年的中國現實，這實際上就是一個在前文已經提到的以構建"社會主義、共產主義的地上天堂"的幻想開始，而以建立"哀鴻遍野"的變相的"集中營"(141頁)為其現實實現的過程。理想主義、浪漫主義的空想走向了專制主義與災難，這裏是包含了非常深刻的歷史教訓的。顧準作為這段歷史的見證人，說他要"重寫歷史"；作為一位敢於直面現實的經濟學家，他更要進行理性的追問與批判：這"大饑荒"的實質是甚麼？其背後隱藏着甚麼？

"社會主義的史前期"的"羊吃人"

顧準提出了兩個重要的概念："社會主義的史前期"和"糊口經濟"。

他將"社會主義"與"共產主義"作了這樣的區分："社會主義是在保證少數人有正常與富裕生活條件下集中國力作戰時經濟式的建設"；而只有到"共產主義"才真正"關懷多數人的生活，使生活水平的懸殊減少，並在社會道德方面恢復市民生活的正常秩序，消滅社會主義時代所發展的畸形"。前者是"社會主義的史前期"，後者才是"真正的社會主義"。(163–164頁)

而"史前期"的"戰時經濟式的建設"有兩個特點，一是實行"政治掛帥"，即"離開經濟手段而用政治手段實現經濟目的"；顧準又指出，這樣的政治掛帥"全部適用的範圍僅限於農村，城市不僅不能實行，相反，還要維持一個比較過得去的貨幣經濟的外觀"。(170頁)二是推行以"解決中國人吃飯問題"為中心的"糊口經濟"，不惜"用說謊、專制、嚴刑峻法、無限制的鬥爭、黑暗的辦法來完成歷史的使命"。(186頁)其中一個重要方面，就是犧牲農民，甚至包括消滅其生命。他尖銳地指出，中國的經濟建設是一種“城市中心主義的建設”，“拼命地刮削農民來進行建設，而建設本身便是建設的目的”，這是典型的“苛政猛於虎”，“對農民真是天大的災難”。(251頁) 他這樣談到中國農民的“厄運”：“他們從糊口經濟的立場出發，在土地革命的旗幟下作出了重大的貢獻，結果是他們的救命恩人回過頭來，以強力來打破糊口經濟，代替圈地，代替羊子吃人的是在饑餓狀態下上山煉鐵，與7000萬人的大興水利，而且，還要在政治上給資本主義自發勢力的稱號”。(231–232頁)——在顧準看來，被稱為“救命恩人”的毛澤東所要完成的是“社會主義史前期”的原始積累，“大躍進”和“人民公社”運動，實質上是一個“中國特色的社會主義史前期”的“圈地”和“羊吃人”運動。他給中國找到的打破“糊口經濟”的“藥方”，是“馬列主義的人口論，恐怖主義的反右鬥爭，趨饑餓的億萬農民從事過度的勞動，以同時達到高產、高商品率的農業與消滅過剩人口——是最堂皇、又是最殘酷、最迅速、最能見效的辦法。若說這也將記入史冊成為豐功偉績，那確實與彼得大帝與曹操一樣”。顧準說，“他是聰敏人，他是有意識這樣做的。從這個意義上來說，他應該感謝1959年的天旱，並且也有一種說法，叫做把壞事變成好事”。(232頁) 顧準說，這是“用活人的生命消耗來對地球宣戰。一則補償列祖列宗對自然資源的消耗，二則減少農村人口以改變糊口經濟的現狀”。(184頁) 在另一篇日記裏，顧準在談到毛所發動的“反右傾機會主義運動”時又說毛澤東實際上是下了“雷霆萬鈞的決心”，要“咬緊牙關，死一億人也不要緊，幹上去”。(216頁) 這和他所提出的讓舉世震驚的“為了消滅帝國主義而發動戰爭，不惜犧牲幾億人”的宏論，是同出一轍的：毛澤東堅信，他所完成的，是歷史賦予的使命，為此是可以而且應該不惜代價，包括人的生命的。

問題是，顧準也認為，這是一個歷史的必然選擇。他一再說：“歷史決定這個時代不能不是斯大林主義的”，(227頁) “推動歷史前進的，本來是惡而不是善，毛澤東的時代又何能免此？""我不忍心參加這個剿滅人口的向地球宣戰的戰役，然而中國除此以外，別無其他途徑可走"。(187, 186頁) 他因此經常談到所謂"躍進的欲望與人道主義的矛盾"，(154頁) 這實際是反映了他自己的所謂"歷史必然性"與"人道主義"的矛盾，這裏所說的，既是"別無其他途徑"，又"不忍心參加"，正是這樣的矛盾。

因此，這一時期的顧準儘管不能完全擺脱他其實已有反省和批判的"歷史決定論"、"歷史必然性"(見前文"我接受馬克思人本主義=自然主義"一節的有關分析)的影響，但他對"用階級鬥爭來解決饑餓問題，解決一部分人，摧毀一部分人"的做法，一直持批判態度。他尖鋭地質問："一種説法，階級鬥爭還有二十年，甚至是五十年。而現在在鬥哪些對象呢？"他指出，"嚴重的是，現在階級鬥爭在鬥'富裕農民'"，"那不過是掩蓋在階級分析方法下面的，國家與農民的衝突而已"。——顧準一語道破了五六十年代中國的所謂"三面紅旗"(總路綫，大躍進，人民公社)及其直接後果三年大饑荒的實質。顧準繼續追問："再繼續鬥下去，又鬥誰呢？若説目前對農民的鬥爭，是因為農民人數太多，自給太強，商品率太低，要消滅一部分人，要強迫他們建設商品率高的農業，要強力消除糊口經濟是歷史的不得已，那也罷了，偏偏這又用了多少馬列主義的詞句來加以掩飾。若説緊張局勢不能不籍鬥爭的名義來設法度過倒也罷了，偏偏一面在努力緩和這個局勢，一方面又宣稱要鬥二十年。鬥下去，勢必鬥到盡頭，'老田鼠，你掘得好啊！'再鬥下去，無非是鬥自己而已"。(227–228頁)

顧準還一再地問：人"學好了，還是學壞了？"他發現了普遍的"道德敗壞"，階級鬥爭和饑餓使中國人"人相食，賣屄，説謊，拍馬，害人自肥"。他説，他發現了這一點，"心裏一陣陣地絞痛，猶如寫腫死與建設之間的關係時的絞痛一樣"。也就是説，所謂"社會主義史前期"的"羊吃人"的原始積累，既是以人"腫死"為代價，更以"道德敗壞"為代價。顧準説："若説這是歷史

的必然，付出的代價也够重大的。後一個歷史時期，為了消除這些惡毒的影響，不知要付出多少精神與物質的補償！”(241頁)

大饑荒背後的體制問題

這樣的犧牲農民的“羊吃人”的經濟發展路綫是有體制的保障的，這就是説，對其直接後果的“大饑荒”的批判，就必然要導向對體制的追問和批判。顧準就是這麼做的。他指出——

> “實現這一套辦法的體制，經多年經營，已經成功。其結構如下：
>
> 公安户籍體制。有此一條，災區農民，無法流入城市。每天吃菜一頓，也不能再外出逃荒。
>
> 人民公社，依然是產業軍體制，它把純粹農村結構組成營連，並可以從中隨時組成野戰(如水利)隊伍。
>
> 公共食堂，把農村糧食消耗徹底控制起來，使‘糧食出荷’不足以造成駭人聽聞的個別餓死人事件，饑餓限於慢性，死亡起於腫病。醫生若説是餓死的，醫生就是右派或右傾機會主義者。
>
> 所以，在憲法有居住自由這一條規定之後，有逃竄犯的名目。”(184頁)

在以後的日記裏，還有這樣的分析：“分配制度實質上成為消費管理的手段。公共食堂成為糧食消費管理——管得徹底無比的武器”。(149頁)“人民公社是適應新時代的要求而產生的。它把人的勞動力的價格貶低到無可再低的程度，它阻止城鄉勞動力的流動，它提供縣社工業以極其廉價的勞動力。這樣，積累的速度將是可驚的。大小工業可不計成本地建立起來，還有剩餘，那麼，北京的大會堂，商城的戲院就會應運而生了”。(196頁)“人民公社的組織形式不可缺少。因為只有人民公社，才能控制生產，控制分配，而且控制消費，只有控制消費，才能極度提高農產品的商品率"。(216頁)他還注意到"人民公社概念的變化"："A. 產業軍的人民公社——無分城鄉。B. 產業軍的人民公社——農村服務於工業建設。按照這個概念，說大辦鋼鐵是一切考慮農村的需要是謊話。是超英趕美的要求，要農村提供人力物力。C. 12月決議。鄭州會議，鄧子恢的人民公社內容混亂，含義不同。D. 八屆八中全會後的人民公社有了明確的方向，高商品率的，國家投資——公集合營的，全民所有制不斷發展的人民公社。"(224–225頁)

顧準還提出了這樣的問題："這個體制會自下而上的崩潰嗎？"回答是"不會"。其理由有三：其一，"農民中確無能人"，"農民自己是做不了甚麼事的"，少數"生長農村，要為農民謀利益"的人，提不出"甚麼政治方向來代替現在的一套"；其二，"整風反右，加上反右傾鼓幹勁，把僅屬於萌芽狀態的農民代言人禁錮起來，或者大洗腦筋"；其三，或許是更重要的，"國家這個統治機構，從農民中選拔了大批人當連長營長會計技術員高中生。統治階級愈善於自被統治階級中選拔人參加統治集團，它的統治愈是穩固"。結論是："這個統治體制是崩裂不了的。禁錮與思想統制愈甚，裴多菲俱樂部出現的可能性愈小，統治維持下去的可能愈大"。(187頁)

在顧準的分析中，這樣的體制，是由五個部分有機組成的：一、以人民公社(包括公共食堂)為主體的組織形式，將農村勞動力從生產到流通、分配、消費、生活全面控制起來，甚至形成人身的依附；二、又用戶籍制度將農民牢牢束縛在土地上，禁止城鄉流動，形成城鄉二元對立結構；三、割斷有可能成為"農民代言人"的知識份子與農民的任何聯繫(這是發動反右運動一個十分重要的目的)，以實現對農民嚴密的思想控制；四、吸納農村有文化而又忠實的人才，以形成自我控制機制；五、不斷發動以遏制所謂"農民自發資本主義傾向"為中心的階級鬥爭，以消弭任何不穩定因素，達到對佔人口絕大多數的農民，農村社會的全面而穩固的控制，以此作為控制全國的基礎。——正是這樣的一種體制，製造了農村的饑荒，同時又將農民大批死亡的後果，嚴密控制在農村範圍內，不使其擴散成全民的大恐慌，還以公開的謊言來掩蓋真相。在顧準看來，正是這樣的有效性，才真正顯示了這種體制的東方式的殘酷性，他痛苦地問道：“難道社會主義也是愈到東方愈野蠻嗎？”(218頁)

“我是否變得卑鄙了？”

而此時的顧準正生活在這樣的體制下，他因此也不斷追問自己和體制的關係，並發出驚心動魄的一問：“我是否變得卑鄙了？”

這正是顧準的特點及其可貴之處：他身處農村，在緊張地觀察、思考周圍發生的一切的同時，也在緊張地思考自我的選擇。因此，他對體制的審視和批判，最終會轉向自身，變成對自我的審視與批判。

如前文所引的日記所表明，當顧準發現了農村問題的實質是“國家與農民的衝突”，而國家實行的是犧牲農民的“羊吃人”經濟路綫，他儘管也認為“別無其他途徑可走”，卻斷然決定：“我不忍參加這個剿滅人口的向地球宣戰的戰役”。他選擇的自我角色是“做一個歷史觀察家”：“沉默自全，跟着走，記錄歷史，使這個時期的真相能為後世所知，但堅決不做納吉，如此而已”。(186–187頁) 所謂“不做納吉”大概是指不願做1956年匈牙利事件中的納吉那樣的公開的反對派吧。

但在六十年代，要“沉默自全”也不容易。

首先，饑荒也在威脅着顧準的生命。我們在他的日記裏，就經常見到這樣的記載：

> “今晚站隊，黃說城裏機關知道提出意見，‘右派還喝豆漿，不像改造樣子’。明晚起要取消了”(1959年5月27日日記)。(135頁)“學會餓肚皮”(6月4日日記)。(141頁)“其實，只要有機會，無人不吃花生。下棚生紅薯，上棚蘿蔔。在我站崗時也吃過蘿蔔花生”(6月21日日記)。(150頁)

> "伙食費相同，還不准隨便自購東西吃，而特殊化現象又不可免。不偷才有鬼。所以我也偷了。偷其實普遍之至"(7月6日日記)。(163頁) "可以補充的食物了無所存，從晨傍午，頗為饑餓所苦。前晚昨晚都早睡，未能入寐，為食物的欲念所苦。想如何找楊、張、謝三人中的好對象得以早上喝上一次米湯，想如何'搞'點紅薯與胡蘿蔔吃。想回家時如何盡情大吃一個時期。烤白薯北京很難買到，窩窩頭是美味。實在買不到啥吃時，打算到東安市場，阜外大街作巡游，有啥吃啥。要不然，到專備外賓吃的西餐館去吃它幾次"(7月15日日記)。(168–169頁)

在這樣的饑餓與死亡的威脅下，生存成了第一大問題。這不僅是出於人的求生本能，對於顧準，為了完成歷史觀察者、記錄者的使命，也得活下去。

問題是，怎樣才能活下去？顧準知道，單靠"偷"解決不了問題，關鍵是"要擠進勞動隊的統治階層"，(158頁)至少要獲得統治階層的好感，最低限度也不能得罪他們：這都是饑餓邏輯(而不是理性思維的邏輯)告訴顧準的，他不能不遵從。顧準後來在總結在勞動隊的生活時，説開始時是"不用腦子"，麻木混沌地過了"兩個月"，接着就是"恐怖與屈服"。(245頁) 所說的"恐怖"，當然包括強迫改造的政治壓力，但對顧準來説，這是他抗得住的，他最感"恐怖"，以至不得不"屈服"的是饑餓。於是，他也努力迎合了，他説他"基本上學會了唾面自乾，笑靨迎人的一套，漸漸也能習以為自然"，他不無恐懼地發現，他的"氣質"變化了。(143頁) 於是，有一天，他在日記裏稱之為"人性最少，而階級性最多"、其實是"獸性"最多，作為"勞動隊黨性的化身"，"深得毛之三味"的組長沈某(161, 165頁) 表揚他了，説他"接上頭"了。顧準明白："這其實是笑靨迎人政策的結果。我近來每見沈必打招呼，他不瞅不睬我也招呼，這就合乎他的心意了"。(165頁)

但這在顧準內心卻引起了巨大的痛苦。他説：這是"真正的精神折磨”，每當“思及生活像泥污，而精神上今天這個人，明天那個人來訓一通，卑躬屈節，笑靨迎人已達極度，困苦嫌惡之感，痛烈之至！”(152頁) 他心裏十分明白，所謂“改造”，所謂“右派摘帽”，“無非是一種政治上的勒索”，是要强迫人做“馴服的工具”，“我的改造表現再好，不過求苟全性命而已”。(166頁) 但他卻不能不因此而不斷自責，說自己不再說“真心話”，“說話一個人一個樣子”，(233頁) 說自己有“二副面孔”(155頁)，陷入了“精神的分裂”。他於是有一種“衰弱之感”，“卑微之感”，他一再自問：是不是“變得下流”了？(226–227頁)“我是否變得卑鄙了？”並且說：“我以後也要如實描寫我自己”，(236頁) 誠實、忠實地記下這一切屈服，他侮與自辱。

但顧準仍然堅定地表示：“我還要工作，我要保存自己。我還要戰鬥。而這個戰鬥不會是白費的，至少應該記下一個時代的歷史，給後來者一個經驗教訓。衰弱之感也是用不到的。大聲說話，理當有此機會”。(227頁) 他說：“就算我是花崗石腦袋吧。我將潛伏爪牙忍受十年，等候孩子們長大”，(212頁) 並如此自勵：“應該堅定起來。1848年以後，馬克思還沉寂了十多年之久呢”。(228頁)

顧準在1956年曾表示要“追踪屈原於地下”，(59頁) 而六十年代的顧準則讓我們不能不想起忍辱負重、發憤著述的司馬遷。

顧準的希望，或曰幻想

顧準在1960年1月20日從河南商城回到北京以後，還留下了《1960年二、三月日記》。這一段時間他翻閱報紙，總結思想，“材料收集愈多，愈來愈變成一個1956年以來的現代史了”。(261頁)——其實，如我們前面所分析的，他自己這一段日記裏記錄的思想經歷，就已經具有史的意義了。

我們注意的是，他在總結中，再次確定：“沒有甚麼共產主義的地上天國，矛盾永遠存在，鬥爭永遠存在，而鬥爭的方式，那老一套的'正確錯誤'的絕對論維持不下去了。不同意見的人們必定要組成不同的社團，發展的結果必定是社會主義的多黨制度。"(261頁)——這大概可以視為顧準對1956年以來的中國歷史的一個總結。這裏對"共產主義的地上天國"的空想社會主義及其哲學基礎"絕對論"的否定，對"社會主義民主主義"理想的重新肯定，都是引人注目的。

但他說，他的觀點"也有很大的變化"："愈來愈覺得，社會主義民主主義靠爆炸式的改革做不到，而且後果也不好。四年來的歷史發展似乎在走另一條路——自然演化"。(261頁)這也是對1956年以後"四年來的歷史"的一個總結：在他看來，這是一個"自然演化"的過程。因此，他把這一時期毛澤東所實行的"社會主義史前期"原始積累的"羊吃人"經濟發展路綫，看作是這"自然演化"過程中的一個儘管殘酷，卻不可避免的環節，他說："當經濟瀕臨高速度發展與集中化時"，"斯大林的個人獨裁都不免出現"。(261頁)但他同時又認為，這樣的發展經濟的野蠻方式"不會長期持續下去"，不僅因為在世界大格局下，"斯大林主義必然不能持久"(186, 228頁)，更重要的是，它自身就為根本改變創造了條件。顧準預言，一旦"農村財富積累，可以從生產資料這個盆邊溢到消費資料"，這樣的"糊口經濟的強力改組消耗完了它的生命力"，就必然發生"真正的改弦易張"，"結果必將以坦率、開明、寬恕、人道主義、文明的方向來代替目前的用說謊、專制、嚴刑峻法、無限制的鬥爭、黑暗的辦法來完成歷史的使命"。(187, 186頁)

這就是1960年二、三月顧準所看到的希望："經濟發展到一定水平以後，高度集中勢不可能長期維持，精雕細刻的發揮生產潛力成為迫切的要求，群眾的智慧要發生作用，任何事情也就不能在頃刻之間獲得定論，自由爭論，長期的政治鬥爭就成為繼續發展的生命力。這時候，沒有民主主義怎麼辦！"(261–262頁)顧準所期待的"民主社會主義"也就水到渠成了。

但顧準又認為，在現實的中國，實現“民主社會主義”還是“比較遙遠的將來的事”，“當前的重要任務是加速經濟發展”。[9]——這正是顧準的一個基本思路：“用經濟的發展來解決中國的問題”，或者說，“中國的一切問題都取決於經濟的發展”。可以說顧準的基本思想，經過1956–1960年初的持續思考，已經基本確立了。

而且，在1960年初，顧準對中國現實政治經濟的發展，也有樂觀的期待。他在1960年1月16日的日記裏這樣寫道：“上帝明鑒，若四年五年之內，農村人口減至三億，再加上扎扎實實的提高一些產量，全國平均商品率達到40%，毛先生就大功告成了。”(244頁) 在2月28日的日記裏，又有了這樣的預測：“不出一年，局面將要大變。現在正是發展到頂點時候。哪裏都在學習毛澤東思想。物極必反，毛澤東自己就曾經說過的。他該走了，大概也真的快走了”。(260頁)——這或許代表了黨內一部分高級幹部的看法和期待。這裏所提供的信息，對我們理解1960年以後中國政局的發展，是重要的。而顧準自己，如他在文化大革命的交代材料裏所說，在隨後(1960年8月)提出了“調整、鞏固、充實、提高”的八字方針以後，他就認為是“回到1957年”，“最終確立了和平建設社會主義的方向”，因而產生了新的希望。[10]

但歷史並沒有像顧準所期待的那樣發展，顧準自己的命運也有了更為曲折的變化。

9 《顧準自述》，290頁。
10 《顧準自述》，296頁。

張中曉提出的問題

張中曉在二十五歲時因胡風案被捕入獄，在三十六七歲時在重病與監督改造中去世，不知死期。張中曉沒有後代，但他留下了三本筆記：《無夢樓文史雜抄》、《拾荒集》和《狹路集》，給我們以永遠的震撼：因為他思想的超前，因為他所提出的問題，今天還在逼問着我們。

五十年代初：革命勝利以後革命批判精神喪失的問題

這是張中曉寫給胡風信裏的一段話——

> "這是夜裏，四周很靜，只有隔壁的老人底推磨聲習慣地、沉重地響着。我被那些大聲音所恐嚇了下去的感受又蠕動了起來，想起了魯迅先生的話：
>
> '……首先應該掃蕩的，倒是拉大旗作為虎皮，包着自己，去嚇唬別人，小不如意，就倚勢(！)定人罪名，而且重得可怕的橫暴者。'
>
> '否則，抓到一面旗幟，就自以為出人頭地，擺出奴隸總管的架子，以鳴鞭為唯一的業績——是無藥可醫，於中國也不但毫無用處，而且是有害的'"。[1]

寫信的時間，是1950年7月4日。

1　張中曉：《無夢樓全集》，7–8頁，武漢出版社，2006年出版。(本章只註頁碼者均出自本書)

這是令人驚異的。

1950年，正是革命剛剛勝利，中華人民共和國建國伊始，一位學者在後來的回憶中這樣談到當時許多知識份子的心情："我們看甚麼東西都是玫瑰色的，那是光輝燦爛的"，"天天彷彿在雲端裏過日子"。[2] 張中曉說他也一度"被政治上底雲彩震昏了"，(17頁) 但他很快就清醒過來，甚至感到"恐懼"和"沉重"。

今天我們讀他的這封信，自然要問：

他在此時為甚麼會想起魯迅關於"奴隸總管"的這番話？

讓他感到"恐懼"的"大聲音"是甚麼？

這老人的沉重的推磨聲對他意味着甚麼？

"魯迅先生現在很冷落"

革命勝利"以後"魯迅的命運，這是許多人所關心的。

1949年10月19日，中華人民共和國成立後第一個魯迅忌日，《人民日報》發表了郭沫若的一首詩，題為《魯迅先生笑了》，[3] 同時發表了胡風的雜文：《不死的青春》，副題是《在人民祖國的第一年紀念魯迅先生》，文章說："今天，炬火升起來了，那用毛澤東思想的名字照耀着中國，照耀着人類，連他都在內。然而，他並沒有'消失'，他在大笑，他在歌唱"，"他在微笑，他確信勞動的人民和年青的生命們在毛澤東思想的指引下面一定會克服身外身內的困難，勝利地創造出祖國的青春，人民的青春，人類的青春"。[4] ——用自己的天真的樂觀與歡欣心情來想像魯迅，這大概是那個特定時刻許多知識份子共同的特點。

但胡風還是發現和提出了問題。在發表於1949年10月25日《人民文學》創刊號上的《魯迅還活着》一文裏，他這樣問道："今天，戰鬥勝利了，人民的祖國在人類歷史上出現了，是不是魯迅的目標已經完全達到了，偉大的人民領袖毛澤東所指明的'魯迅的方

2 季羨林：《壽作人》，載1992年7月7日《光明日報》。
3 詩收《新華頌》，人民文學出版社，1953年3月出版。
4 《胡風全集》4卷，193頁。湖北人民出版社，1999年出版。

向，就是中華民族新文化的方向'的那個方向到此為止了呢？"胡風顯然是心懷隱憂的，他還談到和"一位有着優秀成績的小說家"的一次辯論，這位小說家認為，"人民看不懂魯迅的作品，那些作品就不是人民所需要的，當然不是民族形式，不是為人民服務的文藝"。[5]

胡風為魯迅在新的共和國的命運的擔憂，在張中曉這裏，正是他所敏感到的現實。他在給胡風的信中一再談到："'向魯迅學習'，(人們)似乎也不大感興趣"(19頁)，"純真的朋友們要想把魯迅底雜文燒掉"(24頁)，"魯迅先生現在很冷落"。(27頁)

而且他還要追問：這樣的"冷落"的背後，隱含着甚麼？於是，他發現："魯迅先生所憎惡的東西都披上了新外套"，並且具體指出三點：一是"容易滿足，這是魯迅先生最痛恨的東西"，二是"專門維持現狀，害怕進步，現在是多麼得勢"，三是"叭兒們，轉了向。只要一篇甚麼，就算立了功"，而且"這些據說都是先生的知己"。(42頁)

這都抓住了要害。

魯迅早就說過："不滿是向上的車輪"，"多有不自滿的人的種族，永遠前進，永遠有希望"[6]，"真的知識階級"他們"對於社會永不會滿意的，所感受的永遠是痛苦，所看到的永遠是缺點，他們預備着將來的犧牲，社會也因為有了他們而熱鬧"，而進步。[7]

魯迅還說："曾經闊氣的要復古，正在闊氣的要保持現狀，未曾闊氣的要革新。大柢如是。大柢！"[8]

魯迅警示說："文人的遭殃，不在生前的被攻擊和被冷落，一瞑之後，言行兩亡，於是無聊之徒，謬托知己，是非蜂起，既以自眩，又以賣錢，連死屍也成了他們沽名獲利之具，這倒是值得悲哀的。"[9]

5 《胡風全集》4卷，183頁。
6 《不滿》，《魯迅全集》1卷，376頁。
7 《關於知識階級》，《魯迅全集》8卷，226–227頁。
8 《小雜感》，《魯迅全集》3卷，555頁。
9 《憶韋素園君》，《魯迅全集》6卷，70頁。

現在的問題正是，在革命勝利以後，是"滿足"於現狀，陶醉其中，將其視為"止於至善"，"凝固的東西"[10]；還是堅持革命的批判精神，"對於社會永不會滿意"，"看到的永遠是缺點"，敏銳地"感受"新的"痛苦"，發現新的矛盾，準備新的"犧牲"？是因革命勝利而"闊氣"，"變成一種特別的階級"，"與平民遠遠地離開"，[11] 並為維護"正在闊氣"的既得利益，而竭力"保持現狀"，還是站在"未曾闊氣"的普通平民這一邊，繼續要求"革新"，做一個"永遠的革命者"？[12]——一句話：魯迅式的批判精神，適不適用於勝利的革命和革命者自身？適不適用於革命勝利以後建立起來的新的國家？

這實在是一個非同小可的問題。是否具有自我批判的自覺與能力，關係着一個人，一場革命，一個民族、國家與社會，是否具有自我更新、調整的機能，能否不斷獲得發展的生機和動力的問題。拒絕自我批判，將自身凝固化，就是自我否定的開始。張中曉在革命勝利初期就發現並提出這樣的問題，確實是具有遠見的。

這樣一個"革命勝利以後"必然面臨的問題，魯迅是認真思考過的。早在1927年，他就寫過一篇題為《文藝與政治的歧途》的文章，指出："革命政治家"在革命的時候，他和"文藝家"(知識份子)是一致的，因為他們都"不滿意現狀"。但在"革命成功以後"，"政治家(就)把從前所反對那些人用過的老法子重新採用起來"，為維護自己的權力，不允許"不滿意現狀"了。這時候，文藝家(知識份子)就有了兩個選擇，或者不再"不滿意現狀"，進而"頌揚有權力者"，魯迅說，那就和革命沒有甚麼關係了；或者繼續"不滿意現狀"，就非被新的統治者和新的政權"排軋出去不可，或是割掉他的頭"。[13]

因此，魯迅對自己在革命勝利以後的命運其實是早有預料的。

10 《黃花節的雜感》，《魯迅全集》3卷，428頁。
11 《關於知識階級》，《魯迅全集》8卷，224頁。
12 《中山先生逝世後一周年》，《魯迅全集》7卷，305頁。
13 《文藝與政治的歧途》，《魯迅全集》7卷，120頁。

他在逝世前就對年輕革命者説過："你們來到時，我要逃亡，因為首先要殺的恐怕是我。"[14]

但在上一世紀五十年代初，革命真的取得勝利的時候，幾乎沒有人想起魯迅的這些預言，於是，就有了前文所説的"魯迅笑了"的想像。但仍然有清醒者，張中曉的難能可貴就在這裏。他雖然沒有提及魯迅《文藝與政治的歧途》一文，或許他也未必知道魯迅關於革命勝利後他"要逃亡"的預言；但他重提魯迅對"容易滿足，維持現狀"的批判，他所表達的對魯迅的批判精神的喪失，魯迅"所憎惡的東西披上了新外套"的警戒，都可以看做是他對魯迅《關於知識階級》等文的一個回應。可以説，當大多數知識份子還沉湎於對革命勝利的盲目樂觀和幻想中時，張中曉卻和對一切都投以懷疑的眼光，因而任何時候都保持清醒的魯迅相遇了。——張中曉也説他的"懷疑精神過於發達"了。(66頁)

這裏，還可以舉出一例。張中曉在給胡風的信中，一再表示對當時中國的一片"太平"景象的不安與警惕："總觀一切，好像非常心安理得，像一湖死水。互相點頭，雍容揖讓，天下太平。我真的不相信舊的就這樣太太平平的倒下去了。"(19頁)"天下似乎很太平。"(21頁)這樣的對"太平"的驚覺，正是魯迅式的。魯迅在《這樣的戰士》裏，這樣寫道："他終於在無物之陣中老衰，壽終。他終於不是戰士，但無物之陣則是勝者。在這樣的境地裏，誰也不聞戰叫：太平。太平……。但他舉起了投槍！"[15]——張中曉在一封信裏也談到了"'無物之陣'底龐大的實力"。(46頁)在魯迅看來，這樣的"太平"正是"地獄"的秩序："一切鬼魂們的叫喚無不低微，然有秩序，與火焰的怒吼，油的沸騰，鋼叉的震顫相和鳴，造成醉心的大樂，佈告三界：地下太平"。[16]——張中曉在為當時瀰漫新中國的"太平"而擔憂時，他大概是想到了魯迅的這

14 見李霽野：《憶魯迅先生》，收《魯迅先生紀念集》，"悼文"部分，68頁，上海書店，1979年複印本。

15 《這樣的戰士》，《魯迅全集》2卷，220頁。

16 《失掉的好地獄》，《魯迅全集》2卷，204頁。

篇《失掉的好地獄》："人類"戰勝了"魔鬼"，"完全掌握了主宰地獄的大威權"以後，又將會發生甚麼呢？

因此，在張中曉看來，是否堅守魯迅的"永遠不滿足現狀"的革命批判精神，關係着革命的最終目標：是真正走出"奴隸時代"，還只是一個歷史的循環，以新的奴役代替了舊的奴役？而他之所以對那些"突然轉向"的"謬托知己"者一直保持高度警惕，也是因為這樣的人多了，也就必然要使革命精神稀薄，以至變質的。

張中曉並不滿足於繼續魯迅的思考，還敢於面對魯迅所未曾遇到的自己時代的新問題。他要進一步追問：為甚麼新政權剛建立，就會出現這樣的魯迅批判精神的喪失的危險？於是，他對作為新中國思想文化指導綱領的毛澤東的《在延安文藝座談會上的講話》提出了質疑，他在1951年8月23日給胡風的信中這樣寫道——

> "關於魯迅雜文的一段，是完全不對的。雜文，是從現實人生要求中隨處發掘出一切新思想的鋒利的鋤頭。假如僅僅把它看作'處在黑暗勢力統治之下，沒有言論自由，故以冷嘲熱諷的雜文形式作戰'才'正確'，那就根本沒有讀懂魯迅"。(92頁)

這是抓住了根子的：正是毛澤東在《講話》裏宣佈："魯迅的雜文時代"已經過去，誰要用魯迅的"雜文筆法"來諷刺人民政權，誰就是"人民的敵人"，就不給以"民主自由"。[17] 在強大的專政體制下，批判精神的被壓抑與遏制是必然的。

而張中曉卻直指其"根本沒有讀懂魯迅"，而且還直截了當地說："這書，也許在延安時有用，但，現在，我覺得是不行了。照現在的行情，它能屠殺生靈，怪不得幫閑們奉之若圖騰。"(93頁)[18] ——對於張中曉，這只不過是批判精神的堅守。在他看來，在真理面前人人平等，任何人，即使是國家領導人，也可以作為批判

17 參看《在延安文藝座談會上的講話》，《毛澤東選集》829頁。

18 張中曉在同一封信裏，還批評《講話》只說"觀察，體驗，研究，分析"，而不談"作家與對象在創作過程中進行搏鬥"，過於"冷靜"了。

對象。但卻不想因此而遭來橫禍：不僅這封信作為主要罪證，收入《關於胡風反革命集團的第三批材料》，而且他還被毛澤東親自點名，被認為是“反革命感覺是很靈的”最大惡極者。[19] 如王元化先生所說，“張中曉”因此成為“令人毛骨悚然的名字”。[20] 他最終為此付出了生命的代價。

“革命者”向“奴隸總管”的轉化，“捶破這罩子”的呼喚

在1950、1951年給胡風寫信時，張中曉當然不會預料到以後發生的這一切，但高度敏感的他，卻已經感覺到了問題的嚴重性，他一再想起並提及魯迅對“奴隸總管”的批判，絕不是偶然的。——除了本文一開始引述的1950年7月4日那封信，在9月20日的通信裏，他又提到了那些“掮大旗，背歷史招牌，鳴鞭的指導家們”，形成了“昏沉的罩子”，讀者“剛從生活裏得來了一些熱力，立刻就被‘罩子’勒索了去”，“目前的當務之急是捶破這一罩子”。(38頁)

於是，張中曉在建國初期的中國思想文化文藝界，發現了“奴隸總管”：他們“用馬列主義底詞句拼成了理論，強迫我們說謊”；(6頁)“大多數有志上進的初學者被現在這種走紅的理論阻塞了前進的路，攪昏了腦”，或在困苦生活中掙扎，或忙於開會，“沒有工夫思考”，“惡意的批評家就在嫩苗上馳馬”；(18–19頁)他們用“警察式的批評”，強制規定“在作品中應該寫些甚麼，他所喜歡的東西在作品中佔着多少份量”；(43頁)還有些“‘無產階級’的理論家，用着極端的迎合手段對待人民”，而在實際上又把“勞動者都看成動物性的機器”。(19頁, 18頁)——張中曉看透這些“掮大旗”而“鳴鞭”的“奴隸總管”，所掮的無非是“馬列主義”和“人民”的“大旗”，還有一面“愛國主義”的“大旗”。張中曉說：“在抽象的‘工農兵’和庸俗的‘愛國主義’

19 《〈關於胡風反革命集團的材料〉的序言和按語》，《毛澤東選集》5卷，167頁。

20 王元化：《〈無夢樓隨筆〉序》，《無夢樓隨筆》，2頁，上海遠東出版社，1996年出版。

的包庇下，多少的有生力量受到了摧殘？"(59頁) 他們將"馬列主義""圖騰"化，(29頁) 又用"人民"、"工農兵"的名義將知識份子"原罪化"，(28頁) 再將"愛國主義"轉化為對國家權力的控掌者的絕對忠誠，以此為三大武器，實現對思想文化的全面控制，對知識份子實行徹底改造，以扼殺一切獨立思考和批判精神。——我們在本文一開始就引述的張中曉那封信裏，所說的讓他感到恐怖的"大聲音"，就是這些"奴隸總管"所發出的代表着統治意志和集體意志的聲音。

而且這是有效的。張中曉在一封信裏痛心地談到曾和他一起追隨革命的兩個朋友"變了"，居然來信說，"現在只應'俯首甘為孺子牛'不應'橫眉冷對千夫指'，因為時代變了，用不着那種'戰鬥態度'，否則，是自由主義，我們要反對，云云"。除了這些"盲從"與"糊塗"的朋友之外，張中曉還發現了一些知識份子(也許還包括自己)的"惶惑"："雖然明明覺得有害和錯誤"，卻"不敢說出來，因為自己是類乎罪人的知識份子"。(28頁) 張中曉因此感到了深深的"寂寞"，並深深懷念魯迅這樣的"極少數極少數的精神戰士"。(65, 64頁) 而在革命勝利後的新中國，在"奴隸總管"的"罩子"下，精神戰士已經幾無存身之地了。問題還在於，外在的精神壓力會轉化為內在的精神重壓。張中曉說："我時時的無情地在拷問自己，我有沒有錯？但結果總覺得自己並不錯。因為這樣，內心的重壓和外界的襲擊，我底精神也委頓下去了"。(59頁) 也就是說，張中曉這樣的反叛者要從"奴隸總管"的"罩子"掙扎而出，就必須戰勝自身對"大聲音"的恐懼之感，並從根本上斬斷自身與奴隸總管所發出的"大聲音"的精神聯繫。

問題的嚴重性，還在於"奴隸總管"是一種體制的產物和代表，也就是說，所謂"罩子"其實就是一種"體制"，所謂"大聲音"本質上是"體制"的聲音。張中曉說，"據說是除了作家和批評家之外，尚存有叫做'文藝組織工作者'的一種職業。不知這種

‘工作者’所司何事？或者是屬於‘政客’一類”。(53頁) 在一封信中他特地引述了周揚的一個指示：“要有系統地有計劃地組織和發表批評文章”，說：“批評一有‘計劃’‘系統’‘組織’之後，當然是很嚴密的了”。(20頁) 正是這“組織系統”與“計劃”成了新中國思想文化體系的兩大支柱，形成了嚴密的思想控制和近於等級制的社會文化“秩序”。張中曉說：“我對於所謂‘組織生活’，是非常疑惑的事。在那裏，所要求的是‘思想的平均分數’；其訓練方法，恐怕是和希(特勒)相去無幾的。受訓之後，精神弄得瘟頭瘟腦”。(61頁)“一切都是‘計劃’出來的”，“計劃”就成了控制的閘門，計劃之外的事不准做，計劃之外的話不許說，“人還有比要說話而被扼住咽喉的時候更難受的麼？特別是一定要說的時候。”(96頁) 張中曉終於無法忍受，堅定而痛苦地表示：“我憎恨的是這個社會秩序，這個秩序逼瘋了無數的人”。(23頁) 他所要反抗的，正是這個體制，即是他所說的，“當務之急是捶破這罩子”(38頁)——這又讓我們想起了魯迅那一代先驅當年“打破鐵屋子”的呼喚，[21] 歷史又循環了。

但張中曉又說，他“感到焦躁不安”，因為“對於敵人作戰，我們是有健旺的心的，但遇到所謂‘執政者’，那就沒有辦法了。”(96頁) 困難與困惑正在這裏：這些“執政者”，是當年“打破鐵屋子”的革命者，張中曉所面臨的，是“革命者”向“奴隸總管”的轉化，是革命的“異化”——儘管在上一世紀的五十年代初，“異化”這一馬克思提出的概念，還沒有介紹到中國，中國知識界要再經過二、三十年的歷史經驗教訓，才會在七十年代末真正領悟這一概念；但張中曉卻憑着他的直感、直覺和敏銳思考，發現與提出了問題，他也為自己的超前付出了代價。

21 參看《〈吶喊〉自序》，《魯迅全集》1卷，441頁。

“我以他底沉重來鞭撻我自己”

無論有過怎樣的焦躁與惶惑，張中曉幾乎是義不容辭地肩起了新的“黑暗的閘門”。他的力量何在？

他一再提及魯迅，希望從魯迅那裏獲得吸取精神的資源：“我們目前的第一件事，該是讀讀魯迅的先生底書，再看看這世界”，“我們要學習魯迅，他的整部戰鬥生涯，戰略和戰術”。(63頁)——我們也因此產生這樣的感慨：現代中國幸而有了魯迅，才使得一代又一代的張中曉這樣的“精神界戰士”能夠在困惑中及時獲得精神的支持，這一精神傳統才得以形成與傳承。還應該提及的是，張中曉也不斷地從胡風那裏吸取精神的力量。在給胡風的信中，他這樣寫道：“你底詩”，“同魯迅底雜文一樣，它指出了我們底路”，並特別強調，當有人要“把魯迅底雜文燒掉的時候，你底詩，就是一個阻止的命令！你說：‘不能燒，魯迅還活着！’”，“你底詩是魯迅雜文的發展。”(24頁) 這裏，胡風所起到的“魯迅”與“張中曉們”的橋樑作用是非常明顯的。

我們要追問的是：張中曉從魯迅那裏究竟吸取了甚麼？

張中曉在1950年7月16日給胡風的信中，明確地概括為以下“數點”：“作為一個人應該深深地站在祖國的泥土上面，腳踏實地的做一點工作，真誠地對待歷史，憑着切實的感受深入人民，堅持戰鬥，時時刻刻地誠實地正視身內身外的一切的舊道德和新的不道德，注意平凡的渺小的事件，絕對不寬恕敵人”。(9–10頁)

我們因此聯想起，本文開頭引述的張中曉7月4日信中所提到的“隔壁的老人”“沉重”的“推磨聲”。後來他在10月13日的信中在說到“現在是戰鬥底開始，而不是鬥爭的結束”以後，又提到這老人沉重的推磨聲，並深情地寫了一段話——

> "這裏，現在四周已靜寂了，只有隔壁底老人還在習慣的推着他底磨，他底磨是他一家生活底來源。他是我的堂叔祖，是我堂兄的祖父。他大半世受欺，受騙，吃了許多苦。現在，總算安

靜地推着磨。他底兒子、兒媳都早已死了，只剩下一個殘廢了的孫子，那就是我的堂兄。這是一個善良、好心眼的老人，生活磨折得他變得衰老、沉重。

“每天晚上，我習慣地聽他底沉重的磨聲，我感受得到他，這磨聲是他的堅强，是他對生活的愛。我被他底沉重所感染，我也沉重。尤其當身上底靈性浮起來的時候，我以他的沉重來鞭撻我自己。”(44頁)

這是非常感人的。我們也因此明白：張中曉正是如他所理解的魯迅那樣，“深深地站在祖國的泥土上面”，“腳踏實地”的感受着像這位老人這樣的普通“人民”的生命的“沉重”，以此“鞭撻”自己，並和人民一起承擔：這是他一生思考、反抗的力量的源泉。

1956—1962：極權體制下的精神問題

張中曉終於落入“罩子”中，不僅是精神的“罩子”，而且是物質的監獄，以及保釋出獄後嚴密的監控：他在無產階級專政的“鐵罩”下，度過了自己的後半生，這是一段最慘烈，也最光輝的生命。

他在所留下的《無夢樓文史抄》裏，這樣寫道：“在劇烈的政治生活之後，一段監獄生活或隱退生活會使人重整過去的經驗和成為以後活動的生命源泉。但在這中間，最重要之點是人必須永遠是個戰鬥者。否則，他會頹喪、疲乏、壓潰、毀滅。人每走一步，都伴隨着一種考驗，要付出代價，考驗人被外力壓碎，還是自我繳械。”(188頁) 他説人戰勝了這些自我軟弱，繳械，就會獲得人生難得的“孤獨生活的學術進修”；但不同的人又會有不同的收穫：“或通過這種方法獲得堅實的學問，或沉溺在裏面弄些支離破碎的知識片斷，或從這種工作中形成(發展)自己的思想系統”。(216頁)——而他自己，顯然是努力要形成某種思想系統的。

張中曉説："在芸芸人世中，只有少數人生活在沉思、幻想和精神深邃裏，只有這些人才能從多變的世界中吸取事實和真理"；(223頁) 他還這樣説："同代人的目光總是被當前現實紛亂和成見的鐵壁所阻擋"，而"偉大的思想家"卻能作抽象的，超越性的思考，因而"在他死後許多年才被理解"。(102頁)——這正是表明，張中曉是有很高的理論創造的自覺和自我期許的：他自認具有"生活在沉思、幻想和精神深邃裏"的精神氣質，因此，他的任務是"從多變的世界"中，去揭示"事實"的真相，本相，進而接近和吸取"真理"。這樣，他就必然既要如魯迅所説，"敢於直面慘淡的人生，敢於正視淋漓的鮮血"，又要有超越的思考，不被"當前現實紛亂和成見"所蔽。

這本身就意味着張中曉的一種成熟。這是親歷五、六十年代的歷史大風暴(他是在大風暴的起端——"胡風反革命案件"就被捲入其旋渦中心的)，從"煉獄"中走出的張中曉，已經不同於建國初期，和胡風通信時的他，憑着一種熱情與敏感去面對與思考現實，而是以一個"思想家"的胸懷，眼光，去穿透歷史和現實，進行更為根本的追問與思考。

因此，我們注意到，如果説在1950–1951年《張中曉與胡風的通信》裏，魯迅和胡風還是他主要的精神資源，幾乎每一封信都會引述魯迅和胡風的話，以至我們可以説，他在某種程度上是用魯迅的眼光看建國初期的現實；但在寫於1956–1962年間的《無夢樓文史雜抄》(一)(二)和《拾荒集》(一)(二)、《狹路集》(一)(二)裏，我們就較少看到對魯迅、胡風觀點的引述——魯迅在他心中仍然佔有崇高的位置，他説"無論從思想、文學的眼光來觀察魯迅，都不足以證明他的偉大。魯迅的偉大，是因為他是一個戰鬥者，是道德的存在，是激動人心的力量"(184頁)，可見在他前述"自我繳械"還是"永遠是戰鬥者"的艱苦搏鬥中，魯迅是曾經給他以道德的支撐與力量的。但值得注意的是張中曉的這一評價："凡在學術史上創一説，成一派者，其人必為熱情而偏狹。性格上的特點使他的思想向一個片面發展，完備，極端的發展而成為一個系統，後人但以宗派非之，非確認也。當體其熱愛真理之鬥爭之情，當汲取其特定條件下所思想的真實也。”(116頁) 可以明顯地看出，這是張中曉對胡風及其思想的一個新的認識，也未嘗不可以從中看到他對魯迅的態度，既和早期的幾乎無條件的認同有別，但仍有其一貫之處：對“熱愛真理的鬥爭之情”的傾慕，對其思想的“汲取”。但張中曉顯然擴大了他的視野，對西方哲學和中國傳統思想有更廣泛的關注，批判與接受。——據王元化先生分析，他所涉獵的，“在哲學方面，除馬、恩著作，主要是康德和黑格爾”，在中國哲學方面，除先秦諸子外，“他對程朱理學和陸王心學都予以特殊的注意”。[22]

但同時我們也必須充分地理解，張中曉是在極度惡劣的條件下從事他的閱讀、思考和寫作的。如他在《狹路集》“序言”裏所說，“長年幽居，不接世事，貧困窮鄉，可讀之書極少。耳目既絕，靈明日錮，心如廢井，冗蔓無似。偶作思索，有宛如走羊腸小道之感。”(211頁) 或者如他的難友耿庸先生所言：“他貧困交加，還陷入鄉居沒有互相啓發、互相辯難的對話者的孤獨中”，“囿於條件，他只能得到甚麼書就讀甚麼書”，“以零散無序的表現而蘊涵其深廣豐實的內容”。[23] 還有王元化先生的提醒：“要理解他在飽經患難中所留下的心路歷程，即使讀了他的全部札記，恐怕也還不能輕易揭開那扇隱秘的心扉。因為在當時處境下，縱使寫給自己看，也還不能直言無忌。札記中有一些隱語，一時是不容易明白他的含意的”，“札記中也有一些觀點是在反思中出現而尚未成型的看法，記下來可能是為了備忘，以待日後進一步思考”。[24] 在某種意義上，可以說，張中曉的所有這些思考都是未成型的，他所做的，實際上是他前述自覺的理論創造的一個準備工作。因此，

22 王元化：《〈無夢樓隨筆〉序》，《無夢樓隨筆》4頁。
23 轉引自路莘：《張中曉和他的〈無夢樓隨筆〉》，文收《無夢樓隨筆》，154頁，155頁。
24 王元化：《〈無夢樓隨筆〉序》，《無夢樓隨筆》，4頁。

有人說：“如果張中曉活着，一定會成為一個思想家”，[25] 也就是說，這是一位“未完成的思想家”。這是歷史的最大遺憾，也是他所生活的那個時代體制的最大罪惡。但從另一個角度看，這也是歷史的奇迹：在那樣嚴酷的歷史限制下，張中曉的思考，竟然達到了如此的歷史深度，提供了那樣多的有待生發的思想可能性，有些至今還難以企及，這不能不令人嘆服，並使我們這些後來者感到羞愧。

在我看來，1956–1962年間，張中曉的思考與思想貢獻，主要是提出了“極權體制下的精神問題”，[26] 並且有三個層面的展開，即極權體制下的精神統治，精神病害和精神堅守問題。

第一個問題：極權體制的精神統治

“絕對的光圈”

張中曉首先延續的是對五十年代初已經敏感到的“大聲音”所帶來的“恐懼”的思考。

他從人們的言說方式開始：他發現了那個時代的新“八股”，並追問其實質。他說——

> “八股文是人在精神現實中人格被抹殺或不承認的產物。它使人不能有自己的心靈世界，而是必須把自己浸沒在絕對的光圈中，才能取得自己的存在。必須代聖人立言，才能取得發言權。只有抽象的共性，沒有血肉的個性，這是八股文的實質。那種認為八股文只是形式上的缺陷的看法，本身就是形式主義的”。(143頁)

25 轉引自路莘：《張中曉和他的〈無夢樓隨筆〉》，《無夢樓隨筆》，155頁。

26 張中曉本人並沒有在他的札記裏使用“極權社會”、“極權體制”這一概念，這是同時期林昭提出的概念。如下文所分析，他又確實思考了他所生活的中國現實社會的基本精神問題，並進行了超越性的思考與概括，只是沒有進行命名。我們本想取一個描述性的說法：“五六十年代中國社會的精神問題”，但又覺得這樣的提法會遮蔽了張中曉思考的超越性及其更普遍的意義，因此就借用了同時期林昭的概念。究竟如何更準確地概括張中曉的思想，還是可以討論的，希望得到讀者的指教。

這真是一語中的：言説的背後是一種“精神現實”。“人格被抹殺或不承認”，“人不能有自己的心靈世界”，這都是極權體制下的基本“精神現實”。這裏存在着一個嚴密的精神統治，而其統治的基本手段，就是將人籠罩在“絕對的光圈”之下。張中曉正是要破解作為“光圈”的各種“絕對物”。

首先是所謂“絕對真理”。他這樣談到自己的困惑：“少年時期，真理使我久久嚮往，真實使我深深激動。但後來，我感到真實像一隻捉摸不住的螢火兒，真理如似有實無的皂泡了，康德的陰影逼近了我”。——這背後是一個時代的問題：從追求“絕對真理”到否定真理的存在只有一步之遙。張中曉正是在總結歷史的經驗教訓中形成了自己的“真理觀”：一方面，堅信“真實是存在的，真理也是存在的”，同時強調真理的有限性：“在人的認識和實踐活動中，它都是有限的東西。只有在全人類和全歷史中，它才接近無限和絕對。個人應當隨着生活的發展而改變他對真實和真理的看法，但這改變卻為人類接近真理的活動作出了貢獻。”但他接着又説：“遠處傳來了康德的聲音：不，只説對了一半，人類對真理是不可知的。”而他要強調的是：“真理是矛盾的統一，而不是可以抓住不放的東西，是活的，不是死的東西”，“真理存在你心中，心中的真理是無限的，生活中的真理是有限的”。(104頁)

在札記的另一處，他又談到：“過去認為只有一個真理”——這也是時代的主流意識形態：只承認“一個”真理即所謂“馬克思主義的真理”。正是針對將馬克思主義絕對真理化、唯一化的傾向，張中曉強調：“許多不同的思想都有一定的道理，特別是歷史上有地位和成體系的大家，他們都代表真理發展的一個環節”。(125頁)“任何觀念本身都是歷史的產物，這一觀念的形成，需要一定的歷史條件，而這歷史條件本身又需要長期的以往歷史為前提。因此，任何觀念都不是永恒的真理，而僅是在這種或那種意義而言的理所當然”。(199頁)——這大概可以視為張中曉對馬克思主義(或許還有毛澤東思想)這樣的觀念、理論的真實看法：“都不是永恒真理"，只是"代表真理發展的一個環節"。張中曉一語點破："把相對的東西絕對化"，使"相對現象成為絕對原則"，其實是"殺人靈魂的軟刀"。(113頁)

成為"絕對物"的，還有所謂"共性"、"歷史普遍性、必然性"。如前文所引，在張中曉看來，"只有抽象的共性，沒有血肉的個性，這是八股文的實質"。而"思想，卻需要普遍性和個人感情(風格)的結合。普遍性必須在個人的心靈中取得它的生存，必須具有人間的形式和血肉的存在，必須表現為一個自由的、理智的心靈的內心傾述，即個性和人格"。(115頁) 張中曉強調，"人創造了歷史"，"歷史甚麼事情也沒有做，它並不擁有任何無窮的豐富性"，"做這一切，擁有這一切並為這一切而鬥爭的不是歷史(概念的，抽象的歷史)，而正是人，現實的，活生生的人。歷史不是當作達到自己的目的的工具來利用的某種特殊的人格。歷史不過是追求着自己的目的的人的活動而已"。(102, 103頁) 因此，"名為涵蓋個別實則排除所有個別的黑格爾式的抽象"出來的"共性"，以抽象的"歷史"的名義構建的所謂"普遍性"、"必然性"，所要排斥、抹殺的正是人，活生生的，具體的，有血有肉，有個性，有內心世界的人，所要剝奪的正是"個人的心靈"的"生存"，個體的精神自由。張中曉指出，這本來就是中國傳統文化的一個致命弱點："中國的古文化，不管它如何智慧和高超，沒有通過個人(即思維的自由)反思的心情，因此，對人是陌生的、僵硬的、死相的"，(115頁) 而在五、六十年代的中國，就更是以"共性"否定"個性"，以必須絕對服從的抽象的"歷史普遍性，必然性"壓抑人的個體精神自由，就連最需要個人創造性的"理論，學術著作"，讀來都"如一批命令"，"缺乏純真的樂趣(美學上的享受)。沒有精神參加進去，沒有精神(個性)的活動。或者抄襲，或者是枯燥的理智，或者是宮廷語言的堆積"，其背後，正是人的"僵硬"的"死相"。(115頁)

"國家"也成為"絕對物"。張中曉說："一切美好的東西必須體現在個人身上。一個美好的社會不是對國家的尊重，而是來自個人的自由發展”，這是他的一個基本的信念，是理當如此的。他因此指出：“在歷史上曾存在過無數顯赫的帝國，但它卻藏着無數的罪惡。它的人民為了皇帝的文治武功而犧牲生命，受盡苦難，這是對過去的歷史所必須注重的一個方面”。(128頁)——這豈只是“對過去的歷史所必須注重的”，它更是指向現實，其時的中國，正在推行“國家主義”的建設路綫，為了毛澤東的“文治武功”而不惜“犧牲”千百萬人民的生命。

“國家至上”的同時，“公”也被絕對化，“毫不利己，專門利人”成了絕對的倫理原則。張中曉也同樣發現它也是“古已有之”：“法家之公，在於以一種固定的原則消滅一切的私，包括個人幸福和人格正義。儒家的公，則以一種抽象的倫理消滅一切人生感情”，“一言概之，法家以私為治國之大敵，儒家以私為修身之大敵”。(135頁)——沒有說出來的話是，以“一切為公”的名義，“消滅”了“個人幸福和人格正義”，“一切人生感情”，又意味着甚麼呢？

自然還有“上帝崇拜”：上帝是“萬物的主宰和一般事物絕對的主動者”，“上帝是唯一，徹底的排他性”，“上帝即救贖主”，“滅絕異己，不存慈悲，是舊約中上帝的原則”。(205頁)——這當然不只是指西方的上帝，張中曉並不諱言：他擔心的是東方的“信仰主義”帶來的“行動的獨斷主義”。(134頁)

必然出現的是“假先知”。張中曉無限感慨地說：“具有正義感但又過於輕信，存心進步但又沒見過世面，不知人間利害，沒有人生經驗的少男少女們，多麼容易受魔鬼的欺騙，被假先知所誘引，成為烤祭的牲畜。這就是人間層出不窮的犧牲的源泉”。(185頁)——這或許也包括了他自己的血的經驗教訓，作出這樣的總結的時候是上一世紀六十年代初，而大多數中國的“少男少女”還要經過作若干次“烤祭的牲畜”才會覺醒。而張中曉說，這樣的“犧牲”是會“層出不窮”的。

這是發人深省的：其實在極權體制下，前述所有的“絕對的光圈”都會最後落到“假先知”的頭上：“他”(黨和領袖)是“絕對真理”的化身，“共性”、“歷史普遍性，必然性”的體現，“國家至上利益”的代表，“公”的意志的執行者，是“人間上帝”，因此，服膺於“絕對的光圈”就是服膺於黨和領袖，並落實為行動的“獨斷主義”。

甚麼叫行動的“獨斷主義”？張中曉有一個深刻的概括，就是“以順逆作為是非的標準，順我者是，逆我者非，是我非彼，均出一心”，“舉之而加諸膝，抑之而墜之淵，便是是非獨斷論的實踐”。(117–118頁)——張中曉和他的同代人所經歷的建國以來的歷次政治運動，從“反胡風”到“反右”，到“大躍進，人民公社”，到“反右傾機會主義”，都是這樣的“獨斷主義”的“實踐”。如果說“絕對光圈”還蒙上一層神聖的光澤，那麼，它轉化、落實為實踐的“獨斷”，那就是充滿血腥氣的專制主義了。

張中曉的結論是：“人們口中越說是絕對、完美、偉大……大吹大擂，則越應當懷疑那些神聖的東西，因為偉大、神聖之類東西在人間根本不存在”，其實質是“欺騙性與冒險性狼狽為奸”，“幼稚者”“因外表而迷惑”，“別有用心者”則“利用而揮舞”，是貽害無窮的。(105頁)

流氓心術

這又是一個發人深省的論斷：“流氓哲學和政治哲學之間，相隔不是萬重山而是一張紙。存乎其人，存乎其心而已。如果沒有道義的標準，兩這實際上是沒有區別的。明乎此，可見搞政治與耍流氓為同義語了。但政治的道德性存在與康德所說的純粹理性領域，而在實踐政治中僅有流氓的跋扈，這就是為甚麼人事間僅多悲哀、醜惡現象和永遠的痛苦……”。(106頁)——這裏，說得很清楚：這是從“實踐政治”(當然首先是中國的實踐政治)中，目睹了無數“悲哀、醜惡現象”，經歷了“永遠的痛苦”而提升出來的對中國極權體制精神統治的特點的一個重要體認。

而流氓政治的核心，是“心術”。張中曉説：“中國人的所謂心術，是一整套沒有心肝的統治手段，殘酷地進行欺詐和暴力行為，所謂‘奸邪’與‘忠正’，不過是美化自己和醜化別人的語言罷了。心術越高，而他心中的人性越少。如果他讓心術與人性並存，那麼，他是一個偉大的悲劇性格。他可能而且只能在他的關鍵性的時刻，毀滅自己。吳起殺妻求將，易牙殺子做菜，都是心術戰勝(消滅)了人性的例子。過河拆橋，等等，心術到家的例子。人心之險，遠超過山川，而心術，行道之險耳，然中土古哲名之為大道”。(118–119頁)——這裏的觀照與總結，既是歷史，更是現實。“欺詐”與“暴力”是“心術”的兩大要點，而且都是不擇手段的，張中曉把它叫作“沒有心肝的統治手段”，也即不受道德約束的統治手段。張中曉的批判的着眼點在“心術”的“反人性”。他也因此談到了具體的統治者，作為個人，可能有的“心術”與“人性”的矛盾，以及可能導致的“悲劇”。但他同時又强調，作為一種統治術，“心術”是必然“戰勝(消滅)人性”的，也就是説，它是體制性的，非個人能够選擇與左右的，因此，它在中國本土政治中被視為“大道”，是必須遵循的。

但統治者又要找出種種理由，使用各種手段，使得這種“沒有心肝”，不受道德制約的“心術”獲得某種合道德性與合理性。張中曉對此説過一段很有意思的話。他説，任何人做事，總是要為自己尋求某種“正當的理由”；而“詭辯家和藝術家最重要的區別是誠實和正直，道德原則和人的心術”。(185頁)這就是説，藝術家是以自己的“誠實，正直，道德原則”來獲得行動的正當性的，而流氓政治家則憑藉“心術”來進行詭辯。比如説，他們所信奉的“只要目的正確，崇高，可以不擇手段，甚麼事都可以做”的哲學，就是這樣的自欺欺人的詭辯術。這裏，我們正可以看到前述“絕對光圈”和這裏討論的“流氓心術”的內在聯繫：“絕對光圈”正是為“流氓心術”提供正當性與合道德性的。

統治者還經常從“歷史”中“借用偉大的旗號”來為自己的行為尋找合法性。張中曉尖鋭地指出：“借用者往往不是沒有經驗的輕浮者，就是刁滑的大流氓”。(192頁)——這又是一個從歷史與現實中總結出的不刊之論。

張中曉還提醒我們注意：“對統治表示庇護和反對的基本群眾(他們不同於大多數默默生活的人民)在任何社會中都曾有過”，“但可以是內心負責的群眾，也可以是不負責任的無賴，招搖撞騙的流氓”。(133頁)——這些“群眾”，不僅是庇護統治的，而且是反對統治的“基本群眾”中的流氓，是和流氓政治家相反相成的：他們都同是流氓政治的產物，而且是可以相互轉換的。而我們往往看不到這一點，而將反抗的群眾不加分析地理想化。張中曉的提醒，正顯示了他的清醒與遠見，因為幾年以後的文化大革命期間，就有大批的反抗統治的群眾中的流氓登場，當然也有“內心負責”的群眾的大量出現，這都構成了文化大革命空前的複雜性。不過，這都是後話了。

“道德者的假象”

在論述“流氓哲學與政治哲學”的關係以後，緊接着張中曉又說了一段話：“東方世間的王道(政治道德)之所以虛偽，就是在人的經驗(特別是感情)中投下道德者的假象，形成溫柔性，而把實際政治中的殘酷性掩蓋了。它形成了人們對統治者的幻想”。(106頁)——這又是一個重要發現，或者說是前一發現的重要補充：一面是不斷突破道德底綫的“流氓政治”，一面又是不斷製造假象與幻覺的“道德者政治”，這正是道破了“東方政治”的奧秘，其典型表現就人們說的“流氓帝王”與“道德宰相”的巧妙配合，也可以說是“霸道”與“王道”的交替使用。

張中曉指出，這樣的“道德者”政治，在“日常生活”中表現為“虛偽”，“在精神工作中就流為欺騙，流為說謊，流為把真理當商品等等”，(107頁) 它的作用，無非是“一個錯覺(假象)能蒙住人，一個預言能哄住人，一個道德能吸住人，一個解釋能安慰人……"之類。(178頁) 也就是以精神幻覺中的"溫柔性"掩蓋"實際政治中的殘酷性"。

而張中曉提出的"道德賣弄"的概念，則頗耐琢磨。他說："賣弄道德——別人必須消滅一些生活情操而成為最渺小的生物"。(124頁) 這話初讀有些費解，細想卻很深刻。我們在前文討論"絕對光圈"時已經提到了將道德絕對化的"道德光圈"，其實就是"賣弄道德"，這也是中國的傳統。前有"存天理，滅人欲"的道學家，後有提倡做"毫無自私自利之心"的"高尚的人"，"純粹的人"，"有道德的人"的革命導師。這樣的道德說教，主要是針對老百姓與年輕人的，並不妨礙他們自己玩弄毫無道德制約的"流氓政治"。其目的就是要"消滅"民眾的一切物質欲望，生活情操情趣，成為張中曉這裏所說的"最渺小的生物"，以便於任意宰割。這樣的"安貧樂道"術，如魯迅所說，恰是"古今治國平天下的大經絡"。[27]

"堅强意志"的統治

張中曉對中國的政治哲學與實踐還有一個重大發現："人情率始而終怠，易發而難收，此言軟弱的意志與無意志也；堅忍不懈，能放能收，堅强的意志也。鍛煉一個堅强的意志來統治無數軟弱的意志，是中土哲學的中心，也是政治哲學的基礎"(113頁)，"古中國的一切精神訓練(心術)是為了形成一個堅强有力的意志，去奴役無數軟弱的意志和無意志。這種有力的意志是在理性面前站不住腳的主觀的野蠻人的意志，對別人的關係意志的加强"。(224頁)

這是一個相當深刻的觀察。如張中曉所說，"在絕望、失望中，就隨便抓住一個別的甚麼當作希望，這裏，最容易產生盲目、意氣和衝動"。(123頁) 這是不難理解的：在茫茫黑夜的茫茫曠野裏，只要有人高舉火把，迷路的人群就會不由自主地盲目跟着走，

27 《安貧樂道法》，《魯迅全集》5卷，568頁。

也很容易陷入"意氣和衝動"的狂熱。這大概也是一種政治心理學原理吧。普通百姓生活的貧弱和地位的低下，必然造成精神的貧弱，意志的軟弱，以至無意志，下文將要討論的統治者的"愚民之道"也要竭力製造這樣的"無意志"的民眾，因此愚民是極易接受統治者的"堅强意志"的奴役的。問題是知識份子。其實知識份子本就有軟弱性，而知識份子的"哈姆雷特氣"：自我懷疑，易陷於"絕望，失望"，猶豫不決，"率始而終怠，易發而難收"，都容易使他們盲從於有主見，有"堅强意志"，"堅忍不懈，能放能收"的革命領袖和統治者，並陷於狂熱。這裏是隱含着張中曉那個時代知識份子甘於接受改造的某種心理動因的。

問題還在於一個弱國甚至會呼喚這樣的"堅强意志"的統治：人們總是幻想依靠"政治强權人物"代表强有力的國家意志來引領"意志軟弱，無意志"的民眾改變國家的落後面貌，這就是從洋務運動開始，中國一直在走着的"開明專制"的國家主義的現代化道路。問題是，被人們(也包括知識份子)請出來的"强權意志"是張中曉所說的"在理性面前站不住腳的主觀的野蠻人的意志"，要想仰賴他們的引領，來使國家走向現代文明之路，歷史和現實都證明了不過是一厢情願的夢想。而如王元化先生所說，張中曉的"無夢"，正是"含有拋棄夢想，向烏托邦告別的意思"。[28]

張中曉關注的，是這樣的"堅强意志"的統治，所造成的精神後果。他因此注意到一些精神現象。比如，這些有着堅强意志的統治者經常被賦予神聖的光圈，也就是前文所說的"絕對光圈"，於是，就有了"神的愛護和懲罰"，而如張中曉所說，這是比"人的愛護和懲罰""來得更溫暖，更無可懷疑，更有力"。(114頁) 張中曉又指出："在强迫的服從之下，一切行為不是出於本心，舉手並不是真正的贊成，屈膝並不是真正的投降"，但也不會有真正的反抗，"亂臣"不過是"忠臣的另一極端"，因為他們都"缺乏獨立的人格"：(224頁) 這正是堅强意志統治的惡果。因此，張中曉

28 王元化：《〈無夢樓隨筆〉序》，《無夢樓隨筆》，5頁。

說："壓力越强，反抗力越强，這是一理念。在實際生活中，它是和壓力之下一切枯萎這一理念並行不悖的"。(187頁) 於是，張中曉又注意到了"以無意志對抗堅强意志"的老子哲學，他尖鋭地指出："他的哲學是無賴的哲學，拆爛污的哲學"，(113頁) 其實也是一種精神的"枯萎"。

張中曉還指出一個重要的精神現象："堅强意志"的統治必然要提倡"精神至上，意志之上"，但他提醒人們注意："如果精神力量獻給了腐朽的思想，就會成為殺人的力量。正如人類的智力如果不和人道主義結合而和殲滅人的思想結合，只能增加人類的殘酷"。(226頁)——這也是為五、六十年代的現實所證明了的。

"無知和激情的交織"

張中曉對"革命者"的心理有一個深刻的觀察與分析："一個革命者，總是要在充滿各種犧牲和艱苦中度過他的一生的，但是同時也在許多的場合得到鼓舞。在這些場合中，就連內心最高的要求，也終於得到深切的滿足(權力欲，群眾大會，革命勝利)"。(131頁) 這裏，談到革命者內心最高要求是"革命勝利"，這是不難理解的；由革命勝利而帶來的"權力欲"的"深切滿足"，這似乎也是順理成章的；而同時提到的"群眾大會"卻頗耐尋味。但我們又確實從經驗中感覺得到革命者對"群眾大會"的情有獨鍾，以至革命者在革命勝利掌握了權力以後，也依然熱衷於群眾大會，在某種程度上，群眾大會已經成為他們精神統治的有力、有效手段。那麼，這是為甚麼呢？"群眾大會"的背後又隱藏着甚麼呢？

於是，我們注意到了張中曉的這樣一些分析："情感是激發起來的，其中很少或簡直沒有理智的理由"(194頁)，"群眾的理解，是以想像為基礎的，情緒是被想像所燃燒的，希望是被想像鼓舞的"(195頁)，"熱忱可以是求真的激情，也可以是一種成熟的虛驕自大之氣。後者由於惰性和沒有作科學思考的能力，他會把熱忱中所包含的一些知識提高為唯一的知識方式，以獨斷的哲學意見沉陷於這類幻想裏(這類抽象的心理態度，空洞的意志力裏)成為一種無知和激情交織的東西"。(216頁)——這裏談到了"群眾"的"情緒"是"被想像所燃燒"的，也可以說是一種"被激發"的"情感"，但其本質卻是"沒有理智的理由"，是非理性的；"熱忱""可以是求真的激情"，但如果不和"科學的思考"相結合，就會將其轉化為"虛驕自大之氣"，被"獨斷的哲學"所俘虜，而"沉陷"於"幻想"中：這正是"群眾大會"的廣場效應，它本質上就是張中曉這裏所說的"無知和激情的交織"，是要煽動非理性的群眾情緒，製造非理性的群眾幻覺，在這樣的精神迷亂中，革命領袖登高一呼，群眾是甚麼事都會跟着幹的。張中曉說："戰爭——能使犧牲的精神昂揚，能在最平凡的心靈中激發一種民族的天才"，(225頁) 在某種意義上，"群眾大會"也是在煽動"戰爭"(外戰與內戰)的"犧牲"的昂揚精神，它甚至也會在群眾"平凡的心靈"中激發破壞的"天才"的。但如張中曉所說，"用這種摧殘性的方法來鍛煉人的心，畢竟是過於殘酷和危險了"，他一語道破："這正是那魔鬼尼采的辦法"。(225頁) 這同樣是道破了作為極權體制的精神統治的標記的"浪漫主義"激情(張中曉曾說，他那個時代是一個"把浪漫主義弄成飛上天，把現實主義做成按之入地"的時代[110頁])，其實是一種"殘酷和危險"的"魔鬼"的激情。

而在另一則筆記裏，張中曉又把這稱之為"魔鬼的欺騙"，他說"具有正義感但又過於輕信，存心進步但又沒見過世面，不知人間利害，沒有人生經驗的少男少女們"，是最容易受騙的。(185頁)"年輕人把首先使他們的感情、想像和智慧震驚的東西當作無可懷疑的真理。因之要俘虜青年人的靈魂，僅能使他們震驚就行了"。(232–233頁) 這也是極權體制的精神統治的一個基本特性：總是要"俘虜青年人的靈魂"，利用他們的"無知與激情"來達到自己的統治目的。張中曉這樣談到這些被扭曲了的靈魂："一個忿怒但又無理的人，只感到可惡但不知為甚麼惡、惡在哪裏的人，還有甚麼橫禍不會產生呢？他兩眼充血，滿臉兇光，義無反顧地向他認為可惡的東西撲過去，不管對方是不是無辜者。他像野獸，完全失去了理智。”(132–133頁)——“無知和激情的交織”會使人成為獸：這是驚心動魄的。而自覺地有計劃地利用年輕一代的無知與激情，將他們培育為獸，更是一個最大的罪惡。

“愚民之道”

欺騙和利用青年之外，還有“愚民”。

張中曉說：“愚民之道，最妙之法是讓他滿足於他所做的事情”，“不讓人了解他被剝削的真相，他將會滿足於被剝削，而把被剝削認作為社會服務。民可使由而不可使知”。(191頁)——“把被剝削認作為社會服務”，這確實是極權體制的精神統治所竭力製造的精神迷亂、幻覺之一。高喊入雲霄的“為人民服務”也是這樣的精神幻覺。其中的奧秘，還是前文提到的“絕對光圈”，統治集團和領袖一旦蒙上它，就成了“社會”和“人民”的天然代表以至化身。“為社會服務”、“為人民服務”就是為自命的“代表”服務，而所謂“服務”就是心甘情願，主動、積極地奉獻一切，任受宰割。而這樣的“天機”是不可道破的：正是“民可使由而不可使知”。

張中曉還揭露說：“在道德上是反人性的理論之所以並不激起人的反感，是因為每一個都認為他是在被消滅者之外，不是被消滅而是去消滅別人的緣故”，“人們以為，讓別人去死，他可以活得更好些，別人是劣者，而他是優勝者，不僅超人哲學歡迎，而且英雄主義也歡迎，不僅感情歡迎，而且理智也同意”。(128頁)——“每一個人都認為他是在被消滅之外”，這也是極權統治者蓄意製造的一個精神幻覺。需要討論是，這樣的精神幻覺是通過甚麼理論和機制有效的製造和形成的。在我看來，所謂“兩類不同性質的矛盾”的學說，就是這樣的理論的迷藥。它的要害，就是在公民中劃分“敵人”和“人民”，並煽動“優勝劣汰”的弱肉強食的生存競爭。僥幸劃為“人民”者，就會如張中曉所分析的這樣，自認“是在被消滅者之外"的"優勝者"，希望"讓別人(被劃為"敵人"者)去死，他可以活得好些"。而被劃為"敵人"者，固然已經列入"被消滅"之列，但所謂"矛盾性質可以轉化"的理論及"給出路"的政策，卻又使他們產生"有可能在被消滅者之外"的幻覺，並不惜出賣自己的同類，相信"讓別人去死，他可以活得更好些"。而劃分"敵人"和"人民"的權力是緊緊掌握在統治者手裏的，因此這樣的弱肉強食的生存競爭不僅可以由掌權者任意操縱，而且其最終的結果，必然是極權統治的極度強化。而在反右運動中所建立的在群眾中"劃分左、中、右"的制度，就更是將這樣的理論體制化了，形成了新的社會等級，如魯迅對中國傳統等級制度的分析那樣，有了這樣等級的差別，就"使人們各各分離，遂不能再感到別人的痛苦；並且因為自己各有奴使別人，吃掉別人的希望，便也就忘卻自己同有被奴使被吃掉的將來"，"大小無數的人肉的筵宴"也就得以延續，人們身在其中，"吃人，被吃，以兇殘的愚妄的歡呼，將悲慘的弱者的呼號遮掩，更不消說女人和小兒"。[29] 張中曉正是親歷和目睹了從反胡風開始的一系列吃人運動，才做出前述概括的，他的概括是可以視為魯迅對中國"吃人社會"本質的揭示的一個展開和發展的。

因此，張中曉在他的札記裏，重提魯迅的阿Q應不僅是偶然的。他指出："一個弱者，要想在被壓迫、奴役的痛苦中找尋快樂，就只能虐待自己的親人和比自己更弱小者。阿Q正是具有這樣的劣根性。如果他一得勢，決不是善良的人物，他的劣根性會轉變成壓迫階級的精神屠刀，他會比趙太爺更無賴，更下賤"，"劣根性不僅妨礙他的覺悟，而且妨礙他成為真正的人。它是陷於奴隸的枷鎖，也是走向統治者的橋樑"。(129–130頁)——這裏顯然是注入了張中曉所生活的五、六十年代的時代新經驗和他個人的體驗的，前述新的等級體制和歷次政治運動都是滋生這樣的"虐待更弱者"的劣根性的土壤，也是"愚民之道"的一個重要方面。

29 《燈下漫筆》，《魯迅全集》1卷，229頁。

而在張中曉看來，愚民之道的嚴重後果，莫過於人的“內在的道德性”的泯滅：“每個人都自己以為是對的(善的)。對於給別人的傷害，從來不會引起良心上的反省”。(220頁)——在某種程度上，這正是道德底綫的突破。當億萬“愚民”失去了“良心上的反省”能力，就甚麼喪天害理的事都能做，整個社會也就失範、失序了。這樣的社會危機、道德危機，既是統治者驅使民眾所需，卻又會從根本上危害統治安全。

對待異端的辦法

不管愚民之道如何有效，社會總是有不服管教的人，即所謂“異端”，這是統治者既無可奈何，又必須解決的統治難題。而中國的極權體制卻自有其“術”。張中曉對此有一個很重要的揭示。他說：“對待異端，宗教裁判所的方法是消滅它，而現代的方法是證明其系異端。宗教裁判所對待異教徒的手段是火刑，而現代只是使他沉默，或者直到他講出違反他的本心的話”。(121頁)——這正是東方政治、中國政治的特色：對異端不採取肉體消滅的辦法，而着重於精神迫害與控制，或者用張中曉的一個概念，就是“不見血迹的磨折”。(130頁) 張中曉這裏談到的，其術有三。其一為“證明其係異端”。其法力也來自我們開頭所說的“絕對光圈”，只要置於“絕對物”的對立面，就“全民共討之，全民共誅之”。所謂“反黨，反社會主義，反馬克思主義”，能夠成為不容質疑的十惡不赦的罪名，原因即在於此。而所謂“反”，不過是有不同看法而已。其二是“使他沉默”。或通過圖書、報刊審查，限制、剝奪其言論、出版自由，或乾脆投入獄中。張中曉就曾因向《浙江日報》副刊投稿而遭到訓斥和警告：“你沒有寫文章的資格和自由”。[30] 其三最具特色：逼其“講出違反他的本心的話”，辦法就是進行“思想改造”。

甚麼叫“思想改造”？張中曉也有一個概括，就是“(以)世俗

30 路莘：《張中曉和他的〈無夢樓隨筆〉》，《無夢樓隨筆》，148頁。

的權力在精神的王國揮舞着屠刀，企圖以外在的强加來統治內在的世界"，(127–128頁) 形成"內在束縛"。(227頁) "改造"的手段則五花八門，且時有"創新"。張中曉舉出的即有：或"剝奪人的人格(自尊心)"，或"通過强力或强烈的心理上的影響"，進行"神經戰"，(190頁) "宣傳戰"，製造"眾叛親離"的"錯覺"，(221頁) 等等。最令人恐懼的是它的有效性：最後甚至由"外在的强加"變成或一程度的內在要求，那就真是病入膏肓了。

於是，就談到了——

第二個問題：極權體制下的精神病害

僵硬與敵對

在觀察極權體制的精神病害時，張中曉首先注意的，是從少年時即開始灌輸的上帝崇拜和仇恨教育的惡果："過重地戴上上帝的鐐銬和仇恨的枷鎖"。(196頁) 前者"把人的血肉感情禁錮在一種僵化的人生關係的鎖鏈上"，而後者則造成了人與人的"敵對"關係。(118頁)

這正是張中曉最感痛心的。他一再說："人與人之間的關係應當是互相尊敬，互相幫助，互相合作，而不是互相仇視、殘殺與傷害。應當是夥伴關係，而不是互相敵對的關係"，(217頁) 而他所生活的時代，恰恰是一個用僵硬的理論，有目的、有組織、有計劃地製造仇恨和敵對關係的時代。他於是談到了前文已經提到的劃分"敵我"的問題。他尖銳地指出，問題是"誰是朋友？誰是敵人？"的依據，如果憑藉"外來的引誘或由於衝動，或受人指使，或聽了流言"，"或根據宣傳影響"，那就必然陷入"盲目"的"敵意"，以至殘殺。(185–186頁)

在張中曉看來，這樣的"不是朋友，就是敵人"的僵硬埋論和思維是違背生活常識的。他說："人所面對的實際上是廣大的中間層(正如生活中的貧富對立的中間層)、人所不認識的、無利益關係的人，而應不是像兩個輪廓鮮明的邏輯對比那樣，一邊是朋友，一邊是敵人”。(186頁) 他說：“是以人生事務之中，切忌與人有敵意情緒”，“人都有缺點，本來可以馬虎過去的事在敵意的環境之中便成了致命傷”。(182頁)——而從反胡風開始日益盛行的階級鬥爭理論與實踐的最大禍害之一，就是形成全社會的“敵意環境”，本來存在的人的缺點與人和人之間的矛盾，在這種敵意的環境中就上升為“階級本性”與“你死我活的鬥爭”，並養育了怨毒之氣，結果就如張中曉所說，“一個滿懷復仇情緒的人在生活中所遇到的到處都是仇人”(186頁)，這正是摩羅所說的“階級鬥爭學說深處的心理結構”：“把自己之外的一切存在，都看作是自己的敵人”。問題是，人們長期生活在這樣的階級鬥爭的氛圍，敵意的環境之中，就自然浸染了敵對與仇恨情緒，這樣的潛伏於人心的怨毒，是極易被煽動，導致全民性大屠殺的。張中曉親歷的反胡風，以後的反右，以及文化大革命，都是如此。

能夠超越其上者，微乎其微，張中曉即是其中之一。

恐　懼

張中曉說——

> “小人畏刑，君子畏天，恐懼和畏罪，是中國道德實踐的基礎”。“謹慎，由於恐懼。斯賓諾沙說：‘那受恐懼的支配，去作善辟惡的人……’。恐懼的另端是盲動。一種拼命主義，但是同樣缺乏內在獨立性。中國人的行善，同樣由於恐懼，恐懼外在生存(肉體)的消滅和世俗目的的喪失，而不是由於榮譽、負責、誠實和良心。中國人的善心與善行，實際上是一種粗野的唯物論和荒謬的神秘主義的結合”。(115頁)

“恐懼”，這是張中曉在觀察和思考他的時代的政治哲學，人的生存狀態和精神狀態時，所提出的又一個深刻的概念，並且和中國傳統聯繫起來，可以說是他對中國歷史和現實的"道德實踐"的一個總結，並且有着豐富的內涵。

他首先談到了"恐懼"的不同層面："小人"(普通民眾)的"恐懼"和"君子"(統治者)的"恐懼"。極權統治總是要用"強力"來製造恐懼，這樣的"強力"是有兩方面的，既是張中曉這裏指明的物質的"(重)刑"，更有前文所討論的精神的嚴控，有時候後者是更令人恐懼的，也是最有中國特色的。而統治者也自懷恐懼，張中曉的這一提醒也許更具啓發性。這種恐懼，在我看來，是來自自身統治的合法性危機。於是，在極權統治下，無論是被統治者，還是統治者，都沒有安全感，時刻生活於恐懼中：這樣的精神現象很值得注意。

其次，談到了"恐懼"的後果。一切"謹"小"慎"微，委頓不堪：這是可以理解的；而"盲動"也是恐懼所致：這是張中曉的一大發現，前文討論過的極權統治下的群眾的狂熱、盲動，這大概是一個不可忽視的心理動因。而張中曉更深挖到"謹慎"與"盲動"背後的"內在獨立性"的缺失，更是一語點破問題的實質。

中國人的"行善"，也出於恐懼：這真是深知並道破"中國道德實踐基礎"之言。這就意味着中國人的"內在道德性"("榮譽，負責，誠實和良心"等等)的匱缺，支撐道德實踐的，就只能是"恐懼外在生存(肉體)的消滅和世俗目的的喪失"，也即民間所說的"遭報應"，所以，張中曉說中國的"善心、善行"即道德實踐"實際上是一種粗野的唯物論和荒謬的神秘主義的結合"，以此觀點來看五、六十年代的道德實踐也許會看破許多東西。

這樣，在張中曉這裏，所謂"恐懼"的問題就是一個"內在獨立性，內在道德性"的喪失的問題，因此，他的結論是："去掉畏懼等'精神文明'而代以理性感情"要"艱難得多"，"從奴隸到人的變化，應不等於從跪拜到握手的變化，而是從畏懼到無畏的變化"。(191頁)

怯 懦

張中曉這樣談到極權體制下的大多數人的生存狀態和精神狀態——

> “在顛倒的世界和混亂的時代中，人們的言論的悖理和行為的道德違反人性，是當然的現象。他們是犧牲者，道德上的失敗者。他們幹了最蠢的事，像陷於一場噩夢那樣，恐怖疲勞，兩眼失神，他們的內心是非常的矛盾和不安的。他們的不負責任和不誠實，常常是違反本質的”。(114頁)
>
> “温柔敦厚，暴君統治下形成的一種吞吞吐吐風格也。
>
> 含蓄，一種躲躲閃閃的風格也。猶抱琵琶半遮面，正是奴婢的裝腔也。”(121頁)
>
> “當看不出是與非之間、固執謬誤與堅持真理之間的區別，而根據一己的利害和當時的標準(風氣)來糾正自己的不合適宜之處，則對於橫逆之來，都可以心安理得”。(188頁)
>
> “怯懦之人，無力行惡，但也無能行善(為正義而鬥爭)，他們的善男信女的懺悔和婆婆媽媽的善良不能是真正的道德。他們之不能行惡，並不是由於善(理性的原則)，而是由於無力。當一旦他們認為自己有力(虛假的)的時候，可粗暴蠻橫哩”。(132頁)

這確實是一批“犧牲者，道德上的失敗者”，既“無力行惡”也“無能行善”者。他們“不敢正視現實，沒有改變現實的勇氣”，(125頁) 是極權統治下的苟且偷生者，也就顯示了本質上的“怯懦”。儘管“他們的內心”或許還懷有“矛盾和不安”，但他們卻努力地“根據一己的利害和當時的標準(風氣)來糾正自己的不合時宜之處”，因此，他們又是“心安理得”的。他們的“吞吞吐吐”，“躲躲閃閃”，都是內心怯懦的表現，張中曉則直指其奴性：不過是“奴婢的裝腔”。

但正是這些怯懦的芸芸眾生構成了極權統治的群眾基礎。而且如張中曉所預言：“一旦他們認為自己有力的時候，可粗暴蠻橫哩"——那麼，他們又是極權統治的後備力量。

"虛無主義"和"感官沉溺"

張中曉還談到了極權統治所必然產生的虛無主義和感官沉溺——

> "認不清歷史道路，找不到人生的目的，既不相信過去，也不相信未來，過去毫無意義可言，未來是個人所不能控制，沒有理想，沒有傳統，沒有途徑，沒有目的，歌頌自我毀滅，因為自我犧牲多麼荒唐。
>
> 懷疑論，虛無主義，不可知論。
>
> 存在主義——存在就是一切。
>
> 眼前的快感和歡娛就是一切——感官中的沉溺，是生活的最高享受，生活的一切不過追求眼前的目標"。(126頁)

從表面上看，張中曉所生活的二十世紀五、六十年代的中國，所奉行的是"信仰主義"與"精神至上"，如前文所示，張中曉對這樣的主流意識形態，有過尖銳的批判。現在，他又揭示了"虛無主義"與"感官沉溺"的放縱這一面。這兩者其實是相通而又可以相互轉換的。張中曉說："虛無主義認為偉人不過是一件穿着神聖的外衣的壞蛋罷了"，(193頁)"一個偉人無論如何自命為高尚神聖，如果解除了他的思想武器(理性，公義等等)，便是一個沉溺於情欲的大壞蛋"。(183–184頁)張中曉因此說，中國的"特權"表現在兩個方面的："一方面肆無忌憚地虐待別人，而另一面又肆無忌憚地放縱自己"。(231頁)他還說："平庸的人們，在自己的限制上建立信心，而在理性的無限面前灰心和感到虛無"。(193頁)這都說明，一旦信仰主義的神聖光圈褪色，是極容易轉入虛無主義的；當"偉人"還原為"沉溺於情欲的大壞蛋"，他的子民的沉溺就是順理成章的了。統治者自己放縱是最終要毒化社會，形成全民放縱的。而前文所說的極權統治的群眾基礎的"平庸的人"，本就是以精神空虛為特點，他們要轉向"虛無"就更是必然的了。

值得注意的是，張中曉由此展開的對莊子哲學和中國國民性的批判。他指出，莊子哲學的要害就是"消滅了人生的莊嚴感，徹底的虛無主義，市儈主義和厭世主義。無是非——無情操，精神畏縮，徹骨的冷淡，冷酷的理智"，因此，他認為"莊子的哲學是無情的世界哲學，對於塵世的一切，完全理解，但完全不感興趣。遷就，取消，不負責任，一副死相，以苟活為得計。是非真理與謬誤，善與惡，莊嚴與醜惡，最高貴的與最卑劣的等量齊觀(齊物論)"。(110–111頁)——這其實都是可以視為張中曉對五、六十年代的中國的當代莊子門徒的批判審視的，又何嘗沒有自我警戒的意義：極權體制本身就是培育"虛無主義，市儈主義和厭世主義"的土壤。這樣，張中曉就延續了三十年代魯迅對莊子哲學的批判，並有着自己的時代的特點。

張中曉進而審視中國國民性時，又反復強調"中國靈魂的無行動，無限制"的兩大特點，"人類精神的三個方面(人道觀念，人生義務和人生感情)是毫不存在的，只有封建的放縱"。因此，在他看來，中國人面對極權統治，既不會有真正的抗爭，也不存在"陀斯妥也夫斯基式的順從"，"總以他們邪惡的情欲、求生的要求來反抗抽象的'禮'"。(111頁) 因此，張中曉當年作出這樣的預言就絕非偶然："如果物質生活提高，而心靈空虛，精神萎縮，那麼精神就不足養活肉體，必然流為放縱和狂蕩"。(101頁)——或許五十年後的今天，我們才能領悟這預言的意義：張中曉是真正把我們這個民族看透了。

廉價信徒和廉價叛徒

這也是極權體制的必然產物——

> "人們聽從你，相信你，為你犧牲和拼命，並不是僅僅由於你的正確，而是決定於許多許多因素。但是使人行動起來的主導

原因，往往是一種盲從，而不是出於確信。他們立刻會後悔的，這就是動搖、變節和叛變，因此，廉價的信徒同時也是廉價的叛徒"。(131頁)

"虛偽，背信棄義，實質上是强迫、誅心、意志的强加等等的附產物，沒有後者，就沒有前者。因為如果僅有後者而沒有前者，小人物就無法生存了"。"在歷史觀點中對於它們(特定的歷史現象)，不能僅從道德上來譴責，而是應該科學地理解它的歷史必然性(產生的必然性和滅亡的必然性)，這應當不是一個道德責任(個人的)問題"。(121頁)

說得好極了：這確實不是個人的道德責任的問題，而是一個體制的問題。這正是極權體制的不可克服的矛盾：儘管用"强迫、誅心、意志强加"强行灌輸信仰主義，但卻無法有真正的"確信"，而只能產生為求生或從中謀得利益而"虛偽"的應承，即"廉價的信徒"，或魯迅說的"做戲的虛無黨"，不過是"怕和利用"，而絕不是"信而從"。[31] 那麼，這樣的"廉價的信徒"在一定的條件下又演變成"廉價的叛徒"就是必然的了。——其實本就無信無義，也談不上"背信棄義"，不過是露出了本相而已。

奉承和輕信

於是，又有了奉承和輕信——

"喜歡奉承便會出現阿諛頌詞，自己輕信就會被別人欺騙，喜歡吃定心丸，便有空頭保證到來。對某事從心裏願意相信它，則謠言就會起作用。如果有人告訴一個人一件違反他本性的事，他一定會拒絕相信。相反，如果這件事正中他下懷，使他有了採取符合他的本性的行動的藉口，即使沒有甚麼證據，他也會相信"。(186頁)

31 《馬上支日記》，《魯迅全集》3卷，346頁。

這都是五、六十年代中國政治、社會生活中屢見不鮮的現象，張中曉冷眼旁觀，自然別有見解。這裏的絕妙的心理分析表明，所謂“輕信”其實也是統治者的需要，即所謂“正中下懷”。但從另一面看，奉承，阿諛，頌詞，謠言，也是奴才，以至民眾對統治者的着意欺騙，即魯迅說的，“皇帝和大臣有‘愚民政策’，百姓們也自有其‘愚君政策’”：不過是相互欺騙而已，極權統治本來就是建立在謊言和欺騙基礎上的。

但也還是魯迅說得好：“‘愚民政策’和‘愚君政策’全都不成功”。[32]

第三個問題：極權統治下的精神堅守

這是時代提出的問題：儘管五、六十年代的知識份子很少有人正視這個問題。但這更是張中曉自己的問題，是身處絕境的他無時不刻不在面臨的問題，因此，就集中了他刻骨銘心的精神痛苦和最深切的生命體驗。

我們首先注意到的，是張中曉以其特有的清醒和自我反省精神，提出的一個發人深省的命題——

壓迫的“腐蝕”

在一篇札記裏，張中曉談到在“落魄”，即像他這樣的被監禁、受迫害時的處境：種種“非禮”加之於身，受盡“奚落與欺侮”等等。——在他看來，這都是一種“腐蝕”。(202頁)

這確實是一個非常獨特的感受和認識：我們通常說“權力的腐蝕”、“名利的腐蝕”，即權力與名利對人的精神誘惑，消極影響，但卻沒有注意到“壓迫”也能造成人的精神迷亂，產生消極的影響，即所謂“壓迫的腐蝕”。

這都是張中曉的自我警戒——

32 《談皇帝》，《魯迅全集》3卷，268，269頁。

"在這多難的人間，人成為畜生的機會太多了，人墮落為畜生的可能、遭遇也太多了。舉凡貧困、監禁、苦役等等，都能使人墮落為獸，使人性情粗暴、脾氣乖戾、絕望和不近人情"。(188頁)

"人經患難，死人復活，見世人變異，當悲人之不測也，而易對人之虛無情感，對人類作道德上的絕望，而信乎荀子人性惡之說"。(155頁)

"處卑時尤須理智照耀，不然陰毒之潰勝於陽剛之暴，精神瓦解，永墮畜生道矣"。(176頁)

"在孤獨中，人的內心生長着獸性；在孤獨中，人失去了愛、温暖和友情；在孤獨中，人經歷着向獸的演變……

孤獨是人生向神和獸的十字路口，是天國和地獄的分界綫。人在這裏經歷最嚴酷的錘煉，上升或墮落，升華與毀滅。這裏有千百種蠱惑與恐怖。無數軟弱者沉沒了，只有堅强者才能泅過孤獨的大海。孤獨屬於堅强者，是他一顯身手的地方，而軟弱者，只能在孤獨中默默地滅亡。孤獨屬於智慧者，哲人在孤獨中沉思了人類的力量和軟弱，但無知的庸人在孤獨中只是一副死相的掙扎"。(188–189頁)

"如果不同心中的魔鬼鬥爭，那麼一個人也就是一個魔鬼了。"(179頁)

這裏所提出的當人處於被壓迫的地位時，同時也就處在"人生向神和獸的十字路口，天國和地獄的分界綫"，是一個非常深刻的命題。專制主義的壓迫，由此形成的人的孤獨感，受壓抑感，屈辱感等等，不僅會激發起人的正當的憤怒和反抗，同時也會造成精神的傷害，甚至反抗本身也是一把雙刃劍：在刺傷對手的同時，也會傷害自身。這種傷害突出地表現為張中曉這裏說的"陰毒"，魯迅稱之為"怨憤"[33]，也就是人們通常說的"怨毒"。我們說"憤怒

33 《雜憶》，《魯迅全集》1卷，238頁。

出詩人”，憤怒是堂堂正氣，可以出文學，引發正大光明的反抗；而“怨毒”則是一股陰氣，邪氣，具有很大破壞性，會引向邪路，也很容易被利用。“怨毒”(陰毒)的問題就在於張中曉反復說的對人和人性的絕望，不信任，對他人和世界的“敵意”，對“愛、溫暖和友情”這些人性中最善良、最柔和部分的有意無意地排除，這種人性的硬化，粗暴，乖戾，不近人情，構成了受迫害者自我精神的黑暗。魯迅所說的他痛恨而又除不去的內心的“鬼氣”和“毒氣”，其實就包含了這種在反抗外在黑暗中傷害自身的精神的黑暗，也就是張中曉所說的“心中的魔鬼”。

我們也因此懂得了他所提出的“壓迫的腐蝕”這一概念的深刻意義：我們通常只注意極權專制對人的肉體摧殘，而忽略了精神的傷害；在討論精神傷害時，又比較多地注意到人的“奴化”，而忽略了對受害者心靈的“毒化”。這或許是更值得注意的：心靈的“毒化”不僅在更深的意義上剝奪了人的精神自由，而且也會使被壓迫者在“以惡對惡”中，自身由“人”變成“獸”和“魔鬼”。

這正是一個十分重要的提示：被壓迫者，甚至因壓迫而反抗的戰士，並不天生地就會成為一個“人”，依然存在着淪落為“奴隸”、“獸”和“魔鬼”的危險。外在的壓迫越是嚴酷，越要以更強大的心靈的力量，高揚自我人性中的“神性”，內心的“光明”，壓抑“獸性”、“鬼氣”，驅散“黑暗”，達到精神的超越和升華。

於是，張中曉又有了這樣的自白——

> “過去認為只有睚眦必報和鍥而不捨才是為人負責的表現，現在卻感到，寬恕和忘記也有一定的意義，只要不被作為邪惡的利用和犧牲。耶穌並不完全錯。1961年9月10日病發後六日晨記於無夢樓，時西風凜冽，秋雨連霄，寒衣賣盡，早餐闕如之時也”。(125頁)

這裏對"寬恕和忘記"的肯定，肯定中的保留即對"為邪惡利用和犧牲"的預防，都很重要，表明了張中曉思想的成熟。而尤其令人感動的是，他是在自己身陷絕境時提出"寬恕和忘記"這樣的命題的：他的思想確實升華到了一個新的境界。

這是怎樣的一個境界呢？

信深守固

張中曉這樣激勵和要求自己——

> "《易·大過》，君子獨立不懼，遁世無悶。天下非之而不懼，舉世不見知而不悔，人皆尚同而違眾，信深守固；莫我知隱遁於世，不怨不尤，則不懼而不悶矣。人之常情，孤獨無援必懼，默默無聞必悶，君子卓行絕識，處大過時，利害迭變，是非交攻，獨立不懼，堅貞不移，其守過人，其量過人，不惟一毫不動，而更是磨練生平學力識力之好機會"。(155頁)

我於2007年讀張中曉約寫於1962年的這段文字，卻不禁想起魯迅於1908年寫的《破惡聲論》裏的一段文字："故今之所貴所望，在有不合眾囂，獨具我見之士，洞矚幽隱，評騭文明，弗與妄惑者同其是非，惟向所信是詣，舉世譽之而不加勸，舉世毀之而不加沮"。[34] 可以說，張中曉的《無夢樓隨筆》正是對近六十年前的魯迅《破惡聲論》對"獨具我見之士"的呼喚的一個回應，又對約四十年後的我們繼續產生震撼。這樣的綿延一個世紀的精神傳遞是令人感動與感慨的。

這裏所說的"信深"，就是張中曉在另一篇札記裏引述的黑格爾所說的"思想者的主要品質"："追求真理的勇氣和對於精神力量的確信"，不動搖，不懷疑，堅持鬥爭。(195頁) 所謂"守固"，就是"守己"，守住自己的基本信念，守住自己心靈的純正

34 《破惡聲論》，《魯迅全集》8卷，27頁。

與自由。張中曉說得好："愛，感激，生命與永恒的信念，這些詞眼在無教養者看來簡直沒有甚麼意思，在冷血者看來，不過是一些可笑的、空洞的字眼。單純的青年和純潔的心靈以自己的樸素來意想和想像，而一個久經人間風霜的戰士在爐火純青的心靈中卻化成了精神實體"。(184頁) 因此，對張中曉這樣的"久經人間風霜的戰士"，也即魯迅所呼喚的"精神界戰士"來說，所謂"信深守固"，就是堅信、堅守自己"爐火純青的心靈"中的"精神實體"，"天下非之而不懼，舉世不見知而不悔"。

張中曉又把它稱作"心靈的力量"，並有這樣的發揮——

> "心靈力量即'根本深度'(心靈的深度和穩定性)。
>
> 根本深者，心境安祥，視死如歸，如歸天國如歸大地，或視平常，毫無畏懼之情；根本淺者，怕死，恐懼，死時不安之情無法控制。
>
> 根本深者，可受長期疾病之折磨，根本淺者，只能咬咬牙關，甚至連牙關也不能咬，怕死"。(183頁)

只有獲得了"心靈的深度和穩定性"，才會有心境的"安祥"和心靈的自由。——這都是人生之大境界。張中曉於生活的困境中達到如此境界，他是因禍而得福了。

理性的光明

張中曉說："一個心靈修養很高的人，對於他內心的衝突會使之和諧。在情欲的黑暗中會出現理性的光明"。又說："自由乃在於意識，在投身於全部現實之中時能夠超出現實，不為現實約制"。(218頁)

這裏又有兩個關鍵詞："理性"和"超越"。我們經常講"把苦難轉化為精神資源"，這裏的關鍵，是能否"超越"現實一己的苦難，進入"理性"的深思，並獲得"理性的光明"。

張中曉自覺於此，於是，他對許多習常的概念、觀念就有了新的體認，並有了新的追求。

"勇"："勇敢須以理想、目的、知識為基礎。是為大勇者。發狂之勇，一朝之忿亡其身以及其親；血氣之勇，思以一毫挫於人，若撻之於市朝者；無知之勇，奮螳臂，擋車輪，是皆匹夫之勇也。是為小勇。"

"才智"："才智以道義為基礎。爾虞我詐者，陰謀也"，"才智範圍天地，與時推移。才智之反為愚蠢。局居一隅，泥不知變者，愚蠢者也。老朽頹唐，靈明日錮者，亦愚蠢也"。"才智表現：1. 別是非，是非明則道義基礎。是非不明，利令智昏；立志不堅，中心無主；是為大愚。2. 明利害。利害與是非相同。是則為利，利可為也；非則為害，害不可為也。小利小害，不明是非利害者也。3. 識時勢。時者，時機成熟與否之謂也；成熟則可為，且為之也易；不成熟則不可為，為之也難，雖欲助長，不可得也。勢者，即勢力之順逆與難易之比較是也。勢順而用力易而成，逆則用力難而敗。時勢宜審度若此。既至其時，應手而落，乘勢利便，毫不費力，事半功倍也。成熟不摘，終亦腐爛，時不可失，失者誤也。4. 知彼己。知己知彼，百戰百勝"。(152–153頁)

"恨"："沒有足夠的正義感使他們憎惡，這正是邪惡者的罪惡。當憎惡被真理的神聖事業肯定時，它就會變成美德而受到贊美"。(127頁)

"冷酷"："冷酷，可以是熱情的消滅，也可以是熱情的升華"。(122頁)

"清醒"："有人說，對現實保持清醒，本身就是苦難。但是，人生的清醒卻是一種理智、智慧和哲理的眼光。一個人要有這種眼光，他必須超越現實的紛亂和生活的情欲，在永恒冷靜的心境中觀照萬物的悲歡喜樂。但必須區別清醒和虛無主義"。(124頁)

“存己”：“越是經歷過苦難越應當珍惜自己和寶貴的生命。苦難越多，生命也越寶貴，越有價值。少年人熱情於拋頭顱，正是未經過苦難耳。越寶貴存己者即所謂越活越起勁。講究策略，批判冒險主義、機會主義，但批判時卻不能抹殺熱情的可貴、犧牲精神和理想主義的力量”。(130頁)

“寬容”：“處人貴不損害人的感情，以善意待人，以誠意待人，師其長而諒其短。以寬容，以放眼，以信用，以同情，以互利。人己之間，必須保持應有的距離。不輕信，不苟合，不受人惠”。(231頁)

“有度”：“一部《周易》，要在知懼，變皆有度，過度則危。易者，貴於不陷危道而明於憂患也”。(139頁)

“忍”：“大苦大難，可以顯示一個民族一個個人的忍受程度”，“對於一個人民容忍力很大的民族，存在着有無限的權利和有用的結果的可能”。(218頁) “人生萬端，嚴自我心者，均須堅忍。——即熬”，“世人惟知熬錢，而不知熬口”，“殊不知，一錢之安有限，而一言之患無窮也”。(177頁) “暴怒使人幹出己所想不到的禍事，得到不及預料的後果，陷之過深，不能自拔，怒火自焚，燒毀一切”，“以柔克剛，為智慧者”。(203頁) “忍為成事之要，忍小忿，忍寃屈，忍辱……忍者以成事，屈者以求伸”，“婁師德唾面自乾，耶穌之換頰受打，徒忍徒屈，是宗教家與無能輩之忍耳，是消極的情感，無剛之柔也。無條件之投降，不足語大事”。(126頁)

而最為張中曉所嚮往，也是他努力追求的是這樣一個境界——

“處事貴己心自由，能超越事上，而不為事所限制，能宰事擊不為事扎實宰。於是能從容，能主動，能無私，能達權(將事能彌，遇事能救，既事能挽)；能長慮(未事知來，始事知終，定事

知變)，能提得起，放得下，算得到，做得完，看得破，拋得開；能耐煩，能鎮定。己心清醒警惕，能應變"。(230頁)

這是一種在不自由的社會環境下的心靈自由狀態，正是魯迅所命名的"精神界戰士"所追求的"個體精神自由"。

因此，我們絕不能把張中曉的前述自警簡單地看作是個人的修養：這是一個精神界戰士在被剝奪了一切以後，仍然頑强而艱辛地尋找着最適合戰鬥需要的生命存在方式，以及科學的戰鬥方法。這其間，是有着非常豐富的生命內容的。比如我們可以從中看出他在尋找過程中的種種猶豫和矛盾：既要突破既定的思維模式，行為方式，又擔心着會走向另一個極端，形成自我否定。因此，他小心地區分着"大勇"與"小勇"，沒有正義感的"邪惡者"之恨與為"真理之光"照耀的戰士之憎恨，"清醒"與"虛無主義"，毀滅與升華熱情的"冷酷"，"成事求伸"、"以柔克剛"之"忍"與"徒忍徒屈"的"無剛之柔"，指出要珍惜生命而"存己"，反對冒險主義，又提醒不要否定為理想而犧牲，等等。這背後都有着他自己和戰友的許多血的經驗教訓，是一個時代的戰鬥精神和智慧的結晶。同時，我們又分明可以感覺到魯迅的韌性戰鬥精神和反對"赤膊上陣"、"打壕塹戰"的戰略戰術思想的影響。

我們甚至可以這樣說，張中曉的"信深守固"與"理性光明"，在某種程度上，正是魯迅的"硬骨頭精神"和"韌性戰鬥精神"的一個繼承和發展。

我們因此可以這樣概括張中曉的思想發展道路，他的人生之路，心靈之路：他從魯迅出發，又走出魯迅，最後在更高的層面上和魯迅相遇。

六十年代初湧動於北京校園的地下新思潮

這同樣是一個重要的課題，是將1957年校園民主運動、隨後的反右運動與文化大革命連結起來的重要環節。但也同樣限於資料的嚴重匱缺，只能就有限的材料碎片作粗略的勾勒，把問題提出來，以引出更全面、深入的研究。

(一)“太陽縱隊”：藝術青年的反叛

這是反右運動以後發生在北京校園裏的一個真實的故事：1958年，北京育才中學的兩個學生(張朗朗、甘露林)因反感於學校壁報“一片歌舞升平”，希望發表一些“諷刺性的，提出問題的，儆省眾生的”文章，就編了一期新壁報，命名為《黃蜂》。壁報出來後只轟動了一天，第二天就被勒令取下，主事者被找去談話，教導主任暴跳如雷：“你們如果再大一歲，在大學，早就夠當右派了。你的詩是針對誰？你的漫畫為甚麼矛頭指向團員？還畫兩隻小狗打架，太惡毒了。還簽上‘狼狼’兩個字，你想吃誰？回去問問你們爸爸，這樣下去會是甚麼結果？”

在此之前，張朗朗已經闖過禍：在一次全校性“賽詩會”(那是1958年最為盛行，既是文藝、更是政治性的活動)上朗誦自己寫的長短句：“像雪崩，像山洪/ 積極地有力地快速地/ 滾動着歷史的巨輪/ 這是誰？/ 我們！/ 青春的象徵/ 革命的先鋒……”儘管在全校同學中引起了强烈的反響，班主任老師卻根據“上面的精神”，批評這首詩有思想問題，是“青年主義”，根本沒有提黨和毛主席，也沒提三面紅旗。

張朗朗的這首詩其實正是我們在《1957年燕園的三個學生刊物》中所討論過的"紅樓體"的詩歌，是青春激情的產物；而1957年發生的事給當局最重要的教訓，就是必須從一開始就將這樣的青春激情控制在黨的軌道內。因此，張朗朗們的出格行為在反右以後的1958年，要引起緊張，遭到嚴禁，乃是必然的。

但對張朗朗這樣年紀的年輕人，他們對剛剛過去的這段歷史不甚了然，即使有所知也不會從中吸取教訓：他們仍按照自己生命青春期的反叛本能去行事。於是，1959年剛轉學到一〇一中學的張朗朗照樣在全校大會上朗誦"老馬"(馬雅可夫斯基)的詩："我要像狼一樣/ 吃掉官僚主義/ 證明文件/ 我瞧不起/ 任何公文紙片子/ 全滾他媽的去！"——這正是又一個活脱脱的《1957年燕園的三個學生刊物》中所描述過的《廣場》主編"張元勛"：要"像狼一樣吃掉'衛道者'"正是張元勛當年的"名言"。

當然，張朗朗和他的夥伴不是張元勛。他們大都是"革命藝術家"(如張汀、董希文)的後代，並且通過不同途徑，在不同程度上受到現代派藝術的影響，[1] 他們認定"詩人是天生的革命者，天生的叛徒"。這自然"和無產階級的集體性的團體革命"不一致，而且也不同於張元勛們，他們從"沒想用詩來反對'現政'，對抗當局"——他們的反對官僚，是出於藝術家的天性；張朗朗後來回憶說，他們"當時，有個錯覺，認為黨內官僚系統是下面搞的，而毛是詩人，周是智者，他們心裏是清楚的，可改變不了整個官僚系統"。因此，他們主要是一種藝術上的反叛：希望按照自己的遊戲規則去寫詩，只是因為怕別人破壞自己的遊戲，才採取秘密寫詩的方式。當然，他們也渴望產生影響，但也主要是試圖引發文藝上的革命，"走出一條新路"。他們只是"愛詩，愛藝術到了半瘋狂的狀態"，也就半遊戲性地宣佈成立"太陽縱隊"，在隨意起草的

1 據張朗朗回憶，他們當時就已經接觸到後來所説的"黄皮書"、"灰皮書"，《麥田守望者》、《在路上》都給他們以極大的震撼。在舊書店還買到《美國現代詩選》，讀到佛羅伊德的《精神分析引論》。此外，畫冊和電影也是接觸西方藝術的途徑。見張朗朗：《"太陽縱隊'傳説及其他》，《沉淪的聖殿》，37頁，38頁，新疆青少年出版社，1999年版。

《章程》中赫然宣佈的，就是“這個時代根本沒有可以稱道的文學作品，我們要給文壇注入新的生氣，要振興中華民族文化”。因此，“太陽縱隊”不是《廣場》編輯部，“絕不是一個政治組織”：“我們既不是革命，也不是反革命，只是不革命而已”。

但在1957年以後的中國，“不革命”便顯得可疑，危險；至於要做“藝術的反叛者”，就更犯了大忌：藝術即政治，是那個時代的主流意識。於是，在關於“大學動態”的內部資料裏，張朗朗被稱為“資產階級青年”，並成為公安部門的“關注”對象。這些年輕的“反動藝術的追求者”勉強出了幾期手抄雜誌，張朗朗主編的那期封面是鐵柵，用紅色透出兩個大字：自由。這自然是一種預感，“一種對自由沒把握的惶惑狀態”。

張朗朗終於在文革一開始(1966年)被通緝，逮捕。“太陽縱隊”就成了一段在八、九十年代不斷被追憶的歷史，證明着在反右以後，文革之前，中國還存在着那麼一些藝術的反叛者，獨立思考者，自由的追求者。而他們中間的郭路生(“食指”)，鐵哥兒袁運生、丁紹光、張士彥則仍然以“叛逆型”詩人、畫家的身份與姿態，繼續對以後的歷史(從文革到八、九十年代)產生影響。[2]

(二)“X小組”：六十年代大學校園裏的獨立思想者的反抗與轉變

為甚麼不能“自由地表白自我”：對“五四”的呼應

張朗朗在一〇一中學因為演戲而結識了一位詩友，他就是大名鼎鼎的郭沫若的兒子郭世英。還有一位太陽縱隊的活躍份子牟敦白，因為年紀小，就成了張朗朗與郭世英的崇拜者，並參與了後來成為北大哲學系學生的郭世英組織的“×小組”的活動。——這就引出了另一段歷史。

2　以上材料均引自張朗朗：《“太陽縱隊”傳說及其他》，文收《沉淪的聖殿》，32頁，33頁，41頁，42頁，47頁，48頁，49頁。

牟敦白是出於對郭沫若的崇敬而主動接觸郭世英的；而遠為不遜的張朗朗則討厭郭沫若，卻佩服郭世英，因為他"一點兒也不像他老爹"。郭世英本人卻這樣向牟敦白介紹他的父親："這就是你崇拜的大偶像，裝飾這個社會最大的文化屏風"；他同時又這樣低低地說："我內心當然愛爸爸，誰讓我是他的兒子"。母親批評他"不應該自尋煩惱"，他回答說："你看看父親年輕時代的作品，他可以自由地表白自我，為甚麼我不行？何況我所寫的東西不供發表，不可能發表。"他強調："都是人，都有追求"。母親則說："時代不同了，新社會新青年有新的追求和生活"。郭沫若大概就是因為"時代不同了"而與時俱進，半是自願半是被迫地成了"裝飾社會的最大的文化屏風"。他的兒子卻要堅持五四時期"人"的"追求"，渴望像他年輕時那樣，要在"新社會""自由地表白自我"，卻不被"新社會"所允許，於是，陷入了深深的苦惱。牟敦白二十多年後還記着他當年的談話——

> "如果你是一個有良知良心，講真話的人，生來便是不幸的。沒有自我，沒有愛，沒有個性，人與人之間不能溝通和交流，自相矛盾，互相折磨，這是非常痛苦的。我在中學時代是'正統'的，我真誠相信一切是美好的。但是我們漸漸成熟了，視野開闊了，我一直在看書，在思考，我的接觸面當然比一般人廣泛，我明白了許多事情。上大學以來，我不再欺騙自己。我應該獨立思考，我開始記錄自己的思想，我不是學哲學的嗎？我應該獨立思考"。

追求獨立思考，追求自我的個性，追求人與人之間的自由交流：這正是五四的呼聲，1957年曾一度在北大校園高揚，許多人還為之付出了生命的代價；現在又在新一代的北大學子郭世英的內心深處得到默默響應。他的志同道合者張鶴慈則是張東蓀的孫子——他們都是五四的後代，存在着一個明顯的精神譜系。

值得注意的是他們對俄國知識份子傳統的重視。當牟敦白問郭世英：像他這樣生活在享有特權的家庭的人，在中國是天之驕子，為甚麼要自尋煩惱？他回答說：“人並非全部追求物質。俄國的貴族多了，有的人為了追求理想，追求個性解放(牟敦白後來回憶說，當時郭世英强調這個詞先後不下數十次)，追求社會的進步，抛棄財富、家庭、地位，甚至生命，有多少十二月黨人、民粹黨人是貴族，是公爵、伯爵、男爵。他們流放到西伯利亞，受鞭笞，做苦役，抛棄舞場、宮廷、情人、白窗簾和紅玫瑰，他們為了甚麼？”因此，牟敦白在聽郭世英前面那段傾訴時，他感到在自己面前袒露的是一個“陀斯妥耶夫斯基似的”痛苦的靈魂，“充滿博愛與矛盾的羈絆的心靈”。[3]

據郭世英的同班(北大哲學系1962級2班)同學，並將其視為“影響我一生的人”的周國平回憶，郭世英用鋼筆描畫了一幅陀斯妥耶夫斯基的肖像，貼在床邊牆上，“他說自己頹廢，並且開始讀有頹廢色彩的作品，例如安德列耶夫的《紅笑》、阿爾志跋綏夫的《沙寧》，波德萊爾的《惡之花》。”——《紅笑》、《沙寧》都是五四時期介紹到中國來的，並產生了很大影響；但隨着年輕一代的逐漸左傾化，這些有頹廢色彩的作品也逐漸被淡忘。現在，卻又在反右運動以後的中國大學校園裏，引起郭世英這樣的“異類”的年輕人的共鳴，這本身就是很有意思的。

1957年“五·一九運動”的精神傳人

周國平回憶，郭世英“還發現了海明威和雷馬克，在他的帶動下，我讀了海明威的《永別了武器》、《老人與海》和一些中短篇，雷馬克的《西綫無戰事》、《凱旋門》等”。“當時有少量西方現代派作品被翻譯過來，用內部發行的方式出版，一定級別的幹部才有資格買，世英常常帶到學校裏來”，他們這一群朋友因此得以讀到了塞林格的《麥田的守望者》，凱魯亞克的《在路上》，

3　牟敦白：《X詩社與郭世英之死》，《沉淪的聖殿》，28頁，27頁，24頁，28頁。

荒誕派劇本《等待戈多》、《椅子》，愛倫堡的《人，歲月，生活》，並開始接觸尼采哲學，存在主義，以及弗洛伊德的精神分析學說，而且很快沉醉於其間，以至周國平說，"如果說一年級上學期(即1962年下半年)是我的俄國文學年，那麼，下學期即1963年的上半年可以說是我的現代思潮年了"。

這些西方現代派作品和現代思潮，直到八十年代才在中國文學、思想、學術界廣泛流傳，產生了巨大影響；在這個意義上可以說郭世英和他的朋友思想上是早熟而超前的，如周國平所分析，他們"當時都是二十來歲的青年，並且屬於精神上十分敏感的類型，對西方的傳統文化與現代文化又有相當的接觸(而如前面所分析，他們又直接承接了五四新文化傳統，並深受俄國文化影響——作者注)，因而格外感覺到生活在文化專制下的壓抑和痛苦，表現出了強烈的逆經叛道的傾向"。

周國平所說的"文化專制下的壓抑和痛苦"是真實的；他這樣回憶："我是抱着做學問的理想進北大的，進來後發現，北大並不是一個做學問的地方，迎接我的是教條的課程和高度政治化的環境"，以及人與人之間(領導與師生之間，老師與學生之間，各級領導之間，教師之間，學生之間)關係的極度緊張。這正是反右運動，以及以後接連不斷的各種運動的後遺症。周國平當時寫有一首詩，相當真切地寫出了校園的壓抑氣氛："教授用枯燥的語言/講述着枯燥的課程，/每一種空洞的教條/要重複講十幾分鐘"，"最有邏輯的頭腦，/也會被折磨得發瘋！"就以郭世英所在的哲學系而言，所教的就是一本書：《辯證唯物主義歷史唯物主義》，"哲學僅僅成了階級鬥爭的工具，學習哲學的唯一目的和全部價值僅是樹立無產階級世界觀，與反動階級世界觀進行鬥爭"，"哲學原是對世界和人生根本問題的深入思考，現在這種思考不但不受到鼓勵，反而成了禁區，世界觀與人生觀的豐富內涵被縮減成了一種階級立場，一些不容質疑的教條"。

問題是，這樣的窒息人的精神的教育卻被學生們所接受與自覺適應。周國平回憶說：“上課時你可以看見許多手在不停地寫，生怕漏掉老師寫的每一個字。他們又把幾乎全部課餘時間用來互相核對筆記，精心整理，然後重新謄寫。這些筆記的唯一用處是供考試前背誦，然後就被徹底遺忘”。當校園裏的學生失去了追求真理的渴求與獨立的思考，另一面就會陷入對權力的爭鬥：就在郭世英的班級裏，班主任、班團幹部之間，圍繞着班級權力，在同學中展開了緊張的派系活動。周國平看得很清楚：這正是僵化的權力中心的體制的產物，也是反右開端的嚴酷的政治運動的後果。[4]

周國平正是在這樣的背景與環境中與郭世英相遇的。他至今還記得，就在入學後沒有多久，在小組討論會上，郭世英的發言的情景——

“他坐在雙層床的下鋪，微低着頭，長髮下垂，眼睛凝視着地面某處。他的聲音深沉而悅耳，話音很低，有時幾乎聽不清，彷彿不是在發言，而是在一邊思考一邊自語。他說的大意是，從高三開始，他對哲學發生了濃厚的興趣，讀了許多書。哲學的宗旨是追求真理。一種理論是不是真理，必須通過自己的獨立思考來檢驗，對馬克思主義也應如此。結果從追求真理出發，他走向了懷疑馬克思主義。為此他陷入了苦惱之中，離校休學了。在休學期間，他想明白了問題之所在。馬克思主義是有階級性的，離開了階級觀點，單憑抽象思維，就無法理解馬克思主義。

“發言結束後，寢室裏出現了長時間的沉默。我心中有一種深深的感動。……當時我並不真正理解他的話，我相信別人更是如此，在座的還沒有人想到要自己來檢驗馬克思主義的真理性，因而對他的問題是隔膜的。然而，正因為如此，我格外鮮明地感到，眼前的這個人屬於一種我未嘗見過的人的類型，其特徵是對於思想的認真與誠實，既不願盲從，也不願自欺欺人。這是一個真誠的人，一個精神性的人”。[5]

4 周國平：《歲月與性情》，75頁，89頁，83頁，81–82頁，76頁，98–99頁，長江文藝出版社，2004年出版。

5 周國平：《歲月與性情》，69頁。

周國平的回憶，所提供的信息是十分重要的。我們知道，要求通過獨立思考"自己來檢驗馬克思主義的真理性"正是1957年的北大校園裏的思想解放運動的精神內核，當時提出的口號是"重新進行估計、評價和探索"，[6] 堅持的是"世界上沒有甚麼不允許懷疑的問題，即使這些問題是不可動搖的真理"，"任何人都有探討一切問題，並堅持自己見解的權利"的思想獨立與自由的原則。[7] 因此，那時的燕園裏並不缺乏以"追求真理"為指歸，"既不願盲從，也不願自欺欺人"的"真誠的人，精神性的人"。譚天榮當年就明確地表示："我們的要求主要是屬於精神生活方面的"。[8] 在這個意義上，可以說郭世英正是1957年的思想先驅者的精神傳人。[9] 而1962年的北大學生(而且是哲學系學生)對郭世英的不理解與隔膜，甚至感到"未嘗見過"，這正是反右運動將1957年的傳統強行割斷的惡果。但郭世英的出現，以及他對周國平這樣的"半大孩子"的吸引，並在他周圍迅速集合一批朋友，這都有力地證明，追求真理、思想獨立與自由的傳統又是不可割斷的，在五四精神發源地的北京大學就更是如此。

另一方面也必須看到，如周國平所說，郭世英"在入學討論會上的發言表明，他試圖調整自己的方向，盡量與主流思想靠攏"。這構成了郭世英，以及六十年代的校園裏的覺醒的思想者、反叛者的內在矛盾與內心痛苦，郭世英後來的急劇轉變也非偶然。

周國平提出的"真誠的人"、"精神性的人"的概念，並以此來概括郭世英這樣的六十年代的校園異類，也是確切而具啓發性的。反右以後，學校與社會教育的全部目的就是要將年輕一代打造成"馴服工具"，剝奪人的精神獨立與自由，從而從根本上喪失精神性。但在表面上卻又提倡、製造一種虛幻的精神狂熱，校園裏到

6 《〈廣場〉發刊詞》，《原上草：憶中的反右派運動》，19頁。
7 劉績生：《我要問、問、問???》，《原上草：憶中的反右派運動》，255頁。
8 譚天榮：《我們為了甚麼》，《原上草：憶中的反右派運動》，60頁。
9 據張鶴慈回憶，他是在中學期間看到北大學生1957年的大字報，而對既成觀念產生了懷疑的，這更是一種直接的影響與傳承。據宋永毅：《訪X社張鶴慈》(網上文章)。

處“充斥着空洞的豪言壯語”，這就導致了雙重人格，人的虛假性。郭世英和他的朋友的異端性，就表現在他們自覺地抵抗這樣的意識形態同化，竭力堅守精神的執着追求與自我的真實性，以保持“內在的自由”，“尋求內心的充實”。[10]這或許是他們後來成立的X小組的真正意義所在。

“人性”與“個性”：思考的焦點

那麼，這些六十年代中國校園裏的獨立思想者，他們關注與思考的，是甚麼問題呢？據周國平的回憶，主要集中在兩個問題上。

首先是“人性”問題：“在歷史唯物主義的討論課上，我成了所謂抽象人性論的激烈擁護者。當時流行的觀點是，在階級社會中不存在共同的人性，只存在階級性。我從邏輯上反駁了這個觀點：如果沒有共同屬性，人類怎麼還成其為一個類？毛澤東有一句名言，大意是：在階級社會中，人的感情無不打上階級的烙印。我的哲學教員據此推論說，愛情也好，民族感情也好，歸根到底都是階級感情，除了階級內容就甚麼也不剩了。我也從邏輯上反駁，如果愛情、民族感情沒有自身的特質，階級烙印往哪兒打？只有階級內容，沒有兩性之間的吸引與愛慕，愛情還是愛情嗎？”有意思的是，周國平回憶說，“其實，促使我思考人性問題的直接原因仍是世英。一方面，通過接觸，我深知他是一個真誠善良的人，在他身上閃耀着人性的光華。另一方面，就階級性而言，他似乎越來越站到了無產階級的立場的對立面。與此相對照，一些標榜無產階級立場鮮明的同學，在人性上卻十分貧乏乃至醜陋。這就使我相信，單用階級性評價人必定導致歪曲”。[11]這至少說明，在六十年代初校園裏關於人性問題的今天看來是常識性的爭論，其實是有極大的現實性的，而到了文化大革命時期，對人性問題的看法與態度就真的變成直接的現實政治立場與選擇的問題了。

10 周國平：《歲月與性情》，76頁，83頁。
11 周國平：《歲月與性情》，77–78頁。

據周國平回憶，"個性自由一直是(郭)世英關注的中心問題。他在北大寫的第一篇文章題為《論衝動與不安》，也是圍繞這個問題的，其中說：每個人都有其內在目的，表現為衝動；遭到外部壓制，被掩蓋起來，表現為外在目的，造成虛偽，引起不安"。"在一年級上學期，在討論物質和意識的概念時，他提出一個論點：對於每一個認識主體來說，只有自己的意識是意識，除此之外的一切，包括別人的意識，都屬於物質的範圍"。

如果說，這還是理論上的思考與探索，到了一年級下學期即1963年上半年，掀起"學習雷鋒"運動高潮時，抽象的哲學思考就變成了現實的人生道路的選擇問題。周國平和他的精神兄長之間，竟然發生了一次衝突。周國平事後回憶說，他當時"感覺到所處的巨大社會現實，知道自己不適應它就沒有出路"，正是在這樣的現實感的支配下，就在年級學習雷鋒的討論會上作了一個發言，"談到個性發展與社會需要的關係，表示要向雷鋒學習，以個人服從社會"，"還把教授們和雷鋒比較，宣稱雷鋒的貢獻更大"。郭世英立即作出強烈回應："好傢伙，把教授全給否了。……祝賀你，以前是朋友，以後呢，分手了，我不阻礙你……"，並寫了一封信，針鋒相對地指出："個人與社會是必然發生衝突的，這使得每個人不可避免的都是二重人格；應該傾聽自己的內在聲音，讓個性得到自由的表達"。郭世英這樣對周國平說："我也並不討厭學雷鋒，別人學雷鋒我支持，問題是你——你學得了嗎？你真願意成為雷鋒嗎？"[12]——問題是，六十年代初的中國大學生很少有人向自己提出這樣的問題。

郭世英、周國平上大學的時候，"正值展開反對蘇聯修正主義的鬥爭，並以之帶動國內的階級鬥爭"，這構成了這一代人的重要成長背景。周國平回憶說，當中蘇論戰白熱化，"九評"文章發表時，"許多學生守在校園裏的各個高音喇叭下面等候，準備好對那些他們覺得鏗鏘有力的句子大聲喝彩"，表現了極高的政治熱

12 周國平：《歲月與性情》，84—85頁，77頁，84頁，85頁。

情。周國平卻不以為然，“覺得這些人看似立場鮮明，其實並沒有自己的立場。如果生活在蘇聯，他們同樣會為蘇聯對中國的批判喝彩”。“郭世英更是壓抑不住內心的反感，夜晚在盥洗室裏他經常向我發牢騷：‘我們說他們是修正主義，他們說我們是教條主義，你知道誰對誰錯？說人家是特權階層，有別墅，咱們哪個領導人沒有呀。我父親走到哪裏，哪裏就有他專用的房子，北戴河、上海、青島都有。咱們還不是憑資格吃飯，才能毫無用處……”，在周國平的印象裏，“他是在認真地為這些問題苦惱，他用自己的頭腦思考也投入了自己的心，因而遠比那些朝高音喇叭喝彩的人更接近真理”。[13] 但在當局眼裏，這樣一些在中蘇論戰中保持獨立思考的年輕人也更危險。這正是X小組遭到鎮壓，以及隨後的“批判反動學生”的最基本的原因。

X小組：“你在等待甚麼”

X小組就是在這樣的背景下成立的。主要成員除郭世英外，還有張鶴慈(張東蓀之孫，當時是社會青年)、孫經武(解放軍衛生部長孫儀之子，也是社會青年)，葉蓉青(北京第二醫科大學學生)四人。X小組成立於1963年2月12日，關於命名的含義，張鶴慈這樣向牟敦白解釋：“‘×’表示未知數、十字架、十字街頭……。[14] 他後來又有一個說明：“×”包含了“懷疑”、“否定”與“探索”之意。[15]郭世英則寫有《獻給X》，算是雜誌的發刊詞：“你在等待甚麼？X，X，還有X……/ 得到X，我就充實，/ 失去X，我就空虛……”[16]。

《X》共出了二期，以活頁文章的形式在成員的朋友中傳閱，主要刊登郭、張、孫三人的作品。在周國平的印象裏，張鶴慈“像是陀斯妥耶夫斯基筆下的神經質人物”，他主要寫詩，唯美而朦

13 周國平：《歲月與性情》，89頁。
14 牟敦白：《X詩社與郭世英之死》，《沉淪的聖殿》，25頁。
15 宋永毅：《訪X社張鶴慈》(網上文章)。
16 周國平：《歲月與性情》，86頁。

朧，算得上是"北島、顧城這一代詩人的先驅"，周國平僅記得"月亮患了癌症"、"太陽是個大傻瓜"這樣兩個句子。他還有一篇短篇小說，"寫一個美麗的女子患了癌症，坐在爐火前一邊燒毀信件和日記，一邊回憶往事：她曾經與一個有才華的同學熱戀，那個同學成了右派，她後來違心地和一個當公安幹部的同學姘居，從此幸福毀了，只剩下痛苦和悔恨"。——這其實是從一個特定的角度關注右派命運的悲劇性，顯示了X小組與1957年右派的精神聯繫，頗值得注意。在周國平看來"更像是屠格涅夫筆下的多餘的人"的張經武，則擅長寫評論，經常鑽研《毛選》和黨史，然後大發議論，他應該是三人中政治意識最强的，他寫有一篇《論紙老虎》的文章，"辭藻很華麗，諷刺一切帝國主義都是紙老虎的論點。其中說，既然是紙糊的老虎，用手指一戳就破，何必那樣如臨大敵。又說，中國反對赫魯曉夫修正主義，而赫魯曉夫之所以是修正主義，只因為他是赫魯曉夫"，[17]這自然都是犯忌之言。郭世英"離政治要遠一些"，寫作體裁也更廣泛，開始是詩與短篇小說，後來很認真地經營一個劇本，最後又寫起自傳體長篇小說，但由於X出事，劇本和長篇都沒有完成。周國平只記得他有一首自己很欣賞的詩，"大意是說，他流着淚喝一杯苦酒，眼淚不斷地滴進杯裏，這杯苦酒永遠喝不完了"。[18]——這樣的多方面的才情，以及筆下的"這杯苦酒"，都很容易使我們想起五四時期的郭沫若：他們父子間的纏繞關係與命運，都耐人尋味。

而郭世英和他的朋友要在六十年代的中國，接續五四的火種，他們對自己的命運是有着充分的思想準備的：於是，又有了郭世英與牟敦白之間的這樣的嚴肅的談話——

17 孫經武自己回憶說，文章的基本觀點是"對於敵人，不但戰術上要重視，戰略上也要重視。我說古今中外的戰略家都不是站在輕視敵人的基礎上，我覺得毛主席的觀點用詞不當。我那時的觀點就是，你就是再大的人物還能大過理去？真理最偉大……"。轉引自張宏：《周國平自傳與'X'事件始末》，載2004年10月24日《新京報》"書評"版。

18 周國平：《歲月與性情》，86頁，87頁，89頁。

"我們是朋友，我比你年齡大。但，敦白，你是自願和我做朋友的"。

"我不後悔"。

"真的嗎？人到了危難的時刻，甚麼藝術、哲學、理想、廉恥，都統統扔掉，最後只剩下本能——拼命保護自己"。[19]

這也是一個自我拷問，但他們都經受住了考驗，在×小組成員全部被捕，[20] 以至文革中郭世英被殘酷拷打致死時，他們都堅守住了自己的理想與信念，無怨無悔地走完了自己選擇的人生之路。

公安部門在抓捕×社成員時，曾有一個文件，宣佈他們的罪名，是"要求精神開放"，"要求自由"與"追求絕對真理"，並攻擊"總路綫，大躍進，人民公社三面紅旗"，反對反修鬥爭。[21] 據説×社引起了高層震動，因為他的成員都是所謂"高幹"子弟。毛澤東因此作出批示："幹部子弟也鬧得太不像話了，要整頓。"×社正是一個"幹部子弟蜕化變質"的典型。據説後來所謂"革命接班人"問題的提出也與此有關。[22]

郭世英的"轉變"

但不可忽視的是，郭世英後來的思想轉變：這也同樣具有思想史的意義。

據周國平回憶，郭世英"在短暫的監禁期間，他的思想發生了急劇的變化"，他在給家人的信中這樣寫道："我在這裏談出了全部心裏話以後，眼睛突然亮了起來，這一變化來得那樣突然，我一個人在屋子裏又笑又哭，只覺得自己變輕鬆了"。——這樣的"突

19 牟敦白：《X詩社與郭世英之死》，《沉淪的聖殿》，27–28頁。

20 X小組四個成員於1963年5月20日被公安機關帶走。郭世英、葉蓉青不久被釋放，郭世英下鄉勞動。7月，張鶴慈、孫經武被勞動教養。張鶴慈勞教時間長達十七年，張經武勞教兩年後去重慶某工廠工作。郭世英在文革期間被本校同學監禁拷打，於1968年4月22日因"高空墜落"而死亡。

21 《幹部子弟蜕化變質九例》(1963年9月公安部文件)，網上下載。

22 宋永毅：《訪X社張鶴慈》(網上文章)。

變”也很容易讓我們想起郭沫若：郭氏父子在精神氣質上確有某些相通之處。周國平說：“他是一個真誠的人，不肯口是心非，也不肯敷衍了事，一定要用自己的頭腦把問題真正想明白。這使他的懺悔顯得不是盲目的改宗，而是理性的選擇”。[23] 這樣的判斷是符合實際的。

現在我們要追問與研究的是，這樣的“理性的選擇”背後的理念與思想邏輯，而這樣的“轉變”是有時代典型性的。

負疚感和原罪意識

我們首先注意到的是，周國平談到的“負疚”感與“原罪”意識。最表層的自然是對家庭的負疚。這在郭世英在監禁中給家人的信中表露得十分清楚：“以前我們大家在歡樂中團聚的景象一次又一次地浮到我的眼前，一次一次我在淚眼朦朧中看見爹爹的笑，媽媽的笑……。這一切是曾被我破壞了的，但我一定要把它們爭取回來。你們知道，我是愛你們的，這愛一直偷偷地藏在心裏。現在我集中了一年半對你們的感情，它不是文字能表達的，也不是眼淚能發泄的。我只是真心希望你們好，希望你們快活”。周國平說得好，正是這樣的“對父母的愛和負疚感”，以及“與家人團聚的渴望”，使這位“浪子”回頭了。

但更值得注意的是，周國平所指出的更深層面的知識份子的“原罪”意識。這樣的“原罪”感在隨後的下鄉勞動中，是被大大地加強了的，以至成為郭世英後來的自覺的“自我革命”潛在動因。對此，周國平有一個分析，頗具啓發性。他認為，“真正被判為原罪”的，是知識份子的“精神本能”，而郭世英身上，這樣的精神本能本是格外強烈的，驅使他格外自覺地“追求個性的自由和獨立思考的權利”，這本是“他身上最寶貴的東西”；而現在，“在貌似自覺的自我革命下面，隱藏着的正是不自覺的對自身精神能源的壓制”，而且因為原有的精神本能格外強烈，

23 周國平：《歲月與性情》，119頁，120頁，122頁。

就“必須施以格外努力的壓制”。

而“這種情況不只是發生在(郭)世英身上，凡是有比較強烈的精神本能的知識份子無不如此”。[24] 當年何其芳在延安就是這樣懺悔自己的精神追求，以及必然產生的精神痛苦的：“為甚麼要那樣反復地說着那些感傷、脆弱、空想的話啊，有甚麼了不得的事情值得那麼纏綿悱惻，一唱三嘆啊。現在自己讀來不但不大同情，而且有些厭煩與可羞了”。[25] 其實，郭世英和他的朋友所醉心的屠格涅夫筆下的俄國虛無主義者就已經用“勞動者”的鐵的邏輯否定了知識份子的精神追求、幻覺、痛苦這類精神本能。而那些民粹黨人更是以做普通老百姓那樣“簡單化”的人為追求，將知識份子精神的複雜化視為恥辱與罪惡了。[26] 郭沫若大概也經歷過這樣對知識份子精神本能的否定過程。因此，郭世英實際上是在二十世紀六十年代重演了他的前輩的精神悲劇。而他由原來的頹廢、虛無而有這樣的思想劇變也非偶然。

“階級”和“階級鬥爭”的觀念

於是，在郭世英的精神擋案裏就出現一些新的詞語、概念。——這都是主流意識的概念，原本是為郭世英拒絕的；而現在，卻對他自己原有的思想形成了挑戰，而且他力圖在這兩者之間尋求某種邏輯的連接，以說服自己和朋友們，這自然是十分艱難與痛苦的。

首先是“階級”的概念與“階級鬥爭”的觀念，所挑戰的是他原先信奉的“抽象人性論”。他在給周國平的信中，以“階級，階級鬥爭是多麼尖銳地存在啊”的事實作為邏輯前提，強調“在這個問題上，任何含混其本質都是嚴重的，都會最終導致對人民的背叛”，由此而推導出否定或模糊階級性、掩飾階級鬥爭存在的人性

24　周國平：《歲月與性情》，120頁，122頁，123頁。

25　何其芳：《〈夜歌和白天的歌〉初版後記》，《何其芳文集》2卷，254頁，人民文學出版社，1982年出版。

26　見屠格涅夫《父與子》、《處女地》。參看錢理群：《豐富的痛苦》一書140–150頁有關分析，時代文藝出版社，1993年出版。

論"本身就是階級鬥爭的反映"的結論。但他也沒有因此而將階級與階級鬥爭絕對化與永恒化，他強調為了達到"徹底消滅階級"的目的，必須"高舉階級鬥爭的旗幟"。[27]

"人民"、"實踐"的概念

在前述論證中所出現的"人民"的概念，這也形成了對他的"個性自由"觀念的挑戰。在給周國平的信中，他摘錄了一段日記，其中"把自己與麥賢德、焦裕祿這些榜樣人物進行對比，說他們的思想的出發點是人民怎樣，從不問'我'怎樣這種問題，自己思想的出發點卻是'我'怎樣，即使為人民服務，也覺得這是'我在為人民服務'，失去了'我'字，就一切沒有意義了"。

他進一步追問"造成這這個區別的原因"，發現在於"不同的實踐"——這裏就引入了另一個重要的新概念："實踐"。郭世英分析，自己的追求"個性自由"的實踐，"是建立在狹隘的個人式的實踐基礎之上的"，是"個人主義"的；而麥賢德、焦裕祿們所從事的是工農群眾的"全面的社會實踐"。

郭世英於是有了豁然開朗之感，他發現自己思想問題的"根源就是個人主義"，這樣他就自然接受了當時主流意識形態所強調的"個人主義是萬惡之源"的觀念。而"要戰勝個人主義，就必須改變實踐基礎，投入到全面的社會實踐中去"，也就是當時所強調的"階級鬥爭，生產鬥爭，科學實驗三大實踐"中去，基於這樣的認識，"他由衷地呼喊：'到工農中去，滾他一身泥巴！全世界甚麼最乾淨？泥巴！'""這就和毛澤東關於知識份子到工農中去的指示掛起鈎來了"。[28]——這裏，關於"全世界甚麼最乾淨？泥巴！"的看似極端的議論，大概是他的實際體驗，在充滿勾心鬥角的知識份子成堆(郭世英對此是深有體會的)的學校，來到人際關係相對簡單與真誠的農村都會有這樣的感受。

27 郭世英：1964年月給周國平的信(影印件)。周國平：《歲月與性情》，121頁。
28 周國平：《歲月與性情》，122頁。

質疑“絕對的個性自由”

促成他的“個性自由”信念動搖的，還有另一方面的原因。他在給周國平的信中談到，“過去他把共產主義等同於個性發展，認為個性發展應成為社會的動力和目的”，而當時發表的毛澤東的論述：“在有階級的社會裏，階級鬥爭不會完結。在無階級的社會內，新與舊、正確與錯誤之間的鬥爭永遠不會完結”，[29]使他大為佩服，“他據此得出結論：共產主義也不是個性絕對自由發展的社會，個人與社會之間仍會不斷產生矛盾”，[30]這對他所追求的所謂“絕對的個性自由”觀念自然是一個很大的衝擊，但他卻不可能根本放棄對個性自由的追求，這也構成了他以後思想發展的內在矛盾。在文革中他談到個性自由問題，就說得更加明確：“個性自由中的個性是有階級性的，自由則服從階級性而且是相對的。以前以為個性自由是絕對的東西，但正是這個錯誤思想使我在政治上失去了自由”；“但是否因之便再無個性再無自由了呢？我還不這麼理解。問題很抽象，以後有機會可以討論”[31]——那麼，他還是把問題留下了。

革命激情和使命感

從郭世英在1964–1966年給周國平的信中，處處可以看出他內心的革命激情。在1964年2月的一封信中，他這樣寫道：“我們應該慶幸自己出生在一個偉大的時代。時代造英雄。我們的時代是英雄倍(輩)出的時代。我們這一代面臨的任務是艱巨的，這是要徹底消滅階級，消滅反動勢力重新復辟的任何可能性的任務。在人類歷史上這的確是第一次，是個偉大的示範。願我們能在這場鬥爭中永遠站在一起，高舉自我革命的旗幟，高舉階級鬥

29　毛澤東在審閱周恩來在第三屆人民代表大會上的政府工作報告草稿時所加寫的一段話，原載1964年12月31日《人民日報》，現收《毛澤東文集》8卷，325頁。

30　周國平：《歲月與性情》，122頁。

31　周國平：《歲月與性情》，125頁。

爭的旗幟，團結在組織周圍，向勝利進軍"。[32]

這大概是那一代人所共有的一種激情。周國平就談到自己"在相當一段時間裏，對戰爭懷着期盼的激情，彷彿戰爭能解決我的一切問題"。他並且做了這樣的自我剖析："這表明在我的內心深處有一種絕望，看不到自己在消滅個性的思想改造運動中的出路，消滅了不甘心，不消滅又行不通，只能靠一個連肉體一起消滅的英勇壯舉來打上句號了。很顯然，這種病態的激情還是小資性質的"。[33]郭世英的激情大概也屬於"病態的激情"，但似乎比周國平積極些。而他的英雄情結、戰鬥激情，最後歸結為"團結在(黨)組織周圍"，卻很值得注意："組織"也是郭世英精神檔案中所出現的"新概念"，但同時又是那個時代最流行的概念。

對文化大革命的理解

因此，郭世英對文化大革命持讚賞的態度就是可以理解的；雖然如周國平所分析，他也許"在內心深處已預感到文革所釋放的那股盲目力量可能毀滅他和他的家庭"。我們關注的是，郭世英對文化大革命的理解。其中有兩點很值得注意。

郭世英在文革初期給周國平的信中談到："幹部子弟的問題在文革中暴露出來了，這給我打消了許多疑問。許多幹部子弟是新貴族，我就是一個樣板吧。"——在他的觀察與理解裏，文革是要解決"新貴族"問題的，並且把自己擺了進去；因此，在他與朋友一切研究文革思潮時，他主張"以對群眾的態度為主綫寫文革"，就是順理成章的。在他看來，"文化大革命的成果就落實在群眾，打倒走資派是為了教育群眾，革命委員會就是讓群眾直接參與政權"。他把自己的最後歸宿也定在農村：在大串聯時，他去河南農村生活了三個月，從而"更下定了到農村和貧下中農同生死的決心"。在他去世以後，郭沫若在重新讀抄他的日記時，看到了他

32 周國平：《歲月與性情》，1121頁。
33 周國平：《歲月與性情》，102頁。

寫於1966年日記裏"全世界甚麼最乾淨?泥巴!"時,寫了這一段話:"我讓他從農場回來,就像把一顆嫩苗從土壤中拔起了一樣,結果是甚麼滋味,我深深領略到了"。——這些話,都意味深長,頗耐尋味。[34]

(三)"反動學生":新一代的"右派"

一個個案

在×小組成員被捕以後,1965年還發生過北大哲學系學生黃某被隔離審查的事件,據說其罪名也是"反革命"。同樣也是由於材料的缺失,我們只能根據與他有過接觸的中文系學生陳某當時所寫的一個材料,作一點簡單的敍述。[35]

據陳某說,早在1959年在一次談話中,黃某就談到自己"是個孤兒,從小受過很多氣。在學校中也沒有人好好引導,看過很多西方哲學著作,受過不少影響,尤其是資產階級的'民主'、'自由'、'人道主義'、'個性解放'等",但他同時也表示"願意努力改造自己,為國家、民族的興盛貢獻力量"。在1962年,黃、陳之間就有過一次關於"人性"的爭論。黃某當然知道,自從反右運動以後,在中國人性問題已成為一個禁區,但正是這一點,引起了他的極大疑惑,他這樣問道:"為甚麼世界上除我國以外的各國都承認人性,連恩格斯都承認"。他一再追問:"人能認識真理,這是不是人類共同的東西,這是不是人性?""為甚麼人可以改造,一定有相通的東西"。而陳某則堅持當時的主流觀點:"在階級社會,階級性是壓倒一切的。無產階級並不否定人性,而是否定抽象的超階級的人性。人性論反復出現,是階級鬥爭的複雜性"。黃某也並不否定階級性,只是堅持他的疑問:"我國有很多人總是

34 周國平:《歲月與性情》,125頁,130頁,155頁。

35 據陳某:《讓事實說話——與黃某的交往》(油印稿),1965年2月15日寫,1966年10月20日油印。以下材料均引自此文。由於油印文稿來自私人收藏者,也無法與原作者聯繫,故隱其名,以"陳某"、"黃某"稱之。

用人性來反對階級性，是否階級性只是一個總綱，很多具體問題還沒有解決，故不能最終戰勝人性”。爭論自然沒有結果，陳某卻私下為他的這位“馬列主義著作學習得不够，受資產階級政治思想觀點又較深，又常思考一些所謂‘國計民生’的大問題”的朋友感到擔憂：他如此固執地追問，是“想用自己的觀點來改造黨”，如“不認清大局，一定會碰壁的”。

在1963年暑假一天夜裏的長談中，就更深入地談到了許多有關國計民生的大問題。比如，“對前幾年工作的看法”，黃某直言不諱地指出：“人民公社搞快了，大煉鋼鐵意義不大，大躍進使經濟失調，學校工作簡單化，傷了一些人”，他認為“總路綫是很正確的，大躍進也應該搞，但不應該那麼搞”。在他看來，1958年以來，最嚴重的問題是“人的損失”，不僅是傷及人的身體的健康，更是“感情受到傷害”。黃某還很“激動地”談到“中央缺乏自我批評精神”，等等。

在談到“對毛主席的看法”時，黃某同樣十分坦誠地對主流評價提出異議，他認為“毛主席是一個偉大的馬列主義者，斯大林遠遠不及，但主席趕不上列寧，列寧更深刻。在共產主義隊伍中，馬克思、列寧是最偉大的。毛主席對馬列主義發展主要是在策略上，理論上不多”。

談話的另一個中心是“民主”問題，這一點陳、黃之間倒是有着共同的認識，即“蘇(聯)缺乏民主，大家不敢講真話，結果出了問題。我們現在也有這種苗頭，群眾不敢暴露真實思想，實際上不是沒有問題。不在批判自己和別人的錯誤觀點中學習馬列主義，是無法真正學到手的，這是一個很大的危險。很多人聽不進反面意見，分不清香花毒草，混淆認識、思想、政治問題的界限，簡單化的處理，使矛盾掩蓋下了，且壓抑了新生力量”。

在談話結束時，黃某“還談了這樣一個想法：今天世界上變化很快，動蕩很大，解決任何問題都需要有一批人，一個人難免犯錯誤。能有個學術組織就好了”。陳某也有類似的想法，但他卻想“在組織領導下搞”，“因為研究這類問題無充分材料很容易作出錯誤判斷，而且不通過領導容易形成非組織活動，若基層組織再不甚了解，給弄成反革命集團就糟了”。——陳某顯然更了解中國的國情：在這個黨控制一切的高度組織化的體制下，“非組織活動”是一個最犯禁、最嚴重的問題。天真而書呆子氣十足的黃某自然不懂得這點，他的最後被隔離審查就是因為他搞了一個“反革命組織”，[36] 其實他的追求不過是成立一個“學術組織”。另外，他還把他的思想形成文字，寫了不少文章，給陳某看過的就有《論反思》、《林田寓言》、《論悲劇》，《我的思想品質鍛煉綱要》、《今後大學生活的揚棄》，還有一篇寓言劇。這些文章究竟寫了甚麼，今天已無法得知；但“反思”、“悲劇”這類話題在反右之後都是禁忌，寓言文體即有諷刺現實之嫌，至少是不合時宜的。而據陳某說，他讀了這些文章，覺得“無太大問題”，他不滿意的是“寫得很晦澀，看了幾遍沒太懂”。其實，在那個時代，“晦澀”本身就讓人覺得可疑：胡風“反革命集團”的罪名之一就是文字晦澀。黃某還將一位清華大學的學生寫的小說《歷史的見證》傳給陳某看。這又觸動了一根敏感的神經：毛澤東剛剛發出過“要警惕有人利用寫小説反黨”的警告，現在這樣私下傳看一篇小說，就成了一種“串連”行動，何況又是“歷史的見證”這樣的題目與內容。難怪陳某一看就“覺得不對味”：“叫‘歷史的見證’？只能是對歷史的歪曲！”陳某斷定“這是反動的東西”，立即向班團支委、班主任及系團總支書記反映——在那個時代，見了“毒草”不向組織反映就是犯同謀罪。黃某自然不懂得這點，他在第一次將自己的文章給陳某看時就說過：“歷史上正確的東西開始往往被人們當作毒草，幾十年以後你就認識了”。但不等“幾十年後”，他就被“專政”了。這本身即是一個“歷史”的“悲劇”。

36　據陳某：《努力學習毛澤東思想，和陸平黑幫作不調和的鬥爭》(複寫手稿)，1966年8月1–12日。據說最後黃經過隔離審查，並未當作“反革命”處理，仍分配了工作。

鮮為人知的"反動學生案"

這樣的悲劇的主人公，在六十年代初期的中國應該不只是黃某和他的朋友，那時候他們甚至有一個共同的命名，叫作"反動學生"。前述"太陽縱隊"、"×小組"的成員也都是這樣的"反動學生"的代表。而事實上在1963年至1965年間，中國校園裏還曾發動過一個清理和處理"反動學生"的運動。由於有關檔案至今仍被封存，只能從當事人的回憶中，略知其概況。著名學者王學泰，在1964年北京師範學院中文系畢業時被打成"反動學生"而被勞改，他在《鮮為人知的"反動學生"案》一文中，有這樣一段追述——

> "清理和處理大專院校的反動學生是從1963年開始的。1963年中國共產黨與蘇聯共產黨的分歧和衝突已經十分尖銳，面臨着攤牌的邊緣。這年6月鄧小平率領中共代表團到莫斯科與蘇共談判，做最後一次說服對方的努力，並同時發表了《關於國際共產主義運動總路綫的建議》共25條，當時也簡稱'25條'。此文在中央人民電台上廣播以後，地質學院有位應屆畢業生馬上給電台寫了一封信，表達了不同意見。(也有人說，他的信中對'25條'逐條地進行了'駁斥')於是此事驚動了中央。那時每屆大專畢業生在畢業前夕都要由中央首長接見一次。1963年7月周總理在人大會堂接見本屆畢業生時就提到這個問題，並說：有的大學生反對我們黨的'反修'政策，你有甚麼道理可以站起來講嗎？這個魯莽的山東學生突然就要從座位上站起來'辯論'，旁邊早有四個彪形大漢站了起來把他摁了下去。這件事影響很大，高教部和北京市委聯合上報中央，毛主席對這個文件做了批示。因為這個事件正與他在1962年底提出的'千萬不要忘記階級和階級鬥爭'相符合，他認為這類學生是大學中的極右份子，是階級鬥爭在學生中的表現，而且'所在多有'，應該清理"。

根據毛澤東批示的精神，形成了一個《中共中央、國務院關於高等學校應屆畢業生中政治反動學生的處理的通知》，《通知》指出：“據北京市反映，今年高等學校應屆畢業生中，有極少數政治上反動的學生……其對我猖狂進攻的程度已經相當甚至超過反右鬥爭中的極右份子”，“北京市的高等學校有這樣的情況，全國高等學校，也必然同樣有這種情況。對這一小撮政治反動的學生，必須抓緊時機，通過揭露與批判，對他們進行嚴肅認真的處理。”根據這一指示，教育部經國務院文教辦公室批准，又制定了《關於高等學校應屆畢業生中政治上反動的學生在勞動教養或勞動考察期間的試行管理辦法》。[37] 由中共中央批轉施行。王學泰就是於1964年6月，由系總支書記宣讀這個《辦法》，而被當眾宣佈為“反動學生”的。據説劃分“反動學生”的主要標準是：“攻擊‘三面紅旗’(即對被稱為‘三面紅旗’的‘大躍進’、‘總路綫’、‘人民公社’有所非議)，反對‘反修鬥爭’，同情‘右派份子’、‘右傾份子’等”。王學泰的主要罪狀，就是因為他弄不清楚，為甚麼社會主義存在着“和平演變”為資本主義的危險，而資本主義絕不能“和平過渡”為社會主義？因為這都是“25條”的基本觀點，他要提出懷疑，就自然“罪該萬死”了。據王學泰的觀察和分析，所謂“反動學生”大體有五種情況：極少數是“敢於向當時的主流政治挑戰，表達自己觀點”；大多數是因為時逢困難時期，有些牢騷，在二三好友中對現實略表不滿；“更多的是書呆子，特別是學社會科學、人文科學的，接觸了一些馬列主義原著，再一認真，則不為時論所容”；“也有一些是農村來的學生，目睹農村慘狀，對大力宣傳的‘大好形勢’不能適應”，在私下説出真相；“還有不少人的‘罪行’更是匪夷所思，竟有因為“崇拜關公”，說“馬列主義吃窩頭，修正主義吃麵包”的笑話，甚至因為要請假結婚，與系裏行政人員發生矛盾便被劃為反動學生的”。——在我們看來，這幾乎是1957年劃右派的重演。而與系行政人員發生矛盾也要劃為反動

37 轉引自教育部黨組《關於複查高等學校劃為反動學生問題的請示報告》(1979年10月27日)。

學生，正是反右運動所定下的"反對基層領導及積極份子即是右派"的標準所致，看似荒唐，也是必然。

據王學泰介紹，僅他們學校中文系四個班就劃了九個"反動學生"，他是在全系三百餘畢業生大會上公開宣佈的，其餘八人則是內定的，三百學生中劃九名，據説這是"符合'四清'中規定的打擊面只佔百分之一、二、三的規定"的。據高教部在文革後"落實政策"時所言，"北京在各省市中揪出的反動學生最多。王學泰所在的北京南口農場二分場，六四屆的反動學生有二十人，六三屆二十人，六五屆、六六屆又有十三人，最高峰時是五十三人。反動學生以北京大學最多，有十人，其次是中國科技大學有六七人；其他學校則一至四人不等，包括：北京師範大學、北京師範學院、北京電影學院、北京地質學院、北京鋼鐵學院、北京航空學院、北京農業大學、中國人民大學、中央戲劇學院、中央民族學院、中央工藝美術學院等等。在著名大學中只有清華大學沒有反動學生，一説是在本校消化，沒有送來勞教。據説北大也有在校內消化的。北京之外的情況不詳，據時為高教部部長蔣南翔的一位秘書對王學泰透露，反動學生全國都有，外地處理有的比北京還重。安徽一位歸國女華僑被劃為反動學生，就死於勞改之中。[38] 據前引1979年教育部黨組的複查請示報告透露，1963年至1965年期間，全國高校定案處理的"反動學生"有五六百人。影響所及，當時本文作者正在貴州的一個小城安順任教，據我所知，當地安順二中就有一批學生也被打成反動學生，因此被剝奪了上大學的權利：所謂"反動學生"案已經波及到邊遠地區的中學，可見其影響之深。但如王學泰所感慨的："當時的血和淚，現在人們大約都已忘卻了吧"，[39] 眾多的"反動學生"都被淹沒在歷史的塵埃裏，連他們的名字也無人知曉。今天我們也只能通過"劫後餘灰"來部分重現他們當年用生命寫下的歷史。

38 王學泰：《鮮為人知的"反動學生"案》，《多夢樓隨筆》，386–389頁，365頁，369頁，370頁，371頁，385頁，學苑出版社，1999年出版。

39 王學泰：《鮮為人知的"反動學生"案》，《多夢樓隨筆》，385頁。

從以上的敍述中，可以看出，他們的“反動”就在於在反右之後，仍然延續了早已被宣佈為“反動”的源於五四的“右派”思維：對民主的渴望，對結社自由的要求，對人性的關懷與探討，對個性的强調，獨立思考的堅守，對主流觀念的質疑，對現實弊端的不滿與批判……。

而作為“反動學生”的時代特色，自然是他們對“三面紅旗”與“反修鬥爭”的懷疑，這也是被最高當局視為“階級鬥爭新動向”，必加嚴懲的原由。如果考慮到其言說環境：在反右以後建立的極其嚴密的“輿論一律”的思想控制，以及校園裏“爭當革命接班人”的革命氛圍，他們敢於發出不同聲音，是極其難得的。在當局看來，他們正是要和“革命接班人”對抗的“修正主義苗子”，自是非要“清理”不可的。

同時也不難從他們身上看出反右運動的震懾作用：與當年的右派相比，他們已不可能放言無忌，而是顧慮重重，陳某在與黃某的交往中强烈地感覺到這一點，並在日記中發出這樣的怨言：“和他接觸，一談到思想問題總是吞吞吐吐不肯談。他是要和我作知心朋友嗎？那又為甚麼不談自己的想法呢？”當年右派的自信似乎也不復存在，在與陳某的談話中，黃某總顯得底氣不足，在論辯中只要陳某將問題歸結到要“加强馬列主義毛澤東思想的學習，加强思想改造，到實際生活，特別是工農中去鍛煉自己”，他總是立刻表示同意，論辯也就因此結束。

這就説到了反右以後意識形態灌輸對右派之後的這一代學生的影響，即使“反動學生”也不能免。他們不過是在時代主流意識形態框架內進行有限的獨立思考。因此，他們的民主要求只限於允許“説真話”，能夠聽取“反面意見”，以及分清“認識、思想、政治問題的界限”。他們的“自由結社”與“發展個性”的要求也帶有更大的自發性，很難説是自覺的思想、政治訴求。

但就是這樣的“跪着的造反”，在反右以後的中國也是絕不允許的；當政者所要建立的是一個不允許有任何縫隙的絕對統一、高度一致的政治、思想、文化秩序，要求每一個被統治者都充當絕對“馴服的工具”。儘管“反動學生”比之右派前輩要溫和得多，但就因為違背了這樣的統治意志，就依然要被視為新一代的“極右份子”而飽受專政的鐵拳之苦。但鐵板一塊的思想統治終於受到了挑戰，儘管既微弱又軟弱，意義卻不可低估。

(四)“青年毛澤東主義者”的誕生及其命運

陳某在詳細說明了與黃某來往經過以後，毫不隱晦自己的觀點和態度：“黃關心國家、民族命運，愛國，要社會主義、共產主義，能考慮一些問題”，他的問題“是政治觀點、思想認識的問題，而不是政治反動”，並明確表示：如將黃某的問題定為“敵我性質”，“我願為他辯護”。——在1965年那樣的階級鬥爭大風暴日益逼近的歷史時刻，這是需要勇氣的。

這同時引起了我們對陳某的關注與興趣。正是這位1959年考入北京大學物理系，1962年轉入中文系的普通學生，年輕的共產黨員，共青團的基層幹部(他曾經擔任過班級團支部書記與系總支學生幹事)，從1963年至196 5年先後給團中央書記胡耀邦、高教部長楊秀峰，以及毛澤東本人寫信，反映他對中國教育、思想、文化，以至政治問題的各種意見，在文革初期，卻因此而被打成“反革命”。他的這些書信、文章作為申訴材料保存下來，這就為今天討論六十年代初期文革前的大學思潮提供了一份不可多得的研究文本。

在中蘇論戰中，“青年毛澤東主義者”的誕生

據陳某自己介紹，1957年他還在中學讀書，但仍積極參加了反右運動，曾帶頭揭發有“右派言行”的老師，並向《人民日報》連續寫信駁斥“右派反黨謬論”，因表現積極，1959年高中畢業時即被吸收入黨。[40] 同年9月，“抱着為國家民族興盛，為共產主義事

40 陳某：《革命何罪？——給首都工人、中國人民解放軍毛澤東思想宣傳隊的第

業貢獻自己的一生的宏大志願，考入北大物理系”。陳某這樣談到入學初期自己的思想：“出於對黨的無限熱愛，我當時對於基層組織以至基層領導人所作的一切，從來是絕對信任的，組織上讓幹甚麼，我幹甚麼，讓怎麼幹，我怎麼幹。當我的某些看法和一些領導的看法有分歧時，我從來是認真批判檢查自己的，當我思想上閃過基層組織在某個問題上錯了的念頭時，也會馬上把它否定，因為黨在我的心目中是一個不可動搖的概念。”[41]——也就是說，陳某此時的思想與行為是完全遵循着反右以後所建立起來的“基層黨組織與基層領導個人即代表黨”的邏輯的，他也因此而得到了這樣的黨領導的體制的認可與信任，據陳某說，1960年五四時他就被陸平為領導的北大黨委評為“優秀團員”，上了“光榮榜”。

但到了1962、1963年陳某的思想卻發生了變化。陳某後來回憶說：共產主義運動內部矛盾的公開化，“赫魯曉夫修正主義集團的出現，使我陷入了深深的激動中：世界上第一個社會主義國家開了倒車，列寧斯大林的黨被修正主義者把持了，(這是)為甚麼？為甚麼？我想了很多，也想了很久，終於得出了一些結論：社會主義革命是社會主義建設的保證。離開社會主義革命，社會主義建設只能是空談。要實現共產主義，必須把社會主義革命進行到底”。

當他以這樣的階級鬥爭與社會主義革命觀點來觀察北大，就感到從1961年到1962年有一股資產階級的“黑風”侵襲着北大，“我深深感到人的改造很不容易，也使我看到並不是所有的人都擁護我們黨，願意為共產主義事業奮鬥。從此，我思想裏‘我們今後的任務主要是社會主義建設’的想法被徹底推翻了。我認識到：人的問題不解決，社會主義建設沒法保證”。

於是，他作出了一個決定性的選擇：“下定決心從事一輩子政治工作”。[42]這也正是他從物理系轉到中文系的內在動因。他也

二封信》(複寫手稿)，1968年10月20日。

41 陳某：《努力學習毛澤東思想，和陸平黑幫作不調和的鬥爭》(複寫手稿)，1966年8月1–12日。

42 陳某：《努力學習毛澤東思想，和陸平黑幫作不調和的鬥爭》(複寫手稿)，1966年8月1–12日。

因此開始了對馬克思、列寧、毛澤東著作的研讀，而且很快就認定"主席思想是全面豐富和發展了的馬列主義，是當代最高峰，無論在哲學、政治、經濟、軍事、文化上都是如此"。[43] 後來他在給毛澤東的信中這樣寫道："我是一個普通的共產黨員，但，是一個決心把自己的一切都毫無保留地獻給共產主義事業的黨員。每當我一想到我們的國家、民族、階級、事業能夠有您這樣的偉大領導人和在您領導下的共產黨的時候，尤其是當我一想到我生活在您的時代，並且參加了您所領導的黨的時候，我就常常陷入於一種不能自己的深深激動之中。"[44] 應該說，這是發自內心的真誠之言。或許我們可以說，在中蘇論戰中，一個"青年毛澤東主義者"誕生了。[45]

立志做"有政治頭腦的實際家"，在實踐中發展馬克思主義的"理論工作者"

我們把二十世紀六十年代初期中國校園裏出現的陳某這樣的大學生命名為"青年毛澤東主義者"，而將他與同時期出現的"學習毛主席著作積極份子"區別開來，是有根據的。陳某在1965年2月上書毛澤東時附交了他的《給黨和政府工作提的一點意見》一文，文章這樣寫道——

> "我感覺，不少人不是從思想深處真正對主席崇拜，用主席思想解決各種問題，而是嘴上高喊主席思想偉大，把主席神秘化，偶像化，在行動中卻遠遠背離主席思想，或是只會教條主義地搬用主席著作中的某些詞句，卻閹割了主席思想的靈魂。這一切實質上正是在降低主席思想的偉大意義，必須來一個啓蒙運動。

43 這是1963年暑假陳某與黃某辯論如何評價毛澤東時，針對黃認為毛澤東"對馬列主義發展主要是在策略上，理論上不多"而提出的。見陳某：《讓事實說話——和黃某的關係》(油印稿)，1965年2月25日。

44 陳某：《給毛主席的一封信》(油印稿)，1965年2月。

45 中蘇論戰對六十年代中國年輕一代的影響，是一個非常值得研究的問題。正是這場論戰以及隨後的文化大革命，在中國本土以及世界都培養出了一批"毛澤東主義者"——陳某在與黃某的談話中，就談到"毛主席的影響是在全世界的範圍"。

“前一階段，對於學習毛主席著作的引導很不够，學習中有兩種偏向：知識份子中大多數是教條主義式的斷章取義，工農群眾中不少是經驗主義式的零敲碎打。真正學習到主席的立場、觀點、方法的人是極少的。也就是說，在學習中不僅看主席說的是甚麼，而且想一想為甚麼這麼說和為甚麼會這麼說，不僅知道主席說得對，而且知道為甚麼說得對和為甚麼這麼說就對，並用以對照自己的思想、言論和行動的人是太少了。學習主席著作必須‘帶着問題學’，但不可把‘問題’僅僅狹隘地理解為能够看得見、摸得着的‘小’問題、‘具體’問題、‘實際’問題(前一段有此偏向)，還應該包括一些看不見、摸不着的‘大’問題，‘方向’問題，‘理論’問題，這二者應該很好地結合起來。否則，有使人們陷於事物(務)主義而造成不識大體、不懂政治的嚴重危險，‘小’問題解決千千萬，‘大’問題不解決，國家難保不出問題。

“應該使更多的人懂得馬列主義的一些基本原理，使(懂)得社會發展規律和無產階級的歷史使命，使他們能够站在一定的歷史高度觀察和分析問題，不僅看今天，而且看明天，看上幾十年，以至幾百年。這樣可以使他們在執行任務、完成任務的時候，不僅知道要這麼作，而且能分析為甚麼要這麼作，盲目性可以減少，自覺性可以增加。今天盲目的實際家太多了，有政治頭腦的實際家太少了。”

陳某在文章中還提出了“組織研究當代革命鬥爭問題的理論隊伍”的意見——

“馬克思主義是發展的學說。它必定要在人們認識與改造客觀世界的過程中有所發展，否則就沒有了生命力。

“馬克思主義的歷史告訴我們，每當社會上有一個大變革，共產主義運動中就有一場大變革，共產主義運動隊伍就有一場大辯論，馬克思主義就有一個大發展。目前無論我國，還是世界都處在從未有過的偉大歷史性變革的關頭。

"……馬列主義、毛澤東思想並沒有結束真理，而是在實踐中不斷給人們開闢認識真理的道路。也就是説，它只是給人類正確地進行三大革命鬥爭奠定了一個科學的基礎，它並不是一成不變的教條。而馬列主義毛澤東思想是真理，是不怕批評的，是批評不倒的，各種批評只能促進他(它)的豐富和發展。

"對於社會主義事業發展中的各種問題的探討，不是個別人能辦得到的。因為時局變化太快了，而個別人又很難獲得全面的材料，這樣不可避免地會在研究中出問題。我們今天需要一批人，他們首先應該是立志改革，立志為共產主義事業獻身的戰士，並且要懂得馬列主義基本原理，還要始終生活在社會鬥爭和人民群眾之中。"

很顯然，陳某本人正是要立志作這樣的思考"大"問題、"方向"問題、"理論"問題的，"不僅看今天，而且能够看明天，看上幾十年以至上百年"的"有政治頭腦的實際家"，"立志改革，立志為共產主義獻身的戰士"，"懂得馬列主義基本原理"並"始終生活在社會鬥爭和人民群眾之中"，"研究當代革命鬥爭問題"，在實踐中發展馬克思主義的的理論工作者。——應該説，這是從根本上接近毛澤東對年輕一代的期待的；而且也依稀閃現着"青年毛澤東"的身影。

用毛澤東的思維和眼光觀察、思考中國和世界

當陳某這樣立志、作出這樣的選擇的時候，他是清醒地意識到自己的處境的。他感到孤獨，因此，在給毛澤東的信中發出了這樣的呼喊——

"今天青年一代中真正認識到前進中的困難、真正下決心為我們的事業奮鬥終生的人，比陶醉在今天的幸福生活和個人小天

地的人要少得多。主席呵，下決心狠狠地抓一抓我們這一代吧，尤其是大學生”。[46]

他也同時感到了危險。他在給毛澤東的信中這樣談到自己的苦惱與擔憂：所想的問題“無法和別人一起討論，在頭腦裏形不成一個系統”，而“其中不少問題都是政治問題，自己覺得掌握情況很少，沒太大發言權，很沒把握；而有的同志又說：‘為你自身安全還是不提吧，我已經有不祥的預感了’，而我自己也怕好心提意見，被組織上認為是‘否定成績’和‘個人英雄主義’，更怕給自己扣上政治反動的帽子”。在猶豫中給他以啓示與力量的，是毛澤東的兩段話——

“我們的國家要有很多誠心為人民服務、誠心為社會主義事業服務，立志改革的人”。

“‘捨得一身剮，敢把皇帝拉下馬’，我們為社會主義、共產主義而鬥爭的時候，必須有這種大無畏的精神”。

陳某在所寫的好幾篇文章中都引用了毛澤東的這兩段語錄，顯然這已經成為他的“座右銘”，而且他是虔誠而認真地身體力行的。

今天的人們則不難注意到，陳某所引述的這兩段話出自1957年3月12日毛澤東《在中國共產黨全國宣傳工作會議上的講話》。[47]當

46 陳某：《給毛主席的一封信》(油印稿)，1965年2月。陳某當然不知道，此時的毛澤東也正為自己的追求不能得到黨內的理解和支持而感到孤獨，情況非常接近於1956年他提出雙百方針時；後來，毛澤東果然“狠狠地抓”“這一代”年輕人了，於是就有了1966年8月“你們要關心國家大事，將無產階級文化大革命進行到底”的號召，情況也於1957年號召知識份子“鳴放”十分接近。

47 陳某對1956、1957年毛澤東的著作，特別是《關於正確處理人民內部矛盾的問題》，特別重視，並給以極高的評價。1963年暑假與黃某的那次談話中就特意指出：“在社會主義革命和建設中，主席對馬列主義的發展，不說別的，只一個《關於正確處理人民內部的矛盾問題》，就從理論上解決了蘇(聯)幾十年來沒解決的一個有劃時代偉大意義的問題”。他的許多觀點實際上都是以“兩類矛盾”學說為理論基點的。

年許多知識份子與青年學生也是在這樣的召喚下“大無畏”地進行鳴放的，等待着他們的卻是後來的反右運動。現在毛澤東的這番話又喚起了陳某這一代，那麼，又是甚麼樣的命運在等待着他們呢？

當然，這都是事後的追問。處在1965年歷史時空中的陳某，只感覺到自己內心與毛澤東的相近與相通。他努力用毛澤東的思維與眼光(即他所說的毛澤東的“立場，觀點與方法”)去觀察與思考中國和世界的現實與未來。

重申“社會主義民主”：質疑基層黨組織的絕對權威

那麼，他關注、並且提出了甚麼問題呢？

他首先提出的是“有關社會主義的民主問題”，而且他的思考是從對1957年的反右運動的反思開始的。他明確而尖銳地指出：“從反右鬥爭以後出現了嚴重的缺乏民主的情況”。在肯定了“反右鬥爭有偉大的現實意義和歷史意義”(這樣的肯定也是認真的，下文我們將作分析)以後，對反右運動及以後產生的問題作了這樣的分析——

> “在反右派鬥爭中存在不少缺點，像兩類矛盾界限掌握不夠好，簡單化的處理方法，把一些敢提意見，對具體工作不滿意和給基層領導提出批評的人劃成了右派，而一些有政治鬥爭經驗的真右派卻漏掉了。本來，進行這樣一次偉大的運動，又沒經驗，尤其是正確處理人民內部矛盾的經驗，犯些錯誤是不可避免的，也是無可責難的。但是，作為領導者，還是應該及時總結經驗教訓的。這個工作未及時跟上，結果造成了兩個惡果：基層領導開始聽不進反面意見；群眾較普遍地開始不敢講真話，不敢提意見，預伏了很大的危險。
>
> “從這以後，似乎黨的基層領導誰都不能批評了，他們所作的任何一件事情，所說的任何一句話都是完全正確的，大多數群眾把‘聽黨的話’也僅僅理解為完全聽基層黨組織的話，以至某個領導人的話，而不是先聽主席、中央的話，聽黨的路綫、方

針、政策的話(兩者的統一是由基層組織貫徹中央政策實現的)。如果一個人在某些具體問題的看法和基層組織或某個黨的領導人有分歧，不是‘有問題’、‘不聽黨的話’，也得檢查思想。從此，說假話開始成風，民主受到破壞，而領導者脫離實際、脫離群眾的主觀主義、官僚主義作風和驕傲自滿情緒也大大增加，中央政策也很難深入貫徹下來了。

“這幾年一些問題逐漸暴露出來了，可是我們很多領導還是毫無知覺。主席幾次呼籲階級鬥爭，不少人還不認識。確實是，一些領導的官僚主義、不知下情和不民主的作風已經到了驚人的程度。他們不深入下層，又聽不到真話，聽到反面意見就當成‘洪水猛獸’。當然應該看到，我們大部分幹部始終在兢兢業業地為黨工作着，對黨充滿了樸素的階級感情，但相當多的人卻不甚懂得馬列主義，眼光不遠大，看問題形而上學。所以往往他們很不清醒，把基層領導所作的任何一個指示都奉為不可碰的‘金科玉律’。他們聽不進別人對工作的批評，不願看到工作中的缺點，不承認以往工作中的錯誤。聽到別人說了這些以後，就心裏不高興，認為是‘否定成績’，是‘異端’。結果總是看不見問題，基層領導錯了大家也跟着錯。在這同時，少部分壞人鑽了空子，打擊好人”。

不難看出，這裏的反思與質疑，主要集中在反右以後所建立起來的有關黨的領導的兩個邏輯：“批評黨的基層領導就是反黨”，“批評黨的工作錯誤就是否定成績，攻擊黨”。這在仍然處在反右陰影下的六十年代初期的中國，是一個相當大膽的聲音；而對陳某自身來說，則是一個思想的自我解放——如前面所說，他自己在此以前，也是被這樣的反右派邏輯緊緊束縛住的。

但同時也應該看到，陳某這裏所說，並沒有超出毛澤東思想的範圍，甚至可以說是從他那裏引發出來的。毛澤東本人1962年在擴大的中央工作會議上的講話就着重談到了“不論黨內黨外，都要有充分的民主生活，就是説，都要認真實行民主集中制。要真正把問題敞開，讓群眾講話，哪怕是罵自己的話，也要讓人家講"。毛澤東還尖鋭地批評"現在有些同志，很怕群眾開展討論，怕他們提出同領導機關、領導者意見不同的意見。一討論問題，就壓抑群眾的積極性，不許人家講話"，甚至用他所慣用的激烈的語調這樣説道："不許人講話，老虎屁股摸不得，凡是採取這種態度的人，十個就有十個要失敗。老虎屁股真是摸不得嗎？偏要摸！"[48]

不過在1965年的中國政治環境下，陳某這樣的質疑黨的基層領導的絕對權威的聲音，卻是毛澤東所願意和希望聽到的；因為此時的毛澤東正為沒人聽他的話，自己的意志因層層黨的組織的抵觸與阻隔，不能貫徹到社會底層而憤怒。他看得很清楚，前述反右邏輯實際上已經成為他所痛恨的黨的官僚體制的護身符。而陳某在反對無條件地聽基層黨組織的話的同時，所强調的正是要"聽主席、中央的話，聽黨的路綫、方針、政策的話"，實際上就是要樹立毛澤東及他所代表的黨中央的絕對權威，他也就有意無意地觸及了當時中國政治的一個極其敏感的問題。

但他如此直接了當地將"缺乏民主"的問題與反右運動的問題聯繫起來，卻又觸犯了中國政治的大忌：即使是毛澤東本人在最尖鋭地批評"不讓人講話"的現象時，也是迴避了其產生的原因的；1957年的反右與1959年的反右傾都是關涉毛澤東本人與黨中央的重大決策，這是絕對不允許觸動與質疑的。陳某的意見儘管暗合毛澤東的意思，但仍要被視為"異端"，如下文所分析，還要被戴上"反毛澤東"罪名，這也是符合內在邏輯的。

重提"放"的方針：用群眾民主來保證"江山永不變色"

或許更值得注意的，是陳某針對缺乏民主所造成的黨的危機所提出的對策：他提出了"要不要'放'"的問題，而且明確地指

48 毛澤東：《在擴大的中央工作會議上的講話》，1962年1月30日，18頁，20頁，24頁，《建國以來的毛澤東文稿》第10冊，中央文獻出版社，1996年版。在文革中毛澤東的這段話曾被廣泛引用。

出：“‘放’實際是一個民主的問題”，並且主張堅決地更大規模與範圍的“放”。這本是1956、1957年毛澤東所提出的問題，當時曾引起黨內的極大反彈；而在反右以後，“放”事實上已經停止，而且成了“陽謀”。現在，陳某重提“放”的問題，自有他的理由——

> “只有當廣大群眾認識到他們的歷史使命時，才能真正當家作主，參加國家管理。
>
> “只有廣大群眾真正當家作主，他們的歷史主動性和積極創造精神才能充分發揮出來，才能形成一股不可抗拒的物質力量。也才能在他們當中湧現出大批有才幹的領袖人物，即使當權者出幾個修正主義者，他們也有能力反掉。
>
> “我們應該把發揚民主，調動最廣大人民群眾的社會主義積極性，作為鞏固無產階級專政和防止‘和平演變’的一個極端重要手段。”

> “應該鼓勵學生‘放’。
>
> “必須使年輕一代(尤其是青年知識份子，大學生)人人關心國家、民族、階級事業的命運。否則，我們的未來是不可設想的。
>
> “只有在青年中提倡‘疑’，遇事多問幾個‘為甚麼’，這樣，年輕一代的馬列主義水平才能真正提高。
>
> “尤其是在學生中，應該鼓勵他們發表各種意見，因為青年一般愛動腦筋，愛想問題，提問題，這是很大的好事。錯誤東西出來了，可以通過教育，提高大家。如果大家都怕犯錯誤，而不主動想問題，提問題，那麼，我們青年一代中的大部分人都會成為沒出息的庸人，我們的將來會是不堪想像的。”

> “錯誤東西不放出來，並不能自然消失，而是隨着形勢的變化，它也變換着存在的形式，以後氣溫合適，放出來危害更大。尤其是問題都不解決，積起來，一下子總爆發，就可能弄得不可

收拾。一些社會主義國家的教訓可以給我們以借鑒。我國從歷史傳統上就比較地缺乏民主，對這個問題必須要引起我們的高度重視，並加以解決。

"我大聲呼籲，在我國大批革命前輩在世時，這個問題一定要解決，或者是基本上解決。

"要看到幾代以後。我黨是光榮、偉大、正確的馬列主義、毛澤東思想武裝的政黨，它是不怕批評，也批評不倒的。但是，群眾不敢批評領導是預含着很大的危險的。為甚麼呢？今天，我黨核心是在鬥爭中形成的，很堅强。下一代估計不會出甚麼問題。第三代，第四代……現在還很難保險。假使五十年或一百年後，我黨領導核心變了，或正在變，按今天的情況，群眾能不能將其反掉或提出批評意見呢？應該看到五代以至十代，應該作壞的設想，這樣才能想盡辦法，堵死各種缺口，才能爭取到最好的可能。"

可以看出，陳某思考的基本出發點與歸宿，是保證共產黨領導的江山"五十年、一百年""永遠不變色"，其領導權也因此得以鞏固；辦法就是發揚群眾民主。[49] 這也正是符合毛澤東的想法的：一年以後他發動文化大革命所採取的就是直接發動億萬群眾大鳴大放的"大民主"的方式。

"接班"問題：警惕老幹部及其子女中產生"新生資產階級"

陳某所提出的第二個問題是"接班"的問題，這恐怕也是1965年前後毛澤東想得最多的問題。在這方面，陳某也提出了一些重大而有意思的意見。

首先是他對"老一代"的分析——

49 陳某還提出許多具體的政策，例如，允許群眾批評中央，所謂"輕議先賢者罪小，使先賢之旨不得傳於後世者罪大"；"不僅要善於區分香花和毒草，而且應該善於區別對待放出毒草的人"，"把一些在政治上有問題的人，或者有些錯誤看法的人，當作反動、反革命，既傷害了這些人的積極性，又使相當大量的人不敢談政治方面的問題了"。

"在老一代的革命幹部中，大多數人是從舊階級中分化出來的革命的知識份子。他們有新理論、新思想的武裝，可舊階級的尾巴完全割掉是很不容易的。革命勝利了，我們掌握了政權，革命者(生活在階級社會的人，大多又是舊階級的背叛者)容易放鬆警惕，而敵人卻未放鬆對我們的進攻。有的人'官'做大了，生活好了，改造不自覺了，革命感情慢慢淡薄了，人，變化了！

"戰爭並不能肅清人們的資產階級思想，經過了鬥爭考驗的人不能保證沒有資產階級的尾巴。……何況還有一些人在民主革命時期根本就沒有想到過或是不願意想社會主義革命。

"我們老一代革命幹部中大部分人是抗戰勝利以後才參加革命隊伍的。而今天不少的黨委書記、團委書記是解放時才參加革命的(投機革命，找出路的大有人在)。因為革命事業發展的需要，他們很快就身居要職了。但他們中間不合格的還不少，一方面缺乏鍛煉，缺乏馬列主義理論；一方面缺乏社會主義革命的準備，缺乏自覺改造的決心。再加上前幾年民主空氣的缺乏，他們中間一些人'演變'得很厲害"。

陳某還分析了"革命幹部子弟"，認為他們中"好的是少數，比較差的要比好的多"，他們"主觀上思想改造不自覺，認為自己是'自來紅'"，"而客觀上的特殊條件和特殊地位，更進一步促成了他們的特權思想，不少人腦子裏全是資產階級思想泛濫，一些人逐漸變成了無產階級革命戰士家裏培養出來的'新生資產階級'"。

不難看出，陳某在分析老一代革命者和他們的子女時，儘管也提到了"特權"問題，重點卻是他們的"資產階級思想泛濫"，講"特權"也是講"特權思想"，是"資產階級思想"的一個方面，強調的是成為"新生資產階級"的危險；這一點與1957年校園裏的"右派"從生產資料的佔有與分配上來討論"特權階級"產生的危險，是大不一樣的，但這又恰恰是符合毛澤東的思路的。而陳某由此而提出的"讓位"問題："老一代某些人不讓位，勢必壓抑新生力量的成長，且容易形成官僚機構"，也許是更值得注意的。

資產階級仍然統治大學，培養其接班人

而陳某對青年知識份子與大學教育現狀的分析，則是更集中地體現了他的思想的激進性，這是與1962、1963年以來日趨激進的社會思潮(其根源在毛澤東自身思想的日趨激進)相適應的。

在他從1963年到1965年所寫的一系列上書、文章中，始終貫穿着一個思想："資產階級與無產階級爭奪青年的主要對象是青年知識份子，尤其是大學生。因為一個階級的政治思想的代表往往是這個階級的知識份子，而青年知識份子正是未來的國家幹部，故若他們出問題，則國家很可能會變。而目前知識份子中非勞動人民出身者又居多(實際上新階級的先進人物最初大多數總是從舊營壘中分化出來的，而這個過程在社會主義初期仍然保持)，自覺或半自覺地或強迫地把他們改造成新階級的知識份子，殊非易事"，[50]"問題是嚴重的：培養怎樣一代的知識份子，是關係國家命運的首要問題，是接班人的核心問題"。[51]

而他又是從反右運動以後資產階級爭奪青年手法的變化這一視角來觀察大學(首先是他所在的北京大學)現狀，並感到了問題的嚴重性的。在他看來，反右運動的"偉大的現實意義和歷史意義"，是在"它打垮了資產階級在我國從政治思想戰綫上進行的明目張膽的公開進攻"，而在反右以後，"資產階級對我們的進攻變換了手法，即使是公開的進攻，也都披上了馬克思主義的外衣"。在1965年2月所寫的《給校系工作提幾個意見》中，他對北大的現狀作了如下的分析："資產階級教授除了在少數人心目中還是不可動搖的權威以外，在大多數群眾中已是聲名狼藉了。但他們的名譽地位和生活水平，還是一幅很有力的招魂幡"，更危險的是"打着'紅'

50 陳某：《寫給許立群的一封信》(油印稿)，1964年9月。
51 陳某：《給黨和政府工作提的一點意見》(油印稿)，1965年2月。

的招牌，販賣‘白’的貨色的一批‘黨內專家’”，他們“和資產階級教授形成了無形的‘統一戰綫’，起着資產階級教授遠遠起不到的壞影響”。而黨的思想政治工作、社會主義革命精神“未深入教學領域”，“封建主義、資本主義”的東西仍然佔據着教學“陣地”，從教學內容，到教學方法與考核方法，無不如此。在這樣的教學體制下，“只能培養出理論脱離實際、保持三大差別的‘精神貴族’(尤其是文科)”。而“在學生中，資本主義的‘根子’相當強有力，它是無形的，在社會上有着雄厚的基礎，(是)一股強大的習慣勢力。所以，人們看一個人的時候，往往不是無產階級的階級標準，不是政治第一，革命第一，而是其他階級的階級標準，是人性論，是業務第一”。而學校所樹立的所謂“又紅又專”的“標兵”，不過是政治上“聽領導的話”，專業上“按照教學計劃教條地學習”，其實是“政治庸人和書蛀蟲的結合”。在這樣的學校氣氛中，出身與政治表現都不好的學生只要業務拔尖，就受到重用；而出身好，真正有理想有抱負，“方向明確，堅持革命”、堅持獨立思考的學生反而受到壓制。

於是，陳某在給高教部部長楊秀峰的信中，提出了這樣一個問題：“高等院校是集中培養接班人的地方，到底培養出誰的接班人呢？”[52] 而他的結論是：像北大這樣的高等學校基本上沒有貫徹黨的教育路綫、方針與政策，“不能培養出無產階級革命事業的接班人”，“優勢現在還在舊勢力一方”，“目前的舊式學校(所走的還)是剝削階級及其統治人類社會幾千年之經驗找到的一條培養精神貴族的最好道路，這是理論脱離實踐，保持和擴大三大差別的道路，我們必須從根本上改造它”。

從這樣的“根本改造”的目標出發，陳某又提出了一系列激進的主張，例如，根本改革高考制度，“真正貫徹階級路綫，應該把政治思想放在第一位，‘白專’之人應該少錄取或不錄取(尤其

52 陳某：《給楊秀峰的一封信》(油印稿)，1964年寒假。

是大學文科)”；[53] 改革畢業分配制度，打破“業務第一”的觀念，將“政治上强”的，“我們黨在學生中的一批骨幹力量”分配到“高級研究機關”，以保證在科學領域黨的領導；[54] 根本改造大學文科，“文科可以成為黨校性質的抗大式的學校”[55] 等等。

自覺融入毛澤東思想體系，形成底層的呼應

如果說在前文所分析的“社會主義民主”問題上，陳某的意見對反右所建立的黨的基層組織和領導的絕對權威多少形成某種衝擊，而我們已經分析，這正是準備發動文革的毛澤東所需要的；而這裏所有的激進主張，卻是對反右的階級鬥爭邏輯的一個堅持與極端發展，而這也是符合毛澤東思想的發展邏輯的。他的這些主張在毛澤東所發動的文革中以更為激進的形態(廢除高考，停辦文科)得到實現，絕不是偶然的。這兩個方面，都說明陳某的思考與意見，是融入毛澤東思想體系的，而他又是如此自覺地將其變成自己的思想與行動的內在要求，我們正是在這個意義上，將陳某命名為“青年毛澤東主義者”。

而在六十年代初期的中國校園，特別是北京大學校園出現了陳某這樣的青年毛澤東主義者，意義無疑是重大的。它又一次形成了“底層”與“上層”的互動：陳某這樣的青年毛澤東主義者的出現，顯然是反右以後毛澤東及其思想的權威的強化與灌輸的結果，尤其是這一時期中蘇論戰及隨後的“培養革命接班人”、防止“和平演變”問題的提出，更是極大地促進了這一代人思想的“革命化”，使他們與日趨激進的毛澤東思想一拍即合，像陳某這樣的眼光高遠，喜歡思考大問題，有着濃厚的理論興趣，政治上又極度敏感的年輕人，就有可能敏銳地抓住毛澤東思想的內

53 陳某：《給胡耀邦的一封信》(油印稿)，1963年寒假。在1964年寫給楊秀峰的信中，他又更進一步提出：高考錄取應該首先看政治思想，其次看業務水平和家庭出身，政治思想表現差的，無論業務水平多高，家庭出身多好，都不應該錄取”。

54 陳某：《給胡耀邦的信》(油印稿)，1963年寒假。

55 陳某：《給校系工作提幾個意見》(油印稿)，1965年2月。

核與精髓，與高居於上的毛澤東產生心靈的相遇。

而對因與黨的官僚體制的衝突而“高處不勝寒”的毛澤東，這樣的來自底層的心靈呼應，自然是一個不可或缺的支持，特別是當他決定借助群眾的力量來解決黨內矛盾，陳某這樣的青年學生中的毛澤東主義者自然就成了他的群眾基礎，他們的民間思考也為他提供了群眾中的思想基礎。在我們以後的研究中將會提出文革中的“青年毛澤東派”(他們是“造反派”的核心)的問題，應該說在文革之前(1963至1965年間)出現的陳某的這些思考，正是這些“青年毛澤東派”的一個先聲。

但他卻成了基層黨組織眼裏跳出來的“右派”

因而陳某在文革前與文革中的命運，就是特別值得關注的。我們已經說過，陳某曾被評為“優秀團員”，是被當作接班人培養的。而一旦他選擇了一條挑戰基層黨組織和領導的絕對權威的道路的時候，就成了基層黨組織眼裏的“異端”，並且不可避免地發生激烈的衝突。

1962年3月陳某寫了《給物理系黨團工作提十點意見》，當即遭到了“不尊重領導”、“站在資產階級立場看問題”的嚴厲批評。1963年已經轉到中文系學習的陳某對北大的現狀越來越不滿，在一次討論中公開提出：“黨委書記陸平在北大沒有貫徹毛澤東思想”，就更捅了“螞蜂窩”，被戴上了“狂妄自大”、“否定成績”、“否定組織”的帽子。他的唯一的一個好朋友也被擠出北大，臨行前發出了“這兒不是咱們這號人呆的地方”的感慨。以後陳某決定“走自己的路”，不按教學規定學習，獨立地鑽研馬列主義、毛澤東著作，並經常發表與眾不同的意見，在同學中也逐漸孤立。1964年暑假，陳某列席北大團代會，在小組會上提出“必須有民主作風，讓大家敢提意見”，又遭到有組織的批判，罪名是“鼓吹極端民主化”、“和黨爭民主”、“要脫離黨的領導”、“和黨對立”等等。在1964年到農村參加社教運動時，在小組會上又批判他

"以'左'的面目表現出來的極端個人主義，個人英雄主義，個人野心"，"否定教育革命"，"懷疑基層組織就是懷疑黨中央"。

這樣的連續不斷的批判，更促使了他的進一步思考，於是，就有了前文引述的1965年2月所寫的《給毛主席的一封信》、《給黨和政府提幾條意見》、《給校系工作提幾個意見》這一組文章。陳某親自將文章送到中南海，[56] 希望得到毛澤東本人的支持，卻被退回到北大黨委。本來北大基層黨組織因為陳某一再表示："中文系黨組織不是馬列主義的"，"基層組織不按毛澤東思想辦事，我就是不聽"，對他已經十分不滿，自然就借機進行全面、系統的批判，指責他"形成了一整套與黨對立的看法"，"腦子裏總有股反勁"，"把領導和群眾對立起來，基層和中央對立起來"，"通過對基層的否定而徹底否定社會主義的一切"，"眼裏只有一個毛主席，其實是誰也不相信"，是"系統化政治錯誤的大暴露"等等。

這一切，幾乎是1957年反右運動的重現，從批判邏輯到手段、氣氛，無不如此。事實上批判的組織者早已有言："劉紹棠(當代作家，曾是北大中文系的學生)怎麼成為右派的，就是通過否定基層組織否定黨中央。要記住這個教訓：有人要在57年，早劃成右派了"。歷史彷彿真的就要重演：從1965年到1966年上半年，中國的政治氣氛越來越緊張，新一輪的反右運動似乎越來越逼近了。

在這種形勢下，陳某這樣的已經"跳出來"，注定要成為"新右派"的"反動學生"，只有把目光轉向毛澤東和他所代表的黨中央。在批判會之前，陳某已經多次表示："我相信黨和毛主席會理解我的"，在接受批判的當天，他又在日記中這樣寫道："欲哭無淚，欲喊無聲，我的心亂極了。我真的反對社會主義嗎？那不成了

56 在上送材料時，陳某還附交了一份《關於我的一點情況》，表示了這樣的志向："國家各部門，尤其是農村，需要大批有作為的、立志改革的人才。今天農村出現的新問題太多了，但深入農村幾年、十幾年，研究社會主義新農村各種問題的人是太少了。我堅決、鄭重地提出申請：到農村去，到階級鬥爭的大風浪中去。我相信，在農村，可以很好地鍛煉人，可以加速我的思想改造，又可以解決一些真正需要解決的問題。馬列主義不在洋樓裏。在這樣的學校裏呆個幾年，只會扼殺人才。"這裏所表達的思想與行動趨向，在文革中得到了實現。

反黨了嗎？！黨中央呵，毛主席，我真恨不得把心掏出來讓您們看看。我們國家要像學校這麼下去，會成個甚麼樣子呢？”[57]

文化大革命也沒有解放他，依然難逃“反革命”的罪名

這局面也是毛澤東所不願意看到的；在他看來，這甚至是對他的戰略目標與戰略部署的一個干擾：對於毛澤東，1965、1966年的中國，已不是1957年的中國，他現在的主要對手、主要打擊對象，已經不是社會上與學校中的右派，而是黨內從地方到中央的“走資本主義道路的當權派”。於是，就有了1966年6月1日毛澤東對聶元梓等人批判北大黨委書記陸平的大字報的公開支持。正在湖北農村參加社教運動的陳某聽到廣播，淚流如注，他的第一個反應是：“北大這回可要起翻天復地的變化了”，“毛主席太偉大了，太偉大了，這張大字報的貼出，預示今後誰要想使資本主義在我們國家復辟是絕對辦不到的”：由此開始的文化大革命正是他(和他這樣的青年毛澤東主義者)所期待的。

但歷史卻沒有如他所期待的那樣發展，而他自己也成了這場革命的對象。儘管陳某已經做好了這樣的精神準備：“一些陸平的追隨者在陸平已被推翻的情況下，一定是批陸平保存自己，他們一定還會想方設法打擊、壓制真正的革命派”，但他沒有料到，等待着他的卻是被打成“現行反革命份子”，飽受“群眾專政”之苦，比他在文革前所受到的批判，實在是有過之而無不及。而且主要罪證仍然是他寫給毛澤東的《對黨和政府工作的意見》，當然，又有了新的名目：“反黨反社會主義的綱領”，“射向黨中央、毛主席，射向無產階級專政的明晃晃的毒箭”等等。

陳某所犯的依然是“反黨”罪；但其背後的理論根據已不是“否定黨的基層組織即是反對黨”這樣的“反右邏輯”，而是新的“文革邏輯”：要建立毛澤東與毛澤東所代表的黨中央(文革中

57 本節材料均引自陳某：《努力學習毛澤東思想，和陸平黑幫作不調和的鬥爭》(複寫手稿)，1966年8月1日—–12日。

叫"無產階級司令部")的絕對權威，不允許有任何懷疑、動搖和不同意見。以這樣的邏輯，陳某的許多主張，如"黨中央也可以批評"，"怎麼革命？一步步都需要解決甚麼問題？誰都沒有經驗，要靠無產階級革命政黨和廣大群眾在三大鬥爭中不斷摸索、不斷總結"，"馬列主義還有幾百年的生命力，直到共產主義實現。可不少人似乎認為馬克思主義發展已經到頂"，理所當然地就是挑戰毛澤東與黨中央的絕對權威，"反對毛澤東，反對黨中央"。而我們在前文所引述的陳某對學習毛澤東著作中的不良傾向的批評，對反右與反右傾運動中問題的批評，對某些破壞民主現象的批評，被看作是"攻擊活學活用主席著作"、"攻擊反右鬥爭，攻擊反右傾"、"攻擊社會主義不民主"的"鐵證"，[58] 也正是符合文革邏輯的。而且，所謂毛澤東與黨中央的絕對權威，最後仍然要落實到具體的基層黨組織的權威(只要它宣佈自己執行的是毛澤東與黨中央的路綫、方針和政策)，它們都同是維護黨的絕對權威所必需。陳某無論怎樣也逃不脫"反黨"的罪名，原因即在於此。

但這卻是陳某所沒有想到的。如前文所說，陳某在文革前就是一個毛澤東主義者，這是他的一個自覺的理性的選擇，而非盲從；因此，在他宣佈自己對毛澤東的"崇拜"的同時，也明確表示，反對把毛澤東"神化，偶像化"，[59] 這兩個方面對他來說，是統一而無矛盾的。但他所不曾料及的是，他所期待的終於到來的"革命"，卻是一場新的造神運動。在這場毛澤東親自發動與領導的運動中，他這樣的真正的"毛澤東主義者"、真正的"革命呼喚者"，反而成了"反對毛澤東"的"反革命"，這看似矛盾的歷史的荒謬，恰恰是反映了文革的某些內在矛盾與本質的。而無論對陳某這樣的青年毛澤東主義者，還是毛澤東本人，這同時也是一個歷史的悲劇。

58 陳某：《革命何罪？——給首都工人、中國人民解放軍的第二封信》(複寫手稿)，1968年10月20日。

59 陳某：《給黨和政府工作提一點意見》(油印稿)，1965年2月。

地下新思潮與右派思潮、文革思潮的關係：有待研究的課題

我們的敍述已經延伸到六十年代中期以後的文革時期——這是我的研究計劃中的下一個將要詳加討論的歷史階段，很多問題將要在那裏更深入地展開。因此，本文也必須到此打住，而且在結束前還要回到論題中的“六十年代初期湧動於北京校園的地下新思潮”上來。我們之所以將發生在這一時期的“太陽縱隊”、“×小組”，以及黃某、陳某等“反動學生”的思考，稱作為“地下新思潮”，是因為他們都是對反右以後所強化的高度統一的極權秩序的一種質疑與反叛，對於這一時期的主流意識形態具有顯而易見的異端性，因此不得不以“地下”形態出現，並都不能避免被專政的命運；或許我們可以把它概括為一種“懷疑主義的地下新思潮”，它們與1957年的右派思潮有着複雜的聯繫，又有新的特點，從而與下一時期的文革思潮發生同樣複雜的關係。

但所討論的這幾個個案之間的差異，也是明顯的。其最突出之點是反叛與質疑的思想資源與批判立場的不同，大體而言，主要是兩種傾向，一種是或來自“五四”傳統，或直接來自西方人文主義傳統的民主、自由、個性主義、人道主義立場，一種是直接來自馬列主義、毛澤東思想的追求社會平等與階級解放的激進主義立場。持有不同出發點的兩類反叛者在文革中的表現與命運，或許是今天的研究者所更感興趣、更為關注的，但這確實已是下一個將要討論的課題了。

附錄1 “右派小人物”的命運和境界

——《鍾朝岳文鈔》代序

寫在前面

我在1998年所寫的一篇文章裏，曾發出過這樣的呼喚：“所有右派兄弟姐妹，你們在哪裏？”不久，就得到了四川興文二中退休教師鍾朝岳先生的回應，我們很快就成了沒有見過面的朋友，有了長達五年的通信，也通了幾次電話。朝岳先生晚年生活十分困難，最後自己也患了絕症。我為他的不幸唏噓不已，卻也無能為力。2 003年7月朝岳先生在病危之中迎來了自己的六十九歲生日，我寫了一篇文章，為他祝壽，並將他這些年陸續寄給我的文稿，編成《盡是塵寰警世詩——鍾朝岳文鈔》一書，請我的學生李世文君輸入電腦，打印成冊，以滿足鐘朝岳先生最後一個願望。“書”寄去不久，先生即離開了這個給他帶來無盡苦難的世界。據說他在臨終時是平靜的。而我卻始終不能忘懷：這又是一個壓在心上的墳。再過兩個月，就是朝岳先生逝世兩周年的忌日，我也只能用這篇當年寫的短文權作祭文，並借公開發表之機，向所有“右派”兄弟姐妹的死，特別是“右派小人物”的死，表示我的永遠的哀思。

2005年6月30日

朝岳先生來信說，今年7月11日是他的六十九壽辰。

朝岳先生是我的沒有見過面的朋友。

但我見過他的照片：瘦骨嶙峋而目光炯炯有神。

從電話裏我聽到他的聲音：洪亮而有勁。

我更讀過他的文字：簡短而處處見血——因歷經苦難而筆尖滴血，因葆有尊嚴而筆底顯血性。

他有一篇文章，題目叫《九死一生》。一開頭就引用了一位作者的話："反右中的形形色色的怪事，各地方、各地區被錯劃右派的那些小人物的事情，至今不要說正史沒有，野史也沒有。而當時和以後受難最深的、最見不得天日的、最被寃屈的，投河，上吊，餓死，累死，打死，氣死，病死(早逝)，最多的，正是他們——這些名不見經傳的小人物，誰為他們寫一部歷史呢？誰把他們的事情昭示天下呢？"

這正是他自己的心聲，是他的發自生命深處的泣血的呼喚。

他自己就是這樣的右派"小人物"。——確如朝岳先生所說，右派這一段歷史是被強迫遺忘的；而人們偶然提及，關注的也是右派中的頭面人物與知名人士，這自然無可厚非：這些人影響大，對他們的思想、命運的透視，是能夠揭示出當年的鳴放與反右運動的被遮蔽的許多重要方面的。但不可忽視的事實是，所謂"反右運動"是一個遍及全國的全民性的大清洗，蒙難者的大多數都是一些名不見經傳的"小人物"，將他們的命運排除在視野之外，也會遮蔽許多真相。

就以鍾朝岳先生自己的遭遇來說，當年他作為西南師範學院中文系的普通學生，因為對黨員班長分配助學金的做法提了點意見，就莫名其妙、糊糊塗塗地當上了右派。——這樣的"莫名其妙、糊糊塗塗的右派"是當年的右派的大多數，本身即很能顯示所謂"反右運動"的實質：後來公佈的中共中央八屆三中全會通過的《劃分右派份子的標準》中就有一條："攻擊共產黨和人民政府的領導機關和領導成員，誣衊工農幹部和革命積極份子"者皆為右派，原來不僅黨組織本身，連同它的基層領導成員，以至積極份子都是不能提意見的，鍾朝岳及無數的小人物犯的就是這個"天條"。後來，鍾朝岳被劃作三類右派，留校察看，比起其他或被判徒刑，或開除公職，送去勞動教養的右派，算是幸運的了；但正如朝岳先生所說，處在"人民群眾的汪洋大海"的包圍中，左派自然從不放鬆打擊自己的機會，中間派也不敢接近自己，這樣的群體中的精神隔絕，其心理的壓力、心靈的折磨，是非親歷者所絕難想像的。在大饑餓的年代，鍾朝岳更是被發配到縣城邊遠荒山野地勞動改造，幾乎累死，餓死，還要經受右派內部的相互殘殺的“窩裏鬥”(這是最具“中國特色”的)。文革中鍾朝岳這樣的“死老虎”更是成為各派勢力手中的政治資本而受盡折磨與戲弄，幾被打死。

而更能顯示這些右派小人物的命運的，還是朝岳先生所說的“復出後在困苦和驚嚇中的煎熬”。近二十年來，當年右派中的頭面人物和知名人士中的許多人逐漸走出歷史的陰影，並重造輝煌，這都是顯示了歷史的進步的；但仍有大量的鍾朝岳們，被有形無形的陰影所籠罩，如朝岳先生所說，“雖然‘改正’了，但限制仍舊多多。工作，調資，分房，晋級，到處有關有卡，明的暗的都有”，這簡短、平靜的敍述背後，隱含了多少辛酸，痛苦！因此，當他看到電影《牧馬人》裏，右派主人公在問題改正以後，發給了五百元的補助費時，不禁感慨萬端：因為他自己為五十元的補助，四處奔走，卻被各級領導推來推去，受盡屈辱卻分文未得。《牧馬人》還有一個光明的尾巴，也讓朝岳先生哭笑不得：“不是每一個右派都有那麼一個有錢的住在國外的父親的！”人們偏偏“忘記”這最簡單的事實，卻用一塊“紅地毯”將無數右派小人物仍然不能擺脱的真實的生存困境掩蓋了。誰也不會注意到，他們仍為反右運動有可能重來而心懷餘悸，任何風吹草動都會使他們驚惶不安。他們依然沒有話語權：朝岳先生所寫的有關反右、文革的文章，投寄出去，都如石沉大海。而當商業大潮席捲全國，全民奔小康時，朝岳先生這樣的小人物，自然地落入弱勢群體，暮年更是災難頻頻：兒子惹車禍，欠了一大筆債不説，自己也身患癌症，終日痛苦呻吟不止！朝岳先生因此寫有《自嘲》一首：“香水山下一書生，一生一步一個坑”：真是每邁一步，都有陷阱、深淵在等待着自己！朝岳先生看得很清楚：“在我所處的時代，像我這樣處境的知識份子何止千萬”。因此，我們這裏所面對的，絕不是鍾朝岳先生個人的不幸與苦難。而且我們還要看到，鍾朝岳先生畢竟還寫出了他的痛苦經歷，還有更多的人，連這樣的傾訴的機會都沒有，這無聲的中國裏的沉默的大多數，他們的真實的痛苦與哀哭，至今還是被淹沒的，而且是淹沒在全民的狂歡裏！——人們如果真的要想知道真實的中國，真的關心與思考中國的未來，是不能不目光向下，關注這些小人物，這些沉默的大多數的真實的生存狀態和他們的心的呼喚的。

我們說"目光向下"，還有另一層意思。這是魯迅當年說過的："要論中國人，必須不被搽在表面的自欺欺人的脂粉所誆騙"，"要自己去看地底下"：那裏有真正的中國的"筋骨和脊梁"(《且介亭雜文·中國人失掉自信力了嗎》)。

這是一點不錯的：小人物有大境界，生存境遇的卑微中自有精神追求的崇高。

朝岳先生一再呼籲要"記下這段歷史"，絕不是為了他個人，讓他寢食不安的是："當年的當事者越來越老，越來越少了，不少人已經被苦難埋進了歷史的塵埃，仍留在世上的不是身殘，就是心殘，只求安穩地度過殘生，無力去挖掘歷史的傷痛了"，而社會早已將這一段歷史遺忘，對歷史的悲劇"是甚麼原因造成的"，"無人過問，也無人研究(或不便研究)"。但朝岳先生作為那場災難的倖存者，痛苦的記憶如山般的壓在心上，"即使白天忘記了，也會從晚上的惡夢中反應出來"；"個人的苦難倒不算甚麼，所擔心的是歷史教訓沒有明確，歷史的悲劇又會重演。在我們這樣一個物質基礎和文化基礎都非常薄弱的國家，還經得起像1957年那樣的折騰嗎？一個不總結歷史經驗教訓，不知道反省，更不願意改正錯誤的民族，是沒有前途的。作為中華民族的一員，我不願意看到子孫後代再受這種完全可以避免的苦難"。想想看，儘管自身已經陷入貧病交加的生活的絕境，朝岳先生心裏想的，仍然是自己的歷史責任，民族的命運，子孫後代的幸福：這該是怎樣的一種生命境界！

朝岳先生在他的《自嘲》詩裏，還有一句："歷盡世間苦和難，方知怎樣作個人"。儘管不過一個平民百姓，一介書生，卻自有人的尊嚴，更沒有忘記自己作為一個文化人的責任。他珍視自己手中的筆——這幾乎是他唯一的財富，他的力量之所在。退休以後，他始終筆耕不止。文章都不長，卻言之有物；發表的機會並不多，也少有刊登在顯著位置上，他只要求自由地表達自己的真思想，對文化教育事業的一片熱忱，這就足夠了。看他那樣執着地關注《南方周末》、《雜文選刊》、《天涯》這些敢說真話的報刊雜誌，一而再、再而三地給它們寫讀者來信，發表對刊物上的文章的讀後感，對作者隊伍的組織、欄目的設置與編輯……提出自己的意見，真令人感動；這些刊物之所以越辦越好，不僅靠作者、編者的努力，也要靠朝岳先生這樣的“忠實讀者”始終不渝的支持。而傾注了更大熱情的，還是朝岳先生的本行：中學教育事業。學生的課外閱讀，日常生活中使用的語言，師生關係，家長的責任……無不在他關注之中；他為學生的活動場所大聲疾呼，又為青少年足球迷說公平話；他提醒人們：“‘減負’不等於素質教育”，提出“必須重視對青年學生的性教育”；他告誡“中學生要學會獨立思考”，並以家長的身份“寄語”青少年：“如果我還年輕，我一不吸烟，二不酗酒，三不打牌，四不打人，不做一切有損於人有損於己的事。我將把主要精力用於學習，只有掌握更多的知識才能救人救世救自己……”。沒有語驚四座的宏論，說的全是常識，句句都很實在，卻處處躍動着愛護年輕人的拳拳之心，有一種說不出的感人的力量。讀着這些看似並不起眼的短文，我從中感受到的是，魯迅所讚揚的為培育文化和後代，“不怕做小事業”，能夠做甚麼就做甚麼的“泥土”精神(《墳·未有天才之前》)。我還想起了魯迅為未名社的韋素園寫的一段話——“是的，但素園卻並非天才，也非豪杰，當然更不是高樓的尖頂，或名園的美花，然而他是樓下的一塊石材，園中的一撮泥土，在中國第一要他多。他不入於觀賞者的眼中，只有建築者和栽植者，決不會將他置之度外”(《且介亭雜文·憶韋素園君》)。

我也僅以此語書贈朝岳先生，以賀壽辰。

2003年7月2日於北京寓所

附錄2　在這位女性面前我們羞愧難言
——讀李蘊輝《追尋》

這真是一次難忘的閱讀體驗。

我坐在前往雅典的飛機上——這是我退休以後參加的一次“歐洲浪漫之旅”。我打開一本剛寄給我的書：作者李蘊輝(原名鄒世敏)，是蘭州醫學院的退休醫生和教授，這是她的右派生涯的回憶錄，因此，她委托因《經歷——我的1957年》一書和我相識的和鳳鳴女士(她也是蘭州的一位退休教師)，將此書寄贈於我，我也不顧旅途的疲勞，迫不及待地讀了起來。書名叫《追尋》，甘肅人民出版社，2002年出版。書前赫然抄引着我和我們那一代人都非常熟悉的萊蒙托夫的《帆》：“一隻孤獨的帆船／在茫茫的霧海中，閃着白光／她在追尋甚麼？在遙遠的異鄉／她丟棄了甚麼？在養育她的故鄉……”。——真的，這位經歷了無數苦難，沒有見過面的女性，她在追尋甚麼？她因此丟棄了甚麼？她為甚麼感到孤獨，在養育她的家鄉？

是的，她是一位女右派。但是，真難以相信，她原是能逃過這一難的，她可以說是主動地當上右派；但她又一輩子也沒有承認過，自己是右派！卻因此付出了難以想像的代價……

那是在反右運動剛開始的時候，她所在的中國醫科大學的團委書記找她談話：“你一向聽黨的話，很積極，表現好，怎麼這次經不住考驗了？”這是指她在鳴放期間提了一些意見，但說話的語氣又顯然要拉她一把。換一個人，自然會趁勢敷衍一番，檢討幾句，就蒙混過關了：這也是這位書記所期待的。但她不，她不肯馬虎，她要較真：我說的都是真話，憑甚麼要檢討？於是，書記就轉而談起另一位她所佩服的同學，說已經定為右派，並準備開除他的黨籍：這背後的暗示也是很清楚的。但她要較真到底：“開除他的黨籍，我就退團！”說完起身就走，真是一條道走到黑了。

於是，組織了一次批判會，沒有讓她發言和表態，也沒有影響她的畢業分配，只是不給轉團組織關係，大概就是開除團籍了吧：這已經是最輕的處罰了。但她仍要較真：她覺得在批判會上沒有給她發言機會，是非不明，這不行；於是寫信回校，表示對批判不服，非要爭個明白不可。結局是可以想見的：學校寄來一份材料，列舉四大罪狀，並強調她“對錯誤至今不認識”，因此決定追加為右派。

她抄錄下這一決定，宣佈：“材料與我本人面目全非，不能簽字”，然後抽身離去。

這份沒有簽字的材料，整整有效地壓了她二十二年。

到1959年，蘭州醫學院在校的右派均已摘帽，惟獨剩下她這一個年輕的女右派，而且極為嚴重的是，至今還不承認自己是右派。全校上上下下都知道，據說還匯報到了省委宣傳部。

恰好這時候，她懷孕了。學校人事科長找她談話，說：“你這樣堅持下去將來對你的下一代影響很不好，而且經濟上也緊張，哪有條件負擔孩子？”同時明確告訴她：“你要翻案是不可能的”。出路幾乎只有一條：認錯，苟且，屈服。即使自己一千個、一萬個不情願，不甘心，就為了這還沒有出世的孩子也得如此啊！

她哭了。

科室專門為她開了一個會：“讓李大夫談談對右派的認識。然後大家提提意見，看能不能摘帽子？”

她哇的一聲哭了起來，邊哭邊說：“我就不是右派，談不上摘帽子！”

在她的哭聲中，科主任宣佈散會。人們魚貫地走了出去，從會議開始到結束，不到五分鐘。

她獨自坐在那裏。她明白，只要自己乖巧一點，多譴責自己，多感恩戴德，表示投降，她就會得到“寬大處理”，獲得她和懷裏的孩子最急需的生存條件。但她更知道，這樣的自我背叛，將使她的心靈終生不得安寧。她在幾十年後這樣說：“我自幼讀過文天祥的《正氣歌》、岳飛的《滿江紅》，以及《蘇武牧羊》，那種人格魅力與氣貫長虹的浩然正氣已沁入我的骨髓，說不出違心的話，做不出言行不一的事情"。她只能作這樣的選擇。

經過這個"回合"，人們如常的工作，好像甚麼也沒有發生，不留下一點記憶，只是再沒有任何一個人和她談一句工作以外的話，她也不與任何人接近。她成天挺着愈來愈大的肚子，來回於宿舍——病房——食堂之間。

孩子生下來了，是一個女孩，叫"芙蓉"——一個多美的名字！但從睜開眼睛看世界開始，就和母親一起承受着無盡的苦難和無邊的孤獨……

文革中苦難達到了頂點。她又出現在批鬥會上，人們氣勢洶洶地問她："你到底承不承認自己是右派？"

回答依然是三個字："我不是"。

一記耳光打來，竟把她從房子前面的中間摑倒在門邊。——一個高貴的女性，生平第一次受到如此的傷害與屈辱！

事後也有人不解地問她："你怎麼還不承認自己是右派？"在他們看來，這不過是一句話而已，何必如此較真？你真的想對抗甚麼嗎？

她無言。心裏想："我已經是一個從精神到物質生活徹底被剝奪者，那麼我還去對抗甚麼呢？"不承認的道理其實很簡單："因為我不是"。——她僅僅要維護事實。如果說這也是對抗，那就是對抗不顧事實的謊言，對抗人們不敢堅持事實的軟弱與苟且。

但她卻堅持到底，一直到1979年3月，她的右派問題得到"改正"，她還是那句話："我不是"。

但她依然感到有形無形的壓力。她在許多人眼裏，始終是一個"怪人"。不只一次地有人問她：你那樣做值得嗎？還有些"高級知識份了"對她說："當張志新有甚麼用？死了白死。人格算甚麼？那是空的。"更有人以"識時務者為俊傑"一語相告，批評她至今還是"不識時務"："從你現在的精神狀態看，改造並沒有把你壓服，說明壓力還不够”，還需要繼續改造，才能適應現在的社會……。

她又被壓得喘不過氣，苦難還在延續，伸向精神的更深層面，更讓人難以承受。寫這本書也無非如魯迅所說，“算是從泥土中挖一個小孔，自己延口殘喘，這是怎樣的世界呢。”(《為了忘卻的記念》)……

……真的，這是怎樣的世界呢？我放下書，不知自己身在何處：天上，地下？現實，歷史？2003年，1957年？……不知道，我不知道……

一個突然的衝動，我抓起筆，在搖晃的飛機座位上，在鄒世敏的《追尋》的書後，寫下了這樣一段文字——

這又是一位“偉大的女性”。她最可貴的精神與品格是“不肯苟且”，這正是我們這個民族最缺乏的。——這樣的凡事苟且的國民性如何形成，它的歷史文化與現實根源，都很值得研究。這其實正是種種惡行在中國一直暢行無阻的重要原因。也就是說，民族災難要從民族精神上尋找原因。正是可以這樣提出問題：如果我們每一個人都像這個女人這樣，絕不苟且，守住底綫，我們民族還會這樣嗎？因此，這位因不肯苟且而自踏死地、慘遭種種不幸的女人的悲劇，正是我們民族的悲劇。每一個因苟且而獲得了種種利益的人們，包括我自己，都應在這位女性面前感到羞愧與內疚。而我們早已失去“知恥”之心了。

2003年9月15日，寫於飛往雅典的飛機上。

我原本想先記錄下這瞬間感悟，以後再寫文章作進一步發揮；但每回重讀這段文字卻不知如何續寫下去。近幾年來，犬儒主義、鄉願之風日盛，玩世、混世哲學猖獗，認真而嚴肅的堅守者在這樣的社會風氣的包圍中，處境日益艱難，付出的代價越來越大。我自己也陷入心緒煩亂之中，無法作更深入的理性分析：這本是學者的職責所在。因此，面對這位因不肯苟且而幾乎犧牲了自己一生幸福的女性，我越感到她的精神的可貴，越發有負債之感。我終於決定先將她給我的震撼寫出來，藉以表示遲到的敬意。

是的，我們生活在這樣的時代，但我們畢竟還有這樣的女性，這樣的有尊嚴的人。

2006年4月14日 急就

附錄3 “默默無息”者的“風雨閃電”
——讀李家駿《雷電賦》

這真是血寫的文字！

這是一部“詩史”，卻充溢着無辜者的鮮血。從1957年反右運動“聲聲喊寃誰做主”(《初出牛犢不怕虎》)，1960年冬勞教農場上“血染戈壁寃鬼銜”(《背泥碳土》)，到1961至1979年“寄日籬下十九年”，“文革風暴”中“白晝筋骨受磨損，夜晚靈魂受熬煎”(《農村生活》)，直至2005年在長達十二年的申訴無效後，悲呼“官官相護法外法”，“誰為小民鳴寃枉？”(《塵封檔案》)。

這連續五十年(半個世紀！)的“小民寃屈史”，是中華人民共和國歷史的有機組成部分，卻長期被淹沒被遮蔽被強迫遺忘，而且是有知識界人士參與的。但魯迅說得好：“墨寫的謊說，決掩不住血寫的事實”。現在，“小民”自己開口了，自己來寫歷史了，“威力也壓它不住，因為它已經騙不過，打不死了”(《無花的薔薇之二》)。

這是“言志”之詩。但這又是怎樣的驚天動地的“志”啊：“橫心衝出鐵牢籠”，“生生剮死也要逃”！“不信男兒絕死處，甘冒風險闖凶關”！(《第二次出逃》、《戈壁赤金勞教農場》、《碳疽》)“拼死不受無辜辱”，“野馬不受羈縛[illegible]”！(《文革風暴(八)》)“鎩羽之鷹仍高翥，勇往不行步”！(《文革風暴(十)》)“我是一隻狼仔，在囹圄中沉陷，天天磨煉牙齒——終要把拴牢我的鐵鎖咬斷”！(《初春》)“倘若我因早衰而死去，就像那小小昆蟲一樣默默無息，就請你舉起劍斫裂我的屍身，噴出我的雷電閃雨”！(《雷電賦》)

這裏有淹沒不了的血性。在中國的主流知識界被閹割(前三十年)、被收編(後二十年)的情況下，民間保留的這樣的血性、血脈，就具有特別重要的意義與價值。魯迅早就提醒我們：要尋找中國的“筋骨和脊梁”，“狀元宰相的文章是不足為據的，要自己去看地

底下"。(《中國人失掉自信力了嗎》)

讓人感動與震驚的是，這些詩大都寫在歷史的"當時"(1960年，1961年，1962年，1963年，1965年，1966年，1970年，1974年，1977年，1978年)。任何親歷那段歷史的人都知道，作者以戴罪之身，在嚴密監控下，寫下並保留這些逆反之詩，是冒着生命危險，需要非凡的勇氣的。這些詩也就成了歷史現場的見證，而具有了歷史文獻的價值。

對於作者來說，在一切都被剝奪殆盡的情況下，暗地寫詩，就成為他生命存在的方式。用寫詩來自我傾訴，自我證明，維護自我的尊嚴，反抗對自我的壓迫，顯示自我的不屈意志，追尋自我生命超越苦難、超越現實的價值：這樣，作者就賦予了中國傳統的"詩言志"的理念，以更為豐富的內涵，這一點，是特別具有啓發性的。

這本《雷電賦》作為民間文本，僅在難友、同道者與親友中流傳，這本來就是中國詩歌傳統的傳播方式，可以說是古已有之的，但也有其現代意義。在網絡文化日趨發展的情況下，民間話語就有了更多的空間。這是一個很值得注意的思想文化現象。作者大概並無此自覺，但我們仍然要感激他的大膽嘗試。

2006年1月29日(丙戌年正月初一)晨急就。在一片太平景象的爆竹聲中寫這樣的文字，突然想起魯迅筆下死於魯鎮的祝福聲中的祥林嫂，可見我也是魯四老爺所說的"謬種"。

附：《雷電賦》原稿收藏經過 (李家驄)

這部詩集是我親身歷史的真實寫照，同時是在極端危險和艱苦的環境下一點點積累寫就。

我在1959年到赤金農場勞教僅帶了十幾張信紙，兩個信封及二張捌分郵票，還有一支自來水筆，後給父母寫一封信還剩下七、八張信紙、一個信封和一張捌分郵票。1960年初春，我開始用這些紙筆秘密寫出在農場勞教時的經歷，起名為《記實》。但沒寫完就沒有紙了，自來水筆也沒墨水了。雖然，農場裏有一個小賣部，可身無分文啊！只好把《記實》卷成一小團，塞入一隻又髒又破的襪筒裏面，然後再塞進土炕上當褥墊用的芨芨草內。

第一次逃跑時，我把那只破襪子掖進自己所穿的棉褲腿下端的破縫裏，到我姐家後卻沒有了。心想：是在爬過西河壩的陡坡時甩出去的，還是淌過石油河時掉進河裏去了？要不就是在夜間奔逃時，沒有一定路綫，究竟掉到哪個位置再也記不起來了。但是讓我感到欣慰的是，在《記實》中沒有寫自己姓名，即使讓別人撿到也無法查證。

1961年我被送到老家北巷口村監督改造，我又偷偷留下生產隊會計員每天撕扯下來的日曆單頁背面，或路過小學校牆外的垃圾堆裏用樹枝去翻找可以用來寫字的紙片片、小紙條條，準備重新再寫。一天中午我竟撿到六、七隻小學生們廢棄的不到一寸長的鉛筆頭，和二隻新蘸水筆尖，把筆尖插上一截秫秸桿上即可使用，再花壹角八分錢從小商店買一小袋墨水粉劑，將粉倒入淨瓶內，沖入淨水晃動均勻後即成藍墨水。甚至在出工時走在路邊上，我也二眼神注地下，決不放棄每小張紙塊塊，凡只要能寫上字的紙，我都要悄悄地拾起來帶回家後整理平整，再壓上一塊光滑的青石板。夜深人靜時，點上"小黑小子"(將煤油倒入空瓶內，再用一小團棉花搓成長拈，一端穿進一個有小洞的鐵瓶蓋中間，露出一截燈拈，長端伸入瓶內即成"油燈"，叫做"小黑小子")。在黃豆粒大小的燈光下，我把壓平的紙鋪在炕沿上開始寫作。為了讓這堆寬窄不　，零碎不均的紙片紙條不致混亂，我在每張紙的角上標明次序，以待往後有條件時重新整理。那時，我下定了決心，一定要克服各種困難，勇敢地生活下去，寫下去！也正因為在我的政治殘缺的生命中有了這樣追尋自我生命價值，渴求自我實現的強烈宿願，正如同頻臨死亡前的野獸一樣，模糊地看見一綫之光的生機，才讓我在命運多舛裏獲得力量，並產生無盡的充實感,無論如何，我也要掙扎，勇於前進，勇於生活，而且要快活地，比周圍任何人都樂觀地活下去！

在文革風暴中，1967年秋初的一天深夜，我正在熟睡中，驀然聽到房外和屋頂上有輕微的腳步聲。“抄家”！刹那間，我猛然想起我的《記實》，幾乎是本能地我象猫一樣敏捷地一躍而起，悄悄掀開炕席，取出那小摞《記實》捲成一團，塞進堂屋柴鍋下的涼灶灰中，然後返身進屋倒在炕上佯睡。剛閉上眼，猛聽門外一聲吆喝：“快開門！”未等我答，門即被撞開，一道雪亮的手電光柱射進屋內，照在我的臉上。刺目的光綫讓我睜不開眼，但我仍沉靜地躺着沒動。“點上燈！”還是那個粗野的聲音。憑感覺，這個人定是村治保主任兼造反派頭頭外號叫“大騾子”的王正起。突然，又一個尖嗓略啞的聲音乾吼道：“嗨！讓你點上燈！”我被他們這種粗暴無禮的舉動激起了火，一般衝動的熱血立刻湧上頭頂，我騰地一躍而起從炕上跳下地，像一頭暴烈的野獸一樣大聲吼叫：“我沒火！自己點！”站立在我眼前的“大騾子”被我暴怒的舉動和獸吼的聲音嚇得後退一步，攥着的手電筒顫抖兩下，“你…你…你要幹啥？”忽然，黑影中有人點着一根火柴找燈，再劃第二根火柴後才點亮了放在炕沿上的“小黑小子”。

在昏暗的燈光下，我發現有幾個不認識的外村人，但都是熟悉的面孔，其中有個女紅衛兵，我認識她,是霍各莊村二生產隊的婦女隊長兼民兵副排長(忘了姓名)。此刻，她嚴厲的眼神警惕地盯着我，當我和她的目光對視時，她的頭又轉向“大騾子”似在等待命令。“大騾子”又按亮了裝有五截電池的大長筒子手電，強烈的光柱從屋頂、牆壁、門後、炕下直掃到炕上我的被褥時驟然停住，

同時發出一聲低沉生硬的“搜！”字。旋即，“雜牌兵”們開始檢查搜索。他們把我的被褥從炕上扯到炕沿，將我盛裝衣服的小破木箱打開，幾雙手把那被褥的四角、枕頭、衣服等仔細地搓揉幾遍， 最後掀開了破炕席露出了土炕面，立即，幾股塵土揚了起來，“大騾子”一隻手捂住了嘴和鼻子，有二個人咳起來，那女紅

衛兵皺緊眉頭捂着嘴伸出右手輕輕拍了一下“大騾子”的肩膀，又睥睨我一眼低聲道：“走吧……”。

待我受審後從大隊回到家，扒開柴鍋下的灶灰去找《記實》時，卻已成為灰燼。自然是餘火未盡死灰復燃所致。

後來，我在生產隊熬豬食的灶邊柴堆裏不經意地揀到本厚約半寸的陳舊老賬簿，紙面大小八開，當時我的心情是何等高興啊！我如獲至寶急揣懷中……此後，我不再發愁紙張了。

在幾年的光陰裏，憑我深刻的回憶終於把《記實》重新整理。但是新的問題又來了，這本經歷千辛萬苦整理的文字稿藏在何處呢？萬一讓別人發現、告密，那我的下場無疑是人稿俱亡啊！幾天來我冥思苦想，終於想出一個比較妥善的辦法。我把這“賬本”捲得瓷瓷實實，趁給“光棍堂”起豬圈糞的機會把它塞進豬圈棚頂上的脊檩上，用乾樹枝和乾草梃做了個鳥窩，把“賬本”封堵得嚴嚴實實。這一定非常保險！如果以後再住進幾隻小麻雀或其他鳥類，最好是大馬蜂……我心中這樣想。但會不會發生“萬一”呢？我一步緊一步地猜測着：如果隊長派人來起豬圈糞呢？不可能，因為隊長在全小隊早已明示：二生產隊社員的每戶豬圈糞全部包給我來幹，別人決不會主動爭搶這又累又髒的重活兒，再說我跟“光棍堂”幾個兄弟素日都很“過心”，即使他們知道《記實》也決不會說出去。

1979年5月中旬，我返回甘肅玉門市落實政策，經酒泉地區行政公署甄別平反後很快給我安排了工作。10月份我回家探親時首先到“光棍堂”的豬圈去找那“賬本”，我掀下鳥窩後再伸手去掏，卻掏出幾把幾乎霉爛的碎屑。“賬本”上那密密麻麻的小字讓漏進來的雨水浸蝕得模糊不清，我的全身一下像掉進冰窟！我小心翼翼地用一條乾毛巾把它包好，雙手捧回家去。到家後把這些碎屑仔仔細細地拼結起來，邊拼邊抄寫，幾乎用了三天二夜。以後再憑自己的記憶竭盡腦汁重新整理……。

2006年2月

附錄4

說真話：一個沉重的話題

——讀陳炳南《赤子吟》、《回聲集》

這又是一本令人震撼的書。

作者說，他一生中只寫了兩篇好文章，因為說了兩次真話。

第一篇寫於1957年，是因為當時的安徽蕪湖地委決定要將他所在的黨校搬遷，大多數師生有不同意見，為了上達民意，他給黨中央和省、市委寫了一封信，其中有一句批評領導“高高在上，不深入下層，不能傾聽群眾意見”，觸犯了“天條”，就被打成了右派，作者痛心地說：“這十七個字害了我一生”。

第二篇文章寫於1988年，這時他的右派問題已經“改正”，在蕪湖市農委農村政策研究室工作，也是為了上達民情，先寫了一篇內參《當前農村值得注意的幾個問題》，批評某些幹部“既不願為民作主，又不願回家賣紅薯”，並且說“根子不在市縣而在省”，這又觸犯“天條”，雖未打右派，卻被批判了三天；後來他又在此文基礎上，以給《農民日報》寫信的方式，公開發表了《切忌！重產值輕效應——一些部門搞高指標造成鄉鎮企業發展的一種危險傾向》一文，提出要警惕“產生新的高指標、瞎指揮、重犯主觀主義強迫命令的錯誤，產生新的官僚主義”，並導致“弄虛作假的浮誇風上升，促使下面說假話、慌報‘軍情’”，同時指出，根本的問題在於“企業沒有經營自主權。現在多數鄉鎮企業還是根據‘長官意志’和‘上級決定’作為本企業決策的根據”。此文發表更引起軒然大波，其結果是作者被晾了起來：“你不是會寫嗎？寫去吧，行動上不限制你，把你晾起來，看你還能寫甚麼？”作者最後被逼得自動離職，提前結束了自己的政治生涯——這大概是所謂“後極權”的手段吧。

作者說：“比起那些因說真話而過早地丟掉了性命的同志、戰友，我算是幸運的”，但人們所感到的只是外在形式的變化，儘管這樣的變化並非不重要，但內在觀念、體制的不變，就使得反右運動的陰魂始終不散，這才是真正令人震撼，以至恐怖之處。

於是，就有了這樣的追問：為甚麼在我們這裏，說真話，表達民意、民情竟是如此之難，而且總要付出這樣慘重的代價？為甚麼歷史總是那麼容易重演？“在標榜一切以人民的利益為重，奉行‘為人民服務’的國度裏，為何處處時時地容不得說真話的人呢？”

人們還注意到一個觸目驚心的事實：第二次批判作者的那位領導，當年也是右派，竟然是和作者同在勞教農場的難友！這不但殘酷，而且發人深思：悲劇的產生並不在個人，而在體制，進入那個體制，佔據了那個位置，昔日的受害人是很容易變成今天的加害者的。

於是，就有了這樣的討論：“根在何方？”作者在他的回憶錄《赤子吟》裏，專門加寫了一章，題目就是《苦求索根在何方》；而《回聲集》則收集了讀者的回應，其中心就是從不同角度追根。

先看作者的思考。他在一次有地委書記參加的會上做了一個驚人的發言，討論的問題是：為甚麼我們的各級領導都喜歡聽假話，自己也要說假話？他是這麼說的——

> “難道我們的各級領導幹部特別是一把手，他們的良心都黑了麼？都是心甘情願地說假話麼？其實不然，大多數還是不願意說假話的。但是，迫於無形的壓力，不說假話不行吶！就拿你F書記來說，我敢斷定你是不願說假話的，但是我也同樣敢斷定，你還是天天在說假話，一天不說都不行。一天不說假話，你的地委書記早就幹不成了。不信麼？我給你舉一個例子：比如你地區的鄉鎮企業產值，實事求是地報，只有一個億，農民人均收入只有800元。而你周圍地市的產值已報到十個億，收入已達到2000元。你清楚地知道，這些數字都是假的，你有良心，有實事求是精神，有魄力也有勇氣，就堅持報真的。

> 當然，你的頂頭上司省委書記，他不會打你五十大板，也不會像過去那樣，開你的批鬥會，最後給你戴上甚麼甚麼帽子，這一套現在都不會再搞了。只是到了省委考察你們地委班子時，省委書記會說話的：'此人沒有魄力，沒有幹勁，組織指揮能力也差，周圍地區的經濟都上去了，農民都富了，可是他那裏卻掉進鍋底，還是那麼落後，那麼多問題。此人不行，該挪挪位置了'。就是這幾句話，你政治上就永世不得翻身了。此時他絕不會說其他地市是搞假的而給以處分，也絕不會表揚你老F是堅持實事求是是報真的而給以提拔。相反，此時提拔的是那些會說假造假的'明白人'，倒霉的無疑是你們這些說實話辦實事的實心眼人。在這種無形的壓力下，意味着假者上，真者下，於是攀比搞假愈演愈烈，你說你何去何從？"

這裏的要害，是權力機制：各級幹部的權力是上級任命，而非人民授予；因此，只需要對上級負責，而無須為人民負責；對幹部政績的考核標準，也並非人民是否得到實利，而是上級的印象和評價。在這樣的權力結構下，必然是"上有所好，下必甚焉"；說真話者必犯上，犯上者必誅；說假話者必媚上，媚上者必重用：這都成了官場潛規則。只要想在官場上混，誰也不敢違背。本書作者陳炳南的發言之所以驚人，就因為他一語道破了這樣的人人心照不宣的官場秘密。據說在場的地委書記聞之大為感動，或許是因為說出了他內心的隱痛；但感動之後，回到現實中恐怕還得按潛官場規則辦事，繼續自欺欺人：只要等級授權制不變，就永遠要說假話。不是要追根嗎？那就必須追問"權力是從哪裏來的？誰來監督、評價權力的行使？"這樣的根本問題。

發言中作者還談到一個重要問題：為甚麼說假話很少有人反對？並尖銳地反問道——

"敢反麼？1957年反右派以後，億萬人民被箝口，眾口一聲，你想反麼？1957年的右派就是你的樣板。"

這又涉及《回聲集》裏的一位作者所說的反右運動大大强化了的"極權政治體制"的問題。這位作者說得很好："無情的歷史證明：沒有監督制衡的民主機制，沒有免於恐懼的言論自由，要人們講真話，一吐為快是不可能的"。作者在他的書中曾提出"根子就在一個字：'假'。萬惡源於'假'"。這一論斷在讀者中引發了爭論：有人認為這可能遮蔽了或許是更為根本的專制體制問題，也有人强調"'假'與專制，是兩個等價問題，只要是專制，就必然要讓慌言大行其道，這樣專制才有可能維持下去；反過來，只要是謊言佔據了主導地位，就必然有專制在後面支撑它。由此也就不難理解，為甚麼專制和謊言是那樣的形影不離。它們實在是同一事物兩個不同側面"。於是有人提出"改變這種只能假不能真的局面，恐怕只能從權力運作體制處着手，即解決總根源——必須分權，即必須形成嚴懲虛假者的環境，形成能够嚴懲虛假者的權力運作機制，形成對第一把手的直接監督(防止他造假)"等等。

在討論造假與體制的關係的同時，人們不能不面對體制的弊端造成的社會評價標準、機制的畸形化，對國民心理、性格的影響。本書的作者對此有一個痛心疾首的揭示："幾十年沿襲下來，搞真的搞實的多米骨諾牌般一個個地倒下去，搞浮誇搞虛假的沒有一個受到追究、嚴查而倒霉的，相反卻得到提拔重用。歷次運動傷害了許多好心的善良的無辜的人，使億萬蒼生被迫染上了一個造假扯謊的惡習，幾乎成了好造假的國家，好扯謊的民族。當然，不造假不扯謊者也有，可惜不是多數，這是我們中華民族的莫大悲哀"。——正是這樣的全民性的造假說慌，並且不可避免地影響和延續到年輕一代，就構成了真正的民族危機。我想，本書的作者和讀者，如此憂心如焚地來討論這一"說真話"的沉重話題，就是出於這樣的危機意識。

但是我們民族還有"不造假不扯謊者"：這也是不可忽視的事實。更準確地說，一面是造假扯謊成風，一面是堅持求真求實：兩者的相生相剋相搏，構成了中國的現實，忽視任何一面都得不到真實。本書作者的兩次說真話，正是在與說慌者、噤聲者的比較中顯示出其人格魅力和精神的震撼力的。而且這是一個精神的成長過程：如果說他在1957年第一次說真話，尚屬不知世事的率真，那麼，他在因說真話而付出沉重代價以後的1988年，在明知後果的情況下，仍然堅持說真話，就真是雖九死而不悔，說真話已經成為內在生命的追求和信念了。這大概是強迫人們說慌的權勢者沒有料及的，他們都是權力崇拜者(在這個意義上，他們也是權力的奴隸)，因此永遠不能理解，人性的力量，精神的力量，是強權所壓制不住的。本書在讀者中引起強烈反響這一事實本身，也說明了人心所向：人們對"真"——為追求真理而說真話的渴求和堅守。我們因此在直面民族危機的同時，也依稀看見了民族的希望。

一位讀者說，他讀本書，"更欣賞作者坦誠到讓人心靈震撼的程度"：他在回憶往事時，並不迴避自己也曾經說過違心的話，而將在右派摘帽會上的發言，一字不改地抄錄，並沉重自責："一個原來堅持真理，堅持正義的錚錚鐵漢，竟然也學會了兩面三刀，當眾說假，滿紙謊言"，"至今還感到是一次羞愧的拙劣表演"。這不僅顯示了一種真實：我們生活在這樣的現實社會中，我們也有人性的弱點，因此沒有純潔無瑕的人；問題是我們敢不敢正視自己的錯誤(那怕它看起來情有可原)，有沒有知耻、知悔之心，有沒有自我反省的精神和力量。更重要的是，它加深了我們對"說真話"的認識：不僅要敢於直面現實黑暗，說出真相；更要敢於直面內心黑暗，毫無粉飾。對人對己，對外對內，都要真：這是一個很高的人生境界。

但在實際生活中，我們受到很多的限制，因此有很多的無奈。於是也有讀者對本書略有不滿之處。一位比作者年輕的讀者說他在"此書的字裏行間，也讀到了一些不便明言的話語或困惑"；而一位年長者也直言不諱地指出，"作者受時代和社會環境的很大局限"，對造成深重苦難的原因，"未能深入剖析"，"雖然問題昭然若揭，卻不能實事求是地說出心底真話，這也許就是我們這一代知識份子的深沉遺憾和莫大悲哀吧”。作者顯然沒有把自己心裏的話全部說出來。這使我想起了魯迅當年說過的話：“偏愛我的作品的讀者，有時批評說，我的文字是說真話的。這其實是過譽，那原因就因為他偏愛。我自然不想太欺騙人，但也未嘗將心裏的話照樣說盡”(《寫在〈墳〉後面》)。人們只是在說願意說和能夠說的真話，這顯示的是人的言說困境。我自己寫這篇讀後感，其實也沒有將話說盡。而且之所以要寫，就是在“說真話難”的世風中尋求精神的支援，我想，許多讀者對此書作出強烈的反應，也是出於莊子所說的“相濡以沫”的心境，其情可感，也是可哀的。

2006年4月27–28日

附錄5　“活下去，還是不活？”

——我看紀錄片《和鳳鳴》

儘管我比和鳳鳴小七歲，我也沒有經歷她那麼多的苦難，但我仍然可以說是和鳳鳴的同代人。聽她講述她的故事，卻總要想起這一代人，包括我自己的許多故事。因此，我一邊聽，一邊也在回憶和思考。而她的講述，引起我最大震撼的，是她反復談到的一個問題：“活下去，還是不活”——這也是我們那一代中許多人(當然不會是全部)所必須面對的問題。

說起來，這是一個古老的問題。當莎士比亞筆下的那位丹麥王子提出了這個問題以後，“活下去，還是不活”，就成為了人類共同的永恒的精神命題。

魯迅有一篇小說：《孤獨者》，就是對這一問題的一個中國式的回應。魯迅在這篇小說裏，討論了現代中國人，特別是現代中國知識份子“活着的理由”的問題。他談了三個層面的“理由”。第一，是“為自己活着”，為自己的理想、尊嚴而活着。但中國生存環境的惡劣，人常常被剝奪了“為自己活着”的權利。於是，就進入了第二個層面：“為愛我者活着”，自己不想活，就為丈夫、妻子，為兒女而活着。魯迅的問題是：如果“愛我者”也不需要我活着，這個時候，人是“活下去，還是不活？”他“活着”的理由是甚麼？魯迅的回答是：“為敵人活着”，活着，是為了讓那些非要我死的人，感到不舒服。這就是魯迅式的“反抗絕望”，是驚心動魄的。

現在，和鳳鳴，和我們這一代人，也就是當代中國人，當代中國知識份子，也遇到了這個“活着的理由”問題：這同樣也是驚心動魄的。

和鳳鳴和我們，都曾經為自己的理想而活着。我們那一代的理想，就是“革命”，建立一個獨立、統一、富强的新國家，一個民主、自由、平等、正義的新社會。那時候，我們活着是有尊嚴的。

但1957年，一夜之間，和鳳鳴和她的丈夫，還有幾十萬，上百萬的普通人，都成了“敵人”。這可能是後代人無法理解的：不是因為觸犯了法律，不是按照法律的程序，受到法律的制裁。而僅僅是因為違反了“領導”(從本單位的領導，直到最高領導)的意志(如和鳳鳴的丈夫王景超寫了讓領導不歡喜的文章，和鳳鳴沒有聽領導的話，不肯和丈夫“劃清界限”)，或者乾脆就是為了領導的需要，就不經任何法律手續，被宣佈成了“敵人”。

在當代中國，成為“敵人”，就意味着你不但被剝奪了公民的權利，而且被開除了“人籍”，不再是“人”了，而且真的有一個新的命名，叫做“牛鬼蛇神”。不是人，就沒有了人的尊嚴。如和鳳鳴在回憶中所說，在批鬥會上，在日常生活中，任何人，包括小孩，都可以任意辱罵她。人失去了尊嚴，就失去了“為自己活着”的理由：這就是和鳳鳴夫婦決定自殺的原因。

被宣佈為“敵人”，還意味着你被社會徹底遺棄了。和鳳鳴的敍述裏，講到一個細節：她在勞改農場的場部工作時，任何人都不理睬她，彷彿她這個“人”根本不存在。這樣的被社會無視的境遇是可怕的。因為人是社會性的，當從社會關係中游離出來，為社會所不需要時，人也喪失了“活着”的理由。

這時候，還能為“革命”的理想活着嗎？也不能了。因為“革命”也是一種權利，成了“敵人”，就不但沒有“革命”的權利，自身也是“革命”的對象了。

這樣，人已經不可能“為自己活着”了，就被逼到了魯迅說的第二個層面：“為愛我者活着”。

但這也是不允許的。於是，就有了和鳳鳴敍述中所談到的：強迫夫妻之間劃清界限，相互揭發，特別是要求揭示“私房話”，也就是把“革命”深入、滲透到床第。如果做不到，也要最大限度地限制，以至割斷夫妻之間的精神聯繫，最後和鳳鳴夫婦連通過寫信來傾訴衷情的權利也被剝奪了。這都是中國特色，中國式的殘酷，就是要造成連所愛者(夫妻，子女)也不需要你活着的局面，剝奪你“為愛我者活着”的理由，把你逼到生命的零點，許多人就是因為生命的最後一個避風港——家庭被摧毀，而走上自絕之路的。

在精神上堵塞了人的一切活路以後，還要在肉體上給以致命一擊：這就是和鳳鳴敍述中讓人聞之色變的“大饑荒”。這裏暫不討論發生在中國大地上的1958年以後的大饑荒和1957年事件的聯繫，只要指出1957年的受害者也是大饑荒的承受者這一點就夠了。

這樣，無論是作為生理的人，還是心理、精神的人，都被逼到了絕境。

但，卻又不讓你這樣“一了百了”地死去，要留一絲“活縫”：這就是和鳳鳴敍述中談到的“給出路”的“政策”。

甚麼叫“給出路”？就是改造好了，可以摘帽，從“敵人”變成“人民”。而且還有一個冠冕堂皇的“理論”，叫做區分“兩類不同性質的矛盾”，而且可以“轉化”。這自然是“皇恩浩蕩”。但“轉化”有一個前提，就是要接受改造，而且要改造得好。甚麼叫“改造”？首先是要認罪，承認自己“不是人”，然後要放棄人的尊嚴，人的獨立思想、意志和情感，一句話，活得不像個人，就改造好了。因此，所謂“給出路”，就是讓人成為“行屍走肉”，看似活着，其實失去了活的意義和價值，就等於死了，或者叫做“不死不活”。

而且，“帽子”還掌握在領導手裏：所謂“轉化”，既然可以從“敵人”轉化為“人民”，當然隨時可以再從“人民”轉化為“敵人”。和鳳鳴不就是在文革時又被重新被“轉化”成“敵人”了嗎？這樣，忽而“敵人”，不讓你活；忽而“人民”，似乎又讓你活了；忽而又是“敵人”，又不讓你活了。在這樣的當代中國的“貓捉老鼠”的政治遊戲中，忽捉忽放，不僅是出於，或者主要不是出於慢慢地折磨弱者的脾氣，而是出於統治的威懾作用的需要，而且不只是向和鳳鳴這樣的已經被捉住的“老鼠”顯示“生殺予奪”的權威，也是對我似的暫時還沒有成為捕食對象的“雀鼠”

示警。我雖然逃過了1957年這一劫，但在文革中也是在一夜之間成為“敵人”，以後也是被捉捉放放，時刻面臨着“活下去，還是不活”的艱難選擇。

但是，無論如何，和鳳鳴，我，還有許多的人，都選擇了“活下去”，而且也都活下來了。那麼，和鳳鳴和我們活着的理由是甚麼？——這或許是更為重要，後人更感興趣，也是和鳳鳴的敍述中最值得珍惜的部分。

和鳳鳴首先頂住了高壓，堅守住了活着的第二層面的理由：她為“愛”(對丈夫的愛，對兒女的愛)而活着。當和鳳鳴講述到她和丈夫相擁而泣的“最痛苦，也最甜蜜”的那一夜，我的眼睛濕潤了；當她講到在茫茫風雪中，百里尋夫的情景，我真的被震撼了；而四十年後的家祭，兒子那一聲高喊，則讓我熱淚盈眶。我感到了人性，魯迅說的“天性的愛”的力量：它是高居於一切權力、體制的壓制之上，是最終決定一切的。

當在難友的啓示下，和鳳鳴決定要“為生存而鬥爭”時，她就進入了魯迅所說的第三個層面：“為敵人而活着”：你們不是要把我往死路上逼嗎？我偏不死，我偏要活着！這時候，“活着”本身就是一種意義。儘管所採取的“鬥爭”手段是偷竊糧食，有道德自律的和鳳鳴這樣的知識份子，免不了會產生被迫的屈辱感，但這同樣是出於人的求生的本能，也可以說是反抗的天性，它也自有一種神聖性。

而最引人深思的，卻是當文革中和鳳鳴重新作為“敵人”被遣送回鄉監督勞動時，她的房東王老大爺的態度：他召集全家，鄭重宣佈：“大姐”(這是鄉親對和鳳鳴的稱呼)不是‘份子’，是‘落難之人’，你們一定要善待她”。——“不是‘份子’”，就是說，當體制宣佈和鳳鳴是“敵人”時，體制的控制力稍弱的農村，底層社會的農民，父老鄉親，卻不把她當作“敵人”。其實在此之前，和鳳鳴所到的第一個農場的基層領導也稱她為“犯錯誤的同志”。這表明無論政治的統治力量多麼強大，在底層的父老鄉親那裏，還是自有衡人看事的標準的，即人們通常所說"老百姓心中都有一桿秤"。王老大爺視和鳳鳴為"落難之人"，並要求全家"善待"她，更是耐人尋味。這樣的觀念顯然來自中國文化傳統，民間地方戲曲把它演義成了許多動人的故事，代代相傳，已經深入民心，成為民間社會日常生活倫理。即使是在文化大革命這樣的統治的嚴密性達於極致的時期，也依然在民間社會發揮作用，並神奇地保護了和鳳鳴這樣的體制的"敵人"，使他(她)們在有限的空間和時間裏，獲得了人的尊嚴，並成為他們活下去的一個強有力的理由。

這樣，和鳳鳴的敍述，讓我們感受到人性(天性的愛，天性的反抗)的力量，它的永恒和不朽；也讓我們體會到了民間社會老百姓日常生活倫理和邏輯的力量。它是中華民族文化傳統中所固有的，經過長期的滲透，已經根扎在普通民眾精神結構的深處。如和鳳鳴和我們這一代人的許多經歷所表明的那樣，在那些時刻需要面對"活下去，還是不活"的問題的嚴酷的日子裏，它事實上成為體制的控制的反力，對總體的有效性構成了無形的破壞和削減。它不顯山，不露水，甚至不易被察覺，卻又是極其頑强的。而且最終的勝利者仍是這平民百姓的日常生活倫理，或者說歷史總是要回到這塊土地上的大多數人的生活邏輯上來：人要活着，有尊嚴地活着。和鳳鳴和許多她這樣的右派，因為遵循、依靠了這樣的普通人的生活邏輯，他們終於歷經磨難，活了下來，並且活得尊嚴，永遠讓後人肅然起敬。

2007年2月18日，正月初一，寫於鞭炮聲中

附錄6　“何時能因鑒而止”？
——讀王林書《詩鑒》

(一)

讀王林書先生《詩鑒》，一時無語。

《詩鑒》的“詩眼”自然是“鑒”。

林書先生問道：“杜牧《阿房宮賦》：‘秦人不暇自哀，而後人哀之；後人哀之而不鑒之，亦使後人而復哀後人也’。不知中華民族綿延至今的封建專制主義，‘興，百姓苦；亡，百姓苦’的悲哀，何時能因鑒而止？不知人與自然較量，何時能握手言和？不知‘平等互依、優勢互補、互動發展’的新人文精神何時能被大多數人接受，成為新的生活方式？”

面對這當代“天問”，我因困惑而無言，而且分明地感到，這“天問”的背後，是一部充滿血腥的歷史，無數犧牲者的血，“層層淤積起來”，將我們這些倖存者“埋得不能呼吸”(魯迅語)。

我們有勇氣正視這歷史的血污嗎？

(二)

反右運動在二十世紀後五十年中國歷史發展的鏈條中，是一個關鍵性的環節：它向上承續反胡風、肅反運動，往下與三年大災荒、文化大革命，以至“六四”事件都有着深刻的內在聯繫。或許正因為如此，反右運動就與三年大災荒、文化大革命和六四事件，一起成了要強制遺忘的禁區，成了歷史的“死結”。

這實際上已經構成了當今中國社會發展的一個不可迴避的問題。“構建和諧社會”問題的提出，正說明當下中國社會並不和諧，人與人關係、人與自然關係的惡化與緊張，實際上都是與歷史的"死結"沒有解開，直接相關的。因此，真要構建和諧社會，除了要切實解決現實問題之外，還需要妥善處理歷史問題，這樣，才能真正順人心，實現全民族的大和解。我們當然知道處理歷史問題的複雜性，因此，它需要一個過程。但總要有一個開始，可以採取由易到難的逐步推動的辦法。在我看來，這歷史的四大死結中，反右運動是相對容易解決的，而且由於當事人年事已高，更具有迫切性，如再不給予政治上的徹底平反與經濟上的補償，就會成為無法償還的歷史舊賬了。

不久前，我在《中國青年報》的報道中得知，國民黨已經妥善處理了在他們的統治時期所造成的關押與屠殺共產黨人和進步人士的冤案，進行了經濟的賠償，國民黨新任主席馬英九還到這些共產黨人的墓地上鞠躬致歉。在我看來，這是一個歷史性的時刻，而且希望大陸也會有這一天。客觀地説，國民黨對我們國家民族的發展是有貢獻的，但它也有許多歷史的欠賬，現在自己將歷史欠賬償還了，就卸下了歷史的包袱，並表明這個黨是成熟的，是真正對人民，對國家、民族，對歷史負責任的，它的歷史貢獻反而會突現出來，取得歷史的主動。相信這一點對我們處理歷史問題是會有啓示意義的。

(三)

當然，正視歷史，正確處理，給予補償，這都只是第一步。在本文一開始曾提出："我們有勇氣正視這歷史的血污嗎？"其實還有一個問題："我們有足够的智慧，超越歷史嗎？"這或許是更重要，也更難做到的。在我看來，林書先生的《詩鑒》的最大價值正是在這裏。他並沒有停留在對歷史罪惡的控訴與簡單否定上，而是竭力追問歷史失誤背後深層次的理念，發現了這都是"為求發展而激活了人類'惡'的結果"，背後有一個"損害別人、發展自己，掠奪自然、發展人類"的理念；進而在總結歷史經驗教訓的基礎上提出了自己的“新人文精神”的理念，“從確認人與自然的每一個個體都是‘真假共生’、‘善惡同體’、‘美醜相依’為出發點”，強調“‘善’的激活，‘惡’的化解”，提出“自立生存，平等互依，優勢互補，互動發展”為核心的新觀念，等等。甚麼是“新人文精神”，怎樣才能實施“新人文精神”，這都是大問題，有待深入的討論；但林書先生的提醒卻非常重要，也可以說是深得我心：每一個人的本性都是善惡同體的，健全的社會能够“揚善抑惡”；如果反過來“揚惡抑善”，那就説明，這個社會出了問題。包括反右運動在內的歷次政治運動的最大錯誤與罪惡，就在於它將人內心的惡全部誘發出來，使其極度膨脹，造成了全社會惡的泛濫。因此，我們今天處理歷史問題，面對歷史的血污，就絕不是，也絕不能掀起新的仇恨與怨毒，“以惡抗惡”，那將導致歷史的惡性循環，而應該以充分的理性，正視苦難又超越苦難，在分清歷史是非的前提與基礎上，“揚善抑惡”，以實現人與人之間，人與自然之間，整個國家、民族、社會的真正和諧。我想，唯有這樣，所有歷史的失誤與罪惡，才能如林書先生，以及我們這些歷史的過來人、倖存者所期待的那樣，“因鑒而止”。

(四)

今年是文化大革命發生四十周年，明年是反右運動五十周年，這是歷史給我們提供的又一個機會。執政者，以及我們每一個人的良知與智慧，都將受到一次嚴峻的考驗。是採取對歷史與國家、民族、人民負責的態度，正視歷史的失誤，積極而又穩妥地處理歷史問題，藉以促進民族和解；還是繼續諱疾忌醫，製造禁區，強迫遺忘，錯失良機？人們將拭目以待。我們當然期待着前者，那將是國家、民族之大幸，百姓之大幸——如林書先生所說，“興，百姓苦，亡，百姓苦”的歷史早該結束了；但我們也準備着面對大家都不希望看到的局面，那將意味着錯誤的歷史邏輯的繼續，是有可能帶來新的民族災難的。我們更清醒地知道，歷史問題的解決，是要靠我們自己去爭取的，而不能仰賴任何人的恩賜。

而且我們始終對真理、正義的力量，充滿信心。林書先生書中曾引錄了一位詩人寫的《題喬爾諾·布魯諾銅像》一詩："心連廣宇睿思飛，求索真知觸教威。烈火焚身終不改，一尊銅像一星輝"，並在"點評"中提到"布氏經四百年而銅像立"這一歷史事實。誠如先生所說，歷史的冤案歷經四百年才得以徹底平反，這確是民族、人類的"悲哀"，"留清白，求真知何等不易"！但這同時也證明了，真理、正義是不可能永遠泯滅的，它可以被遮蔽、玷污於一時(即使是上百年，在歷史的長河中也是"一時")，但最終仍要衝破一切邪惡，顯出其永恒的力量。對一切因追求真理與正義而蒙難者，不管經歷多少曲折，等待多少時間，歷史總要還其清白，這就是歷史的最終公正性，這是一個鐵的法則，任何人不能違背，也阻擋不了。這也是一個警戒：歷史的冤案，遲早要平反，早平反，早主動，越推遲越被動，越是無法向歷史交代，就看如何選擇了。

而我輩——林書先生，我，以及那段歷史的經歷者、倖存者都已經老了，而且坦白地說，經受了無數的失望，我們已經做好了充分的思想準備：或許在我們的有生之年，是看不到還歷史以清白這一天了，我們或許會因此而死不瞑目。但我們不會放棄自己對歷史的責任：我們要說出、寫出所經歷的一切，為歷史留下我們這一代人的證詞；我們更要追問與思考：這一切是怎麼發生的？歷史的經驗與教訓在哪裏？歷史的出路在哪裏？我們當然清楚自己思考的局限性，但歷史當事人的反思卻又是後人不能替代的，我們將把這些打上歷史烙印的思考作為精神遺產留給我們的後代，藉以證明，我們沒有白白地付出如此慘烈的代價，我們儘管歷經磨難，但還是最終維護了一個具有精神力量與智慧的人的尊嚴，我們活得像一個人！

我想，這就是林書先生這本書，以及許多朋友所正在與將要做的事情的價值所在。做完了這一切，我們就死而無憾了。

2006年1月21日–23日

補　記

王林書先生將他的文稿整理成書，交出版社時，已是身患絕症，並已經到了晚期。他讓我寫序時，我就知道了這一切。可以說，我是含淚寫出此文的，特別是寫到“死不瞑目”、“死而無憾”這些話時，我覺得自己是和林書先生一起面對着死亡，我相信自己是在表達着他的，也是我的心聲。當林書先生收到序言，並在電話中表示謝意時，聽到他已是十分微弱的聲音時，我的心一直往下沉，沉……。我想到的是這一代人的殘酷命運和不屈意志，真不知該怎麼說。後來我從南京大學的一位朋友那裏得知林書先生走了，也依然無言。我突然感到了文字、語言的無力，但我們除了寫出自己的經歷和思考，又能做甚麼呢？……

2007年6月5日

我的“1957年學”研究 (代跋)

2003年10月18日在華東師範大學講

感謝王曉明先生給了我一個機會，在他的課堂上和同學們談談我正在進行的一項研究課題，一部剛剛開始寫作的專著：《“1957年學”研究筆記》。

非常時期的非常開端

我想講兩個問題。首先是“為甚麼要寫這樣一本書？”

這也有兩個方面的考慮。先說第一個動因。

這本書的寫作，始發於五個月前的一次突然而至的衝動。我想，今年的春天，對每一個中國人都會留下終身難忘的記憶：我們突然面對一場瘟疫，突然被置於隔絕狀態，開始獨自面對我們或許因為忙碌，或許因為怯懦，沒有或不敢面對的許多問題。我也是在這樣的情況下，由眼前的自然瘟疫突然想起，更準確地說，是再次感受到了1957年的那場政治瘟疫：我的直覺告訴我，自然瘟疫與政治瘟疫之間是存在着某種內在聯繫的。於是就產生了一個幻覺；後來我在《寫在前面》一文裏這樣寫道：“彷彿那早已在記憶裏淡漠、消失了的時代，突然打破種種隔離，穿窗而入。那個政治瘟疫橫行無阻的時代的赫然再現，使我產生了真正的恐慌。但這一次我已不再躲避，而是把在彼此對視中匆匆產生的種種思緒一一寫下，就算是我的‘1957年學研究’的一個開端吧：在這‘非常時期’竟有了這樣的非常開端，實在是出乎意外的”。

面對歷史的兩大遮蔽：拒絕遺忘

這裏提到的“1957年學研究”課題，其實是在1998年，也就是五年前就提出的。這是出於對北大1998年百年校慶“慶典以後的反思”：因為我發現，1957年反右運動那一段歷史，在北大的歷史敘述與記憶中已經消失，彷彿甚麼也不曾發生，不留半點痕迹。作為一個歷史的當事人(反右運動時我正在北大中文系新聞專業二年級讀書，因對反右運動有不同意見而被劃為“中右”)，我對這樣的歷史的遺忘感到極為震驚。於是，從圖書館裏找出了當年作為“反面教材”而保留下來的《右派言論匯集》，仔細閱讀，有了一個讓我更為震驚的發現——

> “1957年青年學生的議論與1980年黨的領導人對歷史經驗的總結，或有不同之處，但一些重要的觀點，例如，社會主義發展中出現的問題和‘制度的弊端’有關，必須進行制度改革；反對權力過份集中，反對特權，反對領導與群眾關係中的不平等；主張擴大社會主義民主，加强社會主義法制，這些認識都是一致或相似的。但正是這些基本觀點，在1957年是被視為‘反黨反社會主義’的言論的，所有的作者都受到了嚴厲的懲罰；而八十年代以後卻成為了中國改革的指導思想。”

而且我們還必須面對這樣的現實：儘管八十年代已經將除九十六人以外的右派全部“改正”，但仍然肯定“反右運動是正確的，必要的”，只是“擴大化”了。因此，只說“改正”，而不予“平反”，也就沒有給被“改正”的右派以經濟的補償。

這是一個甚麼樣的歷史現象呢？

> “先驅者的思想終於在某種程度上被他的批判者所接受，並且在批判者手中得到或 程度的實現——當然，批判者是在自己的利益驅動下去實現的，這已與先驅者無關。這樣，批判者就是永遠正確的，而先驅者的歷史污名並沒有得到洗刷，更不用說他們應有的歷史地位的恢復與確認，不繼續整他們就已經够人道的了。在大多數人的眼裏，甚至是後代人的心目中，他們依然是有罪(至少是曾經有罪)之人。——這樣的結局，是殘酷的。”

"面對這種無情與無奈，我們所能做的，僅是指明這樣一個事實與這樣一種歷史聯繫：1957年'廣場'上的思考與吶喊，正是中國思想解放運動的先聲；舉世矚目的中國改革的思想基石，正是這樣一些中國民間的年輕的先驅者以非法的形式，用自己的生命與鮮血奠定的。而在他們之後，也還有新的犧牲。——但願在這世紀末的狂歡、表演中，至少還有人能夠保留一點清醒的歷史記憶"。[1]

這裏一再提及的歷史記憶，又涉及一個重要的思想文化現象，即所謂"強迫遺忘"。中國歷史上曾有過對歷史記載的"重修"。魯迅揭露說，這其實就是對古書大肆刪改，或毀，或抽，目的是將歷史的血腥全部抹掉。而現在的做法就更乾脆，也更徹底：不讓當事人回憶，不讓後人討論，不許學術界研究，從一開頭就不予記載，不准進入歷史的敍述，進而從根本上消滅歷史的記憶。

這樣就造成了對歷史的兩大遮蔽：一是如反右、文革這樣的歷史的錯誤與罪惡，歷史的血腥氣被遮蔽了，真的成了"一片光明"；一是歷史上的血性人物，那些拼命硬幹、為民請命、捨身求法，被魯迅稱為中國的"筋骨和脊梁"的人(反右、文革都不缺少這樣的"硬漢")，被遮蔽了，只剩下"良民"和"順民"。這樣的兩個遮蔽，就必然產生兩個嚴重後果。

一方面，歷史血污的被遮蔽就意味着造成反右、文革這樣的歷史錯誤的觀念和體制上的弊端，沒有得到認真的反省與清理，當然更談不上實質性的糾正和變革，就完全可能在某種歷史條件下，被今人和後人所繼承和發展，甚至將歷史的罪孽當作神明重新供奉起來，以另一種形式重演二十世紀的歷史悲劇。

另一方面，思想先驅者被人為的遮蔽與抹煞，他們的思想成果不能為後人所知，這就導致了思想的不斷中斷，每一代人不能在

1 錢理群：《不容抹煞的思想遺產——重讀北大及外校的'右派'的言論》，《原上草：記憶中的反右派運動》，6–7頁，8頁。

前人的思考已經達到的高度上繼續推進，而必須一次又一次地從頭開始：這應該是中國現當代思想始終在一個低水平上重複的重要原因。而這種精神傳統的硬性切斷，如魯迅所說，對整個民族精神的損傷也許是更大的：“堅卓者”的“滅亡”，必然導致妥協、鄉願之風盛行，活命哲學猖獗，“游移者愈益墮落”，實際是民族精神的墮落：“倘中國而亡，操此策者為之也”。[2]

意識到這樣的嚴重的歷史後果，我的心情是相當沉重的。儘管我一向認為在歷史的主要責任人和組織沒有承擔歷史責任的情況下，是不宜於過份強調普通人的責任的，但我仍時時想到自己作為一個知識份子，特別是一個歷史學者的失職與失責，為此而羞愧、不安。於是，我在《不容抹煞的思想遺產》一文裏寫下了這樣一段話——

> “1957年這段歷史的書寫，如此的蒼白，稀薄，如此的充滿迷誤，致使後來的年輕人無從了解也無法理解，這是我們每一個有良知的過來人、學者的恥辱啊！欠賬總是要償還的，我們應該有勇氣正視歷史的血腥氣，有膽識衝破權勢與習慣勢力製造的種種障礙，以科學的實是求是的精神，重新收集原始資料，認真整理、研究先驅者的思想遺產，總結歷史經驗，建立起‘1957年學’，作為現代政治史、思想文化史、知識份子心靈史——的重要組成部分，為正在進行的中國人與社會的改造提供思想資源。——現在‘是時候了”！”

在文章的結尾，我還發出了這樣的呼喚：“所有右派兄弟姐妹，你們在哪裏？這幾十年你們是怎樣生活的？”

倖存者的寫作

但我仍然沒有想到，我的呼喚竟引發了如此強烈的回應：很多右派兄弟姐妹或親自來訪，或寄來書信，那些痛苦而熱情的傾訴，

2 魯迅：《書信．330618 致曹聚仁》，《魯迅全集》12卷，405–406頁。

不只一次地讓我熱淚盈眶。這些年更陸續收到了許多手寫的或公開出版的回憶錄，如山般地堆在我的書房裏，更如山般的壓在我的心上，正像魯迅說過的那樣，"真如捏着一團火，常要覺得寢食不安"。[3] 更讓我感到壓力的是，很多右派兄弟姐妹都對我說："你倡導'1957年學研究'，那麼，就從你開始罷"。這幾乎是一個理所當然的要求。更重要的是，這也是我自己內心的要求：作為那個時代的一個"倖存者"，對被毀滅了的生命是有一種義務和責任的，必須承擔鬱積着無量鮮血的生命之重。我很清楚，1957年的受難者中有許多人，其才能是遠遠超過了我的，是歷史的錯誤剝奪了他們自由發展的權利，而且他們中許多人至今也還屬於"沉默的大多數"，沒有任何發言權，而我卻陰差陽錯成了一個學者、教授，擁有了一定的言說權利，而這樣的權利，卻又是這些先驅者用生命換來的。我如果不出來說話，是無法面對這些歷史祭壇上的犧牲者，也無法直面自己的良知的。

因此，對我來說，"1957年學研究"是一個"倖存者"的寫作，是我的歷史責任，是自我生命的絕對命令。

學術的責任與追求

而我自己，又是把這本書當作學術著作來寫的，也就是說，促使我寫作的動因，還有學術的責任、思考與追求。

我曾經說過，對於歷史的失誤與苦難，一個學者，不能只限於表示義憤與譴責，而應該通過嚴肅的思考，科學的研究，達到思想的飛躍與升華，追究歷史失誤的原因，總結教訓，超越經驗事實，達到更為普遍性的認識，使"苦難真正轉化為一種精神資源"。[4]——這才是知識份子的責任所在。

這些年，陸續出版了不少有關反右運動的回憶錄，有的則在私人或網絡空間中流傳，在我看來，這都是對前述"強迫遺忘"的自

3 魯迅：《白莽作〈孩兒塔〉序》，《魯迅全集》6卷，511頁。
4 錢理群：《苦難怎樣才能轉化為精神資源》，《壓在心上的墳》，5頁，四川人民出版社，`1997年出版。

覺反抗，其意義是十分重大的。這樣的歷史當事人的回憶，所提供的第一手史料，是為學術的研究奠定基礎的。由此提出問題，是如何在這樣的史料基礎上，作更進一步的歷史的梳理與理論分析，這是更為艱難的。這些年已經有學者開始做這方面的研究，像朱正所著《反右派鬥爭始末》，就是一部力作。現在，提出建立“1957年學”，就是期待進行更自覺、也更具規模的系統研究。同時，也是出於對1957年這段歷史的重要性與複雜性的學術判斷。

校園裏的民主運動：民間思潮、運動史的重要一頁

我想從兩個方面來説。

先從思想史的角度來看。根據我的初步研究，1957年所發生的，實際有兩個運動，一個是毛澤東所領導發動的自上而下的整風運動——對這一起支配作用，佔主導地位的運動，已經有了許多研究；但人們卻忽略了在以北京大學為中心的中國許多大學的校園裏，還掀起了一個自下而上的民間思想、政治運動。正是這兩個運動引發了中國社會各個階層，黨內各種力量的巨大震蕩，各種矛盾的交織，導致了最後的反右運動。

對民間思想運動的忽略當然也有它的道理：因為這樣一個民間思想、政治運動是在響應毛澤東的整風運動的號召的旗幟下進行的，在某種意義上是被毛澤東召喚出來的，而且許多學生是被捲入的，未必有那麼大的自覺性；但不可否認的事實是，運動的發動者與主要骨幹，卻是有相當的自覺性的，而且在運動的發展過程中越來越明確了自己的目標與要求，在後來成為北大右派的大本營的《廣場》的發刊詞上就旗幟鮮明地指出：“這個運動已遠遠超出了黨內整風運動的範圍，而且有了偉大的社會思想意識大變革的巨大意義”，“人與人之間的關係要重新調整，一些過去習以為常的正面和反面的東西要重新進行估計、評價和探索”，這將是一場“社會主義時代的‘五四’新文化運動”。[5] 在另一篇編輯部寫的文章

5 《〈廣場〉發刊詞》，《原上草：記憶中的反右派運動》，19頁。

裏，則明確地自我命名為"北大民主運動"，並指明這是"一次群眾在擁護社會主義的前提下，自下而上地爭取社會主義民主的政治運動，是青年人掙脫一切束縛，爭取思想解放的啓蒙運動，是東方文藝復興的先兆"。[6]

1957年的大學校園的民間思想運動有兩個值得注意的特點。

如果說1957年的右派頭面人物，那些右派政治家所關注的主要是政治權力的分配——這當然也關係到他們的政治理想的實現，並非為了私利，因而自有其意義，這是需要另作討論的；而這些右派學生(也包括右派老師)是一些尚未涉世的青年，書生氣十足的知識份子，他們的探索的熱情，純是(或基本上是)出於對真理的追求。因此，他們的思考，除了現實政治、社會、經濟問題外，還包括更為廣泛、更深層次的思想、文化問題——政治學的，經濟學的，法學的，倫理學的，哲學的，等等，出現了一批着重理論探索的長篇論文，以及諸如《自由主義者宣言》、《利己主義者宣言》這樣的有關世界觀與基本立場的宣言書。從這方面看，我們可以說，真正體現了1957年風波思想、文化上的深度與意義的，恐怕應該是這些右派學生、教師的思考。

而1957年的中國大學生，由於所受到的教育，他們大都是社會主義的信仰者。他們把自己所發動的民間運動稱之為"社會主義民主運動"不僅是一個策略的考慮，而是表達了他們的一種信念的。因此，最能顯示1957年民間思想運動的本質的，是這場運動的代表人物林希翎在著名的北大演講中所提出的"要為一個真正的社會主義而鬥爭"的口號。在演講中，林希翎還談到她理解中的"真正的社會主義"：一是堅持"社會主義公有制"，一是堅持"社會主義民主"。[7] 這幾乎是代表了校園裏的"右派"的共識的。在他們看來，在當時的中國，在生產資料佔有、分配，以及人與人的關係中都出現了特權造成的不平等，有可能形成新的特權階級，從而構成

6 《北大民主運動紀事》，《原上草：記憶中的反右派運動》，27頁。
7 林希翎：《在北大的第一次發言》，《原上草：記憶中的反右派運動》，153頁。

了對社會主義公有制的威脅；[8] 而廣泛存在的違反民主、法制、人權的現象則說明中國的社會主義是"在封建基礎上產生的社會主義，是非典型的社會主義"。[9] 因此，他們提出，不能僅僅有"社會主義工業化"，"還應有個社會主義民主化"，[10] 並且宣佈："在民主廣場自由講台上出現的，正是繼續形成與發展的這樣一種民主，不是硬搬蘇聯的形式，更不是販賣西歐的形式，而是在今天中國的社會主義土壤中土生土長的民主制度，我們要把它鞏固下來，並逐步推廣到全國範圍中去，這就是我們的要求，我們的目的"。[11]

這樣，這些1957年中國大學校園裏的年輕人的思考與活動，就構成了現代思想史，特別是1949年以後的社會主義思想史、運動史上的重要一頁。這些年我提出了要認真總結"二十世紀中國經驗"，其中也包括了中國社會主義的經驗與教訓，而講"中國社會主義經驗"就不能只局限於社會主義的國家理論與實踐，還應該包括1957年北大學生發動的"社會主義民主運動"這樣的民間的社會主義思潮與實踐。[12]

當然，我們也應該看到，這樣的民間社會主義民主運動，所存在的時間極為短暫，並且始終處在被壓制的狀態，因此，所有的思考與言說(用大字報或公開演説的方式)都帶有"急就章"的性質，而且大學生們尚處在學習的階段，而由於當時中國總體上是和世界隔絕的，也限制了年輕人的視野：這些都使得他們的思考，必然是粗糙而不成熟的，但卻又代表了那個時代的思考水平。

我曾經注意到這樣的現象：在1949年以後，由於國家所實行的

8 參看周大覺：《論"階級"的發展》、《再論"階級"的發展》，沈迪克：《談談無階級社會中人的等級》，錢如平．《論階級的發展》，均收《原上草：記憶中的反右派運動》。

9 林希翎：《在北大的第一次發言》，《原上草：記憶中的反右派運動》，153頁。

10 龍英華：《"世界向何處去，中國向何處去，北大向何處去"》，《原上草：記憶中的反右派運動》，132頁。

11 陳愛文：《關於社會主義制度》，《原上草：記憶中的反右派運動》，101頁。

12 我們強調1957年學生運動的"社會主義民主運動"性質，是從其主要骨幹的傾向及其主要訴求而言的。但其所受的思想影響與精神資源則是多元的，除馬克思、恩格斯的思想，社會民主主義思想之外，也還有西方人文主義的思想，自由、民主觀念，等等。

對知識份子"利用，限制與改造"的政策，由於歷次政治運動對知識份子的整肅，導致了大陸知識份子整體萎縮，除極個別人之外，大都表現出驚人的"理論上的沉默"：有的墮落為為現行權力政治作理論闡釋與辯護；有的則噤若寒蟬，人云亦云，完全放棄了獨立思考與創造；即使是仍然保有獨立思考品格的，關注的也是現實的具體的社會、政治問題，而鮮有理論的探討。這就迫使這些尚處在準備階段的青年學生(我曾稱之為"半大孩子")遠非成熟的理論習作，充任這個時代理論水平的代表：1957年如此，文化大革命期間也是如此。[13]這實在是中國思想理論界的悲哀，中國知識份子的失職。

1957：中華人民共和國歷史的關鍵環節

當然，1957年的歷史，其意義不僅是思想史的，更是中華人民共和國歷史上的一個關鍵環節。我們不妨作一點歷史的回顧。

中華人民共和國於1949年成立，在新政權基本穩定以後，從1953年開始，進入了"大規模的經濟建設"的時期，即所謂"治國"時期，這就面臨着一個治國路綫的選擇問題。1954年，通過了《中華人民共和國憲法》，首次確立"中華人民共和國的一切權力屬於人民"，並明確規定公民有言論、出版、集會、結社、游行、示威、居住與遷徙等廣泛的自由，強調"必須更加發揚人民的民主，擴大我們國家民主制度的規模"，這都似乎預示着中國將走向一條依憲治國的道路。

但在此以後所發生的一系列事件，卻使中國的歷史發生了新的轉折。首先是黨內出現了所謂"高(崗)饒(漱石)反黨聯盟"的問題。毛澤東將高、饒事件看作是"我國現階段激烈的階級鬥爭的一種尖銳的表現"，並因此提出要"準備對付突然事變，準備對付反革命復辟，準備對付高、饒事件的重複發生"的警告。在毛澤東看來，中國共產黨領導的紅色政權面臨被顛覆危險，復辟的威脅主要

13 參看拙作：《民間思想的堅守》，文收《拒絕遺忘》，汕頭大學出版社，1999年出版。

來自三方面：一是“包圍我們”的“帝國主義勢力”，二是“國內反革命殘餘勢力”，三是黨內的官僚集團和反對派勢力。[14] 這是一個關係中國未來發展的關鍵性判斷，可以看出，在此之後，始終籠罩着毛澤東的，就是這樣的統治合法性遭質疑，政權被顛覆的危機感；而“帝國主義”、“國內反革命”與“黨內反對派”就成為始終如一的三大打擊對象。

由此而產生的，是所謂“階級鬥爭邏輯”，其核心是要在公民中(也要在黨內)“劃分敵我”，而“敵人”的確定，不是依照憲法與法律，而是出於階級鬥爭發動者的主觀意志與需要，甚至連“敵人”的數目也是可以預先規定的，而一旦被宣佈為“敵人”，就要對之實行不受憲法、法律制約的群眾專政。這樣的“階級鬥爭邏輯”，顯然是與前述“憲法(民主、法制)邏輯”相對立的：這是完全不同的兩種治國邏輯與路綫。

應該説，1955年5月(距離憲法公佈不到一年)發動的打擊“胡風反革命集團”的鬥爭，以及隨即開展的“肅反運動”即是自覺地用階級鬥爭邏輯治國的最初嘗試。毛澤東在《〈關於胡風反革命集團的材料〉按語》中宣佈，對被群眾揪出來的“敵人”，“只許他們規規矩矩，不許他們亂説亂動”，並且實行“輿論一律”，讓他們感到“小媳婦一樣，經常地怕挨打”，“咳一聲都有人錄音”。[15] 在這樣的群眾專政下，就不可避免地製造了大量的寃假錯案，同時也造成社會恐怖氣氛，知識份子更是謹小慎微，人人自危。

因此，1957年的鳴放，集中在對胡風事件與肅反運動的質疑，這當然不是偶然的。有不少人旗幟鮮明地反對“不尊重人權”的階級鬥爭邏輯，强調要“真正把憲法規定的人權交還給人民，使六億人民自己有掌握自己命運的權利”，並且從理論上説明黨與國家的關係：“共產黨是國家的領導黨，但這不等於説共產黨就是國家”，提出“應該改變以往把黨放在國家之上，以黨的利益代替甚

14 毛澤東：《在中國共產黨全國代表會議上的講話》，《毛澤東選集》5卷，140頁，153頁。

15 毛澤東：《駁“輿論一律”》，《毛澤東選集》5卷，158頁，159頁。

至超過國家利益的做法"，[16] 這顯然是自覺地要求重建國家憲法的至高地位，回到"依憲治國"的道路。

但掌握最高權力的毛澤東，無論是開始發動整風運動，還是後來發展為反右運動，他都始終堅持他的階級鬥爭邏輯，他的眼睛始終盯着他的三大"敵人"：外國帝國主義，國內反革命與黨內官僚集團、反對派，他始終堅持着他的維護專政體制的"底綫"，時刻準備"對付突然事變，對付反革命復辟"。他應對國際共產主義運動所發生的波蘭、匈牙利事件所提出的所謂"正確處理兩類矛盾"的學説，正是將前述以在公民中"區分敵我"為核心的階級鬥爭邏輯理論化，也是他發動整風運動與反右運動的前後一貫的指導思想。區別僅在於鬥爭重心與策略的不同：在發動整風運動時，他試圖利用民主黨派、知識份子打擊黨內官僚集團與他心目中的反對派；而當他主觀上認定民主黨派、知識份子與青年學生有可能聯合起來威脅他的專政體制時，就反轉過來，與黨內官僚集團聯合，將上百萬公民打成右派，[17] 宣佈他們是"反革命"，是"帝國主義的代理人"；在反右運動大獲全勝以後，他又趁其餘威，反轉過來，警告黨內那些曾經提出"反冒進"的當權者，威脅説他們已經離"右派"不遠，從而使其徹底臣服。

這一時期的毛澤東，將他的階級鬥爭哲學與邏輯發揮得淋漓盡致，可以説是"橫掃一切敵人"，而建立起了他所嚮往的"君臨一切之上"的"聖人加帝王"(他自稱為"馬克思加秦始皇")的絕對統治地位。而在反右運動中在全體公民中劃分"左，中，右"，提出的"對各級黨組織領導及黨的積極份子提意見就是反黨"的右派標

16 劉地生：《讓青年學生純潔的頭腦自由成長》，《原上草：記憶中的反右派運動》，284頁。作者係南京大學教師，1957年因此文被打成右派。

17 1957年究竟打了多少右派，一直是一個謎。薄一波在《關於重大決策與事件回顧》裏説有五十萬；而香港《爭鳴》2006年1期《反右運動解密》一文報道："1958年5月3日，中央政治局擴大會議上宣佈：全國定為右派份子二百十七萬八千四百七十人，列為中右一百四十二萬七千五百八十二人。"學者丁抒在《反右運動中派發了一百八十萬頂"帽子"》一文中則認為："一百十萬各類右派，六十萬反社會主義份子，十萬'右派言論'引致的各色'份子'，1957年至1958年間，一百八十萬人被派發了一頂帽子，'未戴而受處分'者還不在內"。

準，以血統論、出身論為核心的所謂“階級路綫”，以及所制訂的相應的法律、法規、制度(如“勞動教養法”、大學畢業生的政治鑒定制度)，等等，都在實際上建立了新的等級制度，極度强化了高度集權(各單位與地方權力集中於“第一把手”，全黨與全國權力集中於毛澤東一人之手)的體制。

在毛澤東通過反右運動獲得了人世間不受監督、不受限制的絕對權力以後，他轉而開始處理人與自然的關係，發動了“大躍進”。所謂“大躍進”，用總是及時發出“時代最强音”、也最能“吃透毛澤東思想”的“大詩人”郭沫若的一首詩題來說，就是“向地球開戰”。單從用語就可以看出這實際上仍然沿用了戰爭的思維與邏輯，也就是階級鬥爭的思維與邏輯，不過這回的對象是大自然。這也是能顯示毛澤東的雄心壯志的：他從來奉行“與人奮鬥，其樂無窮，與天奮鬥，其樂無窮”的人生哲學，他不僅要征服人，更要征服自然。但如果說在剛剛結束的反右運動中他在征服人方面暫時獲得了全勝，現在他要來征服自然，在取得短暫的虛假的“勝利”以後，大自然很快就予以報復：不到一年，1959–1961年就出現了三年大饑荒。但承擔災難的卻是普通百姓：中國民政局官員在2005年9月召開的新聞發佈會上宣佈“三年自然災害”的數字“我們不掌握”；但許多專家卻提供了一系列雖無法確認、卻也令人驚心動魄的數字：從1000萬到4000萬，總在千萬以上。[18]

應該說，這也是反右運動結出的惡果，不僅因為此時已被流放的右派本身就是這三年大饑荒的直接受害者，近年來為人們所矚目的夾邊溝事件不過是一個典型事例；更重要的是，反右運動所强化的權力集中一黨、一人之手的體制，使得執政黨與其領袖一旦出現了決斷、決策上的失誤，由於沒有有效的監督與制約機制，就不可能及時得到糾正，即使全國與全黨多數人發現了錯誤也無能為力，只能任其發展到極端，由執政黨或領袖自身提出，才有改正的可

18 參看王珍：《三年大饑荒的數字之謎》，載2005年11月18日《文匯讀書周報》。

能。大饑荒之愈演愈烈，其原因即在於饑荒發生之初，引起了人們(包括彭德懷這樣的高級領導人)對"大躍進"的懷疑，毛澤東卻按照他的階級鬥爭邏輯於1959年發動"反右傾機會主義"的鬥爭(毛澤東自己也說這是反右鬥爭的繼續)，仍然堅持"大躍進"，大饑荒終於不可收拾。

本來反右運動已經將中國大地上人與人的關係極度惡化，後來的大躍進又將人與自然的關係極度惡化，實際上是把人性中惡的方面在對自然的大掠奪中發揮到了極致。而其所導致的大饑荒，其實就是一次大瘟疫，其與政治瘟疫的內在聯繫是十分明顯的。

但毛澤東仍然堅持他的階級鬥爭邏輯，在大躍進事實上的失敗被迫稍作退步以後，又於1962年再度提出"階級鬥爭要年年講，月月講，天天講"，並逐漸將其發展為"無產階級專政下繼續革命"的理論。對所謂"帝國主義亡我之心不死"的"和平演變"的高度警惕，毛澤東做出了"我們這個國家有三分之一的權力不掌握在我們手裏"的嚴重判斷[19]，這是繼發動反右運動之後又一次錯誤分析形勢，過份誇大"敵情"。——毛澤東幾乎每到關鍵時刻都要誇大"敵情"，並因而錯下決心，造成嚴重後果，這其中的緣由，是很值得琢磨、研究的。

而在獲得了反右運動全面勝利的毛澤東看來，六十年代的中國，能夠構成對他的統治威脅的，已經不是右派，而是掌握着實權的從中央到地方的黨內官僚集團與他所認定的反對派，他稱之為"走資本主義的當權派"，以及在思想文化領域依然保持着強大影響的知識份子，他稱之為"資產階級反動學術權威"。這構成了他的"無產階級專政下繼續革命"的兩大革命對象，也是他發動的四清運動與思想文化領域的批判運動，以及最終發動的文化革命的主要對象。

另一方面，由於反右運動後在"反對基層黨組織就是反黨"的

19 毛澤東1964年6月8日在中央工作會議上的報告，轉引自郭德宏、林小波：《四清運動實錄》，浙江人民出版社，2005年出版。

邏輯下，建立了基層黨領導的絕對權威，又按政治表現在群眾中劃分“左”、“中”、“右”，從而構建了一個有着多層等級關係的單位體制，每一個基層組織都代表黨和國家對其成員實行從思想到行動的全面控制；作為這樣的控制的必然反彈，同時就形成了基層受壓制的群眾和各級黨組織關係的極度緊張。再加上反右以後強化的或以家庭出身(革命家庭，反動家庭，一般家庭)劃分，或按出生地(農業人口，非農業人口)劃分的等級身份制，從而形成兩大制度性歧視，這也同樣造成了社會關係的極度緊張。因此，當毛澤東發動文化大革命，把矛頭指向各級黨組織，一些受壓制的群眾起而響應，紛紛“造反”，正是這樣的社會矛盾的反應。

而劉少奇等從一開始就試圖將文化大革命變成新一輪的反右運動，正是在他們的領導下，文革初期，在全國各單位都抓了一批“右派”。但這回毛澤東不再與黨內官僚集團合作，而是同樣借助群眾(主要是紅衛兵與所謂“造反派”)的力量，發動“批判資產階級反動路綫”的造反運動與奪權運動，將他們統統“拉下馬”。[20]但到運動的後期，又將他們中的大部分人重新請回，而將不聽使喚，還想繼續造反的紅衛兵與造反派鎮壓下去。這其間的策略變化，與當年的整風、反右運動，幾乎同出一轍。在這個意義上，實際上也可以把文化大革命看作是反右運動的延續。因此，就完全可以理解，儘管1957年的右派作為“死老虎”已經不是文化大革命的主要對象，但對他們的專政卻更加嚴厲和嚴密。從運動一開始提出“橫掃一切牛鬼蛇神”，到《公安六條》將右派與地主、富農、反革命、壞份子同列為專政對象，右派事實上成為文革中受迫害最為嚴重的一個群體，而且永無翻身之日，這與曾同為“難友”的“走

20 有部分當年的右派也參加了這樣的“造反”：1967年夏天前後，他們在全國各地相互串聯，進行有組織的翻案活動。其中鬧得頗有影響的是湖南。在這個省，《萬山紅遍》、《赤遍全球》、《新湖南報》等小報，連連讓右派出來訴冤情倒苦水，並發表洋洋灑灑的長文：《評反右運動中的劉鄧修正主義黑綫》。在隨後的“清理階級隊伍”運動中，他們都被打成了造反派的“黑手”和“後台”，遭到了殘酷迫害。轉引自胡平：《禪機：1957苦難的祭壇》，569頁，604頁。

資本主義道路的當權派"是不可同日而語的。——所謂"走資派"中有許多人都是反右運動的主持者，因此在文革中與右派同為"難友"，是一個歷史的嘲諷；而有的當權者也因此對反右運動有所反省，這是後來的反右運動得以"改正"的重要契因。

但文化大革命結束以後，對歷史問題的處理上，新的執政者卻採取了兩種態度：文化大革命被全盤否定，反右運動則只承認"擴大化"，而依然堅持其"正確性"與"必要性"；對"走資本主義道路的當權派"不僅徹底平反，而且進行了經濟補償，對"右派"則只"改正"不"平反"，而且不予經濟賠償。這當然不是偶然的。這表明，執政者仍然堅持反右運動的兩大邏輯："打天下者坐天下"的"一黨專政"的邏輯，和時刻警惕"復辟"，在公民中劃分"敵我"的階級鬥爭的內在邏輯，儘管已經將毛澤東時代的"階級鬥爭為中心"改變為"經濟建設為中心"，這一轉變自然是有意義的，但又是不徹底的。這樣，在1989年的"六四"事件的處理中，人們再一次發現反右運動的陰影，就幾乎是必然的：同樣是將青年學生與群眾"反腐敗，反特權"(這也是1957年大學生們的口號)的呼聲，看作是企圖顛覆紅色政權的"反革命叛亂"，再一次誇大和主觀製造了"敵情"，做出了錯誤的判斷；同樣是為了維護一黨專政體制，不惜對行使憲法賦予的民主權利的公民行使不受憲法和法律制約的"鎮壓之權"；同樣是由於權力集中於一人之手，缺乏監督、制約的機制，使得全體公民與全體黨員在關鍵時刻都無力制止最高領導人的錯誤判斷與決策，以至造成不可挽回的損失，而且至今不得改正。而由此引發的後果，也與反右運動的後果，驚人的相似，而且有了新的發展：同樣是強化了一黨專政的體制，政治民主改革與建設嚴重滯後於經濟改革與發展，腐敗之風與兩級分化更是遠遠超過了五十年代後期；而在隨後的經濟發展中，也同樣對大自然施行空前的掠奪性開發，導致嚴重的污染與生態失衡：這同樣是大自然的"報復"。其結果依然是對人性的內在惡的誘發，人與人關係，人與自然關係的極度惡化與緊張。

從以上簡要而不免粗疏的歷史回顧中，不難看出，反右運動在二十世紀後五十年中國歷史發展的鏈條中，是一個關鍵性的環節：它向上承續高饒事件、反胡風、肅反運動，往下與三年大饑荒、文化大革命，以至"六四"，都有着深刻的內在聯繫。而且其所產生的影響是既深遠又廣泛的，幾乎涉及到政治、社會、經濟、法律、思想、文化、科學、技術、教育……各個領域。或許正因為如此，反右運動和三年大饑荒，文化大革命、"六四"風波，一起成了要強制遺忘的四大禁區，成了歷史的死結。——巴金先生曾提出要建立文革博物館，其實如果真要吸取歷史教訓，打開歷史死結，是應該建立"四大博物館"的，也就是要以敢於正視歷史的科學態度來進行四大歷史研究。在我看來，反右運動正是一個解結、解扣的關節點，因為歷史正是由那裏開始的。可以期待，對1957年歷史的研究，必將帶動整個中華人民共和國歷史的研究；而對1957年歷史的考察，也必然是多學科的綜合研究，而且也會促進相關學科的研究：這就是我為甚麼要提出"1957年學"這個概念的原因與理由。

"1957年學"：研究的難度，我的研究方法、局限與價值

但在要真正着手進行"1957年學研究"時，我又躊躇起來。或許是因為意識到研究的重大意義，就更清楚研究的難度。當時，我想到了兩個問題。一是這一段歷史至今仍是被遮蔽的，不但歷史檔案尚未公開，而且許多史料或已散失，或未加整理，這造成了研究資料的殘缺，就會遇到"巧婦難為無(缺)米之炊"的尷尬。二是"1957年學"涉及多種學科，大都是我所不熟悉的，由我這樣的文學研究者來從事這樣的研究，實在有些勉為其難。但前述兩個內在衝動決定了我必須知難而上，知其不可為而為之。同時，我又採取了兩個對應策略。

針對史料的殘缺，我除了在史料的收集上盡量下功夫外，又採取了"散點研究"的方式，即抓住若干個案，將其作為一個個典型現象，在深入分析時，注意挖掘其內在的典型意義，以揭示某一個

方面的問題，看似很散，都是單篇的獨立文章，但卻有內在的邏輯結構，具有一種整體性。

我稱之為"研究筆記"，還有一個學術文體的敍述學上的考慮：我希望將歷史事實(包括歷史細節)的描述與理論分析有機結合起來，同時追求歷史敍述的生動、形象性與理論分析的穿透力、說服力，以達到既是情感的，又是思想的雙重震撼。我覺得這樣的"隨筆式的學術文體"，比較適合於我的預設對象：一是對這段歷史完全陌生的年輕人，歷史事實與細節的生動描述可以使他們比較容易進入歷史的情境，而寓於敍述之中的點到即是、要言不繁的議論、分析，又可以引發他們在不知不覺中進入理性的思考，二是對那段歷史的親歷者，這樣的敍述與分析相結合的方式，也便於產生既熟悉又陌生的感覺，在喚起歷史記憶的同時，又能站在更高的視點，去重新思考那段歷史。

在清醒地意識到自身知識結構的缺陷與多學科研究的客觀要求之間的矛盾以後，我給自己的研究定了一個比較切合實際的目標：這是一次名副其實的"拋磚引玉"式的粗綫條的研究。它的任務僅在於提出問題：確立研究課題的價值，並提供初步的研究思路與格局，以引發後來者的更深入、具體的研究。另一方面，這也是當事人對那段歷史的研究，其局限性是顯然的，但那樣一種對鮮活的原生態歷史的切身的感受，對歷史微妙處的體驗與把握，恐怕也是只能憑藉文獻來認識那段歷史的後來人所難以達到的，自有其不可替代的獨特價值。

研究的初步設想

這當然都是研究前的設計，具體的研究也才剛剛開始，這一次就無法向諸位報告了，希望明年我再來講學時，可以就某些個案作一點較深入的討論。但我還是可以簡單匯報一下我預擬的研究題目。大體上想分三大塊。

第一部分，是一個大的社會背景的研究：《1956、1957年中國工廠、農村與學校》。這是出於我的這樣一個認識與判斷：中國的根本問題在工廠，農村，在基層。從表面上看，1957年最活躍的是知識份子，青年學生，但實際上對這段歷史的發展起支配作用的，也是毛澤東真正關注的，還是佔人口大多數的工人、農民的動向。而要弄清1957年知識份子的種種表現，也需要對五十年代中國大學的基層情況與歷史變遷有一個初步的剖析。

第二部分，是對我前面所說的“以北大為中心的民間思想、政治運動”的歷史考察。也分兩個方面。一是對運動推動者的研究。打算選擇三個個案，又各有其典型性與探討重心。《劉奇弟：以身護法的先驅者》，側重討論1957年事變的中國國內政治背景：1954年制憲 — 高饒事件 — 反胡風運動 — 肅反運動。《林希翎：永不滿足現狀的批判者》，主要討論1957年事變的國際背景：蘇共二十大、波蘭事件、匈牙利事件及其在中國的反響；學生們所發動的“社會主義民主運動”的主要觀念與訴求；以及我特別關注的“右派精神”。《譚天榮：永在探索中的思想者》，主要討論1957年的民間思想運動與五四新文化運動的關係，其思想理論資源，其中所體現的“右派精神”。另一方面是對校園裏的被捲入運動的一般學生的反應的研究：《燕園裏的學生刊物》、《校園通信》，重點考察1956、1957年大學生的精神狀況，以及在運動中的分化。這兩方面的研究就可以達到“點”與“面”的結合，以顯示1957年中國“校園風景”的豐富性與複雜性。

第三部分，反右之後：1957年–1966年間的右派命運與中國社會思潮研究。

關於“右派的命運”，打算選擇四個個案：《地獄裏的歌聲》，以甘肅的右派和鳳鳴為典型，討論右派所受到的迫害，背後的理念、體制；以及右派反迫害鬥爭中所體現的精神傳統。《一個人的命運及其背後的社會體制的整體運動》，以四川右派張先痴為個案，討論在反右運動以後專政觀念的強化，通過各種法律、法規的制訂，所建立的日益嚴密的群眾專政“網”，以及這樣的“網”

的有效性與有限性。《另一種迫害與受傷》，以杜高等三位右派檔案為個案，討論所謂"右派改造"(知識份子改造)的內在理念、機制和實質。《活着：艱難而有尊嚴》，以四川右派鍾朝岳為個案，討論"右派小人物"的命運，及其內在的堅韌精神。

關於"1957–1966年中國社會思潮研究"，也擬選擇三個個案：《〈中國青年〉十年》，以一份雜誌為個案，討論反右以後的主流意識形態，及其對這十年的青少年的影響，文革中的紅衛兵的成長背景。《歷史的反思》，以林昭、顧準、張中曉為個案研究這十年的異端思潮。《1964年北京校園湧動的地下新思潮》，以X小組、太陽縱隊等為個案，討論反右以後校園思潮的變化，及其與文革的關係。因此，這一部分的研究，在某種意義上，也可以視為文化大革命的發生學的研究。

這樣，我實際上是期待通過這樣一些精心選擇、設計的個案研究，為"1957年學"提供一個研究的視野與格局。

我的期待

我想，同學們聽了我的這些設想，可能會有這樣的感覺："1957年學"的研究是有很多很有意思的課題可做的，這是一個廣闊的，大可開發的研究領域。這也正是我今天到這裏來講課的目的：我真的是期待能夠吸引更多的年輕的大學生、研究生來關注1957年的歷史，這對你們自身的成長，以及學術的研究，都是有很大意義的。我的講話完了，謝謝大家。

2006年2月17–20日整理，補充

後　記

從2003年5月開筆，到此刻 (2007年6月6日) 匆匆收筆，這本書竟纏繞了我四年之久！這是生命的纏繞，因為它不僅和無數帶血的生命相聯結，我自己的生命也燒了進去。如我在本書的一則“補記”裏所説，在寫作過程中，我無時不刻不在和我的觀照對象——垂垂老矣的1957年的右派兄弟姐妹一起直面死亡，感受“死不瞑目”和“死而無憾”的痛苦與歡欣，思考生和死的意義。而且好幾篇文章剛剛寄去，人就走了。某種意義上，本書是我們這一代人留給後人的一份“遺言”：請記住這一切！而且這幾乎是我們在當下中國所唯一能做的事了。

書終於寫出來了，回顧寫作過程，自然有許多感慨。1998年我提出建立“1957年學”的倡議，在學界幾乎無人理睬，直到最近才有幾位年輕學人表示了研究的興趣；但在當年的右派中卻引起了強烈的反響。正是這些反響直接推動了本書的寫作。而寫出的部分篇章在報刊和網上發表以後，又引來了無數的來信，或表示支持和鼓勵，或寄來各種材料供我參考，更和我一起進行熱烈的討論，給了我很多的啓示，這些在自由、坦誠的共同探索中逐漸深入的思考都融入了我後來的寫作中：這樣的在歷史當事人和民間思想者群體思考中的寫作，是我很少有的經驗。當然，這樣的寫作，既獲得了力量和啓示，也會受到各種壓力，如何從中吸取精神營養，又保持自己思想與研究的獨立性，是我經常要面對的問題。

即使是書寫出來了，這樣的壓力也依然存在。首先是許多期待，是我的學力所限，不能滿足的。如湖南八十多歲的黃步萍老先生，一再寫信給我，提出他的意見。他認為，“‘1957年’上可以融通五千年的‘家天下’，下可延至‘君權專制’最後的終結”，

"'1957年'是這根歷史長鏈上的榫結樞紐"。因此，他提醒說，不能就"1957"談"1957"，而應把批判的思考伸向整個中國歷史更為深遠的根源。他的想法和期待是有道理的，但卻是我所無力完成的，只有留待以後和黃步萍先生與其他朋友一起繼續思考和探索了。同時，還需要指出，本書從根底上說，還是一部個人的學術著作，在這個意義上它是獨立思考與研究的結晶。為了接近歷史的原貌，我盡可能地收集了一些原始文本，歷史檔案，也就是說，我對本書的寫作，是有自己的史料的獨立準備的，並盡可能在這些原始史料的基礎上進行我的研究，作出自己的分析和獨立判斷。這些分析與判斷既是"一家之言"，有它存在的價值；當然，也是可以討論的。而且對可能有的各方面的批評，我已有了充分的思想準備。

本書不是當事人的回憶，而是一部研究著作。和我在退休後寫的其他著作一樣，在學術文體，我所說的"學術敍述學"方面，有着自己的獨立追求，這也可能遭來"像不像學術著作"的詰難。對此，我在《我的"1957年學"研究》的演講中已有說明，不再贅述。這裏想說的是，我在準備寫作最後幾篇文字時，讀到張中曉先生的一段話，不禁砰然心動："一部學術著作的真正價值，在於它把尋常的敍述因素和尊嚴的思辨，形成藝術的結合，不僅給人多聞博識，同時給人以深刻和純真的樂趣"：這正是我追求的學術風格和學術境界，雖不能至，也要心嚮往之。

但本書還是留下了遺憾：這就是我一開頭說的"匆匆收筆"。細心的讀者會從本書的"代跋"《我的"1957年學"研究》裏發現，還有兩篇文章沒有寫出來，即《三個右派擋案的研究》與《〈中國青年〉十年研究》。應該說，這都是我準備已久的重頭文章，在我研究總體結構中佔有重要位置。但也正因為如此，需要有更從容的時間和心態，精心寫作。但為了以此書作為反右運動五十周年的心的紀念，又不能不趕出版時間。考慮再三，還是決定不要草率成文，只有留待以後彌補了。由此帶來的本書內容與結構上的不完整，這是要請讀者鑒諒的。

實際上本書的寫作，是我的一個“夢”：希望誘發更多的人，特別是更多的年輕學人來關注“1957年中國事件”的研究，以建立“1957年學”。——這也是明知夢的渺茫，卻偏要做夢：我們這一代人真是“本性難移”了。

2007年6月6日

參考書目

一　原始文本部分

《北京大學右派份子反動言論匯集》(內部參考)，北京大學社會主義思想教育委員會編印，1957年10月。

《校內外右派言論匯集》，北京大學經濟系政治經濟學教研室編，1957年。

《原上草：記憶中的反右派運動》，經濟日報出版社，1998年。

《林昭詩集》(打印稿)，胡杰編。

林昭：《給〈人民日報〉編輯部的信》(手抄本複印件)

北大余敦康給張守正的四封信(打印稿)

武大張守正給余敦康的信(打印稿)

陳××：《給胡耀邦的信》(油印本)，1963年寒假。

陳××：《給楊秀峰的信》(油印本)，1964年寒假。

陳××：《給許立群的信》(油印本)，1964年9月。

陳××：《給毛主席的信》(油印本)，1965年2月。

陳××：《給黨和政府工作提的一點意見》(油印本)，1965年2月。

陳××：《給校系工作提幾點意見》(油印本)，1965年2月。

陳××：《關於我的一些情況》(油印本)，1965年2月。

陳××：〈讓事實説話——和黃某的關係〉(油印本)，1965年。

陳××：《努力學習毛澤東思想，，和陸平黑幫作不調和的鬥爭》(油印本)，1966年8月。

陳××：《革命何罪——給首都中國人民解放軍的第二封信》(油印本)，1968年10月。

譯天榮：《我所理解的馬克思主義》(電子文本)

《紅樓》(1957年1期，2期，3期，4期，5、6期，“反右鬥爭特刊”1–4號，1958年1期)

《浪淘沙》(1期，2期，3期，4期，《粉碎〈廣場〉反動小集團》特刊)

《中國青年》(1956–1966)

杜高：《一紙蒼涼：杜高檔案(原始文本)》，中國文聯出版社，2004年。

邵燕祥：《人生敗筆——一個滅頂者的掙扎實錄》，河南人民出版社，1997年。
邵燕祥：《找靈魂——邵燕祥私人卷宗：1945–1976》，廣西師範大學出版社，2004年。
劉海軍：《東星北檔案》，作家出版社，2005年。
宋雲彬：《紅塵冷眼》，山西人民出版社，2002年。
黃苗子：《黃苗子自述。寄自北大荒的家書》，大象出版社，2003年。

顧準：《顧準日記》，中國青年出版社，2002年。
顧準：《顧準自述》，中國青年出版社，2002年。
張中曉：《無夢樓隨筆》，上海遠東出版社，1996年。
張中曉：《無夢樓全集》，武漢出版社，2006年。
郭小川：《郭小川1957年日記》，河南人民出版社，2000年。
賀雄飛主編：《邊緣紀錄：〈天涯〉民間語文精品·右派教師日記·大學生致毛主席·高校反右動員報告記錄》，南海出版公司，1999年。
王若望等：《鳥晝啼："鳴放"期間雜文、小品文選》，中國電影出版社，1998年。

毛澤東：《毛澤東選集》第五卷，人民出版社，1977年。
毛澤東：《建國以來的毛澤東文稿》第五冊(1955年1月–12月)，中央文獻出版社，1991年。
毛澤東：《建國以來的毛澤東文稿》第六冊(1956年1月–1957年12月)，中央文獻出版社，1992年。
毛澤東：《毛澤東文集》，第七卷，人民出版社，1999年。
鄧小平：《鄧小平文選》，人民出版社，1983年。

二　研究著作部分

丁抒：《陽謀——"反右"前後》(修訂本)，《九十年代》出版社，1993年。
朱正：《1957年的夏季：從百家爭鳴到兩家爭鳴》，河南人民出版社，1998年。
朱正：《反右派鬥爭始末》(上)(下)，明報出版社，2004年。
胡平：《禪機：1957苦難的祭壇》(上)(下)，廣東旅遊出版社，2004年。
納拉納拉揚·達斯：《中國的反右運動》，華岳文藝出版社，1989年。

李洪林：《中國思想運動史(1949–1989)，天地圖書有限公司，1999年。
逄先知、金沖及主編：《毛澤東傳》(上)，(下)，中央文獻出版社，2003年。
王若水：《新發現的毛澤東——僕人眼中的偉人》(上)(下)，明報出版社，2002年。
戴煌：《胡耀邦與平反冤假錯案》，中國工人出版社，2004年。

弗里曼、畢克偉、賽爾登：《中國鄉村，社會主義國家》，社會科學文獻出版社，2002年。
劉建軍：《單位中國》，天津人民出版社，2000年。

三　回憶錄部分

吳冷西：《憶毛主席——我親身經歷的若干重大歷史事件片斷》，新華出版社，1995年。
薄一波：《若干重大決策與事件的回顧》(上)(下)，中共黨校出版社，1991年，1993年。
李維漢：《回憶與研究》，中共黨史資料出版社，1986年。

謝冕、費振剛等：《開花或不開花的年代——北京大學中文系55級紀事》，北京大學出版社，2001年。
中國人民大學新聞56級13班：《那時我們多年輕》(自印本)
魯丹：《70個日日夜夜：大學生眼睛裏的1957年之春》，光明日報出版社，1996年。
林希翎：《林希翎自選集》，順景書局，1985年。
許覺民編：《走近林昭》，明報出版社，2006年。
張元勛：《北大一九五七》，明報出版社，2004年。
陳奉孝：《二十二年勞改生涯記實》，打印稿，約1999年。
沈澤宜：〈沈澤宜回憶錄〉，電傳稿，2007年。
姚仁傑：《與北大同行》，打印稿，2003年。
張華強：《煉獄人生》，中國三峽出版社，2004年。
俞安國、雷一寧編：《不肯沉睡的記憶》，中國文史出版社，2006年。
王林書：《詩鹽》，澳門學人出版社，2006年。
申英傑等：《記憶》3輯，中國工人出版社，2002年。
陳奉孝、譚天榮等：《沒有情節的故事》，北京十月文藝出版社，2001年。

吳中杰：《復旦往事》，廣西師範大學出版社，2005年。
吳祖光、荒蕪、黃苗子等：《荊棘路：記憶中的反右派運動》，經濟日報出版社，1998年。
李慎之、章立凡、戴晴等：《六月雪：記憶中的反右派運動》，經濟日報出版社，1998年。
李慎之、李新、韋君宜、夢波等：《我親歷過的政治運動》，中央編譯出版社，1998年。
章詒和：《往事並非如烟》，人民文學出版社，2004年。
章立凡：《君子之交》，明報出版社，2005年。
劉賓雁：《劉賓雁自傳》，時報文化出版企業有限公司，1989年。
戴煌：《九死一生：我的"右派"歷程》，中央編譯出版社，1998年。
高爾泰：《尋找家園》，花城出版社，2004年。
邵燕祥：《沉船》，上海遠東出版社，1996年。
杜高：《又見昨天》，北京十月文藝出版社，2004年。(按：此書又以《我不再是"我"——一個右派份子精神死亡檔案》為名，於2004年在香港明報出版社出版。)
從維熙：《走向混沌》，中國社會科學出版社，1998年。
吳永良：《雨雪霏霏——北大荒生活紀實》，中國戲劇出版社，2002年。

張郎郎、牟敦白等：《沉淪的聖殿》，新疆青少年出版社，1999年。
周國平：《我的心靈自傳：歲月和性情》，長江文藝出版社，2004年。
王學泰：《多夢樓隨筆·鮮為人知的"反動學生"案》，學苑出版社，1999年。
王學泰：《平人閑話·舊體詩一束》，同心出版社，2006年。

和鳳鳴：《經歷——我的1957年》，敦煌文藝出版社，2003年初版，2006年修訂版。
楊顯惠：《告別夾邊溝》，上海文藝出版社，2003年。
邢同義：《恍若隔世——回眸夾邊溝》，蘭州大學出版社，2004年。
龐瑞林、賈凡：《苦太陽》，中國戲劇出版社，2002年。
趙旭：《風雪夾邊溝》，作家出版社，2002年。

李蘊輝(鄒世敏)：《追尋》，甘肅人民出版社，2002年。
陳炳南：《赤子吟》，中國文學藝術出版社，2004年。
陳炳南：《回聲集》，中國文學藝術出版社，2005年。

張先痴：《格拉古軼事》，溪流出版社，2007年出版。
鍾朝岳：《儘是塵寰警世詩——鍾朝岳文鈔》，自印本，2003年。
李家駿：《雷電頌》，自印本，2005年。
李執民：《一個小人物的苦澀記憶》，自印本，2006年。
綠石(陸清福)：《左右春秋》，天馬出版有限公司，2006年。
倪艮山：《沉思集》，天馬出版有限公司，2005年。
李才義：《風蕭蕭路曼曼》，海珠出版社，2001年。
茆家升：《卷地風來——右派小人物記事》，遠方出版社，2004年。
汪作民：《農場春秋》，天馬出版有限公司，2006年。
張輔緯：《往事》，自印本，2006年。
許岳林：《一個醫生的風雨足迹》，自印本，2006年。
柯林等：《屈辱的歲月》，自印本，2006年。
張成覺：《在那遙遠的地方——新疆回憶錄》，上海書局有限公司，1999年。
白石、馮以平：《從囚徒到省委書記》，作家出版社，2005年。
曾伯炎：《右派民間檔案：倖存者手記》，自印本，2006年。
陳星：《風雪人生：淒風苦雨伴我行》，當代中國出版社，2004年。
李泥：《歷史的傷口——二十年尋訪右派實錄》，自印本。
胡文經：《足迹與心路》，華泰出版社，2005年。
張敏：《回憶錄：歲月的腳步，生命的痕迹》，打印本，2004年。
黃步萍：《右派面對歷史作證——起碼的權利》，打印本，1998年。
王平：《逆境中的戰鬥(趣事十二則)》，打印本，1990年。
張劍輝：《憶西安——一個小右派的十年生命歷程》，打印稿，2005年。
程洪濤：《一個改正右派的晚年》，手稿，2004年。
闞芳如：《相思淚不盡，寄語天淵人(寫在志立2000年八十冥誕周年祭)》，手稿，2000年，2005年轉抄。
鐵流：《屠場——四川省勞改局‘415’勞教築路支隊片斷寫真》，電傳稿，2007年。